요한 볼프강 폰 괴테(Johann Wolfgang von Goethe, 1749-1832)

(1828년, 79세, 요제프 카를 슈틸러 作)

현대지성 클래식 54

파우스트

FAUST

요한 볼프강 폰 괴테

외젠 들라크루아 외 그림 | 안인희 옮김

현대지성

일러두기

1. 이 책은 『파우스트』의 도이치어 원전을 완역한 것이다. 여러 판본을 참고했으며 그중에서 *Johann Wolfgang Goethe: Faust-Dichtungen*, Bd. 1. Texte. Hrsg. von Ulrich Gaier, Reclam jun.(Stuttgart) 1999를 번역 대본으로 삼았다. 주석과 해제를 쓸 때도 이 시리즈의 2권과 3권을 참고했다.
2. 12,111행에 달하는 시행(詩行)의 번호는 원서를 따랐다. 빈 행이나 해설은 행수에 포함되지 않는다. 등장인물의 동작, 표정, 심리, 말투 등을 나타내거나 무대의 장치, 분위기 등을 지시하는 지문도 시행 계산에서 제외된다. 오직 시(詩) 형식을 갖춘 대사만을 시행으로 본다.
3. 발언하는 사람이 바뀌어도 하나의 시행으로 처리되는 경우가 있다. 이 책에서는 원문을 따라 들여쓰기로 구분했다. 아래 예시는 여러 줄이지만 한 행(4611번째)이다.

   (예시)

   메피스토펠레스 그녀는 심판받았다.

   목소리 (위에서) 구원받았다!

   메피스토펠레스 (파우스트에게) 내게로 오시게!
4. 비극 제1부에 수록된 일부 산문은 시행 계산에서 제외된다.
5. 주석은 대부분 옮긴이가 달았지만 일부는 편집자 주석이다. 간략한 내용은 얼른 훑어볼 수 있도록 [ ] 안에 적어 본문과 나란히 두었고, 긴 내용은 각주로 처리했다. 희곡 본문에서 의미를 명확히 전달하기 위해 한자나 원어를 병기할 때도 지문과 헷갈리지 않도록 [ ] 안에 적었으며, 각주와 해제 등에는 이 원칙을 적용하지 않았다.
6. 원칙적으로 한국어 어문규범을 따랐지만, 원작의 느낌을 생생하게 전달하기 위해서 몇 가지 예외를 두었다. 예를 들어, 언어를 중심으로 생각할 이유가 있을 때는 '도이치'(Deutsch)라는 단어를 썼다. 시대에 따라 영토가 달라졌지만, 오늘날의 독일, 오스트리아, 체코, 이탈리아, 스페인, 네덜란드, 스위스, 프랑스까지 포함하는 중세의 봉건제 국가 '신성로마제국' 안에는 도이치어를 사용하는 지역의 수가 아주 많았다. 오늘날의 '독일'이라는 말보다 훨씬 큰 역사적 개념으로서 '도이치'를 쓴다.

7. 희곡 자체를 가리킬 때는 홑화살괄호를 써서 〈파우스트〉로, 책 형태의 출판물을 가리킬 때는 겹낫표를 써서 『파우스트』로 표기했다.
8. 문장부호 '—'(Gedankenstrich)는 한국어의 줄표와 모양이 같지만 쓰임이 다르다. '생각줄', '사색줄' 등으로 옮길 수 있는 이 부호는 희곡에서 배우가 호흡을 끊고 잠시 생각했다가 다음 대사를 이어가도록 지시하는 역할을 한다. 연달아 나올 때도 있는데, 이는 휴지 시간을 더 길게 가지라는 뜻이다. 등장인물의 대사에서 이 부호가 보이면 잠시 숨을 고르고 생각하면서 천천히 읽어보기를 권한다.
9. 『파우스트』는 시인 괴테가 시 형식으로 쓴 서사 작품이다. 이 사실을 염두에 두고 읽어야 작품에 온전히 몰입할 수 있다. 옮긴이는 늘 시의 운율과 호흡을 염두에 두고 작업했다. 대사를 뺀 지문은 연출자와 배우에게 무대와 연기를 지시하는 지시문이다. 이는 출연자들에게 필요한 내용이지만, 희곡을 읽는 독자도 지문에서 시간과 공간 그리고 전체 상황을 가늠할 수 있으니 조심스럽게 읽고 기억해두는 것이 좋다.
10. 무대의 서곡, 천상의 서곡, 제1부의 주요 장면마다 저명한 화가들의 작품을 수록했다. 제2부에는 뮌헨에서 학생들을 가르쳤고 박물관 등 공공기관의 벽화를 다수 작업한 오스트리아 화가 프란츠 크사버 짐(Franz Xaver Simm, 1853-1918)의 작품을 수록했다. 그 외에도 내용을 이해하는 데 도움을 줄 만한 시각 자료를 넣었다. 본문에 수록된 시각 자료 중 출처를 표기하지 않은 것은 public domain이다.
11. 성서를 인용한 구절이나 단어를 옮길 때는 우리말 역본 중 대한성서공회의 『공동번역성서』를 기준으로 삼았고 다른 역본을 사용할 경우 출처를 밝혔다.

차례

비극 ◦ 제2부(5막극)

제1막

제2막

제3막

제4막

제5막

파우스트와 메피스토펠레스의 관계를 체스 두는 모습으로 형상화한 그림(모리츠 레츠슈, 1831년)

헌사

너희가 다시 다가오는구나, 흔들리는 형상[등장인물]들아.[1]
그 옛날 흐린 눈길에 나타났던 모습들.
이번엔 너희를 단단히 붙잡아볼거나?
내 마음 아직 저 망상에 이끌린다고 느끼나?
너희가 밀려오네! 좋다, 어디 한번 맘대로 해봐라.
증기와 안개에서 솟아올라 나를 에워싸고 있으니,
너희 행렬을 둘러싼 마법의 숨결 탓에
내 가슴 청춘의 힘으로 흔들린다.

너희는 즐겁던 시절의 모습들도 함께 데려왔구나.
사랑스러운 그림자들도 올라온다.
오래되어 반쯤 사라진 전설 같은
첫사랑과 첫 우정도 함께 올라온다.
고통도 새로워지고, 삶의 탄식도
미로처럼 뒤엉킨 행로를 되풀이하며
선량한 사람들의 이름을 부른다. 행운에 속아
아름다운 시간 빼앗기고 나보다 앞서 가버린 그들을.

---

1 긴 창작 기간 동안 작품은 여러 변화를 겪었다. 이 구절에는 중단했던 작업을 재개한 괴테의 소회가 담겨 있다.

내 첫 노래 듣던 그들은
다음 노래 듣지 못한다.
친밀하던 그 무리 뿔뿔이 흩어졌고,
아! 최초의 메아리는 어디론가 사라졌네.
내 노래 이제 낯모르는 대중을 향해 울리나니,
그들의 박수갈채마저 내 마음엔 두려워.
그 밖에 내 노래를 듣고 즐거워하는 존재가 무엇이든 누구든,
아직 살아 있다면, 세상 여기저기 흩어져 헤매겠지.

오래전 잃어버린 동경이 날 사로잡네.
저 고요하고도 진지한 정령계를 향한 동경.[2]
속삭이는 내 노래 바람소리-하프[에올리언하프]처럼
불명확한 음을 내며 떠돌고,
한줄기 전율이 나를 사로잡아 눈물 줄줄 흐른다.
엄격한 마음, 온화하게 누그러들었네.
나 지금 가진 것 멀리 있는 듯 바라보고,
이미 사라진 것 내겐 현실이 되는구나.

2 작품 전체에 중세 및 고대의 마법과 정령들의 이야기가 가득하다.

무대의 서곡

단장, 극작가, 희극배우.

단장 그대들 두 사람, 힘들 때나 우울할 때
자주 내 곁에 머물러준 그대들.
말해보오, 이곳 도이치 나라들에서
우리 기획에 어떤 희망을 품을 수 있을까?
나야 대중의 마음에 들고 싶지.
특히 그들은 자신도 살고, 남도 살리니 말이오.
기둥들이 세워지고 무대 마루가 깔리면[가설무대]
누구나 축제 한마당을 기대하지.
그들은 벌써 눈썹 높이 추켜세우고
침착하게 앉아 깜짝 놀라길 바라는군.
나야 민중의 정신을 달래줄 비법을 알고 있지만,
이렇듯 당황한 적은 한 번도 없었소.
저들이 최고 작품에만 익숙한 건 아니라도
끔찍하리만큼 많이 읽어댔으니 말이오.
어떻게 하면 모든 게 신선하고 새로우면서,
의미 면에서도 사람들 마음을 홀릴 수 있을까?
나야 물론 우리 극장을 향해 물밀 듯 밀려드는
그런 대중이 보기 좋을 수밖에.

구노의 오페라 《파우스트》 무대 디자인(안드레아스 레오나르드 롤러, 1870년경)

강한 바람이 연이어 몰아치듯
좁은 은총의 문을 통과하려고 덤벼든다면야,
훤한 대낮 아직 네 시도 되기 전에
기근 때 빵 사려고 빵집 문 두들기듯
계산대로 가겠다며 서로 밀치고 싸우면서
표 구하려고 목숨 걸다시피 한다면 말이지.
오직 작가만이 다양한 사람들에게 이런 기적을
행하는 법. 내 친구여, 오늘 그렇게 해주오!

극작가 아, 저 오색 어중이떠중이 얘기는 내게 꺼내지도 마오.
그런 꼴만 봐도 분별력이 싹 달아나고 말 테니까.
우리 의지와 달리 파도치며 우릴 소용돌이로
이끌어갈 요동치는 대중을 내겐 가려주오.
아니, 나를 고요한 하늘의 좁은 영역으로 데려가주오.

거기서만 작가의 순수한 기쁨이 피어난다오.
거기선 사랑과 우정이 신의 손길로
우리 마음의 축복을 만들어내고 또한 보살피지요.

아! 우리 가슴속 깊은 곳에서 솟아난 것,
입술이 수줍게 더듬거리며 내뱉은 것은
어떨 땐 실패하고, 어떨 땐 성공하며
순간의 사나운 힘을 집어삼키죠.
여러 해가 지난 다음에야 비로소
완성된 형태로 나타난다오.
번쩍이는 건 순간을 위해 태어나고,
진짜배기는 후세를 위해 무사히 보존되는 법.

희극배우 후세 타령만은 듣고 싶지 않은데.
나까지 후세 이야기를 하려 든다 칩시다,
그럼 대체 누가 현세에 웃음을 자아낼 수 있겠소?
현세도 재미를 원하고, 또 재미를 봐야 마땅하지.
용감한 사내아이의 현재란
내 생각인데, 항상 중요한 무언가란 말이오.
즐겁게 마음을 나눌 줄 아는 사람이라면,
민중의 변덕에 노여워하진 않을 것이니.
그는 더욱 확실한 감동을 주려고
큰 주변 세계를 바라는 법이니까.
그러니 용기를 내어 당신들 스스로를 모범으로 드러내고,
상상력더러 그 합창대인 이성, 오성,
감성, 정열 등을 모조리 동원하라고 합시다,
다만 꼭 기억해두오! 광대 짓이 없다면 듣지도 마시구려.

단장 하지만 무엇보다 사건이 잔뜩 일어나게 합시다!
사람들은 구경하러 오는 거잖소. 보는 걸 가장 좋아하지.
잘 짜인 일들이 눈앞에서 많이 벌어지면
대중은 놀라서 입이 떡 벌어질 테고,
그럼 그대들은 크게 보아 승리한 거요.
대단한 인기인이 될 게 틀림없다니까.
그대들은 대중을 동원해서만 대중에게 강요할 수 있으니,
누구든 마지막엔 제게 맞는 걸 골라낼 테지.
많은 걸 내놓으면 많은 이에게 무어라도 주기 마련이니
그러면 누구나 만족해서 극장을 떠나겠지.
한 조각[희곡작품]을 주려면, 여러 조각으로 주시게나!
그런 잡탕 요리[Ragout]가 그대들에게 행운을 가져올 것이니.
내놓기 쉬운 만큼 생각을 짜내기도 쉬운 법.
전체를 내놓는다 한들 그게 무슨 소용이겠소?
관객은 낱낱이 뽑아내어 그대들을 혹평할 게 뻔한 것을.

극작가 그런 수작업의 질이 얼마나 형편없는지 당신은 못 느끼죠!
진짜 예술가에겐 얼마나 당치 않은 일인지!
보아하니 외양만 깔끔한 신사들의 졸작이
당신들에겐 원칙이겠네요.

단장 그런 비난쯤이야 난 신경도 안 쓴다네.
제대로 효과를 내려는 사람은
가장 좋은 도구를 고집하는 법.
잘 생각해보오. 그대는 무른 목재를 쪼개야 하는데,
대체 누구를 위해 글을 쓰는 건지 생각해보라고!
이 사람은 지루함에 쫓겨서 온 거고,
저 사람은 상다리 휘는 만찬에서 오는 길이오,

그중 가장 고약한 것은
잡지를 읽다 온 사람이 많다는 거요.
사람들은 마치 가면[假面] 축제에 가듯 어수선히 우리한테 오는데,
오직 호기심만이 그 발걸음에 날개를 달아주지.
귀부인들은 한껏 차려입고 곱게 화장한 채 나타나니
출연료도 안 받고 함께 공연하는 거나 다름없지.
작가의 고귀함이라니, 대체 무슨 꿈을 꾸는 거요?
가득 찬 극장이 그대에게 무슨 즐거움이냐고?
후원자들을 좀 더 자세히 살펴보시오!
절반은 냉정하고, 절반은 조잡하오.
저자는 연극 끝나면 카드놀이나 하길 바라고,
다른 자는 창녀의 품에서 거친 밤을 보내고 싶어 한다니까.
어쩌자고 어리석은 바보들의 저급한 목적을 위해
사랑스러운 뮤즈들을 그리도 괴롭히시나?
내 말하노니, 그저 많이, 더욱더 많이만 내놓으시오.
그러면 절대로 목적에서 벗어나 헤맬 리 없소.
청중을 헷갈리게만 만들면 돼.
그들을 만족시키기는 어렵지——
무엇이 그대를 괴롭히나? 열광이요, 아니면 고통이요?

극작가 가서 다른 머슴이나 찾아보시오!
작가더러 그 최고의 권리를,
자연이 부여한 인권을
당신을 위해 함부로 버리란 거로군요!
작가는 대체 무엇으로 모두의 마음을 울리나?
각각의 원소를 무엇으로 제압하나?
그의 가슴에서 흘러나오는, 또 세계를 그 안으로

도로 삼키는, 마음의 화음이 아닌가?
자연이 한없이 기다란 실마리를
무심히 돌려 물레에 밀어 넣으면,
조화롭지 못한 온갖 존재가 무리 지어
되는대로 역겹게 소리 질러대면—
누가 그들이 리듬에 맞춰 움직이도록, 흐르면서
언제나 일정한 차례가 오게끔 생생히 구분해주는가?
누가 개별적인 것을 불러내, 장엄한 화음을 이루는
보편적인 거룩함으로 만드나?
누가 날뛰는 폭풍을 정열이 되게 하나?
누가 저녁노을을 진지한 의미로 빛나게 하나?
누가 온갖 아름다운 봄꽃들을
연인의 오솔길 위로 흩뿌리나?
누가 의미도 없는 초록 잎사귀들을 엮어
모든 분야의 공로들을 기릴 영예의 화환을 만들지?
누가 올림포스산을 지키나? 신들을 하나로 통합시키나?
그건 바로 작가에게서 드러나는 인간의 힘.

희극배우 그렇다면 사랑의 모험을 할 때처럼
이 아름다운 힘들을 써서
작가의 사업을 벌이시죠.
사람들은 우연히 접근해서 느끼고
가만히 있다가 차츰차츰 인연으로 얽힙니다.
행운이 사랑의 모험을 키우면 이어서 혼란이 생기고,
열광하다가 곧 고통이 나타난다,
미처 준비도 하기 전에. 이럼 소설인 겁니다.
그런 연극, 우리도 내놓아봅시다!

풍성한 인간의 삶으로 들어갑시다!
누구나 그렇게 살지만 아는 사람 많지 않아,
그대들이 건드리면 흥미롭다오.
온갖 색깔 그림들에도 분명한 건 거의 없어,
숱한 오류와 작은 불꽃에 지나지 않는 진실.
그렇게 최고 음료가 빚어져
온 세상에 원기를 주고 또 교화도 하죠.
그러면 청춘의 가장 아름다운 꽃은
그대 연극 앞에 모여 계시에 귀 기울이고,
온갖 섬세한 심정은 그대의 작품에서
울적한 양분 빨아들여
때로는 이것, 때로는 저것에 흥분하니
그가 가슴에 무얼 지니고 있는지 누구나 보게 되죠.
그들은 울거나 웃을 각오가 똑같이 되어 있으니,
활력을 존중하며, 가상 세계를 보고 기뻐한다네.
완성된 자에겐 그 무엇도 제대로 만들어줄 게 없지만,
아직 형성 중인 자는 언제나 감사할 거요.

극작가 나 자신이 아직 형성 중이던
그 시절을 내게도 돌려주오.
압축된 노래들의 원천이
쉬지 않고 새로 태어나던 시절,
안개가 세상을 가리고
봉우리는 아직 기적을 약속하던 시절,
그때 난 모든 골짜기를
풍성하게 채운 천 송이 꽃을 꺾었지.
내겐 아무것도 없었으나, 그래도 진실을 향한

갈망과 [예술의] 속임수에 대한 즐거움은 충분했어.
길들지 않은 저 충동들을 내게 주오.
고통으로 가득한 그 깊은 행운을,
미움의 힘, 사랑의 권한을,
내 청춘을 돌려주시오!

희극배우 좋은 벗이여, 그대에겐 항상 청춘이 필요하오.
싸움에서 적들이 그대를 쫓아올 때,
가장 사랑스러운 아가씨들이
억지로 그대 목에 매달릴 때,
멀리 있는 달리기 경주의 화환이
도달하기 힘든 목적지에서 손짓할 때,
또 빙글빙글 돌면서 격하게 춤춘 다음
밤새도록 퍼마실 때 말이오.
하지만 잘 아는 현악 연주에
용감하고도 우아하게 끼어들고,
원대한 목표를 향해
주인공과 더불어 방황하며 나아가는 것.
늙은 신사분들, 그게 당신들의 의무랍니다.[3]
그렇다고 우리가 당신들을 덜 존경하는 건 아닙죠.
사람들이 말하듯, 노년은 유치해지도록 만드는 게 아니라
우리가 아직 진짜 아이란 걸 알게 만드는 일이니까요.

단장 이만하면 말은 충분히 주고받았으니,
이젠 행동을 보여주오.

---

3 파우스트의 비극적인 삶의 여정은 목적지를 향해 나아가려는 노력과 비틀거리며 헤매는 과정 사이의 대립을 보여준다.

그대들이 의례적인 말들을 세공하면
쓸모 있는 것이 일어날 수 있지.
분위기에 대해 아무리 많이 떠들어댄들 무슨 소용이오?
망설이는 자에게 분위기는 결코 나타나지 않아.
그대가 작가인 척하려거든
어디 한번 시[詩]를 지휘해보오.
우리에게 무엇이 필요한지는 잘들 알고 있을 터,
우린 강한 음료를 마시고 싶소.
지체 없이 그것을 빚어주시오!
오늘 일어나지 않은 일이 내일 행해지진 않을 테니,
단 하루도 그냥 흘려보내선 안 되지.
결심은 가능성의 머리채를
곧바로 대담하게 움켜쥐어야 하는 법.
그러고 나선 놓치려 하지 않아.
계속 그렇게 해야지. 그래야 하니까.

그대들도 알다시피 우리 도이치 무대에선
모두 자기가 하고 싶은 걸 시험해본다오.
그러니 오늘 이날에
팸플릿이든 기계든 아끼지 마오.
크고 작은 하늘의 빛도 쓰고,
별들을 낭비해도 되오.
물, 불, 암벽,
짐승들과 새들도 부족하지 않아.
그러니 좁은 널빤지 무대를
창조의 전체 구역으로 삼아 마음껏 휘젓고 다니시오.

사려 깊은 빠름으로 하늘에서 시작해
지상을 지나 지옥까지[4] 두루 거닐어보라고.

---

4 단테의 〈신곡〉과는 반대되는 길이다.

천상의 서곡

주님, 천상의 무리,

나중에 **메피스토펠레스**.[5]

대천사 셋 등장

라파엘 태양은 옛 곡조에 따라
이웃 천구[天球]들과 노래 시합 벌이며,
천둥 발걸음으로
정해진 여정을 마친다.
그 근원을 아는 이 없다 해도,
그 모습 천사들에게 힘을 주지.
이해할 수 없이 드높은 작품들은
첫날처럼 장엄하구나.
가브리엘 지상의 화려함은 빠르게, 이해 못 할 만큼
빠르게 빙글빙글 도나니,
낙원의 밝음과 깊고 두려운 밤이
번갈아 나타난다.
바다는 암벽의 깊은 바탕에서

---

5 '메피스토펠레스'(Mephistopheles), 줄여서 '메피스토'(Mephisto)라는 이름의 악마는 파우스트 전설에서만 등장한다.

거품 일으키며 너른 흐름으로 솟구치고,
암벽도 바다도 영원히 빠른
천구의 달리기에 휩쓸리는구나.

미카엘 폭풍은 경쟁하듯 바다에서 육지로,
육지에서 바다로 포효하고
사방에서 노여워하며 가장 깊은 작용의
사슬을 이루네.
번개의 파괴는
천둥소리에 앞서 길을 밝히네.
하지만 주님, 당신의 종들은 주님의 하루,
그 부드러운 변화를 존경합지요.

셋이 함께 그 모습 천사들에게 힘을 주지.
당신의 근원을 아는 이 없다 해도.
당신의 드높은 작품들은 모두
첫날처럼 장엄합니다.

메피스토펠레스 오, 주님. 당신이 다시 가까이 오셔서
우리네 형편이 어떠냐고 물으시고,
또한 여느 때도 기꺼이 날 보고자 하셨으니
지금 이 무리 사이에 끼었나이다.
내가 고상한 찬양 올리지 못하는 걸 용서하십시오.
전체 무리가 나를 비웃는다고 해도
당신이 웃음을 끊으신 게 아니라면
내 열정, 기꺼이 당신을 웃게 할 테니까요.
나야 태양과 천체들에 대해선 별로 드릴 말씀 없고
그저 인간들이 고통받는 것만 보이네요.
세상의 작은 신[神]은 항상 그 모양 그 꼴이니,

첫날처럼 여전히 기묘하지요.
주님이 천상의 빛이라는 허상[虛像]만 주지 않으셨더라도
인간의 사는 형편이 조금은 나았을 테지만,
인간이야 그걸 이성이라 부르면서, 어떤 짐승보다도
더욱 짐승처럼 되기 위해서만 이용하지요.
당신의 은총에 대해선, 실례입니다만
인간은 항상 날고, 또 날면서 뛰어올라도
곧바로 풀밭에 떨어져 옛 노래나 부르는
다리 긴 매미[메뚜기] 같거든요.
그냥 풀밭에만 있어도 좋으련만!
어떤 진창이든 코를 처박으니 하는 말입죠.

주님 그것 말고 다른 할 말은 없느냐?
언제나 이렇듯 고발하려고 온단 말이냐?
자네한텐 세상에 제대로 된 것이 영원히 없단 말인가?

메피스토펠레스 없습죠, 주님! 늘 그렇듯 사정이 딱해 보입니다.
인간들이 비참한 나날에 머물러 있으니,
심지어 저도 이 가련한 놈들을 괴롭히고 싶지 않다니까요.

주님 너는 파우스트를 아느냐?[6]

메피스토펠레스 그 박사 말인가요?

주님 내 종이다!

메피스토펠레스 그렇고말고요! 그는 당신을 특별하게 섬기지요.
그 바보 녀석의 음식도 지상의 것은 아닙니다.

---

6 천상의 서곡은 전반적으로 구약성서 중 욥기의 내용과 유사하다. 욥기 1장에서 야훼(이스라엘 민족의 유일신)의 아들들이 그 앞에 섰을 때 사탄도 함께했다. 이 자리에서 야훼와 사탄은 욥을 두고 일종의 계약(혹은 약속)을 맺는다. 〈파우스트〉에서 사탄은 '메피스토펠레스'라는 이름으로 등장해 파우스트를 두고 주님과 계약한다.

부글거리는 발효[정신의 흥분]가 그를 멀리 데려가고
그는 제 어리석음을 반쯤은 의식하고 있으니까요.
하늘에선 가장 아름다운 별을 원하고,
땅에서는 가장 강한 쾌락을 깡그리 원하는데,
가까운 것이나 먼 것이나
깊이 흔들린 이 가슴을 만족시키진 못하죠.

주님 비록 그는 지금 혼란에 빠진 채로 내게 봉사하고 있으나
나는 머지않아 그를 명료함으로 이끌 것이다.
어린나무가 초록 싹을 틔우면, 정원사는
장차 거기 매달릴 꽃과 열매를 아는 법이지.

메피스토펠레스 뭘 거시겠소? 주님께선 그를 잃으실 텐데요.
내가 그를 살그머니 꾀어 나의 길로 안내하는 걸
허락해주신다면 말입니다!

주님 그가 지상에 머무는 한
네게 금지된 것은 없다.
인간은 노력하는 한 헤매기 마련이지.[7]

메피스토펠레스 그렇다면 감사드립니다. 나는 죽은 자와
상종하는 걸 썩 즐기지 않으니까요.
통통하고 싱싱한 뺨을 가장 사랑하죠.
시체랑 있는 건 별로 편치 않아요.
고양이가 쥐하고 노는 것 같아서.

주님 그럼 좋다, 네게 맡기기로 하지!
이런 정신의 힘을 그 원천에서 떼어내
송두리째 붙잡을 수만 있다면

---

7 저자의 메시지를 함축한 문장이다.

공중을 나는 메피스토펠레스(외젠 들라크루아, 1827년, 채색)

너의 길로 데리고 내려가봐라.
그리고 언젠가 네가, "좋은 인간은
어두운 충동에서도 올바른 길을 잘 아는구나" 하고
고백하게 된다면 부끄러운 줄 알아라.

메피스토펠레스 좋습니다! 다만 그리 오래 걸리진 않겠군요.
이번 내기는 전혀 두렵지 않은뎁쇼.
내가 목적지에 도달하면
주님께선 충심으로 내게 승리를 허락해주십쇼.
그는 먼지를 먹어야 할 겁니다. 그것도 기꺼이,
내 숙모, 저 유명한 뱀처럼 말입죠.

주님 너는 자유롭게 나타나도 좋다.
나는 너 같은 자를 미워한 적 없으니.
부정[否定]하는 모든 정령 중에선
장난꾸러기 악당이 가장 덜 부담스럽거든.
인간의 활동은 쉽사리 느슨해지곤 하지.
머지않아 무조건 쉬기를 좋아하니까.
그래서 나는 인간에게 기꺼이 동무를 붙여주는 거야.
자극하고 작용하며, 악마 노릇을 하라고 말이다.
하지만 너희 진정한 신의 아들들아,
너희는 생동하는 아름다움을 풍성히 즐겨라!
영원히 작용하며 살아 있는 것, 형성 중인 것이
사랑의 어여쁜 경계들로 너흴 둘러싸고 있나니,
흔들리는 현상으로 떠도는 것을
지속적인 생각으로 꼭 붙잡아라!

(하늘이 닫히고, 대천사들은 흩어진다.)

메피스토펠레스 (혼자서) 이따금 저 어르신을 보는 게 좋아.

저분과 사이가 틀어지지 않도록 조심해야겠어.
위대하신 주님께서 이렇듯 악마와도
인간적으로 대화하시니 정말 멋지거든.

비극 · 제1부

Der Tragödie erster Teil

밤

높은 아치가 있는 비좁은 고딕식 방에서 **파우스트**가

책상 앞의 안락의자에 앉아 불안한 모습으로

파우스트 아! 나는 철학도,
법학과 의학도,
게다가 유감스럽게 신학까지도[8]
혼신의 힘을 쏟아 두루 공부했다.
그렇지만 여전히 가련한 바보!
예나 지금이나 참 똑똑하기도 하지.
석사라, 심지어 박사라 불리며
벌써 10년 동안이나
위로 아래로, 가로로 또는 구부러진 길로
내 학생들의 코를 잡아끌고 있으니—
그래 봤자 우리가 아무것도 알 수 없단 걸 본다!
그런 생각을 하니 심장이 타버릴 것 같다.
나야 물론 온갖 바보들, 저 박사나 석사,

8 중세의 대학생들은 처음에 문법, 수사학, 논리학 등의 과목이 개설된 철학부에서 공부를 시작해 법학부, 의학부, 신학부 등으로 올라갔다. 교수들도 종종 학부를 바꾸었다. 철학부 교수의 보수가 가장 박했고, 신학부가 가장 높았다.

서기와 수도사들보다야 똑똑하지.
그 어떤 가책이나 의심도 날 괴롭히지 못해.
지옥도 악마도 두렵지 않아—
대신 내게선 모든 기쁨이 사라져버렸어.
무엇이 옳은지 안다는 망상도 없고
인간을 더 낫게 만들거나 교화시킬
무언가를 가르칠 수 있다는 망상도 없어.
물론 재물도 돈도 없고,
명예나 세상의 영광도 없지.
개라도 이런 식으론 더 오래 살고 싶지 않을걸!
그래서 이번엔 마법에 날 바쳤어.
정령의 힘과 입을 통해 혹시나
여러 비밀을 알게 될까 기대했지.
땀을 뻘뻘 흘리며 알지도 못하는 걸
떠들어댈 필요가 없도록 말이야.
무엇이 세상을 가장 깊은 내부에서
접합하고 있는지 알기 위해
모든 작용력과 씨앗들을 관찰할 뿐,
더는 말솜씨로 어쭙잖게 떠들지 않는 거지.

오, 보름달아. 네가 내 고통을
바라보는 것도 이번이 마지막이면 좋으련만.
이따금 자정에도 깨어서
이 책상에 붙어 앉아 있는 나를.
울적한 친구 달아, 그럴 때면 너는
책들과 서류 더미 위로 내게 나타났었지!

서재에서 생각에 잠긴 파우스트(게오르크 프리드리히 케르스팅, 1829년)

아! 하지만 네 사랑스러운 빛을 받으며
산꼭대기에서 걸을 수만 있다면 얼마나 좋으랴.
산의 동굴 주변에서 정령들과 함께 떠돌고
너의 어스름한 빛 아래 초원에서 움직이며,
모든 지식의 자욱한 연기에서 벗어나
네 이슬로 건강하게 몸을 씻을 수만 있다면!

맘이 아프구나! 난 아직도 감옥에 붙잡혀 있나?
이 빌어먹을 답답한 동굴!
사랑스러운 햇빛조차
스테인드글라스를 통해 희미해지는 이런 곳에!
먼지 덮인 채 벌레들이 갉아 먹는
높은 아치 천장까지,
연기에 그은 종이가 꽂힌
책더미에 갇혀서 말이다.
사방에 유리 용기며 양철통이 널브러져 있고
온갖 기구들이 빽빽하게 들어찬 곳,
태곳적 조상들의 집기가 가득 차 있는—
이것이 너의 세상! 이걸 세상이라 부르다니!

그런데도 넌 아직 묻고 있나, 어째서 가슴속
네 심장이 그토록 불안하고 답답하냐고?
어째서 설명할 길 없는 고통이
네 모든 생명 활동을 방해하느냐고?
신은 인간을 창조해서 자연 속에 넣어주었건만,
그런 살아 있는 자연 대신,
연기와 부패 속에서
동물 골격과 죽은 뼈만 널 둘러싸고 있는데도.

도망쳐라! 일어서라! 너른 땅으로 나가라!
노스트라다무스가 손수 쓴

신비로 가득한 이 책[9]이
너의 동반자로 충분하지 않겠느냐?
네가 별들의 길을 안다면,
그리고 자연이 네게 가르쳐준다면
네 안에서 영혼의 힘이 깨어날 테지,
한 정신[정령]은 다른 정신에게 어떻게 말하는가.
메마른 사유가 여기서 네게
거룩한 상징을 설명해줘봤자 아무 소용도 없어.
내 옆에서 떠도는 너희 정령들아,
내 말이 들리거든 내게 대답하라!

(노스트라다무스의 책을 펼치고 대우주 상징을 바라본다.)[10]

하! 이걸 바라보니 갑작스레 얼마나 벅찬 희열이
내 모든 감각기관 속으로 흐르는지!

인지학의 창시자인 루돌프 슈타이너(Rudolf Joseph Lorenz Steiner, 1861-1925)의 『괴테의 파우스트에 관한 정신과학적 해설』에 수록된 대우주 상징(Das Zeichen des Makrokosmus by Rudolf Steiner, Wikimedia Commons, CC-BY-SA-3.0)

---

9 프랑스의 점성가이자 왕실 주치의인 미셸 드 노스트라다무스(Michel de Nostradamus, 1503-1566)가 쓴 책을 말한다.

10 노스트라다무스의 예언서 『제세기』(諸世紀)에는 대우주 상징(우주의 전체 질서를 나타낸 도식)과 이어서 나오는 지령 상징이 없다. 따라서 괴테의 창안이다.

젊고 거룩한 생명의 행복 새롭게 불타올라
신경과 핏줄을 타고 달리는 게 느껴져.
이런 상징들을 쓴 것은 신이었던가?
내면의 광란을 진정시키고,
기쁨과 신비로운 충동으로
가련한 심장을 가득 채우며, 내 주변에
자연의 힘들을 훤히 드러내주는 이런 상징들을?
나는 신인가?[11] 이토록 밝아지다니!
이 순수한 모습들에서 활동하는 자연이
내 영혼 앞에 드러나 보인다.
이제야 비로소 저 현자[12]가 말한 뜻을 알겠네.
"영들의 세계는 닫혀 있지 않다.
네 감각이 닫혀 있고, 네 심장이 죽은 것이다!
일어나라, 학생이여. 끈기 있게
아침 여명에 지상의 가슴을 적셔라!"
(상징을 바라본다.)
어떻게 모든 것이 한데 짜여 전체를 이루고,
하나가 다른 것 속에서 작용하며 살아가는가!
어떻게 천상의 힘들이 오르락내리락하며
황금 양동이들을 서로에게 내주는가!

---

11 상징을 바라보며 빛을 느끼자 파우스트는 오만해졌다. 마법, 종교학, 점성술, 자연철학에 대해 조예가 깊고 특히 마법에 대해 백과사전적으로 설명했던 중세 종교철학자 네테스하임의 아그리파(Agrippa von Nettesheim, 1486-1535)에 따르면, 마법사는 신의 자식으로서 오만해지지 않도록 늘 자기를 돌아보며 겸손해야 한다.

12 스웨덴의 철학자이자 신비주의자인 에마누엘 스베덴보리(Emanuel Swedenborg, 1688-1772)를 가리킨다고 많은 학자가 해석한다.

축복의 향내 풍기는 날개 달고,
만유[萬有]가 조화로운 소리 울리며
하늘에서 나와 땅을 꿰뚫는가!

얼마나 대단한 구경거린가! 하지만 아! 그저 구경거리일 뿐!
무한한 자연이여, 내 그대를 어디서 붙잡을까?
그대 젖가슴을 어디서? 하늘과 땅도 거기 매달린,
모든 생명의 근원인 그대 젖가슴을?[13]
시든 가슴은 떠나간다—너희 원천은 솟아나서
젖을 주건만, 나는 이토록 헛되이 목말라 애태우나?

(못마땅해하며 마지못해 책장을 넘겨 지령[地靈][14]의 상징을 바라본다.)

이 표시는 내게 또 얼마나 다르게 작용하는가!
땅의 정령아, 네가 내게 가까이 다가오는구나.
벌써 내 기운이 더 높아진 게 느껴져,
새 포도주에 취한 듯 달아오른다.

---

13 독일의 신비 사상가 야코프 뵈메(Jakob Böhme, 1575-1624)는 이렇게 말했다. "원래의 창조주인 신은 일곱 어머니를 내면에 지니는데, 이들에게서 원천 물질(prima materia)이 나온다. 이들 일곱은 단 하나의 본질이다. 다만 우리가 그들을 나누어 관찰해야 하는 것뿐이다." 이 모습은 제2부 앞부분에 나오는 '어머니들'이나 마지막 부분의 '영광의 성모'와도 연결된다.

14 아그리파의 『오컬트 철학』(De occulta philosophia)에 따르면, "모든 원소들의 기반이자 바탕은 흙(Terra)이다". 스위스의 의학자, 자연철학자, 신비주의자, 연금술사였던 필리푸스 파라셀수스(Philippus Paracelsus, 1493-1541)도 아그리파의 유명한 문장인 "흙은 원소들의 어머니다. 모든 것은 흙으로 만들어지고 흙으로 돌아간다"를 인용하면서 흙을 "Quinta essentia"라 불렀다. 이는 본래 '다섯 번째 본질'이라는 뜻이지만 실제로는 가장 중요한 본질, 곧 에센스(Quintessenz)를 뜻하며, 이것이 불, 땅, 물, 공기와 천체를 작동시킨다. 여기서 지령(Erdgeist)은 코스모스(우주), 또는 행성(지구)이라는 몸을 입고 등장하는 지배자로서 모든 성장과 변화를 만들어내는 주체다. 괴테는 지령을 형상화할 때 바티칸에 있는 유피테르 조각상을 떠올렸다고 한다.

감히 세상으로 나아가 땅의 아픔,
땅의 행복을 짊어질 용기를 느낀다.
폭풍우가 나를 휘감는 것도,
난파하는 배의 우지끈 소리도 두렵지 않아.
내 머리 위로 구름이 덮여—
달은 그 빛을 감추고—
등불의 빛도 사라지고 있네!
증기가 피어오른다!—붉은 광선이
내 머리 주변에서 번쩍이고—
저 아치 천장에서 전율이 불어 내려와
나를 사로잡는다![15]
네가 내 주위를 떠도는 게 느껴진다, 간절히 바라는 정령아!
모습을 드러내라!
하, 내 마음 얼마나 찢어지고 있나!
새로운 감각들을 향해
내 감각기관이 모조리 헤집어진다!
내 마음 온전히 그대에게 바쳐진 걸 느껴!
너로구나! 너야! 설사 이 목숨 잃는 한이 있어도!

(책을 붙잡고 지령의 상징을 신비롭게 읊조린다. 불그레한 불꽃이 번쩍이더니 불꽃에 휩싸인 지령이 나타난다.)

지령 누가 나를 부르느냐?

파우스트 (외면하며) 끔찍한 모습이다!

지령 너는 강력하게 나를 불러냈다.
내 영역에서 오래 즙을 빨아 먹더니,

---

15 신약성서 사도행전 2장의 오순절 성령강림과 유사하다.

이젠—

파우스트 아이코! 나는 널 감당 못 하겠다!

지령 너는 나를 보겠다고 호흡으로,
내 목소리 듣겠다고, 내 얼굴 보겠다고 탄원하는구나.
네 강력한 영혼의 갈망이 나를 향하니,
내가 왔다!—그런데 얼마나 가엾은 두려움이
뛰어난 인간인 널 사로잡은 거냐! 영혼의 외침 어디 갔느냐?
그 가슴은 어디 있느냐, 세상을 제 안에 창조하여
짊어지고 품었던 가슴, 기쁨의 떨림으로 부풀어 올라
우리 정령들만큼 높이 올라온 그 가슴은 어디 있느냐?
넌 대체 어디 있느냐, 파우스트. 온 힘을 다해
내게로 밀고 들어온 네 목소린 대체 어디서 울린 거냐?
그게 너냐? 내 숨결에 둘러싸이자
생명의 깊은 자리마다 덜덜 떨려서,
두려워 움츠러든 벌레란 말이냐!

파우스트 불꽃 형상아, 내가 널 피한다고?
나다, 너랑 동등한 존재 파우스트다!

지령 생명의 물살에 싸여, 행동의 폭풍에 싸여
나는 오르락내리락 움직이며,
오락가락 베를 짠다!
탄생과 무덤,
영원한 바다,
바꾸어주는 베 짜기,
타오르는 삶,
그렇게 난 사각거리는 시간의 베틀에 앉아 창조하며
신의 살아 있는 옷을 만들어내지.

괴테가 직접 그린 지령의 모습(좌)과 바티칸 박물관의 유피테르 조각상(우)

파우스트 먼 세계를 이리저리 헤매는 그대
분주한 영이여, 내가 얼마나 너와 가깝다고 느끼는지.
지령 너는 네가 이해하는 영과 닮았을 뿐,
내가 아니라! (사라진다.)
파우스트 (쓰러지며) 넌 아니라고?
그럼 대체 누구란 말이냐?
나는 신과 같은 형상인데!
너하고도 안 닮았다니!
(문 두드리는 소리)
오 죽음이여! 알겠다—저건 내 조수구나—
내 가장 아름다운 행운이 망가지네!
이 메마른 인간이 슬그머니 끼어들어
[지령의] 이런 충만한 모습을 방해해야 하나!

잠옷을 입고 취침용 모자까지 쓴 **바그너**가 손에 등을 들고 등장하자
파우스트는 그를 못마땅하게 바라본다.

바그너 용서하십시오! 선생님께서 낭송하시는 소리가 들려서요.
분명 그리스 비극 작품을 읽고 계셨죠?
이 예술에서 저도 무언가 얻고 싶습니다만.
오늘날엔 그런 게 효과가 상당하니까요.
자주 그것에 대해 칭송하는 말을 들었거든요.
희극배우가 신부를 가르칠 수 있다네요.
파우스트 신부가 희극배우라면 그렇지.
그런 일이 이따금 일어날 수도 있겠지.
바그너 하지만 사람이 이렇게 서재에만 갇혀서
축제일에도 세상을 거의 못 본다면,
그저 멀리서 망원경을 통해서도 못 본다면,
어떻게 세상을 설득해서 이끌어갈까요?
파우스트 느끼지 못한다면, 붙잡을 순 없겠지.
영혼에서 흘러나오는 것이 아니라면,
태초의 힘을 지닌 즐거움으로
청중 모두의 마음을 사로잡는 게 아니라면 말이지.
그냥 항상 앉아 있게나! 운율이나 맞추면서,
다른 이들의 잔치에서 나온 것들로 잡탕죽을 끓이고,
열심히 풀무질해서 자네의 잿더미에
하찮은 불꽃들이나 일으키시게!
아이들과 원숭이들은 경탄하겠지.
자네 입맛이 그런 것을 원한다면야.
자네의 가슴에서 나온 게 아니고는

다른 이의 가슴에 가서 닿는 걸 만들어내진 못할걸세.

바그너 오직 강의만이 연설가의 행복입죠.
저도 잘 느낍니다만, 아직 한참 부족해서요.

파우스트 성실한 소득을 찾아보시게!
방울 달린 두건을 쓴 바보는 되지 말아야지!
이성과 올바른 감각은 별 기술 없이도
자신을 드러내는 법이라네!
진지하게 무언가 말하고자 한다면,
말[言語]들을 뒤쫓을 필요가 있는가?
자네의 말들은 뭐, 번뜩이기야 하지.
자넨 그걸로 글깨나 휘갈겨 인류에게 남길 테지만,
가을철에 마른 잎사귀 사이로 바스락거리는
안개 바람처럼 달갑잖은 것이야!

바그너 아, 맙소사! 예술은 길고
우리네 삶은 짧으니까요.
비판적인 노력을 하면서 저는
자주 머리와 가슴이 걱정됩니다.
[고대 그리스·로마] 원전들로 올라가는 데 필요한
수단을 얻는다는 것이 얼마나 어려운 일인가!
길을 절반도 가지 못했는데
가련한 자는 벌써 죽어야 하니까요.

파우스트 양피지 문서, 이게 거룩한 샘인가?
거기서 나오는 물이 갈증을 영원히 달래줄까?
자네 자신의 영혼에서 흘러나오지 않는다면,
자넨 청량제를 얻지 못할 거야.

바그너 용서하십쇼! 이런저런 시대들의 정신에

들어가보는 건 크나큰 즐거움입죠.
우리보다 앞선 지혜로운 사람이 어떤 식으로 생각했는지,
우린 또 어떻게 그처럼 훌륭히 이뤄냈는지 살펴보는 것 말입니다.

파우스트 오, 그래. 별까지는 길이 멀지!
내 친구여, 지난 시대는 우리에게
일곱 봉인이 붙은 책이라네.
자네가 시대정신이라 부른 것은
근본적으로 지배자들 자신의 정신이야.
거기에 각각의 시대들이 비치는 거지.
실로 자주 비참함이 나타난다네!
그걸 보면 사람들은 첫눈에 달아날 판이지.
쓰레기통과 잡동사니 헛간,
고작해야 본[本]연극이라 할 수 있는 국가적 사건들,
뛰어난 실용적 원칙들을 지닌
그런 일들은 인형극으로나 어울린다니까.[16]

바그너 오직 세상뿐이죠! 인간의 마음과 정신!
누구든 그에 대해 무언가 깨닫게 되길.

파우스트 뭐, 그런 걸 깨달음이라 부른다면야!
누가 감히 아이를 올바른 이름으로 부를 수 있으랴?
그에 대해 무언가 깨달은 극소수의 사람들은
어리석게도 자기의 풍성한 마음을 보존하지 못하고,
천민에게 감정과 관점을 열어 보이니,

---

16 17세기 말 이후로 유랑극단들은 영주의 운명과 국가적 사건을 다룬 역사극을 자주 공연했는데, 많은 경우 이런 본(本)연극 뒤에 짧은 코미디 공연이 이어졌다. 여기서는 시대를 대변한다고 볼 수 있는 국가적 사건들이, 코미디 공연에 앞선 본연극이기는 하지만, 인형극 수준밖에 안 된다고 비꼬는 내용이 복잡하게 압축되어 있다.

예부터 사람들이 그들을 십자가에 못 박고 불태워 죽였다네.
친구여, 제발. 어느덧 밤이 깊었으니
이번엔 이걸로 끝내야겠네.

바그너 저야 기꺼이 계속 깨어서
선생님과 이렇듯 학식 있는 대화를 나누고 싶습니다.
부활절 주일인 내일에는
또 다른 질문을 허락해주십시오.
저는 열성적으로 연구에 매진해서
이미 아는 게 많지만, 모든 것을 알고 싶습니다. (퇴장)

파우스트 (혼잣말로) 머리에서 온갖 희망이 사라지지 않는 한
언제까지나 맥 빠진 것들에 매달려서
보물을 찾겠다며 탐욕스러운 손길로 땅을 파다가,
지렁이라도 찾아내면 기뻐하겠지!

정령들의 충만함이 나를 둘러쌌던 이곳에서
저런 인간의 목소리가 울려도 된단 말인가?
하지만 아! 이번엔 네게 감사한다.
지상의 모든 아들 중 가장 가련한 네게 말이다.
내 감각들을 파괴하려던 절망감에서
나를 빼내 구해주었으니.
아! 그[지렁의] 현상은 너무 거대해서
나 자신이 실로 난쟁이처럼 느껴졌다.

신과 같은 형상인 나는
영원한 진리의 거울에 아주 가까이 다가갔다고 여기고,
하늘의 광채와 명료함에 잠겨 스스로 기꺼워하며

지상의 아들 자리를 벗어났다고 여겼지,
케루빔 이상으로.[17] 나는 자유로운
자신의 힘이 자연의 혈관을 통해 흐른다고,
활동하며 신들의 삶을 즐긴다고,
예감에 가득 차 건방지게 으스댔으니, 내 어찌 그 대가를 치를까!
천둥의 말씀 한마디가 나를 내동댕이쳤다.

감히 주제넘게 그대와 같다고 생각해선 안 된다는 거지.
그대를 끌어들일 힘은 가졌으나
그대를 붙잡아둘 힘은 없었다.
저 축복의 순간에 나는 자신을 그토록
하찮게, 그러면서도 그토록 위대하게 느꼈다.
너는 잔인하게 나를 밀쳐서,
불확실한 인간의 운명 속으로 밀어 넣었다.
누가 내게 가르쳐주나? 나는 무엇을 피해야 하나?
나는 저 충동[18]에 복종해야 하나?
아! 우리 행동 자체가 우리 고통만큼이나
우리 삶의 길을 가로막는구나.

정신이 무엇을 받아들이든, 가장 훌륭한 자에게도
언제나 낯설고 더욱 낯설게 물질이 몰려드나니,

---

17 가톨릭교에서는 천사의 품계를 9등급으로 분류하는데, 케루빔은 그중 두 번째인 지품천사로 하느님 옆에 나란히 서는 일품천사 세라핌보다 아래 등급에 속한다. 이 말로 미루어 생각하면 파우스트는 자기가 지품천사보다 위에 있다고 느꼈음을 알 수 있다.

18 신과 동등해지려는 충동. 파우스트는 마법의 힘을 동원해 지령을 불러냈는데, 이는 어두운 충동이다.

우리가 이 세계의 선함에 도달하면
더 선한 것은 기만과 망상이라 불린다.
우리에게 생명을 주었던 장엄한 감정들은
지상의 혼잡 속에서 응고되고 만다.

상상력이 대담한 날갯짓으로 희망에 넘쳐
영원을 향해 자신을 더욱 키울 때면,
상상력은 작은 공간만으로 충분하다.
시간의 소용돌이에서 행운이 차례로 무너지면,
깊은 가슴에 곧바로 근심이[19] 둥지를 틀고서
남모르는 고통을 만들어내지.
불안하게 휘돌며 즐거움과 평화를 망가뜨린다.
근심은 계속 새로운 가면을 쓰고
집으로 궁정으로, 여자로 어린아이로 나타날 수도 있고,
불, 물, 단도[短刀], 독으로 나타날 수도 있다.
너는 딱 들어맞지 않는 모든 것 앞에서 벌벌 떨고,
네가 절대 잃지 않는 것을 놓고도 늘 애도해야 한다.

나는 신들과 같지 않다! 그것이 너무 깊이 느껴졌다.
나는 먼지를 헤집는 벌레와 같구나.
먼지 속에서 먹이를 찾아 먹고사는,
나그네의 발걸음에 부서지고 파묻히는 벌레.

19 비극 제2부 제5막(11420행 이하)에서는 근심이 죽기 직전의 파우스트를 찾아와 그의 눈을 멀게 만든다.

선반 백 개로 나뉜 이 높다란 벽은
먼지도 함께 가둬두지 않느냐?
이런 곰팡이 세계에서 천 가지 하찮은 것들로
장난치라고 나를 부추기는 건 고물단지들 아닌가?
여기서 내게 뭐가 부족한지 찾아내라고?
세상 어디서나 사람들은 고통을 겪고
행복한 사람은 어쩌다 한둘씩만 있었다는 걸
천 권의 책에서 읽어내야 한단 말이냐?
텅 빈 해골아, 어째서 넌 날 보고 히죽 웃느냐?
지금 내 두뇌처럼 네 두뇌도 한때 혼란스럽게,
밝은 낮에도 그리고 어스름에서도 힘들게
기꺼이 진리를 찾아 비참하게 방황했다는 것이냐.
바퀴며, 톱니며, 납판이며 고정 집게가 달린
기구들, 너흰 물론 나를 비웃고 있지.
나는 문간에 서 있고, 너희는 열쇠가 되어야 하는데.
너희 수염이 곱슬거리긴 한다마는[20] 빗장을 올려주진 않네.
밝은 낮에도 비밀스럽게
자연은 그 베일을 빼앗기지 않으니,
자연이 네 정신에 드러내고 싶어 하지 않는 것을
네가 지레와 나사를 써서 억지로 빼앗을 순 없다.
내가 사용하지 않는 너 낡은 기구야,
너는 내 아버지가 손에 쥐었다는 이유로 여기 있지.
너 낡은 두루마리야, 이 책상에서 흐린 램프가
연기를 피우는 한, 넌 계속 그을리겠지.

20 열쇠처럼 들쭉날쭉한 모양을 말한다.

내 얼마 안 되는 것들을 가지고 이런 부담 느끼며 땀 흘리느니
차라리 탕진했더라면 훨씬 좋았을 것을!
조상들에게서 물려받은 것,
그걸 차지하려면 자신의 힘으로 얻어라!
이용하지 않는 것은 무거운 짐,
순간이 만든 것만을 인간은 이용할 수 있지.

하지만 내 눈길 어째서 저 자리에 달라붙는 걸까?
저기 저 플라스크는 눈을 끌어당기는 자석인가?
밤의 숲속에서 달빛이 주위를 비추는 양
어째서 갑자기 사랑스러운 밝은 빛이 내게 나타나는 거지?

하나뿐인 너 플라스크야, 잘 있었느냐!
지금 경건한 마음으로 너를 끌어 내린다.
나는 너를 인간의 재치와 기술로 여겨 숭배한다.
편안한 수면제의 모범인 너,
섬세하게 살상하는 모든 힘에서 추출한 너,
이제 네 주인에게 그 은총 보여다오![21]
내 너를 보니 고통이 잦아든다.
너를 잡으니 노력하는 마음 줄어들고,
차올랐던 정신의 밀물은 썰물 되어 차츰 가라앉는다.
나는 저 먼바다로 밀려 나간다.
빛을 반사하는 물살 내 발치에서 반짝거리고,
새날이 새로운 해안으로 날 오라 유혹하네.

---

21 플라스크 안에는 죽음의 약이 들어 있다.

가벼운 날개 단 불수레 한 대 떠올라
내게로 다가온다! 난 이미 순수한 활동의
새로운 영역들을 향해 새로운 길로
에테르[공기]를 뚫고 나아갈 준비가 되었다.
이 드높은 삶, 신들의 이런 환희!
여전히 벌레인 네가 당당히 이걸 획득한다고?
그렇다, 사랑스러운 지구에
단호히 네 등을 돌려라!
누구라도 그 앞에서는 슬그머니 피하고 싶어 하는
저 [죽음의] 문들을 감히 활짝 열어젖혀라.
남자의 품위는 신[神]들의 높이도
피하지 않는다는 걸 행동으로 입증할 시간이다.
저 어두운 동굴[죽음] 앞에서 상상력은 저만의 고통에
빠져들도록 저주받았지만 그렇게 떨지 말고,
좁은 입구 주변에서 지옥이 불타오르지만
저기를 통과하겠노라 갈망하며,
설사 허무 속으로 스러질 위험을 안고라도,
이 발걸음 내딛기로 명랑하게 결심할 시간이다.

자, 내려와라. 수정처럼 맑은 유리잔아!
나 여러 해 동안 널 생각한 적 없으나
이젠 너의 낡은 집에서 나와라!
너는 조상들의 즐거운 축제에서 빛났지.
누군가 널 다른 이에게 건네면
넌 진지한 손님들을 명랑하게 만들었다.
많은 모습들의 인위적인 화려함,

부활절 아침의 파우스트(요한 페터 그라프트, 1854~1856년)

그것을 운율에 맞추어 설명하는 건 술꾼의 의무,
단숨에 잔 비우기는
내 젊은 날 숱한 밤들을 기억나게 하네.
지금 난 너를 옆 사람에게 건네지 않거니와
너의 기술에 매달려 내 재치를 내보이지도 않는다.
여기 액체가 있어, 서둘러 취하게 만드는 액체.

그 갈색 물살로 너, 잔을 채운다.
내가 준비하고 선택한 음료,
마지막 음료여, 이제 온 영혼을 끌어모아
아침을 향해 드높은 축제의 인사 올려라![22]
(유리잔을 입에 가져다 댄다.)

종소리와 합창 소리

천사들의 합창 그리스도가 부활하셨네!
죽어야 할 인간에게 기쁨을,
멸망시키며 살그머니 다가오는
물려받은 결함[원죄에 해당]에
둘러싸인 인간에게.
파우스트 그 어떤 깊은 웅얼거림, 어떤 명랑한 소리가
내 입술에서 억지로 잔을 떼어내게 하는가?
너희 둔한 종소리가 벌써
부활절 축제의 첫 [기도] 시간을 알리나?
합창대여, 너희는 벌써 위로의 노랠 부르는가?
그 옛날 무덤의 밤에 천사들의 입술에서 울려와
새 언약의 확실성을 알리던[23] 그 노래를.
여성 합창 우리는 향료를 발라

---

22 파우스트는 독약을 마시기로 결심한다. 죽음을 통해 새로운 활동 무대로 나아가길 원하는 엉뚱한 희망에서 나온 행동이다.
23 그리스도의 죽음과 부활로 새로운 약속(신약)이 이루어진다.

그분을 보살폈다.
충실한 추종자인
우리가 그분을 눕혔지.
천과 붕대로
정결하게 감쌌어.[24]
아! 그런데 여기서 더는
그리스도가 보이질 않네.

천사들의 합창 그리스도가 부활하셨네!
복되신 사랑의 주님.
그분은 저 슬픔을 주는,
치유하고 강하게 단련하는
시련을 통과하셨네.

파우스트 강력하면서도 온화한 그대들, 하늘의 소리여,
어쩌자고 먼지에 붙은 나를 찾느냐?
허약한 인간들이 있는 저쪽에서 울려라.
난 그 소식을 즐겁게 듣지만, 내겐 믿음이 없다.
기적은 믿음의 사랑스러운 자식.
그 기쁜 소식[복음]이 울려 나오는
저 영역으로 나는 감히 다가가지 않는다.
하지만 난 어린 시절부터 이 울림에 익숙하니,
그 소리가 지금도 날 삶으로 다시 불러들이네.
하늘에서 오는 그 사랑의 키스가
진지한 안식일의 고요 속에서 내게로 내려왔었지.
예감에 가득 차 풍요로운 종소리 울리면

---

24 신약성서 루가의 복음서 23:53-56 참고

기도가 열렬한 인사였네.
알 수 없는 달콤한 동경이 나를 부추겨
숲과 들판을 통과해 나아갔고
뜨거운 눈물 펑펑 쏟으며
한 세계가 생겨나는 걸 느꼈다.
이 노래는 어린 시절의 즐거운 놀이들을,
봄 축제의 자유로운 행복을 예고했었지.
지금 추억이 어린아이의 감정들로 나를 붙잡아
진지한 최후의 발걸음[죽음]에서 물러나게 한다.
오, 계속 울려라, 달콤한 천상의 노래들아!
눈물이 솟구치네. 이 땅이 날 다시 차지한다!

제자들의 합창 매장된 분은 벌써
저 위를 향해 가셨지,
살아서 고귀하게
드높이 올려졌네.
그분은 생성하는 즐거움에 잠겨
창조하는 기쁨 가까이 계시네.
아! 우리는 땅의 가슴에
붙잡혀 아직 고통받는다.
그분이 제자들을, 애태우는
우리를 여기 남겨두셨다면,
아! 주님, 우리는
당신의 행운을 그리며 웁니다!

천사들의 합창 그리스도가 부활하셨네,
부패의 품에서 벗어나셨도다.
너희는 기쁘게

속박을 끊어라!
행위로 그분을 찬미하고,
사랑을 증명하고,
형제와 함께 먹고
설교하며 여행하고,
환희를 약속하는
너희 가까이 그분이 계신다.
너희 곁에 계신다!

성문 앞에서

온갖 부류의 **산보객**들이 지나간다.

수공업 도제 몇 명 어째서 저기로 나가지?

다른 도제들 우린 사냥꾼의 집으로 간다.

앞의 패거리 우린 물방앗간으로 갈 건데.

수공업 도제 한 명 물가 술집으로 가는 게 좋을 거야.

둘째 도제 거기 가는 길은 전혀 아름답지가 않아.

둘째 패거리 넌 어떡할 거냐?

셋째 도제 난 남들 가는 대로 갈 거야.

넷째 도제 성[城] 마을로 올라가자. 분명 거기엔
아주 예쁜 아가씨들과 가장 좋은 맥주가 있을 거야.
그리고 신나는 싸움박질도.

다섯째 도제 이봐, 재밌는 친구.
맞고 싶어 몸이 근질거리나 보지? 벌써 세 번째라고.
난 가기 싫어. 거긴 섬뜩하단 말이다.

하녀 싫어, 싫어! 난 도시로 돌아갈래.

다른 하녀 저 포플러 근처에서 분명 그를 찾아낼 거야.

첫째 하녀 그게 나한텐 행운이 아니지.
그는 너와 함께 갈 테니까.
유원지에서도 너하고만 춤출 테고.

네 즐거움이 나랑 무슨 상관이람!

둘째 하녀 그는 분명 오늘 혼자 오지 않을 거야.
고수머리가 함께 올 거라고 그가 말했거든.

학생 야, 저 야무진 아가씨들 걷는 꼴 좀 봐라!
어이, 친구. 이리 와! 우리 저것들을 따라가보자.
독한 맥주, 쓴맛 나는 담배
그리고 치장한 아가씨. 내 입맛에 딱 맞는걸.

시민계급 아가씨 저 멋진 사내들 좀 봐!
이건 진짜 수치스러운 일이야.
저들은 가장 훌륭한 아가씨들과 어울릴 수 있는데,
저런 하녀들 뒤를 따라가네!

둘째 학생 (첫째 학생에게)
그렇게 서둘지 마라! 저 뒤에도 두 명이 온다.
게다가 아주 깔끔하게 차려입었어.
내 이웃집 여자도 있는걸.
난 이 아가씨한테 마음이 끌려.
그들은 얌전한 걸음으로 걷지만
결국엔 우리와 함께 갈 거야.

첫째 학생 이봐, 난 우물쭈물 얌전 빼는 게 싫어.
얼른 서둘러! 저 사냥감을 놓치면 안 돼.
토요일에 빗자루를 들던 손이
일요일엔 너를 가장 잘 쓰다듬어 주거든.

시민 나 참, 새 시장은 마음에 안 들어!
지금도 이렇게 뻔뻔하니 날이 갈수록 더할걸.
그가 시[市]를 위해 하는 일이 뭐야?
날이 갈수록 더 나빠지지 않겠어?

전보다 철저히 복종해야 하고,
세금은 훨씬 많이 내겠지.

거지 (노래한다.) 선량한 신사분들, 아름다운 숙녀분들.
잘 차려입고, 볼도 불그레하시니,
저를 한 번만 보아주시고,
제 곤궁을 줄여주십쇼!
제가 여기서 헛되이 노래하지 않도록!
적선하는 분만이 즐거움을 누릴 수 있습죠.
모든 사람이 즐기는 날,
그런 하루가 제겐 수확의 날이 되어야죠.

다른 시민 일요일과 축제일에는 전쟁과
전쟁의 함성에 대한 이야기보다 더 나은 게 없지.
저 머나먼 튀르크[발칸반도 국가들]에서
낯선 민족들이 서로 치고받고 있다니.
창가에 서서 한 잔 들이켜고는 강물을 내려다보며
치장한 배들이 미끄러져 나아가는 것을 보지.
그런 다음 저녁이면 즐겁게 집으로 돌아와
우리의 평화 시대를 축복하는 거야.

셋째 시민 이웃 양반, 그렇지! 나도 그렇게 한다네.
그들이야 서로 머리를 쪼개라지.
모든 게 엉망이어도 괜찮아.
하지만 집에서만은 옛날 그대로가 좋지.

늙은 여인 (시민계급 아가씨들에게)
아, 저 화장 좀 봐! 저 젊고 예쁜 것들!
누군들 너희에게 반하지 않겠니?
다만 너무 뽐내지 마라! 이미 훌륭하니까!

너희가 원하는 것쯤은 내가 해줄 수 있지.

시민계급 아가씨 아가테, 어서 가자! 남들 보는 자리에서
저런 마녀하고 함께 있지 않도록 조심해야 해.
비록 성 안드레아 축일 밤 저 여자가 내게
미래의 애인을 생생하게 보여주기는 했지만.

다른 아가씨 내게는 크리스털 속에 든 모습만 보여주던걸.
여러모로 뻰뻰한 병사 같더라고.
이후로 사방을 둘러보며 여기저기 찾아봤지만
도무지 그 남자를 만날 수 없네.

병사들 드높은 성벽과
성가퀴[성 위에 낮게 쌓은 담]가 있는 성들과
자존심 높은 아가씨
남을 깔보는 여자를
나는 얻고 싶어!
노력은 대담하고
보상은 훌륭하다!

그리고 나팔 소리도
얻어보자.
기쁨을 위해서나
파괴하기 위해서.
그렇게 돌격!
이것이 인생!
아가씨와 성들이
굴복해야지.
노력은 대담하고

보상은 훌륭하다!
그리고 병사들은
떠나간다.

파우스트와 **바그너** 등장

파우스트 강과 내는 얼음에서 풀려나
사랑스럽고 활기찬 봄의 눈길을 관통한다.
골짜기에선 희망의 행운이 초록 싹을 틔우고,
늙은 겨울은 허약해져서
험한 산으로 물러났다.
겨울은 도망치며 그 험한 산에서부터
초록으로 싹 트는 들판 위로
힘없는 우박이나 흩뿌려 보내지.
물론 태양은 흰색을 참지 않아.
사방 어디서나 성장과 열망이 꿈틀대니,
태양은 모든 것에 색을 입히고 생기를 준다.
하지만 이 구역[도시]엔 꽃들이 없고
대신 색색으로 치장한 인간들이 있네.
몸을 돌려 이 높은 곳에서부터
도시를 돌아보자.
어둡고 텅 빈 성문에서
색색으로 차려입은 사람들의 물결이 몰려나온다.
오늘은 누구나 기꺼이 햇볕을 쬔다.
그들은 주님의 부활을 축하한다.
그들 자신도 부활했기 때문이지.

낮은 집 어두컴컴한 실내에서 벗어나,
수공업 일터나 온갖 직업의 장소에서 벗어나,
합각머리[25]와 지붕의 압력에서 벗어나,
비좁은 거리에서 벗어나,
교회의 엄격한 밤에서 벗어나
그들 모두 빛 속으로 나왔다.
보고 또 보라! 대중이 얼마나 잽싸게
온갖 정원과 들판으로 흩어지는지.
저 넓고도 긴 강에서
수많은 배가 움직이는 것을.
거의 가라앉을 정도로 사람을 태우고
마지막 배가 멀어지는 것을.
저 산속 멀리 떨어진 오솔길에서도
색색 의상들이 번쩍거리는구나.
벌써 마을의 야단법석이 들리네.
여기가 민중의 진짜 천국이니,
어른이나 아이나 만족하고 환호한다.
여기서 나는 인간이요, 그래도 된다.

바그너 박사님과 함께 산책하는 것은
명예롭고도 유익합니다.
하지만 저 혼자라면 여기서 헤매진 않을걸요.
저는 온갖 조야한 것을 싫어하니까요.
깽깽이 소리, 외침 소리, 공놀이[볼링 방식] 소리는

---

25 합각(지붕 위의 양옆에 박공으로 '人' 자 모양을 이루고 있는 각)이 있는 지붕의 옆면이다. 보통 이 부분에는 여러 가지 장식이 있다.

전부 제가 질색하는 것들입죠.
마치 악령에게 쫓긴 듯 미쳐 날뛰며
그걸 기쁨이라 부르고, 노래라고도 부르죠.

농부들 (보리수나무 아래에서 춤추며 노래한다.)

목동이 춤추려고 단장하네.
화려한 윗도리, 밴드, 화환으로
잔뜩 멋을 부렸어.
보리수나무 주변은 벌써 가득,
모두가 미친 듯 춤췄네.
야호! 야호!
야야호! 하이사! 헤!
깽깽이 활이 바쁘구나.

그는 서둘러 덤벼들다가,
팔꿈치로 그만
어떤 아가씨를 치고 말았네.
생기 있는 그 아가씨 몸을 돌리더니
이렇게 말했어. "이런 참, 멍청하기는!"
야호! 야호!
야야호! 하이사! 헤!
"그렇게 버릇없이 굴지 말아요!"

하지만 재빨리 원을 그리며 돌았네.
춤추며 오른쪽으로, 춤추며 왼쪽으로,
모든 치마가 펄럭거렸지.
벌게지고 뜨겁게 달아오른 자들은

바그너와 함께 산책하는 파우스트(오토 슈베르트게부르트, 1864년)

숨을 헐떡이며 팔에 팔을 잡고 쉬었네.
야호! 야호!
야야호! 하이사! 헤!
팔꿈치가 엉덩이에 닿았다네.

"내게 이렇듯 다정히 굴지 마요!"
얼마나 많은 사내가 신붓감에게
거짓말하고 속였던가!
그런데도 그는 그녀를 살살 꾀었어.
보리수나무에서 멀리 울리는 소리,
야호! 야호!
야야호! 하이사! 헤!
외침 소리와 깽깽이 소리.

늙은 농부 박사님, 오늘 우리를 무시하지 않고
학식 높으신 분께서
이런 민중 패거리 사이에 계시니

감개무량합니다요.
그렇다면 우리 신선한 맥주를 담은
가장 아름다운 잔을 받으시지요.
술잔을 가져와 큰 소리로 소원을 빕니다.
이 술이 당신의 갈증만 진정시키지 말고
여기 담긴 술 방울의 수만큼
당신 삶의 날들이 더해지기를 바랍니다.

파우스트 나는 그 술을 받고 여러분께는
온갖 치유와 감사를 빌어드리지요.

민중이 모여 빙 둘러선다.

늙은 농부 정말입니다. 당신이 즐거운 날에 나온 건
참 잘하신 일이지요.
전에도 힘들던 시절, 우리를
돌보아주셨고요!
당신의 아버님께서
지독한 열병에서 마지막으로 구해낸
사람 여럿이 아직 살아서 여기 있지요.
그분이 열병을 눌렀을 때 말입죠.
당시 젊었던 박사님은
병든 집마다 들어갔지요,
많은 시신을 밖으로 내갔지만,
당신은 온갖 시련들을 극복하고
건강하게 나오셨답니다.
신께서 남을 돕는 자를 도우신 거예요.

모두 시련을 이겨낸 분께 건강을,
앞으로도 오래 도움을 주실 수 있도록!

파우스트 도움을 가르치고, 도움을 보내시는
저 하늘에 계신 분께 절하십시오.
(바그너와 함께 계속 걸어간다.)

바그너 오 위대하신 분, 이런 대중의 칭송을 들으시면,
과연 어떤 느낌일까요!
자신의 재능으로 그런 이익을
얻을 수 있다니 행복하시겠네요!
아비는 자식에게 박사님을 가리켜 보여주고,
누구나 앞다퉈 달려와 질문하고,
바이올린도, 춤꾼도 잠시 멈추지요.
그들이 줄 선 사이로 박사님이 걸어가시면,
모자들이 위로 올라가지요.
마치 성체[聖體][26] 행렬이 지나갈 때처럼
거의 무릎을 꿇을 지경입니다요.

파우스트 저 바위까지 몇 걸음만 더 올라가자.
이제 여기서 걷는 걸 멈추고 잠깐 쉬자.
나는 그 옛날 자주 여기에 홀로 앉아
기도와 단식으로 나 자신을 괴롭혔지.
희망에 넘치고 믿음은 확고히,
눈물과 한숨과 간절한 손길로
하늘에 계신 주님에게서 억지로

---

26 가톨릭교에서 성스럽게 된 빵과 포도주를 예수 그리스도의 몸과 피에 비유해 이르는 말(편집자 주)

저 역병의 종말을 얻어내려고 생각했었지.
지금 대중의 칭송은 내겐 마치 비웃음 같아.
자네가 내 속을 읽을 수만 있다면,
옛날에 아비든 아들이든
이런 명성과는 얼마나 안 어울리는지!
내 아버지는 암흑의 신사,
성실하긴 해도 자기만의 방식으로,
변덕스러운 노력을 통해 자연과
자연의 거룩한 순환을 통제하려고 궁리했다.
숙련된 사람들의 모임에서
흑마술 부엌[27]에 합류해
끝없는 처방들을 거친 끝에
역겨운 것을 고안해냈단 말씀.
대담한 구혼자인 붉은 사자가
미지근한 욕조에서 백합과 혼인했지.
둘은 활활 타는 불길로 고통받으며
이 신방[新房]에서 저 신방으로 넘어갔어.
그러자 마침내 유리 용기에
여러 색이 혼합된 젊은 여왕께서 등장하셨지.[28]
환자들을 죽게 만든 게 바로 이 약이야,
아무도 누가 나았냐고 묻지 않았어.

---

27 흑마술, 곧 연금술이 행해지던 실험실을 뜻한다.

28 연금술에서 이른바 '현자의 돌'을 만들어내는 과정을 서술하고 있다. '역겨운 것'은 현자의 돌을 가리킨다. 사람들은 이 돌을 가지면 건강, 장수, 부(富)를 얻을 것이라고 생각했다. 붉은 사자(산화수은)와 백합(흰 염산)을 온갖 종류의 신방(증류기)을 거쳐 결합하면 '젊은 여왕'이 나타나고, 이어서 마지막 단계에 '붉은 왕'(현자의 돌)이 등장한다.

그래서 우리 부자는 이 끈적한 지옥의 시럽으로
이 골짜기와 이 산악지대에서
저 역병보다도 훨씬 고약하게 날뛰었다.
내가 손수 수천 명에게 독약을 주었던 거야.
그들은 죽어 사라졌고, 나는 이제 사람들이
뻔뻔스러운 살인자를 찬양하는 꼴을 견뎌야 한다.

바그너 어찌 그런 일로 슬퍼하시나요!
용감한 남자가 자기에게 주어진 기술을
올바른 때에 양심적으로 이용했으니,
그것만으로도 충분하지 않은가요?
박사님은 젊은 시절 아버님을 존경하셨으니
그분의 기술을 기꺼이 받아들인 거죠.
이제 어른이 된 당신이 학문을 더욱 키우시니
당신의 아드님은 더 높은 목표에 도달할 수 있을 테지요.

파우스트 오, 행복하겠다! 이런 오류의 바다에서
무언가 떠오를 거라고 아직도 희망할 수 있는 사람아.
사람은 제게 지금 당장 필요한 건 알지 못하고,
제가 아는 것은 쓸 줄 모르지.
하지만 이 시간이 주는 아름다운 것을
이렇듯 우울한 상념으로 망치지는 말자!
저녁해 이글거리는 빛 속에서
초록으로 둘러싸인 오두막들이 빛나는 걸 보라.
빛이 물러나 약해지니 하루가 지나갔다.
빛은 서둘러 가며 새로운 생명을 후원하지.
나를 땅바닥에서 떼어내 저 빛을 뒤쫓아
나아가도록 해줄 날개가 없다니!

그러면 나는 영원한 석양빛 속에서
내 발밑으로 고요한 세계를 바라보련만.
높은 곳은 모조리 불타는데 모든 골짜기는 차분하고,
은빛 시냇물이 황금색 물살로 흐르는 모습을.
온갖 협곡들을 지닌 거친 산도
이렇듯 신처럼 나아가는 걸음을 가로막지 못하련만.
이제 데워진 만[灣]들을 지닌 바다가
놀라는 내 눈앞에서 열린다.
하지만 여신[태양]은 마침내 가라앉은 듯하구나.
그럼에도 새로운 충동이 깨어나니,
나는 서둘러 여신의 영원한 빛을 마시고 싶다.
내 앞에는 낮을, 뒤에는 밤을,
위에는 하늘을, 아래로는 파도를 두고서.
아름다운 꿈이다. 그사이 여신은 사라지고.
아! 그 어떤 육신의 날개도
정신의 날개와 쉽사리 어울리지 못한다.
하지만 저 위 푸른 하늘 보이지도 않는 곳에서
종달새가 큰 소리로 노래할 때면,
감정이 위로, 앞으로 달려가는 건
모든 이의 마음에 들어 있는 것이지.
뾰쪽하게 솟은 가문비나무 숲 저 위에서
독수리가 날개를 펼치고 선회할 때면
그리고 평야 위로, 호수들 위로
두루미가 고향으로 날아갈 때면 말이야.

바그너 저도 자주 변덕스러운 시간을 보냅니다만
그런 충동만은 한 번도 느낀 적 없어요.

숲과 들판을 보는 것만으로 쉽게 지치는걸요.
새의 날개를 부러워하진 않을 겁니다.
정신의 기쁨은 얼마나 다른 것인지요.
책마다, 책장을 넘길 때마다!
그럴 때면 겨울밤이 사랑스럽고 아름답지요.
행복한 삶이 사지를 따뜻하게 해주니까요.
아! 더욱이 고귀한 양피지를 펼치면
하늘 전체가 머리 위로 내려앉지요.

파우스트 자넨 오직 한 가지 충동만 아는구나.
다른 충동은 만나지 않기를!
내 마음엔, 아! 두 영혼이 살고 있어,[29]
그 둘은 서로 갈라지고 싶어 한다.
한 영혼은 격한 사랑의 욕구에 잠겨
달라붙는 기관들로 세상에 매달리는데,
다른 영혼은 흙먼지에서 억지로 벗어나
드높은 조상들의 영역으로 올라가려 하지.
오, 땅과 하늘 사이를 지배하며 떠도는
정령들이 대기 중에 있다면,
황금색 향기에서 이리로 내려와
나를 새롭고 다채로운 삶으로 멀리 데려가다오!
그래, 마법 외투 하나만 내 것이었으면!
그것이 날 머나먼 나라들로 데려갈 테지.

---

29 지적·정신적 탐색을 향한 욕구와 감각적 체험 및 삶을 향한 욕구를 말한다. 바그너가 앞에서 한 말로 미루어 보면, 바그너는 지적 욕구만을 지닌다. 이와 비슷한 영혼의 이원론은 고대 사상에서 이미 찾아볼 수 있다. 괴테는 1800년 무렵 고대의 계시종교인 마니교 이론을 접했다.

내겐 그것이 가장 소중한 옷이니
왕의 외투와도 바꾸지 않으리라.[30]

바그너 대기 속에 퍼져 널리 흘러 다니는
그 유명한 패거리를 부르지 마십시오.
온 사방으로부터 인간에게
천 가지 위험을 준비하지요.
북쪽에서는 날카로운 유령 이빨이
화살촉 같은 혀를 날름거리며 덤벼들고,
동쪽에서는 그것들이 모든 걸
메마르게 하면서 몰려와 우리 허파를 갉아 먹지요.
남쪽의 사막에서 몰려오는 건
이글이글 타는 불길을 우리 정수리에 퍼붓고,
서편에서 방금 원기를 회복한 패거리가 몰려들면,
우리 모두와 들판과 목장은 물에 잠긴답니다.
그런 정령들은 해코지를 좋아하니 듣기도 잘하고,
우릴 속이길 좋아하니, 말도 잘 듣지요.
그들은 마치 하늘에서 보낸 것처럼 굴며
거짓말할 때면 천사처럼 속삭이는걸요.
하지만 이제 가시지요! 사방이 벌써 어둑한데
공기는 서늘하고 안개가 내려오네요!
저녁이 되어야 비로소 집이 소중해지는 법—
어째 그리 놀라 멈추어서 바라보십니까?

30 파우스트의 내면은 메피스토펠레스를 진심으로 부르고 있다. 악마가 그에게 접근한 것이 아니라, 그가 악마를 불러들인 것이다. 이는 또한 괴테의 정교한 심리 관찰을 보여주는 장면이기도 하다.

어스름 속에 무엇이 박사님을 그토록 붙잡나요?

파우스트 씨앗과 그루터기 사이로 이리저리 달리는 검둥개가 보이나?

바그너 한참 전부터 봤습니다만, 대수롭지 않게 여겼는데요.

파우스트 잘 살펴보게! 자네는 저 짐승이 무어라고 생각하나?

바그너 주인의 흔적을 찾느라고 나름 애쓰는
푸들[31]로 생각됩니다만.

파우스트 녀석이 멀리서 나선형을 그리며
우리에게 가까이 다가오는 걸 알아챘나?
내가 잘못 본 게 아니라면, 녀석의 발길 뒤쪽에서
불꽃 소용돌이가 일어나는걸.

바그너 제 눈엔 검정 푸들 한 마리밖엔 안 보입니다.
아무래도 박사님 눈이 착각한 것 같은데요.

파우스트 녀석이 앞으로 연을 잇기 위해 우리 발길 주위로
나직이 마법의 덫을 놓는 것 같다마는.

바그너 제 눈엔 녀석이 불안해하며 우리 주변을 뛰는 것 같네요.
주인 대신 낯선 사람 둘을 보아서 그런가 봅니다.

파우스트 원이 좁아지네, 벌써 가까이 왔다!

바그너 보십시오! 유령이 아니라 개 한 마리입니다.
으르렁거리고 경계하며 엎드려서
꼬리를 치는걸요. 개들이 하는 짓이죠.

파우스트 우리와 함께 가자! 이리 오너라![32]

바그너 어릿광대 푸들이네요.

---

31 오늘날 애완견으로 많이 기르는 품종이 아니라 덩치가 크고 털이 덥수룩한 경비견을 가리킨다. 훈련을 시킬 수 있을 만큼 영리하면서도 사나운 개라서 당시에는 허세를 부리는 대학생들이 즐겨 데리고 다녔다.

32 여기서도 파우스트가 개를 초대한다.

푸들과 함께 있는 파우스트(호세 우리아 이 우리아, 1889년)

박사님이 멈추면 녀석은 기다립니다.
말을 걸면, 박사님에게 뛰어오르고요.
무언가 잃어버리면 녀석이 가져올 겁니다.
박사님 지팡이를 가지러 물속에라도 뛰어들걸요.

파우스트 자네 말이 맞겠지. 그 어떤 정령의 흔적도
보이지 않아.[33] 모든 게 훈련된 몸짓이구먼.

바그너 지혜로운 남자도
잘 훈련된 개한테는 친절하지요.
예, 녀석이 박사님의 사랑을 통째로 얻었군요.
대학생 중에서도 똑똑한 학생이네요.

(두 사람은 성문 안으로 들어간다.)

33 바그너의 말에 넘어가 정령의 흔적을 보지 못하는 것에서 마법사 파우스트의 허점이 드러난다.

서재(1)

파우스트, **푸들**과 함께 등장

파우스트 깊은 밤에 휩싸인
들판과 초지를 떠나왔다.
예감에 가득 찬 거룩한 어둠과 더불어
우리 안에서 더 나은 영혼이 깨어난다.
사나운 충동들은 이제
온갖 격한 행동들과 함께 잠들었다.
인간의 사랑이 되살아나고,
신을 향한 사랑의 욕구가 생동한다.
조용히 해라, 개야! 이리저리 뛰지 마라!
무엇 때문에 문지방에서 그리 킁킁대는 거냐?
난로 뒤에 누워라,
가장 좋은 쿠션을 네게 주마.
저 바깥 산길에서 네가
뛰고 달리며 우릴 기쁘게 했으니
이젠 환영받는 손님이 되어
얌전히 내 보살핌을 받으렴.
아, 우리의 좁은 방에서
램프가 다시 친절하게 타오르면,

우리 가슴도 밝아지지,
자신을 잘 아는 가슴도.
이성이 다시 말하기 시작하고
희망이 다시 피어난다.
인간은 삶의 시냇물을,
아! 삶의 원천을 그리워한다.
짖지 마라, 개야! 지금 내 영혼을
온통 감싸는 거룩한 소리들에
짐승 소리는 어울리지 않아.
인간들이 제가 이해하지 못하는 걸
깔본다는 사실을 우린 익히 알지.
그들이 자기에게 거추장스레 여겨지는,
선하고 아름다운 것에 대해 투덜댄다는 사실 말이야.
개도 인간처럼 그렇게 으르렁대던가?

하지만 아! 가장 좋은 의지를 가져도,
마음에서 만족감이 흘러나오지 않는 걸 느낀다.
어째서 강은 그리 금방 마르고,
우린 도로 갈증을 느끼는 걸까?
난 그런 경험이 아주 많지.
하지만 이런 결함은 보상을 준다.
우린 초자연적인 것을 귀하게 여길 줄 알게 되고,
계시를 동경하게 된다.
신약성서보다 그런 계시가
더 고귀하고 아름답게 나타난 건 없지.

원전[原典]을 펼쳐놓고[34]
솔직한 감정으로 거룩한 원어를
내 사랑하는 도이치 말로
번역해보고 싶구나.
(큰 책을 펼치고 읽기 시작한다.)
이렇게 씌어 있군. "태초에 '말씀'이 있었다!"[35]
여기서 벌써 막히는걸! 내가 앞으로 나아가도록 누가 도와줄까?
나는 말씀을 그토록 높이 평가할 순 없으니,
내가 지령을 통해 올바른 깨우침을 얻었다면
다르게 번역해야겠지.
이렇게 씌어 있네. "태초에 '뜻'이 있었다."
펜이 너무 서둘러 나아가지 않도록
이 첫 줄을 잘 생각해보라!
모든 것에 작용하고 창조하는 것이 '뜻'인가?
이렇게 해야겠지. 태초에 '힘'이 있었다!
아니, 이걸 쓰는 동안 벌써
여기 머물러선 안 된다고 무언가가 내게 경고한다.
지령이 나를 돕는구나! 갑자기 충고가 보이니,
확신하고 적는다. 태초에 '행동'이 있었다!

내가 너를 이 방에 두기를 바란다면
개야, 짖는 걸 그만두렴.
그래, 짖어대지 마라!

34 신약성서의 원문은 헬라어(코이네 그리스어)로 씌어 있다.
35 루터가 번역한 요한의 복음서 시작 부분

이렇게 방해하는 자를
가까이 둘 순 없다.
우리 둘 중 하나는
방을 떠나야겠어.
못마땅해도 손님의 권리를 없앨 수밖에.
문이 열려 있으니 네 갈 길로 가라.
하지만 이게 무슨 꼴인가!
이게 자연에서 일어날 수 있는 일인가?
이건 그림잔가? 현실인가?
내 개가 어디까지 길어지고 벌어질까!
녀석이 부득부득 몸을 일으키네.
저건 개의 모습이 아닌걸!
내가 대체 어떤 유령을 집에 데려온 거야!
저 녀석은 이제 하마처럼 보인다.
불같은 눈길, 무시무시한 이빨.
오! 나는 널 알아!
이런 절반 지옥의 무리에게는
솔로몬의 열쇠[36]가 잘 듣지.

정령들 (복도에서) 저 안에 한 놈 붙잡혔다!
바깥에 머물러라, 놈을 따라가지 마!
덫에 걸린 여우처럼
늙은 지옥 스라소니가 두려워하네.

36 『솔로몬의 열쇠』(*Clavicula Salomonis*)는 14~15세기에 저술된 것으로 추정되는 마법서인데, 거듭 개정되면서 17세기까지 계속 인쇄되었다. 성서의 등장인물인 솔로몬왕의 말을 전한 것으로 오랫동안 잘못 알려졌다.

하지만 주목하라!
이리저리로 떠오르더니
오르락내리락
놈이 결박을 풀었다.
그에게 쓸모 있으려면, 얘들아
그를 그대로 앉혀두지 마라!
그는 우리 모두에게 이미
좋은 일을 많이 해주었으니.

파우스트 처음 만난 짐승에겐
4대 원소의 주문[37]이 필요하지.
불도마뱀 타올라라.
물의 요정 휘감고
공기 요정 사라져라.
땅도깨비 일해라.
4대 원소를
모르는 자,
그 힘과
특성을.
그럼 정령들을 지배하는
주인은 못 되지.
불꽃 속에 사라져라,
불도마뱀아!
쏴쏴 한데 흘러가라,

---

37 마법서에 등장하는 주문이 아니라 고대부터 내려오는 4원소설(물, 불, 흙, 공기가 만물을 구성하는 네 가지 기본 요소라고 주장하는 학설)을 이용해 괴테가 창안한 것이다.

물의 요정아!
아름다운 별똥별로 빛나라,
공기 요정아!
집안일을 도와라,
음란 마귀![38] 음란 마귀!
이리 나와 그만 끝내자!
넷 중 어느 것도
이 짐승한텐 없네.
녀석이 조용히 앉아 날 비웃는다.
난 녀석에게 아직 호된 아픔을 주지 못했구나.
너, 내 말 들어라.
더 강하게 불러내마.
네 이놈,
지옥의 도망자냐?
그렇다면 검은 패거리가
고개를 숙이는
이 표지[십자가]를 보아라!
털이 곤두서면서 몸이 부풀어 오르는구나.
저주받은 놈일세!
이걸 읽을 수 있겠니?
생겨난 적 없는,
발음조차 된 적 없는,
온 하늘을 통해 쏟아부어진,

38 원문은 인쿠부스(Incubus)로, 잠자는 사람의 꿈에 나타나 가위에 눌리도록 괴롭히거나 여성의 꿈에 나타나 성관계를 맺는 악령이다.

방자하게 관통된 분을?[39]
난로 뒤에 붙잡혀서
부풀어 올라 코끼리만큼 커져
방을 가득 채우는구나.
흩어져 안개가 되려는 것 같군.
천장까지 올라가지 마라!
주인님 발치에 엎드려라!
내 공연히 협박하는 게 아니란 걸 알 테지.
나는 널 거룩한 불로 태울 거다.
세 번 타오르는 빛[40]을
기다리지 마라!
나의 가장 강한 기술을
기다리지 마라!

안개가 걷히고 떠돌이 학생 차림의 **메피스토펠레스**가 난로 뒤에서 등장한다.

메피스토펠레스 뭣 때문에 이 소동이오? 나리를 위해 무얼 할깝쇼?
파우스트 저게 푸들의 정체였단 말이지!
떠돌이 학생이라고? 그 격[格]이 날 웃게 하는구나.
메피스토펠레스 학식 있는 나리께 인사드립니다!
나리는 제가 땀깨나 흘리게 했습죠.

---

39 예수 그리스도를 가리킨다. 이 구절에 함축된 생각을 다음과 같이 풀어낼 수 있다. 그리스도는 영원히 실재하는 분이니 생겨날 수가 없고, 어떤 이름으로도 그 의미를 표현할 수 없고, 그의 당당함은 하늘을 가득 채운다. 그런데도 십자가에 못 박혀서 매달리고 창에 찔려 옆구리가 관통되었다.

40 기독교의 삼위일체를 가리키는 것으로 보인다.

파우스트에게 나타난 메피스토펠레스(외젠 들라크루아, 1827년)

파우스트 네 이름이 무엇이냐?

메피스토펠레스 말을 그리 하찮다고

비웃은 분에게 그 질문 작아 보이네요.

모든 가상[假像]을 멀리 벗어나

오직 본질의 깊이만 추구하는 분이니 말이오.

파우스트 이보시게, 자네 같은 패거리는 통상

이름에서 본질을 읽어낼 수 있는 법.

남들이 자네들을 파리의 신[41], 파괴자, 거짓말쟁이라 부른다면
모든 게 분명하지 않은가.
그러니, 너는 대체 누구냐?

메피스토펠레스 항상 나쁜 것을 바라며
항상 좋은 것을 만들어내는 저 힘의 한 부분이죠.

파우스트 그 수수께끼, 무슨 뜻이냐?

메피스토펠레스 나는 항상 부정[否定]하는 정신이오!
그것도 합당한 일이지. 생겨난 모든 것은
몰락하는 게 어울리는 이치니,
차라리 아무것도 안 생겨나는 쪽이 더 낫지 않겠소.
그러니까 당신들이 죄라 파괴라 부르는 것,
줄여서 악이라 부르는 모든 것이
내 본래 원소[元素]요.

파우스트 부분이라면서 온전한 모습으로 내 앞에 서 있구나.

메피스토펠레스 소박한 진실을 말씀드리지요.
작은 바보 세계인 인간[42]이
흔히 자신을 세계라 여긴다면,
나는 처음엔 전체였다가 지금은 부분이 된 것의 일부라오.
빛을 낳은 어둠의 한 부분이라는 거죠.
오만한 빛은 오래된 등급인 공간을 놓고,
[빛을] 낳아준 어머니 밤과 경쟁을 벌이지만
성공하진 못하오. 빛이 아무리 많은 걸 추구한다 한들,

---

41 구약성서에 나오는 히브리어 '바알세붑'(baal Zebub)을 직역한 말로, '악마의 왕'이라는 뜻이다.

42 '작은 세계'(미크로코스모스, 즉 소우주)란 '인간'을 뜻하는 낱말이다. 우주를 가리키는 낱말인 '마크로코스모스'와 대비된다.

물체에 달라붙어 있으니 말이오.
빛은 물체에서 흘러나와 물체를 아름답게 만들고,
또 어떤 물체든 빛의 진로를 가로막지요.
그러니 내 바라는 바로는 그리 오래지 않아
물체와 더불어 빛도 끝날 거요.

파우스트 이제야 자네의 고귀한 임무를 알겠네!
크게는 아무것도 파괴할 수 없으니,
작게 시작하겠다는 거로구먼.

메피스토펠레스 물론 이제껏 많은 일을 한 건 아닙죠.
없어짐에 맞서는 것, 그러니까
존재하는 것, 이 둔감한 세계는,
내가 그토록 많은 일을 감행했건만
그 세계를 따라잡을 수가 없소.
파도, 폭풍, 지진, 화재 등을 동원해도
결국엔 바다도 땅도 그대로 남아 있으니 말이오!
그리고 저 저주받을 것들, 짐승이나 인간 종족,
그것들한테는 아무 일도 할 수가 없소.
내 이미 얼마나 많은 놈을 파묻었던가!
그런데도 여전히 새롭고 싱싱한 종족이 순환 중이지.
계속 이러니, 미칠 지경이오!
공기 중에도, 물속에서도 땅에서도
마른 곳이나 축축한 곳, 따스한 곳이나 추운 곳에서도
수많은 씨앗이 [멸망을] 벗어나고 있으니 말이오!
내가 불꽃[지옥불]을 보존해두지 않았더라면
나를 위해 특별한 건 하나도 없을 지경이라니까.

파우스트 그렇다면 자네는 영원히 움직이는 힘,

치유하며 창조하는 힘에 맞서
악의로 움켜쥔 차디찬 악마 주먹으로
헛주먹질을 해댄 거로구먼.
다른 걸 시작해 보지 그러나,
혼돈이 낳은 기묘한 아들이여!

메피스토펠레스 다음번엔 이 일을
진짜로 한번 생각해보십시다!
하지만 이번엔 물러나도 되겠습죠?

파우스트 어째서 그런 걸 묻는지 모르겠군.
나는 방금 자네를 알게 되었잖나.
좋을 대로 나를 방문하게!
창문은 여기, 문은 저기 있으니,
물론 자네한텐 연통도 있지.

메피스토펠레스 고백하자면! 내가 빠져나가는 걸
한 가지 사소한 훼방꾼이 막고 있어서요.
당신 문지방에 있는 저 별표 부적이—

파우스트 저 오각형 별표가 네게 고통을 준다고?
거참, 너 지옥의 아들아.
그게 너를 막는다면 여긴 어떻게 들어왔지?
이런 정령이 어떻게 속임수를 당하는 걸까?

메피스토펠레스 그걸 잘 보시오! 제대로 그려지지 않았죠.
밖으로 향하는 한쪽 구석이
그대[43]도 보다시피 조금 열려 있거든.

파우스트 그것참 우연히 잘도 들어맞았네!

---

43 은근슬쩍 친구 사이에서 쓰는 말인 'du'로 넘어간다.

그럼 자네가 내 포로란 말인가?
그야말로 대충 성공했구먼.

메피스토펠레스 푸들이 안으로 뛰어들 적에 그걸 못 본 거지.
한데 지금은 사정이 다르단 말씀.
악마도 이 집에서 나갈 수 없소.

파우스트 대체 어째서 창문으로 나가지 않나?

메피스토펠레스 악마들과 정령계의 법칙이니까요.
뛰어든 곳으로 다시 나가야 한다는 말씀.
뛰어들 땐 자유지만, 나갈 땐 노예라네.

파우스트 지옥마저도 그런 규칙들을 갖는다고?
그것 좋구나. 그렇다면 너희와도
계약을 맺을 수 있단 말이네?

메피스토펠레스 약속한 건 무엇이든 순수하게 즐기시오.
그중 무엇도 억지로 혹은 간계로 줄이진 않을 테니.
하지만 그건 그리 빨리 이해할 수 없는 일이니
다음번에 논하기로 하고,
제발 빌고 또 비나니,
이번만은 나를 놓아주시오.

파우스트 그렇다면 잠시 머물러
내게 먼저 좋은 이야기 하나 들려다오.

메피스토펠레스 지금은 나를 놓아주십쇼! 곧 다시 오지요.
그땐 무엇이든 마음껏 물으셔도 됩니다.

파우스트 내가 자네한테 덫을 놓은 게 아니고
자네가 스스로 덫에 뛰어들었어.
악마를 잡은 자여, 녀석을 꼭 잡아라!
악마를 쉽사리 다시 잡진 못할 테니.

메피스토펠레스 그대가 좋다면 나야 여기 머물며
그대의 동무 노릇을 할 각오가 되어 있소.
다만 내 기술들로 그대의 시간을
고귀하게 보낸다는 조건으로.

파우스트 좋아, 자네 마음대로 하게.
다만 그 기술이 기분 좋은 것이어야 하네!

메피스토펠레스 내 벗이여, 이 한 시간이면 그대는
감각들을 위해, 한 해의 한결같은 시간보다
더 많은 것을 얻을 거야.
상냥한 정령들이 노래로 불러주는 것,
그들이 가져오는 아름다운 모습들은
속 빈 마법의 유희가 아니오.
그대의 후각도 즐거울 거고
입도 즐거움을 맛보고
감정 또한 황홀할 거고.
미리 준비할 필요도 없소.
우리는 함께 있으니, 시작하라!

정령들 저 위 어두운
아치 천장아, 사라져라![44]
푸른 에테르[하늘]여,
더 자극적인 모습으로
이 안을 들여다보아라!
어두운 구름들아,

44 거짓의 정령들이 부르는 달콤한 노래는 그리스신화에 등장하는 세이렌들의 노래처럼 듣는 사람의 감각을 홀린다.

흩어져라!
작은 별들 반짝이고,
온화한 항성들아,
안을 비추어라!
하늘 아들들의
정신적 아름다움이여,
비틀거리는 굴곡이여,
지나쳐 가라.
그리움의 애착이여,
이리로 따라오라.
옷에 달린
펄럭이는 리본들아,
땅을 덮어라.
연인들이 생명을 위해
깊은 생각에 잠겨
자신을 내주는 곳,
정자[亭子]를 덮어라.
정자에 이어 정자를!
싹트는 넝쿨!
묵직한 포도들아,
통으로 쏟아져라.
압박하는 압착기들아,
시냇물로 뛰어들어라.
거품 이는 포도주야,
순수하고 고귀한
암석 사이로 방울져 떨어져라.

높은 산들은
뒤에 놓아두고,
초록 언덕아,
즐기도록 바다까지
넉넉히 넓어져라.
새들은
환희를 들이마시고
태양을 향해,
밝은 섬들을 향해
날아가라.
파도를 타고 이리저리
떠도는 섬들,
거기선 환호하는 이들의
합창 소리 들리고
목초지 위엔 춤추는
이들이 보이네.
모두 야외에서
즐기고 있구나.
어떤 이들은
높은 곳으로 올라가고
다른 이들은
바다에서 헤엄치고,
또 다른 이들은 둥실 떠가네.
모두 삶으로,
모두 먼 나라로,
사랑하는 별들의

행복한 은총.

메피스토펠레스 잠들었구나! 좋다, 대기의 상냥한 젊은이들아!
너희가 충심으로 노래 불러 그를 잠재웠으니,
이번 음악회는 내가 너희에게 빚졌다.
너는 아직은 악마를 붙잡아둘 사내는 못 돼.
달콤한 꿈의 모습들이 주변에서 나풀거리며
그를 망상의 바다에 빠뜨렸구나.
하지만 이 문지방의 마법을 찢으려면
생쥐 이빨이 필요해.
오래 부를 필요도 없다,
벌써 여기서 한 마리 부스럭대니 곧 내 말을 들을걸.

쥐들과 생쥐, 파리, 개구리, 빈대,
이[蝨]를 다스리는 주인아,
너 감히 손수 앞으로 나서서
이 문지방 갉아봐라.
마치 그가 기름칠을 해놓은 듯—
너 벌써 나왔구나!
어서 일을 시작해라! 나를 가둔 그 뾰쪽한 끝,
바로 저 모서리 맨 앞쪽이다.
한 입만 더, 그래 끝났군—
그럼 파우스트여, 우리 다시 만날 때까지 꿈이나 꾸어라.

파우스트 (깨어나며) 내가 다시 기만당했나?
그 총명한 갈망 사라지고
꿈이 나를 홀려 악마를 빼가고,
푸들은 내게서 도망친 건가?

서재(2)

파우스트와 **메피스토펠레스**.

파우스트 문을 두드린 건가? 들어와! 누가 다시 날 괴롭히려고?
메피스토펠레스 나요.
파우스트 들어오게!
메피스토펠레스 세 번 말해야 하오.
파우스트 그렇담 들어와!
메피스토펠레스 이러니 그대가 내 마음에 들지.
우린 서로 잘 맞을 것 같네!
그대의 변덕 몰아내려고
나는 고귀한 귀족 차림으로 왔네.
황금 가장자리를 댄 붉은 저고리에
빳빳한 비단 반코트,
모자엔 닭의 꼬리 깃털,[45]
기다랗고 끝이 뾰쪽한 검을 찼지.[46]
요컨대 그대에게도 뭐

---

45 전통적인 악마의 표지

46 귀족이기에 칼을 차고 다닐 수 있다. 시민계급인 파우스트에게는 허용되지 않는 일이다. 메피스토펠레스는 계급의 한계를 뛰어넘어 자유로운 삶으로 나아가자는 뜻에서 자기와 비슷한 옷차림을 파우스트에게 권한다.

비슷한 옷차림을 권하는 바요.
모든 것에서 벗어나 자유롭게
삶이 무언지 체험하도록 말이지.

파우스트 무슨 옷을 입든 나는 비좁은 지상의
삶이 주는 고통을 느낄 뿐이지.
철없이 놀기만 하기엔 너무 늙었고,
소원 없이 지내기엔 아직 너무 젊으니 말일세.
세상이 대체 내게 무얼 줄 수 있을까?
없이 지내라! 부족하게 지내라고!
이건 모든 사람의 귓가에
울리는 영원한 노랫가락,
우리 평생 매 순간
목쉬게 울려오는 노래지.
놀라며 아침에 깨어나면
나는 쓰라린 눈물 흘리고 싶다.
하루가 다 지나도록 그 어떤 소망도,
단 한 가지도 이루지 못할 또 하루를 보면서,
온갖 쾌감의 예감마저
고집스러운 흠 잡기로 망가뜨리고,
활동적인 내 가슴의 창조를 삶의 역겨운
천 가지 일상이 방해할, 그런 하루를 보면서 말이야.
밤이 내리면, 나는 불안하게
잠자리에 몸을 누이지.
거기서도 안식은 주어지지 않아,
사나운 꿈들이 나를 놀라게 할 것이니.
내 가슴속에 사는 신은

가장 내밀한 곳을 깊이 자극할 수 있어.
그 신은 내 모든 힘 위에 군림하면서도
밖을 향해선 작은 움직임도 일으키지 못해.
그러니 삶은 내겐 짐이요,
죽음만이 소망이지. 삶은 혐오스러워.

메피스토펠레스 그런데도 죽음이 온전히 환영받는 손님인 적 없었지.

파우스트 오, 승리의 광채로 빛날 때, 죽음이 피 묻은
월계관을 그 빰에 둘러주는 자여, 복되도다.
빠르고 열광적인 춤을 춘 다음,
아가씨 품에서 죽음을 얻는 이도.
나는 저 드높은 영[지령]의 힘에 황홀해진 채
죽어 쓰러졌더라면 좋았을 것을!

메피스토펠레스 그런데도 그날 밤 누군가는
저 갈색 액체를 마셔버리지 못하던걸.

파우스트 엿보는 일이 네 즐거움인 모양이군.

메피스토펠레스 난 전능하진 않아도 많은 걸 알지.

파우스트 잘 아는 사랑스러운 노래가
끔찍한 혼란에서 나를 빼내
즐겁던 시절의 울림들로
어린 시절 감정의 찌꺼기를 속였다면,
나 이제 유혹과 기만술로
영혼을 감싸는 모든 걸 저주한다,
눈부신 힘, 기쁘게 하는 힘으로 영혼을
이 슬픔의 동굴에 가두는 걸 모조리!
무엇보다 저 지령이 저의 주변에 두른
드높은 의견이여, 저주받아라!

우리 감각에 밀려드는
그 현상의 눈부심이여, 저주를!
꿈속에서 우리를 속이는 것,
저 명성, 이름의 지속성이라는 기만이여, 저주를!
여자와 아이라는, 굴종과 쟁기라는 형태로,
소유라는 형태로 우리에게 아첨하는 것도 저주받아라!
맘몬[物神][47]이여 저주받아라.
보물을 동원해 우리를 담대한 행동으로 몰아가거나
아니면 한가로이 즐기라고
쿠션을 마련해주는 것이니!
고통을 진정시키는 포도의 즙[포도주]이여, 저주를!
가장 높은 사랑의 은총이여, 저주를!
희망이여, 저주를! 믿음이여, 저주를!
그 모든 참을성에도 저주를![48]

정령들의 합창 (보이지 않고 소리만) 슬프구나, 슬프다!
그대는 파괴했네.
강력한 주먹으로
그 아름다운 세계를.
그 세계가 무너지고 부서진다!
반신[半神]이 그 세계를 부수었다!
우리는 그 잔해를
허무를 향해 가져가며,

---

47 부(富), 돈, 재물, 소유를 뜻한다.

48 파우스트는 모든 인간에게 소중한 사랑, 희망, 믿음, 참을성을 저주한다. 자신에게도 소중한 미덕들을 거부한 셈이다.

파우스트와 메피스토펠레스(안톤 카울바흐, 19세기 말~20세기 초)

사라진 아름다움에 대해
탄식하노라.
땅의 아들 중
강력한 이여,
뛰어난 이여,
그 세계를 다시 세워라.

너의 가슴속에 다시 세워라!
새로운 삶의 여정을
시작하라,
밝은 감각으로.
그걸 위해 새로운 노래들
울려 나오네.

메피스토펠레스 이들은 나와 같은 종족 중
작은 존재들.
쾌락과 행동으로 나아가라고,
조숙한 그들이 충고하는 말 들어라!
머나먼 세계를 향해,
감각들과 생명의 즙이 멎어 있는[49]
고독에서 벗어나라고
그들은 그대를 유혹하려는 거요.
그대 생명을 독수리처럼 파먹는
비통함으로 장난치는 걸 멈추오.
가장 나쁜 동반자라면 그대가 다른 인간들과
함께 한 명의 인간일 뿐이라고 느끼게 만들겠지.
하지만 그대를 그런 패거리 속에
몰아넣을 생각 없네.
비록 난 위대한 존재의 일원은 아니지만,
그대가 나와 함께 삶을 통과하는
발걸음 옮기겠다면

---

49 당시에는 학자들이 병에 걸리는 이유가 오래 앉아 있다 보니 신체의 즙을 내보내지 못함으로써 정신이 긴장하고 순환기가 좁아졌기 때문이라고 생각했다.

나는 그대 사람이 되기로 하지.
이 자리에서 즉시
동반자가 되어
그대를 만족시키겠소.
나는 그대의 하인, 시종이오!

파우스트 그 대가로 난 무엇을 주어야 하는가?

메피스토펠레스 그 질문까지는 아직 시간이 많이 남았는데.

파우스트 아니지, 아니야! 악마는 이기주의자라,
남에게 이로운 일을
그리 쉽사리 할 리 없지.
조건을 분명히 말해라.
그런 하인은 집에 위험을 불러들이거든.

메피스토펠레스 '여기서' 나는 그대에게 봉사하지.
그대 손짓에 따라 쉬지도 놀지도 않겠소.
'저편에서' 우리가 다시 만나면
그대는 내게 같은 일을 해주시오.

파우스트 저승에 대해선 난 그리 근심하지 않아.
네가 이 세상을 때려 부순다면
나중에 다른 세상이 오겠지.
내 기쁨은 이 땅에서 솟아나고,
이승의 태양이 내 고통을 비추지.
그것들과 작별하게 된다면
무슨 일이 일어나든 상관없어.
그에 대해선 더 듣고 싶지도 않네.
앞으로도 사람들이 미워하든 사랑하든,
저승의 공간에도 위아래가

있든 말든 개의치 않으니까.

메피스토펠레스　그런 마음이라면 그대는 감행할 수 있겠네.
합의하시게, 그대는 이승의 나날에
즐거이 내 기술을 보게 될 거야.
어떤 인간도 보지 못한 것을 내 그대에게 주겠네.

파우스트　너 따위 가련한 악마가 무얼 주겠다는 말이냐?
인간의 정신이 드높은 노력을 하던 중에
너 같은 자에게 이해받은 적이 있던가?[50]
아무리 먹어도 배 부르지 않는 음식이라도 가졌느냐?
마치 수은처럼 쉬지 않고 손바닥에서
부서져 사라지는 붉은 황금이라도 가졌느냐?
아무도 결코 이기지 못하는 게임이라도 가졌느냐?
내 품에 안긴 채 눈으로는 벌써
이웃 남자와 결합하는 아가씨라도 가졌느냐?
별똥별처럼 사라지는
명예라는 신들의 즐거움이라도 가졌느냐?
따기도 전에 상하는 열매를 보여다오.
날마다 새롭게 푸른 잎이 돋는 나무를 보여다오!

메피스토펠레스　그런 명령은 놀랍지도 않고
그런 보물들로 봉사할 수도 있지만,
좋은 벗이여, 우리가 무언가 좋은 것을
조용히 맛보고 싶은 시간이 다가온다오.

파우스트　내가 게으름의 침대에 편안히 몸을 눕힌다면,

50　중세 악마론에서 강조하는 바에 따르면, 악마는 인간을 속속들이 파악하고 이해할 수 없다고 한다.

난 이미 끝난 거지!
내가 내 마음에 들 거라고
자네가 아첨으로 날 속일 수 있다면,
자네가 쾌락으로 날 속인다면,
그건 내 마지막 날이 되리라!
내기라도 하자!

메피스토펠레스 좋소!

파우스트 손바닥을 마주치자![51]
내가 순간을 향해 "멈추어라!
너는 그토록 아름다우니!"라고 말한다면,
너는 나를 사슬로 묶어도 좋다.
내 기꺼이 몰락하리라!
그러면 죽음의 종이 울리고
너는 종살이에서 풀려난다.
시계는 멈추고 시곗바늘 떨어져라.
나를 위한 시간은 지나갔으니!

메피스토펠레스 잘 생각하시게. 우리는 그런 말 잊지 않아.

파우스트 넌 완벽하게 그럴 권리가 있다.
내가 주제넘게 그런 말 하는 건 아니야.
만약 [만족감에] 머무른다면, 나는 종이 되리니,
너의 종이든, 그 누구의 종이든 상관없어.

메피스토펠레스 오늘 즉시 박사들 연회에서 그대 하인으로

---

51 내기할 때의 의식이다. 말을 하면서 오른쪽 왼쪽 순서대로 손바닥을 서로 마주친다. 여기서 파우스트와 메피스토펠레스는 주인과 종의 관계가 아니라 동반자 혹은 친구처럼 대등한 관계로 계약을 맺는다.

내 임무를 수행할 생각이오.
한 가지만! 살든 죽든 어쨌든
몇 줄 적어주기를 청하오.[52]

파우스트 뭔가 문서를 요구하는 거냐, 이 현학자야?
너는 남자를 모르고, 남자의 말을 모른단 말이냐?
내가 내뱉은 말이 항구적으로
나의 나날들을 지배하리라는 것만으론 충분치 않은가?
세상은 온갖 흐름으로 계속 질주하지 않느냐.
그런데 약속 하나가 나를 붙잡는다고?
하지만 이런 망상은 우리 마음에 깃든 것인데,
누군들 망상에서 기꺼이 벗어나려 할까?
순수한 신의를 마음에 지닌 자여, 복되도다.
그 어떤 희생도 그는 후회하지 않을 것이니!
글자가 적히고 인장이 찍힌 양피지는
모든 이가 꺼리는 유령이다.
펜에서 이미 낱말은 죽고,
밀랍과 가죽이 지배권을 갖게 되지.
너 악한 영아, 내게 무얼 바라느냐?
광석이냐, 대리석이냐, 양피지냐, 종이냐?
석필로 긁으랴, 끌로 파내랴, 펜으로 적으랴?
네게 선택권을 주마.

메피스토펠레스 어찌 그리 열을 올리며
요설을 과장스레 늘어놓는 건가?

---

52 이로써 메피스토펠레스는 단순 내기를 서면계약으로 바꾼다. 다만 내기의 시한은 정하지 않았다.

어떤 쪽지든 좋소!
그대의 피 한 방울로 서명만 한다면.

파우스트 그게 그토록 만족스럽다면
계속 그리 인상이나 쓰게.

메피스토펠레스 피는 아주 특별한 용액이니까.

파우스트 내가 이 약속을 깨뜨릴까 봐 두려워하진 마라.
내 모든 힘이 갈망하는 건
내가 약속한 바로 그것이니.
나는 지나치게 잘난 척했구나.
난 그냥 너 정도 등급일 뿐인걸.
위대한 영[靈]은 나를 거부했고,
자연은 내 앞에서 문을 닫았다.
사유의 실마리 끊겼고,
오래전부터 나는 모든 지식이 역겹구나.
감각 깊은 곳에서
타오르는 정열을 진정시켜다오!
꿰뚫을 수 없는 마법의 덮개 아래
곧바로 모든 기적을 준비하라!
시간의 도취 속으로 뛰어들자.
사건의 소용돌이 속으로!
고통과 만족,
성공과 좌절은
가능한 한 계속 교차하라.
사나이는 끊임없이 활동하는 법이니.

메피스토펠레스 그대한텐 어떤 척도나 목적도 주어지지 않아.
내키는 대로 여기저기 즐겁게 맛보고,

계약을 맺는 파우스트와 메피스토펠레스(외젠 시베르트, 1900년경)

도망치며 무엇이든 낚아채고,
마음에 든다면 그걸 바로 차지하게나.
그냥 움켜쥐고 어리석어지진 마시게!

파우스트 자네 들었지, 즐거움이 문제가 아니다.
현기증과 가장 고통스러운 쾌감, 사랑에 빠진 증오,

갈수록 더해지는 넌더리에 나 자신을 바칠 거야.
지식욕에서 치유된 내 가슴은
앞으로 어떤 고통도 거부하지 말아야지.
온 인류에게 주어진 것을
내면의 자기[自己] 안에서 누리겠네.
내 정신으로 가장 높은 것과 가장 깊은 걸 붙잡고,
온 인류의 쾌감도 아픔도 내 가슴에 쌓아 올리고,
그렇게 나의 자기[自己]가 인류의 자기[自己]로 확장되어야지.
그리고 종국에는 그들처럼 나도 부서지리라.

메피스토펠레스 오, 수천 년 동안이나 이 단단한 음식을
씹어본 내 말 믿으시게.
요람에서 무덤까지 그 어떤 인간도
그 오래된 반죽을 소화하지 못했다는 걸!
우리 같은 자들의 말을 믿어요. 이 모든 건
오직 신을 위해 만들어진 거야!
신은 스스로 영원한 광채 속에 있으면서
우리[악마]를 어둠 속으로 보내버렸다니까.
그리고 낮과 밤은 당신네 인간들한테 쓸모가 있지.

파우스트 하지만 난 그걸 원해!

메피스토펠레스 거 듣기 좋은 소리군!
다만 한 가지만은 내게 두려우니,
시간은 짧고 예술은 길다.
내 생각에 그대는 이런 가르침, 들었을 것이오.
한 시인을 연상해서
그 신사가 그대의 사유 속에 떠돌며,
모든 고귀한 특성들을

그대의 명예로운 두개골에 쌓아 올리도록 하시게.
사자의 용기,
사슴의 신속함,
이탈리아 사람의 불같은 피,
북방 사람의 지구력 말이지.
그가 자네를 위해 너그러움과 간계를
결합해줄 비밀을 찾아내게 하고,
다정한 청춘의 충동들로,
하나의 계획에 따라 사랑에 빠지게도 만들고.
나조차 그런 신사 한 명을 알고 싶은걸.
그를 소우주 선생[53]이라 부를 수 있겠지.

파우스트 모든 감각이 갈망하는
인류의 왕관을 차지하지 못한다면
나는 대체 무어란 말인가?

메피스토펠레스 자넨 결국—자네 자신이지.
수백만 터럭 고수머리 가발을 쓰고
팔꿈치 높이의 양말을 신어도
자넨 여전히 자네 자신이야.

파우스트 나는 인간 정신의 온갖 재보[財寶]를
긁어모았으나 헛일 같구나.
내가 마지막에 주저앉는다면
내면에서 그 어떤 새로운 힘도 솟아나지 않을걸.

---

53 고대부터 서양에서는 자연을 대우주(Makrokosmos)로, 인간을 소우주(Mikrokosmos)로 보았다. 메피스토텔레스가 말한 구절은 '대우주를 자기 안에 반영하는 인간'이라는 뜻으로 일종의 아이러니다.

머리카락 한 올만큼도 더 높아지지 않고,
무한성에 더 가까워지지도 않을 거다.

메피스토펠레스 선량하신 나리, 당신은 그저
남들이 보는 대로 모든 걸 보시는구려.
삶의 즐거움이 우리한테서 달아나기 전에
좀 더 영리하게 그걸 정리해야지.
무슨 소리냐! 손과 발,
머리와 엉덩이[54]는 물론 자네 것이지.
하지만 그렇다고 해서 내가 생생하게 즐기는 모든 것이
덜 내 것이라는 말인가?
내가 수말 여섯 마리의 값을 치를 수 있다면
그들의 힘은 내 것 아닌가?
나는 다리가 스물네 개 달린 것처럼
달음박질해도, 여전히 어엿한 남자란 말이지.
그러니 어서! 모든 궁리는 놓아두고
단김에 같이 세상으로 들어가세!
내 말인즉슨, 사색만 하는 사내는
마른 들판의 짐승과 같아서
사방에 아름다운 초록 풀밭이 펼쳐져 있는데도
악한 영에 사로잡혀 같은 자리만 빙빙 맴돌지.

파우스트 그럼 어떻게 시작한다지?

메피스토펠레스 곧바로 떠나세.
이건 대체 무슨 고문의 장소란 말인가?

---

54 원문에는 "H——"라고 표기했는데, 이는 엉덩이(Hintern)를 나타낸다. 육필 원고에는 제대로 표기했지만, 당대의 검열을 피하기 위해 인쇄본에서는 "엉——"로 썼다.

자신뿐 아니라 젊은이까지 지루하게 만들다니,
이게 대체 무슨 삶이란 말인가?
그런 일은 옆방의 뚱보 신사에게 맡기시고!
지푸라기를 탈곡하려고 뭐 그리 애쓰시나?
자네가 아는 가장 좋은 것을
애들한테 말할 수도 없을 텐데.
방금 한 녀석이 복도에 나타난 기척이 들리는걸!

파우스트 난 그가 보이지 않는데.

메피스토펠레스 저 가엾은 젊은이는 한참이나 기다렸어.
아무 위안도 없이 떠나게 해선 안 되니
어서, 자네 외투와 모자를 내게 주게.
이런 가면이 나한테 멋지게 어울릴 거란 말씀.
(옷을 갈아입는다.)
자, 이젠 나의 재치에 맡기게!
한 15분 정도면 충분해.
그사이 자넨 출발 준빌 하게나!
(파우스트 퇴장)

메피스토펠레스 (파우스트의 긴 의상을 입고)
인간이 지닌 최고의 힘인
이성과 학문을 비웃어라.
현혹하는 마법의 영역에서 너는
거짓의 정신으로 너 자신을 강화하라.
그럼 나는 아무런 조건 없이 널 확실하게 차지할 것이니—
통제되지 않은 채 항상 앞으로 돌진하는 정신을
운명이 그에게 주었단 말씀.
너무 서두르는 그의 열망은

지상의 즐거움을 뛰어넘고 말지.
거친 삶을 통과해 평범한 무의미 사이로
그를 이리저리 끌고 다닐 테다.
그는 비틀거리며 뻣뻣이 굳어서 내게 매달리겠지.
만족할 줄 모르는 특성에는
갈증 난 입술 앞에 음식을 흔들어 보여야지.[55]
그는 청량제를 갈망하지만 소용없어.
악마한테 자신을 내주지 않았다 해도
결국은 몰락하고 말 테니!

학생 한 명 등장

학생 저는 최근에야 이곳에 왔는데,
모두가 존경심을 담아 입에 올리는 그분을 만나
이야기를 나누며 그분을 깊이 알고 싶어서
복종하는 마음으로 찾아왔습니다.
메피스토펠레스 예의 바른 젊은이를 보니 무척 기쁘군!
하나 자네는 여느 사람과 다름없는 자를 한 명 더 만날 뿐이지.
벌써 이곳을 좀 둘러보았겠군?
학생 부탁이오니, 저를 보살펴주십시오.
저는 용기를 내서 이곳으로 왔지요.
돈도 좀 지녔고, 혈기 왕성합니다.
어머니는 저를 떠나보내려 하지 않으셨죠.

---

55 그리스신화 속 인물 탄탈로스가 받은 형벌이다. 큰 부자였지만 오만했던 그는 지옥으로 떨어져 영원히 배고픔과 목마름의 고통을 당하게 되었다.

하지만 전 여기서 제대로 된 가르침을 얻고 싶습니다.

메피스토펠레스 꼭 알맞은 곳으로 왔네.

학생 솔직히 말씀드리자면 도로 떠나고 싶습니다.
이 담벼락 안, 이렇듯 너른 교실들 속에 앉아 있는 건
전혀 제 마음에 안 들거든요.
정말 제한된 공간인 데다
어디에도 초록이나 나무는 보이지 않으니,
이런 교실 안 의자에 앉아서는
듣고, 보고, 생각하는 능력이 사라질 판입니다.

메피스토펠레스 그거야 오직 습관의 문제일 뿐이네.
아기는 어머니의 젖을
처음부터 선뜻 물려고 하지 않지.
하지만 머지않아 기쁘게 받아먹지 않나.
그렇듯 자네도 지혜의 젖가슴에서
날마다 더 큰 즐거움을 얻을 걸세.

학생 저야 기꺼이 지혜의 목에 매달릴 셈입니다.
다만 어떻게 거기 도달할 수 있는지 알려주십시오.

메피스토펠레스 더 나아가기 전에 말해보시게.
무슨 과목을 선택할 셈인가?

학생 학식이 풍부해지고 싶습니다만.
기꺼이 지상의 일과 하늘의 일을
알고 싶습니다.
학문과 자연을요.

메피스토펠레스 올바른 궤적을 쫓고 있구먼.
하나 마음이 이리저리 산만해지면 안 되네.

학생 저야 영혼과 육신으로 그것을 추구합니다.

물론 아름다운 여름날엔
약간의 자유와 오락을
누린다면 좋겠습니다.

메피스토펠레스 시간을 잘 활용하게. 쏜살같이 흘러가거든.
하지만 질서가 시간 얻는 법을 가르쳐줄 거야.
내 소중한 친구여, 충고하건대 맨 먼저
논리학[56] 분야를 공부하게나.
그럼 자넨 정신을 잘 훈련할 수 있을 거야.
스페인 장화[57]의 끈을 질끈 맨
논리학이 조심스럽게
사유의 길로 이끌어갈 걸세.
그러니까 도깨비불처럼 가로세로,
이리저리로 깜박대지 않고 말이야.
그런 다음엔 많은 날 동안,
자네가 보통 단번에 해치우던 일,
즉 자유롭게 먹고 마시는 일 같은 것을
"하나! 둘! 셋!" 하고 거기 꼭 필요한 걸 가르치지.
사유의 직조공장이란
직조공의 걸작품과도 같은 것.
발판 한 번 밟으면 천 개 실들이 움직이고,
북은 이리로 저리로 오가며
실들은 보이지 않게 흐른다.

---

56 Collegium Logicum. 사유의 학문으로 과거 서양에서는 법학, 의학, 신학을 공부하기 위한 예비단계로 여겼다. 문법, 수사학, 변증법 등이 여기 속한다.

57 발을 짓이겨 고문하는 기구

한 번 덜컥하면 천 개의 연결들이 생겨난다.
철학자가 등장해서
그래야 한다는 걸 증명해준다.
첫 번째가 그러하고 두 번째가 그러하다면
따라서 세 번째와 네 번째도 그러하다.
그리고 첫 번째와 두 번째가 그렇지 않다면
세 번째와 네 번째는 절대로 그렇지 않다.
학생들은 사방에서 그걸 찬양하지만
그래봤자 아무도 직조공이 되진 못했지.
살아 있는 것을 인식하고 묘사하려거든,
먼저 정신을 몰아내려 시도해보라.
그러면 그는 부분들을 손에 쥐는데,
유감이지만! 정신적 연결만은 부족하다.
화학은 그걸 자연의 비법[58]이라 부르며,
저 자신을 비웃긴 하지만 어찌할 바를 모른다네.

학생 그 말씀은 당최 이해할 수 없군요.

메피스토펠레스 다음번엔 훨씬 나아질 거야.
자네가 모든 걸 줄이고
적절히 분류하는 법을 배운다면 말일세.

학생 저야 모든 면에서 멍청하니
마치 머릿속에서 물레방아가 도는 것 같군요.

메피스토펠레스 나중에 다른 무엇보다도 먼저

---

58 자연의 비법(Encheiresis naturae)이란 인간은 흉내 낼 수 없는, 자연이 사물을 결합하는 방식을 말한다. 괴테가 슈트라스부르크 대학교에 다닐 때 그의 스승인 화학자 슈필만(Spielmann)이 사용한 용어다.

형이상학에 접근해야 할 거야!
거기서 자네가 깊은 의미를 파악하려 한다는 걸 알게 되지.
인간의 두뇌에는 맞지 않는 것들 말일세.
거기 들어가거나 들어가지 않는 것에 대해
장엄한 낱말 하나가 동원될 거야.
하지만 무엇보다도 이 반년 동안
가장 중요한 규칙을 관찰하게.
매일 다섯 시간을 공부할 테니,
종소리와 함께 거기 머무르겠지!
먼저 예습을 잘하고
항목을 잘 익히게.
나중에는 교수가 책에 쓰인 것 외에
다른 말을 전혀 안 한다는 걸 알게 될 거야.
하지만 쓰기를 열성적으로 공부하게,
성령이 자네에게 불러주는 것처럼.

학생 그거야 두 번 말씀하지 않으셔도 됩니다!
그게 얼마나 쓸모 있는지 생각하고 있거든요.
무엇이든 문서로 된 걸 손에 넣으면
안심하고 집으로 가져갈 수 있으니까요.

메피스토펠레스 하지만 학부를 선택하게나!

학생 법학에는 그리 마음이 끌리지 않습니다만.

메피스토펠레스 그렇다고 자네를 나쁘게 생각할 순 없구먼.
그 학문이 어떤지는 내가 잘 아니까.
그것은 법과 권리들을 계속
영원한 질병처럼 전수한다네.
법이란 이 종족에서 저 종족으로 옮겨가며

조심스럽게 장소들을 이동하지.
이성은 헛소리고 선행은 고통이 되니,
자네가 손자라면 운이 나쁜 거야.
우리가 가지고 태어난 권리에 대해선
유감스럽게도! 전혀 논하질 않아.

학생 말씀을 들으니 싫어하는 마음이 더욱 커지는군요.
당신의 가르침을 받는 자는 복됩니다!
이젠 신학이 공부하고 싶어지는데요.

메피스토펠레스 자네를 헷갈리게 하고 싶진 않아.
이 학문으로 말할 것 같으면
잘못된 길을 피하기가 몹시 힘들다네.
거기엔 감추어진 독이 무수히 많은데,
약제와 잘 구분되지 않거든.
여기서도 한 명의 말만 듣고
스승의 말을 확신하는 게 가장 좋지.
전체적으로—말씀에 의지하게나!
그러면 안전한 문을 통과해
확신의 신전에 도달하지.

학생 하지만 말씀에 하나의 개념은 있겠지요.

메피스토펠레스 벌써 좋구나! 다만 자신을 들들 볶지는 말게.
개념들이 없는 자리에서
제때 말씀이 나타나곤 하니 말일세.
말씀과 더불어 제대로 싸우고,
말씀으로 체계를 마련하고,
말씀을 제대로 믿고,
말씀에서 작은 점 하나도 빼지 말아야 하네

학생 용서하십시오. 많은 질문으로 박사님을 붙잡았는데,
아직도 모든 일에 수고를 끼치니 말이죠.
의학에 대해서도
강력한 말씀을 해주시겠습니까?
3년은 짧은 시간이지요.
그리고 맙소사, 이 영역은 아주 넓으니 말입니다.
암시만 보여주셔도 벌써
훨씬 많이 나아간 듯 느껴지니까요.

메피스토펠레스 (혼잣말로) 무미건조한 말투에 나도 싫증 나는군.
다시 악마 노릇을 제대로 해야겠는걸?
(큰 소리로) 의학의 정신은 파악하기 쉽지.
자네는 큰 세계와 작은 세계를 두루 탐구하지만
마지막엔 결국 신의 마음에 드는 대로
가만히 놔두게 될걸세.
사방으로 학문을 탐구하고 돌아다녀도 소용없어.
누구든 자기가 배울 수 있는 걸 배울 뿐이거든.
하지만 순간을 붙잡는 자,
그가 진짜 남자지.
자네는 체격이 상당히 좋으니
대담성도 그에 못지않을 거야.
자네가 자신을 믿기만 한다면
남들도 자네를 믿을 걸세.
특히 여자 꾀는 법을 배우게.
그들의 고통과 아픔은 언제나
수천 가지나 되지만,
단 한 지점에서 치유가 되지.

자네가 절반만 명예롭게 굴어도
그들 모두를 자네의 보호 아래 둘 수 있다네.
하나의 호칭[타이틀]이 먼저 그들을 믿게 만들면,
자네 기술은 다른 많은 기술을 능가할 거야.
그럼 자네는 온갖 도구들을 잡는 셈이지.
다른 사람이라면 여러 해나 걸려서 얻을 일들이라네.
맥을 잘 짚을 줄만 알면,
뜨겁게 달아오른 간교한 눈길로
그녀의 날씬한 허리를 붙잡고
코르셋이 얼마나 단단히 묶였는지 알게 된단 말씀.

학생 그건 전망 있어 보여요! 물론 어딜 어떻게 하는지 알아야겠죠?

메피스토펠레스 소중한 친구여, 모든 이론은 잿빛이고,
생명의 황금 나무는 초록이지.

학생 맹세코 말씀드리는데, 모든 게 꿈만 같군요.
박사님의 지혜를 근본부터 듣기 위해
한 번 더 찾아봬도 될까요?

메피스토펠레스 내가 할 수 있는 일이라면 기꺼이 그래야지.

학생 저는 도로 떠날 수 없군요.
제 기억 수첩을 드릴 테니
당신의 은총을 여기에 보여주십시오.

메피스토펠레스 그야 좋지.
(글을 적어서 내준다.)

학생 (받아 들고 읽는다.)
하느님처럼 되어 선과 악을 알게 된다.[59]

---

59 원문은 라틴어 Eritis sicut Deus, scientes bonum et malum으로 구약성서 창세기 3:5의

(공손한 태도로 자리를 정리하고 물러난다.)

메피스토펠레스 옛날 격언과 내 숙모인 뱀의 말만 들어라!
언젠가 분명 넌 신과 비슷하다는 게 두려워질 것이다!

파우스트 등장

파우스트 이제 어디로 갈까?
메피스토펠레스 자네 마음에 드는 곳으로 가세.
우리는 작은 세상을 보고 이어서 큰 세상을 볼 걸세.[60]
어떤 즐거움, 어떤 목적을 위해 자네는
이 정찬 코스를 두루 맛보겠는가!
파우스트 내 수염이 이토록 길건만
가벼운 생활 방식만은 부족하네.
그런 시도는 내게 맞지 않을 거야.
나는 자신을 세상에 내보낼 줄을 몰랐어.
남들 앞에 서면 내가 너무 작게 느껴지거든.
항상 당황하게 되지.
메피스토펠레스 좋은 벗이여, 그런 것은 저절로 풀릴 걸세.
자네 자신을 믿으면 그 순간 벌써 사는 방법을 터득하지.
파우스트 그렇다면 우린 어떻게 이 건물을 벗어나지?
자넨 어디에 말을 두었나, 하인과 마차는?
메피스토펠레스 이 망토만 펼치면 된다네.
이것이 우리를 공중으로 데려갈 거야.

한 구절이다. 뱀이 선악과를 먹으라며 여자를 유혹할 때 한 말이다.
60 "작은 세상"은 제1부의 사건을, "큰 세상"은 제2부의 사건을 가리킨다.

이런 대담한 첫걸음을 내딛으려면
큰 보따리를 가져갈 순 없지 않나.
내가 준비한 약간의 더운 기체가
재빨리 우리를 이 땅에서 들어 올리지.[61]
그럼 우린 가벼워져서 잽싸게 위로 올라간다네.
새 삶의 첫걸음을 축하하네!

61 전통적으로 악마의 이동방식이었던 망토가 조금 근대화되었다. 1783년에 처음으로 공개된 몽골피에 형제의 열기구를 암시한다.

라이프치히의 아우어바흐 술집[62]

유쾌한 젊은이들의 술자리가 펼쳐진다.

프로슈 아무도 안 마셔? 웃지도 않고?
내가 너희한테 얼굴 찌푸리는 법을 가르쳐주지!
너휜 오늘 젖은 지푸라기 같네.
보통 땐 활활 타오르더니만.

브란더[63] 그건 너 때문이야. 네가 아무것도 안 하잖아,
바보짓도, 음담패설도.

프로슈 (브란더의 머리 위에 포도주를 들이붓는다.)
그럼 둘 다 해주마!

브란더 이런 개자식[64] 같으니라고!

프로슈 너희가 그걸 원했으니, 그렇게 했을 뿐.

지벨 싸우려거든 문밖으로 나가라.
마음을 활짝 열고 돌림노래 부르자.[65] 마시고 외쳐라!

---

62 괴테가 라이프치히 대학교에 다닐 때(1765~1768년) 자주 찾던 단골 술집이다. 이곳에는 파우스트 전설을 다룬 옛날 책 속 장면을 그린 그림 두 점이 걸려 있었다.

63 프로슈는 신입생을, 브란더는 두 번째 학기를 맞이한 대학생을 가리키는 당시 학생들의 은어였다. 나머지 두 명은 평범한 술꾼이다.

64 원문의 Schwein은 '돼지'라는 뜻인데, 독일에서는 심한 욕설로도 쓰인다.

65 대학생들의 은어였다. 돌리던 술잔이 자기 앞에 오면 마시기 전에 먼저 노래 한 가락을 뽑아야 한다.

일어서! 어이! 호!

알트마이어 아이고, 내가 졌네!

솜 좀 다오. 저 녀석 땜에 고막 터지겠어.

지벨 천장에서 반향이 울리면

그제야 베이스[낮은음]의 저력을 느끼지.

프로슈 맞아, 불만 있는 놈은 나가라!

아! 트랄라랄라 다!

알트마이어 아! 트랄라랄라 다!

프로슈 목구멍은 조율되었다.

(노래한다.) 사랑스러운 신성로마제국이여,

어찌 그것이 한데 달라붙어 있나?

브란더 어유, 지겨워! 나 참! 정치 노래라니

정말 싫다! 아침마다 너희가

신성로마제국을 걱정할 필요가 없다는 걸 신께 감사드려!

나는 적어도 내가 황제나 재상이 아니란 걸

넉넉한 이익으로 여기거든.

하지만 우리에게 대장이 없어선 안 된다면,

우리의 교황을 선출하자.[66]

어떤 게 결정적인 자질인지

또 남자를 높이는지 너흰 알잖아.

프로슈 (노래한다.) 날아올라라, 나이팅게일 아줌마.

내 사랑에게 만 번 인사를 전해다오.

지벨 그 아가씨에겐 인사하지 마! 그런 말 듣고 싶지 않아!

---

66 이런 술자리의 교황으로 선출되면 구멍 뚫린 의자(변기)에 앉아야 한다. 이어서 교황 선출을 위한 노래들이 시작된다. 수록된 노래 중 일부는 실제 민요다.

프로슈 아가씨에게 인사와 키스를! 넌 그걸 거절하진 않겠지.

(노래한다.) 빗장을 열어라! 고요한 밤이다.
빗장을 열어라! 애인이 깨어난다.
빗장을 닫아라! 아침 일찍.

지벨 그래, 노래해라. 그녀를 노래하고 찬양하고 칭찬해!
난 내 한창때를 비웃을 참이다.
그녀는 날 속였어. 너도 속일걸?
그녀에겐 도깨비가 가장 잘 어울릴걸.
녀석더러 교차로[67]에서 그녀와 시시덕거리라고 해.
블록스베르크[68]에서 돌아오는 늙은 염소니까,
속보로 달리며 "매매" 하고 그녀에게 밤 인사나 하라지.
진짜 살과 피를 가진 사내는
그 창녀에겐 과분해.
그녀의 창문이 돌 맞아 깨질 때
난 인사 따윈 몰라.

브란더 (탁자를 치면서) 주목하라! 주목! 내 말 들어라!
다들 솔직히 말해봐. 내가 사는 법을 좀 아는데
사랑에 빠진 사람들이 여기 앉아 있네.
이분들 신분에 맞는 밤 인사로
내가 최고 좋은 것을 드려야지.
주목하라! 최신 노래 한 소절!
후렴은 힘차게, 모두 함께 불러!

---

67 고대부터 교차로는 악령들이 자주 찾는 마법의 장소로 여겨졌다.

68 독일 중부 하르츠산지의 브로켄산을 부르는 이름이다. 이 산은 뒤에 나오는 '발푸르기스 밤'의 배경이기도 하다. 같은 행의 '늙은 염소'는 호색한을 뜻한다.

(노래한다.) 지하실 둥지에 쥐 한 마리
지방과 버터만 먹고 살았지.
그렇게 꼭 루터 박사처럼
배를 불룩하게 만들었어.
요리하는 여자가 녀석에게 독을 놓았지.
그러자 녀석은 세상이 몹시 답답해졌어.
몸속에 사랑이라도 품은 듯.

합창 (환호성을 지르며) 몸속에 사랑이라도 품은 듯.

브란더 녀석은 이리 뛰고 저리 뛰었어.
웅덩이마다 들어가 물을 들이켜고
온 집 안을 갉고 물어뜯었네.
그래도 아무 소용없었네.
두려워 이리 뛰고 저리 뛰었지만
머지않아 가여운 녀석, 지쳐버렸네.
몸속에 사랑이라도 품은 듯.

합창 몸속에 사랑이라도 품은 듯.

브란더 겁에 질린 녀석은 훤한 대낮에
부엌으로 뛰어들었어.
부뚜막에 부딪혀 움찔하고 뻗더니,
가엾게도 헐떡헐떡.
그러자 독 놓은 여자가 웃어댔네.
하! 마지막 구멍에서 찍찍,
몸속에 사랑이라도 품은 듯.

합창 몸속에 사랑이라도 품은 듯.

지벨 촌놈들이 기뻐하기는!
가엾은 쥐에게 독약을 놓는 거야말로

진정한 예술이다.

브란더 넌 쥐들을 몹시 아끼기라도 하는 모양이지?

알트마이어 빽빽 대머리에 배불뚝이!
불운이 녀석을 말 잘 듣게 만들지.
부풀어 오른 쥐의 모습에서
자기랑 꼭 닮은 꼴을 보는 거야.

파우스트와 **메피스토펠레스** 등장

메피스토펠레스 무엇보다도 즐거운 모임으로
자네를 데려와야 했네.
산다는 게 얼마나 쉬운 일인지 보라고.
여기 있는 족속에겐 날마다 축제일.
재치도 별로 없이 큰 즐거움으로
모두가 빙글빙글 좁은 원을 그리면서 춤추는 거지.
제 꼬리 물려는 새끼 고양이처럼 말이야.
저들이 두통 때문에 탄식하지 않는다면,
술집 주인이 외상을 주는 한
그들은 만족하고 근심도 없지.

브란더 저들은 방금 여행에서 돌아왔나 봐.
저 희한한 꼴을 보면 알 수 있지.
여기 온 지 한 시간도 안 된 게 분명해.

프로슈 진짜다, 네 말 맞아! 나의 라이프치히를 찬양하노라!
여긴 작은 파리[Paris], 이곳 사람들을 교양 있게 만들지.[69]

---

69 18세기에 프로이센의 수도인 베를린과 작센 지역의 연시(年市, 1년에 한두 번 정기적으로

지벨 넌 이 낯선 사람들이 뭐라고 생각하냐?

프로슈 내가 잠깐 지나가게 해줘! 한 잔 가득 마시면서
마치 어린아이의 이를 뽑듯
저들 콧구멍에서 벌레들을 뽑아낼 테니.
저들은 고귀한 집안 출신으로 보여.
당당하고 불만스러운 모습이거든.

브란더 시장판의 호객 상인들이야. 내 장담하지!

알트마이어 어쩌면.

프로슈 잘 봐라, 내가 그들을 쥐어짜볼 테니.

메피스토펠레스 (파우스트에게)
이런 민중은 절대로 악마를 알아챌 수 없지.
악마가 자기들 옷깃을 잡고 있다 해도 말이야.

파우스트 인사 받으시오, 신사분들!

지벨 답례로, 고맙소.

(메피스토펠레스를 옆에서 바라보며 나직하게)
그런데 저자는 어째서 한쪽 다리를 절뚝거리는 걸까?[70]

메피스토펠레스 우리가 자네들 곁에 앉아도 될까?
좋은 술은 여기 없으니
대신 우릴 즐겁게 해주는 모임이라도 있어야지.

알트마이어 당신은 매우 까다로운 분 같소.

프로슈 아마 리파흐에서 늦게야 출발한 모양이오?

열리는 큰 장) 도시인 라이프치히는 파리의 대도시풍 생활 방식과 세련됨을 빼닮은 곳이었으며, 두 지역이 이를 두고 경쟁하기도 했다. 베를린은 1745년에 '작은 파리'라 불렸고, 라이프치히는 그보다 늦게 이런 찬사를 들었다.

70 전통적으로 악마는 한쪽 발이 말발굽이라고 여겨졌다.

한스 씨[71]와 저녁 식사라도 함께하셨나?

메피스토펠레스 오늘은 그냥 지나쳐 왔소!
그 사람과는 지난번에 벌써 이야기를 나누었거든.
사촌들에 대해 할 얘기가 많던걸.
모두에게 인사를 전하라더군요.
(프로슈를 향해 고개를 숙인다.)

알트마이어 (나직하게)
너 한 방 맞았다! 뭘 좀 아는 사람인걸!

지벨 간교한 후원자네!

프로슈 기다려, 내가 그를 잡을 테니!

메피스토펠레스 내가 잘못 들은 게 아니라면,
훌륭한 합창 소리를 들었소만?
이런 아치 천장 아래라면 분명히
노랫소리가 잘 울리겠소!

프로슈 노래에 일가견이 있나 본데?

메피스토펠레스 오, 아니요! 실력은 보잘것없고 즐기기만 할 뿐이죠.

알트마이어 노래 한 곡조 뽑아보구려!

메피스토펠레스 그야 대중이 원하신다면.

지벨 다만 최신곡으로 불러야 하오!

메피스토펠레스 우린 방금 스페인에서 돌아오는 길이오.
포도주와 노래가 아름다운 나라지.
(노래한다.) 옛날에 임금 한 사람이

---

71 리파흐(Rippach)는 프랑크푸르트-라이프치히 구간의 마지막 우편 마차 정거장이다. 한스 아르스(Hans Ars), 통칭해서 아르슈(Arsch, 엉덩이)로 불리던 사람이 괴테가 살던 시대에 리파흐 주점 주인이었으며, 점잖지 못한 농담에 자주 등장했다.

커다란 벼룩 한 마리 키웠다네—

프로슈 들어봐! 벼룩이란다! 너흰 알겠냐?
벼룩이라니, 참 깔끔한 손님인걸.

메피스토펠레스 (노래한다.) 옛날에 임금 한 사람이
커다란 벼룩 한 마리 키웠다네.
임금은 벼룩을 적잖이 사랑했어,
마치 친아들처럼.
그래서 왕의 재단사를 불렀지.
재단사가 왔다네.
자, 이 젊은이 옷 치수를 재고
그의 바지 치수도 재라!

브란더 재단사를 엄하게 대하는 걸 잊지 마시오.
가장 정확하게 치수를 재도록.
제 머리를 보존하고 싶다면
바지도 주름 하나 없도록!

메피스토펠레스 벼룩은 이제
비로드[벨벳]와 비단옷을 입었네.
옷에는 리본을 매고
십자가도 걸고
즉시 장관이 되었네.
커다란 보석도 달았지.
놈의 형제자매는 모두
궁정에서 높은 나리들이 되었어.

왕궁의 나리와 숙녀들
몹쓸 고통을 겪었네.

왕비와 대신들
쏘이고 물려도
탁 눌러 터뜨리지도 못하고,
긁으며 털어버릴 수도 없었네.
우리네야 벼룩이 물기만 하면
즉시 눌러 터뜨리고 말 텐데.

합창 (환호하며) 우리네야 벼룩이 물기만 하면
즉시 눌러 터뜨리고 말 텐데.

프로슈 브라보! 브라보! 그것 참 좋구나!

지벨 벼룩한텐 마땅히 그래야지!

브란더 손가락을 세워서 녀석을 잘 잡아라!

알트마이어 자유 만세! 포도주 만세

메피스토펠레스 자네들이 질 좋은 포도주를 마시고 있었더라면
나도 기꺼이 한잔하며 자유를 찬양할 텐데.

지벨 그런 말은 다시 듣고 싶지 않소!

메피스토펠레스 난 다만 주인장이 불평할까 두려울 뿐.
그렇지 않다면 이 귀한 손님들에게
우리 포도주 저장고에서 나온 가장 좋은 걸 드릴 텐데.

지벨 주기만 하시오! 난 그걸 받겠소.

프로슈 한 잔 그득 주신다면 우린 당신을 찬양하지요.
다만 맛보라고 조금만 주진 마시오.
내가 심판을 봐야 한다면
듬뿍 마시길 요구하오.

알트마이어 (나직하게) 당신은 라인강 변 출신인가 보오, 내 짐작에.

메피스토펠레스 송곳 하나만 주오!

브란더 그걸로 무얼 하시려고?

문 앞에 포도주 통이라도 놓아두셨소?
알트마이어 주인장이 저 뒤에 작은 연장 바구니를 놓아두었지.
메피스토펠레스 (송곳을 들고 프로슈에게)
자, 말해봐요, 당신은 무얼 맛보고 싶소?
프로슈 무슨 말씀이오? 그렇게 여러 종류를 갖고 있나요?
메피스토펠레스 여러분이 각자 원하는 대로 내드리지.
알트마이어 (프로슈에게) 얼씨구, 넌 벌써 입술을 핥기 시작하는군.
프로슈 좋소! 고르라면, 나는 라인 포도주를 마시겠소.
조국이 가장 좋은 선물을 주는 법이지.
메피스토펠레스 (프로슈가 앉은 자리의 탁자 가장자리에 구멍을 뚫는다.)
즉석 마개를 만들어야 하니 왁스를 조금만 준비하시오.
알트마이어 아, 그건 마술사들이 하는 짓인데.
메피스토펠레스 (브란더에게) 당신은?
브란더 나는 샹파뉴 포도주로.
거품이 제대로 일어나야 하오!
(메피스토펠레스가 구멍을 뚫는 동안 한 명이 왁스 마개를 만들어 구멍을 막는다.)
멀리 있는 것을 항상 피할 순 없어.
좋은 것은 자주 멀리 있으니 말이야.
진짜 독일인은 프랑스인을 좋아하지 않으나
프랑스 포도주만은 즐겨 마시지.
지벨 (메피스토펠레스가 자기 자리로 다가오는 동안)
고백하지만 난 신 건 싫어.
아주 단 걸로 한 잔 주시오!
메피스토펠레스 (구멍을 뚫는다.)

그렇다면 당신에겐 토카이[72]가 나올 거요.

알트마이어 아뇨, 신사분들. 내 얼굴 좀 보시오.
당신들이 지금 우릴 우롱한다는 걸 알겠소.

메피스토펠레스 아이! 아이! 이렇게 고귀한 손님들이라면
좀 과감하게 굴어야지.
어서! 이제 속을 털어놔요!
어떤 포도주로 서비스하면 좋을지.

알트마이어 무엇이든! 자꾸 물어보지만 마시오.

(구멍을 모두 뚫고 마개로 막은 뒤)

메피스토펠레스 (이상한 몸짓을 하며) 포도나무는 포도를 매달지!
염소는 뿔을 매달고,
포도주는 즙이 많고, 포도나무는 목재니
나무 탁자도 포도주를 내놓을 수 있지.
자연을 깊이 들여다보는 눈길!
여기에 기적이 있으니, 그냥 믿어라![73]
이제 모두 마개를 뽑고 즐기시오.

모두 함께 (마개를 뽑자 각자 원했던 포도주가 잔으로 흘러든다.)
오, 우리에게 흘러오는, 아름다운 샘물이여!

메피스토펠레스 다만 한 방울도 흘리지 않도록 조심하오!

(젊은이들이 거듭 마신다.)

모두 함께 (노래한다.) 우린 사육제 때처럼 즐겁다네.
500마리 돼지들처럼![74]

---

72 Tokaji. 단맛이 나서 디저트로 쓰이는 헝가리산 포도주다.

73 신약성서 요한의 복음서 2:6-11에서 예수가 물을 포도주로 바꾼 '가나의 기적'을 암시

74 신약성서 마태오의 복음서 8:28-32에서 예수가 사람 몸에 들린 귀신을 쫓아내어 돼지 떼에게 들여보낸 사건을 암시한다. 이때 돼지들은 바다로 뛰어들어 몰사했다.

메피스토펠레스 민중은 자유롭다. 보게, 그들이 얼마나 잘 지내는지!

파우스트 난 여기를 떠나고 싶은데.

메피스토펠레스 잘 봐두게. 곧 야만성이
멋지게 터져 나올 테니.

지벨 (정신없이 마시다가 포도주를 땅에 흘리자 불꽃이 일어난다.)
살려줘! 불이다! 살려줘! 지옥이 불탄다!

메피스토펠레스 (불꽃에게) 진정해라, 친절한 원소야!
(사람들에게) 이번엔 그저 한 방울 연옥 불일 뿐이다.

지벨 이게 무슨 일이람? 기다려! 대가를 치르게 될 거다!
우리가 누군지 모르는 모양인데.

프로슈 두 번 다시 우리에게 이런 짓을 하기만 해봐라!

알트마이어 녀석더러 조용히 물러가라고 해야겠는걸.

지벨 대체 뭐야? 여보쇼, 감히 이리로 와서
마술이나 부리겠다는 거요?

메피스토펠레스 조용히 해라, 낡은 술통아!

지벨 빗자루 놈이!
험한 꼴을 보고 싶으냐?

브란더 기다려라! 주먹세례를 퍼부어주마.

알트마이어 (탁자에서 마개 하나를 뽑자, 불꽃이 그를 향해 솟는다.)
나한테 불붙었어! 불이 붙었다고!

지벨 마법이다!
찔러라! 녀석을 죽여도 벌 받지 않는다![75]

(젊은이들이 칼을 빼 들고 메피스토펠레스에게 달려든다.)

메피스토펠레스 (진지한 몸짓으로) 거짓된 모습과 말이여,

---

75 당시 마법사는 법의 보호를 받지 못했다. 따라서 죽여도 처벌받지 않았다.

의미와 장소를 바꾸라!
여기와 저기에!
(젊은이들이 놀라서 멈춰 선다.)

알트마이어 여긴 어디지? 얼마나 아름다운 땅인가!

프로슈 포도원이잖아! 내가 제대로 보고 있나?

지벨 포도가 손에 닿네!

브란더 여기 초록 잎사귀 아래쪽
보라, 대단한 그루터기! 보라, 엄청난 포도송이!
(팔을 뻗어 지벨의 코를 잡는다. 다른 자들도 번갈아 같은 행동을 하며 칼을 잡는다.)

메피스토펠레스 (전과 같은 몸짓으로) 오류야, 눈에서 붕대를 벗겨라!
너희는 악마가 어떻게 재미를 보는지 똑똑히 알아둬라.
(파우스트와 함께 사라지고, 패거리는 서로 떨어진다.)

지벨 대체 뭐였지?

알트마이어 어떻게 된 거야?

프로슈 이게 네 코였어?

브란더 (지벨에게) 네 코가 내 손안에 있네!

알트마이어 그건 전신을 훑는 한 방이었어!
의자를 다오. 나 쓰러진다!

프로슈 아니야. 우선 무슨 일이 있었는지 말해봐.

지벨 녀석은 어디 있지? 내 눈에 띄기만 하면
살아서는 못 갈 텐데!

알트마이어 내가 놈을 쫓아 주점 문까지 갔었어—
놈들이 통을 타고 가더라[76]—

---

76 괴테가 대학생이던 시절에 라이프치히의 아우어바흐 술집에는 파우스트가 통을 타고

자기들끼리 뒤엉킨 젊은이들(해리 클라크, 1925년)

난 다리가 천근만근이야.

(탁자를 향하면서)

맙소사! 아직도 포도주가 흘러나오나?

지벨 모든 게 사기다. 속임수고 가짜야.

프로슈 하지만 난 포도주를 마신 듯한걸.

브란더 그런데 포도는 어찌 된 거지?

알트마이어 말 좀 해봐. 기적을 믿어선 안 된다고!

술집을 나가는 그림이 걸려 있었다.

마녀의 부엌

낮은 부뚜막 위에 커다란 솥단지 하나가 놓여 있다.
아궁이에서는 불이 타오른다.
솥에서 솟아오르는 증기에 여러 형상이 나타난다.
긴꼬리원숭이 암컷이 솥단지 옆에 앉아 거품을 걷어내며
끓어 넘치지 않게 살핀다.
긴꼬리원숭이 수컷은 새끼들과 함께 옆에 앉아 불을 쬐고 있다.
벽과 천장은 마녀의 기묘한 세간들로 장식되어 있다.

파우스트와 **메피스토펠레스**.

파우스트 이런 어처구니없는 마법이 내겐 역겹구나!
이따위 혼란스러운 미친 짓으로
내가 치유될 거라고 약속하는 거냐?
나더러 늙은 할멈의 충고를 얻으라고?
그리고 저 지저분한 죽이 내 몸에서
30년을 없애준다고?
자네가 더 나은 걸 모른다면 내가 불쌍하지.
난 이미 희망이 사라졌다.
자연과 고귀한 정신은 그 어떤 고약도
찾아내지 못했단 말인가?

메피스토펠레스 내 친구여, 자네 다시 똑똑한 말씀을 하는군!
자네를 젊어지게 할 자연적인 방법도 있긴 하지.
다만 그건 다른 책에 적혀 있어.
경이로운 장[章] 말일세.

파우스트 나는 그게 알고 싶다.

메피스토펠레스 좋아! 돈도 의술도
마법도 안 쓰는 방법이 하나 있긴 하지.
곧바로 들판에 나가서
찌르고 파헤치기 시작해.
무척 제한된 영역 안에서
감각과 몸을 유지하게나.
무얼 섞지 않은, 순수한 음식을 먹고,
가축과 더불어 가축으로 살며, 손수 들판에 거름 주고
수확하는 걸 약탈이라 여기지 말게.
그게 바로 팔순까지 자네를
젊게 유지하는 가장 좋은 방법이지![77]

파우스트 나는 삽을 손에 쥐는 일이
익숙하지도 편하지도 않아.
그런 좁은 삶은 내게 맞지도 않고.

메피스토펠레스 그렇다면 마녀가 그 일을 해야지.

파우스트 그렇더라도 어째서 그런 할멈인가!
자네가 손수 음료를 빚으면 안 되는가?

---

77 르네상스 시대 베네치아의 귀족 루이지 코르나로(Luigi Cornaro, 1467-1566)가 쓴 책의 내용이다. 한편 코르나로는 자신의 건강한 생활 방식을 강조하기 위해서 나이를 속인 것으로 밝혀졌다.

메피스토펠레스 훌륭한 소일거리겠지!
그사이에 교량 천 개는 세울걸.
이게 기술과 학식만이 아니라
끈기도 필요한 일이라
조용한 정신이 여러 해 동안 작업해야 하거든.
시간만이 섬세한 발효를 더 강하게 하니까.
거기 필요한 모든 일은
정말 특이한 것들이고!
악마가 그걸 가르치긴 했지만
악마 혼자선 만들 수도 없어.
(짐승들을 바라보며)
얼마나 사랑스러운 족속인가!
이건 하녀고! 저쪽이 하인!
(짐승들에게)
보아하니 마님은 집에 없나 보지?

짐승들 잔치에 참석하러
집에서 나가셨죠.
굴뚝으로요!

메피스토펠레스 보통 얼마나 오래 돌아다니느냐?

짐승들 우리가 발을 따스하게 할 정도죠.

메피스토펠레스 (파우스트에게)
이 사랑스러운 짐승들이 어떤 것 같은가?

파우스트 내가 본 것들 중에서 가장 밥맛없구나.

메피스토펠레스 아니, 이런 대화야말로
내가 가장 즐겨 하는 일이지.
(짐승들에게) 말해보라, 저주받은 꼭두각시야!

너희는 대체 무슨 죽을 젓고 있느냐?

짐승들 비렁뱅이를 위한 묽은 죽을 끓이고 있습죠.

메피스토펠레스 여길 찾아오는 손님이 많은 모양이구나.

수원숭이 (다가와서 메피스토펠레스에게 아첨한다.)

오, 어서 주사위를 던져
나를 부자로 만들어주세요.
내가 이기게 해줘요!
주문은 고약해도
내게 돈이 있다면
나는 제정신일 텐데.

메피스토펠레스 이 원숭이가 로또[78]를 할 수만 있다면
스스로 얼마나 행복하다 여기겠는가!

(그사이 어린 원숭이들이 커다란 공을 가지고 놀다가 공을 굴리며 이쪽으로 나온다.)

수원숭이 그것이 세상,
올라갔다 내려갔다
끊임없이 굴러가네.
유리 같은 소리를 내니
얼마나 쉽사리 부서질까!
속은 완전히 비었어.
여기서 세상은 무척 빛나고
저기선 더 빛나지.

---

78 원문의 Lotto는 '행운'을 뜻하는 이탈리아어에서 유래된 말로, '복권'을 가리킨다. 1530년 피렌체에서 공공사업을 위해 발행했으며, 번호를 추첨해서 당첨금을 현금으로 지급하는 방식이었다.

난 살아 있다네!
내 사랑하는 아들아,
거기서 멀어져라!
안 그럼 죽고 말 거야!
그건 점토로 만든 것이니,
파편들이 있지.

메피스토펠레스 저 체는 뭐냐?

수원숭이 (그것을 아래로 내린다.) 당신이 도둑이라면
나는 이걸로 금세 알아보지요.
(암원숭이에게로 달려가 그걸로 자세히 살펴보게 한다.)
체를 통해 보십시오.
도둑을 알아보신다면
그 이름을 불러도 되겠습죠?

메피스토펠레스 (불 가까이 다가가면서) 그럼 이 단지는?

수원숭이와 암원숭이 어리석은 바보!
그는 단지를 몰라.
솥단지도 모른다고!

메피스토펠레스 버르장머리 없는 짐승!

수원숭이 이 왕홀[왕의 상징 막대기]을 잡으십쇼.[79]
그리고 의자에 앉아요!
(메피스토펠레스를 억지로 의자에 앉힌다.)

파우스트 (내내 자기에게 다가왔다가 멀어지곤 하는 거울 앞에 서 있었다.)
내가 보는 게 뭐지? 이 마법 거울에 나타난
이 천상의 모습은 뭔가!

---

79 메피스토펠레스는 '파리의 신'이기도 하며, 여기에서 파리채를 왕홀 삼아 잡게 된다.

오, 사랑아. 네 날개 중 가장 빠른 것을 내게 빌려다오.
나를 그녀의 영역으로 데려가다오!
오 내가 이 자리에 머물지 않고
가까이 다가가도 된다면,
그 모습 안개 속에서처럼 희미하게만 보인다!—
가장 아름다운 여인의 모습![80]
이게 가능한가, 여자가 저렇게 아름다운가?
이 쭉쭉 뻗은 몸에서
나는 온갖 하늘의 정수를 보는가?
저런 게 지상에 있을까?

메피스토펠레스 물론이지. 신께서 엿새나 수고하고
마지막에 브라보를 외쳤다면
뭔가 멋진 것도 있어야지 않겠나?
이번에는 실컷 바라보기만 하게.
내가 자넬 위해 그런 보물 하나 찾아낼 테니.
그러면 신랑이 되어 그녀를 집으로 데려갈
운을 타고난 자, 복되도다!

(파우스트는 계속 거울을 들여다본다. 메피스토펠레스는 안락의자에 편히 앉아 왕홀로 장난치면서 말을 잇는다.)

나는 여기 옥좌에 임금처럼 앉아서
왕홀을 쥐고 있는데, 다만 왕관만은 없구나.

짐승들 (지금까지 멋대로 온갖 기묘한 몸짓을 하던 짐승들이 큰 소리로 외치며 메피스토펠레스 쪽으로 왕관을 가져온다.)

오, 땀과 피로써

---

80 서양에서는 그리스신화의 헬레네를 떠올리게 하는 구절이다.

가능한 만큼

왕관을 접합했나이다.

(함부로 만지다가 부러뜨린 뒤 두 쪽이 난 왕관을 들고 뛰어다닌다.)

이런 일이 생겼네![81]

우리는 말도 하고 보기도 한다,

우리는 듣기도 하고 운도 맞춘다.

파우스트 (거울을 향해) 맙소사! 이러다가 난 돌아버리겠는데.

메피스토펠레스 (짐승들을 가리키며)

이젠 나도 머리가 어질어질하기 시작해.

짐승들 우리가 운이 좋고

일이 잘된다면

생각도 그렇다네!

파우스트 (앞에서와 같은 모습으로) 내 가슴이 불타기 시작한다!

어서 여기를 떠나자!

메피스토펠레스 (앞에서와 같은 자세로) 그렇다면 적어도 이들이

정직한 시인들이라 고백해야겠지.

(암원숭이가 한동안 살피지 않자 솥단지 안에서 끓던 것이 넘치면서 커다란 불꽃이 일어나 굴뚝으로 빠져나간다. 그 불꽃을 뚫고 마녀가 무시무시한 소리를 지르며 아래로 내려온다.)

마녀 아우! 아우! 아우! 아우!

빌어먹을 짐승! 빌어먹을 돼지야!

---

81 프랑스혁명 전에 일어난 이른바 '목걸이 사건'(1785~1786년) 이후 프랑스 궁정의 사정을 풍자한 듯하다. 이 사건은 라모트 백작 부인이 로앙 추기경에게 접근해서 마리 앙투아네트 왕비가 고가의 다이아몬드 목걸이를 국왕 모르게 구입하려 한다고 속이고 대신 구매하도록 유도한 뒤 중간에서 가로챈 사기극이었다. 이 일로 프랑스 왕실의 위신은 땅에 떨어졌다.

솥단지 하나 똑바로 못 봐서 마님을 그을리게 하다니!
저주받은 녀석아!
(파우스트와 메피스토펠레스를 보고)
저것들은 또 뭐야?
너희는 누구냐?
여기서 뭘 하려는 거야?
웬 놈들이기에 살그머니 들어왔어?
불의 고통이
너희 뼛속으로 파고들 거다!
(마녀는 거품 주걱을 솥단지 안에 넣고 불꽃을 퍼서 파우스트와 메피스토펠레스와 짐승들에게 흩뿌린다. 짐승들은 신음한다.)

메피스토펠레스 (손에 들고 있던 왕홀을 뒤집어서 유리잔들과 단지들 사이로 마구 휘두르며)
쪼개져라! 쪼개져라!
죽이 저기 있다!
잔이 저기 있다!
이건 재미일 뿐
너 이 재수야, 이 박자는
네 멜로디에 맞춘 것.
(마녀가 공포와 두려움에 가득 차서 뒤로 물러서자)
나를 알아보겠느냐? 이 해골아! 역겨운 것!
너의 주인이자 나리를 알아보겠느냐?
날 멀리하면 난 두들겨 패지.
너와 네 원숭이 하인들을 박살 내주마!
너는 붉은 조끼에 더는 존경심을 안 보이는 거냐?
이 닭의 깃털을 몰라보겠어?

내가 얼굴을 가렸더냐?
내 입으로 내 이름이라도 부르랴?

마녀 오 주인님, 인사가 거칠었네요. 용서하십시오!
그 말발굽을 못 봤소.
까마귀 두 마리는 어디 있나요?[82]

메피스토펠레스 이번엔 잘도 빠져나가는구나.
물론 우리가 보지 못한 지도
한참이나 되었고.
온 세상을 덮은 문화가
악마한테도 퍼졌지.
그 북방의 환영[幻影]들이 더는 보이지 않는다.
어디서든 뿔이나 꼬리, 발톱 등이 보이더냐?
내게 없어서는 안 되는 이 발에 대해 말하자면,
사람들 사이에서는 그게 나한테 해로울 수도 있지.
그래서 나는 일부 젊은 사내들처럼
여러 해 전부터 가짜 종아리를 이용한다.[83]

마녀 (춤추며) 사탄 나리를 다시 뵈니,
이성과 감각을 잃어버릴 지경이오!

메피스토펠레스 이 여편네야. 그 이름은 사절한다!

마녀 어째서요? 그 이름이 나리께 무슨 해라도 끼쳤나요?

메피스토펠레스 그 이름은 이미 오랫동안 동화책에 나왔다.
물론 인간은 그걸로 더 나아지지 않았지.

---

82 까마귀는 원래 북유럽의 최고신 오딘을 상징하는 동물이다. 그러나 여기서 메피스토펠레스의 동물로 나오며, 제2부에서도 다시 등장한다.

83 남자들이 짧은 바지를 입고 스타킹을 신는 것이 유행하던 시절, 젊은 사내들은 종아리가 굵어 보이려고 스타킹 안에 충전재를 넣기도 했다.

그들은 악당을 없앴지만, 악당들은 여전히 남아 있어.
나를 남작님이라고 불러라. 그걸로 충분하다.
나는 다른 기사들처럼 한 명의 기사일 뿐,
너는 내 고귀한 혈통을 의심하지 마라.
그리고 보라, 이것이 나의 문장[紋章]이다!
(천박한 몸짓을 한다.)

마녀 (방정맞게 웃는다.)
하! 하! 그거야말로 당신의 방식이죠!
장난꾸러기라니까, 언제나 그랬듯이!

메피스토펠레스 (파우스트에게)
내 친구여, 이걸 이해하는 법을 배워두게!
이게 바로 마녀들과 교제하는 방식이야.

마녀 이제 말씀하시죠, 신사분들. 무슨 일을 꾸미시는지.

메피스토펠레스 그 유명한 즙을 한 잔 넉넉히 주시게!
제일 오래된 것으로 부탁하네.
오랜 세월이 효력을 두 배로 만드니 말이야.

마녀 기꺼이 드립죠! 여기 이 병에 든 것은
저도 이따금 마시곤 한답니다.
냄새도 더는 안 나지요.
기꺼이 한 잔 드리겠습니다.
(나직하게) 하지만 이 신사분이 준비도 없이 마셨다간
아시겠지만, 한 시간도 못 살 텐데요.

메피스토펠레스 그는 훌륭한 친구야, 그런 것쯤 끄떡없이 견딜걸?
자네 부엌에서 나온 가장 좋은 걸 그에게 드리게.
원을 만들고 주문을 읊으며
그분께 한 잔 가득 올려라!

(마녀는 이상한 몸짓을 하며 원을 그린 뒤, 기묘한 물건들을 그 안에 집어넣는다. 그사이에 잔들이 쨍그랑거리고 솥들은 음악을 연주하듯 소리 낸다. 마지막으로 마녀는 큼직한 책 한 권을 가져오고, 원숭이들이 원 안으로 들어가 그녀를 위해 탁자 노릇을 하면서 횃불을 들고 있다. 마녀는 파우스트에게 자기 쪽으로 가까이 오라고 손짓한다.)

파우스트 (메피스토펠레스에게) 싫다. 저게 대체 뭐가 된다는 거냐?
멍청한 물건, 미친 몸짓들,
가장 시시한 사기술, 이런 건
내가 잘 알지, 정말 역겹구나.

메피스토펠레스 아이, 그냥 장난이지! 웃어넘기게.
그렇게 깐깐히 굴지만 마시고!
그녀는 의사로서 마법을 쓰려는 거야,
이 즙이 자네한테 잘 듣도록 말이지.
(파우스트를 원 안으로 밀어 넣는다.)

마녀 (심하게 과장된 몸짓으로 책을 낭송하기 시작한다.)
너는 알아야 해!
하나에서 열이 나오지.
둘은 그냥 보내고
셋은 평평하게 해.
그럼 넌 부자.
넷은 버려!
다섯과 여섯으로
마녀가 말하면,
일곱과 여덟을 만든다.
그러면 완성.
아홉은 하나,

부엌에서 마법의 즙을 만드는 마녀(해리 클라크, 1925년)

열은 없어.
이것이 마녀 구구단!

파우스트 노파가 열에 들떠 헛소리하는 것 같구나.

메피스토펠레스 끝나려면 아직 멀었소.
내가 잘 아는데, 책 전체가 저런 소리지.
나도 저걸로 많은 시간을 보냈네.
완전한 모순은 영리한 자에게든 바보에게든
똑같이 신비로운 것이니 말이야.
내 친구여, 이 기술은 오래되었고 또 새것이오.
모든 시대에 맞는 방식이었지.
셋과 하나를 통해, 하나와 셋을 통해[84]
진리 대신 오류를 널리 퍼뜨리는 거야.
인간이야 끄떡도 안 하고 그런 말을 지껄이며 가르치니까.
누가 바보들과 상종하려 들겠나?
인간은 말씀만 들으면 보통 믿지.
뭔가 생각할 것도 남겨두어야 할 테지만.

마녀 (계속한다.) 학문의
높은 힘은
온 세상에 감추어졌어!
생각하지 않는 사람에게
선물로 주어지지.
그는 근심 없이 그걸 갖는다.

파우스트 저 여자는 대체 무슨 헛소리를 지껄이는 거냐?
내 머리가 금세라도 깨질 것 같아.

---

84 기독교의 삼위일체(Dreieinigkeit) 교리를 비웃고 있다.

바보들 십만 명이 합창으로
떠드는 말을 듣는 것만 같다고.

메피스토펠레스 그만, 그만해라. 오, 뛰어난 시빌레[마녀]야!
네 음료를 이리 가져와라. 서둘러 잔을
가장자리까지 듬뿍 채워라.
이 음료는 내 친구를 해치지 않을 거다.
그는 많은 학위를 가진 남자니[85]—
이미 여러 모금 마셔보았지.

(마녀가 온갖 의식을 행하며 음료를 잔에 붓고, 그것을 파우스트의 입에 가져다 대자 가벼운 불꽃이 일어난다.)

메피스토펠레스 어서 삼켜! 계속하게!
그게 곧바로 자네 심장을 기쁘게 할 것이니.
악마와 함께하는 그대, 그대가
불꽃을 꺼리겠는가?

(마녀가 원을 푼다. 파우스트는 원 밖으로 나온다.)

메피스토펠레스 이제 어서 밖으로! 자넨 멈추면 안 되네.

마녀 그 한 모금이 잘 듣길 바랍니다!

메피스토펠레스 (마녀에게) 내 호의가 필요해지면
발푸르기스에서 내게 말만 해라.

마녀 여기 노래가 하나 있습죠! 이따금 노래를 부르시면
특별한 효과를 느낄 것이오.

메피스토펠레스 (파우스트에게) 어서 와서 안내를 받게.
그 힘이 안팎으로 파고들려면

---

85 학문 연마 외에도 프리메이슨, 일루미나티, 황금십자가, 장미십자가 등 당시 여러 비밀 단체에서 활동했다는 뜻이다. 괴테는 한동안 일루미나티에 속해 있었다.

땀을 좀 흘려야 하네.
고귀한 게으름은 내가 나중에 알려줄 테니,
그럼 자넨 큐피드가 움직이며 이리저리 뛰는 것을
내면의 기쁨으로 느끼게 될 거야.

파우스트 어서 저 거울을 들여다보게 해다오.
여자가 너무 아름답구나!

메피스토펠레스 아니! 안 되네! 자넨 곧 모든 여자의 모범을
살아 있는 모습으로 직접 보게 될 테니.
(나직이) 몸에 이 용액이 들어갔으니
곧 어떤 여자든 아리따운 헬레네[86]로 보일 거다.

---

86 그리스신화에 등장하는 세계에서 가장 아름다운 여인이다. 스파르타의 왕 메넬라오스의 아내로, 트로이의 왕자 파리스에게 유괴되어 트로이전쟁의 원인이 되었다. 제2부에 등장하기 전에 여기서 이미 언급된다. 메피스토펠레스의 말은 젊어지는 약을 먹은 파우스트가 모든 여인을 헬레네처럼 보게 된다는 뜻이다.

길거리(1)

파우스트, 지나가는 **마르가레테**.[87]

파우스트 아름다운 아가씨, 감히 내 팔을 내밀어
수행을 제안해도 될까요?[88]

마르가레테 전 아가씨도 아니고 아름답지도 않아요.
동반자 없이도 집에 갈 수 있답니다.
(뿌리치고 퇴장)

파우스트 하늘에 맹세코, 정말 예쁜 아가씨야!
지금껏 저런 여잔 본 적이 없어.
품성과 미덕이 넉넉한데
동시에 거만하기도 하단 말이지.
입술은 붉고, 뺨은 빛나고,
세상이 있는 한 잊지 못할 거야.
그녀가 눈을 내리깔던 모습

---

87 마르가레테(Margarete)라는 이름에 관해서는 여러 설이 있다. 다만 1772년 1월 14일 프랑크푸르트에서 영아살해죄로 처형당한 수산나 마르가레타 브란트(Susanna Margaretha Brandt)와 관련이 있는 것은 분명해 보인다. 당시 22세의 괴테는 그녀의 운명을 잘 알고 있었으며 이 사건은 〈파우스트〉 집필에 영향을 주었다.

88 '아가씨'(Fräulein)는 귀족 처녀에게 붙이던 호칭이다. 파우스트는 처음 보는 처녀에게 부적절한 호칭으로 말을 걸었을 뿐만 아니라 팔짱을 끼라고까지 했다. 이는 당시 사회 규범에 어긋난 행동이다.

교회를 나서는 마르가레테(아리 셰퍼, 1838년)

내 가슴에 깊이 새겨졌네.
잠깐 멈칫하던 그 모습
황홀하구나!

메피스토펠레스 등장

파우스트 들어보라, 저 처녀[89]를 갖게 해줘!
메피스토펠레스 그러니까, 누구를?
파우스트 방금 지나간 여자!
메피스토펠레스 저기 저 여자? 방금 신부[神父]한테서 오는 길인데,
신부는 그녀의 모든 죄를 사해주었네.
나는 고해소 바로 가까이 숨어 있었는데
실로 죄 없는 여자요.[90]
아무것도 아닌 일로 고해하러 갔으니,
저 여자한테 난 아무런 힘이 없네.
파우스트 하지만 열네 살은 넘었지.[91]
메피스토펠레스 마치 방탕한 사람처럼 말씀하시네.
꽃이란 꽃은 모조리 탐내고,
꺾을 수 없는 꽃은 명예도
호의도 아니라고 여기지만,
꼭 그런 것만은 아니지.
파우스트 찬양할 만한 신사 나리,

---

89 여기서는 낮은 계급의 처녀를 뜻하는 Dirne를 썼다. 앞에서 '아가씨'라고 부른 것이 가식이었음을 알 수 있다.

90 일부러 죄 없는 여인을 희생양으로 고르고 염탐까지 했다.

91 당시 법에 따르면 결혼이 가능한 나이, 즉 성년을 뜻한다.

그런 호시절의 규칙 따윈 들먹이지 마시게!
짧고 분명하게 말하자면,
저 아름다운 처자가
오늘 밤 내 품에 들어오지 않는다면
우린 자정에 헤어지자고.

메피스토펠레스 뭐가 될 일인지 아닌지 정도는 생각하게나!
기회를 엿보는 데만도
적게 잡아 보름은 필요하겠는데.

파우스트 내게 일곱 시간만 여유가 있다면
저런 아가씨 유혹하는 데
악마는 필요하지 않을 거야.

메피스토펠레스 거의 프랑스 사람처럼 말하는걸.
하지만 제발, 화내지 마오.
곧바로 즐긴다면 그게 무슨 재미야?
처음에 온갖 하찮은 일을 통해
아가씨를 이리저리 위아래로
들었다 놨다 준비시키는 것만큼
큰 즐거움은 없지.
여러 프랑스 이야기가 들려주듯이 말이야.

파우스트 그런 것 없이도 입맛이 도는걸?

메피스토펠레스 이제는 욕설도 농담도 없이
말씀드리자면, 저 아름다운 아가씨는
그렇게 빨리는 절대로 아니 되겠네.
뭐 폭풍우를 일으킬 것까진 없다 해도
간계만은 좀 써야겠어.

파우스트 저 천사 같은 아가씨의 무언가를 가져다다오!

나를 그녀의 안식처로 데려가다오!
그녀의 목 스카프를 가져오든지,
내 사랑의 양말대님[92]이라도 가져오게.

메피스토펠레스 자네의 고통에 내가 기꺼이
신속하게 봉사한다는 것을 알도록.
우리가 한순간도 허비하지 않길 바란다면
오늘 중으로 그녀 방에 가보도록 하지.

파우스트 내가 그녀를 본다고? 가질 수도 있나?

메피스토펠레스 아닐세!
그녀는 이웃 여인 집에 있을 거야.
그사이 자넨 혼자 그녀의 처소에서
장래의 기쁨에 대한 온갖 희망을 품고
실컷 즐길 수 있을 걸세.

파우스트 지금 갈 수 있나?

메피스토펠레스 아직은 너무 일러.

파우스트 그녀에게 줄 선물이나 장만해주게! (퇴장)

메피스토펠레스 곧바로 선물이라고? 거참 좋군! 성공하겠는걸!
나는 멋진 장소들도 많이 알고
오래전에 파묻힌 여러 보물도 알지.[93]
조사 좀 해야겠군. (퇴장)

---

92 스타킹이나 양말이 흘러내리지 않도록 동여매는 끈(편집자 주)

93 제2부의 파묻힌 황금 이야기가 여기서 이미 언급되었다.

저녁

작고 정갈한 방

마르가레테가 머리를 땋았다가 풀면서

마르가레테 오늘 그 신사가 누구였는지
알 수만 있다면 무엇이든 다 내놓을 텐데!
정말 훌륭한 모습이었어.
고귀한 집안 출신일 거야.
그의 이마를 보면 알 수 있지—
그게 아니라면 그처럼 대담하진 않았을 텐데. (퇴장)

메피스토펠레스와 **파우스트**.

메피스토펠레스 들어오시오, 아주 조용히. 이쪽으로!
파우스트 (잠시 침묵한 다음) 제발 날 좀 혼자 내버려두게!
메피스토펠레스 (사방을 둘러보며)
모든 아가씨가 이렇듯 정갈하진 않다네. (퇴장)
파우스트 (사방을 두리번거리며) 이 성소[聖所]를 가득 채우는
달콤한 어스름아, 반갑구나.
희망의 이슬방울을 먹고 사는
너 달콤한 사랑의 고통아! 내 심장을 붙잡아라.
사방으로 얼마나 고요함과

질서와 만족감이 숨 쉬는가!
이 가난 속에 그 어떤 풍성함인가!
이 감옥[94]에서 이 어인 행복감인가!
(침대 옆 가죽 안락의자에 몸을 던진다.)
나를 받아다오, 기쁨과 고통을 겪으면서도
팔을 활짝 벌려 옛 시대를 받아들인 너!
아, 조상들의 이 옥좌에는 얼마나 자주
아이들이 떼를 지어 매달렸을까!
어쩌면 내 사랑하는 아이도 여기서
통통한 뺨으로 거룩한 그리스도께 감사드리며,[95]
할아버지의 시든 손에 입맞춤했을 테지.
오, 소녀야. 내 주변에서 네가 지닌 풍성함과
질서의 정신이 속삭이는 걸 느낀다.
날마다 자애롭게 너를 가르치며
식탁 위에 깔끔한 식탁보를 펼치라 명령하고
너의 발치에 모래를 뿌리게 하는[96]
오, 사랑스러운 어머니 손길이여! 신과 같구나!
이 오두막은 너를 통해 하늘 왕국이 된다.
그리고 여기!
(침대 휘장을 들어 올린다.)
그 어떤 쾌감의 전율이 나를 사로잡나!
나는 오래도록 여기 머물고 싶다.

---

94 '감옥'이라는 단어는 파우스트의 서재(398행)와 마르가레테의 작은 방 그리고 제1부의 마지막 감옥 장면을 연결하는 역할을 한다.
95 크리스마스 선물을 받고 난 뒤의 반응이다.
96 나무 바닥이 오염되는 것을 막기 위해 고운 모래를 뿌렸다.

자연이여, 여기서 너는 가벼운 꿈속에서
타고난 천사를 빚어냈구나!
여기서 그 아이는! 부드러운 가슴을
따스한 생명으로 가득 채운 채 누워 있었고,
여기서 거룩하게 순수한 베 짜기를 거쳐
신들의 형상으로 만들어졌구나!

그리고 너! 무엇이 너를 이리로 데려왔느냐?
나는 얼마나 깊은 감동을 느끼는지!
너는 여기서 무엇을 하려느냐? 어째서 네 가슴은 무거운가?
가엾은 파우스트! 난 너를 더는 모르겠다.

여기서 마법 향기가 나를 둘러싸는가?
곧바로 즐길 마음뿐이었는데,
사랑의 꿈속에 녹아버린 것만 같네!
우리는 공기 압력에 놀아나는 장난감일까?
그녀가 어느 순간이라도 들어선다면
이 뻔뻔함, 넌 어찌 속죄하려느냐!
위대한 한스[허풍쟁이]야, 너 얼마나 작으냐!
이대로 녹아 그녀의 발치에 누웠으면.

메피스토펠레스 (들어온다.) 어서! 저 아래 그녀가 오는 게 보인다.

파우스트 가라! 가라! 다시는 오지 않겠다.

메피스토펠레스 여기 이 보석함은 어지간히 무거운데,
내가 다른 곳에서 가져온 거야.
이걸 이 궤짝에 넣어두기만 해도
맹세컨대 그녀는 정신이 아득해질 거라고.

당신을 위해 이 작은 물건을 가져왔으니,
다른 예쁜 것을 얻으라는 말이지.
아이는 아이, 게임은 게임이거든.

파우스트 난 모르겠는데, 그래야 하나?

메피스토펠레스 질문이 많으시네?
이 보물을 손수 보존할 셈인가?
그렇다면 당신의 욕정에는
사랑스럽고 아름다운 일과를 권하고,
나는 더 이상의 수고를 면하기로 하겠네.
자네가 그토록 탐욕스럽길 바라진 않지만!
나는 머리를 긁고 손이나 쓰다듬지—
(상자를 궤짝에 넣고 자물쇠로 잠근다.)
어서 가세! 서둘러!
젊고 아름다운 아가씨가 자네 마음의
소망과 욕망에 따르도록.
자네 마음속이나 들여다보게.
대형 강의실 들여다보듯,
마치 물리학과 형이상학이 눈앞에
육체를 갖추고 서 있기라도 한 듯이!
다만 나가자! (퇴장)

마르가레테 램프를 들고

마르가레테 아, 후덥지근해. 정말 습하구나.
(창문을 연다.)
저 바깥은 이리 덥지 않은데.

장신구를 걸고 거울을 들여다보는 마르가레테(마누엘 도밍게스 산체스, 1866년)

어찌 된 셈인지 나도 모르겠네—
어머니가 얼른 집에 오셨으면 좋겠다.
온몸이 오싹 떨려.
나야 어리석게 두려움 많은 계집이니!
(옷을 벗으며 노래한다.)

툴레[97]에 임금이 있었어.
진실로 무덤까지 충실했네.
그의 연인, 죽어가며 그에게
황금 술잔 하나 남겼네.

그보다 더 소중한 게 그에겐 없었어.
잔치마다 그 잔으로 마셨네.
그 잔으로 마실 때마다
눈가에 눈물 넘쳐흘렀네.

죽을 때가 다가오자 왕은
왕국의 도시들을 헤아렸네.
모든 걸 후계자에게 넘겼지만
그 잔만은 안 넘겼어.

왕은 만찬을 베풀었네.
저 바닷가 성[城] 위
드높은 조상들의 홀에서

97 베르길리우스와 타키투스의 작품에 등장하는 지명으로 북쪽 끝에 있다는 전설의 섬

기사들이 왕을 둘러쌌어.

그러자 늙은 술꾼은
마지막으로 삶의 열정을 마셨어.
그런 다음 거룩한 술잔을
파도 속으로 던졌다네.

술잔이 가라앉는 것을 보았네. 물을
들이켜며 바닷속 깊이 가라앉았어.
그의 눈이 감기더니,
더는 한 모금도 마시지 않았네.

(옷을 넣으려고 궤짝을 열었다가 보석함을 바라본다.)

이 아름다운 상자가 어떻게 여길 들어왔지?
나는 분명히 옷궤를 잠갔는데.
참 이상하다! 안에 뭐가 들었을까?
어쩌면 누군가 담보로 가져왔고
어머니가 대신 무엇을 빌려주셨나 봐.[98]
여기 리본에 작은 열쇠가 달렸구나.
한번 열어봐야겠다.
이게 뭐지? 하늘의 하느님! 보십시오.
이런 건 평생 한 번도 본 적 없는데!
장신구다! 귀족 부인이

---

98 어머니가 이자를 받기 위해 돈을 빌려준 것이라고 생각한다. 당시 기독교인들에게는 이자 놀이가 금지되어 있었다.

가장 성대한 축제일에 걸고 가도 되겠네.
이 목걸이가 내게도 어울릴까?
이런 화려함, 누구 것이지?
(장신구를 착용하고 거울 앞으로 간다.)
귀고리만 내 것이라 해도 얼마나 좋아!
벌써 전혀 다른 사람처럼 보이는걸.
너희한테 아름다움이 무슨 소용이냐, 젊은것들아?
모든 것이 아름답고 좋지.
다만 모든 걸 그대로 두거든,
남들은 반절의 동정심으로 너희를 칭찬하는 거야.[99]
그러곤 모두가 황금을 좇고
황금에 매달리지.[100]
아, 우리 가난한 사람들!

---

99 가난한 소녀들의 아름다움을 찬양한다 해도, 높은 신분의 남자와 결혼하는 것 같은 사회적 이점은 없다는 뜻이다.

100 베르길리우스의 〈아이네이스〉와 단테의 〈신곡〉 중 〈지옥〉 편에서 인용한 문장

산책

파우스트가 생각에 잠겨 이리저리 오간다.

메피스토펠레스가 그에게 다가온다.

메피스토펠레스 모든 거절당한 사랑에 걸고! 지옥의 원소에 걸고!
아니, 저주를 퍼부을 뭔가 더 고약한 걸 알았으면 싶네.
파우스트 무슨 말이냐? 넌 무슨 화를 그리 크게 내느냐?
내 평생 그런 얼굴은 본 적이 없는걸!
메피스토펠레스 나 자신이 악마가 아니라면
날 즉시 악마에게 넘기고 싶어!
파우스트 네 머릿속에 뭐가 밀려든 거냐?
미친 사람처럼 날뛰는 꼴이 꽤나 어울린다!
메피스토펠레스 생각해봐. 그레트헨[101]을 위해 마련한 보석,
그걸 신부 놈이 가져가버렸어!
어머니가 그 물건을 보고
곧바로 은밀히 두려운 마음이 들었지.
그 여잔 냄새를 기가 막히게 맡거든.
언제나 기도 책에다 코를 박고는
어떤 물건이 거룩한지 아닌지를

101 마르가레테의 애칭

가구마다 쿵쿵대며 돌아다니더니,
결국 이 장신구에는
별다른 축복이 깃들지 않았단 걸 알아챘어.
그녀가 외쳤지. "얘야, 부당한 물건은
영혼을 사로잡고 피를 말린단다.
이걸 성모님께 바친다면
우리에겐 하늘의 만나[102]가 내릴 거야."
마르가레테는 입술이 뾰로통해져서는
생각했지. "아마 선물로 받은 말[馬][103]일 텐데—
정말이지! 그걸 이리로 가져다 놓은 이가
신을 모르진 않을 거야."
어머니는 신부를 불러왔네.
그는 그 재미있는 이야기를 듣자마자
기분 좋은 표정을 지었어.
그러고는 말했지. "올바르게 생각하셨어요.
극복하는 사람이 승리하는 법이니까요.
교회는 위장이 튼튼하지요.[104]
온 땅을 삼켜도
배탈 나는 법이 없어요.

102 요한의 묵시록 2:17의 "승리하는 사람에게는 감추어둔 만나를 주겠고" 참조. 2835행의 "극복하는 사람이 승리하는 법"이라는 말과도 연결된다.

103 "선물로 받은 말의 입속을 들여다보지 말라"라는 속담을 인용한 것으로, 선물로 받은 것이니 따지지 말았으면 좋겠다는 속내가 담겨 있다.

104 교회를 풍자하는 표현이다. 이런 경향은 중세와 특히 르네상스 시대 이후 나타났다. 12세기의 프랑스 수도사 베르나르 드 클뤼니(Bernard de Cluny)는 이런 말을 남겼다. "교황 자신이 은총을 베풀며 돈을 받는다. 그것은 거대한 아가리라서 많이 줄수록 더 많이 원한다."

사랑스러운 분들, 교회만이
부당한 물건을 소화할 수 있지요."

파우스트 그건 일반적인 관습이야,
유대인이나 왕도 그럴 수 있지.[105]

메피스토펠레스 마치 별것 아닌 물건인 양
거기다가 죔쇠, 사슬, 고리 등을 걸더니
딱 호두 한 바구니 받은 정도의
감사 인사만 하고는
그들에게 온갖 하늘의 보상을 약속했네.
그들은 매우 감동했고.

파우스트 그레트헨은?

메피스토펠레스 불안하게 앉아서
자기가 무얼 원하는지, 무얼 해야 할지도 모른 채
밤낮으로 그 장신구 생각만 하지.
그보다는 그걸 가져온 사람 생각을 더 많이 하고.

파우스트 사랑스러운 아가씨가 근심한다니, 마음 아프구나.
즉시 새 장신구를 장만해라!
그리 대단한 일도 아니잖아.

메피스토펠레스 그렇고말고. 나리께는 모든 게 어린아이 놀이니까!

파우스트 내 마음에 들게 그 일을 행하고
이웃집 여자에게 수작을 걸어봐!
이봐, 악마야. 그렇게 고집부리지 말고
새 장신구를 가져오라니까!

메피스토펠레스 예, 은혜로운 나리. 충심으로 그럽죠.

---

105 기독교인들에게는 이자 놀이가 금지되었지만, 상급관청과 유대인에게는 허용되었다.

(파우스트 퇴장)

저렇게 사랑에 빠진 바보가 애인 생각으로
시간을 보내며 태양과 달과 모든 별을
공중으로 날려 보내는구나. (퇴장)

이웃 여인의 집

마르테 (혼자서) 하느님, 내 사랑하는 남편을 용서해주십시오.
그는 제게 그리 잘하진 못했습니다!
곧바로 세상에 나가
저를 혼자 가난하게 버려두었죠.
저라면 그를 진짜로 슬프게 하진 않았을 테고,
충심으로 사랑했을 거예요. (훌쩍인다.)
어쩌면 이미 죽었는지도 몰라! 오, 고통스러워!—
사망 증명서라도 받았으면 좋겠는데![106]—

마르가레테 등장

마르가레테 마르테 부인!
마르테 그레트헨, 무슨 일이지?
마르가레테 다리가 후들거려 주저앉을 지경이에요!
제 옷장에서 다시 이런 상자를
찾아냈지 뭐예요. 흑단 상자인데,
지난번 상자보다 훨씬

---

106 성직자가 교회 장부를 근거로, 혹은 관청에서 증인 심사를 거쳐 발부하는 문서인데, 재혼하려면 이 증서가 필요했다.

보석함을 살펴보는 마르테와 마르가레테(아리 셰퍼, 연대 미상)

훌륭한 것들이 들어 있어요.

마르테 그건 어머니께 말씀드리지 마라.

즉시 고해실로 가져가실 거야.

마르가레테 아, 한번 보세요! 그냥 보기만 하세요.

마르테 (마르가레테의 몸에 둘러보며) 오, 넌 복덩이로구나!

마르가레테 유감이지만 이걸 하고 거리로 나갈 수 없고

교회에 갈 수도 없죠.[107]

마르테 자주 나한테 오렴.

여기서 몰래 장신구를 걸어봐라.

짧은 시간이라도 거울 앞을 거닐며

---

107 당시에는 시민계급 여인들의 장신구와 옷차림을 제한하는 규칙이 있었다.

우리끼리 즐거움을 누리자.
그러다가 기회가 오면, 그러니까 축제 같은 때
차츰차츰 사람들 눈에 내보이는 거지.
먼저 목걸이, 그다음엔 진주 귀고리 하는 식으로.
어머니는 보지 못할 거야. 조금 속이기도 하고.

마르가레테 그나저나 이 보석함 두 개를 대체 누가 가져다둔 걸까요?
정직한 물건들일 리가 없어요!
(노크 소리)
아이고, 하느님! 우리 어머닌가?

마르테 (커튼 사이로 내다보며) 모르는 남자야—들어오세요!

메피스토펠레스 등장

메피스토펠레스 이렇게 곧바로 들어가다니,
부인들께 간청을 올려야 마땅한데.
(존경심을 담은 태도로 마르가레테 앞에서 뒷걸음치며)
마르테 슈베르틀라인 부인을 뵈려 합니다만!

마르테 전데요. 신사분께선 무슨 말씀을 하시려고?

메피스토펠레스 (그녀에게 나직이) 당신을 뵈었으니 그걸로 충분합니다.
고귀한 손님을 맞고 계시는데,
제가 멋대로 들어온 걸 용서하십시오.
오후에 다시 찾아뵙겠습니다.

마르테 (웃는다) 생각해봐, 얘야. 원, 세상에!
이 신사분이 너를 귀한 집 아가씨로 여기는구나.

마르가레테 전 그저 가난한 소녀일 뿐이에요.
아이참! 지나치게 좋으신 분이네요.

보석과 장신구는 제 것이 아니랍니다.
메피스토펠레스 아니, 보석만이 아닙니다.
그대는 특별한 사람이오. 눈매가 이토록 예리하시니까요!
여기 머물러도 된다니 정말 기쁩니다.
마르테 무얼 가져오셨나요? 뭔가—
메피스토펠레스 더 기쁜 소식을 가져왔으면 좋았을 테지만!
그렇다고 내게 화살을 돌리진 않으셨으면 좋겠군요.
부군(夫君)께서 돌아가셨어요. 부인께 인사 전합니다.[108]
마르테 죽었다고요? 소중한 사람! 오, 가슴 아파라!
내 남편이 세상을 떠났구나! 아, 난 이제 어떡하나!
마르가레테 아! 다정한 아주머니, 절망하지 마세요!
메피스토펠레스 이런 슬픈 소식을 들으시다니!
마르가레테 그렇다고 내 삶의 나날이 싫다는 건 아니지만,
그 상실감에 죽도록 괴로울 것 같네요.[109]
메피스토펠레스 기쁨엔 슬픈 면이, 슬픔엔 기쁜 면이 있게 마련이지요.
마르테 그의 마지막이 어땠는지 들려주세요.
메피스토펠레스 그는 파도바에 묻혔어요.
성 안토니우스 곁
저 선별된 장소[공동묘지]에서
영원히 서늘한 안식처를 얻었답니다.
마르테 그 밖에 전해주실 건 없나요?
메피스토펠레스 있지요. 크고도 무거운 부탁을 가져왔어요.

---

108 순서를 거꾸로 해서 인사하고 있다.
109 마르테에게 감정이입을 해서 만약 자기에게 그런 일이 닥치면 무척 슬플 것이기에 사랑 같은 건 하고 싶지 않다는 속내가 담겼다.

자기를 위해 미사를 삼백 번 올려달라 하더군요!
그것 말곤 내 호주머니는 비었는데.

마르테 뭐라고요? 기념주화 하나 없이? 장신구조차 없이?
수공업 도제라도 그런 걸 호주머니 밑바닥에 넣어두고
기념품으로 보관하면서
차라리 굶으며 구걸까지 하더구먼!

메피스토펠레스 부인, 참으로 유감입니다.
그는 돈을 허투루 날린 게 아닙니다.
그도 자기 잘못을 몹시 후회했지요.
물론 자신의 불운을 훨씬 더 많이 탄식했지만.

마르가레테 아! 인간이 이토록 불행하다니!
그분을 위해 진혼 기도를 많이 올릴 거예요.[110]

메피스토펠레스 당신은 바로 혼인하셔도 되겠습니다.
사랑스러운 아가씨니까요.

마르가레테 아니, 아직은 안 돼요.

메피스토펠레스 남편이 아니라면 잠시 애인이라도.
이렇듯 사랑스러운 아가씨를 품에 안으면
하늘의 가장 큰 선물이 될 겁니다.

마르가레테 그런 건 이 나라의 관습이 아니죠.

메피스토펠레스 관습이건 아니건! 그런 것도 있지요.

마르테 내게 얘기 좀 해줘요!

메피스토펠레스 나는 그가 임종할 때 침상에 있었어요.
쓰레기보다야 조금 낫지만

---

110 진혼 기도는 오직 사제만이 할 수 있는 일이므로, 가톨릭교에 대한 괴테의 무지가 드러난 부분이다.

절반쯤 썩은 지푸라기였죠. 그는 기독교인으로 죽었어요.[111]
자기가 술판을 지나치게 많이 벌였단 걸 알고 있었죠.
그가 외쳤어요. "내 직업과 아내를 그렇게 버려두다니
얼마나 근본부터 나 자신을 미워해야 하나.
아, 기억이 나를 죽인다.
그녀가 이승에서 나를 용서해준다면!"

마르테 (훌쩍이며) 좋은 사람! 나는 오래전에 그를 용서했어요.

메피스토펠레스 "다만, 하느님도 아시듯 그녀는 나보다 죄가 많았소."

마르테 뭐라고요? 거짓말예요! 무덤을 코앞에 두고도 거짓말이네!

메피스토펠레스 그가 마지막 순간에 분명 이야기를 꾸며낸 거죠.
나야 제대로 알지 못하니까.
그는 이렇게 말했어요. "나는 시간을 헛되이 보내진 않았어요.
먼저 아이들을 얻고, 그런 다음 그들을 위한 빵을 벌었지.
가장 광범위한 의미에서의 빵을.
그런데도 내 몫을 평화롭게 먹을 순 없었어요."

마르테 그 모든 정절과 그 모든 사랑을 다 잊다니,
낮과 밤의 그 고생을 모조리!

메피스토펠레스 그렇진 않아요. 그는 당신을 충실히 기억했지요.
이렇게 말했어요. "나는 몰타섬을 떠날 때
아내와 아이들을 위해 충심으로 기도했소.
그러자 하늘에서도 은총이 내려서
우리 배가 튀르크 배를 나포했는데,
위대한 술탄의 보물을 실은 배였소.

---

111 병자성사(가톨릭교에서 사고나 중병, 고령으로 죽음에 임박한 신자가 받는 성사)를 마치고 죽었다는 뜻이다.

용기가 보상을 얻은 거지.
나도 거기서 정당하게
내 몫을 받았소."

마르테 아이, 뭐라고요? 어디에? 혹시 묻어두었을까요?

메피스토펠레스 누가 알겠소, 사방이 열려 있으니.
아름다운 아가씨가 그를 받아들였다오.
그가 나폴리에서 이방인으로 돌아다닐 적에
그녀가 그에게 사랑과 정절을 바쳤고
그는 마지막 순간까지 그걸 느꼈지요.[112]

마르테 저런 악당! 자식들의 돈을 훔친 도둑 같으니!
그 모든 비참함과 곤궁도
그의 수치스러운 삶을 막지는 못했구나!

메피스토펠레스 그렇지만, 보십시오! 대신 그는 죽었잖소.
내가 당신 처지라면
한 해 정도 그를 애도하면서
그사이 새 애인을 찾아보겠소만.

마르테 아, 맙소사! 첫 번째 남자가 그랬는데
이 세상에서 쉽사리 다른 사람을 찾진 못할 거예요.
그렇게 충심 넘치는 바본 또 없으니까요.
그는 멀리 돌아다니는 걸 좋아하고
낯선 여자들과 낯선 포도주와
빌어먹을 주사위 놀이도 좋아했지요.[113]

---

112 나폴리의 아름다운 아가씨(창녀)가 그에게 '나폴리병'(mal de Naples), 곧 매독(성병)을 옮겼다.

113 격언에 따르면 여자(Weib), 주사위(Würfel, 노름), 술(Wein)의 세 W가 고통을 부른다.

메피스토펠레스 그야 뭐, 그가 자기 쪽에서
당신에 대해 이것저것 대략 봐주었다면
그럴 수도 있었겠지요.
맹세하지만, 그런 조건이라면
나도 당신과 반지를 교환했을 거요!
마르테 신사분께서 농담도 잘하셔!
메피스토펠레스 (혼잣말로) 기회 봐서 얼른 도망치자!
악마조차 말로 붙잡을 여자다.
(그레트헨에게)
당신 마음은 어떤가요?
마르가레테 그게 무슨 말씀이신지요?
메피스토펠레스 (혼잣말로) 넌 선량하고 죄 없는 소녀지!
(큰 소리로) 안녕히들 계시오!
마르가레테 안녕히 가세요!
마르테 잠깐, 한마디만!
내 남편이 어디서 어떻게 언제 죽어서 묻혔는지
증서라도 있으면 좋겠는데.
저는 질서를 중히 여기는 사람이라
사망 소식을 주간 신문[교회 소식지]에서도 읽고 싶군요.
메피스토펠레스 예, 선량한 부인, 두 증인의 말이면
어디서든 진실로 여겨질 겁니다.[114]
제겐 세련된 동반자가 있으니,
그를 판사 앞에 세우지요.
그를 데려오겠소.

---

114 괴테가 살았던 시대의 법령

마르테 오, 그렇게 해주세요!

메피스토펠레스 여기 이 아가씨도 함께 계시려나?
훌륭한 젊은이거든요! 여행도 많이 했으니,
아가씨에게도 깍듯이 예의를 지킬 겁니다.

마르가레테 저야 신사분들 앞에서 얼굴이 빨개질 텐데요.

메피스토펠레스 지상의 어떤 왕 앞에서도 아닐 겁니다.

마르테 집 뒤에 있는 우리 정원에서
오늘 저녁 신사분들을 기다릴게요.

길거리(2)

파우스트와 **메피스토펠레스**.

파우스트　어떻게 되고 있나? 진척이 있나? 금방 될까?

메피스토펠레스　아, 브라보! 당신이 이렇게 들떠 있다니?
그레트헨은 머지않아 자네 품에 들어올 거야.
오늘 저녁 이웃인 마르테의 집에서 그녀를 보게 될 테니.
뚜쟁이와 집시들한텐
안성맞춤인 여자지!

파우스트　잘됐군!

메피스토펠레스　하지만 우리에게 바라는 바도 있소.

파우스트　봉사 한 번이 다른 봉사를 해줄 가치가 있다면야.

메피스토펠레스　우린 법적인 증명서를 쓸 것인데.
그녀의 남편이 죽어서
파도바 성당에 잠들어 있다는 내용이지.

파우스트　아주 영리하군! 먼저 여행부터 해야겠구먼!

메피스토펠레스　거룩한 단순함[Sancta Simplicitas]![115] 그런 게 아니야.
알지도 못한 채 증언만 하는 거지.

파우스트　자네가 더 나은 걸 모른다면, 이 계획은 틀렸네.

115　종교개혁가 얀 후스가 화형장에서 장작을 나르던 농부에게 한 말이라고 전해진다.

메피스토펠레스 오, 거룩하신 분! 여기 계셨네!

위조 증서를 발부한 게

이번이 난생처음인가?

신에 대해, 세상과 그 안에서 움직이는 것에 대해,

인간에 대해, 그의 머리와 심장에서 움직이는 것에 대해,

거대한 힘으로 정의를 내리지 않았었나?

뻔뻔한 이마와 대담한 가슴으로?

올바르게 내면으로 들어가고자 한다면,

슈베르틀라인 씨의 죽음에 대해서만

정확히 아는 것만을 인정하겠다는 말이지!

파우스트 너는 거짓말쟁이다. 소피스트야.

메피스토펠레스 조금 더 깊이 알지 못한다면, 그렇지.

내일이면 자네는, 온갖 명예를 걸고

가련한 그레트헨을 유혹하여

영혼의 사랑을 그녀에게 맹세하지 않겠는가?

파우스트 충심으로 그럴 거야.

메피스토펠레스 좋고도 아름답군!

그렇다면 영원한 충절과 사랑에서,

유일한 초강력의 충동에서—

게다가 충심에서 나오는 말이겠지?[116]

파우스트 그래야지! 그럴 거야! 내가 느끼는

이 감정, 이 혼란에 대해

116 메피스토펠레스의 말에 따르면 파우스트는 마르가레테(그레트헨)에게 '충심 어린' 사랑과 충절을 약속하지 못한다. 악마와 계약할 때, 행복에 잠겨 순간에 멈추기를 거부했기 때문이다.

아무리 이름을 찾으려 해봐도 찾을 수 없네.
모든 감각으로 온 세상을 통과하며
최고의 낱말들을 붙잡는데,
내 안에서 타오르는 이 불길을
끝없고 영원하다고, 영원하다고 부른다.
이것이 악마의 거짓말 게임인가?[117]

메피스토펠레스 내 말이 맞네!

파우스트 들어보라! 이걸 알아라—
제발 부탁이니 내 허파를 보호해다오—
올바르다고 주장하면서 혀가 하나뿐인[118] 사람이
분명 옳지.
이제 가자, 지껄이기는 넌더리가 난다.
네 말 맞으니까, 특히 내가 그러지 않을 수 없으니.

---

117 파우스트가 이런 불길, 곧 사랑을 영원이라 부르고 실제로 간직하기에 이것은 거짓말 게임이 아니다. 하지만 그는 그녀 곁에 머물 수 없으므로 그레트헨에게 충절을 논할 처지가 아니니 메피스토펠레스의 말이 맞다.

118 자기주장만 할 뿐 남의 말을 듣지 않는다는 뜻

정원

마르가레테는 **파우스트**의 팔짱을 끼고,

마르테는 **메피스토펠레스**와 함께 이리저리 오가면서

마르가레테 나리께서 저를 보호하시는 게 느껴져요.

이토록 아래로 내려오시니 제가 부끄럽지요.

여행자는 좋은 마음에서

만족하는 데 익숙하죠.

제 볼품없는 말솜씨가 이렇게 경험 많으신 분을

즐겁게 하지 못한다는 걸 알아요.

파우스트 그대의 눈길 한 번, 말 한 마디가

세상의 온갖 지혜보다 더 즐겁다오. (그녀 손에 키스한다.)

마르가레테 애쓰지 마세요. 어찌 제게 키스할 수 있어요?

이토록 볼품없고 또 거친데!

제가 무슨 일인들 안 했을까요!

어머닌 아주 엄격해요. (지나간다.)

마르테 당신은 언제나 그렇게 여행하시나요?

메피스토펠레스 아, 일과 임무가 우리를 몰아가지요!

얼마나 많은 고통을 품고 떠나게 되는지 모릅니다.

그렇다고 머물 수도 없고.

마르테 세상을 이리저리 떠돌다 보면

마르가레테와 함께 걷는 파우스트(헨드릭 프란스 셰펠스, 1863년)

세월은 쏜살같이 흘러가지요.
하지만 나쁜 시간이 닥치고
홀아비로서 홀로 무덤에 들어간다면
누구 마음에도 좋지는 않을 테죠.

메피스토펠레스 두려움을 품고 멀리서 그걸 바라보고 있지요.

마르테 그러니 소중한 분, 제때 깊이 생각해보세요. (지나간다.)

마르가레테 네, 눈에서 멀어지면 마음에서도 멀어지죠!
당신은 예의범절이 몸에 밴 분이에요.
당신은 친구가 많으니
그들이 저보다 잘 이해할 테죠.

파우스트 오, 착한 아가씨! 내 말 믿어요. 이해라고 불리는 건
기실 허영심과 공허함일 때가 많소.

마르가레테 왜 그렇죠?

파우스트 아, 이런 단순함과 순수함은 자신뿐 아니라
자신의 거룩한 가치를 절대로 모른다!
겸손과 순종이야말로 자연이 사랑에 가득 차서
나누어 주는 최고의 선물이란 걸—

마르가레테 당신이 단 한순간이라도 저를 생각하신다면
저는 충분한 시간을 들여 당신 생각을 할 거예요.

파우스트 그대는 혼자 있는 일이 많소?

마르가레테 네, 우리 살림은 작아도
세심히 보살펴야 하지요.
우리한테는 하녀가 없으니, 요리, 청소, 뜨개질과
바느질도 하며 아침부터 밤까지 움직인답니다.
제 어머니는 모든 점에서
정말 꼼꼼하시죠.
그렇다고 여유 없을 만큼 빠듯한 건 아니에요.
우리는 오히려 다른 사람들보다 멀리 움직인답니다.
아버지가 재산을 넉넉히 물려주셨거든요.
교외에 작은 집과 작은 밭을 남겼어요.
하지만 저는 요즘 적적한 나날을 보낸답니다.

오빠는 군인이고,
여동생은 죽었어요.
전 그 애 때문에 골치를 앓았지요.
물론 기꺼이 한 번 더 그 모든 수고를 떠맡을 테지만,
그 아인 그토록 사랑스러웠죠.

파우스트 당신 같다면 천사였겠군.

마르가레테 제가 개를 키웠어요. 동생은 충심으로 저를 따랐죠.
그 애는 아버지가 돌아가신 뒤에 태어났어요.
우린 그때 어머니를 잃는 줄 알았어요
심하게 앓으셨으니까요.
그러다 아주 천천히, 조금씩 회복했어요.
어머니가 가여운 어린것에게
젖을 먹인다는 건 생각할 수도 없었고요.
그래서 제가 우유와 물로
아이를 키웠답니다. 그 애는 제 아이나 다름없었어요.
제 품에서, 제게 안겨서 사랑스럽게
버둥거리며 자랐죠.

파우스트 그대는 실로 가장 순수한 행복을 느꼈구려.

마르가레테 하지만 물론 힘든 시간도 많았죠.
밤에는 제 침대 머리맡에 요람을
두었거든요. 아이가 움직이기만 하면
저도 깨어났죠.
우유를 먹이기도 하고, 때로는 제 옆에 누이고,
울음을 멈추지 않으면 침대에서 일어나
아이를 안고 방 안을 이리저리 돌아다녔죠.
저는 아침부터 빨래통 앞에 서야 했고,

시장을 봤고, 부엌에서도 일하며
매일 같은 일을 반복했답니다.
그러니 언제나 기분이 좋았던 건 아니에요.
다만 음식 맛이 좋았고, 휴식은 달콤했죠. (지나간다.)

마르테 가련한 여자들한테는 화나는 일이지만
늙은 홀아비의 마음을 돌리기는 힘들죠.

메피스토펠레스 나를 더 나은 사람이 되게끔 가르치는 건
오직 당신 같은 이들에게 달린 일이라오.

마르테 솔직히 말씀해보세요. 아직 아무도 찾아내지 못했나요?
어딘가 마음이 묶여 있나요?

메피스토펠레스 격언이 이렇게 알려주죠. "자신의 부엌[집]과
행실 좋은 아내는 황금과 진주만큼의 가치가 있다."

마르테 저도 그렇게 생각해요. 당신은 그런 마음이 한 번도 없었나요?

메피스토펠레스 어디서든 날 친절하게 맞아주었죠.

마르테 제 말은, 진짜로 당신 마음에 든 적이 없었냐고요?

메피스토펠레스 여인들과 감히 농담해서는 안 되죠.

마르테 아, 제 말을 이해하지 못하시네요!

메피스토펠레스 정말 유감입니다!
하지만 나는 당신이 참 선량하다는 걸 알고 있죠. (지나간다.)

파우스트 내가 정원으로 들어섰을 때
곧장 나를 알아보았소, 작은 천사여?

마르가레테 그걸 못 보셨나요? 저는 눈을 내리깔았는데.

파우스트 내가 멋대로 취한 행동을 용서하는 건가?
최근에 그대가 성당에서 돌아올 때
뻔뻔스럽게 감행한 일을?

마르가레테 깜짝 놀랐죠. 그런 일은 처음이거든요.

저에 대해 나쁘게 말할 사람은 없을걸요?
저는 생각했죠. 그가 너의 행실에서 무언가
뻰뻰한 것, 얌전하지 못한 것을 보기라도 했나?
그가 곧바로 다가와 소녀에게
수작을 거는 것 같았거든요.
하지만 고백하지요! 당신이 무엇 때문에
그렇게 바로 움직이기 시작했는지는 몰랐지만,
저 자신한테 정말 화가 났었어요.
당신을 더 고약하게 대하지 않았다는 것 때문이죠.

파우스트 사랑스러운 아가씨!

마르가레테 그만두세요!

(별 모양 꽃 하나를 꺾어서 꽃잎을 하나씩 떼어낸다.)

파우스트 그게 뭐지? 꽃다발인가?

마르가레테 아뇨, 장난일 뿐이에요.

파우스트 어떤?

마르가레테 가세요! 절 비웃을걸요.

(꽃잎을 뜯으며 중얼거린다.)

파우스트 뭐라 중얼거리는 거요?

마르가레테 (반쯤 소리 높여) 그는 날 사랑한다—사랑하지 않는다.

파우스트 하늘나라 얼굴처럼 귀엽구나!

마르가레테 (계속한다) 사랑한다—안 한다—사랑한다—안 한다—

(마지막 꽃잎을 떼어내며, 기쁨에 넘쳐 사랑스럽게)

그는 나를 사랑한다!

파우스트 그렇지, 아가씨! 이 꽃점이
신들의 선언이라 여겨도 되오. 그는 당신을 사랑하니까!
그게 무슨 뜻인지 알겠소? 그는 당신을 사랑해!

(그녀의 두 손을 잡는다.)

마르가레테 전 두려워요!

파우스트 오 떨지 말아요! 말로 못 하는 것[곁에 머물 수 없는 이유]을,
이 눈길, 이 악수가
그대에게 알려주길.
온전히 자신을 바치고, 영원히
계속될 기쁨을 느낄 거라고!
영원히!—그 끝은 절망이 되겠지만.
아니, 끝이 없지! 끝나지 않아!

(마르가레테는 그의 손을 꽉 잡고 나서 몸을 빼 달아난다. 그는 한순간 생각에 잠겨 서 있다가 그녀의 뒤를 따라 달려간다.)

마르테 (다가오며) 밤이 시작되네요.

메피스토펠레스 그렇군요. 우린 떠나야 합니다.

마르테 제발 부탁이니 이곳에 더 오래 머물러주세요.
물론 아주 고약한 곳이긴 하죠.
사람들이 마치 아무 할 일도,
만들 것도 없다는 듯
이웃의 거동을 일일이 살피며
무슨 일을 하든 곧바로 소문이 나니까요.
그런데 우리 귀여운 한 쌍은?

메피스토펠레스 저기 저 통로로 달려갔소.
경박한 나비들이라니까!

마르테 그가 그녀를 좋아하나 봐요.

메피스토펠레스 그녀도 그를 좋아하죠. 그게 세상 이치니까.

정원의 정자

마르가레테가 뛰어 들어와서 문 뒤에 몸을 숨기고
손가락을 입술 위에 댄 채 문틈으로 내다본다.

마르가레테 그가 온다!

파우스트 (들어오며) 이 악당. 날 이렇게 놀리다니!
드디어 잡았군! (그녀에게 키스한다.)

마르가레테 (그를 잡고 키스에 응답하며)
참 좋은 남자! 진심으로 사랑해요!

메피스토펠레스 노크한다.

파우스트 (발을 구르며)
거기 누구냐?

메피스토펠레스 좋은 벗이요!

파우스트 짐승이구나!

메피스토펠레스 작별할 시간이오.

마르테 들어온다.

마르테 예, 시간이 늦었어요.

파우스트 당신을 바래다줄 순 없을까?

마르가레테 어머니가 보시면—안녕히 가세요!

파우스트 정녕 가야 하나?

안녕히!

마르테 안녕!

마르가레테 곧 다시 만나요!

(파우스트와 메피스토펠레스 퇴장)

마르가레테 오 하느님! 저런 분이라면 무언들,

그 무언들 생각 못 할까!

그분 앞에서 난 그저 부끄러울 뿐이니

모든 일에 "네"라고 말한다.

난 아무것도 모르는 아이,

그분이 나를 어떻게 생각하는지도 모르지. (퇴장)

사랑에 빠진 파우스트와 마르가레테(아리 셰퍼, 1846년)

숲과 동굴

파우스트 (혼자서) 고귀한 지령이여, 그대는 내게 모든 것을 주었다,
내가 간청한 모든 것을. 그대가 불 속에서
얼굴을 내게로 향한 건 공연한 일이 아니었다.
그대는 내게 장엄한 자연을 왕국으로 주었고,
그것을 느끼고 즐길 힘도 주었다. 깜짝 놀라게 하며
냉정하게 그냥 방문한 것이 아니라
자연의 깊은 가슴속을,
마치 친구의 가슴처럼 들여다보게 해주었다.
그대는 살아 있는 것들의 행렬을 내 앞으로
지나가게 해서, 내게 고요한 덤불, 공중,
물속 형제들을 알게 해주었다.
숲에서 폭풍우가 우지끈 몰아칠 때면,
거대한 가문비나무가 쓰러지며
이웃한 나뭇가지들과 몸통들을 누르며 스치고,
그 쓰러짐에 언덕 전체가 둔하고 공허하게 천둥소리 낼 때,
그대는 나를 안전한 동굴로 데려가
나 자신에게 나를 보여주지. 그러면 내 가슴속
비밀스럽고 깊은 상처들이 열린다.
순수한 달이 마음을 진정시키며
내 눈앞에 떠오르면, 암벽들로부터

숲속의 파우스트(카를 구스타프 카루스, 1821년경)

축축한 덤불에서 내게
태곳적 은빛 형상들 떠올라
관찰의 엄격한 욕구가 진정된다.

오, 인간에게 그 무엇도 완벽하지 못하다는 걸
나 이제 느낀다. 그대는 나를 신들에게로 가까이,

더 가까이 데려가는 이 환희에 덧붙여
동반자까지 주었으니,[119] 나는 이제 그가 없이는
지낼 수 없다. 그가 비록 차갑고 뻔뻔하게
내 앞에서 나를 욕보이고, 그대의 선물[자연]을
말 한 마디로 아무것도 아닌 걸 바꾸기는 하지만.
그는 내 가슴 속에 저 어여쁜 모습을 향한
불타는 갈망을 만들어냈다.
그래서 나는 비틀거리며 욕망에서 향락으로 넘어가고
향락 속에서도 욕망을 갈구한다.

메피스토펠레스 등장

메피스토펠레스 자넨 벌써 삶을 실컷 살았나?
어찌 그리 오래 즐거워할 수 있나?
한번 시험해보고는 곧장
새로운 것으로 넘어가는 게 좋을 텐데![120]
파우스트 자네가 멀쩡한 대낮에 나를 괴롭히는 것보다
할 일이 더 많았으면 좋겠군.
메피스토펠레스 좋아요, 좋아! 기꺼이 자네를 내버려두겠네.
다만 그렇게 진지하게 말씀하시면 안 되지.[121]
이토록 악의적이고 무뚝뚝하고 미친
그대 같은 동반자는 별로 아쉽지도 않아.

---

119 지령이 메피스토펠레스를 보냈다는 이 구절은 숱한 논의를 불러일으켰다.
120 순간에 머물지 않겠다는 계약조건을 상기시키며 은근히 위협한다.
121 위협하려는 의도가 더 분명해지는 발언이다.

온종일 할 일이야 많지!
무엇이 마음에 들고, 또 무엇을 그대로 둬야 할지
이분에게선 즉시 알아챌 길이 없으니.

파우스트 그게 바로 딱 맞는 말투네!
나를 지루하게 해놓고 감사까지 받으려 하다니.

메피스토펠레스 가엾은 땅의 아들이여,
내가 없었다면 대체 어찌 사셨을까?
나는 오랜 시간 들여 자네가 상상력의
잡동사니에서 벗어나도록 치료했네.
나 아니었다면 자넨 벌써
이 지구를 떠났을걸?
이런 바위 틈바구니 동굴에는
무슨 일로 부엉이처럼 틀어박히셨나?
축축한 이끼와 물기 떨어지는 돌에서
마치 두꺼비처럼 양분이라도 들이마시나?
그야말로 멋지고 훌륭한 소일거리요!
자네 몸속엔 아직도 그 박사가 숨어 있나 보지.

파우스트 황야에 이렇게 머무는 것이 내게
어떤 생명의 힘을 만들어내는지, 넌 아느냐?
그렇지, 자네가 그걸 짐작이라도 한다면
악마인 너는 내게 이런 행운을 허용하지 않을걸.

메피스토펠레스 지상을 초월한 만족감이군.
산 위에서 밤과 이슬 속에 누워
땅과 하늘을 즐겁게 감싸고서
자신을 신의 높이로 들어 올려
예감의 충동으로 땅의 골수를 헤집으며

가슴속으로 6일 동안의 창조 과정을 느껴보는 것인데
무엇을 즐기는 건지 나는 모르지만, 오만한 힘으로
머지않아 모든 것에 사랑의 기쁨이 넘쳐흐르고
지상의 아들은 온전히 사라지면서
높은 직관[直觀]이— (음탕한 몸짓을 하며)
어떻게인지 말할 수는 없지만—끝나겠지.

파우스트 퉤, 빌어먹을 놈!

메피스토펠레스 자네한테 유쾌한 일은 아니지.
자네야 "퉤, 빌어먹을"이라고 말할 권리가 있지만,
순결한 마음이라도 그런 것 없이 지낼 순 없단 걸
순결한 귀에 대고 말하면 안 된다, 이거지.
어쨌든 짧게 말하자면, 나는 자네가 이따금
자신에게 거짓말하는 즐거움을 드리겠지만,
그래도 그대께서는 그런 걸 오래 참진 못하시지.
자넨 다시 기진맥진해지고,
그게 더 계속되면, 광증이나
불안감 또는 공포심에 빠져들지.
이제, 그만! 자네 애인은 틀어박혀 앉아
모든 게 너무 답답하다네.
그녀 마음에서 자네가 떠나지 않아.
그녀는 자네를 지나치게 사랑하지.
자네 사랑의 광풍은 처음에 눈 녹은 물이
작은 시내를 범람케 하듯 격하게
그녀 마음으로 쏟아져 들어갔지.
지금 자네의 시냇물은 다시 얕아졌어.
내 생각엔 숲에서 군림하는 일 대신,

그건 위대하신 주님께 맡겨두고,
새파랗게 젊고 가련한 저 아가씨에게
그 사랑을 보답하는 게 좋을 듯하네.
그녀에겐 시간이 불쌍할 정도로 길다네.
창가에 서서 구름이 온갖 성벽 너머로
흘러가는 것을 바라보면서
"내가 한 마리 새라면!" 하는 게 그녀의 노래지.
낮 동안 내내, 밤의 절반도,
잠깐 명랑하지만 대부분 울적하고,
잠깐 제대로 울어놓고는
비로소 다시 조용해진 듯 보이지만
계속 사랑에 빠져 있지.

파우스트 간사한 뱀이구나! 뱀!

메피스토펠레스 (혼잣말로) 그렇지! 내 너를 잡으려는 거니까!

파우스트 흉악한 놈! 여기서 꺼져라,
그 아름다운 여자는 거론하지 말고!
그 달콤한 육체를 향한 욕망을
절반은 미친 감각 앞에 다시 끌어들이지 마라!

메피스토펠레스 무슨 소린가? 그녀는 자네가 도망쳤다 여기는데,
자넨 어차피 반은 도망친 거고.

파우스트 나는 그녀 곁에 있어, 나 비록 이렇게 멀리 있어도
절대로 잊을 수도, 잃어버릴 수도 없지.
그래, 나는 그녀의 입술이 건드리는
주님의 성체에도 질투가 난단 말이야.

메피스토펠레스 그렇지, 내 친구여! 난 장미밭에서 풀을 뜯는

쌍둥이 노루에 대해[122] 자주 자네를 질투하는데.

파우스트 꺼져라, 뚜쟁이 놈아!

메피스토펠레스 좋군. 자넨 욕하는데 난 웃어야 하니.
남자와 여자를 만드신 신께서는
그들이 만날 기회를 만들어내는
가장 고귀한 직분[뚜쟁이]도 알고 계셨지.
그냥 계속하시게, 이건 위대한 비통함이니!
자네는 애인의 방으로 가야지,
죽음이 아니라.

파우스트 무엇이 그녀의 품 안에 있는 천상의 기쁨 같을까?
그녀의 젖가슴에서 내 몸을 덥히게 해다오!
나는 언제나 그녀의 곤란함을 느끼고 있지 않은가?
나는 도망자 아니냐? 집도 없는 놈 아니냐?
목표도 휴식도 없는 비인간 아니냐?
암벽에서 암벽으로 떨어지며 포효하는 폭포처럼
탐욕스럽게 심연으로 질주한다.
게다가 곁다리로, 유치하고 둔한 감각으로,
그녀와 이 작은 알프스 들판의 오두막,
이 작은 세계 안에 감싸인
그 모든 소박한 시작까지 함께 끌고 떨어지는 거지.
신의 미움을 받는 나는
그걸로 모자라서
암벽을 붙잡았고,
그녀는 떨어져 부서진 거고!

---

122 구약성서 아가 4:5의 변형으로 '젖가슴'을 뜻한다.

그녀와 그녀의 평화를 나는 파괴했다!
지옥이여, 네가 이 제물을 받아들였겠지.
악마여, 나를 도와 이 두려움의 시간을 줄여다오!
일어나야 할 일이면, 어서 일어나라!
그녀의 운명 무너져 내게로 떨어지고,
그녀는 나와 함께 멸망해라![123]

메피스토펠레스 다시 끓고, 또 달아오르네!
들어가 그녀를 위로해주게나, 바보야!
그 작은 머리는 출구만 안 보이면
금세 종말을 상상하지.
용감하게 버티는 자, 만세!
하지만 자네는 이미 상당히 악마가 되었네.
나는 세상에 절망한 악마보다
더 밥맛없는 건 못 봤다니까.

123 앞으로 일어날 비극을 정확히 예견하고 있다.

그레트헨의 방

그레트헨 (물레 곁에 홀로 앉아)

나의 평화 사라졌네.
내 가슴은 무거운데,
다시는 그 평화 못 찾으리,
결코 다시는.

그가 없는 세상
내게는 무덤.
온 세상이
내겐 쓰디쓰다.

내 가여운 머리
돌아버렸어.
내 가여운 감각
갈가리 찢겼네.

나의 평화 사라졌네.
내 가슴은 무거운데,
다신 그 평화 못 찾으리,
결코 다시는.

물레 곁에 앉아 있는 마르가레테(아리 셰퍼, 1831년)

오직 그를 찾으려고
창밖을 내다보네.
오직 그를 향해서만
집 밖으로 나선다네.

그의 드높은 걸음,
그의 고귀한 모습,
그 입술의 웃음,
그 눈의 힘.

그리고 그 말씀의
마법 같은 흐름,
그의 악수,
그리고 아, 그 키스!

나의 평화 사라졌네.
내 가슴은 무거운데,
다시는 그 평화 못 찾으리,
결코 다시는.

내 가슴은[124]
그를 향해 달려간다.
아, 내가 그를 찾아

---

124 〈초고 파우스트〉(*Urfaust*)에서는 "내 가슴"(Mein Busen) 대신 "내 자궁"(Mein Schoos, '품' 또는 '음부'를 뜻하기도 함)이 쓰였다.

붙잡을 수 있다면!

그리고 원하는 만큼
키스할 수 있다면,
그 키스에 묻혀
스러져도 좋으리!

마르테의 정원

마르가레테와 **파우스트**.

마르가레테 약속해줘요, 하인리히![125]

파우스트 내가 할 수 있는 거라면!

마르가레테 말해봐요, 당신의 종교는 어떤지.
당신은 참 선량한 분인데,
제 생각엔 신앙을 대단치 않게 여기는 듯해요.[126]

파우스트 그건 내버려두오, 아가씨! 내가 친절하단 걸 당신은 느끼지.
내 사랑을 위해 나는 몸과 피를 내놓겠지만
누구에게도 감정과 교회를 빼앗을 마음은 없어.

마르가레테 그건 옳지 않아요. 사람은 믿음을 가져야죠.

파우스트 그런가?

마르가레테 아! 내가 당신에게 무엇이든 말할 수만 있다면!
당신은 성사[聖事][127]도 존중하지 않잖아요.

파우스트 존중하오.

---

125 파우스트의 이름

126 1665년에 초연된 몰리에르의 〈동 쥐앙〉 제3막 1장에서 하인 스가나렐이 동 쥐앙에게 비슷한 질문을 한다.

127 가톨릭교에서 형상 있는 표적으로 형상 없는 은총을 나타내는 견진, 고백, 성세, 병자, 성체, 신품, 혼배의 일곱 가지 행사

정원에서 파우스트와 마르가레테(제임스 티소, 1861년)

마르가레테 하지만 원하는 마음은 전혀 없죠.
미사에도, 고해성사에도, 오랫동안 안 가셨어요.
그럼 하느님은 믿으시나요?

파우스트 내 사랑, 누가 감히 그런 말을,
"나는 하느님을 믿는다"라고 말할 수 있지?
사제나 현자에게 물어본다면
그들이 내놓는 답이라곤
그 질문에 대한 조롱뿐일걸.

마르가레테 그러니까 안 믿으시는 거네요?

파우스트 내 말을 오해하지 마오, 사랑스러운 그 얼굴로!
누가 그분 이름을 부를 수 있을까?
그리고 누가 이렇게 고백할 수 있지?
"나는 그분을 믿는다!"라고 말이야.
누가 느끼면서 감히

이렇게 말할 수 있을까?
"나는 그분을 믿지 않는다!"라고.
모든 것을 감싸는 분,
모든 것을 유지하는 분,
그분이 너, 나 그리고 자신을
감싸고 유지하시는 게 아닌가?[128]
저 하늘은 저 위에서 아치를 이루고 있지 않나?
땅은 이 아래서 확고히 자리 잡고 있지 않나?
그리고 영원한 별들은 친절한 눈길로
비추며 떠오르지 않나?
나는 그대의 눈을 마주 보지 않나?
그리고 모든 것은 그대의
머리와 마음을 향해 돌진하지 않는가?
모든 것은 영원한 비밀 속에서 보이지 않게 보이며
그대 곁에서 베를 짜는 게 아닌가?[129]
그대 마음이 그것으로 가득 차면, 그토록 그것이 거대하다면
그리고 그 느낌 속에 그대가 행복하다면,
원하는 대로 그 이름 불러요.
행복이라고! 마음이라고! 사랑이라고! 신이라고!
나는 그걸 부르는 이름을
갖지 않으니! 느낌이 전부요.
이름이란 울림이자 연기,
안개에 휘감긴 하늘의 광채.

---

128 범신론(pantheistisch)과 만유재신론(panentheistisch)의 관점이 드러난다.

129 지령의 요소가 드러난다.

마르가레테 그 모든 말씀, 아름답고 좋아요.
신부님도 그와 비슷하게 말씀하시죠.
단어만 조금 다를 뿐이에요.
파우스트 세상 모든 곳의 모든 사람은
밝은 하늘 아래서 그걸 말하지.
모든 것을 자신의 언어로.
난들 어째서 내 언어로 말하면 안 되겠나?
마르가레테 그렇게 들으면 그럴싸해요.
하지만 언제나 뭔가가 잘못되어 있죠.
당신은 기독교인이 아니니까요.
파우스트 사랑스러운 아가씨!
마르가레테 오랫동안 마음 아팠어요.
당신이 동무와 함께 있는 걸 보면서.
파우스트 어째서지?
마르가레테 당신이 함께 다니는 그 사람 말이에요,
내면 깊은 곳 영혼에서부터 느끼는 건데, 전 그가 싫어요.
이제껏 살아오는 동안 그 무엇도
그 사람의 역겨운 얼굴처럼
제 마음을 아프게 쑤신 것은 없었죠.
파우스트 사랑스러운 아가씨, 그를 두려워하지 마오!
마르가레테 그가 곁에 있으면 제 피가 요동쳐요.
저는 평소 모든 사람에게 친절한데도요.
하지만 아무리 당신이 보고 싶어도
그 사람을 생각하면 남모르게 두려워지니,
그를 악당이라 여기는 거죠!
제가 부당한 말을 하는 거라면, 하느님, 용서해주세요!

파우스트 그런 기이한 자들도 있는 법이야.

마르가레테 저는 그런 사람들과 어울려 살고 싶지 않아요!
그는 문 안으로 들어설 때면
언제나 비웃듯 둘러보고
절반쯤 격분해 있죠.
그가 그 무엇에도 관심이 없다는 걸 알 수 있어요.
그 어떤 영혼도 사랑하고 싶지 않다고
그의 이마에 박혀 있죠.
당신 품에선 이렇듯 좋고도 자유로우니
따스하게 저를 내드리지만
그가 곁에 있으면 마음이 졸아드는걸요.

파우스트 예감으로 가득 찬 천사로군, 당신은!

마르가레테 그런 게 마음을 마구 짓눌러서
그가 우리 곁에 오기만 해도
당신을 더는 사랑하지 않는다는 생각이 들거든요.
그리고 그가 있으면 기도도 드릴 수 없어요.
그게 제 마음을 몹시 괴롭혀요.
하인리히, 당신도 그럴걸요?

파우스트 당신은 혐오감을 가진 거요!

마르가레테 전 이제 가야 해요.

파우스트 아, 나는 단 한 시간도
그대 가슴에 매달려, 가슴과 가슴
영혼과 영혼을 맞대고 있을 수는 없단 말인가?

마르가레테 제가 혼자 잘 수만 있다면!
기꺼이 오늘 밤 당신에게 빗장을 열어드릴 텐데.
하지만 어머닌 깊이 잠들지 못하세요.

우리가 어머니에게 들키기라도 하면
그 즉시 전 죽은 목숨이에요!

파우스트 그대 천사여, 그런 건 힘든 일이 아니야.
여기 작은 병이 있어.
어머니가 마시는 물에 세 방울만 떨어뜨리면
밤새 깊은 잠을 주무실걸.

마르가레테 당신을 위해서라면 무슨 일인들 못 하겠어요?
다만 어머니에게 해롭지 않아야 하는데!

파우스트 내 사랑, 그게 해롭다면 내가 이걸 권하겠어?

마르가레테 가장 훌륭하신 분, 당신을 보기만 하면
무엇이 이처럼 당신 뜻을 따르도록 몰아가는지 모르겠어요.
이미 당신을 위해 너무 많은 일을 해서
이젠 할 일이 거의 남지 않은걸요. (퇴장)

메피스토펠레스 등장

메피스토펠레스 저 풋내기! 이제 갔나?

파우스트 또 엿들은 거냐?

메피스토펠레스 아주 상세히 들었지.
박사 나리께서 교리문답을 당하시던데.
그게 효력이 있기를 바라네.
여자들이란 누군가가 옛날 관습대로
경건한지, 고약한지에 몹시 관심이 있단 말이지.
그들은 생각하지, 그가 여기서 굽히면 우리 말도 잘 따른다고.

파우스트 너 같은 괴물은 이런 게 눈에 들어오지도 않나 보군.
이 성실하고 사랑스러운 아가씨가

믿음에 가득 차서
자신은 거기서만 행복을 얻는데,
사랑하는 남자가 길을 잃은 게 아닐까 염려하며
거룩한 고통에 시달리는 것 말이다.

메피스토펠레스 초감각적이고 감각적인 구혼자여,
어린 아가씨 손에 마구 놀아나던데.

파우스트 오물과 불 사이에 태어난 기형아 같으니!

메피스토펠레스 게다가 그 아가씬 관상을 정말 잘 보던걸.
내가 옆에 있으면, 어째서 그런진 몰라도,
내 가면이 감춘 뜻을 알게 된다는 거잖아.
그녀는 내가 온전히 천재,[130]
어쩌면 악마란 걸 느끼는 거지.
그럼 오늘 밤에?—

파우스트 너하고 무슨 상관이냐?

메피스토펠레스 나도 내 재미를 봐야지!

---

130 타고난 재능을 지닌 사람이 아니라 정령 혹은 악령을 뜻한다.

우물가에서

그레트헨과 **리스헨** 물동이를 들고

리스헨 베르벨헨 얘기 못 들었니?

그레트헨 한 마디도 못 들었어. 난 사람들 앞에 나가지도 않는걸.

리스헨 참, 그렇지. 시빌레가 오늘 말해준 건데!

베르벨헨도 마침내 유혹에 넘어갔단다.

그렇게 새침 떨더니!

그레트헨 어째서?

리스헨 나쁜 소문이 돌아!

이제 두 사람 몫을 먹고 마신다는 거야.

그레트헨 아이!

리스헨 걔도 갈 데까지 간 거지.

얼마나 오래 그놈하고 어울려 다녔냐!

산책하러 간다,

마을과 무도장으로 간다,

어디서나 걔가 여왕이었지.

항상 과자며 포도주를 대접받으니

미모 덕이라 뽐내면서

부끄러운 줄도 모르고

그의 선물을 받았어.

우물가의 마르가레테(아리 셰퍼, 1858년)

애무[愛撫]와 먹을 것 말이야.
그러다 작은 꽃이 꺾인 거지!

그레트헨 가여워라!

리스헨 지금 개를 동정하는 거야?
우린 늘상 물레 앞에 앉아 있고
밤이면 어머니가 놓아주지도 않는데
걔는 애인과 즐겼잖아.
문간 의자나 어두운 복도에서
걔들은 지루할 틈이 없었지.
이제 걔는 고개를 숙일 거야,
죄수복을 입고 교회에서 참회할 테지.[131]

그레트헨 그 남자가 분명 걔를 아내로 삼을 거야.

리스헨 그럼 그가 바보게! 약삭빠른 젊은 사내는
다른 곳에서도 얼마든 즐길 수 있는데.
그도 벌써 떠났어.

그레트헨 참 안됐구나!

리스헨 걔가 그 남자를 얻는다 해도 좋지는 않을걸?
젊은 사내들이 걔 화환을 앗아가고[처녀성을 잃었기에]
우리는 걔네 집 문 앞에 여물을 뿌릴 거니까. (퇴장)

그레트헨 (집으로 가면서) 가여운 아가씨가 잘못을 범했을 때

---

131 당시 혼외정사는 세속법으로 엄격한 벌을 받았다. 그것 말고도 교회에서(특히 개신교) 주로 여성을 향해 행해지던 공개 참회식은 몹시 두려운 형벌이었다. 16세기 말에 대부분 지역에서 교회 참회식이 없어졌으나, 18세기 시민계층의 미덕 엄수와 절대주의 지배자들의 개입을 통해 신하들의 성도덕을 통제하는 일이 부분적으로 되살아났다. 이런 엄격한 형벌로 인해 영아살해 사건이 늘자 이 법안은 폐지되었다. 바이마르에서도 같은 사건이 거듭되자 1786년에 괴테도 합세해서 교회 참회식을 폐지했다.

전에는 어찌 그리 속 좁게 흉봤을까?
어떻게 다른 사람의 죄에 대해서 충분히
나쁜 말을 찾아낼 수 없다고 탄식했을까!
그게 얼마나 시커멓게 여겨졌나, 이미 괴로운데
언제나 아직 충분히 괴롭지 않다고 여겼고,
저만 옳다고 축복하며 그리 대단한 척 굴더니
지금은 나 자신이 그런 죄를 짓고 있다!
하지만—나를 그리로 이끌어간 모든 것은
오, 하느님! 참 좋았어! 아, 정말 사랑스러웠어!

성벽 사이 통로

성벽 사이 통로[132] 벽감에 마터 돌로로사[아들의 죽음으로 비탄에 잠긴 성모상]가 있고, 그 앞에는 꽃이 담긴 항아리들이 놓여 있다.

그레트헨 (새로 꺾은 꽃을 항아리에 담는다.) 아, 굽어보소서.
고통 많으신 그대,
은총 가득한 그 얼굴로 저의 고통 굽어보소서!

심장에 칼이 꽂혀
천 개 아픔으로
당신은 아드님의 죽음을 바라보십니다.

하늘 아버지를 올려다보며
아드님과 당신의 고통을 탄식하는
한숨을 올려보내십니다.

고통이 얼마나
제 골수를 휘젓는지

---

132 성벽과 바로 안쪽 집들의 담 사이로 난 좁은 통로(Zwinger)를 말한다. '벽감'은 장식을 위해 벽면을 오목하게 파서 만든 공간이다.

성모상 앞에서 기도하는 마르가레테(아담 보글러, 1861년)

누가 느낄까요?
여기 이 가여운 가슴이 어째서 불안한지,
어째서 떠는지, 무엇을 갈망하는지,
오직 그대만이 아십니다. 오직 그대만이!

어디를 가도
제 가슴속 여기가
얼마나 아프고, 아프고, 아픈지요!
혼자가 되기만 하면
저는 울고, 울고, 또 울고,
심장이 미어집니다.

이른 아침 당신께 드릴
이 꽃들을 꺾으며,
제 창문 앞 화분을
눈물로 적셨어요, 아!

이른 아침 태양이
제 방을 환하게 비칠 때
저는 온갖 탄식에 잠겨
이미 깨어 침대에 앉아 있었지요.

살려주세요! 수치와 죽음에서 저를 구해주세요!
아, 굽어보소서.
고통 많으신 그대,
은총 가득한 그 얼굴로 저의 고통 굽어보소서!

밤

그레트헨 집 문 앞의 길거리

발렌틴, 군인이자 그레트헨의 오빠

발렌틴 친구들이 잘난 척 뻐기는
술자리에 앉아 있으면
녀석들은 꽃 같은 아가씨들을
큰 소리로 칭찬하지.
가득 찬 술잔에 칭찬이 넘친다.
나는 팔꿈치를 세우고
편히 앉아
온갖 허풍을 듣지.
빙그레 웃으며 수염을 쓰다듬고는
가득 찬 잔을 손에 들고
말했어. "모두가 끼리끼리야!
하지만 이 나라 전체에
내 소중한 그레텔['그레트헨'의 별칭],
내 누이에 비할 여자 있을까?"
좋아! 좋아! 쨍강! 쨍강! 한 순배 돌았다!
한 패가 외친다. "그 말이 맞아,
그 애는 여자들의 자랑거리."
그러면 모든 자랑꾼들, 말이 없어졌지.

그런데 이제는!—서로 머리카락 쥐어뜯으며
벽에 먼저 기어오르려고!—
빈정대는 말로 코를 찌푸리며
모든 악당 녀석이 내게 욕을 해댄다!
그러면 나는 채무자[133]처럼 앉아서
지나가며 툭 던지는 말에도 진땀을 흘리지!
녀석들을 갈겨주고 싶지만
놈들을 거짓말쟁이라 부를 순 없으니.

무슨 일이 일어났나? 무엇이 살며시 기어든 거지?
내가 잘못 안 게 아니라면, 놈들은 둘이다.
그놈이 나타나면, 난 곧바로 놈의 멱살을 잡을 테고
놈은 살아서는 여길 못 벗어날걸!

파우스트와 **메피스토펠레스**.

파우스트 저기 성구[聖具]실 창문에서
영원한 등불이 위로 타오르는데
주변으로 빛이 점점 약해지니
어둠이 사방에서 밀려오는구나!
그처럼 내 가슴속도 밤이다.
메피스토펠레스 나는 사다리를 타고 올라
살금살금 성벽을 기어가는
[발정난] 고양이처럼 헐떡이며,

---

133 돈이 없어 술값을 낼 수 없으니 대신 온갖 비난과 욕설을 참고 듣는 사람

품행이 단정하단 느낌인데,
도둑질할 마음 쪼끔, 방아질[교미] 생각 쪼끔뿐이네.
벌써 저 찬란한 발푸르기스 밤이
온몸을 찌르르 관통하거든.
모레가 다시 그날인데,
거기선 깨어 있어야 할 이유를 알게 되지.

파우스트 저 뒤에서 반짝이는 게 보이는데
그사이 저 보물이 위로 올라가고 있나?[134]

메피스토펠레스 자넨 곧 맛보게 될걸,
그 작은 솥단지 들어 올리는 기쁨을.
최근에 성구실 안을 엿보았더니
번쩍이는 은화들이 있더군.

파우스트 장신구 아닌가? 반지도 아니고?
내 사랑스러운 아가씨를 꾸며줄 만한 것 말야.

메피스토펠레스 뭐 그런 물건도 보았지.
진주 목걸이[눈물] 같던데.

파우스트 그게 좋겠군! 선물 없이
그녀에게 가려면 마음이 편치 않아서.

메피스토펠레스 공짜로 뭐라도 즐기는 일이
자네를 화나게 하면 안 되겠지.[135]
하늘에 별이 가득 빛나는 지금

---

134 파우스트는 악마와 동행하면서 불꽃이나 반짝임 속에 감추어진 보물을 알아보는 능력이 생겼다.

135 메피스토펠레스는 파우스트가 자기에게 얻어서 그레트헨에게 선물한 보석의 대가를 받을 생각이다. 그가 사랑하는 여인이 혼외정사라는 죄목으로 체포되어 형벌을 받는 꼴을 지켜봐야 한다고 여긴다.

진짜 예술품 한 곡조 들어보게.
그녀를 더욱 확실히 홀리기 위해
도덕적인 노래 한 가락 뽑아보겠네.

(치터[136]를 뜯으며 노래한다.)

여기 애인의 집 문 앞에서[137]
무얼 하느냐,
카트린헨.
이른 새벽빛에?
아서라, 아서!
그는 처녀인 너를
안으로 들이지만
나올 땐 처녀가 아닐걸.

주목해라!
그 일이 이루어졌다.
그럼 잘 자라.
너희 가련한, 가련한 것들아!
너희 자신을 사랑한다면
손가락에 반지를 끼기 전엔
도둑놈에게 아무것도
내주지 마라.

발렌틴 (앞으로 나서며) 이런, 빌어먹을! 너 여기서 누굴 유혹하냐?

---

136 평평한 공명 상자 위에 30~45개의 현이 달려 있고, 이를 오른손의 엄지손가락에 낀 픽과 다른 손가락으로 튕겨 연주하는 현악기(편집자 주)

137 셰익스피어의 희곡 〈햄릿〉에서 오필리어가 부르는 노래를 차용해 변경한 구절이다. 슐레겔(August Wilhelm von Schlegel, 1767-1845)의 도이치어 번역본 문장을 활용했다.

저주받은 쥐잡이[처녀잡이] 새끼야!
우선 그 악기부터 악마에게나 가라!
이어서 가수 놈도 악마에게나 가라!

메피스토펠레스 치터가 두 동강 났네. 붙잡을 게 없어.

발렌틴 이젠 두개골을 빠갤 차례다!

메피스토펠레스 (파우스트에게) 박사님, 피하지 마오! 어서!
내가 이끄는 대로 날 의지하게.
자네 검을 꺼내!
그냥 찔러! 내가 방어할 테니.

발렌틴 이걸 막아봐라!

메피스토펠레스 못 할 건 또 뭐냐?

발렌틴 어디, 이것도!

메피스토펠레스 물론!

발렌틴 악마와 싸우는 것 같네!
이게 웬 조화냐? 내 손이 벌써 마비된다.

메피스토펠레스 (파우스트에게) 자, 찔러!

발렌틴 (쓰러진다.) 억, 아이코!

메피스토펠레스 무례한 놈. 이제야 얌전해졌군.
하지만 도망쳐라! 우린 즉시 사라져야 해.
벌써 살인이라는 외침이 나오고 있으니.
나는 경찰과 잘 지낼 수 있지만
사형죄는 잘 다루지 못해.

마르테 (창가에서) 나와 봐! 나오라니까!

그레트헨 (창가에서) 불을 가져와요!

마르테 (창가에서) 싸우고 잡아 뜯는다. 소리치며 싸운다.

민중 저기 벌써 누군가 죽었다!

마르테 (밖으로 나오며) 살인자들은? 그들은 도망쳤나요?

그레트헨 (밖으로 나오며) 누가 쓰러졌지?

민중 네 어머니 아들이다.

그레트헨 전능하신 하느님! 이 무슨 날벼락인가!

발렌틴 나는 죽는다! 말이 나오자마자
일은 더 빨리 끝났다.
너희 여자들은 왜 거기서 울부짖고 탄식하나?
이리 와 내 말을 들어봐라!

(모두 그의 주변에 둘러선다.)

나의 그레트헨, 봐라! 넌 아직 어리다.
충분히 여물지도 않았는데,
일을 그르치고 말았다.
내 이 말만 분명히 하마.
넌 이제 타락한 여자가 되었으니,
그게 마땅할 거다!

그레트헨 오빠! 하느님 맙소사! 그게 대체 무슨 말이오?

발렌틴 농담이라도 우리 주님은 입에 담지 마라!
유감이지만 이미 일어난 일이다.
앞으로는 형편대로 되어갈 테지.
넌 남몰래 한 놈팡이와 사고를 쳤으니
곧 여러 놈이 덤빌 거다.
그렇게 열 놈이 넘으면
온 도시가 너를 차지하는 거지.

그러다 수치스러운 것이라도 태어나면
남몰래 그걸 낳겠지.

그러면 개의 머리와 귀 위로
밤의 베일을 씌울 테지.
기꺼이 죽이고 싶을 거다.
하지만 그것이 자라 점점 커지면
밖으로 드러나지 않을 수 없을 텐데,
그렇다고 일이 더 나아지진 않지.
그 얼굴이 추할수록
그만큼 더욱 낮의 빛을 찾을 테지.

실로 모든 착실한 시민들이
마치 전염병 걸려 죽은 시신을 피하듯
“이 갈보야!” 하며 너를
슬슬 피하는 시절이 벌써 눈에 보인다.
그들이 네 눈을 들여다보면
네 몸속 심장은 두려움을 느낄 것이다!
황금 목걸이는 걸지 못해!
교회 제단 앞에 서지도 못하지![138]
아름다운 레이스 깃을 달고
춤판에서 즐기지도 못할 거야.
어둡고 비참한 구석에서
거지들과 병신들 사이에 몸을 숨길 테지.
그러면 신께서 너를 용서하신다 해도
지상에선 저주받은 거다!

---

138 16세기 프랑크푸르트의 경찰령에 따르면 매춘부는 황금 목걸이를 착용할 수 없고, 교회 의자에 앉을 수도 없었다.

마르테 당신의 영혼을 신의 은총에 맡겨요!
그런 욕설로 죄악을 더 쌓을 셈인가?

발렌틴 이제 네 말라비틀어진 몸을 욕할 차례다,
추잡스러운 뚜쟁이 여편네야!
나야 내 모든 죄를 용서받을
올바른 방법을 찾아내길 바랐다.

그레트헨 오빠! 이 무슨 지옥의 고통인가!

발렌틴 그 눈물 거둬라!
네가 자신의 명예를 없애서
내 마음에 가장 묵직한 일격을 가했다.
나는 병사로서 죽음의 잠을 거쳐
용감하게 하느님께로 간다. (죽는다.)

대성당

장례미사[139], 오르간과 노랫소리

많은 사람들 사이에 **그레트헨**,

그레트헨 뒤에 **악령**.[140]

악령 네가 아직 온전히 무죄인 상태로
여기 이 제단에 섰을 땐
모든 게 얼마나 달랐던가, 그레트헨.
이젠 절판된 작은 책자를 보며
기도문을 옹알거렸지.
절반은 놀이 삼아,
절반은 마음속 하느님을 부르며.
그레트헨!
네 머린 어디 있느냐?
네 가슴엔
어떤 죄가 있지?
너로 인해 잠들어 길고 긴 고통으로 넘어간[141]

139 그레트헨의 어머니와 오빠를 위한 미사. 어머니는 파우스트가 그레트헨에게 준 수면제를 마시고 숨졌으며, 오빠인 발렌틴은 파우스트의 칼에 목숨을 잃었다.

140 그레트헨이 느끼는 양심의 가책을 나타내는 것으로 보인다.

141 수면제 때문에 잠을 자다가 고해도 병자성사(사고나 중병, 고령으로 죽음에 임박한 신자가 받는 성사)도 없이 죽었기에, 어머니의 영혼은 오랫동안 연옥 불을 견뎌야 한다.

네 어머니의 영혼을 위해 기도하니?
네 집 문지방엔 누구 피가 있지?
—그리고 네 심장 아래선
아직 부풀어 오르진 않았어도
그것[태아]이 예감에 차 움직이며
벌써 너를 두렵게 하지 않느냐?

그레트헨 아이고! 아이고!
이리저리 멋대로 오가는
이 생각들을
떨쳐버릴 수만 있다면.

합창대 진노의 날, 그날에[Dies irae, dies illa]
온 세상이 잿더미가 되리라[Solvet saeclum in favilla].[142]

(오르간 소리)

악령 분노가 너를 붙잡는다!
나팔 소리 울린다!
무덤들이 진동한다!
그러면 너의 가슴은
재의 평화에서부터
[지옥] 불길의 고통을 향해
다시 일어서리니.
떨면서 일어서라!

그레트헨 여기서 나갔으면 좋겠네!

---

142 레퀴엠(죽은 사람의 영혼을 위로하기 위한 미사 음악)의 한 토막이다. 첼라노의 토마스(Thomas von Celano, 1190-1260)의 시가 14세기 이후로 레퀴엠의 일부를 이루었다. 이 시에서 위안을 주는 부분은 빠져 있는데, 이는 그레트헨의 의식 상태를 암시하는 듯하다.

마르가레테와 악령(외젠 들라크루아, 1850년)

오르간이 내 숨을
짓누르는 것만 같아.
노래가 가장 깊은 곳에서
내 심장을 찢네.

합창대 심판관이 자리 잡으면[Judex ergo cum sedebit]
감추어진 것이 드러나리니[Quidquid latet adparebit]
그 무엇도 형벌을 피할 수 없네[Nil inultum remanebit].

그레트헨 숨이 막혀!

성전 기둥들이

날 붙잡네!

둥근 천장이

날 짓누른다!—답답해!

악령 몸을 숨겨라! 죄와 수치는

감출 수 없다.

답답하냐? 빛을 원해?

안됐구나!

합창대 불쌍한 난 그때 뭐라 말할까[Quid sum miser tunc dicturus]?

누가 날 감싸주리오[Quem patronum rogaturus]?

의로운 이조차 두려워할 그날에[Cum vix justus sit securus].

악령 변용[變容]된 자들[143]은

네게서 얼굴을 돌린다.

네게 두 손을 내밀면

순수한 자들도 몸이 떨린다.

안됐구나!

합창대 불쌍한 난 그때 뭐라 말할까[Quid sum miser tunc dicturus]?

그레트헨 아주머니! 향수병 좀!

(기절해 쓰러진다.)

---

143 신약성서의 복음서에 서술된 내용으로, 인간 예수가 지상에서 신의 모습으로 변하는 것을 변용 또는 변모(變貌)라 하는데, 여기서는 최후의 심판에서 선택받아 신처럼 변화한 자들을 가리킨다.

발푸르기스 밤[144]

하르츠산맥, 쉬에르케와 엘렌트 지방

파우스트와 **메피스토펠레스**.

메피스토펠레스 자네, 빗자루 한 개 필요치 않나?
나는 가장 튼튼한 염소가 필요한데.
여기서 목적지까진 아직 멀었으니.
파우스트 내가 두 발로 쌩쌩하게 걸을 수 있는 한
이 옹이 진 지팡이로 충분하다.
길을 줄인다 한들 무슨 소용이냐!
골짜기 미로를 돌다가
이어서 이 암벽을 오르는데,
암벽에선 저 샘물이 영원히 솟구쳐 떨어지지.
그건 이런 오솔길에 양념을 치는 즐거움!
자작나무엔 벌써 봄이 나타나고
심지어 가문비나무도 봄을 느끼는데,

---

144 4월 30일에서 5월 1일로 넘어가는 밤을 부르는 말이다. 이때 블록스베르크(하르츠산맥의 브로켄산)에서 마녀들이 축제를 벌인다는 이야기가 전해진다. 전설에 따르면, 마녀와 마법으로부터 사람들을 보호하는 성인 발부르가(Walburga, 프랑켄 지방 하이덴하임 수도원의 수녀원장)에게 분노했던 마녀들이 779년 5월 1일에 그녀가 죽은 것을 축하하고자 모인다고 한다. 이 축제에는 기독교 예배 의식에 대한 조롱이 들어 있고, 사탄 숭배, 사탄의 설교, 광란의 춤과 섹스 등이 등장했다. 괴테는 이 장면을 묘사하면서 17세기에 제작된 동판화를 참고했다.

우리 팔다리에도 봄이 작용하지 않겠나?
메피스토펠레스 솔직히 난 전혀 못 느끼겠는데!
나야 워낙 겨울 체질이니
길이 눈과 서리에 덮이길 바란다네.
저 붉은 달 한 조각이 늦은 광채로
처량하게 떠오르며
제대로 비추지도 못하니, 한 걸음 뗄 때마다
나무며 바위에 부딪힌다!
내가 도깨비불을 청해도 봐주시게!
마침 저기서 명랑하게 타오르는 놈이 보이네.
어이, 이봐! 친구야! 이리로 좀 와주겠니?
무얼 하러 그리 헛되이 타오르나?
우리가 저 위로 올라가도록 비추어주게나!
도깨비불 존경심에서 제 경박한 본성을
억누를 수 있길 바랍니다.
우리네는 보통 지그재그로 다니는 게 버릇이라.
메피스토펠레스 아이! 아이! 그거야 인간을 따라 하려는 생각이지.
악마의 이름으로 말하건대, 반듯이 나아가라!
안 그랬다간 내 너의 깜빡이 목숨을 불어서 꺼버릴 것이니.
도깨비불 나리께서 이곳의 주인이란 걸 알고 있으니
기꺼이 주인님 뜻을 따르고 싶습니다만,
생각해보십쇼! 오늘 온 산이 마법으로 돌아버렸으니,
도깨비불더러 나리의 길 안내를 하라 해놓고
너무 엄격하게 굴면 안 됩지요.
파우스트, 메피스토펠레스, 도깨비불 (번갈아 노래한다.)
우린 꿈과 마법의 영역으로

들어가는 것 같아.
우릴 잘 안내해서 명예를 얻어라!
멀고도 황량한 영역에서 우리가
금세 앞으로 나아가게 해주었다는!

보라, 나무에 이어 또 나무들이
얼마나 빨리 지나쳐 가는지,
고개 숙인 낭떠러지들과
긴 암벽의 코들이 얼마나
코를 골며[145] 부풀어 오르는지!

돌들과 풀밭들 사이로
시냇물과 실개울이 흘러내린다.
졸졸거리는 소리 들리나? 노랫소리인가?
어여쁜 사랑의 탄식 소리 들리나,
저 천국 같은 나날의 소리가?
우리가 바라는 것, 우리가 사랑하는 것!
그리고 옛 시절의 전설처럼
메아리가 울린다.

"부엉! 슈!" 가까이에서 울린다.
부엉이, 댕기물떼새, 어치들이 울어대니,
그들은 모두 깨어 있었던가?

---

145 엘렌트와 쉬에르케 사이에 있는 두 바위는 바람이 불면 코 고는 소리가 나서 '코골이 바위'라고 불렸다.

도롱뇽은 덤불 사이에 있나?
긴 다리와 통통한 배!
뱀 같은 나무뿌리들은
암벽과 모래에서 솟아 나와
기묘한 매듭으로 뻗어
우리를 놀래고 붙잡는다.
살아 있는 거친 옹이에서 올라온
뿌리들이 나그네를 향해
수많은 힘줄을 뻗는다. 생쥐들은
떼를 지어 수천의 색깔로
이끼와 황무지 사이로 돌아다니고!
반딧불이들은
한데 뭉쳐 날아가며
이리 비틀 저리 비틀 안내자 노릇.

하지만 말해보라, 우린 멈춘 건가,
아니면 계속 가는 건가?
모든 것, 모든 것이 빙빙 도는 것 같아,
암벽과 나무들, 얼굴들이 나뉘고,
이리저리 흔들리는 도깨비불이
점점 수가 늘며 부풀어 오른다.

메피스토펠레스 씩씩하게 내 고추[146]를 붙잡게나!
여긴 중간 봉우리,
여기선 사람들이 놀라 바라보지.

---

146 원문의 Zipfel은 남성의 성기나 여성의 가슴을 지칭하는 속어다.

산에서 맘몬[147]이 빛나는 것을.

파우스트 저 바닥들을 통해 얼마나 이상하게
아침놀 같은 흐린 빛이 비치나!
심연의 깊은 바닥까지
들어가는구나.
저기선 증기가 피어오르고, 저기선 연기가 난다.
여기선 수증기와 베일에서 작열하는 불꽃 빛나며,
보드라운 실처럼 살그머니 움직이다가
분수처럼 솟구친다.
여기선 그런 빛들이 수백 개의 핏줄로
골짜기를 통해 전체를 휘감고,
또 여기 짓눌린 구석에선 그게
갑자기 외따로 떨어져 있네.
가까운 곳 저기선 불꽃들이
흩뿌려진 금빛 모래처럼 튀는구나.
그런데도 보라! 저 높은 곳에선
암벽 전체가 불붙었네.

메피스토펠레스 맘몬님께서 이 축제를 위해
궁전을 화려하게 비추고 있잖은가?
자네가 이걸 본 건 행운이야.
벌써 성급한 손님들이 몰려드는걸.

파우스트 공중으로 거칠게 부는 바람의 신부[新婦]![148]

---

147 돈, 재물, 소유라는 뜻으로 여기서는 '황금'을 가리킨다.

148 바람에게 쫓기며 바람의 구애를 받는 마법의 여인을 가리킨다. 그녀와 충돌하는 사람은 눈동자가 시뻘게지거나 아예 눈이 먼다고 한다.

내 목을 얼마나 세게 거듭 때리나!

메피스토펠레스 암벽의 낡은 갈빗대를 꼭 붙잡게나.
안 그랬다간 그게 자네를 저 골짜기 바닥으로 메다꽂을 테니.
안개가 밤을 더욱 어둡게 만드네.
들어보라, 숲을 통해 울리는 우지끈 소리!
올빼미들은 쫓겨 날아가고.
영원한 초록 궁전에서
기둥들이 갈라지는 소리.
가지들이 울리며 부러지고
나무둥치들의 강력한 울부짖음!
뿌리들이 찢기며 벌어지는 소리!
그들 모두가 무시무시하게
뒤엉켜 쓰러지며 끽끽거려,
무너진 잔해의 틈바귀를 통해
바람이 씩씩거리며 울부짖네.
공중의 목소리들이 들리나?
멀리서, 가까이서?
그렇지, 산 전체를 따라
격렬한 마법의 노랫소리 울린다.

마녀들 (합창) 마녀들이 브로켄산으로 몰려간다.
나무 그루터기는 노랗고, 씨앗은 초록.
저기 거대한 패거리가 모여드네.
우리안[악마] 나리께서 저 위에 앉아 계신다.
돌과 그루터기를 넘으려니

마녀는 방귀 뀌고 염소는 악취 풍겨.[149]

목소리들 늙은 바우보 여사[150]가 혼자 오네.
이 마녀는 어미 돼지를 타고 온다.

합창 그렇다면 명예를 얻기 합당한 분께 명예를!
바우보 여사께서 앞에서 이끌어주시오!
튼실한 돼지와 그걸 올라탄 어미,
마녀 패거리 전체가 뒤따른다.

목소리 넌 어느 길로 왔느냐?

목소리 일젠슈타인을 넘어왔지!
거기서 올빼미 둥지를 들여다보았어.
눈알 한 쌍이 있더군.

목소리 오, 지옥에나 가라!
어쩌자고 그리 빨리 가는 거냐!

목소리 그들이 날 학대했어,
이 상처를 보란 말이야!

마녀들 (합창) 길은 넓고, 갈 길은 멀다.
이 미친 혼잡은 대체 무어란 말이냐?
갈퀴는 찌르고 빗자루는 긁어대네.[151]
아이는 질식하고 어미는 해산.[152]

마법사들 (절반의 합창)

---

149 육필 원고에는 "방귀 뀌고"(farzt)와 "악취 풍겨"(stinkt)로 되어 있지만, 인쇄본에서는 당시의 엄격하고 터무니없는 검열을 피하고자 철자 일부를 가렸다(f—t, st—t로).

150 그리스신화에 등장하는 마녀로, 제2부 "고전적 발푸르기스 밤"에서 보내온 특사(特使) 역할을 한다. 바우보는 데메테르 여신이 딸을 도둑맞고 슬퍼할 때 그녀를 웃게 했다.

151 마녀들은 빗자루나 갈퀴를 타고 온다. 앞에 나온 바우보는 돼지를 타고 온다.

152 임신한 마녀들이 각자의 이동 수단을 타고 움직이다가 사산(死産)한다.

우린 달팽이가 제집으로 웅크리듯 스며들지.
여자들은 모두 앞서갔어.
그야 악당의 집에서는
여자가 천 걸음쯤 앞서니까.

다른 절반 우린 그렇게 정확히 따지진 않아.
여자가 천 걸음을 앞서
제아무리 서둘러도
사내는 한 번 도약으로 끝내니까.

목소리 (위에서) 함께 가자, 함께 가자. 암벽 호수에서 떠나자!

목소리들 (아래서) 우리도 기꺼이 함께 올라가고 싶어.
우린 몸을 씻어서 아주 말끔하게 반짝이지.
하지만 영원히 불임[不姙]인걸.

두 합창대 바람은 침묵하고 별은 도망친다.
흐린 달은 기꺼이 몸을 감추고.
마법사 합창대는 쏴쏴 소리 내며
수천 개 불꽃을 뿜는다.

목소리 (아래서) 잠깐만! 멈춰!

목소리 (위에서) 저기 암벽 틈바귀에서 누가 소리치나?

목소리 (아래에서) 나도 데려가줘! 나도 데려가줘!
벌써 삼백 년이나 올라가고 있는데
아직도 산봉우리에 닿지 못했네.
난 정말 나 같은 존재들과 함께하고 싶은데.

두 합창대 빗자루 타고, 나무토막 타고,
갈퀴 타고, 염소 타고,
오늘 위로 오르지 못하는 자는
영원히 끝난 거야.

반쪽 마녀 (아래에서) 나는 그 오랜 세월 열심히 걷고 있어.
다른 이들은 어찌 그리 먼 곳에 있는지!
난 집에서도 쉬지 않는데
여기서도 함께 못 해.

마녀들의 합창 마녀들에겐 고약이 용기를 주지.
누더기는 돛으로 쓰기 좋고
어떤 함지[나무로 짜서 만든 그릇]든 좋은 배야.
오늘 날지 못한 자는 절대 날지 못해.

두 합창대 우리는 봉우리를 돌며
바닥을 스친다.
황무지가 마녀의 무리로
넓게 넓게 덮인다.

(내려앉는다.)

메피스토펠레스 저들이 몰려들어 부딪친다, 덜그럭 덜컹덜컹!
쉭 소리 내며 빙빙 돈다, 돌아다니며 조잘조잘!
번쩍이며 불꽃 탁탁, 악취 풍기며 불탄다!
진짜 마녀들의 원소[Element]야!
나를 꼭 잡게나! 안 그랬다간 서로 헤어질 테니.
이봐, 어디 있는가?

파우스트 (멀리서) 여기야!

메피스토펠레스 뭐요? 벌써 거기까지 밀려가셨나?
그렇다면 주인의 권리를 행사해야겠다.
비켜라! 폴란트[악마] 나리 납신다. 비켜! 달콤한 무리야, 비켜!
이리로. 박사 양반, 나를 붙잡게! 이제 단번에
이 무리에서 벗어나자고.
나 같은 자에게도 이건 너무 미친 짓이야.

저기 옆에서 무언가 아주 특별한 것이 빛나네.
그것이 나를 저편 관목으로 이끄는걸.
가세, 가보세! 저리로 들어가보세.

파우스트 너 모순의 정신아! 가자! 네가 날 안내해도 좋아.
상당히 영리하게 만들었다는 생각이 들어.
발푸르기스 밤에 이곳 브로켄산에 왔는데,
여기서 도로 고립되기 위해서였단 말이지.

메피스토펠레스 저기 좀 보시게, 얼마나 빛나는 불꽃인가!
활발한 패거리가 모여 있네.
작은 규모라 해서 혼자는 아닐세.

파우스트 하지만 난 저 위에 가보고 싶은데!
불꽃과 회오리치는 연기가 보이는걸.
군중이 악을 향해 몰려든다.
거기선 많은 수수께끼가 풀릴 테지.

메피스토펠레스 도리어 많은 수수께끼가 맺히기도 한다네.
저 큰 세계는 사납게 날뛰라고 놓아두고
우린 여기서 조용히 있기로 하지.
큰 세계에서 작은 세계들[아이들]을 만드는 건
벌써 오래된 일이지.
저기 젊은 마녀들이 벌거벗고 있네.
늙은 마녀들은 영리하게 몸을 가렸고.
제발 날 위해서라도 친절히 행동해주게.
수고는 작을지언정 절약은 크니까.
무슨 악기 소리들이 울리는걸.
빌어먹을 달그락! 여기 익숙해져야 한다니까.
가보세! 가자! 달리 어쩔 수가 없네.

내가 앞으로 나서서 자넬 이끌어야지.
자네와 새로 연합해야겠네.
어떤가, 친구여? 이건 작은 공간이 아니야.
한번 보시게! 끝이 거의 안 보여.
백 개 불길이 줄지어 타오르고
춤추고, 지껄이고, 끓이고, 마시고, 사랑하지.
이보다 더 나은 곳이 어딘지 말해보게.

파우스트 너는 우리를 여기로 안내해서
마법사나 악마로서 [자식을] 생산하게 만들 셈이냐?

메피스토펠레스 나야 익명으로 다니는 일에 퍽 익숙하지만
축제에서는 자신의 결사단을 보여주는 법.
양말대님은 나를 두드러지게 못 해도,
말발굽은 여기가 제집이니 큰 명예거든.
저기 저 달팽이가 보이나? 녀석은 여기까지 기어 올라왔다네.
더듬이 시력으로,
냄새로 내 뒤를 쫓아온 거지.
내가 원한다 해도 여기선 날 부인하지 못해.
가보세! 불에서 불로 옮겨 가며,
나는 중매쟁이요 자네는 구혼자.
(타오르는 석탄불을 둘러싸고 앉은 자들에게)
노인장들[153], 여기서 마지막으로 무얼 하시오?
나야 댁들이 멋지게 중심부에 있을 때 댁들을 찬양했지요,
지금은 젊은것들의 잔치와 소란에 둘러싸였구려.

153 프랑스혁명 시기에 밀려난 구체제(앙시앵레짐) 관련 인물들, 곧 시류에 뒤처진 보수주의자들을 가리킨다.

누구나 제집에선 혼자니까.

장군 누가 민족들을 믿겠나!
그들을 위해 그토록 많은 일을 했건만.
민족이나 여자들이나
언제나 젊음만 알아주지.[154]

장관 지금은 사람들이 올바름에서 너무 멀어졌으니,
나는 선량한 노인들을 찬양하오.
우리가 모든 것을 유효하게 만들었거든.
그야말로 진정한 황금시대였지.

벼락출세자 정말이지, 우리는 멍청하진 않았기에
해선 안 될 일을 자주 했어.
하지만 지금은 모든 게 뒤집힌다.[155]
그러니 우리도 꼭 붙잡고 싶어.

작가 누가 대체 강하게 영리한 내용의
글을 읽으려 하겠는가!
사랑스러운 젊은 종족에 대해 말하자면
이렇듯 시건방진 적은 일찍이 없었소.

메피스토펠레스 (갑자기 아주 늙어 보인다.)
민중이 최후의 심판을 받을 시기가 온 걸 느껴,
나는 마지막으로 마녀의 산에 올라왔지.
내 작은 통이 혼탁하게 흐르는 걸로 보아
세상도 기울었어.[156]

---

154 젊은 나폴레옹 보나파르트가 성공하면서 밀려난 구체제의 장군이 내놓은 탄식이다. 나폴레옹은 35세(1804년) 때 황제가 되었다.

155 '혁명'을 암시

156 포도주가 발효 중일 때 효모는 통 바닥에 가라앉아 있다. 발효가 끝나갈 때면 내용물이

고물상 마녀 여러분, 그냥 지나가지 마오!
기회를 흘려보내지 마시고!
내 물건들을 조심스럽게 살펴보시오.
여기엔 정말 많은 것이 있소.
내 좌판에 있는 것은
세상 그 무엇과도 비할 바 없는 것들,
인간과 세상을 제대로
해치지 않은 게 없다오.
피 흘리지 않은 단도가 없고,
아주 건강한 몸속도 녹이는 더운 독을
들이붓지 않은 잔이 없으며,
사랑스러운 여자를 유혹하지 않은 장신구가 없고,
상대를 뒤에서 찔러
결속을 끊어놓지 않은 칼이 없다오.

메피스토펠레스 숙모님! 보아하니 시대를 제대로 이해 못 하셨군.
다 이루어졌어! 되자마자 행해졌지!
새로운 것들에 주목하시오!
오직 새로운 것들만이 우리 마음을 끌거든.

파우스트 다만 나는 나 자신을 잊어버리지 않기를![157]
그래도 이걸 미사라고 불러야겠네!

메피스토펠레스 이 모든 소용돌이는 위로 올라간다네.
자넨 밀어낸다고 믿지만, 실은 밀쳐지는 거야.

혼탁하게 통 밖으로 흘러나온다. 여기서는 세상이 점점 종말을 향해 간다는 뜻이다.

157 여기 빠져서 자신을 잊었다가는 악마와 맺은 계약에 따라 "(순간이여) 멈추어라"라는 말 그대로 몰락할 판이다.

파우스트 저건 대체 누구지?

메피스토펠레스 잘 보시게!
바로 릴리트[158]야.

파우스트 누구라고?

메피스토펠레스 아담의 첫 마누라.
저 아름다운 머리카락을 조심하게.
그녀가 유일하게 내세우는 장신구니까.
그걸로 젊은 남자를 얻으면
다신 그를 떠나보내지 않지.

파우스트 저기 늙은 마녀와 젊은 마녀, 둘이 앉아 있네.
그들은 이미 [춤을] 한바탕했는걸!

메피스토펠레스 오늘은 쉴 틈이 없어.
새로 춤을 출 테니. 자, 가보세! 손을 뻗게.

파우스트 (젊은 마녀와 춤추며) 옛날에 나는 멋진 꿈을 꾸었네.
능금나무[159] 한 그루 보았는데,
아름다운 능금 두 알이 매달려 빛나고 있었어.
딱 맞게 익은지라 내가 올라갔다네.

아름다운 마녀 당신들은 귀여운 사과를 몹시 갈망하죠.
낙원에서부터 이미 그랬어.
기쁨으로 내 마음이 움직이네.
내 정원에도 그런 게 달려 있으니.

---

158 유대 신화에 나오는 인류 최초의 여자로, '유혹하는 여자'의 전형이다. 하와에 앞서 아담의 첫 번째 아내로 창조되었지만 음탕하다는 이유로 낙원에서 추방되었다.

159 인식의 나무(혹은 선악을 알게 하는 나무) 혹은 구약성서 아가 2:3에서 여인이 연인을 능금나무에 빗대어 표현한 것을 암시한다. "사내들 가운데 서 계시는 그대, 나의 임은 잡목 속에 솟은 능금나무."

아름다운 마녀와 춤추는 파우스트(리처드 웨스톨, 1831년)

메피스토펠레스 (늙은 마녀와 함께) 옛날에 나는 삭막한 꿈을 꾸었네.
갈라진 나무 하나를 보았는데,
거기 커다란 구멍이 있더군.
비록 크기는 했으나 내 마음에 들었다네.[160]

늙은 마녀 말발굽의 기사께
최고 인사를 올려요.
꼭 맞는 마개가 있다면
커다란 구멍도 거리낄 것 없죠.

엉덩이 유령 환시자[161] 빌어먹을 종족아! 대체 무얼 감행하는 거냐?
유령은 절대 똑바로 서지 않는다는 것이
이미 오래전에 입증되지 않았던가?
너희는 이제 우리 인간들처럼 춤까지 추는구나!

아름다운 마녀 (춤추며) 저놈이 우리 무도회에서 뭘 하겠다는 거지?

파우스트 (춤추며) 에이! 저런 자는 어디나 있지.
남들이 춤추면 그는 평가하거든.
그가 스텝에 대해 지껄일 게 없으면
그 스텝은 없었던 거나 마찬가지야.
우리가 앞으로 나아가면, 그게 그에겐 가장 화나는 일.
낡은 물방앗간에서 자기가 그러듯이
너희가 원을 이루어 제자리에서 빙빙 돌아야만
어찌 되었든 그는 그게 좋다지.
너희가 그에게 환영 인사를 하면 더 좋아할 거야.

---

160 "구멍"과 "크기"는 육필 원고에 있지만 인쇄본에서는 부분 삭제되었다.

161 원문의 Proktophantasmist는 '엉덩이로 유령을 보는 사람'이란 뜻으로, 당대의 계몽주의자인 프리드리히 니콜라이(Friedrich Nicolai, 1733-1811)를 풍자하기 위해 괴테가 만든 신조어다.

엉덩이 유령 환시자 너희 여태 있네. 아니, 이건 못 들어본 일이군.
꺼져라! 우린 계몽되었다니까!
악마 패거리는 규칙 따윈 안 묻지.
우리는 이렇듯 영리한데도, 테겔에 유령이 출몰하니 말이야.[162]
난 이미 오래전에 망상 따윈 쓸어버리지 않았느냐.
그런데도 깨끗해지질 않네. 이런 건 들어본 적 없는걸!
아름다운 마녀 그렇다면 여기서 우릴 지루하게 하는 일일랑 집어치워!
엉덩이 유령 환시자 난 너희 유령들 얼굴에 대고 말한다.
유령의 압제를 난 참지 못해.
내 정신은 그런 연습을 못 한다니까.
(춤이 계속된다.)
보아하니, 오늘은 되는 일이 없네.
하지만 난 언제나 여행만큼은 함께하지.[163]
내 마지막 발걸음에 앞서

---

162 니콜라이가 1797년 12월 『베를린 과학 아카데미』라는 주간지에 발표한 기사를 통해서 알려진 사건이다. 당시 베를린 근교의 테겔에서 달밤이면 모습은 보이지 않고 소리만 요란한 유령이 출몰했기에, 유령의 존재를 믿지 않던 계몽주의자들(베를린의 자연탐구 모임)이 유령 사냥을 하기로 했다. 그들은 9월과 10월 두 번에 걸쳐 유령 출몰 지역을 뒤졌으나 호통치는 소리를 들었을 뿐 유령을 보지는 못했다. 1791년 봄 니콜라이는 신경쇠약으로 심하게 고생했는데, 엉덩이에 거머리를 붙여 피를 뽑아내는 치료를 하고 나서 완쾌되었다고 한다. 니콜라이는 이 경험을 다룬 가벼운 글을 같은 주간지에 실은 적이 있었다. 니콜라이는 1775년에 괴테의 소설 『젊은 베르테르의 슬픔』을 패러디한 『젊은 베르테르의 기쁨』을 발표했다. 당시 26세 청년이었던 괴테는 분노에 차서 즉시 〈베르테르의 무덤에 선 니콜라이〉라는 시로 응수했다. 그러다 1797년 말에 니콜라이의 유령 소동을 읽었고, 1808년에 인쇄해 발표한 『파우스트』 제1부의 이 장면에서 '엉덩이 유령 환시자'(Proktophantasmist)라는 이름으로 니콜라이를 비웃었다. 덕분에 니콜라이는 불멸의 별칭을 얻게 되었다.

163 니콜라이는 1783년부터 1796년까지 『독일과 스위스 여행의 서술』이라는 12권짜리 책을 발행했다.

악마들과 시인들을 혼내주고 싶은데.

메피스토펠레스 녀석은 곧 웅덩이에 주저앉을 거야.
그게 그가 부담에서 벗어나는 방식이니,
거머리가 그의 엉덩이에서 피를 빨면
그는 유령들과 정신에서 치유되거든.

(춤에서 빠져나오는 파우스트에게)

그토록 사랑스럽게 춤추며 노래 불러준
아름다운 아가씨를 어째서 놓아주셨나?

파우스트 아! 노래 중간에 붉은 생쥐가
그 입에서 튀어나오던걸.

메피스토펠레스 그건 정상이지. 깐깐하게 굴지 말게.
쥐가 잿빛만 아니라면 충분하지.
밀회 도중 누가 그런 걸 묻는담?

파우스트 그러고 나는 보았어—

메피스토펠레스 무엇을?

파우스트 메피스토, 저 멀리
창백하고 아름다운 아가씨가 홀로 서 있는 게 보이나?
그녀가 천천히 그 장소에서 밀려 나오는 게,
꼭 발이 사슬에 감겨 걷는 것만 같아.
내 눈엔 저 선량한 그레트헨처럼
보인다고 고백해야겠네.

메피스토펠레스 내버려두게! 그런 걸론 아무도 유쾌해지지 않아.
저건 마법의 모습이요, 생명 없는 환상이야.
저런 것과 만나면 별로 좋은 일이 없지.
저 경직된 눈길에 인간의 피는 굳어버리고,
그러다 거의 돌로 변한다지.

발푸르기스 밤의 광경(프리츠 로버, 1910년경)

메두사[164] 이야기는 자네도 들어보았을 거야.

파우스트 정말이지, 저건 사랑하는 손길이
감겨주지 않은 죽은 여자의 눈이다.
저건 그레트헨이 내게 준 젖가슴이고,
또 내가 즐긴 그 아름다운 육체구나.

메피스토펠레스 저건 마법이라네, 쉽사리 유혹되는 바보 나리!

---

164 그리스신화에 나오는 괴물이다. 고르고(Gorgo) 세 자매 중 막내로, 원래는 아름다운 소녀였으나 아테네의 저주를 받아 무서운 괴물로 변했다. 머리카락은 모두 뱀이고 멧돼지의 엄니와 황금 날개를 가졌으며, 그 얼굴을 본 사람은 돌이 되었다. 훗날 페르세우스에게 목이 잘려 죽었고, 피 흐르는 상처에서 날개 달린 말 페가수스가 튀어나왔다.

그녀는 누구에게나 자기 애인의 모습으로 나타나지.

파우스트 이 어떤 기쁨! 이 어떤 아픔이냐!
나는 이 눈길과 작별할 수 없네.
칼등보다 넓지 않은 붉은 끈 하나가
이 아름다운 목덜미를
얼마나 기묘하게 장식하고 있나!

메피스토펠레스 정말 그렇군! 내게도 보이네.
그녀는 머리를 겨드랑이에 낄 수도 있겠어.
페르세우스가 그 목을 베어냈으니 말이지.
언제나 광증을 향한 욕구!
저 작은 언덕으로 가세.
여긴 유원지처럼 즐겁다네
저들이 나를 홀리지 못했으니,
이젠 연극을 봐야겠어.
여기 뭐가 있지?

세르비빌리스 곧 다시 시작합니다.
새로운 극인데, 일곱 개 중 마지막 연극이오.
여기서는 많은 것을 보여주는 게 관습이죠.
딜레탕트가 극을 썼고
딜레탕트들이 연기를 합니다.[165]
내가 사라져도 용서하시오, 신사분들.
막을 들어 올리는 일을 딜레탕트인 내가 맡았소.

---

165 괴테와 프리드리히 실러는 딜레탕트를 "예술가가 되려는 야망은 있으나 그것을 감당할 능력이 없는 사람"이라고 규정했다. 당시에는 예술 분야에서 전문가와 딜레탕트를 구분했다.

메피스토펠레스 너희를 블록스베르크[브로켄산]에서 찾아내니,
참 좋구나. 너희는 여기 속한 존재니까.

발푸르기스 밤의 꿈

또는 오베론과 티타니아의 금혼식[166]

막간극[167]

무대감독 미딩[168]의 싹싹한 아들들인
우린 오늘 한 차례 쉬려 하네.
오래된 산과 축축한 골짜기,
그게 전부 무대장치야.

전령관 결혼식이 금빛이 되려면
오십 년은 흘러야지.
하지만 싸움은 지나갔으니
황금색이 더 좋은걸.

오베론 나 있는 곳에 너희 정령들이 있거든
이 시간에 모습을 드러내라.
왕과 왕비가
이제 새로이 결합했으니.

---

166 오베론은 셰익스피어의 희곡 〈한여름 밤의 꿈〉에 등장하는 요정 나라의 왕이고 티타니아는 왕비다. 둘은 갈등을 겪다가 화해한다. 금혼식은 결혼한 지 50주년을 기념하는 서양 풍속이다. 여기에 수록된 4행시들은 대부분 문인들을 비롯 동시대 사람들에 대한 비판을 담고 있다.

167 연극의 막 사이 또는 전후에 진행하는 짧은 연극(Intermezzo)

168 당시 바이마르 극장의 유명한 무대미술가

퍽[169] 퍽이 등장해 비스듬히 돌면서
발을 차례로 질질 끈다.
백 명이 연이어 찾아와
그와 함께 기쁨을 누리네.

아리엘[170] 아리엘이 노래를 흩뿌린다.
하늘의 순수한 소리로.
그 소리, 찌푸린 얼굴들을 수없이 홀리지만,
아름다운 얼굴들도 유혹하거든.

오베론 서로 사이좋게 지내려는 부부는
우리 두 사람에게 배워라!
둘이 서로 사랑해야 한다면
그들을 갈라놓기만 하면 되지.

티타니아 남자가 찌푸리고 여자가 우울해하면
그들을 얼른 붙잡아서
여자는 남쪽 내게로 데려오고
남자는 북쪽 끝으로 데려가라.

전체 오케스트라 (포르티시모) 파리 콧수염과 모기 코
그들의 친척들까지 모두,
잎사귀에 개구리, 풀잎에 귀뚜라미,
이들이 음악가다!

독창 보라, 저기 백파이프가 온다!
그건 비눗방울.

---

169 중세 영국 민담에 나오는 장난꾸러기 꼬마 요정으로 〈한여름 밤의 꿈〉에도 등장해서 중요한 역할을 한다.

170 셰익스피어의 희곡 〈템페스트〉에 등장하는 공기의 정령

달팽이가 무딘 코로
사각사각 헛소리 내는 걸 들어라.

형성 중인 정령 꼬마 요정에게 거미발과 두꺼비 배,
그리고 작은 날개를!
꼬마 동물은 없지만
꼬마 시[詩]는 있지.

작은 한 쌍 꿀방울과 향기 사이로
잔걸음과 높은 도약,
당신은 총총걸음으로 나를 따라오지만
공중으론 못 가지.

호기심 많은 여행자 이건 가면[假面] 조롱 아닌가요?
내 눈을 믿어도 된다면
오늘 여기서 아름다운 신[神]
오베론을 볼 수 있을까?

정교도[171] 작은 발톱, 작은 꼬리!
하지만 의심의 여지가 없어.
그리스의 신들이 그렇듯
그도 악마야.

북유럽 예술가[화가] 내가 오늘 잡은 것은
기껏해야 스케치에 지나지 않아.
하지만 난 제때 준비해야지.
이탈리아 여행을.[172]

---

171 기독교적인 관점에서 실러의 시 〈그리스의 신들〉을 끈질기게 비판한 독일의 법률가이자 시인 슈톨베르크(F. L. Stolberg, 1750-1819)를 가리킨다.

172 괴테는 화가나 조각가가 지중해의 빛을 받으며 고대의 모범을 보면서 예술적으로 자신을 훈련해야 한다고 생각했다.

순수주의자 아! 내 불운이 나를 이리로 이끌었네.
여기서 어찌 미끼에 홀리지 않으랴!
모든 마녀 무리 중
겨우 두 명만 분을 뿌렸네![173]

젊은 마녀 분은 치마 같아서
늙은 잿빛 할멈한테나 어울려.
그래서 나는 벌거벗고 염소를 타고 앉아
내 실팍한 몸을 보여주는 거지.

귀부인 우린 생활 방식이 아주 많으니
여기서 너희와 함께 입을 내밀진 않아!
하지만 너희가 그렇게 젊고 상냥하다면
그냥 썩어버렸으면 좋겠어.

지휘자 파리 콧수염과 모기 코는
이 벌거벗은 여인을 둘러싸지 마라!
잎사귀의 개구리, 풀잎의 귀뚜라미야,
박자도 잘 맞춰야지!

풍향계 (한쪽을 향해) 바람직한 모임이다.
진실로 순전한 새색시들이네!
남자 대 남자로 보아 총각들은
희망에 가득 찬 사람들!

풍향계 (다른 쪽을 향해) 땅바닥이 벌어져
이들을 모조리 삼키지 않는다면,
나는 서둘러 달려가
곧장 지옥으로 뛰어내릴 테다.

173 로코코 양식으로 높은 올림머리에 분을 뿌린 귀부인 헤어스타일

크세니엔[174] 우린 작고 날카로운 패거리를 이루어
곤충 모습으로 여기 왔네!
우리 아버지 사탄을
품위 있게 경배하려고.

헤닝스[175] 보라, 저들이 빽빽이 모여
소박하게 농담하는 꼴을!
마지막엔 말도 할걸?
마음씨는 좋을 테니.

무사게트[176] 이들 마녀 패거리 사이에서
기꺼이 길을 잃고 싶어라.
물론 나는 이들을 무사[뮤즈] 여신들로 만들어
이끌어갈 수 있을 테지만.

이전의[177] **시대정신** 제대로 된 사람들과 함께라면 뭐라도 될 수 있지.
와서 내 고추를 잡아라!
블록스베르크는 독일의 파르나소스처럼
봉우리가 널찍하니까.

---

174 괴테와 실러는 〈크세니엔〉이라는 제목의 풍자적인 성격을 지닌 단시(短詩) 모음을 실러가 발행하는 잡지에 발표했다(1796년). 그중 일부는 작가들과 문인들 그리고 동시대 사람들을 신랄하게 공격하는 내용이었다. 이 작품이 발표되자 문학계에서 전쟁이라 부를 수 있을 만큼 치열한 공방이 있었고, 반대파는 대부분 익명으로 공격해왔다. 괴테는 "발푸르기스 밤의 꿈"에 나오는 시 일부를 〈크세니엔〉의 후속편으로 내놓을 계획을 세웠다. 하지만 당대의 현실과 연관성이 컸기 때문에, 괴테와 실러는 이 단시들을 대표작 전집에 넣지 않았다.

175 『시대정신』의 발행인 헤닝스(August Von Hennings, 1746-1826)를 가리킨다. 그는 괴테와 실러의 작품을 비판적으로 다루었다.

176 그리스신화에 나오는 신 아폴론의 별명이며, 『시대정신』의 별책이다.

177 원문은 프랑스어 'Ci-Devant'이다. 헤닝스는 1801년에 잡지 이름을 『시대정신』에서 『19세기 정신』으로 바꾸었다. 따라서 원래의 『시대정신』은 '이전의' 『시대정신』일 뿐이라는, 비꼬는 뉘앙스가 담긴 표현이다.

호기심에 찬 여행자 말해봐, 저 경직된 사내는 이름이 뭐냐?
당당한 발걸음으로 가고 있네.
냄새 맡을 수 있는 건 무엇이든 킁킁대는걸.
그는 "예수회 냄새를 맡는 중"[178]이라더군.

두루미[179] 맑은 날에도 흐린 날에도
나는 기꺼이 낚시하고 싶어.
덕분에 너희는 경건한 신사가
악마들과 함께하는 꼴도 보는 거지.

세속의 아이[180] 그래, 내 말 믿어라. 경건한 자들에겐
모든 것이 운반 도구일 뿐.
그들은 이곳 블록스베르크에서도
여러 비밀집회를 열고 있거든.

춤꾼 저기 새로운 합창대가 오나?
멀리 북소리가 아득하게 들려.
방해만 없다면! 갈대 속에선
한 가지 음[unison]을 내는 백로들.

무도회 감독 누구나 두 다리를 들어 올려!
할 수 있는 자는 빠져나오고!

---

178 예수회는 1534년에 에스파냐의 로욜라가 세워 1540년에 교황의 승인을 받은 남자 수도회다. 과격한 선교 방식 때문에 1773년부터 활동이 금지되었으나(1814년에 해제), 지하에서 명맥을 이어갔다. 이후로 많은 지식인이 마치 스포츠 경기를 하듯 예수회 냄새 맡기(회원들의 흔적을 찾는 일)를 즐겼다.

179 스위스 작가 요하나 카스퍼 라바터(Johann Caspar Lavater, 1741-1801)를 가리킨다. 괴테는 그의 걸음걸이를 두루미의 움직임에 비유했다.

180 라바터가 라인 여행 중 쓴 시에 나온 구절이다("오른쪽에 예언자, 왼쪽에 예언자/한가운데 세속의 아이…"). 종교적 교화 활동을 하던 사람들 중 어떤 무리는 "경건한 자들"이라고 불렸다. 그들은 사적인 집회를 열곤 했는데, 수상쩍은 일조차 신의 뜻을 위한 도구로 해석했기 때문에 쉽사리 악의 도구로 전락할 수 있었다.

굽은 다리는 폴짝, 둔한 자는 어차피 매한가지.
어떻게 보이는지 묻지도 마라.

깽깽이 연주자 천민은 저 자신을 많이 미워해.
자신에겐 찌꺼기를 주지.
백파이프가 여기서 그들을 하나로 합친다.
오르페우스 칠현금이 야수들을 합치듯.

교리주의자[181] 나는 비판이나 의심으로
죽도록 소리치진 않을 거야.
악마는 분명 대단한 존재가 분명해.
그렇지 않다면 어떻게 악마가 존재하겠어?

이상주의자 내 생각 속 상상력은
이번엔 지나치게 당당하네.
정말이지, 내가 그 모든 것이라면
난 오늘 멍청이가 된 거야.

현실주의자 본질은 내겐 참으로 고통스러워.
넌더리가 나는구나.
나는 여기서 처음으로
두 발로 확고히 서질 못해.

초자연주의자 만족스러운 마음으로 난 여기 서서
이들을 보며 즐긴다.
악마들을 보면
좋은 정령들도 있다고 추론할 수 있지.

---

181 악마를 증명하는 것에 대한 여러 입장이 있다. 교리주의자는 비판 없는 확신에 차서 뒤를 캐지 않는다. 이상주의자는 세상을 인간 의식의 표상이라고 여긴다. 현실주의자는 자신의 경험만을 중시한다. 초자연주의자는 악마 현상을 보고 좋은 정령의 존재도 유추한다. 회의론자는 일단 의심에서 출발한다.

회의론자 그들은 불꽃의 흔적을 좇으며
보물이 가까이 있다고 믿는다.
악마[Teufel]에는 의심[Zweifel]이 운율에 맞으니,
나는 올바른 자리에 있는 거지.

지휘자 잎사귀에 개구리, 풀잎에 귀뚜라미야,
빌어먹을 딜레탕트들!
파리 콧수염, 모기 코야,
그래도 너희는 악사[樂士]!

세련된 자들[재빨리 적응하는] 상수시[182], 즐거운 피조물의
군대는 이런 이름이다.
더는 두 발로 가지 못해.
그래서 우린 물구나무서서 간다.

서투른 자들 보통 때 우린 감언이설로 여러 음식을 얻었네.
하지만 이제 신께서 명령하셨다!
우리 구두는 춤추다가 닳았으니
이제 맨발로 간다.

도깨비불 우린 늪지대에서 왔어,
원래 거기서 태어났는걸.
하지만 여기선 줄지어
반짝거리는 예의 바른 사내들.

별똥별 난 하늘에서 이리로 떨어졌어,
별과 불꽃 광채 속에서.
이젠 풀 속에 비스듬히 누워 있네.
나 일어서는 걸 누가 도와줄까?

---

182 Sanssouci. '근심 없는'을 뜻하는 프랑스어

육중한 자들 비켜라, 비켜! 사방으로!
작은 풀들은 그렇게 내려가는 거지.
유령들이 온다. 유령들도
사지가 둔하거든.

퍽 코끼리 새끼처럼
그렇게 둔하게 등장하진 마라.
튼실한 퍽이 이날에 가장
둔한 자가 되게 하라.

아리엘 사랑하는 자연,
정령이 너희에게 날개를 주었네.
내 가벼운 흔적을 좇아
장미 언덕까지 올라오라.

오케스트라 (피아니시모) 흐르는 구름과 안개의 천이
위에서부터 밝아온다.
잎사귀에 공기, 갈대에 바람,
모든 것은 흩어졌다.

흐린 날[183]

들판

파우스트와 **메피스토펠레스**.

파우스트 비참하다! 절망했구나! 가엾게도 지상에서 헤매다가 이제는 갇히기까지![184] 범죄를 저지른 여인으로 끔찍한 고통에 시달리며 감옥에 갇혀 있다니, 사랑스럽고 불행한 것! 그렇게까지! 그렇게까지!—이 배신자, 쓸모없는 정령아. 너는 내게 이것을 감추었구나!—일어나라, 일어나! 원한에 찬 악마 눈알을 이리저리 굴려라! 참을 수 없는 너의 존재로 어서 일어나 내게 저항해봐라! 갇혔다고! 돌이킬 수 없이 비참하게! 사악한 영들과 감정 없이 심판하는 인간에게 내맡겨졌구나! 너는 그동안 나를 저 몰취미한 기분 풀이를 위해 끌고 다니며, 그녀의 커지는 슬픔을 내게 감추고, 그녀가 아무런 도움도 없이 몰락하게 버려두었구나!

메피스토펠레스 그녀가 처음도 아닐세.

파우스트 개 같으니라고! 추악한 짐승!—그대, 무한한 정령[지령]이여, 이놈을 변화시켜라! 이 벌레 같은 놈을 다시 개의 형상으로 되돌려라. 녀석은 밤이면 개가 되는 걸 좋아해서, 종종 해롭지 않

183 유일하게 산문으로 쓰인 장이며, 따라서 행수 표시를 넣지 않았다. 파우스트의 폭발하는 감정을 묘사하기 위해 감탄사와 느낌표로 끝맺은 문장이 많다.

184 마르가레테는 도시에서 도망쳤다가 (돈이 없어) 다시 잡힌 것으로 보인다.

은 떠돌이 개의 꼴로 내 발 앞에 기어와 지쳐 널브러진 사람의 어깨에 매달리곤 했지. 저놈을 제가 좋아하는 그 모습으로 되돌려라, 내 앞에서 모랫바닥을 벌벌 기는 녀석을 내가 밟아주도록. 이 저주받은 녀석!—"처음도 아닐세!"라니—비통하구나! 비통해! 한 명도 아니고 벌써 여러 명이 이런 비참의 구렁텅이에 빠지다니, 인간의 영혼으론 이해할 수 없어. 최초의 한 사람이 그 회오리치는 죽음의 곤경에 빠졌을 때, 영원히 용서하시는 분의 눈앞에서 그와 비슷한 다른 이들의 죗값을 충분히 갚지 못하기라도 했다는 듯! 이 한 사람의 이런 비참함이 내 골수와 생명을 파서 헤집는데—넌 수많은 사람의 운명에 대해 태연히 웃고만 있구나![185]

메피스토펠레스 다시 우리 재치의 경계선에 왔네그려. 당신네 인간들의 감각이 폭발하려는 그 지점 말일세. 자넨 그런 경계선을 넘어서지도 못할 거면서 어쩌자고 우리[악마]와 함께하는 건가? 날아오르려 하면서 어지럼증을 견디지 못한다는 건가? 우리가 자네한테 졸랐나, 아니면 자네가 졸랐던가?

파우스트 욕심 많은 네 이빨을 그렇게 드러내지 마라! 구역질 난다!—내게 출현하신 위대하고 장엄한 영[지령]이여, 당신은 내 마음과 영혼을 안다! 해로운 것을 보며 즐기고 멸망을 보고 기뻐하는, 이런 악당을 어쩌자고 내게 붙여주었는가?

메피스토펠레스 이제 끝내시려고?

파우스트 그녀를 구해라! 아니면 너는 혼쭐이 날 거다! 수천 년에 걸

---

185 마르가레테가 영아살해죄로 갇혀서 처형을 앞둔 터라 애가 타는데, 이런 일이 그녀에게 처음 일어난 것은 아니라는(즉, 전에도 그런 운명에 처한 여인이 있었다는) 메피스토펠레스의 말에 분통을 터뜨리고 있다.

쳐 가장 끔찍한 저주를 네게 내릴 테다!

메피스토펠레스 나는 죄를 응징하는 자의 사슬을 풀 수 없고, 그의 빗장도 열 수 없네—"그녀를 구하라!"라니—그녀를 멸망으로 떨어뜨린 자가 누군가? 나인가, 아니면 자네인가?

(파우스트가 사납게 사방을 둘러본다.)

뭐, 천둥이라도 잡으시려고? 당신들 비참한 필멸의 존재들에게 천둥이 주어지지 않은 건 참 잘된 일이지! 죄 없이 말대꾸하는 자를 망가뜨리는 것, 그런 건 당황했을 때 어떻게든 답답함을 풀려고 하는 폭군의 방식이야.

파우스트 나를 데려가다오! 그녀는 해방되어야 해!

메피스토펠레스 자네가 위험에 노출될 텐데? 도시엔 아직 자네 손으로 저지른 살인죄가 남아 있단 걸 알아두시게. 그자가 맞아 죽은 곳엔 아직도 복수하는 정령들이 떠돌면서 살인자가 돌아오길 기다리고 있네.

파우스트 그런 말이 네 입에서 나오느냐? 너 무시무시한 괴물 위에 한 세계의 죽음과 살인이 걸렸구나. 나를 데려가달라고 말했다. 그녀를 풀어주란 말이다!

메피스토펠레스 자네를 안내해드리지. 그건 내가 할 수 있는 일이니. 들어보게! 내가 천상과 지상의 힘을 모조리 지니고 있는 건 아니잖나? 내가 간수들의 감각을 무디게 만들 테니, 자네가 열쇠를 차지해서 인간의 손으로 그녀를 데리고 나오게! 나는 깨어서 마법의 말들을 준비하고 있다가 당신들을 멀리 데려가지. 그건 할 수 있네.

파우스트 어서, 여기를 떠나자!

밤, 훤히 트인 들판

파우스트와 **메피스토펠레스**, 검은 말을 타고 바람처럼 달려온다.

파우스트 저기 교수대 주변에서 떠도는 게 뭐지?

메피스토펠레스 그들이 무엇을 끓이고 볶는지 모르겠네.

파우스트 떠올랐다, 내려갔다. 몸을 기울이고, 숙이고.

메피스토펠레스 마녀 무리다.

파우스트 흩뿌리고 봉헌하네.

메피스토펠레스 지나가요! 지나가!

감옥

파우스트 (열쇠 한 꾸러미와 램프를 들고 작은 쇠문 앞에서)

오래전에 잊은 두려움이 나를 사로잡는다.
인류 전체의 비통함이 나를 붙잡네.
여기 축축한 벽 안에 그녀가 머물고 있지.
그녀의 범죄라야 선량한 망상일 뿐인데,
너는 그녀에게 가기를 망설인다!
그녀를 만나길 두려워하지!
어서! 너의 두려움이 우물쭈물 죽음을 끌어들인다.

(열쇠를 잡는다. 안에서 노랫소리)

내 어머니는 창녀,[186]
나를 죽였어!
내 아버지는 악당
나를 먹었어!
내 어린 누이동생
내 뼈를 들어 올렸지,

---

186 계모에게 살해당한 소년이 새가 되어 부르는 노래로, 그림 형제가 수집한 『어린이와 가정의 동화』 47번 「노간주나무」에 나온다. 괴테의 〈초고 파우스트〉에 이미 이 노래가 실려 있었으며 그림 형제는 그보다 훨씬 늦게 이 동화를 수집해서 기록했다. 본문에서 마르가레테는 이 노래를 부르며 자신을 창녀라고 비하한다.

차가운 곳에서.[187]
난 예쁜 숲새가 되었어.
멀리 날아가라, 멀리!

파우스트 (문을 열며) 애인이 듣고 있는 줄은 꿈에도 모르지.
쇠사슬 덜컹대는 소리, 지푸라기 스치는 소리 들린다.
(들어간다.)

마르가레테 (침상에 몸을 숨기면서)
아이고! 아이고! 그들이 온다. 쓰라린 죽음이다!

파우스트 (나직하게) 조용히! 조용! 널 해방하려고 내가 왔어.

마르가레테 (파우스트 앞으로 몸을 굴리며)
당신이 인간이라면 내 고통 느껴봐요.

파우스트 이렇게 소리치면 잠든 간수 깨우겠구나!
(마르가레테를 풀어주기 위해 사슬을 잡는다.)

마르가레테 (무릎 꿇고) 누가 사형집행인 당신에게
날 죽일 권한을 주었나요!
이 한밤중에 벌써 데리러 오다니요.
자비를 베풀어 나를 살려주세요!
내일 아침엔 시간이 충분하지 않나요? (일어선다.)
난 아직 젊은데, 이리도 젊은데!
벌써 죽어야 하다니!
예쁘면 뭐 해, 그게 날 망쳤는데.
내 연인은 가까이 있었지만, 이젠 멀리 가버렸어요.

---

187 시신을 묻었다는 뜻이다.

화환은 찢기고 꽃은 흩어졌죠.[188]
나를 그렇게 꽉 붙잡지 말아요!
보호해주세요! 내가 당신에게 무슨 짓 했나요?
내 애원이 헛되지 않게 해주세요.
나 살던 날에 당신 못 보았으니!

파우스트 이 비통함을 나 어찌 이겨내려나!

마르가레테 난 이제 온전히 당신 손에 있어요.
우선 아이에게 젖 좀 먹이도록 해주세요.
지난밤 내내 아이를 안고 있었어요.
그들은 나를 모욕하려고 아이를 내게서 빼앗았죠.
그러곤 내가 아이를 죽였다네요.
난 다시는 기뻐할 수 없을 거예요.
그들은 날 비웃는 노랠 불러요! 사람들은 나빠!
옛이야기 한 편이 그렇게 끝나죠.
누가 그들에게 그걸 해석하라고 하나요?

파우스트 (몸을 던진다.) 사랑하는 남자가 당신 발밑에 있어.
비통함의 종살이 풀어주려고.

마르가레테 (그의 옆에 쓰러진다.)
오, 우리 무릎 꿇고 성인들을 불러요!
보세요! 이 계단 아래서
이 문지방 아래서
지옥이 끓고 있네요!
악당이

---

188 구약성서의 아가 5:6 이하 참조. 여자를 찾아온 임은 여자가 머뭇거리는 동안 돌아갔고, 그를 찾아 나선 여자는 야경꾼에게 붙잡혀 얻어맞고 겉옷을 빼앗겼다.

지독한 분노에 휩싸여
무서운 소리 내고 있어요!

파우스트 (큰 소리로) 그레트헨! 그레트헨!

마르가레테 (주의 깊게) 이건 그분 목소린데!

(벌떡 일어선다. 쇠사슬이 떨어진다.)

어디 계시지? 그분이 부르는 소릴 들었어.
나는 자유다! 누구도 날 막지 못해.
난 그의 목에 매달릴 거야.
그의 가슴에 안길 테야!
그가 그레트헨을 불렀어! 그가 문지방에 서 있었어.
지옥의 울부짖음과 쿵쾅 소리 한가운데서,
분노한 악마의 비웃음 뚫고
나는 달콤한, 사랑스러운 그 소릴 알아들었어.

파우스트 나야!

마르가레테 당신이군요! 오, 한 번 더 말해주세요!

(파우스트를 얼싸안으며)

그이다! 그이야! 그 모든 고통 어디로 갔나?
감옥의 두려움 어디로 갔나? 쇠사슬은?
당신이군요! 나를 구하러 오셨네요.
나는 구원받았다!—
내가 당신을 처음으로 만났던
그 길거리가 저기 있네요.
그리고 나와 마르테가 당신을 기다린
그 명랑한 정원이 저기 있지요.

파우스트 (애쓰면서) 함께 가자! 함께 가!

마르가레테 오, 잠시만요!

나는 당신이 머무는 곳에 있고 싶어요. (파우스트를 애무한다.)

파우스트 얼른 가자!
서두르지 않으면
우린 비싼 대가를 치르게 될 거야.

마르가레테 어떻게요? 그럼 당신은, 더는 키스할 수 없나요?
내 사랑, 내게서 잠깐 멀리 있었다고
키스를 잊어버렸나요?
나는 당신 목에 매달려 있는데, 어찌 이리도 두려울까요?
보통 때는 당신의 말씀, 그 눈길에서
온 하늘이 내게로 쏟아졌는데.
그럼 당신은 마치 질식시키려는 듯 키스했죠.
내게 키스해요!
안 그럼 내가 당신에게 키스할 거예요! (파우스트를 안는다.)
오, 이런! 당신 입술은 차갑고
말이 없네요.
당신의 사랑은
어디 있나요?
누가 내게서 그걸 앗아갔나요?
(그에게서 몸을 돌린다.)

파우스트 이리 와! 나를 따라와! 내 사랑, 용기를 내!
천 배의 불길로 안아줄 테니
나를 따라와! 이것 한 가지만 간청할게!

마르가레테 (그에게로 몸을 돌리며) 당신인가요? 확실한가요?

파우스트 나야! 같이 가자!

마르가레테 당신은 쇠사슬을 풀고
나를 다시 당신 품에 받아들이네요.

당신이 나를 꺼리지 않는다니 어떻게 그러시나요?
내 사랑, 당신은 누구를 해방해주는지 아시나요?

파우스트 가자! 가자! 깊은 밤이 벌써 물러나고 있어.

마르가레테 나는 내 어머니를 죽였어요.
아이는 물에 빠뜨려 죽였고요.
그 애는 당신과 내게 주어진 선물 아니었나요?
당신한테도—당신이군요! 난 믿을 수 없어.
손을 이리 주세요! 이건 꿈이 아니네!
당신의 사랑스러운 손!—아, 하지만 축축해!
씻어내요! 내 생각으론
피가 묻었어.[189]
아 하느님! 당신은 무슨 짓을 한 건가요!
칼을 도로 꽂아요.
제발, 이렇게 빌게요!

파우스트 지난 일은 지나가게 두자고.
당신은 나를 죽이는군!

마르가레테 아니, 당신은 남아야지요!
당신에게 무덤에 관해 알려줄게요.
당신은 내일 당장 무덤들을
장만해야죠.
어머니에게 가장 좋은 자리를 드리고
오빠에겐 바로 옆자리를,
나는 조금 떨어진 곳에.

---

189 셰익스피어의 희곡 〈맥베스〉에서 맥베스의 아내를 떠올리게 한다. 그녀는 죄책감 때문에 신경쇠약에 시달렸고, 그 증세로 손에 피가 묻었다며 계속 씻는다(편집자 주).

다만 너무 멀게는 말고!
그리고 어린것은 내 오른쪽 가슴에.
그 밖에는 누구도 내 옆에 눕지 않을 거예요.
당신 옆에 눕는 것,
그건 달콤한, 사랑스러운 행운이었죠!
하지만 이제 더는 안 될 거예요.
내가 당신에게 억지로 강요하는 것만 같고,
당신은 날 도로 밀쳐내는 것만 같아요.
그런데도 당신은, 늘 그렇듯 선량하고 경건하게 바라보시네요.

파우스트 나란 걸 느낀다면, 가자!

마르가레테 저 밖으로요?

파우스트 자유로운 곳으로.

마르가레테 저 밖이 무덤이라면,
죽음이 기다린다면, 그럼 가요!
여기서부터 영원한 안식처로 가서,
그러곤 한 걸음도 나아가지 않으리—
당신은 이제 떠나나요? 오 하인리히, 함께 갈 수 있다면!

파우스트 넌 갈 수 있어! 바라기만 한다면! 문은 열려 있어!

마르가레테 난 떠날 수 없어. 나한텐 어떤 희망도 없죠.
도망친들 무슨 소용인가요? 그들이 나를 기다리고 있을 텐데.
구걸해야 한다면 얼마나 비참할까요.
게다가 양심의 가책까지 지니고 있다면 더욱!
낯선 곳을 떠도는 건 비참하죠.
어차피 그들이 나를 잡을 거예요!

파우스트 내가 네 곁에 있을게.

마르가레테 어서! 어서요!

감옥에서 만난 파우스트와 마르가레테(루트비히 슈노어 폰 카롤스펠트, 1833년)

당신의 가여운 아이를 구해요!
떠나요! 시냇물 옆의 길을
계속 거슬러 올라가요.
작은 다리를 건너
숲으로 들어가서
왼편으로, 호수에

배가 서 있는 곳으로 가요.
아이를 꼭 잡아요!
그 애가 일어서려 할 거고,
버둥거릴 거예요!
구해요! 구해요!

파우스트 정신 좀 차려 봐!
한 발자국만 옮기면 넌 자유야!

마르가레테 이 산만 지나간다면 얼마나 좋아!
저기 바위 위에 어머니가 앉았네요.
그 형상이 차갑게 내 머리채를 잡았어!
저기서 내 어머니 돌 위에 앉아
머리를 흔들거리죠.
눈짓도 손짓도 하지 않아요, 머리가 무거워서.
어머닌 너무 오래 주무셨죠, 더는 깨어나지 않아.
우리더러 즐기라고, 어머닌 주무셨어요.
좋은 시절이었죠!

파우스트 여기선 간청도 말도 통하지 않으니,
내가 널 힘으로 들어서 내가련다.

마르가레테 날 놔줘요! 싫어요. 억지로 그러는 건 못 참아!
그렇게 죽일 듯 날 잡지 말아요!
그것 말고는 난 당신을 위해 모든 걸 했어요.

파우스트 날이 밝아온다! 내 사랑! 내 사랑!

마르가레테 날이! 네, 동이 트고 있어요. 마지막 날이 다가와요.
내 결혼식 날이 될 거예요!
그레트헨 곁에 있었다고 아무한테도 말하지 말아요.
내 화환이 뭉개졌네!

방금 저질러진 일이야!
우린 다시 만날 거예요.
하지만 춤추는 곳에선 아니죠.
사람들이 몰려들어요. 당신은 그들 소리를 못 듣죠.
광장도, 좁은 길도
그들을 잡지 못하고.
종이 울리고, 막대가 부러진다.[190]
그들이 나를 묶어서 끌고 간다!
나는 처형 의자에 앉았죠.[191]
내 목을 향해 빼든 예리한 칼날을
모든 사람이 자기 목에 느끼고 움찔거려요.
세상은 무덤처럼 고요하구나!

파우스트 오, 차라리 내가 태어나지 않았더라면!

메피스토펠레스 (문 밖에 나타난다.) 서두르게. 아니면 둘 다 끝장이야.
불필요한 언쟁! 망설임과 잡담!
내 말[馬]들이 떨고 있어.
아침이 밝아온다.

마르가레테 바닥에서 무엇이 올라오는 거지?
저 사람이다! 저 사람! 그를 내보내요!
그가 이 거룩한 곳에서 무얼 하려고?
그는 날 원해요!

파우스트 당신이 살아야지!

마르가레테 하느님의 심판이여! 당신께 저를 맡겼습니다!

---

190 당시 재판관은 사형선고를 내린다는 표시로 막대를 부러뜨렸다.
191 영아살해죄로 처형당하는 여인은 의자에 앉아 묶인 채 참수되었다.

천사들에게 둘러싸여 천국으로 가는 마르가레테(에그론 룬드그렌, 1854년)

메피스토펠레스 (파우스트에게)
이리 오게, 어서! 안 그러면 자네를 그녀와 함께 버려둘 거야.
마르가레테 아버지, 저는 당신의 것입니다! 저를 구하소서!
당신의 천사들, 거룩한 천사의 무리여,
저를 둘러싸고 보호하소서!
하인리히! 난 당신이 무서워요.
메피스토펠레스 그녀는 심판받았다.[192]
목소리 (위에서) 구원받았다!
메피스토펠레스 (파우스트에게) 내게로 오시게!
(파우스트와 함께 사라진다.)
목소리 (안에서 메아리로) 하인리히! 하인리히!

---

192 마르가레테는 고해도 참회도 없이 죽었기 때문에, 교리적으로 따지면 구원받을 수 없고, 메피스토펠레스는 그 사실을 말했다. 하지만 하늘의 목소리는 반대로 말한다.

제2부에 수록한 명화는 모두 프란츠 크사버 짐(일러두기 참고)의 작품이다. 원본의 느낌을 고스란히 전달하기 위해 흑백인쇄를 했으며, public domain이므로 출처를 표기하지 않았다.

비극 · 제2부(5막극)

Der Tragödie zweiter Teil(In fünf Akten)

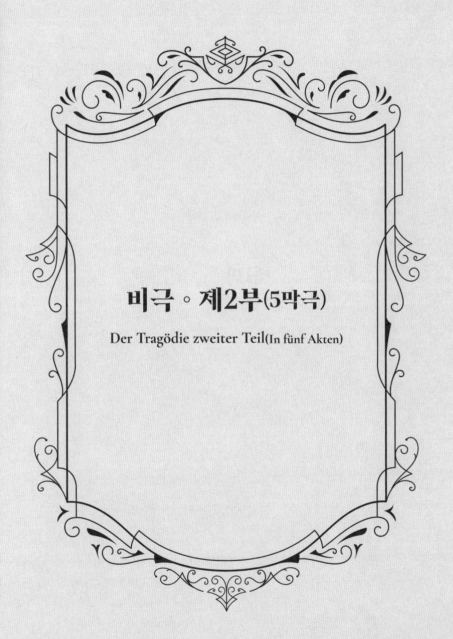

제1막
Erster Akt

쾌적한 지역

파우스트는 지치고 불안한 모습으로 꽃이 핀 풀밭에 누워 잠들려 애쓴다.

어스름이 깔릴 무렵.

우아하고 작은 형태의 **정령 무리**가 둥실 떠서 움직이며

아리엘 (바람소리-하프 반주에 맞추어 노래)

꽃 피우는 봄비 4613
모든 것 위에 내리고,
들판의 초록색 축복
지상의 존재들에게 빛나면,
작은 요정들은 정령의 위대함으로
도움 줄 수 있는 곳마다 달려가,
거룩하든 사악하든 개의치 않고
불운한 사내를 애처롭게 여기네.[193] 4620

너희, 공중에서 이 머리 주변을 떠도는 것들아.
고귀한 요정의 방식으로 여기 나타나
그 마음의 괴로운 싸움 진정시켜라.

---

193 요정들은 순수한 자연 정령이며 종교와 도덕이 정한 기준에서 벗어나 있다. 그 어떤 존재에게든 자연의 치유력을 준다.

타는 듯 쓰린 자책의 화살들을 없애라.
내면에서 이미 경험한 공포를 씻어내라.
밤 동안의 휴식은 넷,[194]
그 넷을 친절히 솔기 없게 합쳐라.
먼저 그의 머리를 서늘한 베개 위에 누이고,
레테[망각]의 강물에서 가져온 이슬로 그를 씻겨라!
경련으로 뻣뻣했던 팔다리는 곧 부드러워지리라,
그가 낮을 위해 푹 쉬며 원기를 얻는 동안.
요정들의 가장 아름다운 보살핌 마치면,
그를 거룩한 낮에 되돌려주어라![195]

합창 (혼자서, 둘이서, 여럿이서 번갈아 또는 모두 함께)

온화한 공기가 초록 울타리 두른
평원 주변을 가득 채우면,
달콤한 향기와 안개 너울 속에
저녁 어스름 아래로 내린다.
어스름은 나직이 달콤한 평화 속삭이며
마음을 어린아이의 잠으로 데려가지.
이 고단한 자의 눈엔
낮의 문이 닫혔다.

194 로마 군대는 밤에 3시간씩 4교대로 보초를 섰다. 이에 따라 아리엘은 정령들에게 네 가지 임무(잠재우기, 망각시키기, 경련을 진정시키기, 원기를 불어넣기)를 준다.

195 제1부 마지막 장면에서 그레트헨을 버려두고 메피스토펠레스와 함께 떠난 파우스트가 이곳 쾌적한 지역에 쓰러져 있다. 정령들이 괴로워하는 그를 쓰다듬어 잠들게 한다. 깊은 잠을 자고 난 뒤 원기를 회복한 파우스트가 이번에는 "큰 세상"(2052행 참조)을 경험하기 시작한다.

벌써 밤이 내렸으니
거룩한 별이 잇따라 나오고,
큰 빛들과 작은 불꽃들
가까이서 멀리서 반짝이고 가물거린다.
여기 호수에선 빛이 수면에 부서지고,
저기 위에선 맑은 밤이 빛나네.
가장 깊은 잠의 행복을 확인하며
달의 온전한 광채가 지배한다.

벌써 시간이 한참 흘러
고통도 행복도 사라졌다.
미리 느껴라! 너는 건강해질 것이다!
새날의 빛을 믿어라!
골짜기들은 초록이 되고, 언덕들은 부풀고
덤불은 쉼의 그늘을 이루네.
너울거리는 은빛 파도를 타고
씨 뿌리기에서 수확으로 넘어간다.

소원들을 차례로 이루겠다면
저기 광채를 바라보라!
너는 살짝 붙잡혀 있을 뿐,
잠은 껍질, 껍질을 내던져라!
다수가 머뭇거리며 헤매도
너는 주저하지 말고 담대히 나아가라.
고귀한 자는 모든 것을 이룰 수 있나니,
이해하고 재빨리 움켜쥔다.

(태양이 다가오는 것을 알리는 무시무시한 굉음)

아리엘 들어라! 호렌[계절과 질서의 여신]의 폭풍 소리 들어라!
정령들의 귀에는 이런 소리 울리며
새로운 날이 태어난다.
암벽의 문들은 덜그럭 삐걱대고
태양신의 바퀴들이 덜컥덜컥 굴러갈 제,
빛은 어떤 굉음을 가져오나!
둥둥 북소리, 뚜뚜 나팔 소리에
눈은 깜빡이고 귀는 먹먹해.
못 들어본 소리는 들리지 않지.
그 소리 스며들어 꽃송이 되고,
깊이 더 깊이 고요히 자리 잡고
암벽 속으로, 나뭇잎 아래로 들어가지!
그것이 너희를 만나면, 너희는 귀머거리.[196]

파우스트 생명의 고동 다시 활발하게 뛰며
새벽 어스름 깔린 대기에 부드러이 인사한다.
대지여, 너도 지난밤을 굳건히 견디고
원기를 회복해 내 발치에서 숨 쉬는구나.
너는 벌써 나를 의욕으로 둘러싸
드높은 삶을 향해 계속 정진하겠노라는
강력한 결심을 하도록 부추기네.
여명에도 세상은 이미 열렸고
숲은 천 가지 생명의 소리로 울리며,
골짜기 안팎에는 안개 띠가 퍼졌구나.

---

196 태양이 다가올 때 정령들의 귀에는 굉음이 울리지만 인간은 듣지 못한다.

하지만 하늘의 밝은 빛 깊은 곳까지 내려오고,
잠들어 누운 저 안개 낀 바닥에서
나뭇가지들 새로이 기운 차려 솟아올랐네.
저 바닥에서부터 온갖 색깔 점점 또렷해지니
진주 이슬 꽃잎 되어 파르르 방울져 떨어지고,
내 주변으로 빙 둘러 낙원이 펼쳐졌구나.

저 위를 올려다보라! 산맥의 거대한 봉우리들은
벌써 가장 장엄한 시간을 예고한다.
저들이[산봉우리] 먼저 영원한 빛을 누리고,
그 빛은 나중에야 우리에게도 내려온다.
이제 알프스 아래쪽 초록빛 초지에도
새로운 광채와 명료함이 주어지니,
빛은 계단처럼 내려와 여기 이르렀구나—
태양이여, 나타나라!—유감인걸, 벌써 눈부시니.
눈에서 느껴지는 아픔에 질려 나는 고개 돌린다.

최고 소망에 맞추어 간절히 바라던 것[태양광]이
마침내 나타나도 사정은 이렇다니까.
성취의 문 활짝 열렸건만,
저 영원한 바탕에서 올라온
과도한 불덩이 하나에 우리는 당황하지.
생명의 횃불에 불붙이려 하지만
불바다가 우리를 둘러싸면, 아이고, 불이야!
이건 사랑인가? 미움인가? 번갈아 무시무시한
고통과 기쁨으로 타는 듯 우릴 둘러싸는 이것은?

그러면 우리는 다시 땅으로 눈길 돌리고,
가장 유치한 베일 속에 몸을 감추려 하지.

그러니 태양아, 내 뒤에 머물러라!
암벽 틈바구니로 떨어지며 포효하는 급류,
저 폭포를 나는 점점 더 열광하며 바라본다.
아래로 아래로 떨어지면서 천 개,
다시 수천 개 흐름을 쏟아내고
거품과 물보라를 공중 높이 날리네.
이 얼마나 멋진가, 이 폭풍에서 싹터
오래 또는 잠깐 오색 무지개 아치가
때로는 말끔하게, 때로는 공중에 흩어지며,
옅은 안개의 서늘한 소나기를 사방으로 흩뿌리네!
이는 인간의 노력을 반사해 보여준다.
그것을 잘 생각해보라, 그럼 더 잘 알게 될걸.
우리네 삶은 오색 반사광이란 것을.[197]

---

197 태양광이 아니라 태양광을 반사하는, 아름답고 허망한 반사광

황제의 궁성[198]

옥좌가 있는 홀

황제를 기다리는 **각료들**.

나팔 소리.

화려한 의상을 입은 온갖 **궁중 신하**들 등장.

황제가 옥좌에 도달하고, 그 오른편에 **점성가**.

황제 안녕하시오, 충성스러운 여러분, 친애하는 분들.
가까운 데서 혹은 먼 곳에서 모였구려—
현명한 사람[점성가]은 여기 내 옆에 있는데,
광대는 대체 어디 있는가?

귀족 폐하의 외투 끝자락 뒤에 있다가
계단에 걸려 넘어졌습지요.
그 뚱보를 들고 나갔는데,
죽었는지 취했는지는 아직 모릅니다요.

다른 귀족 그러자 놀랄 만큼 재빨리
다른 광대가 그 자리를 차지했습지요.

---

198 제4막에서 황제가 금인칙서(Goldene Bulle)를 발포한 것으로 미루어 보면, 뉘른베르크에 있던 신성로마제국 카를 4세(1316-1378) 궁성을 모델로 했다고 추정된다.

그는 화려하게 잘 꾸미긴 했지만,
얼굴을 어찌나 찌푸리는지, 누구나 멈칫할 정도입니다.
경비병이 문간에서
극[쌍날칼과 창이 붙은 무기]으로 그를 가로막고 있습니다—
그 대담한 바보가 여기 있네요.

메피스토펠레스[199] (옥좌 앞에 무릎 꿇고)
무엇이 저주받고도 노상 환영받나요?
무엇이 간절한 갈망을 받으면서도 계속 쫓겨나나요?
무엇이 항상 보호받나요?
무엇이 냉혹하게 질책과 고발을 당하나요?
누구를 폐하께서 이 자리에 불러선 안 되나요?
누구의 이름이 불리는 걸 모두가 듣길 바라나요?
무엇이 폐하의 옥좌 계단에 가까이 다가오나요?
무엇이 스스로를 쫓아냈나요?

황제 지금은 너의 말[재치]을 아껴라.
여긴 수수께끼를 말할 자리가 아니다.
이 나리들이 일할 자리지—
그 수수께끼, 네가 풀어라! 내 기꺼이 들으마.
전에 있던 광대가 멀리멀리 간 모양이니,
이제 그의 자리를 차지하고 내 곁으로 올라오너라.

(메피스토펠레스가 냉큼 위로 올라가 황제 왼편에 자리 잡는다.)

다수의 웅성거림 새로운 광대라고—새로운 재앙이로구나—
저게 어디서 나타난 거지?—어떻게 들어왔지?
옛날 녀석은 쓰러졌으니—쓸모를 다한 거네—

199 뚱보 광대를 대신해 어릿광대로 등장한다.

지난번엔 술통이더니—이번 녀석은 나무토막일세.

황제 자, 충성스러운 여러분, 친애하는 분들.
가까이서 멀리서 오신 걸 환영하오
여러분은 별자리가 좋을 때 모인 거요,
저 하늘에 행운과 치유라 적혀 있으니.
하지만 말해보시오. 우리가 이미
근심에서 벗어났고,
가면무도회에 어울리는 옷을 입고서
즐거움을 누리려는 이 마당에,
어쩌자고 이런 회의로 우리 자신을 괴롭혀야 하나?
여러분이 꼭 그래야 한다고 생각하니까
이렇게 모인 거요. 어서 일을 끝냅시다.

재상 최고 미덕이 거룩한 후광처럼
황제의 머리를 둘러싸고 있지요. 오직 황제만이
그런 미덕을 올바르게 행사하실 수 있습니다.
정의!—모든 인간이 사랑하는 것,
모두가 요구하고 소망하며 없이 지내기 어려우니,
그것을 백성에게 베푸는 건 황제의 책임입니다.
하지만, 아! 국가가 열에 들떠 사나워지고
사악함 속에 사악함이 거듭 깨어난다면,
인간의 이성이 무슨 소용이며, 선량한 마음이나
기꺼이 일하는 손길이 무슨 소용 있겠습니까?
이 높은 방에서 저 아래 광대한 제국으로
눈길을 뻗어보면, 꼭 악몽과 같습니다.
거기선 기형들 사이에서 기형이 지배하고,
불법이 합법인 양 판치며

오류의 세상이 펼쳐지고 있으니 말입니다.

어떤 자는 민중을 약탈하고, 또 어떤 자는 여자를,
잔을, 십자가를, 제단의 촛대를 강탈하고도
피부는 흠 없고 사지 육신도 멀쩡한 채
자기가 한 일로 여러 해나 명성을 날립니다.
이제 고발인들이 법정으로 몰려드니
판사는 높은 의자에 앉아 뽐내지만,
점점 커지는 폭동의 광포함이
격노한 파도처럼 몰려들고 있습니다.
가장 죄 많은 자들과 한패가 된 자는
파렴치한 태도로 요령을 부려대는데,
무죄만이 자기를 보호할 수 있는 자리에선
"유죄!" 판결이 울립니다.
그렇게 온 세상이 나서서 정당한 것을
잘게 부수어 파괴하려 하지요.
그러니 유일하게 우리를 올바름으로
안내해줄 감각[정의감]이란 게 어찌 발전하겠습니까?
마침내 선량한 사람은
아첨꾼이나 뇌물 주는 자에게 기울고,
형벌을 줄 수 없는 판사는
결국 범죄자와 한편이 되지요.
저는 그림을 검게 칠했지만, 그것보다는
더 촘촘한 꽃들을 좋아합니다. (잠시 멈춤)

여러 가지 결정들을 피할 길이 없습니다.

모두가 해를 끼치고 모두가 고통을 겪는다면
폐하께서 약탈을 당하시는 겁니다.[200]

군사령관 이런 거친 시절엔 얼마나들 날뛰는지요!
누구나 남을 때리고 또 맞아 죽으며
명령 따위는 들으려 하지 않아요.
시민들은 성벽 안에서,
기사들은 암벽 둥지에서
우리에게 맞서 버티기로 작당하고는
자신들의 힘을 유지하고 있습니다.
용병은 초조해져서
격하게 임금을 요구하니,
급료가 밀리지 않았더라면
모조리 도망쳤을 판이지요.
모두가 바라는 것을 거부하는 사람은
말벌 집 속으로 뛰어드는 격입니다.
그들이 보호해야 할 제국은
약탈당해 황폐합니다.
이들이 미쳐 날뛰는 꼴을 그대로 방치했다간
세상의 절반이 끝장날 판입니다.
제국 바깥에도 왕들이 있습니다만, 그들 누구도
이것이 자기와 상관있다고 생각하지 않습니다.

재무대신 누가 동맹국들의 문을 두드리겠소!
우리에게 약속한 지원금은

---

200 제4막에서 재상이 대주교 자격으로 황제와 거래하게 되는데(10977행 이하), 그는 가장 악질적인 약탈꾼의 면모를 드러낸다.

새는 파이프의 물처럼 사라지지요.
그리고 폐하, 폐하의 광대한 영토에서
소유권은 누구에게 넘어갔습니까?
어디를 가든 새 영주가 다스리는데,
그는 독립적으로 살려고 하니,[201]
우린 그가 하는 꼴을 지켜보아야 합니다.
이미 권한들을 아주 많이 넘겨주어서[202]
우리한텐 그 어떤 권한도 남아 있지 않아요.
그리고 오늘날 당파들은,
이름이 무엇이든 믿을 수가 없지요.
그들이 질책하든 찬양하든
마음속 사랑이나 미움과는 무관합니다.
기벨린당[황제당]이든 겔프당[교황당]이든[203]
몸을 감춘 채 쉬고 있죠.
그러니 누가 이웃을 도우려 합니까?
누구나 저 자신을 위한 일만 하지요.
황금 문은 막혀 있는데,
누구나 긁고 문지르며 모아대니,
우리 금고는 텅 비었습지요.

궁내대신 저도 그 어떤 불운을 겪고 있는지요!
우리는 늘 절약하려 하지만
날마다 필요한 것이 더 늘어나고,

---

201 봉토의 주인이 자주 바뀌는데, 새 영주(봉신)는 황제에 대한 의무를 인정하지 않는다.

202 카를 4세는 특권을 저당잡히거나 팔아서 재원을 마련하려고 했다.

203 13세기 초부터 북부 이탈리아에 등장한 정당들

날마다 새로운 고통이 커집니다.
요리사들이야 부족함이 없지요.
멧돼지, 사슴, 토끼, 노루,
장닭[수탉], 암탉, 거위며 오리
이런 현물 공납과 확실한 지대[地代],
이런 것들은 그런대로 들어옵니다.
하지만 결국은 포도주가 모자라죠.
전엔 저장소에 통들이 나란히 쌓여 있었는데,
최고 산지의 가장 좋은 연도 특산품들로,
고귀하신 나리들이 끝없이 마셔서
마지막 한 방울까지도 없앱니다.
시의회도 저장고를 연결해서
큰 잔으로, 사발로 마셔대니
식탁 아래로 뻗어야 비로소 잔치가 끝나죠.
이 모든 걸 제가 지불하고 보상해줘야 합니다.
유대인은 저를 봐주지 않고
선이자를 떼어가니
해를 앞당겨 먹고 마시는 겁니다.
돼지는 살찔 틈이 없고요,
침대 쿠션도 잠자리에 든 채 저당 잡히고,
지레 먹어버린 빵이 식탁에 오르는 꼴이죠.

황제 (한동안 생각하고 나서 메피스토펠레스에게)
말해보라. 광대 너도 곤궁 하나쯤 있지 않겠느냐?

메피스토펠레스 저요? 절대 없습죠. 사방의 광채를 바라보니—
폐하와 신하들을요—폐하께서 항거할 수 없도록
지배하시는데, 신뢰가 부족한가요?

권력이 적대감을 사방으로 퍼뜨리나요?
이성을 통해 강해진 선의가
다양한 활동을 예비하고 있는데?
이런 별들이 빛나는 곳에서, 대체 무엇이
재앙으로, 어둠으로 향할 수 있겠습니까요?

웅성거림 저놈 악당인데—진짜 간사한걸—
거짓말로 환심을 산다—가능한 만큼 오래—
그럴 줄 알았어—무슨 꿍꿍이를 숨긴 거지—
이제 뭐가 더 나오는 거야?—무슨 속셈인가—

메피스토펠레스 이 세상에 뭐든 부족하지 않은 곳이 있겠습니까?
이 사람은 이것, 저 사람은 저것. 여기선 돈이 없군요.
물론 바닥에서 긁어모을 순 없지만,
그래도 지혜는 가장 깊이 있는 것을 찾아낼 수 있습니다.
산의 광맥에서, 건물들의 바닥에서,
주조된 또는 주조되지 않은 황금[204]을 찾아낼 수 있습죠.
누가 그걸 캐낼까, 제게 물으신다면,
재능 있는 사내의 자연적 능력과 정신의 힘입죠.

재상 자연과 정신이라—기독교인한테 저렇게 말하진 않는데.
그래서 무신론자들을 화형에 처하는 것인데.
그런 말은 극히 위험한 것이니 말이오.
자연은 죄요, 정신은 악마이니,
자연과 정신은 서로를 의심하지요.

---

204 메피스토펠레스는 여기서 딱 한 번 지하자원을 언급한다. 나머지는 전부 누군가 파묻은 황금이다.

둘이 뒤섞여 만든 기형적 잡종 자식이 바로 '의심'이니까.[205]
우린 그렇지 않아!—황제의 오랜 땅에선
두 종족만이 생겨났소이다.
그들이 품위 있게 옥좌를 받들고 있지요.
바로 성인[聖人]들과 기사들입니다.[206]
그들은 온갖 풍파를 다 견디고
교회와 국가를 보상으로 받습니다.
혼란스러운 정신들의 천박한 생각에서
저항이 일어나죠.
그러니까 이들은 이단이고! 마법사입니다![207]
그들이 도시와 시골을 망칩니다.
그대들은 파렴치한 농담으로
이 고귀한 모임을 시커멓게 더럽히려는 거야.
그대들은 타락한 마음을 품고 있지.
광대와 가까운 친척이니까.
메피스토펠레스 그런 말씀 들으니 학식 있는 나리임을 알겠소!
당신이 못 건드리는 건 아주 멀리 있죠.
당신이 못 붙잡는 건 아예 없는 거나 마찬가지고.
당신이 계산 못 하는 건 참이 아니라는 생각,
당신이 측량 못 하는 건 무게도 아니라는 거고,
당신이 주조하지 않은 건 유통할 수 없다는 말씀입죠.
황제 그걸로 우리 결핍이 해소되진 않아.

---

205 재상은 주교이기도 하다. 이 구절은 주교로서 하는 말씀이다.

206 재상은 두 신분을 언급할 뿐 제3신분인 노동자와 농민은 거론하지 않는다.

207 중세와 근대 초기의 이단 운동(예를 들어, 카타리파)은 기존 질서를 흔들었다. 이런 의미에서 이단을 마법사와 한데 엮었다.

그대는 이런 금식 설교로 대체 무얼 바라는 건가?
나는 영원한 방법론과 가정[假定]에는 물렸다.
돈이 없다면, 좋다, 그걸 만들어내라!

메피스토펠레스 저야 여러분이 바라시는 걸 만들고, 그 이상도 만들죠.
그건 쉬워요. 하지만 가장 쉬운 게 어려운 법이라.
금이야 이미 거기 있지만, 그걸 차지하려고 하면,
그게 기술이죠! 누가 시작할 수 있을까?
이것만 생각해보십쇼. 두려움이 지배하던[전쟁] 시절
인간의 물결이[군대와 피난민] 땅과 종족을 뒤덮었을 때,
세상이 두렵기만 하던 이 사람, 또는 저 사람이
가장 소중한 걸 여기저기 감추었습죠.
저 강력하던 로마 시대에도 그랬고,
그게 어제까지, 아니 오늘까지도 계속되는 중이죠.
그 모든 것이 땅속에 조용히 묻혀 있는데,
땅은 황제의 것이니, 황제가 그 임자죠.

재무대신 어릿광대치곤 말본새가 그럴듯한걸.
그건 물론 오래 묵은 황제의 권리다.

재상 사탄이 여러분에게 금으로 짠 올가미를 던지는 거요.
경건하고 올바른 물건일 리가 없소이다.

궁내대신 그가 우리 궁정 살림에 반가운 선물만 내놓는다면,
나야 약간의 불법도 기꺼이 감수하겠소.

군사령관 광대가 영리하군. 모두에게 필요한 걸 약속하다니.
병사는 돈이 어디서 왔는지 묻지 않거든.

메피스토펠레스 여러분이 혹시 내 말에 속고 있다 여기신다면,
여기 한 사람 있소. 점성가에게 물어보십쇼!
그는 순환하는 시간과 천궁을 잘 알고 있으니

자, 말해보시오. 하늘의 사정은 어때 보이나요?

웅성거림 악당 두 놈이—서로 잘 통하네—
광대와 몽상가—저토록 옥좌에 가까이 있으니—
우중충하게 노래하는—오래된 시[詩]야—
바보가 넌지시 일러주면—현명한 자가 말하네—

점성가 (메피스토펠레스가 슬그머니 불러주는 대로 말한다.)
태양 자체가 순수한 황금입니다.
심부름꾼 수성은 은총과 급료를 위해 봉사하죠.
금성은 여러분 모두를 매혹하고는,
이른 아침과 저녁에 여러분을 사랑스레 바라봅니다.
정결한 달님은 변덕을 부리고요.
화성은 맞추지 못하면 여러분을 힘으로 위협하지요.
목성은 가장 아름다운 빛으로 남아 있고,
토성은 크지만 멀어서 눈에는 작지요.
우리는 금속으로서의 토성을 그리 대단치 않게 여깁니다.
가치는 적은데, 무게는 무거워요.
그래요! 달님이 태양과 섬세하게 어울리면,
황금이 은과 어울리면, 그것이 명랑한 세상.
나머지 모든 것이 이루어집니다.
궁전들, 정원들, 작은 가슴, 붉은 뺨,
높은 학식을 가진 사내가 이 모든 것을 해내죠.
그는 우리 누구도 못 하는 걸 할 수 있답니다.

황제 나는 그의 말을 두 번씩 듣건만[대사를 불러주기 때문]
여전히 나를 설득하지 못하는걸.

웅성거림 저건 또 무슨 소리?—케케묵은 농담—
날짜 따지기[점성술]—연금술이다—

자주 듣던 말인걸—헛된 희망이지—
그자가 나타난다 해도—그 또한 헛소리야.

메피스토펠레스 저기 둘러서서 놀라고들 있네요.
고귀한 발굴품을 믿지 못하는 모양이지.
한 놈은 알라우네[208] 헛소리고,
다른 놈은 검둥개 헛소리라 이거지.
한 놈이 익살 부리고, 다른 놈이
마법을 고발하면 어찌 되려나.
그래도 그놈의 발바닥을 간질이면,
그놈 발걸음이 비틀거린다면!

여러분은 모두 영원히 지배하는
자연의 신비로운 작용을 느끼죠.
가장 밑바닥 영역에서부터 생명의 흔적이
위로 올라옵니다.
팔다리에서 무언가 움찔거리면,
어디든 그 자리에서 무시무시한 느낌이 들면,
즉시 결심하고 확고하게 파헤쳐요.
거기에 악사[樂士]가 있고, 보물이 있죠!

웅성거림 내 발에 납덩이 같은 게 있네—
내 팔엔 경련이 일어나—이건 통풍인데—
내 엄지발가락은 간질거리는걸—

---

208 맨드레이크 혹은 만드라고라를 말한다. 독 성분이 있는 식물로, 고대부터 제의와 마법의 힘을 가졌다고 여겨졌다. 특히 사람과 비슷한 형태의 뿌리 때문에 마법 관련 이야기에 자주 등장한다.

내 등판 전체가 아파—
이런 표시들로 보자면 여긴
가장 풍성한 보물 구역인가 봐.

황제 어서 서둘러라! 너는 살그머니 도망치지 말고,
너의 거짓말 거품을 시험해보고
즉시 우리에게 값진 공간들을 보여다오.
나는 칼과 왕홀을 내려놓고
고귀한 내 두 손으로,
네가 거짓말한 게 아니라면 이 작업을 마치겠지만,
네가 거짓말한 게 맞다면, 너를 지옥으로 보내겠다!

메피스토펠레스 지옥 가는 길이야 어차피 찾아낼 수 있습죠—
하지만 사방에 임자 없이 남아 있는 것을
아직 충분히 알려드리진 못했는데요.
고랑을 쟁기질하는 농부는
진흙으로 가득 찬 황금 단지를 파내죠.
진흙 벽에서 질산염을 얻길 기대했다가
누렇게 빛나는 황금 두루마리를 찾아내고는
제 가난한 손에 들어온 걸 보며 놀라고 기뻐하죠.
어떤 아치들을 폭파해야 하나,
보물을 생각하는 자는 어떤 틈바구니
어떤 통로에 덤벼들어야 할까,
지하 세계의 이웃에 이르기까지!
예로부터 보존된 너른 지하실에서
황금으로 된 큰 술잔, 사발, 접시들이
줄줄이 세워진 걸 보게 되죠.
루비 박힌 잔들이 늘어서 있으니

그걸 이용하고 싶고,
그 옆엔 아주 오래된 포도주가 있지요.
다만—이걸 고하는 자의 말을 여러분이 믿는다면—
통판[쪼개지 않은 판]의 목재는 썩은 지 오래되었습니다요.
돌처럼 딱딱해진 와인 찌꺼기가 아직 포도주를 잡고 있죠.
그렇듯 고귀한 포도주 에센스들,
황금과 보석들은 밤과 두려움에만
둘러싸인 게 아니랍니다.
현명한 자는 여기서 끈질기게 탐색하지요.
낮에 알게 된 것, 그건 장난이고,
신비로운 것들은 어둠 속에 자리 잡았습니다.

황제 그건 네게 맡겨두마! 어두운 것이 무슨 소용이겠느냐?
가치 있는 것은 환하게 드러나야지.
깊은 밤의 악당을 누가 정확하게 알겠는가?
암소는 검은색이고 고양이는 회색이다.
저 아래 황금 가득한 항아리들,
네 쟁기를 끌고 와서 그것들을 파내어라.

메피스토펠레스 괭이와 삽을 들고 와서 손수 파시지요.
농부의 일은 폐하를 위대하게 만듭니다.
황금 송아지 한 떼가
바닥에서 솟아오를 겁니다.
그러면 망설이지 않고 폐하는 즐겁게
자신과 애인을 치장해줄 수 있습지요.
화려하게 빛나는 보석이라면
아름다움과 위엄을 더욱 높여드릴 테니.

황제 어서! 어서 해라! 대체 얼마나 오래 걸리느냐!

점성가 (앞에서처럼) 나리, 그 다급한 욕망 가라앉히시지요.
다채로운 즐거움의 놀이는 지나가게 하십시오.
산만한 것은 우리를 목적지로 데려가지 않습니다.
우선 정신을 차리시고
위의 것을 통해 아래 것을 얻으셔야 합니다.
좋은 것을 바라는 사람은 우선 스스로 좋아야지요.
기쁨을 바라는 자는 제 피를 진정시켜야 하고,
포도주를 원하는 자는 익은 포도를 압착해야 하고,
기적을 바라는 자는 자기 믿음을 굳건히 해야 합니다.

황제 그렇게 즐거움 속에서 시간은 지나가라!
재의 수요일[209]은 바라는 대로 다가올 테니
그때까지는 어쨌든 저 사나운 사육제를
더욱 즐겁게 축하하기로 하자.

(나팔 소리. 퇴장)

메피스토펠레스 공로와 행운이 어떻게 서로 연결되는지
바보들 머리엔 절대 떠오르지 않지.
바보들이 현자의 돌[210]을 가졌다 해도,
돌에게 어울리는 현자가 없어.

---

209 그리스도의 수난을 묵상하며 금식하고 절제하는 사순절이 시작되는 첫날. 재의 수요일이 되기 전에 미리 실컷 즐기는 것이 사육제, 곧 축제다.

210 연금술사들은 이 돌이 있으면 흔한 광석을 금으로 바꿀 수 있다고 주장했다.

곁방들이 딸린 널따란 홀

가면무도회[211]를 위해 장식된

전령관 도이치 제국[신성로마제국]의 경계선 안에서 악마 춤
또는 바보 춤, 죽음의 춤 따위 생각하지 마오.
즐거운 축제가[이탈리아 방식] 여러분을 기다리니.
우리 나리께선 자신의 이익과
여러분의 만족을 위해 로마 여행길에 올라
드높은 알프스를 넘어
명랑한 제국을 얻으셨소.[212]
황제는 교황님 발치에서[신발에 입을 맞추고]
권력의 권리를 간청했는데,
황제관을 가지러 가셨을 때
우릴 위해 두건 달린 외투를 가져오셨죠.
이제 우리 모두 새로 태어났으니,
처세에 능한 자는 누구나
머리 위에 두건을 쓰죠.
두건은 사람을 미친 바보와 비슷하게 만들지만,
두건 아래선 그도 나름 현명하답니다.

---

211 사육제(사순절에 앞서서 3일 또는 한 주일 동안 즐기는 축제)를 말한다. 괴테는 이탈리아의 로마와 피렌체에서 사육제를 경험했고, 바이마르 궁정의 축제에서 이따금 이런 가면무도회를 열었다. 이번 장면에서 벌어지는 일종의 행렬(Prozession)은 르네상스 시대 이탈리아의 개선 행렬(trionfi)에서 유래한 것이다.

212 카를 4세는 1346년 로마 대립왕, 1347년 보헤미아 국왕에 이어 1355년에는 신성로마제국의 황제가 되었다. 그는 1337년 이후 처음으로 교황의 인정을 받은 황제였다. 프라하를 제국의 빛나는 수도로 만들고 이탈리아의 학자, 예술가, 정치가를 초빙했다. 또한 르네상스 방식의 가면무도회를 종종 열었다.

그들이 저기 떼 지은 것 보여.
비틀거리며 떨어져 있거나, 친밀하게 짝을 이루었네요.
합창대가 합창대에 합류합니다.
끝도 없이 들어오고 나가네요.
다만 예나 지금이나 결국은
십만 개의 장난질을 벌이는
세상은 단 하나의 거대한 바보랍니다.

[첫 번째 그룹]

정원사 여인들 (만돌린 반주에 맞춘 노래) 너희 갈채를 얻으려고
우린 오늘 밤 치장했어.
젊은 피렌체 여인들이
도이치 궁정의 화려함을 따랐네.

우리의 갈색 고수머리에
여러 꽃 장식을 했어.
비단실과 비단 송이[인공 꽃]가
여기서 제 역할을 하네.

우리는 그걸 가치 있다 여기지.
온전히 칭찬받을 만해.
우리 꽃, 반짝이는 인공 꽃들은
1년 내내 피어 있거든.

온갖 색깔 쪼가리들을
좌우대칭으로 똑바르게 맞췄어.

너희가 그 한 조각씩은 조롱할지 몰라도
전체를 보면 혹하고 말 거야.

우리는 귀여운
정원사 소녀들, 사랑스럽지.
여인의 천성은 예술과
그렇듯 가까운 법이니.

전령관 그대들이 머리에 이고 있는
풍성한 바구니들을 보여주오.
그 팔에서 피어나는 것을,
누구든 마음에 드는 것을 골라요.
정자와 통로마다[213]
정원이 열리도록 어서 서둘러요!
그들 곁에 몰려들 가치가 있어.
상품도, 그걸 파는 여인네들도.[214]

정원사 여인들 이 흥겨운 곳에서 사세요.
하지만 값을 흥정해선 안 돼요.
분명하고 짤막한 말들로
누구나 자기가 가진 게 무엇인지 알려주세요.

열매 달린 올리브 가지 나는 어떤 꽃송이도 부럽지 않아.
어떤 싸움이든 피할 거야.
그런 건 내 천성에 어긋나거든.
그런데도 나는 땅들의 핵심

---

213 가면무도회를 위해 장식한 홀 안의 정자들과 통로들.

214 정원사 여인들이 들고 있는 인공 꽃으로 주변을 더 화려하게 장식하라고 권한다.

그리고 확실한 증표요,
평원마다 평화의 상징이지.
오늘 나는 가치 있고 아름다운
머리를 장식하길 바라!

이삭으로 만든 관[冠] (황금색)
그대들을 꾸미려고 케레스[곡물의 여신]의 선물이
아름답고 사랑스럽게 서 있네.
가장 소망하는 것이
그대들의 장식품으로 아름답게 쓰이기를.

상상의 화환 당아욱 닮은 오색 꽃들,
이끼에서 피어난 기적의 꽃밭!
이건 자연에서 흔히 볼 순 없지만
유행은 그걸 만들어냈네.

상상의 꽃다발 내 이름을 너희에게 말하는 건
테오프라스토스[고대 그리스 철학자]도 감히 못 할걸.
그렇지만 난 모두는 아니더라도
몇몇 여인들 마음엔 들고 싶어.
그녀가 나를 머리에 엮어 넣는다면,
그녀가 마음먹고 내게
자기 가슴의 자리를 내준다면,
난 거기 잘 어울리고 싶어.

(도전)[215]
시대의 유행에 맞추어

---

215 원문은 '도전'이라는 뜻의 명사 Ausforderung이다. 5144~5149행은 화자가 명시되지 않았으며, 함부르크 판본에서는 장미 꽃봉오리들의 대사로 되어 있다.

오색 상상력이 피어나기를,
자연에선 절대 생겨나지 않을
기적 같은 모습 만들길!
풍성한 고수머리에서 초록색 잎자루와
황금색 종[鐘]이 매달려 내다보네!—

장미 꽃봉오리들 하지만 우린 숨어 있을 테야.
싱싱한 우릴 찾아내는 사람은 행운아지.
여름이 다가옴을 알리며
장미 꽃봉오리가 불타오르면,
그 행복 누군들 놓치고 싶을까?
꽃들의 왕국에서 눈길과
감각과 마음을 동시에 지배하는
그 약속, 그 허락을.

(초록색 나무 그늘 길에서 정원사 여인들이 물건을 화려하게 펼친다.)

정원사 여인들 (테오르베[저음 현악기] 반주에 맞춘 노래)
고요히 피어나는 꽃들을 봐요.
그대들 머리를 매혹적으로 장식해주지.
열매는 유혹하지 않아.
사람들은 열매를 맛보며 즐기죠.

갈색으로 그은 얼굴들이
체리, 복숭아, 자두를 내놓았네.
사요! 혀와 입맛을 빼놓고는
눈의 판단을 믿을 수 없다네.

와서 아주 잘 익은 온갖 과일들을

즐겁게 입맛대로 맛보시오!
장미에 대해선 시를 쓰지만
사과는 베어 물어야지.

당신네 넉넉한 청춘의 꽃들과
우리가 짝을 이루는 걸 허락해주오.
이웃끼리 이렇게 서로 합쳐
더욱 성숙한 상품을 내놓아요.

장식된 정자 구역 안에서
즐거이 한데 엮였으니
모든 걸 동시에 찾아볼 수 있다네.
봉오리, 잎사귀, 꽃, 열매를.

(두 합창대는 치터와 테오르베 반주에 맞추어 번갈아 노래하면서 자기들의 상품을 계단 방식으로 높여가며 장식해서 내놓는다.)

어머니와 **딸**.

어머니 얘야, 네가 세상에 나왔을 때
나는 네게 작은 모자를 씌웠지.
넌 얼굴이 사랑스럽고
몸은 나긋나긋했어.
난 너를 곧바로 신부로 여겨
제일가는 부자와 혼인시키려 했지.
널 아내로 주려고 생각했단다.

아, 벌써 여러 해가
아무 쓸모도 없이 흘러가버렸네.
구혼자 패거리는
순식간에 지나갔어.
넌 이 사람과 춤추면서도 잽싸게
저 사람에게 고운 눈길 주었지.
팔꿈치로 툭 건드리면서.

어떤 잔치를 궁리해도
헛되이 지나고 말았네.
전당포 주인과 제삼자는
[신랑감을] 붙잡아두려 하지 않아.[216]
오늘은 바보들이 잔뜩 나왔구나.
얘야, 어서 무릎을 벌려라!
어쩌면 한 놈 걸려들 테지.

젊고 아름다운 **악사 여인들**이 정원사 여인들에 합류한다.
친밀하게 떠드는 소리가 커진다.
어부들과 **새잡이들**이 그물, 낚싯대, 올가미와 그 밖의 기구들을 들고 등장해 아가씨들과 뒤섞인다. 서로 차지하고, 붙잡고, 도망치고, 잡아두려 애쓰면서 가장 편안한 대화를 나눌 만한 분위기가 된다.

216 전통적인 놀이인 pfänderspiel과 dritter mann에서 일어나는 상황을 빗대어 아무런 쓸모가 없었다는 것을 강조하고 있다.

[두 번째 그룹]

벌목꾼들 (거칠고 흉한 꼴로 등장) 비켜라! 자리를 비워!
우린 공간이 필요해.
우리가 나무를 쿵 찍으면
우지끈 쓰러지고,
우리가 지고 옮기면
여기에 저기에 부딪치지.
우리를 찬양하도록
이 점은 잘 알아둬.
사나운 자들이 시골에서
힘을 못 쓰면
섬세한 자들이 어찌
스스로 이룰까.
제아무리 재치가 넘친들?
이걸 배워라.
우리가 땀 흘리지 않으면
너희는 떨며 지낼 거니까.

풀치넬라[217] (상스럽다 못해 거의 어리석게)
너희는 바보들이야.
날 때부터 등이 굽었지.
우린 영리해서
뭘 들고 다닌 적이 없어.

---

217 남부 이탈리아와 나폴리 민중무대에 등장하던 인물로 어릿광대의 한 종류다. 코메디아 델 아르테(16세기부터 18세기에 걸쳐 이탈리아에서 발달한 가벼운 희극)와 더불어 점점 북쪽으로 전해졌다.

우리 두건이나,
재킷이나 의상도
아주 가볍게 입지.
우린 마음 편히
늘 한가하게
슬리퍼 차림으로
시장판과 사람들 사이로
들어가서
입을 떡 벌리고 서서
큰 소리로 외친단 말씀.
그런 외침들에 따라
몰려든 사람들 사이로
장어처럼 미끄러져 지나가며
함께 껑충껑충,
힘을 합쳐 날뛰지.
너희가 우릴 칭찬하든
너희가 우릴 욕하든,
우린 상관 안 해.

식객들 (아첨하며 탐욕스럽게) 용감한 짐꾼들과
그 친척들,
숯쟁이들, 당신들이야말로
우리가 좋아하는 사람들이라네.
매사에 굽실거리고
긍정하며 끄덕거리고,
빙빙 돌려 말하고,
이중으로 호호 불며

사람들이 느끼는 대로
데우거나 식혀주는데,
그게 무슨 쓸모가 있을까?
불 자체야
무시무시하게
하늘에서 떨어진다 쳐도,
아궁이 가득
불을 일으킬
장작과 석탄이
없다면 소용없지.[218]
굽고 튀기고
끓이고 휘젓고!
진짜로 맛보는 자,
접시를 핥는 자,
그는 구운 고기 냄새를 맡고
생선을 알아채지.
그래야 은인의 식탁에서
접시를 비우는 거지.

술 취한 사내 (해롱거리며) 오늘은 날 거스르지 마라!
나는 아주 솔직하고 자유로우니.
신선한 공기와 즐거운 노래들,
내가 그것들을 손수 가져왔지.
그래서 난 마신다! 마셔라, 마셔.
잔을 부딪치자! 쨍강, 쨍강!

---

218 밥을 얻어먹으려고 짐꾼과 숯쟁이들을 찬양한다.

저 뒤에 너, 이리 와라!
잔을 부딪치자, 그렇지.

내 마누라 화가 나서 소리치며
이 알록달록한 옷을 보고 찌푸렸어,
내가 제아무리 뽐내도
나더러 "탈 쓴 나무토막"이라 나무라데.
하지만 난 마신다! 마셔라, 마셔!
잔을 부딪친다! 쨍강, 쨍강!
탈 쓴 나무토막들아, 잔을 부딪쳐!
쨍강했다면 그렇지, 됐어.

나더러 정신 나갔다고 말하지 마라!
난 내 편한 곳에 있거든.
술집 주인이 외상을 안 주면 여주인이 주고,
마지막엔 하녀가 주지.
여전히 나는 마신다! 마셔라, 마셔!
너희를 위해! 쨍강, 쨍강!
누구나 다른 이를 위해! 그렇게 계속해!
이미 그렇게 한 것 같군.

내 어디서 어떻게 즐겨도
어차피 그렇게 될 일이야.
나 누운 곳에 그대로 버려둬,
더는 서 있을 수 없으니.

합창 형제여 모두, 마셔라, 마셔!

다시 부딪쳐. 쨍강, 쨍강!

벤치와 나무토막 위에 단단히 앉아라!

식탁 밑에 저 인간 이미 뻗었다.

전령관 (여러 시인들을 소개한다. 자연시인, 궁정 기사 가수, 달콤한 시인, 열광자. 온갖 부류의 경쟁자들이 다른 이가 앞으로 나서지 못하게 다툰다. 한 명이 몇 마디 말을 하며 슬그머니 지나쳐 간다.)

풍자시인 무엇이 시인인 나를 진짜로

기쁘게 하는지 그대들 아는가?

아무도 듣고 싶어 하지 않는 것을

감히 노래하고 말하는 거지.

(밤 시인들과 무덤 시인들이 물러난다.[219] 방금 깨어난 뱀파이어와 흥미로운 대화에 빠져들었기 때문인데, 어쩌면 여기서 시의 새로운 형식이 탄생할 수도 있다. 그것을 인정할 수밖에 없는 전령관은 그사이 그리스 신화를 호명하는데, 이 신화는 현대의 가면을 쓰고도 고유의 성격과 유쾌함을 잃어버리지 않았다.)

[세 번째 그룹]

우미[優美]의 **세 여신**.[220]

아글라이아 우리는 삶에 우아함을 가져오나니,

---

219 공포소설 작가들을 가리킨다. 낭만주의 작가 호프만(E. T. A. Hoffmann, 1776-1822)은 폴리도리(John Polidori, 1795-1821)의 소설 『뱀파이어』를 모방한 작품을 썼고, 1818년에는 메리 셸리(Mary Shelly)가 『프랑켄슈타인』을 발표했다. 괴테는 이런 경향을 질색했던 것으로 알려졌다.

220 쾌락·매력·우아함·아름다움을 관장하는 여신으로, 그리스신화의 '카리테스'(Charites), 로마 신화의 '그라티아이'(Gratiae)에 해당한다. 여기에 속한 여신의 이름과 수에 대해서는 다양한 의견이 있다.

내줄 때 우아함을 덧붙여라!

헤게모네 받아들일 때 우아함을 덧붙여라!
소원을 이루는 건 사랑스럽지.

에우프로시네 고요한 날들의 경계 안에서
감사함이 가장 우아하여라!

운명의 **세 여신**.[221]

아트로포스 이번엔 그들이 나이 제일 많은
나더러 베를 짜라고 초대했네.
섬세한 삶의 실 가닥을 보니
생각할 것, 궁리할 것이 많구나.

너희 실 가닥이 유연하고 부드럽도록
나는 가장 섬세한 아마를 가려내지.
그 실 가닥 매끈하고 날씬하며 균일하도록
영리한 손가락이 다듬을 거야.
즐거움에 겨워 춤추면서
자신을 지나치게 드러내고 싶으면
이 실 가닥의 한계를 생각해봐.
조심해! 실이 끊어질지도 몰라.

클로토 알아둬. 최근에 나는

221 그리스신화에 나오는 여신들로 '모에라이'(Moerai)라고 한다. 클로토가 물레를 돌려 운명의 실을 잣고, 라케시스가 실의 길이를 정하며, 아트로포스는 가위를 들고 그 실을 자른다. 여기서는 역할이 바뀌어서 아트로포스가 베를 짜고 있다.

가위에 익숙해졌어.
그야 사람들이 우리 언니[222]의
행동을 기뻐하지 않았으니까.

언니는 가장 쓸모없는 직물을
세상에 훤히 드러내고,
가장 훌륭한 이익의 희망을
잘라서 구덩이로 끌고 간 거야.

나 역시 젊은 시절에는
수백 번 잘못하고 헤맸어.
오늘날에는 스스로 자제하고
가위를 가위 집에 넣었지.

그래서 나는 기꺼이 묶인 채
이 장소를 친절하게 바라본다.
이 자유로운 시간에 너희는
떼 지어 앞으로 계속 나아가라!

라케시스 나 홀로 이해심이 있어서
질서를 부여할 임무가 주어졌다.[223]
꾸준히 살아 있는 내 물레는
한 번도 지나치게 서둔 적 없어.

---

222 아트로포스를 가리킨다. 그녀가 불필요한 존재들을 살려두고 희망을 품은 자들을 너무 일찍 죽게 했기에, 지금 역할이 바뀌었다.

223 짜낸 실을 정리하는 역할이다.

실마리들이 오고, 실마리들을 감고
모든 이를 제 길로 이끌어.
누구도 너무 휘게 하지 않으니,
둥글게 제자리로 합류하라!

난 자신을 잊을 수 있더라도
세상 걱정을 할 테지.
시간 헤아리고 연[年]을 재며,
베 짜는 이는 실을 잡는다.

전령관 이제 오는 이들을 여러분은 알지 못할 거요.
옛날 문헌들을 아무리 잘 안다 해도
그 많은 재앙을 일으킨 그들을 바라보며
여러분은 반가운 손님이라 부를 테니까.

그들은 복수의 세 여신 푸리아[Furia]! 아무도 내 말 안 믿을걸.
아름답고, 몸매 좋고, 친절하며 젊으니![224]
그들과 만나보시오. 이 비둘기들이
얼마나 뱀처럼 해를 끼치는지 알게 될 거요.

그들이 비록 악의적이긴 하나, 오늘날에는
모든 바보가 제 부족함을 자랑하는 판인데,
그들은 천사라는 명예를 요구하지 않고

---

224 복수의 여신에 대한 통념과 어긋나는 분장을 했다. 고대 신화에서 그들의 임무는 전쟁, 전염병, 죽음을 부르는 것이었으나 오늘날에는 완화되었다. 알렉토는 연인들 사이의 불화를 불러오고, 메가이라는 결혼을 망치며, 티시포네는 외도를 부추긴다. 외도의 결과는 죽음이다.

스스로 도시와 시골의 재앙이라 고백하고 있소.

복수의 **세 여신**.

알렉토 그게 무슨 소용이냐? 너흰 우릴 믿을 텐데!
우린 젊고 예쁘고 앙증맞은 소녀들이니까.
너희 중 누구든 애인이 있다면
우리는 그의 양쪽 귀를 쓰다듬을 거야.

우리가 그와 눈을 맞추고 말할 수 있기까지,
"그녀가 이놈과 저놈에게 눈짓을 보내고,
머리는 멍청하며 등은 굽고, 절름발이니,
그녀가 그의 신부라면 아무 쓸모도 없다"라고.

우린 신부[新婦]한테도 그렇게 압박할 수 있거든.
"저 사내가 겨우 몇 주 전 저 여자더러
너에 대해 고약한 말을 했다"라고!
사람들은 화해하긴 해도, 뭔가 [앙금이] 남아 있지.
메가이라 그거야 고작 농담일 뿐. 그들은 방금 맺어졌으니,
내가 일을 시작하면 어떤 경우라도
가장 아름다운 행복조차 변덕으로 망가뜨릴 테니까.
인간은 변하고 시간도 변하는 법이니.

아무도 바라는 것을 확고히 품에 지니진 못해.
더 바람직한 것을 바랄 만큼 어리석진 않다 해도
인간은 가장 큰 행복에도 익숙해지거든.

태양을 피해 도망치면서 서리를 녹이려 하지.

난 이런 모든 재앙을 낳을 수 있어.
내 심복 아스모디[부부에게 화를 입히는 악귀]가
제때 불운의 씨앗을 뿌려서
짝지은 인간 종족을 망쳐버리거든.

티시포네 나는 나쁜 혀 대신 독과 단도를 섞어
배신자에게 더 날카로운 무기를 주지.
네가 다른 여자를 사랑한다면 조만간
재앙이 너를 꿰뚫어버리지.

순간의 달콤한 술은
물거품과 쓰디쓴 담즙으로 변하리라!
여기엔 흥정도 담판도 없어.
제가 행한 대로 갚아야지.

누구도 용서를 노래하지 마라!
나는 바위에 이 일을 고하나니,
메아리가 대답한다. "복수!"라고. 들어보라!
[짝을] 바꾸는 자, 살아남지 못하리라.

[네 번째 그룹]

전령관 제발 부탁이니 옆으로 비켜나시오.
이제 등장하는 것은 당신들 같은 존재가 아니오.
인파를 뚫고 산[山]이 다가오는 것을 볼 텐데

오색 양탄자에 덮여 위풍당당하게 오고 있죠.[225]
긴 이빨[상아]과 뱀 같은 코가 머리에 달려 있으니
무척 신비롭지요. 하지만 여러분에게 열쇠를 보여드리겠소.
그[코끼리] 목에는 우아하고 섬세한 여자 한 명[신중함]이 앉아
가느다란 지팡이로 그를 정확하게 안내합니다.
또 다른 여인[승리]은 등 위에 영광스럽게 서서
무척이나 눈부신 광채에 둘러싸여 있습니다.
양옆에는 고귀한 두 여자가 사슬에 묶인 채 걷고 있는데,
한 명[두려움]은 바라보기 두렵고, 다른 한 명[희망]은 보기에 기쁩니다.
한 명은 자유를 갈망하고, 다른 한 명은 자유를 느끼는군요.
두 사람은 자기가 누군지 알려주시오.

두려움 증기에 싸인 횃불, 램프, 불빛들
뒤엉킨 축제를 통해 차츰 어두워지는데,
이처럼 기만하는 얼굴들 사이에
아, 쇠사슬이 날 꽉 붙잡고 있구나.

꺼져라, 우스꽝스럽게 미소 짓는 자들아!
너희는 수상하게 히죽거리는구나.
내 모든 적들이
이 밤에 나를 몰아댄다.

225 중세 방식으로 알레고리적 인물을 동반한 코끼리 행렬을 말한다. 괴테가 샤를 르브룅(Charles Le Brun, 1619-1690)이 그린 〈바빌론에 입성하는 알렉산더대왕〉에 따라 묘사한 그룹이다.

전령관이 말한 코끼리 행렬

여기서 친구가 적이 되었네.
그의 가면 난 이미 알고 있어.
저자는 나를 죽이려 하더니만
이제 발각되자 슬그머니 숨어버렸네.

아, 어느 방향으로든 도망쳐
세상으로 나가고 싶구나!
하지만 저편[저승]의 파멸이 위협하니
증기와 두려움 사이에 붙잡힌 신세로구나.[226]

희망 안녕들 하시오, 사랑하는 자매님들.
어제도 오늘도 이미
당신들은 분장하고 즐겼군요.
하지만, 난 모두를 잘 알아.
내일이면 본모습을 드러낼걸!
이런 횃불 빛에서 우린
별로 유쾌하지 않아.
밝은 대낮에 우린 온전히
우리 뜻대로, 때로는 남들과 어울려서,
때로는 홀로 자유롭게
아름다운 들판을 돌아다니며,
원하는 대로 쉬거나 행동하고
근심 없는 삶을 누리며
부족함 없이 늘 노력하지.
우리는 어디서나 환영받는 손님,

---

226 적에 대한 낌새를 잘 알아차리는 두려움은 저승까지도 적으로 여긴다.

즐겁게 안으로 들어간다.
어디서든 가장 좋은 것을
찾아낼 수 있는 법.

신중함 나는 인간의 가장 큰 원수인
두려움과 희망을 사슬에 묶어
사람들에게서 떼어놓았다.
길을 비켜라! 너희는 구원받았다.

살아 있는 거대 동물을 내가 안내하니,
보라, 탑을 짊어졌다.
그는 비탈진 좁은 길을 꾸준히
한 걸음씩 움직인다.

하지만 [코끼리 등에 세운] 성벽 위에
날쌔고 넓은 날개가 달린
저 여신은 이익이 있는 쪽이면
어디든 그리로 방향을 돌린다.

광채와 영광이 그녀를 둘러싸고
사방으로 빛난다.
그녀는 자신을 빅토리아[승리]라고 부르니,
모든 활동을 관장하는 여신이다.

조일로-테르시테스[227] 후! 후! 내가 제때 왔구나,

---

227 두 사람을 합해서 만든 가상 인물로, 일그러진 문화 비평가를 나타낸다. 조일로스(Zoilos, 기원전 400?-320)는 고대 그리스의 연설가이자 소피스트로 플라톤과 호메로스

나는 너희 모두 나쁘다고 꾸짖으련다,
하지만 내가 목표로 삼은 것은
저 위에 있는 빅토리아 여신.
하얀 날개 한 쌍을 달고 있으니
자기가 독수리라 여기는 모양이군.
어디로 몸을 돌리든
모든 민족과 나라가 자기 것이지.
하지만 찬양할 만한 일이 이루어진 곳에서
나는 곧바로 중무장하곤 해.
낮은 것은 높게, 높은 것은 낮게.
굽은 것은 곧게, 곧은 것은 구부러지게.
그것만이 나를 건강하게 만들어.
나는 지상에서 그것을 바라거든.

전령관 그렇다면 너 누더기 개야. 이 경건한 막대로
강력한 한 방을 맞아라![228]
그러면 네 의지 곧바로 굽히고 꿈틀거릴 테니!—
흠, 난쟁이 둘을 겹쳐놓은 존재[조일로-테르시테스]가
잽싸게 움츠러들어 역겨운 덩어리가 되네!—
—하지만 기적이다!—덩어리가 알이 되고
알이 커져서 둘로 쪼개진다.

작품을 비판해서 악명을 떨쳤다. 더러운 옷차림과 역겨운 꼴로 모든 사람에 대해 부정적인 말을 했다고 전해진다. 테르시테스(Thersites)는 호메로스의 〈일리아스〉에 등장하는 인물로 트로이전쟁에 참전한 병사다. 오디세우스에게 맞섰다가 마침 그가 손에 들고 있던 아가멤논의 왕홀로 어깨와 등을 얻어맞고 눈물을 흘리며 물러나면서 모든 영웅의 비웃음을 산다.

228 테르시테스는 호메로스 작품에서도 두들겨 맞는다.

이제 쌍둥이 한 쌍이 나오네,
수달과 박쥐다.[229]
한 놈은 먼지 속을 기어가고,
시커먼 다른 놈은 천장으로 날아간다.
놈들은 저 바깥에서 서둘러 하나로 합칠 텐데
나는 거기서 세 번째가 되고 싶진 않구나.

웅성거림 서둘러! 저 뒤에선 벌써 춤을 추는데—
아니! 난 거기서 멀리 있고 싶어—
그게 우릴 둘러싸고 돌아다니는 거 느끼니?
유령 같은 것들이—
무언가가 내 머리카락 위로 지나가네—
발이 보이는데—
우리 중 누구도 다치진 않았어—
하지만 모두 겁을 먹었으니—
재미는 아예 글러먹었지—
저 짐승들이 바란 게 그거야.

[다섯 번째 그룹]

전령관 이 가면무도회에서 내게
전령관 임무가 맡겨진 뒤로
나는 문간에서 졸지 않고 신중하게
여러분의 이 즐거운 장소에
재미를 망칠 어떤 것도 스며들지 않도록 지켰소.

---

229 17세기와 18세기의 가면 행렬에서는 가면이 자주 바뀌거나 알에서 새로 나오기도 했다. 여기서 수달은 독을 퍼뜨리고, 박쥐는 피를 마시는 존재다.

비틀거리지도, 물러서지도 않았지.
하지만 아마도 창문을 통해 공중을 나는
유령들이 들어온 모양이오.
그런 것들의 출몰과 마법에서
여러분을 구해줄 재간은 내게 없소.
저기 저 난쟁이가 의심스러운데,
저 뒤쪽에 강력한 흐름이 있네.
내 직분에 맞도록 이 형태들의 의미를
펼쳐 보여드리고 싶소.
하지만 파악조차 못 한 것을
난 설명할 수 없으니,
모두 나서서 나를 가르쳐 도와주시오!
대중 사이로 돌아다니는 게 보이나요?
네 마리가 끄는 화려한 마차 한 대가
모두를 뚫고 돌아다니는데,
그것이 대중을 사방으로 가르진 않으니,
어디서도 뭉친 패거리는 보이지 않소이다.[230]
멀리서 화려하게 광채가 번쩍이고,
오색의 별들이 이리저리 헤매며 빛나는데,
마치 마법 등불[231]의 안내를 받는 듯
폭풍 같은 힘으로 씩씩거리며 다가옵니다.

---

230 모습은 보이는데 육체가 없다. 그래서 두려운 것인데, 실제로는 날아오는 중이다. 이번 그룹은 괴테가 이탈리아 화가 만테냐(Andrea Mantegna, 1431-1506)가 그린 〈율리우스 카이사르의 개선 행렬〉에 따라 묘사한 것이다.

231 '환등기'(magischer Laterne)를 가리킨다. 슬라이드 영사기의 전신으로 18~19세기에는 환등기의 특성을 이용한 공연이 유럽과 미국에서 성행했다.

저리 비켜요! 소름 끼친다!

소년 (마부)[232] 멈춰라!

말들은 날개를 접고,[233]

익숙한 고삐를 느껴라.

내가 통제하는 대로, 너희 자신을 통제하라.

내가 감격하거든 달려가거라.

우리 이 공간을 존중하자!

사방을 둘러보라, 그들이 점점 많아지네.

사람들이 경탄하며 여러 겹 원을 이루었네.

전령관, 어서! 당신의 방식대로 서둘러요.

우리가 당신들에게서 도망치기 전에,

우리를 서술하고, 이름을 불러줘요.

우린 알레고리[234]들이오.

그대는 우리를 알아봐야 마땅하지.

전령관 자네 이름은 모르겠으나,

서술할 수는 있겠네.

소년 마부 그럼 해보시오!

전령관 고백할 게 있네.

---

232 실제 인간이 아니라 시(詩)를 의인화한 알레고리적 존재다. 여기서는 이름 없는 소년이지만 제3막에서 유포리온으로 다시 등장한다. 영국 낭만파 시인 바이런(George Gordon Byron, 1788-1824)을 모티브로 만든 인물이다. 여기서는 '소년'(Knabe)에 '마부'(Wagenlenker)라는 지문이 붙었지만, 이후에는 '소년 마부'(Knabe Lenker)로 표기된다.

233 소년은 말이 아니라 날개 달린 용 4마리가 끄는 마차를 몰고 있다.

234 이탈리아 르네상스 시대의 축제 행렬에 등장한 알레고리 인물은 여러 부가물을 들거나 장식한 모습으로 추상명사를 상징한다. 앞에 등장한 신중함, 두려움, 희망, 승리(빅토리아)의 행렬도 전형적인 르네상스 축제 행렬에 속한다. 이들은 움직이는 코끼리 형태의 장치에 올라타거나 옆에서 걸으며 자기들의 의미를 설명했다. 여기서 소년 마부는 시(詩)를, 마차에 탄 인물은 부(富)를 나타낸다.

첫째, 자네는 젊고 아름다워.
아직은 미숙한 소년이지만 여인네들은
자네를 다 자란 성인으로 여기고 싶어 하지.
내 눈에 자네는 장래의 구혼자처럼 보인다네.
타고난 유혹자야.[235]

소년 마부 듣기에 괜찮은걸! 계속하시오.
수수께끼 풀듯 명랑한 말을 떠올려봐요.

전령관 두 눈의 검은 광채, 짙은 색깔 고수머리에선
보석 박힌 띠가 환히 빛나고!
보라색 솔기와 반짝이가 붙은
가벼운 의상이 자네 어깨에서
발끝까지 흘러내리고 있네!
자네를 계집애라 꾸짖을 수도 있겠지.
하지만 자네는 좋든 나쁘든
지금도 소녀들 사이에선 잘 먹힐 거야.
그들이 자네에게 [사랑의] ABC를 가르쳤겠지.

소년 마부 그렇다면 여기 장엄한 모습으로
마차 옥좌에 앉은 이분은?

전령관 그분은 부유하고 너그러운 왕처럼 보여.
그의 은총을 얻는 자 복되도다!
그는 더 얻으려고 애쓸 필요 없어.
그의 눈길은 부족한 것을 찾아내려 한다.
베풀고자 하는 그의 순수한 욕망이
소유와 행복보다 크구나.

---

235 잘생기고 글재주가 뛰어났던 바이런은 많은 여성과 스캔들이 있었다.

소년 마부 여기서 이대로 멈추면 아니 되오.
그를 정밀하게 서술해야죠.
전령관 하지만 이런 품위는 서술할 수 없어.
그래도 터번 장식 아래서 빛나는
건강한 보름달 얼굴,
풍성한 입술, 밝게 피어나는 두 뺨,
주름진 의상엔 풍부한 즐거움!
예의 바른 몸가짐에 대해 무슨 말 하리오?
그는 통치자로서 내게도 알려진 사람 같구먼.
소년 마부 부[富]의 신이라 불리는 플루투스요.[236]
신께서 화려한 모습으로 오셨소.
황제가 그를 너무나도 소망했으니.
전령관 그렇다면 그댄 누구요, 어떤 사람인지 말해보게.
소년 마부 나는 낭비요, 시[詩]입니다.
나는 가진 재보[財寶]를 낭비해
자신을 완성하는 시인이니까요.
나 또한 헤아릴 수 없는 부자라서[237]
자신을 플루투스와 같다고 여기죠.
춤과 잔치로 그분의 잔치를 치장하고 활력을 주며,
그에게 부족한 걸 내주고 있습니다.[238]
전령관 그런 자랑이 그대에겐 퍽 잘 어울리는군.
하지만 우리에게 그대의 기술을 보여주오.

---

236 파우스트가 분장한 모습이다.
237 발상, 소망, 표상, 가치 부여 등의 측면에서는 부자라 할 수 있다.
238 아폴론(예술)과 플루투스(부)의 관계를 나타낸다.

소년 마부 여기서 내가 손가락을 살짝 튕기기만 해도
마차 주변이 번쩍이는 게 보이죠.
벌써 진주를 꿴 줄이 나오는 거죠.
(이쪽저쪽으로 계속 튕기며)
목과 귀를 장식할 황금 핀들을 받아요.
나무랄 데 없는 빗과 화관도.
값진 보석의 반지들도.
이따금 작은 불꽃들도 내놓는데,
점화를 기다리는 거죠.

전령관 저 대중이 얼마나 덤벼들어 움켜쥐는지,
주는 자가 거의 파묻힐 지경이네.
그는 꿈속에서처럼 보석들을 튕겨낸다.
다들 너른 공간에서 잽싸게 움켜쥐지,
하지만 그건 새로운 속임수일 뿐.
누군가 열성적으로 잡은 것,
그 보상이 실로 고약하구나.
선물은 그에게서 팔랑팔랑 도망친다.
진주 목걸이를 노렸건만
정작 그의 손엔 풍뎅이들이 바둥바둥.
저 가련한 바보가 그것들을 내던지니,
풍뎅이들은 그의 머리 주변을 빙빙.
다른 자들은 단단한 물건이 아니라
뻔뻔한 나비들을 붙잡는다.
하지만 이 악동은 그 많은 걸 약속해놓고
황금색으로 번쩍이는 것만 주는구나!

소년 마부 내가 보건대 그대는 가면들을 소개할 줄은 알아도

겹질 속 본질을 꿰뚫어 보진 못하니,
그건 전령관의 임무가 아닌가 보오.
그런 일은 더 예리한 눈길을 요구하니까.
하지만 나는 온갖 다툼을 피하나니,
주인님, 질문과 말씀을 당신께 향하지요.

(플루투스를 향해)

당신은 내게 사두마차,
바람의 신부를 맡기지 않았나요?
당신이 지시한 대로 내가 잘 몰지 않던가요?
당신이 암시한 곳에 오지 않았나요?
당신을 위해 대담한 날개를 타고
영광을 쟁취하지 않았나요?
당신을 위해서 숱하게 싸웠고,
매번 내가 승리했지요.
당신의 이마를 장식한 월계관도
내가 마음과 손으로 엮은 것 아니었나요?

플루투스 내가 너의 증인 노릇을 해야 한다면
내 기꺼이 말하지. 너는 내 혼 중의 혼이라고.
너는 언제나 내 뜻대로 행동하고,
나 자신보다 네가 더 부자다.
네 공적에 보상하기 위해 나는
초록색 나뭇가지[월계관]를 내 왕관들보다 높이 여겨.
모두에게 한마디 알리겠다.
내 아들아, 난 네가 마음에 든다.

소년 마부 (대중을 향해) 내 손의 가장 큰 선물을 보세요!
나는 그것들을 사방으로 보냈죠.

이 머리와 저 머리 위에서
내가 보낸 작은 불꽃이 빛나네요.
여기저기로 분주히 뛰어다니며
이 머리엔 멈추고, 저기선 벗어나지만,
높이 타오르는 일은 드무니
짧게 피어 재빨리 빛나네.
남들이 알아채기도 전에 많은 이들의 불이
꺼져버리니, 슬프게도 다 타버렸다.[239]

여인들의 재잘거림 저 사두마차 위의 저 사내
그는 분명 악당이다.
저 뒤쪽에 어릿광대가 웅크리고 있는데
굶주림과 목마름으로 바싹 야위었네.
어찌 그를 한 번도 못 보았나,
사람들이 놀려대면 그야 기분 안 좋겠지.

야윈 자 역겨운 여편네들아, 꺼져라!
내가 너희랑 안 맞는다는 건 알고 있어—
여자가 화덕을 갖춘다면,
내 이름은 아바리티아['탐욕'을 뜻하는 라틴어],
저기 우리 집은 형편이 좋아.
들어오는 건 많고 나가는 건 없지!
나는 함과 궤짝에 열의가 있거든.
그야 물론 악덕이라고들 하겠지!
하지만 최근엔 마누라가
아끼는 버릇 없어졌고,

239 문인 혹은 예술가가 설사 명성을 얻는다 해도 그것이 얼마나 짧은가!

빚을 못 갚는 자가 그렇듯
가진 돈보다 욕심이 훨씬 많단 말씀.
그러니 남편이 많이 참아야지.
어디를 둘러봐도 빚만 보이니까.
여자란 물레질로 돈이 생기면
제 몸에, 애인한테, 마구 들이붓지.
후원자라는 불쾌한 패거리와 어울려서
더 좋은 걸 먹어. 더 많이 마셔.
그러니 나는 황금을 향한 갈망이 더 커진다.
나는 남자고, 탐욕이야![240]

여인들의 우두머리 용이 다른 용들과 함께 욕심만 부리네.[241]
그래봤자 결국은 거짓말에 기만이다!
놈은 사내들을 부추기러 온 거야.
그들은 이미 마음이 불편하거든.

여인들이 떼를 이루어 허수아비다! 놈에게 한 방 먹여라!
저런 허깨비가 우리를 협박하겠다고?
우리더러 저런 찌푸린 낯짝을 두려워하라니!
용들[242]은 목재와 판지로 만들어졌어.
어서, 저자를 더욱 거세게 몰아대자!

전령관 내 지팡이에 걸고! 조용히!
하지만 내 도움은 거의 필요 없지.

---

240 탐욕은 원래 여성명사(아바리티아)인데 여기서는 메피스토펠레스가 분장한 것이니 남성이라고 말한 것이다. 부의 신 플루투스 뒤에는 탐욕이 거의 보이지 않게 숨어 있다.

241 신화 속에서 용은 보물을 지키는 존재로 그려진다. 여기서 용은 탐욕으로 분장한 메피스토펠레스를 가리킨다.

242 마차를 끄는 용들을 가리킨다. 여기서는 목재와 판지가 아니라 마법이 동원되었다.

저 분노한 괴물들[용]을 보라.
재빨리 얻은 공간에서 움직이며
둘씩 양쪽에서 [네 마리] 날개를 활짝 펼친다!
비늘 달린, 불 뿜는 용들의 아가리,
노엽게 흔들어댄다.
사람들이 도망치니, 광장이 깨끗해졌네.
(플루투스가 마차에서 내려온다.)

전령관 그가 내려온다, 왕과 같구나!
그가 손짓하니 용들이 움직인다.
용들은 황금과 욕심이 든 궤짝을
마차에서 내렸다.
궤짝은 이제 그의 발치에 놓였구나.
마치 기적처럼 이런 일이 이루어졌네.

플루투스 (마부에게)[243] 이제 넌 부담스러운 일에서 풀려났다.
자유를 얻었으니, 어서 너의 영역으로 가라!
여긴 네가 있을 곳이 아니다! 뒤엉키고 못나고 거칠게
찌푸린 모습들이 우리에게 밀려들고 있다.
네가 아름다운 밝음을 분명히 바라보는 곳만이
너의 영역. 너는 오직 너만 믿을 수 있으니,
아름답고 선함만이 펼쳐진 곳으로,
고독함으로 가라!—거기서 너의 세계를 만들어라.

소년 마부 그렇다면 나는 자신을 귀한 사신[使臣]이라 여기고,
당신을 가장 가까운 친척으로 여겨 사랑할게요.
당신이 계신 곳은 풍성함이 넘치고, 나 있는 곳에선

---

243 플루투스로 분장한 파우스트가 시(詩)의 화신인 마부 소년과 이야기를 나눈다.

누구나 자기 주변에 가장 훌륭한 이익이 있다고 느끼죠.
사람은 모순된 삶에서 자주 흔들려요.
당신을 따라야 할까? 아니면 내게 헌신해야 할까?
당신의 사람들[부자]은 한가하게 쉴 수 있지만,
나를 따르는 사람[시인]은 언제나 일해야 하지요.
나는 남몰래 행동하는 것이 아니니,
숨만 쉬어도 벌써 들통나요.
이제 안녕히! 당신은 내게 행운을 주었어요.
하지만 당신이 나직하게 속삭이면 난 돌아올 겁니다.

(등장할 때와 같은 식으로 퇴장)

플루투스 이제 보물을 풀어놓을 시간이군.
내가 전령관의 채찍으로 자물쇠들을 치면,
이제 열린다! 보시오들! 쇠 궤짝에서
황금 피처럼 모든 것이 펼쳐지며 쏟아져 나온다.
맨 먼저 왕관들, 목걸이, 반지 등 장신구들,
부풀어 오르고, 녹으면서 삼키려 한다.

사람들이 번갈아 터뜨리는 외침

여기를 봐, 오 저것 봐! 얼마나 풍성하게 흐르나.
궤짝이 가장자리까지 꽉 찼어—
황금 통들이 녹아버리잖아.
정련[精鍊]된 두루마리들이 구르고—
두카트[당시 통용되던 금화]들이 톡톡 튄다.
오, 내 가슴 얼마나 뛰는지—
내 모든 갈망이 보인다!
저것들이 이젠 바닥에서 굴러가네—
너희에게 준 것이니, 어서 써라.

몸만 굽히면 부자가 된다.
우리 다른 자들은 번개처럼 잽싸니
궤짝을 통째 차지할 거야.

전령관 뭐라고, 이 바보들아? 그게 대체 무슨 소리야?
이건 그냥 가면무도회의 농담일 뿐인데.
오늘 저녁에 그 이상을 바라지는 마오.
우리가 너희에게 금은보화를 줄 거라고 생각하나?
이 놀이에서 계산용 모조 화폐조차
당신들한텐 너무 많은 거지.
이런 서툰 것들! 점잖은 겉모습이
금세 상스러운 진실이 되는구나.
당신들에게 진실이란 뭐요?
어디서나 공허한 망상이 시작되지—
분장한 플루투스, 가면의 주인이여.
이 민중을 들판에서 쫓아내시오.

플루투스 그대의 지팡이는 바로 그런 일을 위한 것이니.
잠깐만 내게 빌려주오—
나는 이걸 재빨리 불꽃으로 바꾼다—
가면[假面] 여러분, 모두 조심하시오.
번쩍이고 터지고 불꽃이 튄다!
지팡이가 벌써 벌겋게 달아오르네.
너무 가까이 다가오는 자는
잔인하게 곧바로 타버릴 거다—
이제 나는 나의 순례를 시작한다.

외침과 이리저리 몰려다님 아아! 우린 끝났다!—
도망칠 수 있는 자는 도망쳐라!—

돌아와라, 너 뒷사람은 돌아와!—
내 얼굴에 튀어서 뜨거워—
불타는 지팡이의 무게가 나를 누른다—
우린 모두 끝났다, 끝났어—
돌아와, 가면의 물결로 돌아오라!
돌아와, 돌아와, 정신 나간 군중아—
내게 날개가 있다면 날아갈 텐데—

플루투스 벌써 원이 도로 만들어졌네.
내 생각에, 불에 그을린 사람은 없어.
대중은 물러나고
쫓겨났지—
하지만 이런 질서를 보장하려고
난 보이지 않는 테두리를 그린다.

전령관 그대는 대단한 일을 하셨소,
그대의 영리한 힘이 얼마나 고마운지!

플루투스 고귀한 친구여, 아직 인내심이 필요하오.
여러 소동이 벌어질 테니.

탐욕 그렇다면 누구든 좋으실 대로
이 원을 만족스럽게 바라볼 수 있지.
뭐든 구경할 것, 먹을 것이 있는 곳에선
여자들이 으레 맨 앞이니까.
난 아직 완전히 녹슬지 않았거든!
아름다운 여자는 언제나 아름답지.
그리고 오늘은 돈이 전혀 들지 않으니
우리도 마음 놓고 후원하러 가자.
하지만 사람이 너무 많은 곳에선

모든 말이 모든 귀에 들리진 않을 테니
이러저러하게 시도해서 성공하길 바란다.
무언극으로 자신을 분명히 표현하길.
손, 발, 몸짓만으론 충분치 못하니
해학을 얻으려고 노력해야 한다는 말씀.
난 황금을 진흙처럼 주무를 테다.
이 금속은 무엇으로든 바뀌니까.

전령관 저 말라깽이 바보가 무슨 일을 시작하려나!
저렇게 굶주린 사내도 유머가 있나?
그는 온갖 황금을 반죽 주무르듯 하네.
그의 손길 아래서 금이 부드러워지는구나.
그가 아무리 누르고 뭉쳐도
언제나 형태는 엉망이야.
그가 저기 여자들을 향하니,
그들 모두 소리 지르며 도망치려 하네.
정말로 역겹다는 몸짓을 하면서.[244]
저 악당이 못된 짓을 할 준비가 되었군.
그가 미풍양속을 해치고
즐거워할까 봐 두려운걸.
여기서 내가 침묵할 순 없으니
놈을 쫓아내게 내 지팡이를 돌려주오.

플루투스 밖에서 무엇이 우릴 위협하는지 그는 짐작도 못 하지!—
놈이 바보짓을 계속하도록 놓아두오!

---

244 여자들의 반응으로 미루어 보면 메피스토펠레스는 황금을 반죽해서 커다란 남근 모양으로 만들어 제 몸에 대고 있다.

그에겐 제 장난질을 위한 공간이 남아 있질 않아.
법은 강력하지만, 필요는 더 강하다오.

야단법석 노래 저 사나운 패거리는
산꼭대기에서, 숲의 골짜기에서 왔어.
저항할 길 없이 걸어오네.
저들은 위대한 판을 축하하지.[245]
그들은 아무도 모르는 것을 알고 있네.
그래서 텅 빈 원을 만드네.

플루투스 나는 너희를 알고, 너희의 위대한 판도 알지!
너희는 힘을 합쳐 대담한 계획을 실행했다.
아무도 모르는 걸 난 잘 알아.
그래서 의무감으로 이 비좁은 원을 연다.
행운이 함께하기를!
가장 기묘한 일도 일어날 수 있네.
그들은 자기들이 어디로 가는지 몰라.
앞을 내다보지 않았으니.

[여섯 번째 그룹]

사나운 노래 잘 꾸민 족속, 너희 구경꾼!
그들은 거칠게 오고, 사납게 온다.
높이 뛰고 서둘러 걸으며

---

245 황제가 판(Pan)으로 분장했다. 판은 그리스신화에 나오는 목신(牧神)으로 상반신은 사람의 모습이고 다리와 꼬리는 염소(혹은 산양) 모양이며 이마에 뿔이 있다. 전령의 신 헤르메스의 아들로 아르카디아에서 태어났다. 이어서 등장하는 파운(반인반수이며 숲의 신)과 사티로스(반인반수이며 산악신, 혹은 디오니소스의 추종자로 '호색한'의 이미지)는 판을 수행하는 신들이다.

우악스럽고 막강하게 나타난다.

파운 파운들이
즐거운 춤 추며
곱슬머리에는
떡갈나무 화관을 쓰고
섬세하게 다듬은 뾰쪽한 귀는
고수머리 위로 솟았어.
뭉툭한 코, 넓적한 얼굴,
그런 건 여자들한텐 상관이 없지.
파운이 앞발을 뻗으면
가장 아름다운 여자도 춤을 거절 못 하거든.

사티로스 이제 사티로스가 폴짝 뛰어 안으로 들어온다.
염소 발과 깡마른 다리로.
다리와 발은 가늘고 힘줄이 드러나야 해.
산꼭대기에선 영양들처럼
즐겁게 사방을 둘러보곤 하지.
자유의 대기에서 원기를 회복하며
아이와 아낙과 남편을 비웃지.
저들이야 저 아래 골짜기의 증기와 연기 속에서
편하게 생각하며 살지만,
순수하고 방해받지 않는
저 위 세상은 오직 그만의 것이거든.

그놈[246]들 작은 패거리가 종종걸음을 치고 있네.
이들은 둘씩 짝짓는 걸 달가워하지 않아.

---

246 Gnom. 땅의 정령인 난쟁이다.

정원사, 그놈, 파운, 사티로스가 어우러져 판을 축하하는 모습

이끼 낀 옷 입고 작은 램프 밝혀 들고
서로 뒤엉켜 빠르게 움직인다.
제각기 자신을 위해 일하네.
발광[發光] 개미 떼처럼 바글바글
바지런히 이리저리 움직이며
가로로 세로로 열심히 일한다.

쓸모 있는 것들과 가까운 친척,
바위의 외과의사로 잘 알려져 있다네.
우린 높은 산에서 울혈[고인 피]을 뽑아낸다.
가득 찬 광맥에서 뽑아내
금속들을 헤집어 쌓아놓지,
"행운을 빌어! 행운을 빌어!" 인사하면서.
원래는 선의에서 나온 말이란다.
우리는 좋은 사람들의 친구니까.
하지만 우리는 도둑질하고 매춘하라고,
또 대량 학살을 꾀하는 자부심 강한
사내에게 쇠가 부족하지 않도록
황금을 드러내는 거야.
세 가지 계명[도둑질·간음·살인 금지]을 무시하는 자는
다른 계명도 대단치 않게 여길 테니 말이야.
이 모든 게 우리 잘못은 아니야.
그러니 너희도 우리처럼 계속 참고 견뎌야 해!

거인들[난쟁이에 대비] 거친 사내들이 불려 나왔다.
하르츠산맥에선 유명하지.
벌거벗은 채로 완력을 다해서

그들이 모두 거인답게 다가온다.
오른손엔 가문비나무 둥치,
배에는 배불뚝이 밴드 두르고,
나뭇가지와 잎사귀로 튼튼한 앞치마 둘렀으니
교황도 이런 친위대는 못 가졌지.

님프들의 합창 (위대한 판을 둘러싸고) 그분도 오시네!—
위대한 판 안에는
세상 모든 것이
드러나 있어.
너희 가장 명랑한 아이들아, 그를 둘러싸라.
어지럽게 춤추며 그의 주위를 맴돌아라.
그는 진지하고 선량하기에
모두가 즐거워하길 바라시거든.
푸른색 둥근 지붕[하늘] 아래서
그는 언제나 깨어 계시지.
하지만 개울물 속살거리는 소리 들리면
실바람 불어와 그를 곤히 잠재우네.
그가 정오에 잠들면[한낮의 고요함]
나뭇가지에 달린 잎사귀도 움직이지 않아.
건강한 식물의 발삼[침엽수에서 분비되는 액체] 향기가
말없이 고요한 대기를 가득 채운다.
님프도 깨어 있으면 안 되지.
자기가 있던 곳에서 잠든다.
하지만 예기치 않게 그가 깨어나면
그의 목소리 번개처럼 우르릉,
바다의 굉음처럼 울려 나온다네.

그러면 아무도 어찌할 바를 몰라[패닉상태]
대담한 군대도 들판에서 흩어지고
혼잡 속에서 영웅조차 벌벌 떨지.
그러니 명예가 어울리는 분에겐 명예를,
우리를 안내하는 분께 만세!

그놈들의 대표단 (위대한 판에게) 풍족하고 빛나는 좋은 것이
실처럼[금맥] 협곡들 사이를 돌아다니면
영리한 마법 지팡이[광맥을 찾아낸다는]만이
그 미로를 보여주지.

우리가 혈거인[穴居人]처럼 어두운 동굴에
둥근 지붕 집을 만들면,
당신은 순수한 낮의 대기에만
은혜롭게 보물을 내줍니다.

이제 우리가 여기서
경이로운 원천 하나 찾아내면,
그 원천은 얻기 어려운 것을
편안하게 내주겠노라고 약속하죠.

당신은 이 일을 완성할 수 있네.
주인님, 보호해주십시오!
당신 손에 들어간 모든 보물은
온 세상에 아주 좋으니까요.

플루투스 (전령관에게) 고상한 의미에서 우린 침착해야지.
일어날 일은 어쨌든 일어날 테니까.

용기 있는 사람으로 손꼽히는 그대,
이제 곧 가장 잔인한 일을 보게 될 거야.
세상과 후세가 강력하게 그걸 부인하더라도,
그대는 사실을 보고서에 충실히 적으시게.[247]

전령관 (플루투스가 손에 쥔 지팡이를 잡으면서)

난쟁이들이 위대한 판을 안내해서
불꽃 원천으로 살포시 모셔가네.
가장 깊은 바닥에서 끓어올랐다가
다시 바닥으로 떨어진다.
벌린 입은 시커멓게 남아 있고.
다시금 이글이글 불꽃이 끓어오르면,
위대한 판은 즐거운 기분으로 서서
신기한 일을 기뻐한다.
진주 거품이 오른쪽 왼쪽으로 튀는데,
그는 어찌 저런 존재[난쟁이]들을 믿을 수 있나?
들여다보려고 몸을 깊숙이 굽히네—
이제 그의 수염이[가면의 수염] 안으로 떨어진다!—
저 매끈한 턱은 대체 누구일까?
손에 가려서 우리 눈엔 보이지 않네.
이제 대단한 불운이 뒤따르니,
수염에 불이 붙어 타오르고,
화관과 머리와 가슴에도 불이 붙고,

247 다음 장면에서는 판의 수염에 불이 붙어 몸 전체가 불길에 휩싸인다. 황제가 판으로 분장한 것이기에 커다란 소동이 벌어진다. 궁전 축제는 보통 자세히 기록되었으며, 동판화로도 제작되었다.

즐거움은 고통으로 바뀐다.
그들이 불을 끄려고 떼를 지어 달려오지만
아무도 불꽃에서 자유롭진 못해.
아무리 후려치고 때려도
새로운 불꽃만 일으키네.
이 원소[불]에 뒤얽혀
가면 덩어리[판 분장] 전체가 불탄다.

하지만 내가 듣는 것은 귀에서 귀로,
입에서 입으로 전해진 것.
오, 영원히 불운한 밤,
넌 대체 우리에게 어떤 아픔 가져왔는가!
아무도 듣고 싶어 하지 않는 소식을
내일 알리게 될 것이다.
사방에서 외치는 소리 들리는구나.
"황제께서 그런 고통을 겪으시다니!"
이 외침, 사실이 아니면 좋겠네.
황제가 불타고 그의 수행원도 불탄다.
그를 잘못 안내한 자에게 저주가 있으라.
힘든 여행에 한데 얽혀
비명 노래를 외치며 날뛰다가
모두가 몰락하는구나.
오, 청춘아, 청춘아! 너는
적절한 즐거움의 경계 안에 머물지 못하는 것이냐?
오, 폐하, 폐하께서는 크나큰 권력만큼
이성도 가질 순 없으신지요?

숲은 벌써 화염에 휩싸였네
화염은 혀를 날름거리며 높이 올라가는구나.
목재를 엇갈아 엮은 저 천장의 경첩까지,
불길이 이 장소 전체를 위협하네.
비탄의 정도가 너무 크니
누가 우리를 구할지 난 모르겠네.
하룻밤의 잿더미가 내일
황제의 화려함을 뒤덮겠구나.[248]

플루투스 두려움이 넉넉히 퍼졌으니,
이제 도움이 등장해야겠다!—
거룩한 지팡이여, 힘껏 쳐라.
바닥이 울리고 흔들리도록!
너 널찍한 대기여,
서늘한 향기로 가득 차라.
안개여, 이리로 와서
너의 풍만한 띠로
불타는 혼잡을 뒤덮어라!
곱슬곱슬 작은 구름들아, 졸졸 떨어져라.
파도처럼 미끄러져 나직이 적시고
모든 곳에서 힘써 불을 꺼라.
너희 진정시키는 습기야,
저토록 공허한 불꽃놀이를

248 1394년 샤를 6세가 재위할 당시 프랑스 궁정 축제에서 실제로 왕의 몸에 불이 붙는 사고가 있었다. 왕은 무사했지만 이 사고로 네 명이 숨졌다. 괴테는 어렸을 때 책에서 이 이야기를 읽었다.

해롭지 않은 번개로 바꾸어라—
정령들이 우리에게 해를 입히려 들면
마법이 힘을 발휘하리라.[249]

유원지

아침 해

황제와 **궁정 신하들**, **파우스트**와 **메피스토펠레스**.
모두 눈에 띄지 않게 단정하고 규범에 맞는 옷차림을 하고 있다.
두 사람은 무릎을 꿇고 있다.

파우스트 폐하, 이번 불꽃 마술을 용서해주시겠습니까?
황제 (일어서라고 손짓하며) 나는 그런 놀이가 많았으면 좋겠소—[250]
갑자기 불타는 영역에 있을 때는
나 자신이 플루토[251]가 된 듯했소.
석탄처럼 새카맣던 바위 바닥이
불꽃으로 타올랐지. 저 밑바닥에서
수천의 거친 불꽃이 소용돌이치듯 올라와
합쳐져 하나의 둥근 천장이 되었소.
불꽃이 가장 높은 천장까지 널름거렸고,
천장은 나타났다 사라지곤 했지.

---

249 가면무도회에서 일어난 불 소동은 연출된 마법이다.
250 그런 위험한 일을 겪고도 마법사에 대한 경각심을 갖지 못한 것을 보면, 황제는 경박하고 이기적이며 쾌락만을 추구하는 인물임을 알 수 있다.
251 로마신화에 나오는 명부(冥府)의 왕으로 그리스신화의 하데스에 해당한다.

뒤엉킨 불기둥이 넘실거리는 아득한 공간을 통해
사람들의 긴 행렬이 움직이는 게 보였소.
그들은 멀리 원을 이루어 다가와서
늘 그러듯 경배했소.
일부는 내 궁정 사람들이더군.
나는 마치 수많은 샐러맨더[불의 요정]의 영주 같았고.

메피스토펠레스 실제로 영주십니다, 폐하! 각각의 원소가
폐하를 무조건 인정하고 있으니 말입죠.
불[火]이 복종하는 거야 이미 시험하셨고,
가장 거칠게 날뛰는 바다[水]에 몸을 던지셔도
진주 많은 바닥에 닿는 순간,
벌써 화려한 구체[球體]가 만들어질걸요.
위아래로 흔들리는 연초록 파도를 보시면,
보랏빛 가장자리를 지닌, 가장 아름다운 거처가
폐하를 둘러싸고 있을 겁니다. 어디로 향하셔도,
궁전들이 함께 움직일 겁니다.
물의 벽들도 생명을 기뻐하며
화살처럼 빠르게 떼 지어 이리저리 오가겠죠.
바다의 기적들이 새롭고 온화한 빛으로 몰려들어
함께 있지만 안으로 들어오진 못하죠.
오색 황금비늘 용들도 거기서 함께 놀고,
상어가 입을 벌리면, 폐하는 그 목구멍을 향해 웃죠.
지금도 궁정이 폐하 주변에서 즐거워하지만,
그렇게 북적대는 것은 아직 못 보셨을걸요.
그렇다고 가장 사랑스러운 존재들과 헤어진 건 아니죠.

호기심에 찬 네레이데스[252]가 영원한 물속에서
화려한 궁정으로 다가올 테니까요.
어린 네레이데스들은 물고기처럼 수줍게 열망하면서,
나이 든 애들은 영리하게 말입니다. 테티스도 그 소식을 듣고
두 번째 펠레우스를 선택하려 하지요—[253]
그러면 그 자리는 올림포스의 영역[254]으로….

황제 공중[하늘] 영역은 그대에게 맡기기로 하지.
일찌감치 저 옥좌로 올라갈 판이네.

메피스토펠레스 그리고 고귀하신 폐하! 흙[땅]은 이미 가지셨죠.[255]

황제 어떤 행운이 그대를 이리로 보냈는가?
『아라비안나이트』에서 튀어나왔구먼.
그대가 셰에라자드[256] 같은 풍성한 이야기 솜씨를 자랑하니,
내 그대에게 가장 높은 은총을 약속하지.
다만 낮의 세계가 자주 그렇듯,
내 마음에 들지 않을 때 부를 테니 늘 준비하라.

궁내대신 (서둘러 등장한다.) 폐하, 제 평생 이처럼 아름다운
행운의 소식을 전할 날이
올 거라곤 생각도 못 했나이다.

---

252 바다의 신 네레우스에게는 딸이 50명 있었는데, 이들을 통칭하는 말이다. 제2막에서 다시 등장한다.

253 아킬레우스의 어머니 테티스도 네레이데스였으며, 그중 가장 아름답다고 알려졌다. 테티스는 아르고호 원정대의 영웅 펠레우스와 결혼하고 훗날 트로이전쟁에서 활약한 아킬레우스를 얻었다. "두 번째 펠레우스"란 황제를 가리키는 말로 보인다.

254 올림포스산은 제우스를 중심으로 한 그리스 신들의 거처, 즉 '공중 영역'이다.

255 불, 물, 공기, 흙 등 4대 원소가 모두 황제에게 복종한다는 뜻이다.

256 『아라비안나이트』에 나오는 술탄의 왕비로 밤마다 재미있는 이야기를 남편에게 들려주는 이야기꾼이다.

행복에 겨워 폐하께 전합니다.
모든 계산서가 청산되었고,
고리대금업자의 발톱은 진정되었죠.
저는 지옥의 고통에서 벗어났고요.
하늘이 이보다 더 밝을 수는 없나이다.

총사령관 (서둘러 들어온다.) 용병들의 급료가 할부로 변제되었습니다.
전군[全軍]을 새로 고용했고
창병[槍兵]은 신선한 피를 공급받았다 느끼고,
술집 주인과 창녀들은 번영을 누리는 중입니다요.

황제 그대들 가슴이 벅차게 뛰는구려!
주름진 얼굴은 활짝 펴졌고!
얼마나 서둘러 달려오셨는가!

재무대신 (나타난다.) 이 일을 해낸 이들에게 물어보시죠.

파우스트 재상께서 설명하시는 게 맞지요.

재상 (천천히 앞으로 나서며) 저는 노년에 넉넉히 복을 받았습니다.
운명을 결정한 이 서류를 보십시오.
그 모든 아픔을 행복으로 바꾸어준 것입니다.
(읽는다.)
"누구든 원하는 자는 다음을 알아둘 것.
이 증서는 1천 크로네의 가치를 지닌다.
황제의 땅에 묻힌 수많은 보물이
확실한 담보로 이를 보증한다.
풍부한 보물은 발굴되는 즉시
그 배상에 쓰인다."

황제 엄청난 사기다. 뻔뻔하구나!
대체 누가 여기에 황제의 서명을 위조했느냐?

이런 범죄가 벌을 받지 않는단 말인가?

재무대신 잘 기억해보십쇼! 폐하께서 손수 서명하셨습니다.
지난밤에요. 폐하께선 위대한 판으로 분장하셨죠.
재상과 우리가 함께 다가가 말씀을 올렸습니다.
"몇 글자 적으셔서 이 크나큰 축제의 즐거움,
백성의 안위를 허락해주십시오."
폐하께서 서명하셨고, 그러자 밤사이에
기술자 천 명이 천 배로 만들었죠.
이 혜택이 모두에게 고루 돌아가도록,
우리는 곧바로 줄지어 날인했고,
열, 서른, 쉰, 백 장의 증서가 준비되었습니다.
그게 백성에게 얼마나 좋은지 생각지 않으시네요.
도시를 보십시오. 절반은 죽어 곰팡이 슬었을 것이
모두 살아나 즐겁게 북적대고 있죠.
폐하의 이름은 이미 오래전에 세상을 기쁘게 했지만
사람들이 이렇듯 친절하게 그 이름 바라본 적은 없었죠.
이제 다른 글자들은 없어도 됩니다.
이 증서 안에서만큼은 모두가 행복을 누리니까요.[257]

황제 내 백성이 이걸 좋은 금처럼 여긴다는 거지?
군대와 궁정의 보수를 주기에도 넉넉하고?
일이 이상하기는 해도 그대로 승인해야겠군.

재무대신 그 속도를 제어하기란 불가능합니다.

---

257 이 증서는 일종의 태환지폐, 즉 정부나 발권은행이 발행해서 소지자의 요구가 있으면 언제든지 정화(正貨, 명목 가치와 소재 가치가 같은 본위 화폐)로 바꾸어주도록 되어 있는 지폐 노릇을 한다. 이는 황제와 국가가 보증한 황금을 담보로 유통된다.

번개처럼 빠르게 유통되고 있어요.
돈 바꾸는 곳마다 사람이 넘치는데,
거기선 모든 증서를 받고
금과 은을 내주죠. 물론 할인해서요.
그러고는 다들 정육점, 빵집, 술집으로 갑니다.
세상의 절반이 잔치 생각만 하는 듯해요.
다른 절반은 새 옷을 입으려 들죠.
장사꾼은 옷감을 자르고, 재봉사는 옷을 짓습니다.
술집마다 "황제 만세!" 소리가 울려 퍼지고,
저기선 요리하고, 여기선 빵 굽고, 접시가 덜그럭대죠.

메피스토펠레스 홀로 테라스를 거니는 사람은
화려하게 치장한 미인을 만나죠.
그녀는 오만한 공작 깃털로 한쪽 눈을 가리고
우리에게 미소를 보내며 그 증서를 바라봅니다.
어떤 재치나 말재주보다도 빠르게
가장 풍부한 사랑의 은총이 즉시 중개됩니다.
지갑이나 돈주머니로 고통받을 일도 없이
작은 증서는 쉽사리 가슴에 지닐 수 있죠.
여기다가 사랑의 쪽지도 편하게 덧붙일 수 있고요.
사제는 경건하게 『성무일도서』 안에 보관하고
병사는 재빨리 몸을 돌릴 수 있도록
가볍게 허리춤에 지닙니다.
이 높은 업적을 제가
하찮게 만들었다면, 폐하께서 용서하십시오.

파우스트 폐하의 영토에서 땅속 깊이
파묻혀 잠자는 엄청난 보물은

쓰이지 않고 있습니다. 가장 대담한 생각도
그런 부에 비하면 보잘것없는 한계일 뿐이죠.
상상력이 가장 높은 날개를 달고
열심히 노력해도 충분치 못합니다.
하지만 정말 깊이 바라보는 정신들은
무한한 것을 향한 끝없는 믿음을 지닙니다.

메피스토펠레스 금과 진주를 대신하는 이런 증서는[258]
아주 편하죠. 자기가 얼마를 지녔는지 아니까요.
시장에 가서 교환할 필요도 없습죠.
내키는 대로 사랑과 포도주에 취할 수 있고요.
금붙이를 원한다면, 환전상이 준비하고 있습니다.
그걸로 부족하면 한동안 땅을 파면 되죠.
우승컵과 목걸이를 경매에 내놓으면
증서는 즉시 상환될 것이니,
우리더러 뻔뻔하다고 조롱한, 의심 많은 자가 부끄러워해야죠.
사람들은 다른 것을 원하지 않고 거기 익숙해집니다.
이제부터는 황제의 모든 땅에서 그렇게 될 겁니다,
보석, 황금, 증서가 넉넉하니까요.

황제 우리 제국은 그대들 덕에 높은 복지를 누리겠군.
이곳에선 공적만큼 보상도 따르오.
제국의 내부 영토는 그대들에게 맡길 테니,
그대들은 보물의 고귀한 감독자가 되시오.
그대들은 잘 보존된 보물들을 꿰고 있으니,
땅을 파야 한다면 그대들의 명에 따를 것이오.

---

258 파우스트와 메피스토펠레스는 나라에 금화나 은화 대신 지폐를 도입했다.

우리 재무대신과 힘을 합쳐
즐겁게 그 자리의 책무를 다하시오.
상류 세계가 단합된 힘으로 하층 세계를
행복하게 만들어 일치단결해야지.

재무대신 우리 사이엔 그 어떤 갈등도 없을 겁니다,
저는 마법사와 동료가 되는 게 좋아요.
(파우스트와 함께 퇴장)

황제 나는 이제 궁정 사람들에게 선물해야겠군.
각자 어디에 쓸 것인지 고하라.

시동[侍童] (받으며) 저는 즐겁고 명랑하게, 좋은 것들을 누리겠습니다.

다른 시동 (마찬가지로) 애인에게 당장 목걸이와 반지를 주겠습니다.

시종장 (받으며) 이제부턴 두 배로 좋은 술을 마실 겁니다.

다른 관리 (똑같이) 호주머니 속 주사위가 벌써 근질거립니다.

방기 기사[259] (신중하게) 제 성[城]과 농지에서 빚을 없애겠습니다.

다른 방기 기사 (똑같이) 이건 보물이니, 다른 보물 위에 두겠습니다.

황제 나는 새로운 행동을 위한 열의와 용기를 바랐노라.
하지만 그대들을 아는 자는 앞으로 더 쉽게 알아낼 거야.
나는 벌써 빤히 보이는걸, 이토록 보물이 많아도
그대들은 앞으로도 과거와 똑같은 사람일 뿐임을.

광대 (지나가면서) 폐하께서 은총을 베푸시니, 제게도 좀 주십시오.

황제 다시 살아났나? 벌써 잔뜩 마셨구나.

광대 그 마법 증서들! 전 그걸 이해할 수 없는뎁쇼.

황제 그렇겠지. 넌 그걸 잘못 사용할 테니.

광대 다른 것들도 떨어지는데요. 제가 뭘 해야 할지 모르겠어요.

---

259 중세 때 자신의 깃발(方旗)을 들고 군대를 이끌 수 있었던 기사

황제 그 증서들을 받아두어라. 네 것이니까. (퇴장)

광대 5천 크로네가 내 손에 들어오다니!

메피스토펠레스 두 다리 달린 술통아, 다시 일어섰느냐?

광대 자주 겪는 일이긴 하다만, 이번 같은 적은 없었어.

메피스토펠레스 너는 기뻐서 땀에 흠뻑 젖었구나.

광대 이걸 봐라. 이게 정말 돈 가치가 있나?

메피스토펠레스 그걸 내면 네 목구멍과 위장이 원하는 걸 살 수 있지.

광대 그럼 농토랑 집, 가축도 살 수 있겠네?

메피스토펠레스 당연하지! 가서 내밀어봐. 절대 실패하지 않을 테니.

광대 숲과 사냥터와 낚시 개울이 딸린 성[城]도?

메피스토펠레스 믿어라!

자네가 지엄한 나리가 된 꼴이 보고 싶은걸!

광대 오늘 저녁 난 부동산을 헤아리고 있겠군. (퇴장)

메피스토펠레스 (혼자서) 우리 광대의 재치[이성]를 누군들 의심하랴!

어두운 회랑

파우스트와 **메피스토펠레스**.

메피스토펠레스 어쩌자고 날 이 어두침침한 복도로 데려온 건가?
저 안에서도 충분히 즐겁지 않은가?
다채로운 궁정 사람들이 빽빽하게 모여든 자리에서
즐기고 속일 기회란 말이지.

파우스트 그런 말 말게, 자넨 옛날에 이미
[즐기고 속이느라] 신발창이 다 닳아버렸잖나.

하지만 지금은 자네가 분주히 오가도
나한테는 약속을 지키지 않는단 말이지.
나는 급히 할 일이 있어.
궁내대신과 집사장이 내게 보채고 있네.
황제가 원한다네. 그것도 즉시 이루어지길 바란다고.
헬레네와 파리스[260]를 눈앞에서 보겠다는 거야.
그러니까 남자의 모범과 여자의 모범을
아주 또렷한 형태로 보겠다는 거지.
당장 그 일을 시작해라! 나는 약속을 깨뜨릴 수 없어.

메피스토펠레스 경박하게 약속하다니 철도 없네.

파우스트 동지여, 자네의 그 기술이 우리를
어디로 끌고 갈지 생각하지 않았단 말인가.
먼저 그를 부자로 만들어주었으니,
이젠 즐겁게 해주어야 한다고.

메피스토펠레스 그런 일이 금세 이루어지는 줄로 여기시네.
여기서 우린 가파른 계단 앞에 선 거야.
자넨 가장 이질적인 영역에 손을 대더니
그게 끝나가니까 뻔뻔스럽게도 새 빚을 더 얹었군.
굴덴[중세 금화]의 종이 유령처럼
헬레네를 쉽사리 불러낼 수 있을 거라 여기는구먼.
나는 마녀-천치, 유령-도깨비,
기형 난쟁이쯤이야 즉시 대령하지.
하지만 악마의 애인들은 비록 나무랄 데 없다 해도

---

260 고대 그리스의 전형적인 미녀 미남이다. 트로이의 왕자 파리스가 스파르타의 왕비 헬레네를 납치함으로써 트로이 전쟁이 일어났다.

고대의 여주인공들로 여겨지진 않아.[261]

파우스트 또 그 옛날 노래구나!
자네 곁에선 줄곧 불확실성에 빠지거든.
넌 모든 장애물의 아비이면서[계속 장애를 만들어내면서],
수단 하나하나마다 보상을 새로 원하지.
몇 마디 중얼대면 이루어질 일인 줄 내 알고 있으니,
사람들이 구경하는 동안 그들을 대령하라.

메피스토펠레스 나는 이교도 종족과는 아무 관계가 없네,
그들은 자기들의 지옥에 있으니 말이야.
하지만 방법이 있기는 하지.

파우스트 말하라, 지체하지 말고!

메피스토펠레스 본의 아니게 더 높은 비밀을 폭로하겠네—
여신들은 고독 속에서 고귀하게 지배하지.
그들 주변엔 공간이 없고, 시간은 더욱 없네.
그들에 대해 말하기란 당혹스러운 일이야.
'어머니들'이니까!

파우스트 (깜짝 놀라며) 어머니들!

메피스토펠레스 오싹한가?

파우스트 어머니들!—어머니들이라!—정말 기묘하게 들린다.

메피스토펠레스 실제로도 기묘하다네. 당신네 인간들한테

---

261 대학에서 연구에만 몰두하던 파우스트는 제1부의 모험을 끝낸 뒤 메피스토펠레스의 도움으로 궁전에 들어가 대신들과 어울리게 되었다. 극히 이질적인 영역이지만 이는 어디까지나 파우스트가 살던 시공간, 즉 같은 문화권에서 벌어진 일이었다. 그런데 지금 황제는 고대 그리스의 신화적 인물들을 보게 해달라고 요구한다. 그렇게 하려면 과거의 영역으로 들어가야 하는데, 이는 기독교의 사탄인 메피스토펠레스의 능력으로 쉽지 않은 일이다.

알려지지 않은 이 여신들은 우리도 부르기를 꺼리지.
그들의 거처로 가려면 가장 깊은 곳으로 내려가야 해.
자네 탓에 우린 그들이 필요한 거고.

파우스트 길은 어디 있나?

메피스토펠레스 길이 없네! 갈 수 없는 그곳으로
들어간 자는 없으니. 아무도 간청할 수 없는 곳에
닿는 길을 지금껏 간구한 자도 없어. 각오가 되었는가?—
열쇠도 없고, 빗장을 밀어야 하는 것도 아니야.
고독에 이끌려 이리저리 헤매야지.
황량함과 고독이 어떤 건지, 자네는 아는가?

파우스트 그런 말투는 피하는 게 좋을 거야.
마녀의 부엌 냄새가 나거든.
오래전에 사라진 시간을 향하니까.
나는 세계와 교류하지 않았던가?
공허함을 배우고, 공허함을 가르치지 않았나?—
내가 본 것을 이성적으로 말할 때마다
모순은 두 배로 크게 울렸지.
나는 역겨운 일들을 피해
고독과 야만으로 도망쳐야 하지 않았던가.
홀로 살기에 완전히 소홀해지지 않도록
마지막엔 악마에게 자신을 넘긴 사람이다!

메피스토펠레스 자네가 대양을 헤엄쳐 가서
끝도 없는 공간을 본다면,
거기서 파도에 이어 파도가 오는 것을 본다면,
설사 몰락할까 봐 두렵더라도 말일세.
무언가가 보일 거야. 잔잔해진 바다의

초록색에서 지나가는 돌고래들을 보고,
구름, 태양, 달, 별들이 지나가는 것을 보겠지.
영원히 텅 빈 먼 곳에선 아무것도 안 보일 거고,
스스로 걷는 발소리도 안 들리고,
기대어 쉴 만큼 견고한 것은 아무것도 없네.

파우스트 개종한 신도를 속여먹은
온갖 신비종교의 최초 사제처럼 말하는구나.
다만 거꾸로다. 너는 나를 공허 속으로 보내는 거야.
나더러 거기서 기술과 힘을 늘리라고 말이다.
너는 날 고양이처럼 대하고 싶은 모양이지?
불 속에서 밤톨을 꺼내어 네게 주는 고양이 말이다.[262]
계속해라! 우린 끝까지 파봐야지,
너의 허무 속에서 나는 만유를 찾아내길 바란다.

메피스토펠레스 우리가 헤어지기 전에 자네를 찬양하네.
자넨 악마를 속속들이 알고 있군.
여기 이 열쇠를 받게.

파우스트 그런 하찮은 것을!

메피스토펠레스 우선 받아두고, 너무 하찮게 여기진 마시게.

파우스트 내 손안에서 커지네. 빛을 낸다. 번개가 치는걸!

메피스토펠레스 그게 무슨 힘을 가졌는지 벌써 알겠는가?
열쇠가 올바른 자리를 알려줄 걸세.
그걸 따라 내려가게. 그것이 어머니들에게로 데려갈 거야.

파우스트 (몸을 떨며) 어머니들이라! 여전히 한 방 때리는구나!

---

262 라퐁텐의 우화 「원숭이와 고양이」의 내용이다. 원숭이는 손가락을 데기 싫어서 고양이에게 구운 밤을 가져오게 한 뒤 밤을 까먹고 고양이에게는 껍질만 남긴다.

내가 듣고 싶지 않은, 이건 대체 어떤 낱말이냐?
메피스토펠레스 새로운 낱말이 거슬릴 만큼 속이 좁은가?
이미 듣던 말만 듣고 싶은가?
아무리 멀리 울려도 자네를 방해하는 건 없을 텐데.
이미 오래전부터 온갖 기묘한 일들에도 익숙할 테고.
파우스트 나는 굳어짐에서 내 치유를 구하진 않아.
전율이란 인류의 가장 좋은 부분이지.
세상이 인간의 감정을 아무리 고귀하게 만들어도
인간은 충격을 받고서야 무시무시한 것을 느끼니까.
메피스토펠레스 그럼 내려가게! 또한 말할 수 있으니, 올라오게!
둘은 같은 거니까. 생겨난 것들에서 벗어나
짜여진 것들이 풀려버린 영역으로!
오래전부터 더는 존재하지 않는 것들에서 즐거움을 느끼게.
떠가는 구름처럼 부산한 움직임이 휘감으면
열쇠를 흔들고 그것을 몸에서 멀리하게.
파우스트 (환희에 차서) 좋아! 이걸 꼭 잡으니 새 힘이 느껴진다.
가슴이 확장되어, 위대한 일로 향한다.
메피스토펠레스 빛나는 삼발이가 하나 보이면, 자넨 세상에서
가장 깊은 바닥에 도달했음을 알게 되지.
그 삼발이 빛에 어머니들을 보게 될 거야.
일부는 앉아 있고, 일부는 기분 내키는 대로
서서 걷고 있지. 형태들, 바뀐 형태들,
온갖 피조물의 이미지들에 둘러싸인 채
영원한 감각의 영원한 지속.
그들은 자넬 보지 못해, 오직 도식들만 보니까.
용기를 내게, 위험이 크니.

삼발이를 향해 똑바로 다가가서
[손에 든] 열쇠로 그걸 건드리게!

파우스트 (열쇠를 들고 단호한 태도를 보인다.)

메피스토펠레스 (관찰하며) 그렇지!
삼발이가 합세해서 충직한 종이 되어 따를 걸세.
침착하게 올라오게. 행운이 자네를 들어 올릴 거야.
그들이 알아채기도 전에 자네는 삼발이와 함께 돌아오는 거지.
자네는 그걸 이리로 가져온 거라고.
그렇게 영웅과 여주인공을 밤에서 불러오는 거야.
그런 위업을 감행한 최초의 사람이 되는 거라네.
그 일이 이루어진다면, 자네가 그 일을 해낸 거니까.
그러면 이제부터 마법의 처리에 따라
향기로운 안개가 신들로 바뀔 걸세.

파우스트 그럼 지금은 무엇을 하나?

메피스토펠레스 자네 본질이 아래를 향하게 하라.
발을 굴러 내려가고, 발을 굴러 다시 올라오게.

파우스트 (발을 구르고 아래로 내려간다.)

메피스토펠레스 저 열쇠가 요긴하게 쓰이길!
그가 돌아오기나 할지 궁금해지는걸.

환하게 불이 밝혀진 홀들

황제와 영주들, 궁정 전체가 이동 중

시종장 (메피스토펠레스에게)

당신은 우리에게 유령 장면을 보여주기로 했소.
어서 해요! 폐하께선 참을성이 없소.

궁내대신 방금 폐하께서 그걸 물으셨소.
당신! 꾸물거리다가 폐하께 수치를 안겨드리지 마시오.

메피스토펠레스 내 동료가 그 일 때문에 멀리 떠났소.
그는 일을 어떻게 시작할지 알기에
조용하고도 은밀하게 일하는 중이오.
특별히 전력을 다하고 있지요.
보물이나 아름다운 것을 들어 올리려는 사람은
최고 기술, 곧 현자의 마법이 필요하니까.

궁내대신 당신들에게 어떤 기술이 필요한지는 상관없소.
황제께선 모든 것이 준비되어 있길 바라시니까.

금발 여인 (메피스토펠레스에게)
한마디만, 신사분! 여기 맑은 얼굴을 보세요.
하지만 지겨운 여름엔 달라지죠!
갈색과 붉은색 점들이 백 개나 돋아나
내 흰 피부를 뒤덮거든요.
약 좀 구하고 싶어요!

메피스토펠레스 유감이군요! 이토록 빛나는 미인이,
5월이면 점박이 표범처럼 되다니.
개구리 알, 두꺼비 혀를 증류해서
보름달 빛에 조심스레 양조하시오.
달이 줄어들 때 그걸 발라요.
봄이 오면 점들은 사라질 겁니다.

갈색 여인 당신을 만나려고 군중이 몰려드네요.
약제를 청합니다. 한쪽 발이 얼어서

걷기와 춤추기가 불편해요.
인사할 때도 서투르게 겨우 움직이죠.

메피스토펠레스 제 발로 한 번 밟는 걸 허락하시죠.

갈색 여인 그건 연인들 사이에나 할 법한 일인데.

메피스토펠레스 내가 밟는 건 더 큰 의미를 갖죠.
어떤 고통이든 같은 것에는 같은 것이라,[263]
발이 발을 낫게 하니 팔다리가 모두 그렇소.
이리 와요! 조심! 내게 되갚진 마시오.

갈색 여인 (소리친다.) 아야! 아야! 따끔해! 정말 세게 밟네.
말발굽에 밟힌 것 같아!

메피스토펠레스 하지만 치유도 받으셨소.
이제는 마음껏 춤을 춰도 되고
식탁에서 마시면서 애인과 발장난을 칠 수도 있죠.

숙녀 (달려오며) 나 좀 들어가게 해줘! 난 정말 고통스러워요.
통증이 가슴속 깊은 곳에서 끓고 있어요.
어제까지만 해도 그는 내 눈에서 기쁨을 얻더니
그녀와 이야기하며 내게 등을 돌려요.

메피스토펠레스 그거 수상쩍은데. 하지만 내 말 들어봐요.
그에게로 다가가 살그머니 끌어안아요.
이 숯을 들고 그의 소매, 외투, 어깨에
되는대로 표시해요.
그는 마음속으로 후회의 아픔을 느낄 거요.
하지만 당신은 즉시 숯을 삼켜야 해요.

---

263 동종요법(Homöopathie)을 말한다. 사무엘 하네만(Samuel Hahnemann, 1775-1843)이 1807년부터 주장했고, 괴테 말년에 유행했다

그러고는 포도주도 물도 입에 대면 안 되오.[264]
그는 당장 오늘 밤부터 당신 문 앞에서 한숨 쉴 거요.

숙녀 이게 설마 독은 아니죠?

메피스토펠레스 (화를 내며) 합당한 존경심을 보이시오!
이런 숯을 얻으려면 멀리 가야만 합니다.
이건 화형대에서 가져온 것인데,[265]
우리는 보통 이런 불길을 더욱 애써 돋우죠.

시동 나는 사랑에 빠졌는데, 남들은 어린애로만 보죠.

메피스토펠레스 (방백) 어느 쪽 말을 들어야 할지 모르겠네.

(시동에게)

가장 젊은 아가씨에게 행운을 걸지 마라.
나이 든 여인들이야말로 너희를 제대로 평가할 줄 알거든.

(다른 이들이 몰려든다.)

다시 또 다른 사람들이 왔군! 이 얼마나 지독한 싸움인가!
이제 진실을 내세워 나 자신을 구해야겠다.
가장 고약한 미봉책! 고난이 크구나—
오 어머니들, 어머니들이여! 파우스트 좀 놓아주시오!

(사방을 둘러보며)

홀에서는 벌써 불빛들이 희미하게 타오른다.
궁정 전체가 갑자기 움직이네.
그들이 기품 있게 차례로 이동해서

---

264 숯을 삼키고 물을 마시지 않으면 다른 아픔, 곧 변비가 생길 것인데, 이것이 타인에게로 넘어간다는 생각이 바닥에 깔려 있다.

265 물질 마법은 긍정적 의도로 행하는 백(白)마법에 속한 일종의 치유법이지만, 여기서는 부정적 결과를 목적으로 한 흑(黑)마법과 결합되었다. 한 인간의 반자연적인 고통(이단자 화형)을 통해 부조리하게도 여인의 질투심을 없앨 수 있다고 본 것이다.

긴 통로들, 먼 회랑들을 통과한다.
지금! 그들은 옛 기사들의 전당, 커다란 방에
모였는데, 그래도 공간이 부족하구나.
너른 벽에는 벽걸이들이 걸렸고,
구석과 벽감들은 기사 장비로 장식되었다.
여기선 마법의 말들이 필요치 않아.
유령들이 스스로 제자리를 찾아오겠는걸.

기사들의 전당

어두한 조명,
황제와 궁정 전체가 이미 입장했다.

전령관 구경거리를 알리고 선포하는 나의 오래된 임무는
유령들의 은밀한 지배와 더불어 줄어들었소.
뒤죽박죽 사건을 설명하려고 해봤자
알 만한 이유에서 모조리 헛일.
안락의자와 걸상들은 이미 준비되었소.
황제께서는 벽[막] 바로 앞에 자리 잡으셨고.
이 벽걸이들에서 저 위대한 시대의
싸움들을 편안히 관찰할 수 있소.[266]
이곳에 폐하와 궁정이 둥글게 자리 잡았고,

---

266 싸움 장면이 그려진 벽걸이가 무대를 가리는 막(幕) 노릇을 하고 있다. 황제는 무대를 바라보는 맨 앞자리에 앉았다.

저 뒤까지 벤치들이 빽빽합니다.
이 어두운 유령의 시간에는 연인들도
사랑하는 이 곁에서 유쾌한 장소를 찾아냈지요.
이렇듯 모두 편안하게 자리를 잡았으니,
우리는 준비되었다. 유령들아, 입장하라!

(나팔 소리)

점성가 연극을 즉시 시작하라고 폐하께서 명령하셨소.
너희 벽[막]들은 활짝 열려라!
방해할 것은 없다. 여기 마법이 준비되었으니,
벽걸이는 화재로 말려드는 것처럼 사라져라.
성벽은 갈라졌다가 다시 돌아오라.
깊은 극장이 세워진 듯,
허상 하나가 신비롭게 우리를 밝히네.
나는 앞 무대로 오르겠다.

메피스토펠레스 (프롬프터박스[267]에서 위로 모습을 드러내며)
여기서부터 나는 전반적인 호의를 바라지.
선동질은 악마의 말버릇이고.

(점성가에게)

그대는 별들이 나아가는 박자를 알 테니
내 속삭임을 완벽하게 이해하겠지.[268]

점성가 기적의 힘으로 옛[그리스] 신전 건물 한 채가
여기 막강한 모습을 드러낸다.

---

267 프롬프터(연극을 공연할 때 관객이 볼 수 없는 곳에서 배우에게 대사나 동작 따위를 일러주는 사람)가 들어갈 수 있도록 무대 끝부분에 만든 상자 모양의 조그마한 방

268 이제부터 무대에서 점성가가 하는 말은 메피스토펠레스가 불러주는 대사다. 점성가는 전령관을 대신해서 장면을 설명한다.

한때는 하늘을 떠받치던 아틀라스처럼
기둥들이 넉넉히, 줄지어 서 있네.
이들은 암벽의 무게도 능히 감당할 겁니다.
저 두 기둥이 거대한 건물을 떠받친 걸 보면.

건축가 이게 고대의 것이라고! 이걸 찬양할 수는 없겠는걸.
거칠고 과도하다고 말해야겠지.
거친 걸 고귀하다고, 서툰 것을 거대하다고 부르네.
나는 날씬한 기둥들이 좋아. 위를 향하는, 무한한 것들.
뾰족한 아치 천장은 정신을 드높이거든.[269]
그런 건물이 우리를 가장 교화시킨다.

점성가 별이 베풀어주는 시간을 경건하게 받아들여요.
마법의 언어로 이성을 묶어라.
대신 장엄하고 무모한 상상력을
자유롭게 멀리 움직여라.
여러분이 대담하게 바라는 것을 이제
눈으로 보시오. 믿는 건 불가능할 테니.

파우스트가 무대 전면의 다른 쪽에서 올라온다.

점성가 사제 복장을 하고 관을 쓴 기적의 사내가
침착하게 시작한 일을 이제 완수했소.
저 깊은 구덩이에서 삼발이 하나가 그와 함께 올라온다.
접시의 향내로 내 미리 짐작하건대,
그는 높은 업적을 축복할 장비를 갖추었고,

---

269 중세 후기에 인기를 얻었던 고딕식 건축물을 찬양하고 있다.

이제부턴 오직 행운의 일만 나타나겠네.

파우스트 (고귀하게) 어머니들이여, 당신들의 이름으로
경계 없는 곳에서 영원히 고독하게 살면서도
사교적인 분들이여. 당신들의 머리 주변을
생명의 형상들이 활발하게 떠돈다, 생명 없이.[270]
모든 영광과 광채를 받으며 일찍이 존재했던 것이
거기서 움직인다, 영원히 존재하고 싶기에.
막강한 힘들이여, 당신들은 그것을 분배하여
낮의 천막, 밤의 둥근 천장을 만들지.
삶의 어여쁜 과정이 그 일부를 붙잡고,
대담한 마법사가 다른 일부를 찾아낸다.
마법사는 풍족하게 베푸나니, 믿음이 가득 차면
누구나 원하는 것을, 기적 같은 것을 본다.

점성가 빛나는 열쇠가 삼발이 접시를 건드리자마자
흐릿한 안개가 공간을 덮네.
안개가 스며들어 구름처럼 흔들리며
퍼지고, 뭉치고, 제한하고, 나뉘고, 짝짓는다.
이제 정령들의 걸작품을 보시오!
그들은 변하면서 음악을 만든다.
대기의 울림에서, 어떻게 하는지 누가 알랴마는
이들이 움직이면 모든 것이 멜로디가 되네.
기둥도, 도리아식 세 줄 홈도 음악이야.
신전 전체가 노래하는 것만 같네.

---

270 과거에 살았던 생명과 미래에 나타날 생명의 모습들(형상들)을 묘사한다. 어머니들 곁에는 생명이 없는 이런 형상들만 있다.

증기는 가라앉고, 가벼운 베일에서부터
아름다운 젊은이가 박자에 맞추어 등장한다.[271]
여기서 내 직분 침묵하나니, 그의 이름을 말할 필요는 없지.
그가 아름다운 파리스[Paris]라는 걸 누가 모르랴!

숙녀 오 피어나는 청춘의 힘이 얼마나 찬란한가!

두 번째 숙녀 복숭아처럼 싱싱하고 즙이 많아!

세 번째 숙녀 섬세한 윤곽, 달콤하게 부풀어 오른 입술!

네 번째 숙녀 너는 저런 잔에 입술을 대고 마시고픈 거로구나?

다섯 번째 숙녀 정말 아름답다. 섬세하다곤 못 해도.

여섯 번째 숙녀 좀 더 잽쌀 수도 있으련만.

기사 양치기 소년을 보는 것만 같아.
왕자다움은 없고, 궁정 예법도 못 갖췄어.

다른 기사 저길 좀 봐! 반쯤 벗은 저 젊은이, 참 아름답군.
하지만 우린 그가 무장한 모습을 보아야겠는데!

숙녀 자리에 앉는구나. 보드랍게, 편안하게.

기사 그의 무릎에 앉으면 편안하겠지요?

다른 숙녀 팔을 머리에 우아하게 기대네.

시종장 저런 버르장머리! 이건 잘못 배워먹은 거야.

숙녀 신사분들은 어디서나 흠을 찾는군요.

시종장 황제 앞에서 저렇게 몸을 길게 뻗다니.

숙녀 그는 연기를 하는 거예요! 혼자 있다고 여기는 거죠.

시종장 설사 연극이라도, 여기선 궁정 방식을 따라야지.

---

271 무대에서 마법 같은 광경이 펼쳐지고 있다. 파우스트가 열쇠로 삼발이를 건드리자, 삼발이에서 안개가 나와 공간 전체를 뒤덮고 안개가 계속 움직이면서 차츰 특정한 형태가 된다. 그 과정에서 모든 움직임은 음악이 되고, 마침내 고대 인물 파리스가 모습을 드러낸다.

숙녀 잠이 아름다운 젊은이를 살포시 뒤덮네.

시종장 곧바로 코도 골겠는걸, 그야 물론이지, 완벽해!

젊은 숙녀 (열광하며) 무슨 향내가 뒤섞여 이토록 향긋한가?
내 마음 깊은 곳까지 싱싱하게 만드네.

나이 든 숙녀 정말이야! 숨결 하나가 가슴속까지 파고든다.
그에게서 풍겨 나온 거야!

가장 나이 든 숙녀 그건 성장의 꽃이야.
젊은이에게서 암브로시아[272]로 준비되어
공기 중에 사방으로 퍼져나가는 거지.

헬레네 (앞으로 나선다.)

메피스토펠레스 그녀구나! 이 여자 앞에선 쉬어야겠네.
정말 예쁘긴 하다만, 내 눈엔 그저 그래.

점성가 이번에도 난 더는 할 일 없어.
신사로서 고백하자면 그렇다.
미녀가 나타났어. 내가 불의 혀를 가졌다면!
예로부터 아름다움에 대해선 많은 노래가 나왔지만,
이 모습을 본 사람, 정신을 잃어 무아경에 빠질 테고,
그녀를 소유한 사람, 정말 큰 행운이었겠네.

파우스트 내게 아직도 눈이 있나? 감각 깊은 곳에서
아름다움의 원천이 콸콸 쏟아져 모습을 드러내나?
두렵던 내 걸음 가장 행복한 결실 가져왔네.
세상이 내게는 얼마나 공허하고 알 수 없는 것이었던가!
내가 사제가 된 뒤로 지금 세상은 무엇인가?
이제야 바람직하고, 근거가 있고, 지속하는 것이 되었구나!

---

272 꿀보다 달고 좋은 향기가 나며 불로불사의 효력이 있다는 신화 속 식물

사람들 앞에 나타난 파리스와 헬레네(두 사람 왼쪽은 파우스트, 오른쪽은 점성가)

내가 네게서 다시 멀어진다면!
삶의 숨 쉬는 힘이여, 내게서 사라져라!—
그 언젠가 날 사로잡았던 아름다운 형상,
마법 거울에서 나를 행복하게 했었지.[273]
그건 이 미인의 거품 모습에 지나지 않았구나!—
내가 모든 힘의 움직임을, 정열의 정수를,
애착, 사랑, 경배, 광기를 바칠 사람은
바로 그대로구나.[274]

메피스토펠레스 (상자 속에서)
정신들 차리고, 자기 역할에서 벗어나지 마시오!

나이 든 숙녀 키 크고 몸매 좋은데, 머리가 너무 작아.

젊은 숙녀 저 발 좀 봐! 어쩜 저리도 볼품없을까!

외교관 나는 이런 부류의 영주 아가씨들을 보았지.
머리부터 발끝까지 아름답구나.

궁정인 잠든 이에게 간교하게 살그머니 다가가네.

숙녀 청춘의 순수한 모습과 나란히 있으니 얼마나 추한가!

시인 그녀의 아름다움이 그에게 광채를 던진다.

숙녀 엔디미온과 루나[275]구나! 그림 같아!

시인 정말 그렇군! 여신이 내려온 것만 같아.
그녀가 몸을 굽혀 그의 숨결 들이마신다.

---

273 제1부 마녀의 부엌 거울에서 처음 봤던 아름다운 여인의 전형

274 파우스트가 헬레네를 보고 처음 보인 반응은 소유욕이 아니라 헌신의 감정이다.

275 엔디미온은 그리스신화에 나오는 양치기 미소년이다. 제우스의 초청으로 올림포스에 올라갔다가 헤라 여신에게 반한 죄로 제우스의 벌을 받아 카리아 동굴에서 깊은 잠이 들었다. 이어서 달의 여신 셀레네(로마신화에서 디아나, 또는 루나)가 그의 아름다움을 탐하여, 그가 잠든 채로 자기와의 사이에 50명의 딸들을 낳기까지 계속 잠들게 했다.

부러운 운명!—키스!—잔이 넘친다.

예의를 가르치는 여선생 사람들 앞에서! 이건 미친 짓이야!

파우스트 저 젊은이에게 끔찍한 은총이다!—

메피스토펠레스 조용히! 조용!

유령이 제 할 일을 하게 둬!

궁정인 그녀는 가벼운 발걸음으로 멀어지고, 그가 깨어난다.

숙녀 그녀가 돌아보네! 내 그럴 거라 생각했지.

궁정인 그가 놀란다! 자기에게 기적이 일어났으니까.

숙녀 그녀 눈앞에서 일어난 건, 그녀에겐 기적이 아니야.

궁정인 그녀가 기품 있게 그에게로 돌아온다.

숙녀 그녀가 그를 가르치려 한다는 건 알겠어.

이런 경우 남자들이란 죄다 바보야.

자기가 시작한 줄로 여기거든.

기사 그녀를 인정해줘야지! 뛰어나게 섬세해!—

숙녀 음탕한 것! 저건 야비하다고 불러야지!

시동 내가 저 사람이라면 좋겠네!

궁정인 저런 그물에 안 걸려들 사람이 누가 있겠어?

숙녀 귀한 보석은 손을 거치는 법.

저 금박도 상당히 손을 많이 탔겠는걸.

다른 숙녀 열 살부터 그녀는 아무짝에도 쓸모없었지.

기사 때로는 누구나 가장 좋은 것을 얻는다.

난 이 아름다운 찌꺼기에라도 붙어 있을 테다.

학식 있는 사람 나는 그녀가 분명히 보이지만 솔직히 고백하면,

그녀가 진짜인지 의심스러워.

현재는 우리를 과장으로 이끌어가거든.

나는 무엇보다도 글로 쓰인 것에 기대지.

내가 읽어보니, 그녀는 정말로 트로이의
모든 잿빛 수염들 마음에 들었다는 거야.
보아하니, 그것이 여기서도 완벽하게 들어맞네.
나는 젊지 않건만, 그녀는 내 마음에 들어.

점성가 더는 소년이 아니다! 대담한 영웅인 그가
그녀를 끌어안으니, 그녀는 거의 저항도 못 해.
그는 강한 팔로 그녀를 높이 쳐든다—
그가 그녀를 유괴하는 건가?

파우스트 뻔뻔스러운 바보야!
네가 감히! 들리지 않나? 멈춰! 너무하잖아!

메피스토펠레스 자네가 추한 유령 놀음에 끼다니!

점성가 한 마디만 더! 일어난 모든 일로 보아
나는 이 연극을 '헬레네의 유괴'라고 부르겠다.

파우스트 유괴라니 무슨! 나는 이 자리에서 아무것도 아닌가!
열쇠는 내 손에 있지 않은가!
공포와 고독의 물결과 파도를 통해
열쇠가 나를 단단한 해변으로 데려왔다.
여기 나는 발을 딛고 있다! 여기는 현실이야.
여기서는 정신이 유령들과 싸울 수 있지.
거대한 이중 제국[현실과 정령의 세계]이 준비된다.
그녀는 그리 멀리 있었는데, 어떻게 이보다 더 가까워질까!
나는 그녀를 구했으니, 그녀는 이중으로 나의 것
감행하라! 너희 어머니들아! 어머니들아, 베풀어다오!
그녀를 알아본 자, 그녀를 놓칠 수 없지.

점성가 파우스트, 뭘 하는 건가! 억지로
그녀를 잡으니, 벌써 형태가 희미해진다.

그는 열쇠를 젊은이에게 향한다.

그를 건드리네!—아 맙소사! 찰나[刹那]다, 순식간이야!

(폭발. 파우스트는 바닥에 쓰러지고, 유령들은 안개가 되어 흩어진다.)

메피스토펠레스 (파우스트의 어깨를 잡고)

그것까지 하셨군! 바보들과 일을 벌이면

결국 손해는 악마가 본다니까.

(암흑. 소동.)

제2막
Zweiter Akt

높은 아치가 있는 비좁은 고딕식 방

예전과 달라지지 않은 파우스트의 서재

메피스토펠레스 (커튼 뒤에서 앞으로 나선다. 그가 장막을 쳐들고 돌아볼 때 파우스트가 오래된 침대 위에 뻗어 있는 모습이 보인다.)

여기 누워 있게나, 불행한 사람! 끊기 힘든
사랑의 결속에 끌려 들어갔구나!
헬레네가 마비시킨 사람은
쉽사리 제정신으로 돌아오지 못하지.[276]

(사방을 둘러보며)

위를 보나, 여기를 보나, 저기를 보나,
전체가 변하지 않고 훼손되지도 않았어.
내가 보기에 색유리들은 더 흐려진 듯하고,
거미줄도 늘어나긴 했다.
잉크도[잉크병 안에서] 마르고 종이는 누레졌지만
모든 것이 제자리에 그대로 있다.
심지어는 파우스트가 악마와 계약할 때
서명했던 펜조차 그대로 있네.
그래! 펜의 깊은 홈에는 내가 그에게
요구한 핏방울 흔적이 남아 있는걸.

---

276 파우스트는 안개로 만들어진 헬레네에 반해서 그녀를 잡으려 했으나, 허상이 사라지자 정신을 잃었다. 메피스토펠레스가 그를 데리고 옛 서재로 돌아왔다.

이토록 유일한 물품이라면
최고 수집가에게도 행운이겠다.
저 낡은 옷걸이엔 낡은 모피 외투가 걸려 있으니
내가 그 옛날 저 소년을 가르치던
장난들이 기억나는구나. 이젠 젊은이가 된
녀석이 아직도 그걸 곱씹고 있을 테지.
거칠고 역겨운 이 의복의 도움으로
한 번 더 교수가 되어
스스로 완전히 옳다는 믿음을
뽐내고 싶다는 마음이 든다.
학자들은 그런 걸 이룰 수 있지,
악마에겐 이미 오래전에 지나간 일이지만.

(모피 외투를 꺼내 흔들자 나방, 귀뚜라미, 딱정벌레 등이 날아오른다.)

곤충들의 합창 어서 오시오! 환영해요.
그대 오랜 수호자여!
우린 당신의 주변에서 윙윙,
당신을 이미 잘 알죠.
당신은 우리를 하나씩
조용히 심어두었네,
우린 수천이 되어 이리로
몰려와 춤을 춰요, 아버지.
장난꾸러기는 포근한 가슴에
몸을 잘 숨기고,
서캐[이의 알]들은 모피에서
얼른 모습을 드러내죠.

메피스토펠레스 젊은 피조물이 놀랍도록 기쁘구나!

씨만 뿌려놓고 시간이 흐르면 수확한다니까.
이 낡은 외투를 한 번 더 흔들면
여기저기서 하나씩 날아오른다—
날아올라! 돌아다녀! 수많은 구석에
서둘러 몸을 감춰라.
저 낡은 상자들이 서 있는 곳에도,
여기 누렇게 바랜 양피지에도,
낡은 항아리들의 먼지 쌓인 틈에도,
저 해골들의 텅 빈 눈구멍에도.
이런 쓰레기와 부패에는
영원히 귀뚜라미[변덕]들이 깃들게 마련.
(모피를 입으며)
이리 와서 내 어깨를 한 번 더 덮어라!
오늘 다시 내가 주인이다.
하지만 나를 불러줄 존재가 없네.
나를 알아볼 사람들은 어디 있나!
(종을 당기자 날카롭게 꿰뚫는 소리가 난다. 그 소리에 홀이 진동하고 문들이 열린다.)

조교 (길고 어두운 복도를 통해 허우적허우적 달려오면서)
이게 무슨 소리냐! 이 어인 놀라움이냐!
계단이 흔들리고 벽이 떨리네.
창문들의 떨림 사이로
번갯불 번쩍이는 게 보인다.
바닥이 진동하고, 천장에서
석회와 먼지가 떨어진다.
단단히 잠가둔 문들은

기적의 힘으로 빗장이 풀렸네—
저기! 무서워라! 거인 한 사람이
파우스트의 낡은 모피를 입고 서 있다!
그의 눈길, 그의 손짓에
나는 쓰러질 지경이다.
도망쳐야 하나? 멈추어야 하나?
내 운명은 어찌 될까!

메피스토펠레스 (손짓하며)
이리 오시게, 친구여!—그대 이름은 니고데모[277]지.

조교 존경하는 선생님! 제 이름은—오레무스입니다만.

메피스토펠레스 그건 놔두세!

조교 선생님을 뵙게 되어 기쁩니다.

메피스토펠레스 나도 잘 알지. 나이 들어서도 학생이라.
이끼 낀 신사 양반! 학식 있는 남자라도
공부를 계속하거든. 그야 할 줄 아는 게 달리 없으니까.
그렇게 해서 적당한 카드 집[사상누각]을 짓는 거지.
아무리 위대한 정신이라도 완성은 못 한다네.
하지만 그대의 스승, 그 양반은 유능한 분이야.
저 고귀한 바그너 박사를 누군들 모를까.
지금 학계의 일인자다!
그가 혼자서 학계를 휘어잡고
날마다 지혜를 늘려주고 있지.
온갖 지식에 굶주린 청중, 수강생들이

---

277 신약성서 요한의 복음서에 나온 인물로 바리새파의 유력한 정치가다. 밤에 몰래 예수를 찾아가 가르침을 구했으며, 훗날 예수를 변호하고자 노력했다.

그의 주변으로 잔뜩 몰려들지.
그는 강단에서 유일하게 광채를 내고,
성 베드로 사도처럼 열쇠를 쥐고,[278]
아래 세상과 위 세상을 열어젖힌다.
그가 모든 사람 앞에서 얼마나 빛을 발하는지
어떤 이름, 어떤 명성도 거기 저항하지 못해.
파우스트의 이름조차 가려졌으니,
그 사람만 유일하게 발명해내는 사람이지.

조교 존경하는 선생님! 송구하오나 감히 말씀드리자면,
그러니까 반박해도 된다면 드리는 말씀인데,
그런 건 전혀 의문거리가 아닙니다.
겸손함은 그분이 [운명으로] 받은 몫이죠.
저 고귀한 분[파우스트]이 알 수 없이 사라진 일에 대해
바그너 박사님은 아무것도 모르십니다.
그분이 돌아오시기를 위안과 치유로 여기며 간구하시죠.
이 방은 파우스트 박사의 시절과 똑같아요.
그분이 사라진 뒤로 건드리지도 않은 채
옛 주인이 돌아오기를 기다리고 있습니다.
저는 감히 여기 들어오지도 못하죠—
그건 얼마나 대단한 별들의 시간이 될까요?
벽들도 두려워 떠는 듯해요.
문들이 흔들리고, 빗장이 덜컹댔어요,
안 그랬더라면 선생님께서도 이리 들어오시진 못했겠죠.

메피스토펠레스 그 사람은 지금 어디 머무는가?

---

278 신약성서 마태오의 복음서 16:19에서 예수는 베드로에게 천국 열쇠를 맡겼다.

나를 그분께 데려다주게. 그분을 이리 모셔 오던가.

조교 아! 선생님의 금지령이 워낙 엄격해서요!
과연 그래도 되는지 모르겠습니다.
저 위대한 작업을 위해 벌써 여러 달째
가장 고요한 정적 속에 머물고 계십니다.[279]
학자 중에서도 가장 섬세하신 분이
마치 숯 굽는 사람처럼 보이죠.
귀며 코는 새카맣게 그을었고
불을 불어대느라 눈이 시뻘게요.
그렇게 매 순간 갈망하니,
부지깽이 소리가 음악이 되고 있지요.

메피스토펠레스 내가 들어가는 걸 그가 거부할까?
나는 그의 행운에 속도를 더해줄 사람인데.[280]

(조교가 퇴장하고 메피스토펠레스는 위엄 있게 앉는다.)

내가 자리를 잡자마자 저 뒤에서
한 손님이 움직이는걸. 내가 아는 사람이군.
하지만 이젠 최신 학파 사람이 되었네.
그가 한없이 나대겠구나.

학사 (복도를 따라 달려오면서) 문들이 열려 있네!
마침내 살아 있는 사람이
꼭 죽은 사람처럼, 곰팡이 속에서
근심하고 망가지다 못해

279 연금술사의 위대한 작업(opus magnum)은 현자의 돌을 만들어내는 일이다. 조교는 여기서 바그너의 의도를 밝히지 않는다

280 호문쿨루스의 창조에 메피스토펠레스의 힘이 작용한다는 것을 암시한다.

죽기까지 하는 일이 없어지기를
바랄 수 있겠는걸.

이 골조, 이 벽들이
기울다가 마지막엔 쓰러지겠지.
우리가 얼른 피하지 않는다면
무너지는 폐허가 우리를 덮치겠네.
나는 다른 누구보다도 대담하지만[281]
아무도 더는 나를 이끌어주지 않는다.

하지만 오늘 난 무슨 일을 겪나!
벌써 여러 해 전에 내가
소심하게 겁먹은 채
선량한 신입생으로 들어왔던 곳 아닌가?
내가 그 늙은이를 믿고
그의 허튼소리에 감명받은 곳이다.

낡아빠진 책 나부랭이를 인용해
저들이 아는 것을 내게 거짓으로 일러주었지.
저들이 아는 걸 스스로 믿지도 않으면서
자신과 내 삶을 앗아갔단 말이지.
무어?—저기 저 뒷방에 아직
한 사람이 어스름 속에 앉아 있네!

281 건물이 무너질까 봐 벌벌 떨면서 하는 말이다.

가까이 다가가 보니, 놀라워라.
아직도 갈색 모피 차림인데,
진짜로 내가 그의 곁을 떠날 때와 다름없이
 그 거친 양모를 두르고 있잖아!
당시 그는 노련해 보이긴 했으나
나는 그를 전혀 이해하지 못했어.
오늘은 다시 그에게 다가간들
나를 방해할 게 없을걸!

노인장, 레테[망각의 강]의 흐린 물살이 비스듬히 기운
그 대머리를 적시지 못했다면
여기 학생이 다가오는 걸 보십시오.
이젠 학문의 낚시로 붙잡기엔 너무 커버렸죠.
선생께선 옛날에 저와 만났을 때의 모습 그대로지만,
저는 이제 다른 사람이 되었답니다.

메피스토펠레스 벨을 울려 자네를 불러냈으니 정말 기쁘군.
당시에도 자네를 얕보진 않았어.
애벌레나 번데기 단계에서 이미
장래의 화려한 나비를 짐작할 수 있지.[282]
고수머리에 레이스 칼라를 하고
자넨 아이의 즐거움을 느꼈네—
자넨 머리를 묶어 땋은 적은 없겠지?
오늘은 스웨덴식[짧게 깎은] 머리 모양이군.

---

282 메피스토펠레스가 씨를 뿌려놓고 시간이 흘러 수확하고 있다. "천상의 서곡"에서 주님의 말씀(310~311행)과 대비되는 악마의 발언이다.

무척 대담하고 단호해 보이네.
다만 절대로[283] 집에 가진 말게.

학사 옛 선생님! 우린 그 옛날과 같은 장소에 있네요.
다만 새로워진 시대의 흐름을 생각하시어[284]
이중 의미가 담긴 말씀만은 생략하시죠.
지금 우린 전혀 다른 일들에 주목한답니다.
옛날 분들은 선량하고 충실한 젊은이를 우롱했죠.
그런 일이 별다른 기술 없이 잘도 먹혔습니다만,
오늘날엔 아무도 그런 걸 감행하지 못합니다.

메피스토펠레스 애송이들한텐 절대로 편하게 여겨지지 않는
순수한 진실을 젊은이에게 말하자면,
청춘은 시간이 지난 다음 나중에야
자기 손에서 모든 것이 망가졌음을 알게 되지.
그제야 그들은 이것이 자기 머리에서 나왔다고 여기거든.
그러니까, "선생이 바보였네"라는 것 말이야.

학사 악당이라면 그러겠죠!—대체 어떤 선생이
우리한테 그처럼 직설적으로 진실을 말하겠어요?
누구든 늘리거나 줄이는 법을 알고,
경건한 애들한테 때로는 진지하게, 때로는 명랑하게 대하는걸요.

메피스토펠레스 물론 배움을 위한 시간이란 게 있지.
보아하니 자넨 벌써 가르칠 준비가 되었군.

---

283 '절대로'(absolut)는 1800년대의 어법으로 보면 피히테(Fichte) 철학을 암시한다. 괴테는 자주 그것을 "절대적 나"(das absolute Ich)라고 조롱했다. 이어지는 학사의 말에서 피히테 철학의 내용이 드러난다.

284 칸트가 말하는 인식의 "코페르니쿠스적 전환"(인식 주체의 사고 틀이 가지는 중요성의 발견) 이후로 새로운 시대가 시작되었다는 뜻이다.

여러 해, 여러 달 전부터 자넨
풍부한 경험을 쌓았나 보네그려.

학사 경험이라뇨! 그거야 거품이고 먼지죠!
정신에 비할 바가 못 됩니다.
고백하시죠, 옛날부터 알아 왔던 것은
전혀 알 가치가 없던 것들이라고 말입니다….

메피스토펠레스 (잠시 멈춘 뒤에)
나한텐 오래전부터 그랬다네, 나야 바보였으니.
이제 나 자신이 참으로 공허하고 진부하게 여겨지는군.

학사 정말 기쁩니다! 이제야 이성적인 말을 들었으니까요.
합리적이라 생각되는 노인은 처음 뵙네요!

메피스토펠레스 나야 깊이 묻힌 황금의 보물을 찾아다녔지만,
실은 소름 끼치는 석탄을 짊어지고 다닌 거였어.

학사 이제 당신의 두개골, 그 대머리가
저기 있는 해골보다 나을 게 없다고 고백하시나요?

메피스토펠레스 (편안하게)
친구여, 자넨 자신이 얼마나 난폭한지 모르겠지?

학사 도이치 말로 친절하게 말하면 그건 거짓말이니까요.[285]

메피스토펠레스 (바퀴 의자를 무대 앞쪽으로 밀고 오면서, 1층 관객에게)
여기 위에 있는 내겐 공기가 점점 희박해지는데,
그 아래쪽에서 피난처를 찾을 수 있을까요?

학사 가장 적절치 못한 시간에 이미 효력 잃은 역할을
맡겠다는 건 주제넘은 일이라 생각합니다.
인간의 생명은 피에 들어 있는 것인데, 피라는 게

---

285 당대의 문학작품에서 인용한 구절

젊은이의 몸속에서나 활발하게 움직이는 것 아니겠습니까?
생생한 힘을 갖춘 살아 있는 피만이
생명에서 새로운 생명을 만들어내죠.
거기서 모든 게 움직이고, 모든 일이 행해지며,
약한 것은 쓰러지고, 쓸모있는 것만 나타납니다.
그사이 우린 세계의 절반을 얻었습니다만,
당신들은 무얼 했나요? 고개를 끄떡이고, 생각에 잠기고,
꿈꾸고, 고려하고, 계획 또 계획만 거듭 세웠죠.
분명합니다. 노년이란 변덕스러운 곤궁의
서리에 들어 있는 차가운 열기예요.
서른 살이 넘으면
죽은 거나 다름없죠.
당신들을 제때 물리쳐버리는 게 가장 좋은 일 같군요.[286]

메피스토펠레스 악마도 여기선 더는 할 말이 없군.

학사 내가 원하지 않는다면 악마란 존재할 수 없소.

메피스토펠레스 (방백) 악마가 곧바로 발 걸어 널 넘어뜨릴걸.

학사 이것이 청춘의 가장 고귀한 소명이죠!
내가 세상을 창조하기 전엔 세상도 없었어요.
내가 태양을 바다에서 하늘로 띄워 올린 거고,
달의 변화는 나와 더불어 시작했죠[피히테 철학 암시].
낮은 나의 길을 장식하고,
지구는 나를 위해 푸르러지고 꽃을 피워요.
내 손짓에 따라 저 최초의 밤에
모든 별들의 광채가 펼쳐졌으니.

---

286 몰리에르의 희곡 〈동 쥐앙〉 제4막 5장에서 인용

나 말고 대체 누가 당신들을 위해
속물적으로 편협한 사상의 온갖 굴레를 부수었겠어요?
하지만 나는 자유롭게 내 정신이 말하는 대로,
내면의 빛을 즐겁게 따라가지요.
나만의 환희에 잠겨 재빨리 걸어갑니다.
어둠은 등 뒤에 두고 밝음이 앞에서 이끌어가지요. (퇴장)

메피스토펠레스 너의 광채 속에서 독창적으로 나아가라!—
하지만 이런 깨달음을 얻는다면 마음이 무척 상할걸.
어떤 멍청한 생각도, 아무리 영리한 생각도
이전 세계가 이미 생각하지 않은 것은 없다는 사실—
하지만 이 인간 탓에 우리가 특별히 더 위험해지는 건 아니야.
몇 년 지나지 않아 달라질 테니까.
포도즙이 아무리 기묘하게 부글거려도
결국엔 포도주가 된다는 말씀.
(갈채를 보내지 않는 1층의 젊은 관객에게)
자네들은 내 말에도 차가운 태도로 앉아 있지만,
선량한 아이들이여, 내 자네들한테 말하지.
생각해봐라. 악마는 나이가 들었으니,
너희도 나이가 들어봐야 그를 이해하지!

실험실

중세의 관점에 따른 환상적인 목적의
커다랗고 조작하기 어려운 기구들.[287]

바그너 (용광로 앞에서) 종이 울리고, 그 끔찍한 종소리가
그을린 벽을 뒤흔들었다.
가장 진지한 기다림의 불확실성은
이제 오래가지 않을 것이다.
벌써 어둠이 물러가는걸.
플라스크의 가장 안쪽에서
살아 있는 석탄처럼 벌겋게 달아오르니,
가장 밝은 홍옥[紅玉, 루비] 같구나.
저것이 어둠을 뚫고 빛나는 번개처럼 빛난다.
밝고도 하얀 빛이 나타나네!
오, 이번만은 실패하지 않기를.
아, 맙소사! 문에서 뭐가 덜컥대는 건가?

메피스토펠레스 (들어서며)
반갑소! 이건 좋은 뜻으로 드리는 말씀!

---

287 중세 연금술사의 실험실로, 제1부에서 파우스트가 자기 아버지의 연구에 대해 말한 것과 같은 종류의 공간이다(1034~1055행 참조).

호문쿨루스를 만든 바그너

바그너 (두려워하며)

환영합니다! 별의 순간[결정적 시간]에 잘 오셨소.

(나직이)

하지만 말과 숨결을 입속에 굳건히 간직하시오.

엄청난 작업이 이루어지려는 참이오.

메피스토펠레스 (더 나직이) 대체 뭐요?

바그너 (더 나직이) 인간을 만드는 중이오.

메피스토펠레스 인간이라고? 사랑에 빠진 한 쌍을

굴뚝에 집어넣기라도 한 거요?

바그너 신이여, 보호하소서! 전에는 인간을 낳는 게 유행이었소만,
우리는 그걸 공허한 장난질이라 보죠.
생명이 도약해 나오는 그 섬세한 지점,
내부에서 밖으로 향하는 그 사랑스러운 힘,
저 자신을 베끼도록 정해진 채 주고받는
우선 가장 가까운 것을, 이어서 낯선 것을 익혀나가는
그 힘[번식]은 이미 품위를 다 잃었소.
짐승은 앞으로도 그런 것을 기쁘게 여기겠으나,
인간은 위대한 재능으로 장래엔
더 순수하고 더 높은 기원을 가져야 하오.[288]
(용광로를 향하며)
빛이 난다! 보시오!—이제 진짜로 희망할 수 있소.
우리가 수백 가지 재료들을 제대로
섞어, 그야 섞는 것이 핵심이니까,
점차 인간 재료를 구성해서
플라스크 안에 발라 넣고
그것을 적절히 거듭 증류하면,
조용한 가운데 작업이 이루어지는 거지요.
(다시 용광로를 향하고)
다 돼간다! 덩어리가 차츰 맑아진다!
확신은 점점 진실이 되어간다!
사람들이 자연의 신비로운 일이라고 찬양한 것을
우리는 감히 지식으로 시험해보고,
보통은 자연이 조직하도록 맡겨두는 것을

---

288 인조인간의 시대가 와야 한다고 역설한다.

우리가 결정체로 만드는 거지요.

메피스토펠레스 오래 살다 보면 별걸 다 경험한다니까.
이 세상에서 완전히 새로운 일은 일어날 수 없지.[289]
나야 방랑하며 수업하던 시절에 벌써
결정체로 만들어진 인간 종족을 보았으니 말이오.[290]

바그너 (계속 플라스크만 주목한 채)
올라온다, 번개 친다, 점점 쌓인다.
한순간에 이루어졌다.
거대한 의도는 처음엔 미친 것처럼 보이지.
하지만 앞으로는 우연을 비웃을 테다.
제대로 생각하는 두뇌를
앞으로는 사상가가 창조하게 될 거야.
(황홀감에 차서 플라스크를 관찰하며)
저 유리는 사랑스러운 힘으로 떨림소리를 낸다,
흐려졌다 맑아졌으니, 분명 만들어진 거야!
저 섬세한 형태 안에서
귀여운 꼬마 인간이 움직이는 게 보인다.
이제 우린 무얼 바라나, 세상은 무엇을 더 바라나?
저 비밀이 이렇게 드러났는데.
이 소리에 귀를 기울여라.
그게 목소리가 되고 언어가 된다.

---

289 구약성서의 전도서 1:9 내용이다. "지금 있는 것은 언젠가 있었던 것이요 지금 생긴 일은 언젠가 있었던 일이라. 하늘 아래 새것이 있을 리 없다."

290 구약성서에 등장하는 롯의 아내(소금 기둥으로 변함. 창 19:26)나 메두사가 사람들을 돌로 만든 이야기 등은 기독교가 형성되기 전에 있었던 사건이다. 기독교의 악마는 중세에 본격적으로 경력을 쌓는다.

호문쿨루스 (플라스크 안에서 바그너에게)

아빠! 어떻게 되고 있나요? 농담이 아니었네요.
어서, 날 다정히 품에 안아주세요!
다만 너무 세게는 말고요. 유리가 깨지지 않도록요.
그게 이런 것들의 특성이죠.
자연의 존재에겐 온 세상도 좁지만,
인공의 존재는 제한된 공간을 요구한답니다.[291]

(메피스토펠레스에게)

그런데 당신, 장난꾸러기 사촌도 여기 있네?
딱 맞는 시간에 말이지, 고마워.
행운이 당신을 우리에게 데려왔어.
나는 존재하니, 활동도 해야지.
곧바로 일하러 나서고 싶은데,
당신이 능숙하게 지름길을 알려줄 테지.[292]

바그너 한마디만 더! 지금까지 나는 부끄러워해야만 했단다.
옛날이고 지금이고 이런저런 문제들이 나를 몰아붙였으니.
예컨대 영혼과 육체가 어떻게
그처럼 어울리는지는 아무도 몰랐지.
도저히 갈라놓을 수 없도록 단단히 붙어 있으면서도,
그토록 서로를 계속 싫어하니.

---

291 인조인간 호문쿨루스는 플라스크를 벗어날 수 없다.

292 이 장면에서도 짐작할 수 있고 나중에 더욱 명확히 밝혀지는 바에 따르면, 호문쿨루스는 빛을 내는 유리병이다. 시간과 공간을 초월해 모든 것을 꿰뚫어 보는 순수한 지성과 정신인데 다만 육신은 없다. 유리병이 그의 육신을 대신하며 그는 그 안에서 번쩍이는 정신의 빛이다. 그의 소망은 당연히 육신을 얻는 것이다. 이어지는 "고전적 발푸르기스 밤"에서 호문쿨루스는 육신을 얻어 완전한 존재가 되고 싶은 욕망을 드러내며 지혜로운 존재들에게 그 방법을 묻고 다닌다.

그런 다음엔—

메피스토펠레스 그만! 차라리 이렇게 묻고 싶소.

어째서 남자와 여자는 서로 그렇게 못 지내는가?
내 친구여, 당신은 이런 걸 절대로 밝히지 못할 거요.
여기 할 일이 있소. 저 꼬마도 그걸 하길 원하고.

호문쿨루스 할 일이란 게 대체 뭐요?

메피스토펠레스 (옆문을 가리키며) 여기서 네 재주를 보여다오!

바그너 (여전히 플라스크를 바라보며)

넌 참 귀여운 소년이다! 암, 그렇고말고.

(옆문이 열리고, 침상에 뻗어 있는 파우스트가 보인다.)

호문쿨루스 (깜짝 놀라며)

의미심장해!—

(플라스크가 바그너의 손을 벗어나 파우스트 위를 맴돌며 그를 비춘다.)

멋지게 둘러싸였네! 빽빽한 숲의
맑은 물, 옷을 벗은 여자들이다.
모두 사랑스러워! 점점 더 나아지는걸.
하지만 한 명이 빛나면서 두드러진다.
최고 영웅의 혈통, 진짜 신들의 혈통이구나.
그녀가 발을 투명한 밝음에 집어넣는다.
고귀한 몸에 어여쁜 생명의 불꽃이
파도의 나긋나긋한 크리스털 안에서 서늘해지는걸.
그러나 격하게 움직이는 날개의 굉음,
매끄러운 수면에 이 어떤 철썩거림, 찰방거림인가?
아가씨들이 놀라 도망친다. 하지만
여왕만은 침착하게 그 속을 들여다보네.
여성의 오만한 만족감으로, 백조들의 영주가

들이대면서도 나긋하게 자기 무릎에 몸을
휘감는 걸 바라본다. 백조는 익숙해지는 듯해—
갑자기 증기가 일어나
빽빽이 짜인 얇은 베일로
가장 사랑스러운 장면을 가리네.[293]

메피스토펠레스 네가 모든 걸 설명한 건 아니지!
이렇게 작아도 네 상상력, 위대하구나.
내겐 아무것도 안 보이는데—

호문쿨루스 그 말 믿어, 너 북방 친구야.
안개의 시대에 젊은이가 되어
기사도와 사제직의 황량함에 묻혔으니
네 눈이 어디선들 자유롭겠니!
어두운 것에만 익숙하지.[294]
(주위를 둘러보면서)
갈색으로 변한 석조 건물, 곰팡이 앉은, 역겹고,
뾰쪽한 아치, 낮은 곳에는 당초무늬 곡선[고딕식 건축물]—
이 사람이 여기서 깨어나면 새로운 고통이니,
그대로 죽은 듯 있는 거지.
숲의 샘들, 백조들, 벌거벗은 미인들,
그런 게 예감에 가득 찬 그의 꿈이었다[그리스신화의 세계].

---

293 백조로 변신한 제우스가 레다에게 접근하는 모습을 말한다. 이 결합의 결과로 레다는 알 두 개를 낳았는데, 하나에서 쌍둥이 디오스쿠로이가, 다른 알에서 아름다운 헬레네가 태어났다고 한다. 이 장면에서 호문쿨루스는 파우스트의 꿈을 들여다보고 있는데, 꿈의 내용은 헬레네의 탄생 이야기다.

294 중세의 북유럽(알프스 북쪽)에 익숙한 악마 메피스토펠레스를 서술한 것이다. 고대 그리스 세계에 익숙하지 않고 그 안에서는 별다른 신통력도 없다. 하지만 지적으로 시공을 초월한 호문쿨루스는 곧바로 그리스 세계에 통달한다.

그가 어찌 이쪽 것들에 익숙해지고 싶겠어!
가장 편안한 인간인 난 이런 건 못 참지.
그를 데리고 떠나자!

메피스토펠레스 나야 떠난다면 기쁘지.

호문쿨루스 전사더러는 싸움터로 가라고 명령하고,
아가씨는 춤의 대열로 안내해.
그러면 모든 게 즉시 제대로 돌아가는 거지.
퍼뜩 생각났는데, 마침
고전적 발푸르기스 밤[295]이구나.
생겨날 수 있는 최상의 일이 그를
그에게 어울리는 원소[삶과 존재 형식]로 데려갈 거야.

메피스토펠레스 그런 건 지금까지 들어본 적 없는데.

호문쿨루스 그게 어찌 너희 귀에 들어가겠니?
너희는 그저 낭만적인 유령들[296]이나 알 뿐이지.
진짜 유령은 고전적이라야 해.

메피스토펠레스 하지만 그렇다면 대체 어디로 가야 한다지?
고대의 동지들은 나를 꺼릴 텐데.

호문쿨루스 사탄아, 네 쾌락 영역은 [유럽 대륙] 북서부에 있지.
이번에 우린 남동쪽으로 항해한다—
너른 평원에서 페네이오스강이 자유롭게 흐르는구나.
덤불과 나무들이 우거진, 고요하고 습한 물굽이들,
평원은 넓게 펼쳐지며 산들의 협곡으로 연결되지.

---

295 제1부의 발푸르기스 밤은 중세 악마와 마녀들의 축제였으며, 여기서 말한 '고전적' 발푸르기스 밤은 고대 그리스를 배경으로 한 일종의 유령 축제다. 그리스신화의 인물들이 등장한다.

296 중세 민담에 등장하며, 성직자들이 맞서 싸우는 유령들

저 위쪽에는 예나 지금이나 파르살로스[도시]가 자리 잡았어.

메피스토펠레스 오 맙소사! 저리 꺼져! 내게서
저 폭군 지배와 노예제의 전투[297]를 멀리해다오!
그건 지루해. 끝났는가 하면
처음부터 도로 시작하곤 했으니.[298]
아무도 몰랐지만, 실은 배후에 숨어 있는
아스모데우스[299]의 장난질이었지.
자유의 권리를 위해 싸운다고들 했지만,
정밀하게 바라보면, 그건 노예 대 노예의 싸움질일 뿐.[300]

호문쿨루스 인간의 역겨운 본질이야 인간들에게 맡겨두자!
누구나 저 할 수 있는 대로 저항해야지.
소년 시절부터 말이야. 그래야 어른도 될 테니까.
여기서 문제는 '이 인간을 어떻게 치료할 것인가?'뿐이다.
네게 방책이 있거든 어디 해봐라.
못 하겠거든 나한테 맡기고!

메피스토펠레스 여러 가지 브로켄 처방을 두루 시험해봤으나

---

297 폭군 지배는 카이사르·폼페이우스·크라수스의 삼두정치를, 노예제는 카이사르의 군사독재를 가리킨다.

298 카이사르가 공화주의자들에게 암살당한(기원전 44년) 다음 옥타비아누스·안토니우스·레피두스에 의한 '제2회 삼두정치'가 나타났고, 이들은 다시 공화주의자들을 박해하다가 자기들끼리 싸웠다. 결국 기원전 31년에 옥타비아누스가 단독으로 권력을 잡았다. 그는 기원전 27년 로마제국의 초대 황제가 되었다.

299 구약성서의 외경인 토비트 3:8에 등장하는 귀신이다(우리말 성서 공동번역본에는 '아스모데오'로 표기). 5378행에서는 '아스모디'(Asmodi)라고 지칭했다. '사라'라는 여인이 결혼했는데 부부 관계를 갖기 전에 아스모데우스가 그 남편을 죽였으며, 이런 일이 일곱 번이나 반복되었다.

300 로마 공화정 말기 표면상의 권력 다툼 뒤에서 온갖 형태의 혼인 거래가 이루어졌다. 옥타비아누스와 안토니우스의 싸움에서도 이집트 여왕 클레오파트라가 결정적 역할을 했다. 그녀는 카이사르의 아들을 낳았고, 죽기 전까지 안토니우스의 연인이었다.

이교[異教]의 빗장이 거부하는 것 같아.
그리스 민족은 별 쓸모가 없어!
하지만 더 자유로운 감각의 놀이로 너희를 매혹하니,
인간의 가슴을 더 명랑한 죄악으로 유혹해 이끌어간다.
우리 것은 항상 어둡다고들 하니 말이야.
이제 어떻게 하나?

호문쿨루스 넌 바보는 아니지.
내가 테살리아 마녀들[뒤에 나올 에리히토 등]이라고 말하면,
뭔가 알 수 있을 텐데.

메피스토펠레스 (음탕하게)
테살리아 마녀들! 물론이지! 그건 내가
오래전부터 조사해온 인물들이다.
밤마다 그들과 함께 지내는 건
유쾌할 리 없어 보인다만,
방문하는 것쯤이라면 괜찮지! 해보자!

호문쿨루스 그 외투를 이리로 가져와서
이 기사[파우스트]를 잘 감싸라!
이 헝겊[외투]이 지금까지 그랬듯
너희 둘을 한데 엮어 운반할 거고,
나는 앞에서 빛을 비출 거야.

바그너 (두려워하며) 그럼 나는?

호문쿨루스 어? 그러니까
집에 남아서 가장 중요한 일을 해야죠.
옛날 양피지들을 열어 보고,
처방대로 생명 원소들을 모아서
조심스럽게 하나로 합쳐요.

'무엇'을 생각하고, '어떻게'는 더 많이 생각해요.
그사이 나는 세상의 한 부분을 두루 돌아다니며
'i' 자 위의 작은 점 하나를 찾아낼 거니까[화룡점정].
그러면 위대한 목적이 이루어진 겁니다요.
그런 노력은 이런 보상을 받기 마련이죠.
황금, 명예, 명성, 무병장수,
학문과 미덕—까지도 어쩌면.
그럼 안녕히 계세요!

바그너 (침울하게) 안녕! 그 말이 내 가슴을 짓누른다.
다시는 널 못 볼 것 같아 두려워.

메피스토펠레스 그럼 어서 페네이오스강으로 내려가자.
사촌께선 무시당하진 않겠어.
(관객에게)
결국 우린 우리가 만든
피조물에 매달린다니까요.

고전적 발푸르기스 밤

파르살로스 평원

어둠.

에리히토 나, 음울한 에리히토[301]는 전에도 자주 그랬듯
이 밤의 끔찍한 축제[302]를 위해 나타났다.
불쾌한 시인들이 나를 과도하게 비방하듯
그렇게까지 역겨운 존재는 아니건만… 칭찬도
나무람도 끝이 없네…. 저 멀리 골짜기까지
근심과 공포로 가득한 밤의 후세 모습이라고 보여주는
잿빛 천막의 파도는 이미 퇴색해 사라졌다.
얼마나 자주 되풀이되었던가. 앞으로 영원까지
되풀이될 일…. 아무도 제국을 다른 이에게
넘겨주지 않으니, 제가 힘들여 얻어

---

301 테살리아(그리스 북부 에게해에 면해 있는 지방)의 마녀다. 기원전 48년 카이사르와 폼페이우스가 벌인 파르살로스전투가 끝난 뒤 에리히토는 시신에 약물을 넣어 일어서게 하고 말도 하게 했다고 한다. 로마 시인 루카누스가 처음으로 서사시 〈파르살리아〉(Pharsalia)에서 언급한 뒤로, 단테의 〈신곡〉에도 등장하고 여기서도 나온다.

302 테살리아 평원의 생성을 기리는 펠로리아(Peloria) 제(祭)를 가리킨다. 지진이 템페산맥을 갈라놓을 때 생겨난 협곡(템페 골짜기)으로 물이 흐르면서 이 평원이 생겨났다. 하지만 뒷날 여기서 잔혹한 전투가 벌어졌기에 '끔찍한 축제'가 되었다.

강력하게 통치한 제국을. 그야 자신의 내면을
억누를 줄 모르는 자는 모두, 이웃의 의지를
자기의 오만한 생각에 맞추어 다스리길 좋아하니까….
바로 여기서 그 위대한 본보기가 된 전투가 벌어졌다.
폭력이 더 심한 폭력에 맞서고,
꽃이 만발한 사랑스러운 자유의 화환을 찢어버리고,
뻣뻣한 월계관이 통치자의 머리에 맞춰 구부러진 곳.
옛날 여기서 폼페이우스는 위대함의 절정을 꿈꿨지.
카이사르는 저기서 오락가락하는 혓바닥에 귀 기울이며 깨어 있었고!
한번 겨뤄본 거지. 누가 성공했는지 세상은 알고 있다![303]

병사들의 화톳불, 붉은 불꽃 이글거린다.
땅바닥은 흘린 피의 반사광을 내뿜고,
이 밤 진기한 기적의 광채에 유혹되어
고대 그리스 전설의 군단이 모였다.
화톳불마다 옛 시절의 기묘한 모습들이 불을 둘러싸고,
불안하게 흔들리며, 또는 편안하게 앉아 있다….
달은 보름달이 아니라도 환하게 떠올라
온화한 광채를 사방으로 퍼뜨린다.
유령 천막들 사라지고, 불은 푸르게 타오른다.

하지만, 내 머리 위에서! 이 무슨 뜻밖의 별똥별인가?

---

303 기원전 48년에 벌어진 파르살로스전투에서는 카이사르가 이겼다. 폼페이우스는 이집트로 도망쳤다가 암살당했다. 카이사르도 나중에 암살당했다.

저것이 빛나며 공 덩어리[304]를 비추네.
생명의 냄새가 난다. 살아 있는 것에 가까이 있는 건
내게 안 어울려. 나는 그들에게 해로우니까.
그래서 고약한 명성을 얻은 거지, 내겐 쓸모도 없이.
벌써 내려오네. 나는 신중하게 이 자리를 피해야겠다!
(멀어진다.)

공중을 나는 자들, 위에서

호문쿨루스 이 불꽃과 끔찍한 광경 위로
한 바퀴 더 돌자.[305]
저 골짜기와 바닥은
정말 유령 같아 보인다.
메피스토펠레스 낡은 창문을 통해 보듯
북방의 황량함과 공포가 보이네.
온통 끔찍한 유령들이야.
여기든 저기든 내겐 친숙해.
호문쿨루스 보라! 저기 키 큰 여자 한 명이
큰 걸음으로 우리를 앞서간다.
메피스토펠레스 그녀는 아마도 두려워하는 것 같아.
우리가 공중으로 날아오는 걸 봤거든.
호문쿨루스 그녀는 가도록 버려두고 그를 내려놔,

304 공 덩어리처럼 외투에 둘러싸인 (또는 기구를 탄) 파우스트와 메피스토펠레스를 호문쿨루스가 비추며 일행이 공중에서 날아오고 있다.
305 제1부 "발푸르기스 밤" 첫 부분에서 도깨비불이 안내를 맡았다면 여기서는 호문쿨루스가 번쩍이며 이들을 안내한다.

너의 기사를. 생명이 금세
그에게 돌아올 테니.
그는 이야기 영역에서 생명을 찾고 있잖아.[306]

파우스트 (바닥에 닿자) 그녀는 어디 있지?—

호문쿨루스 우리야 모르지만,
여기선 아마 물어볼 수 있을걸.
날이 밝기 전에 서둘러.
불꽃에서 불꽃으로 살펴보며 가라.
어머니들에게로 갔던 사람이니
넘어서지 못할 게 없을 테지.

메피스토펠레스 나도 여기선 내 할 일이 있네.[307]
우리의 행운을 위해,
각자 불 사이로 돌아다니며
저만의 모험을 하는 것보다 더 나은 방법을 모르겠어.
그런 다음 우리 다시 모이려면
꼬마야, 너의 불빛을 비추며 소리도 울려라.

호문쿨루스 그렇다면 이렇게 번개도 치고 소리도 낼게.
(플라스크가 웅웅 울리며 강한 빛을 낸다.)
이제 새로운 기적의 일들을 향해 서둘러 가자! (퇴장)

파우스트 (혼자서) 그녀는 어디 있나?—이제 더는 묻지 마라….
이건 그녀를 받쳐준 땅덩이[그리스 본토] 아닌가.
그녀에게 부딪치던 파도 아닌가.

---

306 파우스트는 이야기 세계(문학작품)의 인물 헬레네에게 푹 빠져 있으니, 그녀를 찾아내야 한다.

307 파우스트는 미(美)의 이상인 헬레네를 찾고 있다. 이와는 반대로 메피스토펠레스는 추(醜)의 원형을 찾으려 한다.

그리고 그녀의 언어를 말하던 대기가 아닌가.
여기다! 기적을 통해 여기 그리스에 왔어!
내가 서 있는 땅을 나는 방금 느꼈다.
한 정령이 잠꾸러기인 나를 방금 스쳐 지나간 것처럼,
이렇게 서 있으니 안타이오스[308]가 된 기분이다.
여기서 가장 기묘한 것을 찾아내면,
이런 불꽃의 미로를 진지하게 탐색해야겠다.
(멀어진다.)

메피스토펠레스 (사방을 살피며) 이 불꽃들을 통과하면서 보니,
모든 게 완전히 낯설기만 하구나.
거의 모두 벌거벗었고, 몇몇은 셔츠만 걸쳤네.
스핑크스도 부끄러움을 몰라. 그라이프[그리핀]도 뻔뻔해.
모두는 아니라도, 고수머리에 날개가 달렸네.
앞으로도 뒤로도 이것저것 다 보여[벌거벗었으므로].
우리도 마음속이야 엉큼하다지만
고대는 너무 생생한걸.
가장 최신의 감각으로 이것을 극복하고
다양한 유행을 그 위에 덧붙여야지.
역겨운 민족이다! 하지만 짜증 내선 안 되지.
새로운 정령으로서 단정히 저들에게 인사해야겠다—
아름다운 여인들아, 똑똑한 노인들아,[309] 행운을 빌어.

그라이프들 (그르렁대며)

---

308 그리스신화에 나오는 인물로 발이 땅에 닿을 때마다 강해진다. 파우스트는 그리스 땅에서 그런 느낌을 받는다.

309 노인(Greis)과 그라이프(Greif)는 발음이 비슷하다.

노인이 아니라 그라이프라고! 노인이라 불리면
누구도 달갑지 않아. 낱말마다 그것이 유래한
기원이 함께 울리는 법이야.
잿빛, 언짢은, 불평 많은, 섬뜩한, 무덤, 격노한,
모두 어원이 같은 말들인데,[310]
우리랑은 전혀 안 맞아.

메피스토펠레스 아니, 잘 맞아. 벗어나지 않는다.
'그라이프'라는 명예로운 이름에 '그라이'[Grei]가 들어 있잖아.

그라이프들 (계속 똑같이 그르렁대며) 물론! 유사성은 검증되었어.
자주 비난받지만, 칭찬을 더 많이 듣지.
아가씨, 왕관, 황금을 움켜쥐어라.[311]
움켜쥐는 사람에게 대개는 포르투나[행운의 여신]가 깃든단다.

개미들 (거대한 종)
너흰 지금 황금 얘기를 하는구나. 우린 많이 모아두었지.
바위와 동굴에 몰래 감추어두었어.
아리마스포이 종족[312]이 그걸 알아냈는데,
저기서 웃고 있네. 자기들이 그걸 그렇게 멀리 끌고 왔다면서.

그라이프들 우리가 곧 그들에게 자백을 시키려고.

아리마스포이 이렇듯 자유로운 환희의 밤엔 그러지 마.
내일이 되기도 전에 모두 다 써버릴걸.
이번에 우린 성공할 거야.

---

310 순서대로 Grau, grämlich, griesgram, gräulich, Gräber, grimmig다. 어원이 같은 게 아니라 단어 앞부분 철자(gr)의 발음이 동일하다.

311 명령법 '움켜쥐어라'(greife)가 그라이프의 복수형(Greife)과 철자가 같은 데서 기인한 말장난이다.

312 황금을 그리스 땅으로 가져왔다고 전해지는 외눈박이 거인족

메피스토펠레스 (그사이 스핑크스들 사이에 자리 잡고 앉았다.)
얼마나 쉽고 즐겁게 난 여기 적응하고 있나.
한 명 한 명을 다 이해하겠네.

스핑크스[313] 우리가 유령 소리를 숨으로 내뿜으면
너희가 그걸 구현해내지.
우리가 너를 더 잘 알도록 네 이름을 말해라.

메피스토펠레스 사람들은 나를 여러 이름으로 불러.
여기 브리튼 사람도 있나? 그들은 세상을 두루 여행하니,
전쟁터를 살펴보고 폭포들과
무너진 성벽들, 고전적으로 따분한 곳들도 찾아가지.
여긴 그들에겐 잘 맞는 목적지 같아.
그들은 옛날 무대극에서 나에 대해 증언한다.
거기 사람들은 날 '오래된 죄악'[Old Iniquity][314]이라고 봤지.

스핑크스 어쩌다 그리 되었나?

메피스토펠레스 나도 모르겠어.

스핑크스 그럴지도! 너는 별들에 대해 좀 아니?
현재의 시간에 대해 무슨 말을 할 텐가?

메피스토펠레스 (올려다보며)
별이 별을 쏘네, 잘린 달이 밝게 빛난다.
이 아늑한 장소에서 난 기분이 좋아,
너의 사자 갈기에 몸을 덥히고 있으니.

---

313 여기서 스핑크스는 모순되는 존재다. 남성이자 여성이며, 아름답고도 추하고, 선량하면서 두렵고, 헬레네의 시대 이전에 헤라클레스에게 멸종되었다면서도 시대를 구분하면서 꿈쩍하지 않는다. 스핑크스는 메피스토펠레스를 밀어내고 파우스트에게는 케이론을 찾아가라고 충고한다.

314 중세 후기와 르네상스 시대 도덕극에서 악덕을 상징하는 등장인물

여기로 잘못 올라왔다간 해를 입을 테지만,
수수께끼를 내봐라. 철자 맞추기라도 좋아.

스핑크스 너 자신을 말하면 그걸로 벌써 수수께끼가 되겠는걸.
네 깊은 내면을 풀어보도록 해봐.
"경건한 자에게도 악한 자에게도 필요한 거야.
금욕적으로 싸우는 자에게는 흉갑이 되고,
미친 짓을 하려는 자에게는 동무가 되지.
제우스를 즐겁게 하려면 두 가지 다 필요해."

그라이프 1 (그르렁대며)
나는 그런 자가 싫다!

그라이프 2 (더 강하게 그르렁대며)
저자가 우리에게 뭘 바라는 거지?

둘이 함께 그 역겨운 놈은 여기 속하지 않아!

메피스토펠레스 (난폭하게) 넌 손님이 손톱으로 할퀸다고 믿는군.
네 날카로운 발톱도 못지않은걸?
어디 한번 해봐.

스핑크스 (온화하게) 넌 언제까지나 머물러도 되지만,
우리 사이에서 너의 발로 나갈 거야.
너의 나라[기독교 세계]에선 너 좋을 대로 하겠지만,
내가 잘못 생각한 게 아니라면, 여기선 기분이 언짢을걸.

메피스토펠레스 너는 위쪽을 올려다보면 산뜻하지만,
아래쪽 맹수의 모습은 참 무섭네.

스핑크스 너 이 가짜야, 넌 쓰라린 참회를 하러 온 거지.
우리 앞발은 건강하다.
하지만 넌 말발굽을 웅크리고 있으니
우리 모임에선 그런 게 유쾌하지 않아.

세이렌들[315]이 위에서 전주곡을 부른다.

메피스토펠레스 강변 포플러 가지에서
몸을 흔드는 저 새들은 누구냐?

스핑크스 잘 들어봐라! 가장 뛰어난 자들은[오디세우스 일행]
저 노래를 이미 이겨냈거든.

세이렌들 아 너희는 어찌 벌써 그 이상하고 추한 놈한테
익숙해져서 버릇이 나빠지려고!
들어봐라, 우린 무리를 지어 와서
잘 다듬어진 소리를 내지.
그게 세이렌들한테 어울리거든.

스핑크스 (그들을 비웃으며 같은 멜로디로)
강제로라도 끌어내려야겠다!
쟤들은 구역질 나는 매의 발톱을
나뭇가지 속에 감추고 있지.
너희가 귀를 기울이면
덤벼들어 망가뜨리려고.

세이렌들 저리 꺼져! 그 미움을 버려! 그 질투를!
우린 가장 순수한 기쁨을 모아
하늘 아래 흩뿌리지!
물 위에서, 땅 위에서
가장 명랑한 몸짓으로

---

315 그리스신화에 나오는 바다의 요정으로 여자의 얼굴과 새 모양을 한 괴물이다. 이탈리아 근해에 나타나 아름다운 노랫소리로 뱃사람들을 홀려 죽게 했다. 호메로스의 장편 서사시 〈오디세이아〉에도 등장한다.

나그네를 환영해준단다.

메피스토펠레스 이거 참 깔끔한 새[新] 소식이네.
목구멍에서 나온 소리와 하프에서
나온 소리가 서로 뒤엉키는걸.
저런 떨림음 내게선 힘을 잃지.
귀에는 좋게 울리지만
마음에 들어가질 않는단 말씀.

스핑크스들 마음 이야기는 하지도 마라! 그건 공허하다.
쪼그라든 가죽 자루,
네 얼굴엔 그게 어울려.

파우스트 (등장하며) 얼마나 멋진가! 바라보기만 해도 즐겁네.
역겨운 모습들이지만 쓸모 있는 큰 행렬.
난 벌써 유리한 운명을 예감해.
이 진지한 눈길은 나를 어디로 데려가나?
(스핑크스들을 가리키며)
그 옛날 오이디푸스가 저놈들 앞에 섰지.
(세이렌들을 가리키며)
저놈들 앞에서 율리시스[316]가 삼밧줄에 묶여 몸을 움츠렸지.
(개미들을 가리키며)
저놈들이 최고 보물을 모았고,
(그라이프들을 가리키며)
이들이 실수하지 않고 충실하게 그걸 지켰다!
나는 싱싱한 정신으로 충만해진 걸 느껴.
형태들은 위대하고, 기억도 위대하구나.

---

316 '오디세우스'의 라틴어 이름

메피스토펠레스 전에는 그런 걸 저주하며 멀리하더니,
지금은 쓸모 있어 보이는 모양이군.
하기야 애인을 찾는 마당에
괴물조차 환영이지.

파우스트 (스핑크스들에게)
여인의 모습들이여, 내게 말해다오.
너희 중 헬레네를 본 자 누구인가?

스핑크스들 그녀의 시대가 오기도 전에 우린 끝났어.
헤라클레스가 마지막 스핑크스를 때려죽였거든.
넌 케이론에게 물어볼 수 있을 거다.
그는 이 유령의 밤이면 이리로 달려오니까.
그를 네 편으로 만든다면, 넌 성공한 거야.

세이렌들 잘못될 리 없어!…
율리시스가 우리 곁에 머물 적에,
비방하며 서둘러 지나간 건 아니란다.
그는 많은 이야기를 해줄 수 있었어.
그 모든 걸 네게 알려줄게.
네가 우리 영역으로 오겠다면,
초록색 바다로 너를 데려갈 거야.

스핑크스 고귀한 이여, 속지 마라!
율리시스처럼 자신을 묶지 말고,
우리의 좋은 충고로 너를 묶어라.
고귀한 스승 케이론을 찾아낼 수 있다면,
내가 약속한 말이 무언지 알게 될 거다.

파우스트 (멀어진다.)

메피스토펠레스 (넌더리 내며) 무엇이 날개 치며 까옥대고 지나가지?

너무 빨라서 볼 수도 없는걸.
그런데도 연달아 지나가니,
이들을 잡으려다간 사냥꾼이 지치겠네.

스핑크스 폭풍처럼 휘몰아치는 겨울바람과 비슷해.
알키데스[헤라클레스]의 화살로도 잡기 어렵지.
저들은 날쌘 스팀팔리데스[317]들,
그들이 하는 까옥 인사는 좋은 뜻이란다.
독수리 부리와 거위 발을 가졌어.
그들은 기꺼이 우리 무리에 끼어
친척임을 입증하고 싶은 거야.

메피스토펠레스 (겁먹은 듯) 그들 사이에 또 다른 게 있는데.

스핑크스 저것들에겐 겁먹지 마라.
레르나 늪지의 뱀[히드라] 대가리들이니까.
몸통에서 잘리고도 아직 자기들이 뭐나 되는 줄로 여기지.
하지만 말해봐라, 너희는 대체 뭐냐?
어찌 그리 안절부절못하는 거지?
어디로 가려는 거냐? 떠나가라!…
내가 보기에 저기 저 합창대가 너희 머리를
이리저리 돌아가게 하네. 억지로 버티지 말고.
저리로 가라! 자극적인 여러 얼굴에 인사를 전해다오.
그들은 라미아[318]들, 쾌락을 주는 예쁜 아가씨들이야.
미소 짓는 입술과 뻔뻔한 이마로

---

317 아르카디아의 스팀팔리스호 유역에 살던 맹금류로 깃털, 부리, 발톱이 청동으로 되어 있으며, 깃털을 화살처럼 쏠 수 있었다고 한다. 헤라클레스가 퇴치했다.

318 젊고 아름다운 외모를 내세워 지나가는 사람을 유혹하는 흡혈귀

호색가 사티로스 종족을 기쁘게 한다.
염소 다리[메피스토펠레스]는 거기서 뭐든 할 수 있지.

메피스토펠레스 너희는 여기 있을 거지? 다시 보고 싶은데.

스핑크스 물론! 저 공중 종족에 섞여들어라.
이집트 출신인 우리 같은 자들은 오래전부터
천 년이나 통치하는 데 익숙해.
다만 우리 자리만은 존중해라.
그러면 우리는 달의 날과 해의 날들을 통치할 것이니.
피라미드 앞에서
종족들의 대법정이 열리지.
홍수, 전쟁과 평화—
그래도 얼굴 한 번 찌푸린 적 없어.

페네이오스

강물과 님프들에 둘러싸인[319]

페네이오스[320] 너 속삭이는 갈대들아, 움직여라!
갈대 형제들아, 나직이 숨 쉬어라.
가벼운 버들 관목들아, 바스락거려라.

---

319 줄리오 로마노(Giulio Romano, 1499-1546)가 이런 제목의 동판화를 남겼고, 괴테는 이 동판화 한 점을 소장하고 있었다.

320 테살리아 평원을 흐르는 페네이오스강의 신이다. 지진으로 생겨난 템페 골짜기를 관통해 흐른다. 뮤즈들에게 가장 중요한 산들인, 올림포스, 헬리콘, 파르나소스, 핀토스 등이 모두 이 근처에 있다. 이곳에서 그리스 종교, 지혜, 음악 등이 자리 잡았고 최초의 시인들이 살았다. 즉, 그리스 문화의 발원지라 할 수 있다. 순수한 그리스어가 여기서부터 그리스의 여러 종족 사이로 퍼져나갔다고 한다.

포플러 가지야, 중단된 꿈들을
살랑대며 속삭여라!…
두려운 예감이 나를
은밀히 움직이는 떨림으로
파도의 흐름과 휴식에서 깨운다.

파우스트 (강가로 다가서며) 내가 제대로 들은 거라면, 믿어야겠지.
이 나뭇가지, 이 관목들의
움츠러든 나뭇잎 뒤에서
사람 소리 같은 게 울리는걸.
파도가 수다를 늘어놓는다면,
미풍은 마치—농담꾼 우상 같아.

님프들 (파우스트에게) 너한테 제일 좋은 건
그냥 드러눕는 거야,
서늘한 물속에서
지친 팔다리를 쉬어.
너를 계속 피하는
휴식을 즐겨.
우리가 네게 속삭이며
간질이고 달래줄게.

파우스트 나는 깨어 있다. 오, 그들더러 지배하라고 해.
저 비할 바 없는 형태들,
내 눈길 그들을 저리로 보낸다.[321]
나 이토록 경이롭게 헤치고 지나왔네.
이건 꿈일까? 기억일까?

---

321 꿈에서 본 것을 '깨어서' 다시 본다.

전에도 한 번 넌 이렇듯 행복했었지.[322]
부드럽게 움직이며, 빽빽한 관목들의
신선함 사이로 스며드는 물은
콸콸 소리도 없고, 졸졸거리지도 않네.
사방 백 개의 원천에서 나와
합쳐져서 순수하게 맑은,
목욕하기 딱 좋은 깊이의 공간.
건강한 젊은 여인의 몸이
축축한 거울에서 나와 눈길을
두 배[잔잔한 수면에 반사된 모습까지]로 즐겁게 만든다!
한데 어울려 기쁘게 목욕하며
헤엄치면서, 소심하게 잘박대고
마지막엔 외침과 물싸움.
난 이들로 만족해야겠지.
내 눈은 여기서 즐겨야겠지.
하지만 내 감각 계속 애쓰며
눈길이 날카롭게 저쪽 덮개를 향하니,
초록색 풍요의 풍성한 잎사귀가
고귀한 여왕을 감추고 있다.

놀랍구나! 백조들이 온다.
물굽이에서 나와 헤엄치며,
위풍당당하게 움직인다.
고요히 떠돌고 섬세하게 어울리며

322 앞에서 꿈꿨던 내용으로, 6903~6920행에서 호문쿨루스가 묘사했다.

한편으로는 자신감에 차 뽐내면서 당당하게
머리와 부리를 움직이는 모습!…
하지만 그중 하나가 유독
담대하게 우쭐대는 것 같다.
모두를 통과해 재빨리 나아가네.
깃털이 부풀어 오르고
파도 위에서 물거품 일으키며
그는 저 거룩한 장소로 다가간다….[323]
다른 녀석들은 고요히 빛나는
깃털로 이리저리 헤엄치는데,
곧바로 격하게 화려한 싸움에
수줍은 처녀들은 눈길을 뺏겼네.
그들은 임무를 생각지도 않고
자신의 안전만 생각하기 급급해.

님프들 자매들아, 너희 귀를
물가의 초록 계단에 대봐!
내가 옳다면, 말발굽 소리가
들리는 것 같아.
이 밤에 누가 급한 소식을
가져오는지 나만은 알지.

파우스트 서둘러 달리는 말발굽 아래서
대지가 진동하며 울리는 것 같아.

---

323 제우스가 백조의 모습으로 스파르타의 왕비 레다를 만난 곳은 원래 스파르타의 에우로타스강이다. 하지만 파우스트는 자신의 소망과 의지에 따라 이곳 페네이오스강에서 그들을 환상으로 보고 있다. 헬레네의 잉태 장면부터 제3막에서 전개되는 사건 전체가 파우스트의 시적(詩的) 환상임을 암시한다.

내 눈길아 저기로!
좋은 운이 벌써
내게 오려는가?
오, 비할 바 없는 기적!
한 기사가 이쪽으로 달려온다.
정신과 용기를 두루 갖춘 듯해.
눈부시게 흰 말을 타고서….
내가 잘못 본 게 아니라면, 난 그를 알아.
필리라[324]의 유명한 아들!
멈추시오, 케이론. 멈춰요! 할 말이 있소….

케이론 뭔가? 무슨 일인가?

파우스트 발걸음을 늦추시오.

케이론 나는 서두르지 않아.

파우스트 그럼 부탁이오! 나를 데려가주오!

케이론 올라타라! 그럼 난 마음대로 물어볼 수 있으니.
어디로 가는 길인가? 넌 여기 강변에 서 있는데,
난 널 태우고 강물을 가로지를 각오가 되었다.

파우스트 (올라탄다.)
원하는 곳 어디로 가든지. 나는 그대에게 영원히 감사해….
위대한 남자, 고귀한 교육자,
영웅들을 가르쳐 명성을 얻은 자.
저 고귀한 아르고 원정대의 영웅들과

---

324 대양신 오케아노스의 딸로 크로노스와 동침해서 켄타우로스 케이론을 낳는다. 상체는 인간, 하체는 말인 켄타우로스족에서 가장 지혜로운 케이론은 제우스의 이복동생이고 신들의 친구이며, 그리스를 대표하는 수많은 영웅들의 스승이다.

시인의 세계를 구축한 모든 이들을 교육한 자.

케이론 그런 건 접어놓기로 하세!
팔라스[아테나 여신]조차도 멘토로선 별 명예가 없어.
결국엔 모두 자기 방식으로 할 테니까.
마치 교육받은 적이 없는 것처럼 말일세.

파우스트 모든 식물의 이름을 말하고,
가장 깊은 곳 뿌리까지 속속들이 아는 의사[케이론을 지칭],
환자에겐 치유를 주고, 부상자에겐 고통을 덜어주는
그분을 난 정신과 육체의 힘을 다해 끌어안습니다!

케이론 영웅이 내 곁에서 상처를 입으면
나야 도움과 충고를 줄 수 있었지.
하지만 결국 내 의술은
뿌리 찾는 여인네들과 사제들 덕이었네.

파우스트 그대는 찬사의 말조차 듣지 못하는
실로 위대한 분이오.
겸손하게 피할 궁리를 하면서
마치 자기 같은 자가 또 있는 양 말하는군요.

케이론 너는 교묘하게 아첨하는구나.
영주와 민중의 비위를 잘 맞추겠어.

파우스트 그렇다면 말씀해주시오.
그대는 그 옛날 가장 위대한 사람들을 만났지.
행동으로는 가장 고귀한 사람을 따르려 했으며,
반신[半神]으로서 진지하게 그 시절을 살았소.
한데 영웅 중에서
누구를 가장 위대한 자로 여기셨소?

케이론 숭고한 아르고 원정대원들은

다들 나름 용감했지,
각자 제게 주어진 힘에 따라
다른 사람에게 없는 것을 넉넉히 보충했다.
디오스쿠로이[325]는 젊음의 충만함과 아름다움이
지배하는 곳에서 늘 승리했네.
다른 이를 위한 결심과 빠른 행동으로 보자면
보레아스[북풍의 신]의 아들들이 훌륭했어.
사려 깊고, 힘 있고, 영리하고, 회의에서 지혜롭게 처신한
이아손은 모두를 지배했지. 여자들에게도 기쁨을 주었고.
다음으론 섬세하고 언제나 고요히 생각에 잠긴
오르페우스를 들 수 있네. 그는 리라 연주로 모두를 압도했어.
날카로운 눈길의 린케우스[326]는 밤낮으로
거룩한 배를 낭떠러지와 해변을 통과해 안내했지.
사람들은 연합했을 때 위험을 가장 잘 견뎌낸다.
누군가가 일하면 나머지는 전부 찬양하지.

파우스트 헤라클레스 이야기는 안 하시나?

케이론 오 맙소사! 내 그리움을 자극하지 마라!…
내가 포이보스[아폴론]도, 아레스도, 헤르메스도
이름이 무엇이든 그 신들을 보기도 전에,
모든 인간이 신으로 여기며 찬양을 바치는
그를 내 눈앞에서 보았네.
그는 타고난 왕이었어. 젊었을 때부터
이미 세상에서 가장 당당했다.

---

325 제우스의 쌍둥이 아들 카스토르와 폴룩스

326 제2부 제3막과 제5막에 등장한다.

형에게 복종하고
가장 사랑스러운 여인에게도 그리했지.[327]
가이아도 두 번 다시 이런 사람 낳지 못하고,
헤베도 두 번 다시 이런 사람 하늘로 이끌지 못했으니,
노래로 찬양해도 소용없고,
돌에 새기려 해도 헛수고일 뿐.

파우스트 조각가들이 아무리 애쓴다 해도
그처럼 영광스러운 형상에는 이를 수 없었지.
가장 아름다운 남자에 대해선 이미 말했으니
이제는 가장 아름다운 여자에 대해 말해주오!

케이론 뭐라고!… 여자들의 아름다움이라 부를 건 없는데.
너무나 자주 하나로 굳어진 모습이니 말이야.
다만 기쁨과 생명의 즐거움으로
흐르는 존재를 찬양할 수 있을 뿐.
아름다운 여인은 행복한 상태로 자기 자신에게 머물지.
우아함은 저항할 수 없게 만들어,
내가 태웠을 때의 헬레네처럼.

파우스트 당신이 그녀를 태웠다고?

케이론 맞아, 이 등에.

파우스트 나는 이미 충분히 혼란스럽지 않았던가.
그런데도 지금 앉은 이 자리가 날 행복하게 한다!

케이론 그녀는 내 갈기를 붙잡았다.
지금 네가 하는 것처럼.

---

327 헤라클레스는 형이 아니라 삼촌인 에우리스테우스가 지시한 12가지 과업을 완수했으며, 살인죄에서 벗어나기 위해 3년 동안 리디아의 옴팔레 여왕의 노예로 살았다.

파우스트 오, 정신이
아뜩하구나! 어떻게 말이오?
그녀는 나의 유일한 갈망!
어디서 어디로 그녀를 태워다 주었소?

케이론 그 질문엔 답하기 쉽지.
디오스쿠로이 형제가 당시
꼬마 여동생을 도둑들의 손에서 구해냈다.[328]
하지만 지는 것에 익숙하지 않았던 도둑들은
용기를 내서 뒤따라왔어.
이들 오누이는 걸음을 재촉했으나
엘레우시스 근처 늪지에서 장애물에 부딪치고 말았지.
형제들은 철벅거리며 걷고, 나는 퍼덕대며 헤엄쳤다.
그러자 그녀가 내 등으로 성큼 뛰어오르더니
축축한 갈기를 쓰다듬으며 속삭였어.
사랑스럽고 영리하게, 그러면서도 당당하게 고맙다고 했지.[329]
얼마나 매혹적이던지! 그 어린것이 늙은이까지 즐겁게 하다니!

파우스트 겨우 일곱 살에!

케이론 나는 문헌학자들을 보지만,
그들은 자네는 물론 스스로를 속였다네.
신화 속 여성은 그야말로 특별해.
시인은 자기가 필요한 대로 그녀를 불러내지.
그녀는 성숙하지도 않고 늙지도 않아.

---

328 헬레네는 어렸을 때 테세우스와 페이리토스에게 납치된 적이 있는데, 그때 오빠들인 디오스쿠로이 형제가 그녀를 구출했다.

329 케이론이 헬레네를 등에 태워 옮겼다는 내용은 신화에서 찾을 수 없다. 따라서 괴테의 창작으로 보인다.

케이론 위에 올라탄 파우스트

언제나 똑같이 맛깔스러운 모습,
젊어서 유괴되고, 늙어서도 구혼을 받지.
괜찮아. 시인들이야 시간에 구애받지 않으니까.

파우스트 마찬가지로 그녀도 시간의 속박을 받지 않길!
아킬레우스가 페라이에서 그녀를 찾아낸 것도
시간을 초월한 일이었소. 얼마나 진기한 행복일까.
운명에 맞서 찾아낸 사랑!
그렇다면 나라고 해서 동경에 가득 찬 힘으로
이 유일한 형태를 삶으로 불러오면 안 될 게 뭐겠소?
신들과 견줄 만한 불멸의 존재,
그토록 위대하고 섬세하며, 그토록 사랑스럽고 고귀하니.
그대는 옛날에 그녀를 보았고, 나는 오늘 그녀를 보았소.
여전히 아름답고 매혹적이며, 아름다운 만큼 갈망받지요.
이제 나의 감각, 나의 본질을 엄격하게 둘러쌌으니,
만약 그녀를 얻지 못한다면, 난 살아갈 수 없소.

케이론 이방인이여, 인간으로서 그대는 매혹적이군.
하지만 영들 사이에서는 정녕 미친 존재다.
다만 여기서 자네의 행운을 만날 거야.
그 긴 세월을 두고 겨우 잠깐씩이긴 해도
나는 아스클레피오스의 딸 만토[330]의 집에
들르곤 하지. 그녀는 아버지를 향해
조용히 기도를 올린다, 그를 기리기 위해.

---

330 델포이의 유명한 무녀 만토는 눈먼 예언자 테이레시아스의 딸이다. 여기서 괴테는 그녀를 의술의 신 아스클레피오스의 딸로 설정하고 예언과 치료뿐 아니라 시적(詩的) 능력까지 갖춘 존재로 그려냈다.

그가 의사들의 감각을 맑게 해서
무모하게 죽이는 일이 없도록 해달라고.
모든 시빌레[무녀] 중에 내가 가장 좋아하는 사람,
얼굴을 찌푸리지 않고 선량하면서 온화하지.
잠시 거기 머무르면 그녀가 식물 뿌리의 힘으로
그대를 근본부터 낫게 해줄 거야.

파우스트 낫고자 하는 게 아니오! 내 감각은 튼튼해!
나는 다른 자들처럼 저급하진 않소.

케이론 고귀한 원천의 치유력을 무시하지 마라!
얼른 내려! 우린 목적지에 이르렀다.

파우스트 말해주오! 이 사나운 밤에 그대는
자갈 깔린 강물을 건너 날 어디로 데려온 거요?

케이론 여기서 로마와 그리스가 맞붙어 싸웠다네.[331]
오른쪽은 페네이오스강, 왼쪽에 올림포스가 있지.
모래로 돌아간 가장 위대한 제국.
왕은 도망치고, 시민들은 승리한다.
올려다보라! 달빛을 받으며 여기
아주 가까이에 영원한 [아스클레피오스] 신전이 서 있다.

만토 (안에서 꿈꾸며) 말발굽 소리가
거룩한 계단에 울리네.
반신들이 다가오는구나.

331 기원전 168년에 로마와 마케도니아가 벌인 '피드나싸움'을 말한다. 싸움에서 이긴 로마는 알렉산더대왕이 건설했던 제국의 마지막 영토마저 차지했다. 다만 파우스트와 케이론이 도착한 곳은 전장(戰場)과 일치하지 않으며, 장소의 중요성을 더하기 위해 작가가 변경한 것으로 보인다.

케이론 맞아![332]

눈을 뜨고 누군지 보라!

만토 (깨어나면서) 환영하오! 그대가 올 걸 알았지.

케이론 그대의 신전이 아직도 서 있구려.

만토 여전히 지치지 않고 돌아다니나?

케이론 그대는 언제나 울타리 두르고 조용히 살고 있으니,

그사이 한 바퀴 도는 게 내겐 즐겁지.

만토 나는 멈추어 있고, 시간이 내 주위를 도는 거야.

그런데 이 사람은?

케이론 악명 자자한 이 밤이

소용돌이치며 그를 이리로 데려왔어.

헬레네를, 정신이 완전히 나가서는

헬레네를 차지하겠다네.

그런데도 어디서 어떻게 시작할지를 모르고 있으니

무엇보다 아스클레피오스 요법이 필요할 테지.

만토 불가능한 것을 바라는 자, 난 그를 사랑해.

케이론 (벌써 멀리 떠났다.)

만토 들어오라, 대담한 자여. 기뻐하라!

이 어두운 통로는 페르세포네의 영역[명부]으로 통한다.

올림포스의 발치에서

그녀는 남몰래 금지된 인사를 듣는다.

언젠가 난 오르페우스를 여기로 몰래 들여보냈다.

그걸 더 잘 활용해봐라![333] 서둘러! 용감하게!

---

332 만토는 파우스트를 '반신'(半神)이라 부르고 케이론도 그렇게 인정하고 있다.

333 오르페우스는 죽은 아내 에우리디케를 찾아 명부로 내려갔으나, 절대로 뒤를 돌아보

(파우스트와 함께 아래로 내려간다.)

페네이오스강 상류에서

앞 장면과 같은 곳[334]

세이렌들 페네이오스강으로 뛰어들어라!
여기선 철벅거리며 수영하는 게 어울려.
노래에 노래를 거듭 부르면,
불행한 종족에겐 참 좋은 일.
물 없이는 치료도 없지!
우리, 이 맑은 군대와 더불어
서둘러 에게해로 가자.
모든 즐거움 우리 몫이 되도록.

지진

세이렌들 파도가 거품 일으키며 되돌아와,
더는 강바닥에서 흐르지 않네.
[지진으로] 바닥이 흔들리니, 물이 솟구치고
돌들과 강변이 갈라지며 연기가 자욱하다.

지 말라는 명령을 어긴 탓에 결국 아내를 지상으로 데려오지 못했다. 과거에 오르페우스가 갔던 그 길을 지금 파우스트가 헬레네를 찾으러 내려가려 한다. 만토는 지상의 마지막 안내자 역할이다.

334 바로 전 장면은 케이론과 파우스트가 찾아간 만토의 신전에서 끝나고, 여기서는 다시 그들이 출발할 때의 장소로 되돌아간다.

우리 도망치자! 모두 오라, 오라!
이 기적은 아무에게도 쓸모없어!

도망쳐라, 고귀하고 즐거운 손님네들.
더 명랑한 바다 축제로 가시오.
떨리는 파도가 번쩍이며 해변을 적시고
살며시 부풀어 오르는 곳,
루나[달]가 둘이 되어 비치는 곳에서
거룩한 이슬로 우리 몸을 적시자!
거기선 자유롭게 움직이는 삶,
여기선 두려운 땅의 진동,
영리한 이들이여, 모두 도망쳐라!
이곳 주변이 으스스하다.

세이스모스[335] (깊은 곳에서 으르렁대며 호통친다.)
한 번 더 힘으로 밀어붙이자.
어깨로 용감하게 밀어 올려!
이렇게 우린 위로 올라오지.
위에선 모든 것이 물러날 수밖에.

스핑크스들 이 무슨 역겨운 진동이냐.
추하고 무시무시한 날씨로구나!
흔들리고, 떨리고,
그네 타듯 이리저리 밀어붙이네!
참을 수 없는 이 역겨움!

---

335 세이렌들의 노래 중간에 지진이 일어났는데, 이제는 세이스모스('지진'을 뜻하는 그리스어)가 직접 등장했다.

하지만 지옥 전체가 열린다 해도
우린 자리를 바꾸지 않아.

이제 둥근 천장이 올라온다.
기묘하구나. 저것은 그 옛날
델로스섬을 건설했던,
오래전에 이미 잿빛이 되어버린 늙은이—
떠도는 한 여자를 위해
파도에서 그 섬을 위로 밀어 올렸지.[336]
힘든 노력과 밀어 올림과 압력으로,
튼튼한 팔과 등을 굽힌 그가
마치 아틀라스 같은 몸짓으로
바닥을 들어 올린다. 잔디와 땅을,
광물, 자갈, 모래와 진흙을,
우리 강변의 고요한 강바닥을.
이렇게 그는 골짜기의 고요한 바닥을
가로질러 한 조각 땅을 찢어내는구나.[337]
몹시 긴장했어도 절대 지치지 않아.

---

336 신화에 따르면 델로스섬은 원래 바다에서 떠돌던 작은 섬이었다. 제우스가 사랑했던 레토(Leto)는 헤라의 미움을 받아 견고한 땅에서 살 수가 없었기에 떠돌이 섬인 델로스에만 머물 수 있었다. 나중에 포세이돈(혹은 제우스)이 견고한 기둥 넷으로 받쳐 이 섬을 한 곳에 고정시켰다. 레토는 이곳에서 아르테미스와 아폴론을 낳았고, 그 뒤로 이 섬은 두 신의 성소가 되어 고대 그리스 세계에서 가장 거룩한 성지(聖地)로 여겨졌다. 이 전통은 로마 시대로 이어졌고, 오늘날에도 그리스·로마의 중요한 유적지로 손꼽힌다.

337 지진이 일어나 옛 신전 건물 일부가 지상으로 올라왔다.

거대한 카리아티드[338]가
무시무시한 석조 잔해를 받친 모습.
아직 가슴 부분까지만 올라왔다.
더는 올라오면 안 돼.
스핑크스가 자리를 차지했거든.

세이스모스 이건 오로지 나 혼자 해낸 거야.
그건 인정해줄 테지.
내가 이렇게 흔들고 털어대지 않는다면,
이 세상이 어찌 이렇듯 아름답겠어!
어떻게 너희 산[山]들이 저 위에서 장엄하고도
순수한 에테르[하늘] 푸른빛 속에 서 있겠니.
내가 그것들을 밀어 올려서
그림 같은 황홀한 모습으로 만들지 않았다면!
최고로 높은 조상들인 밤과 카오스의
면전에서, 나는 강력하게 움직이며
티탄[그리스신화 속 거인족]들과 힘을 합쳐
저 펠리온산과 오사산을 공처럼 갖고 놀았다.[339]
우린 청춘의 열기에 사로잡혀 계속 날뛰다가
마침내 물렸는데도 마지막으로,
파르나소스에다 뻔뻔스럽게

---

338 건물의 기둥 역할을 하는 여성 조각상이다. 그리스 아테네 아크로폴리스의 에레크테이온 신전에서 볼 수 있다.

339 제우스가 새로운 세계 질서를 확립한 다음, 티탄들이 힘을 합쳐 제우스의 세계인 올림포스를 무너뜨리려고 했을 때 세이스모스가 티탄들에게 합세했다는 뜻이다. 티탄들과 세이스모스는 근처의 작은 산들을 끌어다가 파르나소스 위에 쌓아 올려 하늘(올림포스)까지 올라가려고 했는데, 세이스모스는 여기서 산들을 공처럼 가지고 놀았다고 말한다.

두 산을 쌓아 올려 이중모자[두 봉우리]를 씌웠다.
아폴론은 즐겁게 거기[파르나소스와 델포이] 머물며
행복한 뮤즈들의 합창을 듣지.[340]
유피테르[제우스]와 그의 천둥 쐐기[번개 창]를 위해서도
그 옛날 나는 옥좌[올림포스]를 높이 들어 올렸지.
지금도 마찬가지 무시무시한 노력으로
저 심연에서 이것을 들어 올렸나니.
즐거운 주민들더러 새로운 삶을 살라고
큰 소리로 요구한다.[341]

스핑크스들 아주 늙었어도 고백하지 않을 수 없네.
여기 솟아오른 것, 이것이
어떻게 바닥에서 밀려 올라왔는지
우리가 직접 보지는 못했다고.
관목으로 채워진 숲은 점차 넓어지고
바위는 바위를 향해 아직 움직인다.
그렇다고 해도 스핑크스는 방향을 바꾸지 않아.
우리는 거룩한 자리에서 어떤 방해도 허락하지 않는다.

그라이프들 작은 잎사귀에 황금, 얇은 금박의 황금,
갈라진 틈 사이로 파르르 떠는 게 보여.
그런 보물 도둑맞지 마라.
개미들아, 일어나! 이걸 가려내야지.

개미들의 합창 거인들이 보물을

---

340 파르나소스산의 봉우리 하나는 아폴론과 뮤즈들에게 바쳐졌다. 파르나소스산 중턱 좁고 험한 지형에 델포이가 있다.

341 암석의 생성에 대하여 지구 내부 열의 작용을 중시하는 화성론(火成論)의 입장이 그대로 드러난다. 지진과 화산폭발로 급격하게 산과 지형이 만들어졌다고 주장한다.

높이 밀어 올리면,
바둥바둥 발을 가진 너희는
재빨리 위로 올라가라!
부지런히 드나들어!
그런 틈바구니에
작은 부스러기도
소유할 가치가 있어.
가장 작은 것도
너희가 찾아내야지.
구석마다
가장 빠르게.
부지런히 움직여라,
너희 복작대는 패거리야.
황금만 갖고 들어가라!
산[山]은 가게 두고.

그라이프들 안으로! 안으로! 황금만 쌓아라!
우린 그 위에 발톱을 얹을 테니.
그건 최상급 빗장,
최고 보물은 잘 보호받고 있다.

피그미족 우린 정말 자리를 차지했어.[342]
어떻게 일어난 일인지는 몰라.
우리가 어디서 왔는지 묻지 마라.
어쨌든 우린 여기 있으니!
어떤 땅이든 삶의

342 화성론에 근거한 삶의 태도로 급변한 지역을 잽싸게 차지했다.

즐거운 터전이 될 수 있지.
암벽의 틈이 드러나면
난쟁이도 이미 예비된 것.
난쟁이 사내와 아낙, 재빠르고 부지런해.
어느 쌍이든 다 모범이야.
같은 방식인진 모르나,
낙원에서도 그랬어.
하지만 우린 여기가 가장 좋아.
우리의 별[운명]에 감사하며 축복해.
동쪽에서나 서쪽에서나
어머니 대지는 기꺼이 생산하거든.

다크틸로이[343]

그녀[어머니 대지]가 하룻밤에
저 꼬마들[피그미족]을 내놓았다면,
장차는 가장 작은 꼬마들을 낳을 거야.
어울리는 짝들도 찾아낼걸.

피그미 장로들

서둘러 편안하게
자리 잡고 앉아라.
서둘러 일해라!
강함 대신 빠르게.
아직은 평화다.
너희 대장간을 지어라,
갑옷과 무기를
군대에게 만들어주도록!

---

343 그리스신화에 등장하는 정령들로 손가락을 뜻하는 그리스어 '다크틸로스'에서 비롯된 이름이다. 금속 제련술을 발견했다고 여겨진다.

너희 개미들아, 모두
흙더미 속에서 재빨리
우리를 위해 금속을 만들어!
그리고 너희 다크틸로이여,
가장 작지만 그렇게나 많으니
너희에게 명령한다.
목재를 모아라!
한데 쌓아 올려라.
은밀한 불꽃이여,
숯을 만들어라.

총지휘관[피그미들의] 화살과 활을 들고
새롭게 나서라!
저 호숫가에
수없이 둥지 틀고
오만하게 뽐내는
왜가리를 쏘아라.
단 한 번에
모두를 한 마리처럼!
우리 투구에
깃털 장식을 하도록.

개미들과 다크틸로이 누가 우리를 구할쏘냐!
우린 쇠를 모으고,
저들은 사슬을 주조하네.
아직 우리를 풀어줄
시간 안 되었네,
그러니 나긋나긋하게 굴어라.

이비쿠스[344]의 두루미들 살인의 외침과 죽어가는 비명!

두려움에 떨며 퍼덕거리는 날개!
이 무슨 신음, 무슨 외침이
우리 있는 이 높이까지 올라오나!
그들 모두 이미 살해당했다.
물은 그들의 피로 붉게 물들었지!
일그러진 형태의 욕망이
왜가리들의 고귀한 장식[깃털]을 강탈하네.
하지만 그 깃털 벌써 배불뚝이 안짱다리 악당들의
투구에서 나부끼는구나.
우리 군대의 동지들아,
줄지어 늘어선 바다의 방랑자[새]들아,
이 가까운 친척들[왜가리]이 당한 일에
복수하려고 우린 너희를 부른다.
아무도 힘과 피를 아끼지 마라.
그들에게 영원한 적대감을!

(공중에서 까옥대며 흩어진다.)

메피스토펠레스 (평지에서) 북방의 마녀들이야 잘 다룰 수 있었지.

이 낯선 정령들은 내게 맞지 않아.

---

344 기원전 6세기에 살았던 고대 그리스의 시인이다. 그는 코린토스에서 열리는 이스트모스 경기를 구경하러 가다가 강도를 만났다. 목숨을 구할 수 없다는 걸 깨달은 그는 때마침 머리 위로 날아가던 두루미들에게 복수해달라고 탄원했다. 경기 도중에 강도 중 한 명이 날아가는 두루미들을 보고 동료에게 무심히 말했다. "티모테우스, 저것 좀 봐라. 이비쿠스의 두루미야." 당시 주변에 있던 사람 중 한 명이 이 말을 들었는데, 이비쿠스가 죽었다는 사실을 알게 된 그는 곧바로 관청에 고발했으며, 결국 살인자들은 처형되었다. 1797년에 프리드리히 실러는 이 내용을 토대로 〈이비쿠스의 두루미〉라는 담시를 썼다.

블록스베르크는 정말 쾌적한 장소야.
어디 있든지 자신을 찾거든.
일제 부인은 우리를 위해 자신의 돌 위에서 망보고[345]
하인리히는 저의 언덕 위에 깨어 앉아 있으니,
코골이 바위는 불행을 향해 호통치긴 해도
그 모든 건 벌써 천년이나 그랬는걸.
하지만 여기선 자기가 어디 있는지 누가 알 것이며,
발밑에서 바닥이 부풀어 오를지도 누가 알랴?
나는 저 매끈한 골짜기를 즐겁게 돌아다니는데
내 뒤에서 갑자기 산 하나가 솟아오르더니,
그야 산이라고 부르기도 뭐하지만,
나의 스핑크스들과 나를 갈라놓았다.
이미 너무 높아—여기서 저 아래 골짜기까지
이상한 현상을 둘러싸고 화톳불 여러 개가 타오르네….
우아한 합창대 아직도 춤추며 나를 유혹하듯
교활하고 상냥하게 날아다니네.
저기로 살그머니! 여기가 어디든
뭔가 맛깔스러운 걸 붙잡아야겠다.

라미아[346]들 (메피스토펠레스를 자기들 뒤로 끌고 가면서)

---

345 브로켄산 부근의 암석인 '일젠슈타인'(Ilsenstein)을 여자 이름 'Ilse'와 '바위'를 뜻하는 'Stein'으로 나누어 묘사했다. 이어서 나오는 '하인리히'와 '코골이'도 바위를 의인화한 것이다.

346 라미아는 원래 아름다운 리비아 여왕이었다. 그녀는 제우스의 연인이 되었는데 이를 질투한 헤라가 둘 사이에서 태어난 아들을 죽였다. 분노한 라미아는 머리를 뱀으로 바꾸고 다른 여인들의 자식들을 죽여 잔인하게 토막 내서 먹기 시작했다. 그녀의 이름을 딴 라미아들은 그리스신화와 민담에서 뱀파이어 비슷한 괴수로 여겨진다. 뒤에 나오는 엠푸사도 라미아의 일종이다.

어서, 어서!
계속 가요!
언제나 다시 주저하며
어쩌구저쩌구 떠들어!
이 늙은 죄인이
힘든 참회를 하도록
우리 뒤로 끌고 가는 건
재미있는 일!
얘는 뻣뻣한 발로
비틀비틀 헐떡거리며
따라오고 있어.
우리가 얘를 끌고
날아오르면, 얘는 뒤에서
발을 질질 끌지!

메피스토펠레스 (멈추어 서면서)

빌어먹을 운명! 속는 사내들!
아담 이후로 유혹당하는 한스[멍청이]!
늙기는 한다만, 누가 지혜로워지나?
그만하면 바보 노릇은 충분하지 않더냐!

이 종족이 본래 아무짝에도 쓸모없다는 걸 알지.
몸은 코르셋으로 묶고 얼굴엔 화장도 했지만
건강한 대답은 할 줄 모르지.
그들을 꽉 잡으면 온몸이 부스러지네.
이미 알고, 보기도 하고, 파악하기도 했지만
그런데도 미끼들이 노래하면 춤추게 되네.

라미아들 (멈춰 서며) 잠깐! 그가 생각에 잠겨 머뭇거리고 선다.
그가 너희에게서 빠져나가지 못하게 막아라.

메피스토펠레스 (계속 걸으며) 그냥 가라! 의심의 그물에
어리석게 엉켜들지 마라.
마녀들이 없다면,
제기랄! 누가 악마가 되고 싶겠어!

라미아들 (가장 우아하게) 이 영웅을 둘러싸고 돌자.
그의 가슴에서 분명 우리 중
누군가를 향해 사랑이 싹틀 거야.

메피스토펠레스 이렇듯 희미한 불빛에도 너희가
아름다운 여자들로 보이니,
나는 너희를 나무라고 싶진 않아.

엠푸사 (끼어들면서) 나도 끼워줘! 나도 같은 부류니
너희 틈에 넣어줘.

라미아들 얘는 우리 사이에서도 도가 지나쳐.
언제나 우리 놀이를 망치거든.

엠푸사 (메피스토펠레스에게)
나귀 발 친척 엠푸사 아줌마가
인사한다, 안녕!
넌 말발굽 하나뿐이지만
그래도 사촌이니, 아름다운 인사를!

메피스토펠레스 여긴 모르는 사람뿐이라고 생각했는데,
유감스럽게도 가까운 친척을 만나네.
옛날 책을 뒤적거려보면

하르츠산맥에서 헬라스[347]까지 온통 사촌이라니까!

엠푸사 나 비록 단호히 행동할 줄 알며,
많은 것으로 변신할 수도 있지만,
그대의 명예를 위해 지금은
나귀 머리를 얹었어.

메피스토펠레스 이곳 사람들 사이에선
친척이란 게 중요하단 걸 알겠어.
하지만 무슨 일이 일어나든,
나귀 머리만은 거부하고 싶네.

라미아들 이 역겨운 년을 버려둬!
걔는 예쁘고 사랑스러워 보이는 걸 쫓아내거든.
예쁘고 사랑스러워 보이는 그 어떤 것도
걔가 다가오면 더는 그럴 수 없게 되지.

메피스토펠레스 이 아줌마들은 예쁘고 상냥하지만
내겐 모두 의심스러워 보여.
이런 장밋빛 두 뺨 뒤에
또 무슨 변형이 있을까 두려운 거지.

라미아들 어서 해봐요! 우린 수가 많아.
잡아봐! 놀이할 때 운이 좋다면
최고 운명을 뽑아봐요.
이 무슨 단조로운 소리?
당신 정말 형편없는 사랑꾼이네.
당당하게 이리 와서는 잘난 척이나 하고 있네요!—
이제야 그가 우리 패거리에 섞였네.

---

347 고대 그리스인이 자기 나라를 이르던 이름(편집자 주)

차츰차츰 가면을 벗어라.
그렇게 너희 민낯을 드러내라.

메피스토펠레스 가장 예쁜 애를 골랐어….

(그녀를 껴안으며)

오 맙소사! 이 무슨 말라빠진 빗자루냐!

(다른 라미아를 붙잡으며)

그럼 얘는? … 끔찍한 얼굴이네!

라미아들 더 나은 걸 얻겠다고? 그럴 순 없을 듯한데.

메피스토펠레스 이 작은 애를 담보로 잡고 싶어….
내 손에서 미끄러져 나가는 건 도마뱀.
매끈한 댕기 머리가 뱀 같아!
그럼 이 키 큰 애를 잡아보자….
이건 티르수스 막대[348]네!
머린 줄 여겼더니 솔방울이고!
이러다 어디까지 가려나? … 이번엔 뚱보 여자다.
이 여자한테서 즐거움을 얻을 수 있으려나?
마지막으로 해보자! 어서!
물컹물컹, 흐물흐물, 값이 비싼
오리엔트 여잘세….
하지만 아! 말불버섯이 둘로 쪼개졌다.

라미아들 흩어져라, 날아서 둥둥 떠올라
번개처럼! 여기 끼어든 마녀의 아들을
검은 비행[飛行]으로 둘러싸라!
불확실하고 무시무시한 원들을 만들어!

---

348 술의 신 바쿠스(디오니소스)가 들고 다니던 지팡이

말 없는 날개옷들, 박쥐들아!
그런데도 놈이 너무 쉽게 빠져나간다.

메피스토펠레스 (몸을 털어내며)

내가 전보다 훨씬 영리해진 것 같진 않다.
여긴 기묘해, 북방도 기묘해.
여기나 저기나 유령들은 뒤틀렸고
민중과 시인들은 밥맛없어.
방금 여기서 가장무도회는
어디서나 그렇듯 감각의 춤.
내가 어여쁜 가면을 붙잡았지만
나중에 보면 으스스한 것들뿐….
좀 더 오랫동안 지속했다간
나도 기꺼이 속아주고 싶을걸.

(돌들 사이에서 길을 잃고)

난 대체 어디 있지? 어디로 나가려는 거지?
저건 오솔길이었는데 이젠 공포다.
나는 저기 매끈한 길로 왔는데,
지금은 자갈들이 앞에 있네.
기어오르나 기어 내려가나 소용없어.
나의 스핑크스들을 어디서 다시 만날까?
이렇게 미쳐버릴 줄이야 생각도 못 했지.
하룻밤에 이런 산이 생겼으니.
이걸 새로운 마녀 여행이라 불러야지.
걔들이 블록스베르크도 가져온 거야.

오레아드[산의 요정] (자연적인 암벽에서)

이리로 올라와! 내 산은 오래된 산.

원래 모습 그대로 서 있어.
험한 오르막 암벽을 존중해라.
핀두스산맥의 마지막 갈래란다!
폼페이우스가 나를 넘어 도망칠 때도
난 흔들림 없이 서 있었어.[349]
어차피 이런 망상의 모습은
닭이 울면 사라진단다.[350]
나는 그런 이야기들이 나타났다가
갑자기 무너지는 걸 자주 보지.

메피스토펠레스 너한테 명예가 깃들기를, 고귀한 머리야!
드높은 떡갈나무 힘의 관[冠]을 둘렀네.
가장 명료한 달빛도
이 어둠으론 뚫고 들어오지 못해—
하지만 덤불 곁으로
겸손하게 빛나는 불빛 하나 지나간다.
웬 조화인가, 저 모든 것 한데 붙어 있으니!
그래 맞아! 호문쿨루스구나!
이봐, 꼬마 친구. 어떤 길로 왔니?

호문쿨루스 나야 여기저기로 떠다니지.
난 가장 높은 의미에서 생겨나고 싶어.
당장이라도 이 유리병을 쪼개고 싶어서 몹시 초조해.[351]

---

349 화성론과 대비되는 수성론(水成論, 지각 변동이 천천히 이루어진다)을 대변한다.

350 고전적 발푸르기스 밤 자체의 특징

351 육체가 없이 정신의 힘을 지닌 빛으로만 존재하는 호문쿨루스는 육체를 얻어 진짜로 "생겨나고 싶어" 한다. 그래서 자기 육체 노릇을 하는 유리병을 부수고 밖으로 나가길 간절히 바란다.

내가 지금까지 본 것을
감히 이 안에 담고 싶진 않아.
다만 너를 믿고 말하자면
나는 두 철학자의 뒤를 따라가는 중이야.
"자연! 자연!" 하고 말하는 소리에 귀를 기울이지.
이들과 떨어지고 싶지 않아.
그들은 이승의 본질을 잘 알고 있는 게 분명해.
나는 결국 내가 어디를 향하는 게
가장 똑똑한 처사인지 알게 될 거야.

메피스토펠레스 그거야 네가 손수 해야지.
유령들이 자리 잡은 곳에선
철학자도 환영받아.
철학자의 기술과 은총을 기뻐하려면
그가 곧바로 열두 명의 새 철학자[학파]를 만들어야지.
넌 길을 잃지 않고는 제정신으로 돌아갈 수 없어!
생겨나려거든, 너 자신의 힘으로 그리해라!

호문쿨루스 좋은 충고는 물리칠 수 없지.

메피스토펠레스 그러면 가라! 우린 더 보고 싶으니.
(헤어진다.)

아낙사고라스[352] (탈레스에게)
그대의 고집스러운 감각은 굽힐 줄을 모르는데,

---

352 고대 그리스의 자연철학자 두 사람이 만물의 형성을 두고 다툰다. 탈레스는 만물의 근원이 물이라고 주장하며, 아낙사고라스는 각각의 원소가 '누스'(이성)의 작용에 따라 결합하거나 분리해서, 또는 어떤 것이 우세한가에 따라 물질이 형성된다고 보았다. 이 장면에서 탈레스는 수성론을, 아낙사고라스는 화성론을 주장한다. 인공의 존재인 호문쿨루스는 자연적인 생성을 얻고 싶은 마음으로 이들의 논쟁에 귀를 기울인다.

그대를 설득하려면 무엇이 더 필요한가?

탈레스 파도는 어떤 바람에도 기꺼이 몸을 굽히지만,
견고한 암벽에선 멀리 떨어져 있지.

아낙사고라스 이 암벽은 불꽃 증기를 통해 생겨난 거다.

탈레스 생명은 물기에서 생겨났어.

호문쿨루스 (둘 사이에서)
내가 두 분과 나란히 가게 해줘.
난 생겨나고 싶은 마음이 무척 간절해!

아낙사고라스 오 탈레스여, 하룻밤 만에 저런 산이
진흙탕에서 생겨나는 것을 본 적 있는가?

탈레스 자연과 그 살아 있는 흐름이
낮과 밤과 시간에 기댄 적은 없지.
자연은 규칙적으로 모든 형태를 형성하는데
큰 규모이긴 해도 폭력은 아니다.

아낙사고라스 하지만 여기선 그랬어! 플루토[명부]의 격노한 불꽃,
공중에서 터지는 수증기의 폭발력, 끔찍했지.
그것이 평평한 바닥의 낡은 껍질을 깨뜨리는 바람에
새로운 산이 갑자기 생겨나야 했어.

탈레스 그걸 통해 무엇이 계속 이어지는가?
산은 저기 있고, 그건 좋다.
그런 싸움으론 소중한 시간만 잃지.
끈질긴 종족만 줄에 매어 끌고 간다[바보로 만든다].

아낙사고라스 미르미돈족[353]의 산은 재빨리 솟아올라,
암벽의 틈마다 주민들이 살고 있지.

---

353 그리스신화 속 종족으로 개미가 변해서 사람이 되었다고 한다.

피그미족, 개미족, 엄지 꼬마들,
그 밖의 작은 것들이 활동하고 있어.
(호문쿨루스에게)
너는 큰 것을 따르지 않았고,
은둔해서 제한적으로 살았다.
네가 통치에 익숙해진다면
나는 널 그들의 왕으로 만들어줄 테다.

호문쿨루스 탈레스께선 뭐라 하시려나?—

탈레스 그런 충고는 안 하지.
작은 이들과는 작은 일들을 하는 거고,
큰 이들과 함께하면 작은 이도 위대해진다.
보라! 저 시커먼 두루미 떼 구름을!
그들은 흥분한 종족을 위협하고,
마찬가지로 왕도 위협하겠지.
날카로운 부리, 발톱 달린 다리로
작은 이들을 찍어 누르니,[354]
불운의 뇌우가 벌써 빛나고 있다.
하나의 악행이 왜가리들을 죽였어,
고요한 평화의 연못에 둘러서 있는 그들을.
하지만 비 오듯 쏟아진 저 화살들
잔인한 피의 복수를 불러들였네.
가까운 친척[두루미]들의 분노가

---

354 호메로스의 서사시 〈일리아스〉에 따르면 가을철 오케아노스를 향해 날아가던 두루미들이 피그미족을 무참히 죽였다고 한다. 여기서는 두루미들이 친척인 왜가리를 죽인 피그미족(7644~7653행 참조)에게 복수하고 있다.

피그미들의 뻔뻔한 피를 향한다.
이제 방패며, 투구며 창이 무슨 소용인가?
왜가리 깃털 광채가 난쟁이들한테 무슨 소용인가?[355]
다크틸로스와 개미들이 숨는다!
그들의 군대는 흔들리고, 도망치고, 무너진다.

아낙사고라스 (잠시 뒤에 장중하게)

난 이제껏 땅속을 찬양했으나,
이번엔 눈을 위로 돌린다.
그대! 저 위에서 영원히 늙지 않는
세 가지 이름, 세 가지 모습의 그대.
내 종족의 고통에 그대를 부른다.
디아나, 루나, 헤카테![모두 달의 여신]
가슴을 넓혀주는, 가장 깊은 의미를 지닌 그대.
고요히 비추는, 강력하고 은은한 그대.
그대 그림자의 두려운 목구멍[달의 분화구]을 열고
오래된 힘을 즉시 알려다오! (휴지)
　　내 소원 너무 빨리 이루어졌나!
　　저 조롱을 향한
　　나의 간구가
　　자연 질서를 해쳤나?
여신의 둥근 옥좌[달]는
크게, 점점 더 크게 다가온다.
보기에 두렵게, 어마어마하게.
그 불길 어둠 속을 붉게 물들이네….

---

355 피그미족은 투구에 장식할 깃털을 얻으려고 왜가리들을 죽였다.

더는 가까이 오지 마오, 위협적이고 강력한 둥근 이여!
그대는 우리와 땅과 바다에 파멸을 선고한다![356]

테살리아 무녀[巫女]들이 뻔뻔한
마법 주문을 믿고, 노래로 그대 발걸음 홀려
그대의 길에서 밀어냈다는 게 정말이냐?
치명적 재능을 그대에게서 억지로 빼앗은 게 맞나?
저 밝은 방패[달]가 어둡게 변했다.
갑자기 찢어지고 번개 치고 불꽃 튀네!
이 무슨 후두둑 소리! 쉿 소리냐!
그 사이로 한바탕 천둥과 돌풍!—
겸손히 옥좌 계단에 엎드리자—
용서하시오! 내가 그런 일을 불러들였소.
(엎어지며 얼굴을 바닥에 댄다.)

탈레스 이 사내가 대체 무언들 못 듣고 못 볼까!
우리한테 무슨 일이 생겼는지 난 모르겠는데.
그리고 난 그와 함께 느끼지도 않았어.[357]
이건 미친 시간이라고 고백하자.
루나는 아주 편안히 흔들리며
이전과 똑같이 제자리에 있다고.

호문쿨루스 저기 피그미족의 자리를 봐.
저 산이 원래는 둥근 모양이었는데 지금은 뾰쪽하지.

---

356 빛나는 별똥별 혹은 운석을 가리킨다. 아낙사고라스는 아이고스포타모이 근처에 운석이 떨어질 것을 예측했다고 한다.

357 아낙사고라스가 운석이 떨어지는 것을 보고 호들갑을 떨었는데, 수성론자인 탈레스는 아무것도 못 보고, 못 느꼈다고 주장한다.

나는 엄청난 충돌을 느꼈거든.
저 돌덩이가 달에서 떨어졌어.
돌은 물어볼 새도 없이 곧바로
친구든 적이든 짓누르고 때려죽였다.
하지만 나는 그런 기술을 찬양해야겠네.
그 창조의 기술을, 하룻밤에
아래와 위에서 동시에 작용해
이런 산악 건축물을 만들어냈으니.[358]

탈레스 조용히 해라. 그건 생각에 불과해.
이 역겨운 아이야, 꺼져라!
네가 왕이 아니었다니, 다행이구나.
이젠 즐거운 바다 축제로 가자.
거기서 기적의 손님들을 기대하고, 또 존중하자.

(모두 함께 멀어진다.)

메피스토펠레스 (반대편에서 기어오르며)
여기선 가파른 암벽 계단을 통과해
늙은 떡갈나무의 단단한 뿌리를 헤치고 기어야 한다!
나의 하르츠산에선 하르츠 안개가
역청의 성분을 지녔지. 그게 내가 좋아하는 거야,
유황 다음으로. … 여기 그리스에선
그런 건 냄새도 없어.
그들이 대체 무엇으로 지옥의 고통과 불길을

---

358 세이스모스(지진)가 밀어 올린 언덕의 꼭대기에 운석이 떨어지면서 순식간에 뾰족한 산이 만들어졌다. 탈레스는 물에서 생겨나지 않은 이런 급격한 자연현상을 보지 못했다고 말한다.

만드는지 알아내고 싶다는 호기심이 생기네.

드리아스[나무요정] 네 나라에선 토박이처럼 똑똑해도,
낯선 나라에선 그만큼 능숙하지 못하구나.
여기선 감각을 고향으로 향하지 말고
거룩한 떡갈나무의 품위를 존중해야지.

메피스토펠레스 항상 두고 온 것을 생각한다니까.
익숙한 건 낙원과 같으니 말이다.
하지만 말해봐라. 저기 저 동굴
희미한 불빛 속에서 삼중으로 웅크린 게 대체 뭐냐?

드리아스 포르키데스[359]다! 그리로 가서,
두렵지 않다면 그들에게 말을 걸어봐라.

메피스토펠레스 못 할 이유 없지!—뭔가 보이는데, 놀랍구나!
내 아무리 자부심 강해도 고백해야겠네.
저런 건 아직 본 적이 없다.
저것들은 끔찍한 만드라고라보다 더 추하구나….
이런 삼중 괴물을 본다면,
근원적으로 사악한 죄에다가 적어도
추함까지 더해진 걸 보는 게 아닌가?
우리의 가장 두려운 지옥 문간에도
저런 걸 놓아둘 수 없을 정도인데.
여기 미[美]의 나라에 뿌리 박고서
고대라는 명성을 누리고 있구나!…

---

359 바다 신인 포르키스와 케토의 자식들로 일부는 무시무시한 괴물들이다. 좀 더 세분화하면 '그라이아이'라는 이름의 괴물인데, 세 명의 여인이 눈 하나, 이 하나를 공동으로 사용하는 괴물이다.

저들의 움직임을 보니 나를 알아챈 것 같은데,
쉿 소리 내며 철벅대네. 저 박쥐-흡혈귀들.

포르키데스 자매들아, 나한테 눈을 줘봐. 누가 감히
우리 사원, 우리에게 다가왔는지 궁금하네.

메피스토펠레스 가장 존경하는 이들아! 내가 다가가는 걸 허락해다오.
그대들의 축복을 내게 삼중으로 내려다오.
나 비록 이방인으로 여기 들어섰지만,
잘못 본 게 아니라면, 우린 실은 먼 친척이야.
나는 옛날의 고귀한 신들을 이미 보았다.
옵스와 레아[대지의 여신들] 앞에서도 공손히 무릎 꿇었어.
너희 자매인 운명의 세 여신, 그 카오스[혼돈]의 존재도
어제 보았지—아니 그제였던가[궁정의 가면무도회에서].
하지만 너희 같은 것들은 본 적이 없어.
난 말문이 막힌 채 큰 희열 느낀다.

포르키데스 뭔가 아는 놈 같아, 이 정령은.

메피스토펠레스 어떤 시인도 그대들을 찬양하지 않았다는 게 이상할 따름이다.
말해보라! 어찌 그런 일이 생겼단 말인가?
가장 귀한 너희를 그림에서도 본 적 없네.
조각가의 끌은 유노, 팔라스, 베누스 같은 이들 외에도
그대들을 표현하려고 애써야 마땅한데.

포르키데스 고독과 극히 고요한 밤에 틀어박혀,
우리 셋은 그런 일 생각해본 적도 없다!

메피스토펠레스 어찌 그럴 수가? 너희가 세상을 황홀케 하는데
아무도 못 만나고, 또 그 누구도 너희를 보지 못하다니.
화려함과 예술이 옥좌를 차지한

이런 땅에 너희가 살아야 한다면,
매일 두 배의 속도로 재빠르게
대리석 덩이가 영웅의 생명[조각상]으로 바뀌는 곳,
그런 곳에서—

포르키데스 입 다물라. 우리에게 그 어떤 욕망도 부추기지 마라!
우리가 더 안다고 한들 그게 우리한테 무슨 소용이냐?
밤에 태어나서, 밤의 것들과 친척이며,
우리도 자신을 거의 모르고, 남들한텐 아예 알려지지 않았지.

메피스토펠레스 그런 경우라면 더 말할 것 없으나,
자신을 상대에게 내맡길 수 있지.
너희 셋에겐 눈 하나, 이빨 하나로 충분하겠어.
신화적으로 따져보아도
셋의 본질을 둘로 파악하고,
세 번째 모습은 내게 넘기는 것이 좋겠다.
잠시 동안만.

한 명 너희 생각은 어때? 그래도 되겠어?

나머지 한번 해보지 뭐!—눈과 이빨은 빼고.

메피스토펠레스 방금 너희는 가장 좋은 부분을 뺏긴 거야.
이렇게 이상한 형상이 어떻게 완전해질 수 있겠나!

한 명 한쪽 눈을 감아봐. 그건 쉽지.
곧바로 송곳니 하나만 보여줘.
그렇게 옆모습으로 보면 넌 곧바로
자매처럼 우리와 완벽하게 똑같아지는 거야.

메피스토펠레스 영광이다! 그렇게 하자!

포르키데스 그럼 해봐!

메피스토펠레스 (옆모습이 포르키데스처럼 변해서) 벌써 됐군!

난 카오스의 사랑받는 아들이야!

포르키데스 두말할 필요도 없이 우리는 카오스의 딸들이다.

메피스토펠레스 남들이 욕하겠네, 자웅동체라고. 오, 수치스럽다!

포르키데스 새로 맺어진 세 자매, 얼마나 아름다운가!
우린 이제 눈 두 개, 이빨 두 개야.[360]

메피스토펠레스 모두의 눈앞에서는 내 모습 감춰야겠다.
지옥의 늪에서 악마들을 깜짝 놀라게 해야지. (퇴장)

에게해의 암벽 물굽이에서

달이 중천에 머물러 있다

세이렌들 (암벽을 따라 엎드려서 피리를 불며 노래한다.)
보통 우리는 밤의 어스름에
테살리아 마녀들이 고약하게 그대를
아래로 끌어내리는 걸 보았지만,
지금은 고요히 그대 밤의 아치에서
바라보라, 저 찰랑대는 파도 위로
온화하게 빛나며 잘게 부서진 달빛들을.
그리고 파도에서 솟구치는

---

360 메피스토펠레스가 한쪽 눈을 감고 송곳니 하나를 드러내면 포르키데스 자매들과 합쳐서 눈 두 개, 이빨 두 개가 된다. 그는 가장 추악한 존재인 삼중 괴물 포르키데스[그라이아이]를 만나 그들과 합쳐져서 완벽하게 추해진다. 파우스트가 미의 전형인 헬레네를 찾으러 하데스(신의 이름이면서 죽음의 세계를 지칭하는 말)로 내려갔다면, 메피스토펠레스는 극단적으로 추한 존재인 포르키데스와 결합하여 완벽한 추함이 된다. 그렇게 만들어진 괴물 포르키아스가 제3막에 등장한다.

에게해의 암벽에서 노래하는 세이렌들

저 북새통을 비추어다오.
그대에게 무엇이든 봉사할 것이니,
아름다운 루나여, 우리에게 은총을!

네레이데스와 트리톤들[361] (진기한 바다 동물 형상으로)
너른 바다를 꿰뚫는
더 날카로운 소리로 크게 울려라.
심해 종족을 이리로 불러라!—
폭풍의 잔인한 목구멍들 앞에서
우린 가장 고요한 바다으로 피했노라.
지금은 고운 노래가 우리를 위로 이끌어 올리네.

보라! 우리는 높은 기쁨에 도취해
황금 사슬로 우리 자신을 꾸몄으니
왕관과 보석들에다
머리핀과 허리띠 장식도 더했네.
그 모든 것은 너희가 얻은 결실,[362]
난파되어 심해로 삼켜진 보물들이야.
너희는 노래 불러 우리를 위로 이끌어 올렸네.
우리 물굽이의 악령인 너희가.

세이렌들 우린 알고 있어, 물고기들이
신선한 바닷속에서 매끄럽게 떠다니며

---

361 네레이데스는 바다의 신 네레우스가 낳은 50명 딸들이다. 트리톤은 그리스신화에 나오는 바다의 신 포세이돈의 아들이다. 상반신은 인간이고 하반신은 물고기 모양이며 큰 소라를 불어서 물결을 다스렸다고 한다. 복수형으로 쓰이면 인간과 물고기의 특성을 모두 지닌 존재로서, 자주 신들을 태우고 다닌다.

362 세이렌들의 유혹에 넘어가 난파된 배들에서 나온 보물들

고통 없는 삶을 누린다는 걸.
하지만! 너희 활발한 축제 패거리야,
오늘 우리는 보고 싶구나.
너희가 물고기보다 낫다는 것을.

네레이데스와 트리톤들 우리는 이리로 오기 전에
미리 생각해두었어.
자매들아, 형제들아, 어서 빨리!
오늘은 극히 짧은 여행이 필요해.
우리가 물고기보다 낫다는 걸
온전히 증명하기 위해서.

(멀어진다.)

세이렌들 순식간에 가버렸네!
곧바로 사모트라케를 향해
순풍을 타고 사라졌다.
드높은 카비리[363]의 영역에서
대체 무엇을 할 생각인가?
그들은 신들인데! 이상한 속성을 지녔지.
거듭 자기 자신을 낳으면서도
자기가 무언지 전혀 모르거든.

그대는 높이 머물러라.
사랑스러운 루나여, 은총으로 비추어다오.

---

363 에게해 북동부 사모트라케섬 등에서 숭배된 신이며 그리스어로는 '카베이로이'다. 주로 땅의 결실, 항해, 대장일 등과 연관되었을 것으로 알려졌지만, 그들의 수나 다스리는 영역은 불확실하다. 수가 일정하지 않고 시간이 흐를수록 계속 불어난다고 한다.

밤에도 거기 머물러라.
낮이 우릴 몰아내지 못하게!

탈레스 (해안에서 호문쿨루스에게)
나는 너를 늙은 네레우스에게로 데려왔다.
여기서 그의 동굴까지 멀진 않지만
그는 머리가 굳었고,
불퉁대는 심술꾸러기다.
인간 종족 전체가
결코 불평꾼인 그의 마음에 들 수야 없지.
하지만 미래가 그에게 열려 있으니
누구나 그 점을 존중하고
그의 지위에 맞게 경배한다.
또한 그는 많은 이에게 좋은 일을 해주었단다.

호문쿨루스 그럼 시험 삼아 문을 두드려보자!
유리와 불꽃 두 가지가 동시에 다 없어지진 않을 테지.[364]

네레우스 내 귀에 들리는 게 인간의 목소린가?
가슴속 가장 깊은 곳에서 분노가 치미는구나.
신들에게 도달하고자 애쓰지만,
도로 자기 자신으로 머무는 저주받은 것들.
오랜 옛날부터 나는 신적인 휴식을 누릴 수 있었을 테지만,
마음의 충동을 좇아 가장 훌륭한 자들에게 잘 대해주었다.
그런 다음 마지막에 행해진 일을 보면
내가 충고를 하지 않은 것과 똑같았다.

탈레스 하지만, 바다 노인이여. 사람들은 그대를 믿지.

---

364 호문쿨루스는 유리(육체 역할)와 불꽃(정신)으로 이루어졌다.

현명한 분이니, 우리를 여기서 쫓아내지 마시오!
이 불꽃[호문쿨루스]을 보시오. 인간과 비슷하긴 하지만
당신의 충고에 온전히 자신을 내맡긴다오.

네레우스 무슨 충고! 충고가 인간에게 먹힌 적 있던가?
지혜의 말은 경직된 귀에서 그대로 응고되고 마는걸.
그토록 자주 나쁜 결말로 벌을 받았건만,
이 종족은 예전이나 다름없이 제멋대로야.
파리스에게는 아버지처럼 경고해주었어.
그가 낯선 여인에게 마음을 품기 전에 말이야.
그가 담대하게 그리스 해변에 서 있을 때,
내 정신에 떠오른 모습을 그에게 일러주었네.
연기가 대기를 뒤덮고, 붉은 피 콸콸 흐르고,
살인과 죽음이 일어나는 중에 건물이 불탄다고.
트로이 심판의 날을 운율 맞추어 그려냈어.
수천 년을 두고 알려진 그 끔찍한 모습을.
늙은이의 말이 그 파렴치한 놈한텐 장난으로 들렸던 거지.
그는 제 욕망을 따랐고, 일리온[트로이]은 무너졌다—
긴 고통 끝에 굳어진 거대한 시신,
핀도스산맥의 독수리들에겐 환영받는 만찬이었지.
율리시스[오디세우스]도 그래! 그에게 미리 키르케의 간계,
키클롭스의 잔인함을 일러주지 않았던가?
그의 망설임, 부하들의 경박함,
그 밖에도 온갖 것을! 그것이 그에게 이득을 주었던가?
수없이 흔들리고, 그러고도 아주 늦게서야
파도의 은총이 그를 친절한 해변으로 데려갔다.

탈레스 지혜로운 사내에게 그런 태도는 고통을 주지요.

하지만 선한 자는 다시 시도하는 법.
극히 적은 감사만으로도 만족이 크니,
엄청난 배은[背恩]의 무게를 능가하지요.
우리는 사소한 일 간청하는 게 절대 아니오.
이 소년이 지혜롭게도 생겨나기를 바란다오.

네레우스 드물게 맛보는 내 즐거움을 망치지 말게!
오늘은 예전과는 전혀 다른 일이 날 기다리고 있어.
딸들을 모조리 불러들였지.
바다의 우아한 여인들, 도리스의 딸들[네레이데스]을.
올림포스도, 너희의 육지도 그토록
우아하게 움직이는, 아름다운 존재를 받들진 못하지.
그들은 몸을 던져 가장 우아한 몸짓으로[물속이므로]
넵투누스의 말들[해마]을 타고 바다 용들에 이끌려
무척 섬세하게 물과 하나가 된다.
물거품조차 그들을 들어 올릴 정도야.
온갖 색깔 자랑하는 베누스의 조개 마차를 타고
가장 아름다운 딸 갈라테이아가 이리로 온다.
그 애는 키프리스[베누스]가 우리에게 등을 돌린 이후
파포스[365]에서 여신으로 숭배받고 있지.
그 어여쁜 아이는 이미 오래전부터
그 신전 도시 겸 전차 옥좌[파포스]의 상속자가 되었어.

물러가라! 아비의 기쁨의 시간에

365 키프로스섬의 도시로 아프로디테(베누스)의 신전이 있다. 전설에 따르면 아프로디테는 이곳의 바다에서 올라왔다고 한다.

마음에 미움, 입에 비난의 말을 올리는 건 맞지 않아.
프로테우스[366]에게로 가라! 그 기적의 사내에게 물어라.
어떻게 하면 생겨나고 변할 수 있는지를.
(바다를 향해 가서 점점 멀어진다.)

탈레스 이번 걸음으로 얻은 게 없구나.
프로테우스를 만난다 해도 그는 금세 부서질 거야.
그는 눈앞에 서 있어도, 놀라움을 자아내는,
헷갈리는 말밖엔 하지 않는다.
하지만 넌 그런 충고가 필요하니
그리로 가서 우리 다시 시도해보자.
(멀어진다.)

세이렌들 (암벽 위에서) 저 멀리 보이는 게 무어냐,
파도 왕국을 미끄러져 오는 것은?
바람의 규칙에 따라
하얀 돛을 휘날리며
그들은 환하게 빛나네.
변화된 바다의 여인들….
우리도 내려가보자.
그 목소리 들어보자!

네레이데스와 트리톤들 우리가 받쳐 들고 온 것이
여러분 모두를 기쁘게 할걸.
켈로네[367]의 거대한 방패[거북의 등딱지],

---

366 예언과 변신술에 능한 바다의 신
367 숲의 요정이다. 제우스와 헤라의 결혼식에 가지 않았는데 신들의 심부름꾼 헤르메스가 분노해서 그녀를 집과 함께 강에 던졌더니 거북으로 변했다. 여기서는 거북의 등딱지에 카비리 셋이 타고 있다.

강렬한 모습이 빛을 뿜는구나.
우리가 모셔 온 건 신[神]들,
너희는 고귀한 노래를 불러야 해.

세이렌들 모습은 작아도
힘은 거대해.
난파자들의 구원자[카비리],
예부터 숭배받은 신들.

네레이데스와 트리톤들 우린 카비리를 모셔 왔지.
평화로운 축제를 즐기려고.
그들이 거룩하게 지배하는 곳에서는
넵투누스도 친절하게 굴 테니.

세이렌들 우리는 너희보다 못한 존재.
[세이렌에 홀려서] 배가 부서지면
저항할 수 없는 힘으로
그대들이 뱃사람을 보호하지.

네레이데스와 트리톤들 우리는 세 분을 모셔 왔네.
네 번째 분은 오지 않겠대.
그의 말로는 자기가 그들 모두를 위해
생각하는 진정한 신이래[오만함이 드러난다].

세이렌들 한 신이 다른 신을
우스꽝스럽게 만드네.
너희는 그들 모두를 존중하라!
온갖 해로움을 두려워하라!

네레이데스와 트리톤들 그들은 원래 일곱 명이야.

세이렌들 그럼 나머지 셋은 어디 갔지?

네레이데스와 트리톤들 우리도 어찌 말해야 할지 모르겠네.

올림포스에서 물어볼 수 있겠지.
거기 서쪽에 어쩌면 여덟째도 있을걸.
아무도 생각지 못한 존재가!
은총으로 우리를 도와주지만
모두 완성된 건 아니다.

이들 비할 바 없는 이들은
언제나 계속하길 원해.
이룰 수 없는 것을 향한
그리움으로 굶주린 존재들.

세이렌들 이게 우리 방식이야.
신이 어디에 머물든,
낮이나 밤이나
기도하지. 보람 있어.

네레이데스와 트리톤들 우리 명성이 최고로 빛나도록
이 축제를 이끌어가자!

세이렌들 고대의 영웅들은
명성이 부족해,
어디서 어떻게 빛났어도 그래.
그들이 황금 양털을 얻었다면,
너희는 카비리를 얻었네.
모두의 노래로 되풀이한다.
그들이 황금 양털을 얻었다면,
우리는! 너희는! 카비리를 얻었네.

네레이데스와 트리톤들 (지나간다.)

호문쿨루스 내가 보기에 이들 못생긴 자들은

흙으로 빚은 소박한 토기[368]인걸.
이제 지혜로운 자들이 거기 부딪쳐
단단한 머리를 깨뜨리네.

탈레스 그거야 사람들이 바라는 것 아니겠나.
동전도 녹이 슬어야 가치가 있거든.

프로테우스 (보이지 않게) 그런 게 늙은 이야기꾼인 날 즐겁게 한다.
이상하면 할수록 더욱 존경할 만해.

탈레스 너 어디 있니, 프로테우스?

프로테우스 (복화술로 한 번은 가까이서, 한 번은 멀리서)
여기! 그리고 여기다!

탈레스 그런 낡은 농담은 용서해줄게.
하지만 친구한테 공허한 농담은 하지 마!
네가 엉뚱한 곳에서 말한다는 걸 난 알아.

프로테우스 (멀리서 말하는 것처럼)
안녕히!

탈레스 (호문쿨루스에게 낮은 소리로)
그는 아주 가까이 있어. 생생하게 빛나거라.
그는 물고기처럼 호기심이 많거든.
그가 어디에 어떤 모습으로 숨어 있든,
불길에 끌려 이리로 올 거야.

호문쿨루스 빛의 양을 곧바로 늘릴게.
하지만 조심해야지. 유리가 깨지지 않도록.

프로테우스 (거대한 거북 모습으로)
뭐가 이처럼 아름답게 빛나지?

---

368 카비리는 이집트-페니키아 전통에 따라 토기로 표현된다.

탈레스 (호문쿨루스를 옷으로 가리면서)
좋다! 원한다면 더 가까이 와야 볼 수 있지.
그 정도 수고야 힘들지 않을 거야.
그리고 인간처럼 두 발로 선 모습을 보여다오.
우리가 감춘 것을 보려고 하는 자는
우리의 의지와 은총을 얻어야지.

프로테우스 (고귀한 모습으로)
세속적이고 영리한 간계를 잘 아는 친구네.

탈레스 모습을 바꾸는 게 여전히 너의 즐거움이구나.
(가린 것을 치워서 호문쿨루스를 드러낸다.)

프로테우스 (놀라며) 빛나는 꼬마 난쟁이네! 이런 건 본 적 없어!

탈레스 얘가 충고를 원해. 글쎄, 생겨나고 싶단다.
내가 얘한테서 들은 바로는,
이상한 방법으로 절반만 태어났다는 거야.
정신의 특성들은 부족하지 않은데,
손으로 잡을 수 있는 요소[육체]가 없다네.
지금까지는 오로지 유리 무게뿐이니
기꺼이 육신을 갖고 싶다는 거지.

프로테우스 너는 진짜로 처녀의 아들이구나.
너로 존재하기 전에 이미 그것인걸!

탈레스 (나직하게) 다른 측면에서 보자면 내게도 트집거리가 있어.
내 생각에 얘는 자웅동체야.

프로테우스 그렇다면 그만큼 더 성공하겠는걸.
어디로 가든 일이 잘될 테니까.
다만 여기선 생각할 게 별로 없으니,
넌 먼바다에서 시작해야 한다!

거기서 우선 작게 시작해
아주 작은 것을 삼키는 걸 즐기다 보면
차츰차츰 커지게 되지.
그런 식으로 더 높은 성취를 이루는 거야.

호문쿨루스 여긴 바람이 아주 약하게 부네,
초록 풀 냄새 난다. 기분 좋은 향기야.

프로테우스 그 말 믿는다, 가장 사랑스러운 젊은이여!
앞으로 나아갈수록 기분이 더 좋아질 거야.
이 좁은 모래톱에선
분위기가 더할 나위 없지.
저 앞쪽에 행렬이 보이네.
이리로 다가오는데, 이제 충분히 가깝다.
그리로 함께 가자!

탈레스 나도 함께 갈게.

호문쿨루스 삼중으로 기묘한 영들의 나들이로구나!

로도스의 텔키네스 원시 종족

해마와 해룡을 타고, 넵투누스의 삼지창을 손에 들고

합창 우리가 넵투누스의 삼지창을 만들었어.
그는 그걸 들고 가장 사나운 파도를 다스리지.
유피테르가 폭풍 구름을 가르면
넵투누스가 무섭게 구르는 번개를 맞아들이지.
위에선 번쩍번쩍 번개 치고
아래선 파도에 이어 파도가 솟구치고.

그 중간에서 두려움에 빠진 것은 모두
오래 흔들리다가 심해에 삼켜진다.
그래서 그는 오늘 우리에게 왕홀을 내준 거야.
이제 우리는 안심하고 가볍게 축제 분위기로 떠돈다.

세이렌들 헬리오스[태양신]에게 바쳐진 그대들,
맑은 날씨의 축복을 받은 이들,
루나를 숭배하는 이 시간
그대들에게 인사한다!

텔키네스 저 하늘에서 가장 사랑스러운 여신[아르테미스]!
형제[아폴론]를 찬양하는 소리, 그대는 기쁨으로 듣는다!
행복한 로도스섬에도 그대는 귀를 기울였어.
거기서 영원한 아폴론 찬가가 올라온다.
그가 낮을 시작하고 끝내지.
그는 불타는 빛의 눈길로 우리를 바라본다.
산들, 도시들, 해변, 파도, 모두가
신의 마음에 들어. 사랑스럽고 밝아.
안개가 우리를 휘감지 않으니, 그는 쉽사리 들어온다.
빛줄기 하나, 미풍 한 줄기, 섬은 순수하다!
거기서 신은 백 개의 조각상이 된 자신을 본다.
젊은이, 거인, 위대한 자, 온화한 자가 된 자신을.
신들의 권한을 고귀한 인간의 모습으로
만들어 세운 것은 우리, 우리가 처음이었다.[369]

---

369 자기들이 세상에서 처음으로 신들의 조각상을 만들어 세웠노라고 자랑한다. 텔키네스 종족은 고대 그리스 시대 이전부터 에게해의 로도스, 크레타, 키프로스 등지에 살았던 원주민이다. 여기서는 넵투누스의 삼지창을 만들고, 달의 여신 루나를 숭배하는 종족으로 등장한다.

프로테우스 재들은 노래하고 자랑하라고 냅둬!
태양의 거룩한 생명 빛줄기에 대면
죽은 작품[조각상]은 농담일 뿐이야.
햇볕은 녹이며 끈질기게 형성한다.
저들은 금속으로 주조하고는,
그게 대단한 거라고 우쭐댄다.
하지만 그 당당한 조각상들 결국 어찌 되었나?
신들의 조각상들은 거창하게 서 있었지만
대지의 진동 한 번에 부서졌고—
오래전에 완전히 녹아버렸다.[370]

땅의 활동은 어쨌든
언제나 고역일 뿐이다.
생명에는 파도가 더 낫지.
프로테우스-돌고래가 너를
영원한 바다로 데려간다. (돌고래로 변신한다.)
벌써 다 됐군!
넌 가장 아름답게 성공할 거다.
내가 너를 등에 태우고
너를 대양과 혼인시킬 거야.

탈레스 찬양할 만한 요구에 따라

370 기원전 292~280년경에 건설된 로도스섬의 청동상(헬리오스상)은 높이 30미터가 넘는 거대 조각상으로 고대 세계 제7대 불가사의로 손꼽혔지만, 기원전 226년 무렵 지진으로 부서졌다. 지금은 아폴론을 빛의 신으로 헬리오스를 태양신으로 구분하는데, 예전에는 오랫동안 아폴론을 태양신이라고 불렀다. 그래서 이 청동상은 아폴론상이라고 알려졌다.

창조를 처음부터 시작하자!
빠르게 작업할 수 있도록 준비해라!
너는 영원한 규범에 따라 움직이며,
수천 가지 형태들을 통과해
인간에 이르려면 시간이 걸리지.[371]

호문쿨루스 (프로테우스-돌고래에 올라탄다.)

프로테우스 축축하고 드넓은 곳으로 함께 가자.
너는 거기서 곧 아무 경계 없이 살 것이니,
마음대로 자유롭게 움직여라.
다만 더 높은 질서를 얻으려 애쓰지는 마라.
네가 인간이 되면
너는 완전히 끝나는 거니까.

탈레스 형편대로 되기를! 자기 시대에
씩씩한 사내가 되는 건 좋은 일이다.

프로테우스 (탈레스에게) 그러니까 그대 같은 사람 말이지!
그런 생명은 한참 지속될 거야.
창백한 유령들 사이의 그대를
나는 수백 년 동안 지켜보고 있으니.

세이렌들 (암벽 위에서) 달님 주변에 어떤 구름의 고리가
저리도 풍성한 원을 그리나?
사랑으로 불붙은 비둘기들이구나.
빛처럼 하얀 날개가 달렸네.
파포스가 그들을 파견했지,[372]

---

371 생명의 진화 과정을 통해 인간이 되라는 뜻이다.

372 비둘기는 원래 아프로디테의 새들인데 여기서는 축제를 '완성'할 갈라테이아의 등장

저 격정적인 새 떼를.
우리 축제는 완성되었다,
명랑한 환희 가득하구나!

네레우스 (탈레스에게 다가서며)

밤의 나그네라면 이런 달무리를
대기 현상이라 부르겠지.
하지만 우리 정령들은 전혀 다른 생각,
유일하게 올바른 의견을 갖는다.
저들은 내 딸의 조가비 마차 나들이를
수행하는 비둘기들이야.
옛 조상들의 시대에 익힌
특별한 방식으로 기적처럼 빠르다.

탈레스 나도 그게 최선이라 여긴다네.
용감한 사내의 마음에 드는, 가장 좋은 것 말이지.
고요하고 따스한 둥지에
거룩한 존재가 거주한다면 말이야.

프쉴리 종족과 마르시 종족[373] (바다 황소, 바다 송아지, 바다 양을 타고)

키프로스 해변의 텅 빈 동굴 속
바다 신이 뒤집어엎지 않고,
지진이 망가뜨리지 않은 곳

을 예고한다. 갈라테이아가 아프로디테를 대신하는 것에는 복합적인 의미가 있다. 갈라테이아는 피그말리온의 조각상이 생명을 얻어 생겨난 여인의 이름이기도 한데, 이는 괴테 시대에 가장 완벽한 아름다움을 나타내는 존재로 여겨졌다. 자연과 인공의 중간 존재이며 뒤에 나오는 헬레네와도 관련이 있다.

373 뱀 주술을 하던 사람들이다. 프쉴리 종족은 리비아에서, 마르시 종족은 이탈리아에서 살았다고 한다.

영원한 바람이 부는 곳에,
우리는 오랜 옛날에도 그랬듯
고요히 의식된 쾌적함 속에
키프로스 마차[374]를 보관했다가,
밤들이 속살거릴 적에
사랑스러운 물살을 통해서
새로운 종족에게는 보이지 않게
가장 사랑스러운 따님[갈라테이아]을 모셔 온다.
조용하면서 부지런한 우리는
독수리도 날개 달린 사자도
십자가도 달님도 두렵지 않아.[375]
아무리 저 높이 살며 지배하고
계속 변화하고 움직인다 해도,
서로 몰아내 때려죽이고
씨앗들과 도시들을 허문다 해도,
우리는 그렇게 계속
가장 사랑스러운 여주인을 모셔 온다.

세이렌들 적당한 빠르기로 가볍게 움직이며
마차 주위로 연달아 줄지은 동심원,
한 줄 한 줄 삼키며

---

374 아프로디테의 조개 마차로 여기서는 갈라테이아가 이용한다.

375 독수리와 날개 달린 사자는 비잔틴제국과 베네치아공화국의 문장이고 십자가와 (반)달은 기독교 및 이슬람의 상징이다. 십자군전쟁은 이슬람에 빼앗긴 성지를 되찾는 것을 명분으로 내세웠지만 경제적 이유도 무시할 수 없을 만큼 컸고, 특히 베네치아공화국의 관심사는 동지중해의 교역을 장악하는 것이었다. 실제로 18세기 초 오스만 세력에 밀려나기 전까지 베네치아공화국은 동지중해의 해양 강국이었다.

뱀들처럼 줄지어서
강인한 네레이데스여, 다가오라.
튼실한 여인들아, 기분 좋게 거칠게
모셔 오라, 섬세한 도리데스야.
어머니의 모습 갈라테이아를.
신들처럼 진지하게 바라보는
고귀한 불멸성,
하지만 어여쁜 인간 여인네처럼
매혹하는 우아함이여.

도리데스[376] (돌고래를 타고 합창하며 네레우스 곁을 지나간다.)

루나여, 우리에게 빛과 그림자를,
이 청춘의 꽃들에 밝음을 다오!
우리는 서로 사랑하는 쌍들을
아버지에게 보여드릴 거니까.

(네레우스에게)

이들은 파도의 잔인한 이빨에서
우리가 구해낸 소년들.
갈대와 이끼 위에 그들을 눕혀
따뜻하게 살려내 데려왔어요.
그들은 이제 뜨거운 키스로
우리에게 감사해야 하죠.

---

376 티탄족에 속하는 오케아노스와 테티스 사이에서 3천 명의 딸(오케아니데스)이 태어났는데 그중 한 명이 도리스다. 도리스는 바다 신 네레우스와 결혼해서 50명의 딸(네레이데스)을 두었다. 여기서 복수형으로 등장하는 도리데스는 원래 도리스와 네레우스의 자매들로 역시 바다의 여신들이며, 바다의 풍요로움을 나타낸다. 여기서는 도리데스가 네레우스의 딸들로 등장한다.

어여쁜 젊은이들을 좋게 보아주세요!

네레우스 이중의 수확이니[의무 이행과 즐거움] 높이 평가한다.
자비로우면서 동시에 즐거움도 느끼는구나.

도리데스 우리가 뜻대로 한 일을 칭찬하신다면, 아버지,
우리가 손에 넣은 즐거움을 허락해주세요.
그들이 죽지 않고 머물게 해주세요,
우리의 영원한 젊은 가슴에.

네레우스 그 아름다운 포로를 너희가 기뻐해도 좋다.
젊은이들을 너희 뱃사람으로 삼아라!
다만 제우스만이 허용할 수 있는 것[영원한 삶]을
내가 줄 수는 없구나.
너희를 이리저리 흔드는 파도는
사랑을 지속시켜주지 않아.
애착이 다 끝나거든,
그들을 살포시 육지에 내려주어라.

도리데스 우리에게 소중한, 아름다운 소년들아.
우린 슬프게도 헤어져야 하네.
우리는 영원토록 충실하길 갈망했지만
신들이 그것을 허용하지 않아.

젊은이들 너희가 우리를 앞으로도 그렇게 사랑한다면,
우리 용감하고 젊은 뱃사람들을!
우리는 이처럼 잘 지낸 적 없었고
앞으로도 그럴 일은 없을 거야.

갈라테이아[377] (조개 마차를 타고 다가온다.)

---

377 네레우스의 딸로 네레이데스 중 한 명이다. 〈오디세이아〉에서 외눈박이 거인 키클롭

네레우스 너냐, 내 사랑하는 딸!

갈라테이아 오, 아버지! 이 행복을!
돌고래들아, 멈춰라! 저 눈길 날 붙잡네.

네레우스 벌써 떠났어, 지나간다.
원을 이루어 움직인다!
내면의, 마음의 움직임이 저들에게 무슨 상관이랴!
아, 저들이 나도 함께 데려간다면!
하지만 이 한순간의 즐거움이
한 해를 견디게 해주는구나.

탈레스 만세! 만세! 다시 만세!
미[美]와 진[眞]이 스며드니,
활짝 피어나듯 나 어찌나 기쁜가.
모든 것은 물에서 나왔다!
모든 것은 물을 통해 유지되나니!
오케아노스[대양]여, 영원히 지배하시라.
그대가 구름을 보내지 않는다면,
풍성한 시냇물을 주지 않는다면,
이따금 홍수를 일으키지 않는다면,
폭풍을 완성하지 않는다면,
산맥인들 무엇이며, 평지와 세계는 무엇일까?
가장 신선한 생명을 유지하는 건 바로 그대.

에코 (전체 무리 합창)
가장 신선한 생명은 바로 그대에게서 솟아 나왔네.

스가 사랑하는 바다 요정으로 등장하며, 오비디우스 서사시 〈변신〉에도 나온다. 돌고래가 끄는 조개 마차를 탄다.

네레우스 그들은 흔들리며 저 멀리 돌아가니,
더는 눈길 부딪치지 않네.
널리 퍼진 동심원 이루어
축제에 알맞은 모습으로
수많은 패거리가 빙글빙글 돈다.
하지만 갈라테이아의 조개 옥좌를
나는 보고 또 보네.
그것은 무리 사이에서
별처럼 빛난다!
사랑하는 딸이 무리 사이에서 빛난다!
저렇게 멀리서도
여전히 밝고 명료하게 가물거리니,
언제나 가깝고 참되구나.

호문쿨루스 이 아름다운 물속
내가 여기서 무슨 빛을 내도
모든 것이 매혹적으로 아름다워.

프로테우스 이 생명의 물기 속에서
너의 빛은 비로소
장엄한 소리로 번쩍거린다.

네레우스 이 패거리 한가운데서 그 어떤 새로운 비밀이
우리 눈에 열리려는 건가?
조개 주변 갈라테이아의 발치에서 무엇이 저리 빛을 내나?
때로는 강렬하게, 때로는 사랑스럽게, 때로는 달콤하게,
마치 사랑의 맥박이 닿은 듯 빛나네.

탈레스 프로테우스가 유혹해 데려간 호문쿨루스라오!
당당한 동경의 증상들이지.

두려워하는 진동의 신음이 느껴지네.
재는 빛나는 옥좌에 부딪혀 박살 날 거요.
저것이 빛나고, 번개 치더니, 이제 쏟아지는구나.

세이렌들 그 어떤 불꽃의 기적이 우리 파도를 밝히나?
서로 부딪쳐 불꽃 튀기며 부서지나?
저렇듯 빛나고, 흔들리며, 더 밝게 다가오네.[378]
몸들이 밤의 길 위에서 빛난다.
사방으로 모든 것이 불길에 휩싸였네.
만물을 시작한 에로스여,[379] 그렇게 지배하라!
바다 만세! 파도 만세!
거룩한 불에 둘러싸였네!
물 만세! 불 만세!
드문 모험 만세!

모두 함께 온화하게 친절한 대기여, 만세!
신비로운 동굴들이여, 만세!
여기서 모두 높이 찬양받으라.
너희 모두, 4대 원소들아!

---

378 호문쿨루스의 최후를 묘사하고 있다. 플라스크는 갈라테이아의 조개 마차에 부딪혀 부서지고, 속에 들어 있던 불꽃은 물과 섞여 이쪽으로 다가온다. 이제 호문쿨루스는 아주 작은 몸을 얻었다(또는 부서져 사라졌다). 창조의 첫 단계로 돌아간 것이다. 따라서 바그너의 업적은 허사가 되고 말았다.

379 에로스는 아레스와 아프로디테의 아들이며 사랑을 관장하는 신이다. 하지만 고대 그리스의 시인 헤시오도스에 따르면 에로스는 '태초에 부모도 없이 카오스에서 나온 근원적 힘'을 가리킨다. 오르페우스 비교(비밀 의식을 행하는 종교)를 믿는 자들에 따르면, 제우스도 두려워하던 여신인 검은 날개의 밤(Nacht)이 바람에 휩쓸려 어둠의 품속에 은빛 알을 낳았다고 한다. 이 알에서 에로스[또는 파네(Phane)]가 나왔고, 양성(兩性)인 에로스-파네가 땅, 하늘, 태양, 달 등을 만들었으며 만물을 움직이게 했다고 한다.

제3막
Dritter Act

스파르타의 메넬라오스 궁전 앞[380]

헬레네 등장,

포로로 잡힌 트로이 여인들의 **합창대**.

판탈리스가 합창대 지휘자.

헬레네 경탄도 많이, 비난도 많이 받은 나, 헬레네.[381]
난 방금 우리가 도착한 해안에서 오는 길이다.
사납게 출렁이는 파도에 취해 아직도
흔들린다. 우리를 거칠고 높은 등에 태우고,
포세이돈의 은총과 에우로스[동풍]의 힘으로
저 프리기아 평원에서 고국[스파르타]까지 실어 온 저 파도.
메넬라오스 왕은 지금 저 아래서 기뻐하고 있다.
가장 용감한 전사[戰士]들과 함께한 귀환을.

---

380 여기서 펼쳐지는 장면은 고대 그리스의 작품에서 나온 것이 아니다. 괴테는 자기 시대의 수많은 장르에 드러난 고대와 현대의 문학적 논의를 다루고 있다. 그리스 연합군이 트로이전쟁에서 승리했을 때(기원전 13세기)부터 제3막 마지막에 등장하는 유포리온의 죽음(1824년 4월에 그리스 메솔롱기에서 죽은 바이런이 모델) 또는 1826년 메솔롱기의 파괴까지 3000년의 간극에 따른 역사적 사건들과 문학 장르들이 형식과 내용 측면에서 가볍게 암시된다.

381 제2막에서도 일부 나타났지만, 제3막에서는 고대 그리스 서사시의 운율을 고려한 특별한 운율이 등장한다. 그리스의 운율과 동일한 도이치어 운율을 만들기는 불가능한 일이었는데도, 여기 등장하는 고전 그리스의 인물들은 특별히 긴 운율로 발언하며, 자주 한 행 안에서도 두 개 이상의 쉼표로 연결된다.

하지만 드높은 궁전아, 내게 환영의 인사를 건네다오.
내 아버지 틴다레오스[382]가 팔라스 언덕에서 돌아오면서
완만한 경사면에 세운 이 궁전,
옛날 나 여기서 자매 클리타임네스트라와
또 카스토르, 폴룩스와 즐겁게 놀며 자랄 적에,
스파르타의 어떤 집보다도 화려하게 꾸며져 있던 집이여.
양쪽으로 열리는 청동 문의 날개들아, 인사를 받아라.
그 옛날 손님을 반겨 활짝 열린 너희를 통과해
많은 구혼자 사이에서 선택된 메넬라오스가
신랑의 모습으로 나를 향해 다가왔었지.[383]
이제 나를 위해 다시 활짝 열려라. 내가 아내의
소임에 맞추어, 왕의 긴급 명령을 이행하기 위해
안으로 들어가게 해다오! 여기까지 나를 둘러싸고
불운하게도 날 따라온 모든 이는, 뒤에 남아라.

---

382 스파르타의 왕이자 레다의 남편이다. 레다가 백조로 변신한 제우스의 유혹을 받아 헬레네를 비롯한 여러 아이를 낳았기에, 그들의 '인간 아버지'로도 불린다. 제우스와 레다 사이에서 태어난 다른 딸 클리타임네스트라는 미케네왕 아가멤논의 아내가 된다.

383 고대 그리스의 최고 미녀로 꼽히는 헬레네가 결혼 적령기에 이르자 수많은 나라의 영웅이 구혼을 해왔다. 일부는 직접 오고, 일부는 대리인을 파견했는데, 틴다레오스는 쉽사리 결정을 내리지 못했다. 기원전 13세기의 그리스 사람들은 거의 해적이나 다를 바가 없었으니, 구혼자 중 한 명을 선택하면 나머지 구혼자들이 불만을 품고 스파르타에 맞서 전쟁을 일으킬 수도 있었기 때문이다. 구혼자 중 한 명이던 오디세우스가 묘안을 냈다. 헬레네가 누구와 혼인하든 결과에 승복하며, 만약 누군가가 불만을 품고 전쟁을 일으킨다면 모든 구혼자가 힘을 합쳐 선택받은 신랑을 돕기로 맹세하자는 것이었다. 이렇게 해서 그리스 국가들은 동맹을 맺었다. 훗날 헬레네가 파리스의 유혹을 받아 트로이로 떠나자 이때의 맹세에 따라 그리스 동맹군이 결성되었고, 이들이 트로이로 쳐들어가면서 대규모 전쟁이 벌어졌다. 이후 틴다레오스가 사망했을 때 왕위를 계승할 쌍둥이 형제가 이미 죽었기 때문에 헬레네와 혼인한 메넬라오스가 스파르타의 왕이 되었다.

내가 거룩한 의무에 따라 키테라[Kythera]섬의 신전[아프로디테 신전]을
방문하려고 근심 없이 이 문지방을 떠났을 때,
그곳에서 프리기아의 도둑[파리스]이 나를 잡았고, 이후로
수많은 일이 일어났으니, 사람들이 그 전설을 널리 멀리
퍼뜨리며, 주인공에 대해 터무니없는 이야기를 만들었지.
하지만 이야기의 주인공은 그걸 듣고 싶지 않다.

합창대 오 뛰어나신 마마, 지고한 선[善]의
명예로운 자산을 멸시하지 마세요!
가장 큰 행운, 오직 당신께만 주어졌으니,
모두를 능가하는 아름다움이라는 명성.
영웅의 이름이 앞에서 울리면,
그는 당당하게 걷지요.
하지만 가장 고집 센 사내라도
모두를 지배하는 아름다움 앞에선 고집을 꺾지요.

헬레네 그만! 나는 남편과 함께 배를 타고 왔으며,
지금은 그의 명을 따라 그의 도시에 앞서 들어왔다.
하지만 그가 무슨 생각 품고 있는지, 나는 짐작 못 해.
나는 아내로 온 건가? 여왕으로 온 건가?
통치자들의 끔찍한 고통, 그리스 사람들이
오래 견딘 불운[트로이전쟁]에 대한 제물로 온 건가?[384]
나는 정복당했으나 포로인지 아닌지는 알지 못해!
불사[不死]의 존재들[신들]이 나의 명성과 운명을

384 10년이나 지속된 트로이전쟁에서 승리한 다음 그리스 연합군은 각자 배를 타고 귀국했다. 헬레네도 메넬라오스와 함께 스파르타로 돌아왔지만, 과거에 파리스와 함께 도망쳤던 자기를 남편이 어찌 대할지 아직 모르는 상황이다.

결정하지만 나한텐 이중의미야. 신들은
아름다운 자태의 수상쩍은 동반자, 지금도
이 문지방 앞 내 곁에 어둡고 위협적으로 서 있다.
저 텅 빈 배에서도 남편은 나를 바라보는 일 드물었고,
친절한 말 한마디 없었다.
불운이라도 궁리하는 양, 내 맞은편에 앉아 있었지.
하지만 선두의 배들이 에우로타스강 하구
깊은 물굽이 해안에 다가가, 배의 이물이 육지에
닿자마자, 마치 신에 의해 움직여진 듯 그가 말했다.
“정해진 질서에 따라 나의 전사들은 여기서 하선해야 하오.
나는 그들을 살피며, 해안을 따라 갈 거요.
하지만 그대는 계속 가시오, 거룩한 에우로타스의
열매가 풍성한 강을 계속 거슬러 올라가요.
습지의 꽃들 위로 달리는 말들의 조종을 받아
아름다운 평원에 도달할 때까지.
그 옛날 라케다이몬[385]이 험한 산들에 둘러싸인
비옥하고 너른 평원에 정착했던 곳에 말이오.
그런 다음 높은 탑들이 있는 궁전으로 들어가시오.
내가 그곳에 남겨둔 하녀들과 충실하고
늙은 관리인 여자를 자세히 살펴보시오!
풍성한 보물을 그녀가 그대에게 보여줄 거요.
그대의 아버지가 남긴 것을 내가 전시에도 평시에도
꾸준히 늘려, 더 많이 쌓아 올린 보물이오.
그 모든 것이 제대로 있는지 살펴보시오.

385 제우스의 아들로 스파르타를 세웠다.

영주가 돌아오면, 자기 집의 모든 것이
충실히 남아 있는지 보는 게 그의 특권이니까.
남겨둔 자리에 모든 것이 그대로 있는지 말이오.
하인들의 권한으로는 그 무엇도 변화시키지 못하오."

합창대 끊준히 불어난 화려한 보물을
눈과 가슴으로 즐기세요.
섬세한 목걸이, 화려한 왕관은
저기서 당당히 머물며, 대단한 척 뻐기고 있지요.
하지만 누군가 등장하여 그들에게 도전하면
그들 모두 서둘러 준비하죠!
아름다운 여인이 황금과 진주와 보석들에 맞서
겨루는 것을 보면 기쁘답니다.

헬레네 이어서 더욱 멀리 내다보는 주군의 말씀이 이어졌다.
"모든 것을 질서에 따라 살펴보고 나면
당신이 필요하다고 생각하는 만큼, 삼발이들을 꺼내고,
제관들이 사용할 여러 제기[祭器]를 마련해
거룩한 축제의 관습을 이행할 수 있게 준비하시오.
솥과 접시들, 납작한 대야들도!
거룩한 원천에서 흘러나오는 가장 순수한 물은
깊은 항아리에 담겨야지! 나아가 불이 빨리 붙을 만한
마른 목재도 미리 준비해놓도록 하오.
잘 갈아놓은 칼도 없어선 안 되겠지.
그 밖에 나머지는 전부 그대에게 맡기오."
그는 이렇게 말하고, 서둘러 내 곁을 떠났다. 그런데
명령하는 분은 살아 있는 것에 관해선 말씀하지 않았으니,
올림포스 신들에게 무엇을 제물로 바치려는지를 말이다.

그건 수상한 일이지. 하지만 난 더는 근심하지 않는다.
모든 것은 고귀한 신들에게 맡겨진 일.
신들은 자신들이 세운 뜻대로 행하실 것이다.
그것이 인간에게 좋은 것이든 나쁜 것이든,
우리 필멸의 존재들이야 단지 견딜 수밖에.
이미 여러 번이나 제관의 무거운 도끼가
고개 숙인 제물의 목에 거룩하게 올려졌으나,
내리치지는 못했다. 가까운 곳의 적이, 또는
신이 개입해 그 일을 방해했기에.

합창대 무슨 일이 벌어질지 궁리하지 마세요!
여왕님, 좋은 기분으로
저리 들어가세요!
좋은 일과 나쁜 일은 예기치
못한 가운데 인간에게 닥친답니다.
그런 게 예고된다고 믿지도 않아요.
하지만 트로이가 불탈 때 우리는 죽음을,
그 수치스러운 죽음을 눈으로 보지 않았던가.
그리고 우리는 지금 의무를 기쁘게 여기며
여기, 당신 곁에 있지 않나요?
눈멀게 만드는 하늘의 태양이,
지상에서 가장 아름다운 존재인 당신을
흠모하며 바라보고 있지 않나요?

헬레네 될 대로 되어라! 내 앞에 무엇이 기다리든,
즉시 왕궁으로 올라가는 것이 내겐 합당한 일.
오래 자리를 비우고 많이 그리워한, 거의 잃을 뻔했던
왕궁이 어찌 된 셈인지 다시 내 앞에 서 있으니.

두 발은 몹시 힘들게 나를 위로 올려 보낸다.
내 어릴 적 멋대로 뛰어다니던 이 높은 계단 위로.

합창대 오 자매들아, 너희
슬픈 포로 여인들아,
모든 고통 멀리 던져라.
여주인의 행운을 함께하라,
헬레네의 행운을 함께하라.
그분은 아버지 집의 화덕에
비록 늦게 돌아오긴 했지만,
그럴수록 더욱 확고한
발길로 기쁘게 다가가고 있나니!

찬양하라, 거룩하신,
행운으로 복구하시는,
집으로 이끄시는 신들을!
해방된 사람은 마치
날개를 단 듯
가장 거친 것을 넘어 떠오른다네.
포로는 그리움에 가득 차서
헛되이 감옥의 성벽 너머로
팔을 뻗치며 여위어가는데.

하지만 한 신이 그녀를 잡았네.
멀리 떠나간 여인을.
일리온[트로이]의 폐허에서
그녀를 이리로 데려오셨다.

오래된, 이제 새롭게 꾸민
아버지의 집으로.
이루 말할 수 없는
기쁨과 고통이 지난 다음
젊었던 옛 시절을
새로이 추억하도록.

판탈리스 (합창대 지휘자로서)

이제 즐거움에 둘러싸인 노래의 길에서 벗어나
문[門]의 양 날개로 너희 눈길 돌려라!
자매들아, 나 보는 게 무언가? 여왕께서
발걸음 격하게 움직여 우리에게로 돌아오시지 않나?
무슨 일인가요, 위대한 여왕님. 당신이
자기 집의 홀 안으로 들어가는데 인사 대신
두려움으로 맞이하는 게 무엇인가요? 감추지 마세요.
당신의 이마에 그 역겨움 보이니,
놀라움과 싸우는, 고귀한 분노가.

헬레네 (문의 양 날개를 활짝 열어둔 채로 격하게)

제우스의 딸에게 비천한 두려움은 당치 않아.
순간적인, 저급한 두려움의 손길 따윈 건드리지도 못해.
하지만 늙은 밤의 품, 태고에서 올라온
저 끔찍한 것, 마치 이글거리는 구름처럼
여러 형태로 저 산의 불길-목구멍에서 올라온
저 끔찍한 것은, 영웅의 마음이라도 떨게 하겠네.
그렇게 지하 세계 신[386]들이 오늘 흉측한 꼴로

386 저승을 흐른다는 스틱스강의 존재들

집으로 들어가는 내 발걸음 따라왔으니, 난 단지
전에 자주 드나들던, 오래 그리워한 문지방에서
마치 쫓겨난 손님처럼, 멀어지고만 싶구나.
하지만 아니다! 나는 방금 빛으로 도망쳐 왔지만, 너희는,
너희가 어떤 힘이든[387] 더는 나를 부추기지 마라.
나는 거룩함을 생각하리라. 그러면 정결해진
화덕의 불길이 여주인과 주인님에게 인사를 올리겠지.

합창대 지휘자 당신의 하녀들에게 밝히세요, 고귀하신 마마.
무슨 일이 있어도 그들은 당신을 숭배하며 곁에 머물죠.

헬레네 내가 본 것을, 너희도 곧 눈으로 보게 될 거다.
저 오래된 밤이 자기 창작물을 곧바로 자기의 깊은 곳
경이로운 품 안으로 되삼키지 않는다면 말이야.
하지만 너희가 알도록, 내가 말로 일러주마.
가장 긴급한 임무를 생각하며, 내가 왕궁의
엄숙한 내부로 당당히 들어섰을 때,
황량한 복도의 침묵에 난 깜짝 놀랐다.
부지런히 오가는 사람들의 소리 귀에 들리지
않았어. 바삐 움직이는 서두름도 눈에 보이지 않고.
낯선 객조차 친절하게 맞아들이던
하녀 한 명, 관리인 한 명도 나타나지 않았다.
하지만 집의 중심부에 다가갔을 때,

387 제3막에서 시녀들로 구성된 합창대는 복잡한 성격을 지닌다. 판탈리스만 신화 속 인물이며 나머지는 포로가 되어 끌려온 트로이 여인들이다. 다만 제3막의 등장인물은 파우스트와 메피스토펠레스를 제외하면 모두 환상의 존재이기에, 시녀들도 분명 특정한 '힘'이기는 하나 어떤 부류인지는 독자의 상상력이 필요하다. 제3막 끝부분에서 헬레네가 사라질 때 이들은 뿔뿔이 흩어져 원소로 돌아간다.

다 타버린 재의 미지근한 찌꺼기 곁에,
무언가를 두른 커다란 여자가 바닥에 앉아서,
잠자는 것 같진 않고, 생각에 잠긴 듯했어.
어서 일하라고 여주인답게 명령을 내렸다.
어쩌면 남편이 선견지명으로 예비해 남겨둔
관리인일 거라는 짐작이 들었기에.
하지만 여인은 미동 없이 그저 웅크리고 있었을 뿐.
그러다 나의 호통에 겨우 오른팔만 움직였는데,
마치 나더러 화덕과 홀에서 떨어지라고 말하는 듯했다.
나는 분노해 거기서 몸을 돌려 곧장 계단으로
향했는데, 위쪽에는 새로 치장한 내실이
솟아 있고, 그 옆에는 보물실도 있었다.
다만 저 기묘한 괴물도 재빨리 바닥에서 일어나더니
명령하듯 내 길을 막아섰는데, 큰 키에 야윈 모습,
퀭하니 핏발 선 짓무른 눈길 드러냈어.
눈과 정신을 어지럽히는 기묘한 형태였지.
하지만 나는 공연히 말하는구나. 말은
저 형태를 그려내려고 헛되이 애쓰지.
직접 보아라! 그녀는 감히 빛으로도 나서네!
여기서는 우리가 지배자다, 주인이신 왕이 올 때까지는.
아름다움의 친구 포이보스[388]가 저 끔찍한 밤의 산물을
동굴로 쫓아내든지, 아니면 묶어버리겠지.

포르키아스 (문의 양 날개 사이 문지방에 등장)

합창대 나 비록 고수머리가 젊은 두 뺨 주위로

388 아폴론을 가리키며 여기서는 태양을 나타낸다.

물결치고 있어도, 많은 것을 겪었네!
끔찍한 것을 많이도 보았지.
비참한 전쟁, 일리온의 밤을.
그 도시 무너질 적에.

몰려드는 전사[戰士]들이 먼지구름
일으키며 날뛰는 사이로, 나는 신들이
끔찍하게 외치는 소리 들었다. 다툼의
쇳소리가 들판을 통해 울리는 걸 들었어.
성벽을 향해.

아! 일리온의 성벽들 아직
서 있었지만, 불꽃의 광채는 이미
이웃에서 이웃으로 나아가
여기저기로 퍼지며,
저만의 폭풍 일으켜
밤의 도시를 덮쳤다.

도망치면서 나는 연기와 불꽃 사이
널름대며 타오르는 불길 사이로
두렵게 노여워하는 신들이 다가오는 걸 보았네.
걸음을 옮기는 기적의 모습,
불길을 둘러싼 어두운 연기 사이로
거인처럼 거대한 모습을.

나는 보았던가? 아니면 두려움에

휩싸인 정신이 그런 뒤엉킨 모습을
상상했던가? 그걸 난 결코 말할 수
없네. 하지만 여기선 이 추한 꼴을
눈으로 보고 있으니,
이것만은 확실히 알겠네.
손으로 잡을 수도 있겠어.
저 위험한 것으로부터
두려움이 날 밀쳐내지만 않는다면!

너는 포르키스의 딸들[포르키데스] 중
대체 누구냐?
나는 너를 이들과
비교해야겠구나.
너 혹시 끔찍하게 태어난,
눈 하나와 이빨 하나를
번갈아 공유하는
저 그라이아이 중 한 명이냐?

너 끔찍한 것이 감히
아름다움과 나란히,
빛나는 포이보스의 눈길 앞에
네 모습 드러내느냐?
그렇다 해도 앞으로 나서라!
그는 추한 것을 보지 않으신다.
그의 거룩한 눈길은 결코
그림자를 본 적이 없으니.

하지만 우리 필멸의 존재들에겐
유감스럽게도! 서글픈 불운은
말 못 할 만큼 극심한 눈의 통증을 부르나니,
영원히 불운한 것, 추한 것이
아름다움을 사랑하는 자들에게 일으키는 통증.

그러니 들어라. 너 뻔뻔하게
우리 앞에 나선다면, 저주를 들어라.
모든 비난의 외침을 들어라.
신들이 만든 행복한 존재들의
저주하는 입에서 나오는 소리를!

포르키아스 낱말은 낡았는데, 그 뜻만은 높고 참되구나.
부끄러움과 아름다움은 땅 위에 초록이
자라는 길을 손에 손잡고 나란히 걷지 못해.
그 둘에겐 오래된 미움 깊이 뿌리 박혀 있으니,
어느 길에서 만나도 둘은
각자 상대에게 등을 돌린다.
그리고 제각기 서둘러 더욱 멀어지니
부끄러움은 우울하고, 아름다움은 뻔뻔하지.
오르쿠스[명부]의 공허한 밤이 그 둘을 감싸안을 때까지,
노년이 그들을 미리 포박하지 않는다면 말이야.
나 이제 너희를 본다, 너희 뻔뻔한 것들을.
오만함에 넘쳐 큰 소리로, 쉰 목소리로 울어대는,
멀리서 온 학들의 행렬이구나. 우리 머리 위로
긴 구름 이루며 나타나, 시끄러운 소리 꽥꽥
아래로 보내서, 말 없는 나그네가 제 머리 위를

올려다보게 만들지. 하지만 학들이 제 갈 길 가면,
나그네도 제 갈 길 가지. 우리도 그리되리라.

너희는 대체 누구길래, 왕의 궁전에서 마이나데스[바쿠스의 무녀들] 처럼
사납게, 술 취한 사람처럼 미쳐 날뛰느냐?
너희는 대체 누구냐? 이 집의 관리자를 향해
아우성치는 너희는? 마치 달 보고 울부짖는 개 떼처럼.
너희가 어떤 종족인지 내가 모를 거라 망상하느냐,
너, 전쟁이 낳았고 전투가 길러낸 이 젊은것아?
사내를 즐겁게 하는 너, 유혹당하고 유혹하며,
전사들과 시민들 모두의 힘을 빼놓는구나!
너희가 그렇게 떼를 이룬 꼴이, 내게는 메뚜기 무리가
아래로 쏟아져 내려와 초록 들판을 뒤덮는 것만 같아.
남의 근면을 갉아먹는 것들! 먹어 치워서
싹트는 복지를 파괴하는 너희, 정복당하고,
시장에서 팔리고, 교환되는 물건에 지나지 않는 너희!

헬레네 안주인을 앞에 두고 하녀들을 꾸짖는 건
여주인의 권리를 뻔뻔스레 침범하는 짓이다.
비난받을 일을 벌하는 것만큼이나
잘한 일을 칭찬하는 것이 안주인에겐 어울리는 처사.
저들이 내게 행한 봉사에 대해 나는 적이 만족한다.
일리온의 높은 성벽 포위되어 서 있다가
무너져 쓰러졌을 적에, 또한 우리가 이리저리
헤매며 슬픔에 찬 곤궁을 견딜 적에도 그랬지. 누구든
자신을 챙기기도 바쁠 때였어.

여기서도 나는 이들 명랑한 무리에게 같은 것을 기대한다.
주인은 하인이 뭐냐가 아니라, 어떻게 봉사하는가를 묻는 법.
그러니 너는 입 다물고, 더는 그들에게 눈살 찌푸리지 마라!
지금까지 왕의 궁전을 잘 지켜왔다면,
안주인을 대신해 그랬다면, 그건 네게 명예가 되는 일이다.
하지만 이제는 안주인이 손수 나서니, 너는 물러나라.
그동안 쌓은 공적 대신 형벌을 받지 않도록.

포르키아스 가신들을 위협하는 건 여전히 큰 권리죠.
신의 축복을 받은 통치자의 고귀한 아내가
긴 세월의 현명한 안내를 통해 얻은 권리니까요.
이제 인정받으신 그대가 여왕과 여주인의
옛 자리를 도로 차지하시니,
오래전에 느슨해진 고삐를 쥐고, 다스리시오.
보물을 차지하시고, 거기 더해 우리도 취하시오.
하지만 무엇보다도 늙은 나를 이 패거리에서
보호해주시오, 이들은 그대 아름다움의 백조 곁에서
고약한 날개 퍼덕이며 꽥꽥거리는 거위와 같습니다!

합창 지휘자 추함이 아름다움과 나란히 있으니 얼마나 추한가.[389]

포르키아스 무지가 지혜로움과 나란히 있으니 얼마나 무지한가.

(이제부터 합창대원이 한 명씩 앞으로 나서면서 대답한다.)

합창대원 1 아비는 에레보스[어둠의 신]요, 어미는 밤이라고 고해라!

포르키아스 네 조카딸 스킬라[바다 괴물] 이야기나 해라!

---

389 8810~8825행은 고대 그리스 희곡의 '격행대화'(Stichomythia) 또는 단일시행 방식으로 전개된다. 주로 열띤 논쟁 장면에서 각 등장인물이 운문 1구씩을 말하는 것으로 에우리피데스가 즐겨 썼다. 여기서는 등장인물들이 심한 욕설을 주고받는데, 특히 포르키아스는 합창대원들이 하데스에서 올라온 망자라고 깎아내린다.

합창대원 2 너의 혈통에는 여러 괴물이 나오지.

포르키아스 명부로 가라! 거기서 네 친척을 찾아.

합창대원 3 거기 사는 자들은 모두 너보단 훨씬 젊을 건데.

포르키아스 저 늙은 테이레시아스[테베의 예언자]하고나 붙어먹어라!

합창대원 4 오리온[390]의 유모가 너의 고손녀[증손자의 딸]라지.

포르키아스 하르피아[391]들이 오물 더미에서 너를 먹여 길렀다던데.

합창대원 5 뭘 먹었길래 그렇게 삐쩍 말랐냐?

포르키아스 네가 참 좋아하는 피를 먹은 건 아니다.

합창대원 6 너는 시신을 탐하지, 역겨운 시신을!

포르키아스 네 뻔뻔한 아가리에서 흡혈귀 이빨이 번득이는군.

합창 지휘자 네가 누군지 내가 말하면 네 아가리가 막히겠지.

포르키아스 네 이름이나 먼저 불러봐라! 수수께끼가 풀릴걸.

헬레네 나는 화난 게 아니라, 슬픔으로 너희 사이에 들어서나니,
그렇게 주고받는 말싸움을 금지한다.
소중한 하인들이 남몰래 다투는 것보다
주인에게 더 해로운 일은 없으니까.
주인이 내린 명령의 메아리가 재빨리 행동으로,
좋은 뜻으로, 주인에게 돌아오지 않기 때문이지.
아니, 그 메아리 제멋대로 흥분해서 주변을 싸고돌아,
주인마저 길을 잃고 공연히 야단치게 된다.
그뿐만 아니라 너희는 방종한 분노에 사로잡혀
불운한 그림들의 끔찍한 형태들을 불러냈으니,
그것들이 나를 둘러싸서, 내가 명부로 끌려간

---

390 포세이돈의 아들로 태고의 사냥꾼

391 머리는 여자, 몸은 새인 괴물

느낌이다. 아버지 나라의 들판인데도 그러네.
나를 붙잡은 이것은 기억인가? 광증인가?
모든 게 옛날의 나였나? 지금의 나인가? 앞으로 그리될까?
도시를 파괴한 여인[392]의 끔찍한 꿈속 모습인가?
여기 아가씨들은 벌벌 떠는데, 가장 늙은 너는
침착하게 서 있으니, 알아들을 수 있게 말해보라!

포르키아스 긴 세월의 다양한 행운을 생각하다 보면
마지막엔 신들의 가장 큰 은총조차 꿈처럼 생각되죠.
하지만 높은 은총 받아, 특별한 등급과 목적을 지닌 그대는,
연달아 이어진 삶에서 오로지 사랑의 열렬함만 보았으니,
온갖 종류의 대담한 모험에 이르는 불붙는 사랑을.
테세우스가 이미 일찌감치 그대를 붙잡았소, 열렬히 흥분해서.
저 강한 헤라클레스, 아름다운 영웅이 그러했듯이.

헬레네 그[테세우스]는 일곱 살 날씬한 사슴인 나를 유괴해다가
아티카의 아피드나성에 가두었어.

포르키아스 하지만 카스토르와 폴룩스가 금방 빼냈잖소.
그대는 선별된 영웅의 무리에게 구혼을 받았지요.

헬레네 솔직히 고백하자면, 누구보다 내가 애착이 갔던 사람은
저 펠리데스[아킬레우스]와 대등한 사람, 파트로클로스였어.

포르키아스 하지만 부친의 의지로 메넬라오스와 맺어졌소.
대담한 뱃사람으로 가문을 지키는 사람이죠.

헬레네 아버지는 딸을 내주고 왕국도 그에게 맡겼어.

---

392 에우리피데스의 〈트로이의 여인들〉에서 파리스의 어머니 헤카베 왕비는 헬레네를 이렇게 비난한다. "고것이 도시들을 무너뜨리고, 집마다 불길을 던져 넣었다."

이 혼인에서 헤르미오네[393]가 태어났고.

포르키아스 하지만 그가 유산을 얻고자 크레타에서 용감히 싸울 때
그대 외로운 여인에게 무척 아름다운 손님이 나타났소.

헬레네 어쩌자고 그대는 과부나 다름없던 때를 기억나게 하는가?
거기서 얼마나 몹쓸 일이 생겼던가!

포르키아스 자유인으로 태어난 크레타 여인인 내게[394] 그 여행은
포로 시절과 길고 긴 노예 생활을 생각나게 하는걸요.

헬레네 그는 너를 그 즉시 이리로 데려다가 집안 관리인으로 삼아
많은 것을 맡겼다, 요새와 대담하게 쟁취한 보물을.

포르키아스 그대는 이곳을 떠나 탑의 도시 일리온으로,
다함없는 사랑의 기쁨을 향해 나아갔소.

헬레네 기쁨을 생각하지 마라! 견디기 힘든 고통, 끝도 없이
마음과 머리 위로 쏟아졌으니.

포르키아스 하지만 사람들 말로는 그대가 이중의 모습이었다고,
일리온에서도 보이고, 이집트에서도 보였다고 하더군요.

헬레네 황폐해진 감각의 혼란을 더 어지럽게 하지 마라.
지금도 나는 대체 내가 누군지 모르겠다.

포르키아스 또 사람들 말로는, 공허한 그림자 왕국[명부]에서 올라온
아킬레우스가 그대와 열렬하게 맺어졌다고 하더이다!
모든 운명의 결정에 맞서 그가 일찍부터 그대를 사랑했기에.[395]

헬레네 나는 환영[幻影]으로서 환영인 그와 맺어진 거야.

---

393 헬레네와 메넬라오스의 딸이다. 『해리 포터』의 여주인공 이름이 여기서 유래했다.

394 포르키아스는 크레타 태생으로 자처한다.

395 그리스 시인 프톨레마이오스 첸누스(Ptolemaios Chennos, 기원후 1세기)가 남긴 글을 보면, 아킬레우스와 헬레네는 '행복의 섬'에서 함께 살았고, 그들 사이에 태어난 아들의 이름은 유포리온이라고 한다.

그건 꿈이었어. 그 낱말 자체가 이미 그걸 알려주지.[396]
나는 스러지고 나 자신에게도 환영이 된다.

(합창대 절반[397] 쪽으로 쓰러져 안긴다.)

합창대 침묵하라, 침묵해!
잘못 바라보고, 그릇되게 말하는 그대여!
이빨 하나뿐인 무시무시한
입으로! 그 두려운 목구멍에서
무슨 그런 말이 나오나.

저 악당은 선량한 척하지만,
양가죽 아래 늑대의 분노를 숨기고 있어.
내겐 저 머리 셋 달린 개[398]의 목구멍보다
훨씬 끔찍해 보인다.
우리는 두려워하며 귀 기울인다.
깊은 곳에서 엿듣는 저 괴물이
저런 심술궂음으로
언제, 어디서, 어떻게 솟아 나올 것인지?

친절한 위안의 능력 넉넉히 지닌,
망각을 선물하는, 사랑스럽고 온화한 말 대신
너는 온갖 지나간 일에서
좋은 것보다는 가장 고약한 것을 불러와,

---

396 환영(Idol 그리스어로는 eidolon)은 이미지, 그림자상, 꿈의 모습을 뜻한다.

397 합창대가 둘로 나뉘어 번갈아 노래한다. 고대 그리스 비극에 등장하는 표준 방식(Stasimon)이며, 전가(前歌), 연(聯), 대구 연(聯), 후가(後歌)로 구성된다.

398 명부의 입구를 지키는 개 케르베로스

현재의 광채와
미래의 광채로
근근이 가물거리는 희망의 빛마저
죄다 어둡게 만든다.

침묵하라! 침묵해!
여왕의 혼령 이미 도망칠
준비 갖추고,
아직 버티고 있네.
태양이 지금껏 비친
온갖 형태 중의 형태를 꼭 잡아라.

(헬레네가 기운을 차리고 다시 중앙에 선다.)

포르키아스 순간의 구름에서 벗어나요, 이날의 높은 태양이여.
베일을 쓰고도 기쁨을 주고, 광채로 눈멀게 하며 지배해요!
그대 앞에 펼쳐진 세상, 그대는 아름다운 눈으로 보네.
그들은 나더러 추하다 비난해도, 나는 아름다움을 알아보죠.

헬레네 현기증 속에 날 둘러싼 황량함에서 비틀대며 벗어난다.[399]
나 기꺼이 평온을 바란다. 육신은 몹시 지쳤으나,
아무리 놀라운 일 겪어도 정신 차리고 용기 내는 것이
여왕에게 어울리는 일, 모든 인간에게 어울리는 일이니.

포르키아스 그대는 그 위대함, 그 아름다움으로 우리 앞에 서 계시니,
그대 명령하는 바를, 그 눈길로 말하시오! 무엇을 명하시나요?

헬레네 너희가 싸우느라 소홀히 한 일을 해결하라.
왕께서 내게 명한 대로, 어서 제물 바칠 준비를 서둘러라.

---

399 헬레네는 기절했을 때 어머니들의 영역으로 돌아갔었다.

포르키아스 모든 것이 궁 안에 준비되었소. 제기며, 삼발이며, 날선 도끼며,
뿌리거나 그을리기 위한 것들까지. 제물을 보여주시오.

헬레네 왕께서 그건 말씀하지 않았다.

포르키아스 말씀이 없었다고요? 오, 비통하구나!

헬레네 어떤 비통함이 널 덮치느냐?

포르키아스 여왕님, 당신을 뜻하는 겁니다![400]

헬레네 나를?

포르키아스 그리고 이들도!

합창대 아이, 끔찍해!

포르키아스 그댄 도끼날에 쓰러질 거요!

헬레네 끔찍하구나! 짐작은 했지만, 가엾은 나!

포르키아스 피할 수 없는 일 같소.

합창대 아! 그럼 우린? 어떻게 되려나?

포르키아스 그녀는 고귀한 죽음을 맞겠지.
하지만 너희는 저 지붕 안쪽 합각머리 받치는 높은 들보에 매달려,
새장 안에 갇힌 지빠귀처럼 차례로 버둥댈걸.

(헬레네와 합창대는 잘 준비된, 의미심장한 무리를 이루어 놀라고 경악한 얼굴로 서 있다.)

포르키아스 유령들아![401]—너희는 굳어버린 그림처럼 서 있구나.

---

400 헬레네가 바로 제물이라는 뜻

401 어차피 이들은 파우스트가 명부에서 불러올린 유령들이다. 파우스트는 제1막에서 헬레네의 이미지를 불러올렸고, 제2막에서는 헬레네를 찾아 명부로 내려갔다. 제3막에서는 마침내 그가 지상으로 불러올린 혼령들이 등장한다. 포르키아스는 제2막에서 포르키데스(그라이아이)와 합쳐진 메피스토펠레스다. 제3막에서 등장인물 대부분은 고대 그리스 신화 속 인물이다. 따라서 유령이라고 할 수 있다. 괴테는 헬레네가 트로이전쟁이 끝난 다음 남편 메넬라오스를 따라 고국으로 돌아왔으나, 제물로 바쳐질 운명에

너희에게 속하지도 않는 낮과 작별할까 봐 놀란 거지.
인간이란, 너희 같은 유령들까지도
자기들의 밝은 햇빛을 포기하려 들지 않는다.
하지만 아무도 그들을 종말에서 빼내거나 구하진 못해.
그들 모두 아는데도, 그게 좋다는 사람 거의 없네.
좋다, 너희 모두 끝났어! 어서 일이나 해라!

(손뼉을 친다. 이어서 문간에 얼굴을 가린 난쟁이들의 형상이 나타나 명령이 떨어지는 대로 재빠르게 수행한다.)

이리 오너라, 너 어둡고 공처럼 둥근 괴물아.
이리로 굴러오너라, 여기에 마음대로 해칠 것들이 있다.
황금 뿔 달린 이동용 제단 자리를 만들어라.
도끼는 은 테두리 위에서 번쩍이도록 놓아야지.
물독을 채우고, 검은 피로
끔찍하게 더럽혀진 것을 씻어내라.
여기에 값진 양탄자를 먼지 나게 펼쳐라,
희생 제물이 왕답게 무릎을 꿇도록.
비록 몸에서 떨어진 머리라도, 재빨리
기품 있게 감싸서, 파묻을 수 있도록!

합창대 지휘자 여왕께서 생각에 잠겨 이 자리에 서 계신다.
아가씨들은 들판에서 베어낸 풀처럼 시들었구나.
하지만 가장 나이 든 나는 너와 이야기하는 게
신성한 의무인 것 같다. 늙어빠진 태곳적 늙은이야,
너는 경험 많고 지혜롭지. 우리에게 호의를 가진 것도 같고.
이 패거리가 비록 오해하며 두뇌도 없이 너를 만났다마는,

처했다는 상황을 설정하고 이야기를 전개한다.

혹시 구원에 대해 아는 게 있다면, 말해다오.

포르키아스 쉽게 말할 수 있지! 오로지 여왕께 달렸어.
자기 목숨 부지하고 너희까지 덤으로 구하려면
결단이 필요해. 그것도 당장 급하게.

합창대 운명의 세 여신 중 가장 고귀한 이여, 지혜로운 시빌레여,
황금 가위는 접어두고, 우리에게 낮과 치유를 알려다오!
우린 벌써 즐거움 없이 떠올라 흔들리고 대롱거리는 걸 느껴.
우리의 팔다리는 춤출 때만 비로소 즐거운데,
그런 다음 애인의 품에서 쉬고 싶은데.

헬레네 저들은 두려워하게 둬라! 난 고통을 느껴도 두려움은 없어.
하지만 네가 구원의 길을 안다면, 고마워하며 듣겠다.
현명하고 멀리 내다보는 사람에겐 종종
불가능한 것도 가능하게 여겨지지. 말해보라, 어서!—

합창대 말하라, 어서 말해. 어떻게 하면 우리가 그 끔찍하고
역겨운 올가미에서 벗어날지. 가장 고약한 장신구로
우리 목 주위에 걸릴 그것에서. 가련한 우리는 그걸 미리 느껴,
숨이 멎고 질식할 지경입니다, 레아여, 신들의 어머니여,
당신이 불쌍히 여기시지 않는다면!

포르키아스 너희는 길게 이어지는 연설을 참고 들을
인내심이 있니? 이야기가 좀 복잡하다.

합창대 인내심은 충분해! 듣는 동안은 살아 있잖아.

포르키아스 집에 머물러 고귀한 보물을 지키며
비가 퍼부으면 어떻게 지붕을 안전하게 보존할지,
높은 궁전 성벽의 틈을 어떻게 메울지 아는 사람은,
긴 삶의 나날 동안 번영을 누리지.
하지만 자기 문지방의 거룩한 방향을 쉽사리

가벼운 발걸음으로 뻔뻔스레 뛰어넘는 자는,
돌아오면서 옛 장소가 변하지 않고, 모든 것이
전혀 파괴되지 않았더라도 전과 달라진 것을 본다.

헬레네 무엇 때문에 잘 알려진 격언을 굳이 들먹이는 건가?
너는 이야기를 한다면서 역겨운 것을 들쑤시지 마라.

포르키아스 이건 그냥 역사일 뿐, 절대 비난이 아니오.
메넬라오스는 해적 배를 띄워 만에서 만으로 이동하며,
적의에 차서 해안이나 섬들을 모조리 휩쓸어
약탈물을 가지고 돌아왔고, 그것이 저 안에 쌓여 있소.[402]
일리온 앞에서 10년 긴 세월을 머물렀거니와,
귀향은 또 얼마나 오래 걸렸는지 나는 모르지.
다만 이곳 틴다레오스의 고귀한 집안 사정은
어떤가? 이곳 왕국의 주변 상황은 어찌 돌아가나?

헬레네 네 안에는 질책이 깊게 뿌리박혀 있구나.
나무라지 않고는 아예 입술을 움직일 수조차 없는 거냐?

포르키아스 스파르타 뒤 북쪽에서 하늘로 높이 치솟은
골짜기와 산[403]은 그 긴 세월 버려져 있었네.

---

402 트로이전쟁은 기원전 13세기에 있었던 것으로 추정된다. 이 시대의 그리스 정착민들은 무척 호전적인 사람들이었으며 서로 약탈을 자행했다. 토머스 블랙웰(Thomas Blackwell, 1701-1757)은 『호메로스의 생애와 작품의 탐색』(1735)에서 호메로스의 작품에 등장하는 영웅들이 실제로는 해적들이라는 사실을 밝혀냈다.

403 스파르타에서 서쪽으로 7킬로미터 떨어진 미스트라스(Mistras)를 가리킨다. 에우로타스강 변에 건설된 스파르타는 고대 후기 이후 역사 뒤편으로 밀려나고 말았다. 1249년부터 게르만 일족인 프랑크 사람들이 미스트라스산 위에 고딕 양식의 작은 성(城)을 세웠다. 괴테는 펠로폰네소스반도 여행기들을 탐독하고 관련 그림들도 입수해서 그 내용을 자세히 알고 있었다. 이 요새는 1269년에 비잔틴제국 황제에게로 넘어갔다가 1460년에 오스만튀르크에 점령당했다. 여기서는 고대에서 중세로 넘어가는 수천 년 시간 여행의 목적지로 등장한다.

타이게토스산을 뒤에 두고, 맑은 냇물은
에우로타스강으로 흘러들죠. 이어서 우리 골짜기를 통과해
너른 갈대를 지나며 백조들에게 먹이를 줍니다.
저 뒤쪽 조용한 산골짜기에는 킴메르[404]의 밤에서
몰려나온 대담한 종족이 정착해
정복할 수 없을 만큼 튼튼한 요새를 쌓아 올렸소.
거기서부터 그들은 나라와 사람들을 괴롭히고 즐거워하죠.

헬레네 그들이 그걸 할 수 있었다고? 불가능해 보이는데.

포르키아스 그들은 시간이 있었소. 아마 20년은 걸렸을 거요.[405]

헬레네 한 사람이 다스리나? 그들은 강도들인가, 동맹군인가?

포르키아스 강도들은 아니오. 하지만 한 사람이 다스리죠.
나는 그를 나무라진 않소. 그는 벌써 나를 찾아왔는데,
모든 것을 취할 수도 있었겠지만 몇 가지 자발적인
선물만으로 만족한다더군요. 공물은 아니라고.

헬레네 그의 모습은 어떠한가?

포르키아스 나쁘지 않소. 내 마음엔 들던걸요.
명랑하고 대담하면서 잘 다듬어진 사람이오.
그리스인들에게서는 보기 드물 만큼 합리적이지.
사람들은 그 종족을 야만인이라 욕하지만, 나는
일리온 앞에서 많은 영웅이 인간을 잡아먹으며
보여준 짓만큼 잔인하다고는 생각지 않소.[406]

---

404 고대 인도게르만 계열의 기마민족이다. 헤로도토스를 비롯한 그리스 작가들에 따르면, 이들은 원래 보스포루스와 북부 코카서스 지방에 정착했다고 한다. 괴테는 고대 그리스 출신의 헬레네와 게르만족인 파우스트의 만남을 이런 식으로 설명한다.

405 실제로는 수천 년이 걸렸다.

406 호메로스가 남긴 〈일리아스〉의 전투 이야기에는 잔혹한 내용이 가득하다.

나는 그의 위대함을 존중하며, 그를 믿어요.
그리고 그의 요새도! 당신들이 그걸 직접 봐야 하는데!
그건 당신네 조상들이 아주 간단히 굴려서 얹은,
그러니까 키클롭스들이 그들의 방식으로 거친 돌 위에
거친 돌을 얹어 만든 조악한 성벽과는
전혀 다르죠. 거기선 반대로, 모든 것이
수직과 수평으로 반듯하고 규칙적이오.
밖에서 바라보면 하늘로 우뚝 솟아올라
견고하게 잘 맞추어져서, 강철처럼 매끄럽죠!
거기로 기어오르기란—생각마저 미끄러져 떨어질 판.
그리고 안쪽엔 넉넉한 공간의 커다란 뜰이 여럿 있는데,
사방으로 온갖 종류와 목적을 지닌 건축물들이 둘러싸고 있죠.
거기엔 기둥과 작은 기둥, 아치와 작은 아치가 보이고,
안과 밖을 향한 발코니며 회랑들이 있고,
문장[紋章]들도 있소.

합창대 문장이라는 게 뭐냐?

포르키아스 당신들이 직접 봤듯
아약스[그리스 용사]는 방패에 똬리를 튼 뱀을 새겼지.
테베에 맞선 일곱 용사[407]도 제각기 방패에

---

407 오이디푸스왕이 죽은 다음 테베의 이야기다. 비극 작가 아이스킬로스는 '테베 3부작'을 썼는데, 세 번째 작품인 〈테베에 맞선 일곱 용사〉만 전해진다. 오이디푸스는 어머니이자 아내인 이오카스테 왕비와의 사이에서 두 딸과 두 아들을 남겼다. 후계자인 두 아들은 1년씩 번갈아 테베를 통치하기로 약속했지만, 먼저 통치를 시작한 에테오클레스는 1년이 지난 다음 약속대로 폴리네이케스에게 통치권을 넘기지 않았다. 이에 분노한 폴리네이케스는 나라 밖에서 여섯 명의 동지를 모아 모두 일곱 명이 테베에 맞섰다. 이들 일곱 용사는 제각기 테베의 용사들에 맞섰고, 두 형제도 서로 싸웠다. 맞붙은 용사들은 한 명을 빼고 모두 죽었으며, 두 형제도 서로 죽고 죽였다. 소포클레스의 〈안

그림을 새겼어, 풍부한 의미를 지닌 그림을.
그런 그림들에는 밤하늘의 달과 별을 비롯
여신, 영웅과 지도자, 칼, 횃불 등도 있어.
또한 좋은 도시들을 괴롭히는 위협적인 것들도 있고.
우리 영웅들도,[408] 조상들로부터 대대로 내려오는
다채로운 상징물을 지니지.
사자, 독수리, 발톱과 부리를 볼 수 있고,
물소의 뿔, 날개, 장미, 공작 꼬리,
게다가 온갖 줄무늬도 있어. 금색, 검정, 은색, 푸른, 빨강….
그런 것들이 기둥마다 줄줄이 걸려 있는데
이 세상만큼이나 넓은, 끝도 없는 홀에서는
춤도 출 수 있는걸!

합창대 그럼 거기 춤꾼도 있단 말인가?

포르키아스 최고들이지! 금빛 고수머리의 싱싱한 젊은이들이야.
그들은 청춘의 향기를 풍긴다. 여왕님께 다가갔을 때
파리스가 그랬던 것처럼.

헬레네 넌 네 역할에서
완전히 벗어났구나. 마지막 말을 해라!

포르키아스 그대에게 결정권이 있소, 진지하게 "그래"라고
말한다면, 즉시 저 성[城]이 그대를 둘러쌀 거요.

합창 오, 말씀하세요.
그 짧은 말을! 그래서 당신과 우리를 동시에 구하세요.

헬레네 뭐라고? 메넬라오스 왕이 그토록 잔인하게

티고네〉는 이들 죽은 형제의 시신 매장을 놓고 벌어지는 뒷이야기를 다룬 것이다.

408 여기서 메피스토펠레스는 게르만 영웅을 "우리 영웅"이라고 부른다.

나를 해칠까 봐 내가 두려워해야 하나?

포르키아스 그가 당신의 데이포보스[409]를 어떻게 했는지 잊었소?
싸우다 죽은 파리스의 동생인 그를 듣도 보도 못한 방식으로
난도질했죠. 그가 과부인 당신을 고집스럽게 차지해
아내로 삼았다는 이유로 코와 귀를 베어버리고,
그보다 많은 부분을 절단했소. 차마 볼 수 없을 만큼 끔찍했죠.

헬레네 그가 그에게 그런 짓을 했지. 나 때문이다.

포르키아스 그 사람 때문에 그는 그대에게도 같은 짓을 할 거요!
그대의 아름다움 나눌 수 없으니, 그 아름다움 차지했던 자는
일부만 소유하길 저주하면서 차라리 파괴하지요.

(멀리서 나팔 소리가 들리고, 합창대는 기겁한다.)

저 나팔 소리 얼마나 날카롭게 귀와 내장을
찢을 듯 울리나, 그렇듯 질투심은 사내의 가슴을
후벼 파는 법, 그는 한때 자기가 가졌다가 잃은 것,
이제 다시는 차지하지 못하는 것을 절대 잊지 않소.

합창대 뿔 나팔 소리 들리지 않나요? 무기의 번쩍임 보이지 않나요?

포르키아스 환영합니다, 주인이신 임금님! 기꺼이 보고 올립지요.

합창대 하지만 우리는?

포르키아스 너흰 그녀의 죽음을 눈앞에서 보리란 걸 알지.
거기서 자기 죽음을 느껴라. 너희에게 구원은 없어.

(휴지)

헬레네 나는 가장 긴급히 감행할 일을 생각해보았다.

---

409 프리아모스의 아들로 헥토르와 파리스의 형제다. 파리스가 죽고 난 뒤 관습에 따라 형수인 헬레네를 아내로 맞이했으며, 트로이가 무너진 뒤 메넬라오스의 손에 목숨을 잃었다. 메넬라오스는 그의 시신을 매장하지 않고 들짐승의 먹이로 내던졌다.

너는 역겨운 악마다, 난 그걸 똑똑히 느껴.
네가 좋은 일을 나쁜 일로 바꿀까 봐 두렵구나.
하지만 나는 너를 따라 저 성으로 가겠다.
나머지는 나도 알아. 거기서 여왕이
깊은 가슴에 무엇을 비밀로 간직하게 될지.
남들은 아무도 모르지!—노파여! 앞장서라.

합창대 오, 우리가 얼마나 기꺼이 나아가는지,
서두른 발걸음으로!
뒤에선 죽음이 쫓아오고,
앞에는 다시
솟아오른 요새,
접근할 수 없는 성벽!
그녀를 보호하라,
일리온의 성벽이 그랬듯이.
결국은 저급한 간계[트로이 목마]에
넘어가버린 그 성벽.

(안개가 퍼지면서 배경과 그 주변을 멋대로 가린다.)

어떻게? 하지만 어떻게!
자매들아, 사방을 둘러보라!
맑은 날이 아니었던가?
에우로타스의 거룩한 강물에서
안개 띠가 올라오네.
갈대로 둘러싸인 사랑스러운
강변이 벌써 눈에서 사라졌네!
자유롭게, 섬세하고도 당당하면서
매끄럽게 나아가는 백조들,

즐겁게 떼를 지어 헤엄치던 그들도
더는 보이지 않네!

하지만, 아 하지만
그들의 울음소리는 들려.
멀리서 날카로운 소리를 낸다!
죽음을 알리는 말이라고들 한다.[410]
그 소리 우리에게
약속된 구원 대신
몰락을 알리는 게 아니기를.
백조 같은 우리에게, 길고 아름다운
목의 우리에게, 그리고 아!
백조가 낳은 우리 여왕님께도!
슬프구나, 슬프다, 슬퍼!

주위 모든 것이 벌써
안개에 가려졌네.
우리끼리도 서로 보이지 않네.
무슨 일이 일어나려나? 우리는 걷고 있나?
바닥에서 총총걸음으로
둥둥 떠서 가는 건가?
아무것도 안 보이니? 헤르메스[411]가 앞에서
날아가기라도 하는 건가? 황금 지팡이 번쩍이며,

---

410 백조는 평소 울지 않다가 죽기 직전에 단 한 번 울며 노래한다는 속설이 있다.
411 죽은 사람의 영혼을 저승(하데스)로 인도하는 신

기쁨 없는 잿빛 나날,
알지 못하는 형태들이 가득 들어찬,
영원토록 공허한 하데스로 다시
돌아오라고 우리에게 요구하고 명령하는가?

그렇다. 갑자기 어두워지며, 광채 없이 안개는 스러지고,
어두운 잿빛, 성벽 같은 갈색. 눈앞에 성벽이 서 있다.
트인 눈길에 견고히 마주 섰네. 이건 뜰인가? 깊은 구덩이인가?
어느 경우든 두렵구나! 자매들아, 아! 우리는 붙잡혔다,
예전처럼 다시 붙잡혔어!

성의 안뜰

중세의 환상적인 건물들로 둘러싸인 곳[412]

합창대 지휘자 너무 빠르고 어리석다, 여자들의 전형적인 망상!
순간에 매달려, 행운과 불운의 낌새에
놀아나며, 그 둘 어느 것도 침착하게
견뎌낼 줄을 모르지! 언제나 하나가 다른 것에
격하게 대립하며, 서로를 가로지른다.
기쁨이든 고통이든 너희는 같은 음으로 울부짖고 웃는다.
이제 침묵하라! 그리고 여주인께서 자신과 우리를 위해
어떤 고매한 결정을 내리셨는지 들어보라.

헬레네 너 어디에 있느냐, 점쟁이 여인아? 네 이름 무엇이든,
이 어두운 성의 둥근 지붕에서 이리로 나오너라.
너는 경이로운 영웅 성주에게 내가 왔음을
알리러 갔느냐? 나를 성대히 맞이할 준비를 하도록.
그렇다면 고마운 일, 서둘러 나를 그에게 안내하라.
나는 방랑을 끝내고 오로지 휴식만 바랄 뿐.

합창대 지휘자 여왕님, 사방을 둘러보아도 헛일입니다.
그 끔찍한 늙은이는 사라졌어요. 어쩌면 저기 안개 속에
남았는지도 모르죠. 우리는 거기서 벗어나 여기 이르렀는데,

---

412 원래는 부제목이 아니라 지문이다. 작품의 배경이 고대에서 중세로 넘어갔음을 알린다. 이제 중세 게르만 관점에서 고대와 연결된 사건들이 서술된다.

어떻게 했는지는 모르겠으나 빠르고 특별한 걸음으로요.
어쩌면 그 노파도 많은 것들이 기묘하게 합쳐져 하나가 된
이 요새의 미로에서, 영주의 환영 인사 때문에
주인께 묻느라고 헤매는지도 모르죠.
하지만 보세요. 저 위 사방의 회랑과 창문과
문마다 많은 하인들이 떼를 지어
서둘러 이리저리 오가고 있네요.
고귀하게 환영하는 손님 접대를 예고하네요.

합창대 내 가슴아, 열려라! 저기를 보라.
아름다운 청춘의 무리가 예의 바르게,
느린 걸음으로 기품 있게 움직이는,
절도 있는 행진을! 어떻게? 누구의 명으로
소년 같은 젊은이들의 화려한 무리가
저렇게 일찌감치 열을 지어 나타난 걸까?
나는 무엇에 가장 경탄하나! 나긋한 걸음걸인가,
빛나는 이마를 두른 고수머린가,
저렇듯 포근한 솜털로 둘러싸인
복숭아처럼 빨간 두 뺨인가?
기꺼이 깨물고 싶지만 그러기 두려워,
그 비슷한 경우가 있었는데, 말하기도 끔찍해!
입속이 재로 가득 찼거든.

하지만 가장 아름다운 이들,
그들이 이리로 온다.
무엇을 들고 오나?
옥좌로 연결된 계단,
양탄자와 의자,

덮개와 텐트처럼
생긴 장식품!
그 장식품은
구름 화환 이루어
우리 여왕님 머리 위에 있네.
여왕님은 벌써 계단을 오른다.
초대받은 화려한 의자로.
올라가시라.
한 계단, 한 계단
너희는 줄을 지어라!
기품 있네, 기품 있네, 세 배로 기품 있어.
이 환영식이여, 축복받아라!

(합창대가 말한 것이 차례차례 이루어진다.)

파우스트 (소년들과 종자들이 긴 줄을 이루어 내려온 다음, 중세 기사의 궁정 복장을 입고 나타나 천천히 기품 있게 내려온다.)

합창대 지휘자 (그를 주의 깊게 바라보면서)

종종 그러듯, 신들이 이 사람에게
기적처럼 품위 있는 모습과 고귀한
몸가짐과 사랑스러운 현존을 잠시만
빌려준 게 아니라면, 그는 무슨 일을 시작해도
늘 성공하겠네. 남자들의 싸움에서도,
가장 아름다운 여인들과의 작은 전투에서도.
그는 실로 내가 눈으로 보고 가장 귀한
보물이라 여겼던 다른 많은 사람보다 뛰어나다.
느리고 진지하며 존경심에 찬 절제된 걸음걸이의
영주가 보이나니, 그쪽으로 고개를 돌리소서, 여왕님!

파우스트 (사슬에 묶인 자를 옆에 거느리고 등장)

이 자리에 어울리는 가장 화려한 인사 대신,
경외심에 넘치는 환영의 말 대신,
사슬에 단단히 묶인 이 하인을 데려왔소이다.
임무를 그르쳐서 내 임무까지 날려버린 자요.
여기 무릎 꿇어라. 가장 고귀하신 마마께
네 죄를 고백하여 올려라.
고귀하신 여왕님, 이 사내는
특별한 시력을 지닌 자로, 높은 탑에서
사방을 살펴볼 임무를 지녔지요. 저 하늘의
영역과 지상의 모든 것을 날카롭게 살펴보고
저곳과 이곳의 무엇이든 고해야 합니다.
언덕에서 골짜기까지, 이 견고한 요새를 향해
움직이는 것은 무엇이든지, 가축의 무리든,
어쩌면 군대의 행진도요. 우리는 가축을 보호하고,
군대에는 맞서지요. 그런데 오늘, 이 무슨 태만인가!
그대가 오시는데, 그는 고하지 않았소! 이토록
높으신 손님에 어울리는 명예롭고 마땅한
영접을 놓쳤소이다. 이놈은 뻔뻔스럽게
목숨을 잃어버린 것이니, 피를 흘리며 죽어야
마땅합니다. 하지만 자애로운 분, 그대에게
흡족한 형벌, 그대만이 내릴 수 있지요.

헬레네 그대가 높은 품위를, 심판자, 지배자라는

지위를 부여하시니, 내 짐작엔
아마도 시험하려는 뜻이겠으나,
어쨌든 판관으로서 첫 번째 임무를

피고의 말을 듣는 것으로 행하지요. 그대는 말하라!

망루지기 린케우스[413] 무릎 꿇게 해주오, 바라보게 해주오.
나를 죽게 하고, 나를 살게 해주오.
나는 신께서 내리신
여인에게 이미 주어졌으니!

아침의 환희를 고대하며
동편으로 태양의 행로를 살펴보는데,
갑자기 남쪽에서 태양[헬레네]이
기적처럼 떠올랐나이다.

그쪽으로 눈길을 보내,
골짜기며 언덕 대신,
땅과 하늘 대신,
그녀, 그 유일한 사람만을 보았지요.

높은 나무에 올라앉은 스라소니 같은
눈의 광채가 내게 주어졌으니까요.
하지만 나는 깊고 어두운 꿈에서
깨어나려는 듯 애써야 했습니다.

나는 나 자신을 찾아낼 수 있었던가?

---

413 메세네의 왕 아파레우스의 아들로 시력이 뛰어났다. 성벽을 투시할 수 있으며 땅속의 일도 꿰뚫어 볼 수 있었다고 한다. 여기서 린케우스는 짙은 안개를 뚫고 헬레네의 모습을 극히 또렷하고 세밀하게 볼 수 있었다.

성가퀴는? 탑은? 닫힌 문은?
안개가 흔들리더니, 안개가 사라지고,
그런 여신이 나타났지요!

눈과 가슴을 그녀 쪽으로 향하고
나는 온화한 광채를 들이마셨죠.
눈길 멀게 만드는 이 아름다움이
가여운 나를 완전히 눈멀게 했나이다.

나는 망루지기의 임무를 잊고,
맹세한 뿔 나팔도 까마득히 잊었소—
나를 없애겠다고 협박하셔도,
아름다움은 모든 분노를 묶어버리죠.

헬레네 내가 불러온 재앙을, 나는 벌줄 수
없네요. 가련한 나! 얼마나 이상한 운명이
나를 따르나. 어디서나 사내들의 가슴을
그토록 흔들어놓아서 그들은 자신도, 그 밖의
다른 귀한 것도 보호하지 못하니. 빼앗고,
유혹하고, 싸우고 이리저리 밀리면서,
반신[半神]들, 영웅들, 신들, 심지어 악마들까지도,
착란 속에 나를 이리저리 끌고 다닙니다.
나는 그저 세상을 혼란케 할 뿐이죠. 두 배 더요.
이제는 세 배로, 네 배로, 나는 곤궁에 곤궁을 부릅니다—
이 선한 사람을 데려가세요. 그를 풀어주세요!
신에게 미혹당한 자가 그 어떤 수치도 당하지 않도록.

파우스트 오 여왕님, 나는 확실히 과녁을 맞히는 자와 맞은 자를 놀랍게도 여기서 동시에 바라보네요.
화살을 떠나보낸 활을 보고, 저기
상처 입은 자를 봅니다. 화살이 연달아 날아와
나를 맞히네요! 이 성[城]과 공간의 모든 곳에서
깃털들이 윙윙 날아가는 소리 느껴요.
나는 지금 무엇인가? 당신은 나의 충신들을 갑자기
반역자로 만드니, 내 성벽들도
안전하지 않네요. 벌써 두렵습니다. 내 군대가 싸움에서 이기고도
정복되지 않는 여인에게 복종할까 봐서요.
내게는 나 자신 말고 무엇이 남는가, 망상 속에서만
내 것인 전부를 당신에게 넘겨주고 나면?
그대의 발치에 나를 던집니다. 자발적으로 충심으로
그대를 여주인으로 인정합니다.
그대는 등장하자마자 소유물과 옥좌를 차지하셨네요!

린케우스 (궤짝을 들고 온다. 다른 남자들도 궤짝을 들고 뒤따른다.)
여왕님, 당신께서 날 돌아보시네!
부자는 그 눈길 한 번 구걸하고,
그대를 보고는 곧바로 자신이 거지처럼
가난해도, 영주처럼 부자라 느끼네.

나는 무엇이었나? 지금 무엇인가?
무엇을 바랄 수 있나? 행할 수는 있나?
눈길이 가장 예리한 번개 같은들 무슨 소용인가!
당신이 앉은 곳에 닿으면 도로 튀는걸.

우리는 동쪽에서 이리로 와

린케우스를 데리고 헬레네 앞에 선 파우스트

서쪽을 얻으려고 애썼지요.
길고 넓은 사람들의 무리,
맨 첫 사람은 맨 끝 사람을 몰랐어요.

첫 사람은 쓰러지고, 두 번째는 섰고,
세 번째는 창이 손에 익었소.
누구나 백 배나 강해졌지요.
전사자 천 명쯤은 보이지도 않았고.

우리는 앞으로 나아갔어요. 계속 몰려갔지요,
가는 곳마다 그곳의 주인이 되었으니.
내가 오늘 주인으로 명령을 내린 곳에서
내일이면 다른 자가 약탈하고 훔쳤소.

우리는 보았소—다만 서두르며 보았소.
어떤 자는 가장 아름다운 여인을 끌어안았고,
어떤 자는 튼튼하게 걷는 황소를 취했어요.
모두가 말[馬]을 가져야 했소.

하지만 나는 바라보기를 좋아했지요,
인간이 본 것 중에 가장 드문 것을.
다른 사람이 무엇을 소유해도
내게는 마른풀만 같았소.

보물의 흔적을 따르긴 했어도
예리한 눈길들만 좇았을 뿐,

모든 호주머니 속이 들여다보였고,
모든 궤짝 속도 내게는 훤히 보였소.

황금 무더기는 내 것이었소.
가장 찬란한 보석이었지.
이젠 그대 가슴에서
초록으로 빛날 건 에메랄드뿐.

심해에서 올라온 진주 방울아,
귀와 입술 사이에서 흔들려라.
두 뺨의 붉음에 대면, 루비조차
색이 바래 밀려나고 만다.

가장 위대한 보물을 나는 여기
그대 자리에 내려놓습니다.
많은 피의 전투에서 얻은 열매를
그대 발치로 가져왔소.

이 많은 궤짝을 이리로 끌고 왔지요.
쇠로 만든 상자들은 더 많이 있소.
그대 가는 길에 나를 허락하신다면
보물 창고를 천장까지 채우겠나이다.

그대가 옥좌로 오르자마자
이성도, 부유함도, 강력한 힘도
그 유일하신 모습 앞에

고개 숙이고, 굽히니까요.

이 모든 보물 붙잡아 내 것으로 삼았으나,
지금은 내려놓으니, 이건 그대 것이오!
나는 그것이 값지고 귀하며 순수하다 여겼으나,
실상은 아무것도 아니라는 걸 이제 아네.

내 지닌 것 모두 사라졌소.
베어져서 시든 풀이라오.
오, 밝은 눈길 한 번으로
모든 것에게 그 가치 돌려주십시오!

파우스트 대담하게 쟁취한 그 짐을 어서 치워라.
야단을 맞진 않을 것이나 보상은 없다.
이 요새가 속에 지닌 모든 것은 이미
그분의 소유니, 특별한 것을 그분에게 바쳐도
부질없다. 가서 보물에 보물을 차례로
쌓아라. 바라는 사람 없는 그 화려함의
고귀한 모습을 세워라! 둥근 지붕이
싱싱한 하늘처럼 번쩍거리게 하라! 생명 없는
생명으로 낙원을 깔끔히 정비하라!
서둘러 앞서가서 그분의 발걸음 앞에 꽃을 장식하고
양탄자를 줄지어 펼쳐라. 부드러운 바닥이
그 발걸음 맞이하도록. 오직 신들만이 눈멀지 않고
견디는 그녀 눈길을 최고 광채가 맞이하도록!

린케우스 주인님이 명령하신 것 대단치 않군요.
하인에게 그쯤은 식은 죽 먹기죠.

어쨌든 재물과 피를 다스리십시오.
이 아름다움이 지닌 당당함을 위해서요.
이미 군대 전체가 고분고분해지고,
모든 칼은 무뎌지고 마비되었으니,
이 고귀한 모습 앞에선
태양조차 힘없고 허약하죠.
그 풍요로운 얼굴 앞에서는
모든 게 공허하고 허망합니다. (퇴장)

헬레네 (파우스트에게) 그대와 이야기하고 싶으니 이리 올라와서
내 곁에 앉아요! 빈자리가 주인을 부르고,
그 주인은 또한 내 자리도 안전하게 해주지요.

파우스트 우선 무릎 꿇고서, 충실한 헌신 바치니
그대 마음에 들기를. 고귀하신 마마, 나를 그대 옆으로
끌어 올리는 그 손에 키스하도록 허락해주시오.
나를 경계가 없는 그대 왕국의 공동 통치자로
삼으신다면, 이 한 사람 안에서
숭배자, 하인, 경비병을 얻으시는 겁니다.

헬레네 경이로운 것을 여럿 보고 듣네요,
놀라움이 나를 붙잡으니, 묻고 싶은 것도 많아요.
하지만 가르침을 원하는 것은, 어째서 이 사람의 말이 내게
그토록 이상하게, 이상하고도 친절하게 들리는 건가요.[414]
한 소리가 다음 소리에 편안하게 어우러지는 듯하고,
한 낱말이 귀에 잘 울리고 나면,
다음 낱말이 처음 낱말을 쓰다듬으며 나타납니다.

---

414 고대 그리스어를 쓰는 헬레네는 파우스트의 도이치어가 색다르게 느껴졌다.

파우스트 우리 종족의 말하는 방식이 그대 마음에 든다면,
분명 우리 노래도 즐겁게 여기시겠군요.
그건 깊은 바탕에서 귀와 감각을 만족시켜줍니다.
하지만 가장 확실한 방법은 즉시 연습하는 거죠.
번갈아 대화를 나누며 그걸 꾀어 불러내는 겁니다.

헬레네 그럼 말해줘요. 어떻게 하면 그리 아름답게 말하지요?

파우스트 그건 쉽죠. 마음에서 우러나오면 됩니다.
마음이 그리움으로 가득 차면,
사방을 둘러보며 묻죠—

헬레네 누구와 함께 이 즐거움 누리나?

파우스트 그러면 정신은 미래도 과거도 바라보지 않죠.
오로지 현재만이—

헬레네 —우리의 행복.

파우스트 현재만이 보물이요 크나큰 이익이며, 소유이자 보증이죠.
누가 그걸 확인해주나요?—

헬레네 —내 손이죠!

합창대 누가 우리 여주인을 보며 의심하랴.
이곳 성주에게 친절히
확인해주시나니.
고백하라, 전에도 자주 그랬듯
우린 모두 포로들이야.
저 일리온의 수치스러운
몰락 이후로는, 미로같이
두려운 근심의 여행 이후로는.

남자의 사랑에 익숙한 여자는

스스로 선택하는 위치가 아니더라도
남자를 잘 알아보기는 하지.
금발 고수머리 목동[파리스]이나
어쩌면 검고 뻣뻣한 털의 파운에게도
기회가 되는 대로
그들의 강한 팔다리에
같은 권리 나누어주지.

저들은 가까이, 더 가까이 앉으며
서로 기대고 있네.
어깨에 어깨를, 무릎에 무릎을.
손에 손을 맞잡고
옥좌의 폭신한 의자 위에서
서로 마주 흔든다.
군주는 은밀한 기쁨을
거절하지 않고,
민중의 눈앞에
대담히 드러낸다.

헬레네 나는 이토록 멀고도 이토록 가깝게 느끼니,
기꺼이 말하겠어요. "나는 여기 있다! 여기에!"라고.

파우스트 숨 쉬기도 어려워. 몸이 떨리고 말문이 막혀요.
이건 꿈, 낮도 장소도 사라졌소.

헬레네 나는 삶이 다한 것 같은데도 새롭네요.
모르는 사람인 그대에게 얽혀, 충실하게.

파우스트 이 유일한 운명, 너무 곰곰이 따지지 말아요!
여기 존재하는 건 의무요. 설사 한순간이라도.

포르키아스 (황급히 등장하며) 사랑의 안내서나 써대고,
사랑질만 장난치듯 궁리해.
궁리하는 중에도 한가롭게 사랑질.
하지만 그럴 시간 없소.
저 무거운 뇌우, 느껴지지 않소?
나팔들이 울리는 소리 들어봐요.
멸망이 멀지 않았소.
메넬라오스가 민중의 파도 거느리고
당신들을 향해 달려오고 있어요.
전투 채비를 단단히 하시오!
승리자 무리에 빽빽이 둘러싸여,
데이포보스를 난도질했던 사람이니,
당신도 이 여자와 함께한 대가를 치를 거요.
가벼운 것들이야 대롱대롱 매달고,
이 여자 몫으로 제단에
잘 갈아놓은 도끼가 준비되어 있소.

파우스트 뻔뻔스러운 방해다! 역겨운 방법으로 등장하는군!
위험할 때도 나는 의미 없이 거친 것을 좋아하지 않거늘.
불운의 소식은 가장 아름다운 심부름꾼에게도 추한데,
너 가장 추한 것이 나쁜 소식만 신나서 가져오는구나.
하지만 이번엔 틀렸어. 넌 공허한 입김으로
공기를 흔들어댄 거지! 여기 위험은 없다.
설사 위험이 있다 해도 공허한 위협일 뿐인 것을.

(신호음, 망루의 폭발음, 트럼펫과 코넷 소리, 군악, 강력한 행진곡[415])

415 14세기부터 군사적으로 쓰인 수단들

파우스트 아니, 너는 곧바로 집중해서 나뉘지 않은
영웅의 무리가 모인 걸 바라봐야지.
가장 강력하게 여인들을 지킬 줄 아는 자만이
여인들의 은총을 얻을 자격이 있는 법.

(대열에서 떨어져 다가오는 지휘관들에게)

너희에게 확실히 승리를 안겨줄
고요하게 억누른 분노로 나아가라.
너희, 북방의 젊은 꽃들아.
너희, 동방의 피어나는 힘아—

강철로 몸을 휘감고, 강철에 둘러싸여
왕국들을 차례로 파괴한 부대여,
앞으로 나서라. 지축을 흔들며
앞으로 나아가라, 천둥 치는 소리로.

우리는 필로스[그리스의 항구도시]에 상륙했다.
늙은 네스토르[416]는 이제 없네,
거침없는 군대는 작은 왕국들의
연합을 모조리 날려버린다.

메넬라오스 군대를 주저 없이
이 성벽에서 바다로 밀어 보내라!

---

416 필로스의 왕이자 트로이전쟁에서 활약했던 장군

거기서 그는 헤매든, 노략질하고 잠복하든,
원래 가진 취향과 입맛대로 해도 되지.

내 너희를 공작으로 임명하리라.[417]
스파르타 여왕님의 명을 받들어라.
이제 여왕님 발치에 산과 골짜기를 바쳐라.
왕국의 이익은 너희 것이다!

너 게르만족아! 코린토스 물굽이들을
성벽과 방어 장치로 수호하라!
백 개 협곡을 지닌 아카이아는
고트족, 네게 방어를 맡기노라.

프랑크 군대여, 엘리스를 향해 행진하라.
메세네는 작센의 몫이다!
노르만은 바다를 청소하고
아르골리스를 위대하게 만들어라.

그러면 누구나 제집처럼 살게 되리라.
바깥을 향해선 [방어로] 힘과 번개를 세워놓고서.
하지만 고대로부터 내려오는 여왕의 자리
스파르타가 너희를 다스릴 것이다.

---

417 파우스트는 게르만 영주로서 자기가 차지한 영토를 게르만 종족의 지휘자들에게 나눠 준다. 지휘자들은 각자 땅을 차지하고 다스리며 방어할 의무를 진다. 이는 중세 봉건제를 떠올리게 한다.

여왕은 너희가 즐기는 것을 바라보신다.
나라의 복지는 깨지지 않을 것이니,
너희는 안심하고 그분의 발치에서
보증과 권리와 빛을 찾으리라.

(파우스트가 옥좌에서 내려오면 영주들은 그를 둘러싸고 명령과 지시를 더욱 자세히 듣는다.)

합창대 가장 아름다운 여인을 차지하려는 사람,
모든 일에 유능하구나.
무기에 맞추어 지혜롭게 주변을 살펴보네!
지상에서 가장 높은 것을
살랑거림으로 얻어냈다.
하지만 그것을 조용히 소유할 수는 없으니,
살그머니 기어드는 자 간교하게 그녀를 꾀고,
강도들은 대담하게 그녀를 빼앗아 갈 것이니,
그는 이런 일 막을 방도를 생각해내야지.

그래서 나는 우리 영주님을 찬양하고
다른 누구보다 높이 여긴다.
그토록 용감하고 지혜롭게 동맹을 맺으니,
강자[強者]들이 온갖 신호를 기다려
조용히 복종하며 서 있네.
그들은 그의 명령 충실하게 지키며,
각자가 자신의 이익을 추구하고
통치자께는 감사로 보답하니
양쪽 모두 고귀한 명성을 얻는다.

이제 저 강력한 소유자에게서
누가 그녀를 빼앗아 가랴?
그녀는 그의 것, 그녀는 그에게 주어졌으니,
우리도 이중으로 주어졌네. 그는 그녀와 함께
우리까지, 안으로는 가장 안전한 성벽으로,
밖으로는 가장 강력한 군대로 둘러쌌네.

파우스트 이들에게 주어진 선물들—
각자에게 부유한 나라를—
위대하고 당당하니, 그들이 이끌게 하라!
우리는 한가운데 자리 잡는다.

그들은 앞다투어 보호한다.
사방에서 파도가 몰아치는 곳, 섬 아닌 너를
나지막한 언덕들이 이어지며
유럽의 마지막 산맥 자락과 연결된 곳을.[418]

이 나라여, 모든 나라의 태양을 배경으로
모든 종족에게 영원히 복 받아라.
지금은 나의 여왕께 주어졌나니,
일찍이 그녀를 우러러본 나라여.

에우로타스강의 갈대 속삭임과 더불어
그녀가 빛을 내며 알껍데기에서 나왔을 때,

418 스파르타가 있던 그리스 남쪽 펠로폰네소스반도는 좁고 잘록한 지협으로 본토와 연결되어 있어서 마치 거대한 섬 같다.

그 눈의 광채는 어머니와
형제자매를 능가했었지.

오직 그대에게만 되돌아온 이 나라가
가장 높은 꽃을 전한다.
그대에게 속한 이 세상에서
오, 그대여, 조국을 선택하라!

그 산등성이들에서도
뾰족한 봉우리가 태양의 차가운 화살을 견디니
암벽이 초록색 모습 드러내면,
염소는 소박한 몫을 받아들여 갉아먹는다.

샘물은 솟아나고, 냇물들이 합쳐져 흐르고,
협곡, 경사면, 초원도 초록색이네.
초원들이 점점이 이어지는 백 개 언덕 위에서
그대는 양 떼들이 널리 퍼져 돌아다니는 걸 본다.

흩어져 조심스럽게, 절도 있는 걸음으로
뿔 달린 소가 가파른 가장자리로 다가오지만,
피난처는 모두에게 마련되어 있으니,
암벽은 백 개 동굴의 둥근 지붕이 되어주네.

저기서 판[Pan]이 그들을 보호하고, 생명의 님프들은
덤불 숲 틈바구니, 축축하고 신선한 공간에 산다,
나무에 바싹 기댄 가지 같은 나무는

더 높은 지역들이 그리워 위로 솟구친다.

오래된 숲들이다! 떡갈나무 강력하게 버티고,
나뭇가지마다 독특한 모습 비죽비죽 내민다.
단풍나무 온화하게, 달콤한 수액 품은 채
순수하게 위로 솟아 제 무게로 장난친다.

고요한 그늘에서는 어머니처럼
아이와 아기양을 위해 미지근한 우유 솟아나고,
평지의 음식인 과일이 멀리 있지 않아.
구멍 난 나무 몸통에선 꿀이 뚝뚝 떨어지네.

여기는 쾌적함이 대대로 내려오는 곳.
뺨은 달처럼 명랑하고,
누구나 자기 자리에서 불사[不死]의 존재니,
그들은 만족하고 건강하다.

그처럼 아름다운 아이는 맑은 낮에
자라나 아버지의 힘이 되지.
우리는 그걸 보고 놀란다. 질문은 여전히 남아 있네.
이들은 신들인가, 인간들인가?

그렇게 아폴론은 목동들에게 만들어주었어.
가장 아름다운 목동 하나가 자기와 같아지도록[엔디미온].
자연이 순수하게 다스리는 곳에서
모든 세상은 자기 자신을 붙잡는 법이니.

(그녀 곁에 앉으며)

내게도, 그대에게도 성공이오.
과거는 우리 뒤에 남겨둡시다!
오, 그대가 최고신에게서 태어났음을 느껴요,
오직 그대만 첫째 세계에 속하지요.

견고한 성이 그대를 규정해선 안 되지!
영원한 젊음의 힘으로, 우리가
즐거움에 가득 차 머물 장소로
스파르타에 이웃한 아르카디아[419]를 정하라.

행복한 땅에 살도록 유혹을 받은
그대는 가장 명랑한 운명으로 도망쳤네!
우리의 옥좌는 정자로 변하고,
우리 행복이여, 아르카디아처럼 자유롭게 되어라!

---

419 '양치기들의 땅'으로 불리는 이곳은 펠로폰네소스 중앙부에 있다. 사방이 산들로 둘러싸여 있으며 동쪽 가장자리에서 흘러내리는 시냇물은 여름철에 수 킬로미터 길이의 지하동굴(카타부트로스)로 흘러 들어간다. 이곳의 고대인들은 판과 아르테미스(디아나)를 숭배했다. 그리스에서 가장 오래된 종족으로, 소박하고 손님 접대를 좋아하며 음악을 사랑하는 사람들이었다. 뒷날 고대 로마인들은 그 지역의 소박한 풍경과 삶을 근원에 가까운 단순하고 자연적인 삶이라는 신화로 만들었다. 그래서 '아르카디아'는 고대의 낙원을 가리키는 말이 되었다. 파우스트는 이미 목가(牧歌)를 노래하고 있었는데, 곧바로 아르카디아 장면이 이어진다.

그늘이 드리워진 작은 숲〔아르카디아〕[420]

무대가 완전히 바뀐다. 문 닫힌 정자들이 줄지은 암벽 동굴들에 기대어 있다.
그늘이 드리워진 작은 숲이 사방을 둘러싼 암벽까지 이어진다.
파우스트와 헬레네는 보이지 않는다. 합창대원이 여기저기 잠들어 누워 있다.

포르키아스 이 아가씨들이 얼마나 오래 자는지 모르겠네.
내 눈앞에 분명히 보이는 것을 그들은
꿈에서 보고 있는 것인지, 그것도 알 수 없구나.
그러니 이들을 깨워야겠다. 젊은것들을 깜짝 놀래줘야지.
저 아래 앉아 기다리는 너희 수염 난 자[421]들도
믿을 만한 기적의 해결책[422]을 마침내 바라보라고—
일어나라! 일어나! 너희 고수머리를 빨리 흔들어,
눈에서 잠을 털어내! 그렇게 껌뻑거리지 말고 내 말 들어라!

---

420 이 장면은 일종의 '극중극'(연극 속에서 이루어지는 또 하나의 연극)으로서 제1부 "발푸르기스 밤의 꿈"과 비슷한 역할을 한다. 제1부에서는 당대 문학에 대한 비판이, 여기서는 헬레네와 유포리온을 향한 파우스트의 문학적 사유가 펼쳐진다. 특히 괴테 당대의 작가로 그리스 해방전쟁에 참전했다가 갑작스럽게 죽은 바이런에 대한 일종의 찬가가 등장한다. 마지막에는 셰익스피어의 희곡 〈템페스트〉에 나오는 대사 "우리 배우들은 모두 정령들/그러니 흩어져 엷은 공기로, 엷은 공기로 돌아갈 수밖에"처럼, 모든 배우가 흩어져 사라지고 오직 메피스토펠레스만 무대에 남는다.

421 고대 그리스 희극에서는 관객을 남성으로 지칭하는 경우가 많다.

422 이 장면에서 펼쳐지는 고대의 이야기와 현재를 연결하며 유포리온 같은 정령의 탄생을 관객이 믿게 해줄 방책을 뜻한다.

합창대 말해라, 이야기해, 무슨 기적의 일이 일어났는지!
믿기 어려운 이야기 듣는 걸 우린 가장 좋아해.
이 암벽만 바라본 지 오래거든.
포르키아스 눈을 비비자마자 벌써 지루해진 거냐?
그럼 들어라. 이 구멍, 동굴, 이 정자들 속에서
목가[牧歌]의 연인처럼 보호받으며 차단되어 계시지.
우리 주인과 여주인이.
합창대 어떻게? 이 안에서?
포르키아스 세상에서 격리된 채,
조용히 시중 들라고 오직 나 한 사람만 불렀어.
나는 영광으로 여겨 그들을 보살폈지만, 충복에게 어울리는 대로
다른 것을 바라보았지. 눈길을 이리저리로 돌려,
뿌리며 이끼며 껍질들을 찾았어. 온갖 효력들을 알고서,
그렇게 그들끼리만 남겨두었다.
합창대 마치 저 안에 온 세상이라도 들었다는 양 말하네,
숲과 초지, 시냇물, 호수라니! 대체 무슨 소릴 꾸며내는 거냐!
포르키아스 물론이야, 애송이들아! 탐구되지 않은 깊은 곳이다.
나는 생각에 잠겨 홀에 이어 홀, 뜰에 이어 뜰을 거듭 탐색했지.
하지만 갑자기 웃음소리가 동굴 속에 메아리쳤어.
내가 바라보니, 한 소년이 여자의 품에서 남자에게로,
아버지에게서 어머니에게로 달려가더라! 쓰다듬고 장난치며,
어리석은 사랑 놀이, 까부는 외침과 즐거운 환호성이
번갈아 울리며 내 귀를 먹먹하게 했다.

벌거벗은, 날개 없는 정령, 짐승과는 다른 파운 같은,
아이가 단단한 땅에서 뛰면, 바닥은 거기 반응하면서

재빨리 아이를 공중 높이 던지고, 두 번째 세 번째 도약에서
아이는 높고 둥근 천장에 닿았지.
어머니가 두려워 소리쳤어. "마음대로 계속 뛰렴.
다만 날지 않도록 조심해라. 자유비행은 네게 주어지지 않았어."
신실한 아버지도 경고했어. "너를 위로 밀어 올리는
빠른 힘은 땅에 있단다. 발가락으로 바닥을 건드리기만 해라.
그럼 너는 땅의 아들 안타이오스처럼 곧바로 강해진단다."
그렇게 아이는 암벽 위로 뛰었지. 한쪽 구석에서
다른 구석으로, 사방으로, 마치 공처럼 맞고 튀어나갔지.

하지만 거친 협곡의 틈에서 아이가 갑자기 없어졌어.
우리 눈에서 사라진 거야! 어머닌 탄식하고 아버진 위로하고,
나는 어깨 으쓱 두려워 떨고 있었네. 그런데 이 무슨 일인가!
저기 보물들이 감추어져 있나? 꽃들이 줄지어 피어 있는 벽을
그가 기품 있게 건드렸네.

팔에서 나뭇가지들 흔들리고, 가슴 주위로 리본들 흔들리며
손에는 황금 칠현금, 꼭 어린 포이보스 같아.
그는 기분 좋게 모서리 돌출부로 갔고, 우린 놀랐지.
부모는 기쁨에 겨워 서로의 품에 번갈아 몸을 던졌어.
아이의 머리가 얼마나 빛나던지?[423] 그게 무언지 말하기 힘들어.
황금 장식인가? 강력한 영의 힘이 내는 불꽃인가?
그는 그런 몸짓을 하면서, 소년인데도 벌써 영원한 멜로디들이

423 후광 같은 형상

사지를 통해 움직이는, 장차 온갖 아름다움의 장인[匠人][424]이
될 것을 예고하니, 너희는 그런 그의 연주를 듣고,
그를 보며 전례 없이 경탄하게 될 거다.

합창대 너는 이것을 기적이라 부르느냐,
크레타의 자손[포르키아스]이여?
시로 쓰인 가르침의 말을
너는 정녕 들어본 적이 없느냐?
이오니아 이야기 들어본 적 없고,
헬라스의 태곳적 이야기,
신들과 영웅들로 풍성한 전설도
전혀 못 들어봤다고?

오늘날 일어나는
모든 일은
장엄한 조상들 시대의
서글픈 메아리란다!
너의 이야기는, 진실보다도 더 믿음직한
사랑스러운 거짓말에는
비할 바가 못 돼.
마야의 아들에 대한 그 노래에.[425]

---

424 아름다운 연주를 하는 시인

425 신들의 심부름꾼인 헤르메스와 관련된 이야기다. 아틀라스의 딸인 마야와 제우스 사이에서 태어난 헤르메스는 세상에 나온 첫날부터 거북을 죽여 그 가죽으로 악기를 만들고, 아폴론의 황소 50마리를 훔치는 등 온갖 말썽을 일으켰다. 말재주가 좋아 변명도 잘 늘어놓는다. 교역의 신이요, 여행자들과 상인들과 목동들의 신이면서, 동시에 도둑과 예술품 상인들의 신이다. 수사학과 신체운동, 문법, 마법을 수호한다.

섬세하면서 강하다지만,
방금 태어난 젖먹이[헤르메스]를
가장 깨끗한 솜털 포대기로 감싸고
값진 기저귀를 팽팽하게 당겨놓았지.
분별없는 망상을 지닌
재잘대는 유모들 무리,
하지만 이 꼬마 악동
강하면서 섬세하게,
연약하나 탄력 있는 팔다리를
간교하게 뻗었어.
답답하게 짓누르는 자색 포대기[번데기처럼]
원래 장소에 가만히 놓아두고,
다 성숙한 나비처럼,
견고한 번데기 껍질에서
날개를 펼치며 잽싸게 빠져나와
태양이 밝게 빛나는 에테르 속으로
대담하고 변덕스럽게 날아갔어.

가장 날쌘 그는,
도둑들과 악당들에게
이로운 일을 하면서, 또한 모두에게도
영원히 유익한 악당[데몬]이란다!
이런 일 그는 즉시
가장 능숙한 기술로 행했다.
바다의 지배자[넵투누스]에게선 잽싸게
삼지창을 훔치고, 아레스에게서도

칼집에서 칼을 간교하게 훔쳐냈지.
포이보스[아폴론]에게선 활과 화살을,
헤파이스토스에게선 용광로 불집게를.
심지어 아버지 제우스의 번개도 훔쳤을걸,
불이 무섭지만 않았다면 말이야.
그래도 에로스에게
발 걸기 레슬링에서 이겼어
키프리스[아프로디테]가 자기를 품에 안았을 때,
그녀의 가슴에서 장식 띠를 훔쳤단다.[426]

(동굴에서 매혹적이고 순수한 멜로디의 현악기 연주 소리가 울린다. 모두 그 소리에 깊이 감동한 듯 보인다. 여기서부터 별도 표기한 휴지 지점까지 화성음악으로 진행)

포르키아스 들어라, 가장 사랑스러운 소리!
그 온갖 이야기[신화]에서 얼른 벗어나라!
그 오래 묵은 신들의 무리,
떠나게 해! 그건 지나간 일이야.

아무도 너희를 이해하려 하지 않아.
우리가 요구하는 통행세가 더 높거든.
마음에 작용하려는 것은
마음에서 나와야 하니까.

(암벽 쪽으로 물러난다.)

합창대 너, 이 끔찍한 것아. 네 귀에도

---

426 여기서 아기 헤르메스가 범한 도둑질은 로마 시인 루키아노스의 〈신들의 대화〉에 실린 차례대로 서술된다.

이런 알랑거리는 음악이 좋다면,
이제 막 치유된 우리는
눈물이 나올 만큼 부드러워졌어.

영혼에서 날이 밝으면,
태양의 광채 사라지라고 해라.
온 세상이 거절한 것을
우리는 가슴에서 찾아낸다.

헬레네, **파우스트**, 위에 서술한 옷차림의 **유포리온**.[427]

유포리온 자식의 노래를 들어봐,
그건 두 사람에게 농담과 같아.
내가 박자에 맞추어 뛰는 걸 보면,
부모로서 가슴이 쿵쾅거릴걸.

헬레네 인간 방식으로 행복하게 하는 사랑,
그것이 고귀한 두 사람을 가까워지게 한다.
하지만 신의 즐거움을 위해
사랑은 소중한 셋을 만들지.

파우스트 그 모든 것 곧바로 찾아냈어.
나는 너의 것, 너는 나의 것.
그렇게 우리는 사랑으로 결합했지.

---

427 유포리온은 아킬레우스와 헬레네가 '행복의 섬'에서 함께 살 때 그들 사이에 태어난 아들이라고 하는데, 괴테는 여기서 유포리온을 파우스트와 헬레네의 아들이자 '시(詩)의 화신'으로 만들었다.

절대로 다르게 될 수는 없어!

합창대 여러 해의 희열이
이 한 쌍에게서 소년의
온화한 광채로 드러났네.
오! 이 결합 얼마나 감동적인가.

유포리온 이제 내가 깡충깡충 뛰게 해줘.
난 뛰어오를 거야!
어디든 공중으로
뛰어 올라가는 것이
내 열망이니
그 열망 나를 사로잡네.

파우스트 적당히만! 적당히!
지나치지 않도록.
떨어져 사고가
나지 않도록.
우리 소중한 아들이
망가지지 않도록.

유포리온 이제 더는 바닥에서
멈추고 싶지 않아.
내 손을 놓아줘.
내 고수머리 놓아줘.
내 옷을 놓아줘!
그건 다 내 거야.

헬레네 아, 생각해라! 생각해.
네가 누구에게 속하는지!
그게 얼마나 우릴 괴롭히는지

그리고 네가 어떻게 파괴하는지,
아름답게 성취된
내 것, 네 것, 그의 것을.

합창대 난 두려워, 저 결합
금세라도 깨질라!

헬레네와 파우스트 묶어라, 묶어!
부모를 위해서,
지나치게 생동하는
격한 충동을!
고요한 시골에서
초원을 장식해다오!

유포리온 오로지 부모 뜻에 따라
난 스스로를 억제하네.

(합창대 사이로 파고들어 그들을 춤으로 이끌어가면서)

여기서 난 더 가볍게 떠돌지.
즐거운 종족아,
지금 이 선율,
이 동작이 맞아?

헬레네 그래, 잘하는구나.
그 예쁜 여인들을 이끌어
대열을 만들어라.

파우스트 하지만 끝냈으면 좋겠다!
이런 눈속임이
나를 기쁘게 할 순 없어.

유포리온과 합창대 (뒤얽힌 대열을 이루어 노래하고 춤추며 움직인다.)

합창대 네가 두 팔을 사랑스럽게

움직이면,
광채 나는 너의 고수머리
흔들며 자극하면,
너의 발이 그렇듯 가볍게
땅을 스치면,
여기서 저기서 다시
팔다리가 서로 잡아끌면,
넌 목표를 이룬 것.
사랑스러운 아이야,
우리 모두의 마음
온전히 네게 기울었어.

(휴지)

유포리온
너희는 수가 많지,
발걸음 가벼운 노루들아.
새로운 놀이를 할 테니
어서 멀리 가자!
나는 사냥꾼,
너희는 사냥감.

합창대
우리를 잡으려 한다면
몸을 재게 놀리지 마라.
우린 결국
너를 끌어안고
싶은 거야.
너 예쁜 아이야!

유포리온
이 숲을 통과하자!
그루터기와 돌로 가자!

쉽게 얻은 것이
나는 싫어.
억지로 얻어낸 것만이
나를 진짜로 기쁘게 해.

헬레네와 파우스트 이 무슨 방종, 무슨 미친 짓이냐!
절제라곤 도무지 바랄 수 없구나!
뿔 나팔 소리처럼
골짜기와 숲 위로 진동해대니,
이 무슨 말썽! 무슨 외침이냐!

합창대 (한 명씩 재빨리 등장하면서)
그는 우리 곁을 스쳐 달려갔어요.
우릴 경멸하고 비웃으면서
전체 무리 중
가장 거친 애를 끌고 가네요.

유포리온 (젊은 아가씨를 안고 들어오며)
말괄량이 꼬마 아가씨를
억지로 즐기려고 끌고 왔어.
내 기쁨과 내 쾌락을 위해
반항하는 가슴을 꽉 누르고
거부하는 입술에 키스하며
힘과 의지를 알리지.

아가씨 나를 풀어줘! 이 껍질[몸] 안에는
정신의 용기와 힘이 있어.
우리 의지도 너의 것과 마찬가지로
그렇게 쉽사리 낚이지 않아.
넌 나를 진정 잡았다고 생각하니?

네 팔힘을 지나치게 많이 믿는구나!
꽉 잡아라, 난 바보 같은 널
재미로 불태워버릴 테니.
(불꽃을 일으키고 공중으로 타오른다.)
가벼운 공중으로 나를 따라와.
견고한 동굴로 나를 따라와.
사라진 목표를 잡아봐!

유포리온 (마지막 불꽃을 털어내면서)
여긴 온통 암벽들,
숲의 덤불 사이로!
이따위 비좁은 곳에서 뭘 한단 거냐?
나는 젊고도 싱싱한걸!
여기선 바람이 쌩 불고,
저기선 파도가 쏴 외치네.
둘 다 내겐 아득히 들리니,
가까우면 좋겠어!
(점점 더 높은 바위로 뛰어오른다.)

헬레네, 파우스트, 합창대 넌 산양처럼 되고 싶니?
우린 떨어질까 두려워.

유포리온 나는 점점 높이 올라가야 해.
점점 멀리 봐야 해!
내가 어디 있는지 알아야지!
섬의 한가운데,
땅과 바다의 친척인
펠롭스의 나라[펠로폰네소스] 한가운데 있네!

합창대 산과 숲속에 평화로이

머물지 않겠다면,
우린 곧
줄지어 늘어선 포도덩굴을 찾을 거야.
언덕에서 포도를,
무화과와 사과를.
아, 이 아름다운 땅에
너도 아름답게 머물러!

유포리온 평화의 날을 꿈꾸나?
꿈꾸고 싶은 사람이야 꿈꾸어라.
전쟁이 그 구호란다!
"승리!"라고 잇달아 울린다.

합창대 평화 속에서
전쟁을 되찾길 바라는 사람은
희망의 행운과
갈라서는 거야.

유포리온 이 땅이 낳은 사람들,
자유롭게 한없는 용기로
위험에서 위험으로 넘어가며
자기 피를 쏟은 사람들아.[428]
억누를 수 없는
거룩한 뜻을,
싸우는 모든 자들에게
이익으로 가져와다오!

---

428 펠로폰네소스반도를 오스만제국의 지배라는 위험에서 독립전쟁(1821~1829년)이라는 위험으로 이끌어가며 피를 쏟은 사람들

합창대 올려다봐요, 얼마나 높이 올라갔는지!
그런데도 작아서 보이질 않네.
승리를 위해 무장한 것처럼,
금속과 강철로 빛나는 모습!

유포리온 성벽도 아니고 망루도 아니야.
누구나 자기 자신만을 의지하지!
병사의 단단한 가슴은
오래 견디는 튼튼한 성.
정복당하지 않고 살려거든,
가볍게 무장하고 서둘러 전장으로.
여자들은 아마존[여전사]이 되고
모든 아이가 영웅이 되어야지.

합창대 거룩한 시[詩]여,
저것이 하늘로 올라가네!
빛나라, 가장 아름다운 별이여.
멀리서, 더 멀리서!
그런데도 그 시는 우리에게 닿는다.
여전히, 아직 그 소리 들리나니
기꺼이 들어보라.

유포리온 아니, 너희가 본 나는 아이가 아니었어.
젊은이가 무장하고 도착한 거지!
그는 강한 자들, 자유로운 자들, 용감한 자들에
합류해 정신으론 이미 행동했다.[429]

---

429 그리스 독립전쟁에 참전하러 간 바이런은 1824년 1월 5일에 메솔롱기에 도착했고, 제2차 메솔롱기 포위 상태에서 4월 19일에 열병으로 죽었다(36세). 그리스인들은 그를

자, 앞으로!
이제 저기서
명성으로 향하는 길이 열린다.

헬레네와 파우스트 생명으로 나오자마자,
밝은 햇빛 주어지자마자,
너는 현기증 계단에서
고통에 넘친 공간으로 넘어가네.
그렇다면 우리는
네게 아무것도 아니란 말이냐?
이 아름다운 결합은 꿈이런가?

유포리온 저 바다에서 천둥 치는 소리 들리나요?
저기 골짜기마다 천둥소리 울리네.
먼지와 파도 속에 병사들이 연달아
고통과 아픔으로 몰려간다!
그리고 죽음은
신의 명령.
그건 이제 분명한 일.

헬레네, 파우스트, 합창대 이 무슨 끔찍한 일! 무슨 잔인한 일!
그렇다면 죽음이 네게 주어진 명령이냐?[430]

유포리온 나는 멀리서 바라보아야만 하나?
아니, 나는 근심과 곤궁을 함께할 테야.

헬레네, 파우스트, 합창대 오만과 위험,

영웅이라고 칭송했다. 고대 그리스 정신의 영향을 강하게 받던 서유럽 지역의 열정적인 젊은이들이 이 전쟁에 뛰어들었고 독일에서도 젊은 작가 여러 명이 참전했다.

430 괴테는 바이런이 19세기 인물 중에서 가장 위대한 재능을 지녔다고 여겨 경탄했다. 그래서 그토록 뛰어난 그에게는 세상이 너무 좁게 여겨졌을 것이라고 추측했다.

죽을 운명이구나!

유포리온 그래도!—날개 한 쌍이여,
펼쳐져라!
저기로! 나는 가야 해! 가야만 해!
나를 날게 해다오!

(공중으로 몸을 던진다. 옷이 한순간 그를 받치고, 그의 머리는 빛나고, 빛줄기가 그를 뒤따라간다.)

합창대 이카로스![431] 이카로스!
슬픔은 그만!

(아름다운 젊은이는 부모의 발치로 떨어지고, 사람들은 시신을 보면서 잘 아는 형태라 여긴다. 하지만 곧바로 육체 부분이 사라지고, 후광은 혜성처럼 하늘로 올라가고, 옷과 외투와 리라는 그대로 남아 있다.)

헬레네와 파우스트 기쁨을 바로 뒤따라온
끔찍한 고통이여.

유포리온 (깊은 곳에서 목소리만) 어머니, 이 어두운 영역에
나만 홀로 남겨두지 말아요!

(휴지)

합창 (애도곡) 혼자가 아니다!—네가 어디 머물든!
우린 너를 안다고 여기거든.
아! 너는 서둘러 낮에서 사라졌어도
어떤 마음도 너와 헤어지지 않아.
우리는 탄식하자마자
너의 운명 부러워 노래해.

---

431 대장장이 아버지 다이달로스가 만들어준 날개를 달고 태양에 가까이 날아올랐다가 밀랍이 녹으면서 날개가 떨어지는 바람에 추락해 죽은 신화 속 인물

맑은 날과 흐린 날에도 너의
노래와 용기는 아름답고 위대했으니.

아, 지상의 행복을 위해 태어났지만,
고귀한 조상, 위대한 힘이여,
유감스럽게도 일찌감치 잃어버렸네.
젊음의 꽃 빼앗기고 말았네!
세상을 바라보는 날카로운 눈길,
모든 마음의 고통에 공감하며
가장 뛰어난 여인들이 보낸 사랑의 열광,
그리고 가장 독특한 노래.

그래도 넌 쉬지 않고 달렸어
의지 없는 그물 속으로 자유롭게.
그처럼 너는 힘들게
관습과 다투고, 법과도 다투었지.
결국 마지막에 최고의 사유는
순수한 용기에 무게를 실었어.
뛰어난 업적을 이루려 했으나,
성공하지 못했다.

누가 그런 일을 이루나?—우울한 질문,
가장 불운한 날에
모든 민족이 피 흘리며 침묵하면,
운명이 저 자신에게도 감추는 질문.
하지만 새로운 노래들이여 나타나라,

더는 고개 깊이 숙이지 마라.
땅은 다시 노래들을 낳으리라.
예로부터 해오던 대로.

(완전한 휴지. 음악이 멎는다.)

헬레네 (파우스트에게)

유감스럽게도 옛말 하나가 내게서 입증되었군요.
행운과 아름다움은 오랫동안 함께할 수 없다는 말이요.[432]
삶의 유대는 사랑의 유대처럼 끊어지죠.
그 둘을 애도하면서, 나는 고통스럽게 작별 인사를 건네요!
한 번 더 그대 품에 몸을 던지노라—
페르세포네여, 소년을 받고, 나도 받아다오!

(파우스트를 껴안자 헬레네의 육체는 사라지고 의상과 베일만 그의 팔에 남는다.)

포르키아스 (파우스트에게)

그 모든 것에서 그대에게 남은 것 꼭 잡아요.
의상을 놓치지 말고! 악령들이 벌써
뾰족한 부분을 잡아당기네. 기꺼이 하계[下界]로
가져가고 싶은 거요. 꽉 잡아요!
그대가 잃어버린 여신은 이제 없소.
하지만 그것은 신의 물건. 그 높고 엄청난 것의
은총을 이용해 그대 자신이 위로 올라가요,
그것은 그대를 모든 비천한 것 너머로 빠르게 데려가네.
저 에테르를 향해, 그대가 머물 수 있는 한 오래.
우리 다시 만나요, 여기서 아주 멀고 먼 곳에서.

---

432 스페인의 극작가 칼데론(Pedro Calderón de la Barca, 1600-1681)의 작품에서 인용했다.

파우스트에게 작별을 고하는 헬레네

(헬레네의 의상은 구름처럼 흩어져 파우스트를 둘러싸고, 그를 공중으로 들어 올려 그와 함께 사라진다.)[433]

포르키아스 (유포리온의 옷과 외투와 리라를 땅에서 주워 올려 무대 앞쪽으로 걸어와 죽은 전사의 장비를 높이 쳐들고 말한다.)

그래도 행복했다는 걸 알겠네!
불꽃이야 물론 사라졌지만
이 세상 때문에 내 마음 아프지 않아.
시인들이야 여기 충분히 많으니,
길드의 시샘과 장인[匠人] 조합의 질투도 세울 정도지.
나야 그런 재능을 부여할 처지는 못 되지만,
적어도 옷만은 빌려주지.

(앞 무대의 기둥 하나에 기대앉는다.)

판탈리스 아가씨들아, 어서 서둘러! 우린 마법에서 풀려났다.
저 테살리아 요물의 사나운 압제에서 벗어난 거야.
잘랑대는 소리, 많은 혼란 부르며 울려대서,
귀는 어지럽고, 내면의 감각엔 더 힘들었어.[434]
하데스로 가자! 여왕님이 서둘러
진지한 걸음으로 내려가셨으니, 그분의 발꿈치에
충실한 하녀들의 발걸음 바짝 붙이자!
헤아릴 수 없는 자들의 옥좌에서 우리는 그분을 볼 것이니.

합창대 여왕들이야 물론 어디서든 만족스럽지.
하데스 왕국에서도 그들은 위에 서 있어.

---

433 유포리온과 헬레네가 먼저 사라진 뒤 파우스트도 공중으로 떠올라 사라졌다.

434 합창대는 그동안 고대와 무관한 영역으로 끌려와 있다가 다시 자기들의 본래 영역인 고대 그리스의 운율로 돌아갔다.

자기와 동급의 존재들 곁에 당당히.
페르세포네와 무척 친하니까.
하지만 우리네야, 저 뒷마당
아스포델로스[죽음의 꽃] 무성한 들판,
끝도 없이 늘어선 포플러,
열매 없는 버드나무와 어울릴 테니
우리에게 무슨 재미가 있을까?
박쥐처럼 찍찍대며 속삭이고,
기쁨 없이, 유령이 될 뿐이지.

합창대 지휘자[435] 이름도 못 얻고, 고귀한 업적도 원치 않는 자는
원소들에 속한다.[436] 그러니 가라!
내 여왕님과 함께하는 것이 내겐 뜨거운 열망,
봉사와 충성심도 개성을 지켜주거든. (퇴장)

모두 우리는 낮의 빛으로 돌아왔네.
비록 더는 개인들이 아니더라도
우린 그걸 느껴, 그걸 알아.
하지만 하데스로는 절대 안 갈 거야,
영원히 살아 있는 자연이
우리 정령들을 원하고,
우리는 자연에게 합당한 요구를 하지.

---

435 어떤 판본에서는 판탈리스

436 생명의 불꽃에서 나오는 엔텔레케이아(entelecheia)에 따라 원소로 환원된다. 엔텔레케이아란 아리스토텔레스가 고안한 용어로, 가능성으로서의 질료(質料)가 목적하는 형상(形相)을 실현하여 운동이 완결된 상태를 말한다. 즉, 생명체는 저마다의 궁극목적을 자기 안에 지닌다는 사상이 담겨 있다. 여기서 합창대의 엔텔레케이아는 명성이나 업적을 지향하는 것이 아니라 작은 존재들로서 생명체를 구성하는, 또는 생명체를 돕는 원소들이라는 것을 말하고 있다.

합창대 일부[437] 여기 천 개 나뭇가지들 속삭이며 떨고,
우린 장난치고 자극하며, 뿌리에서 생명의 원천수를 슬며시
가지들 쪽으로 끌어당기지. 때로는 잎사귀들로, 때로는 꽃들로.
펄럭이는 것들로 넘치게 꾸미자, 공중에서 자유로이 번성하도록.
열매가 떨어지면, 곧바로 살아 있는 종족과 패거리들 모여들지.
움켜쥐려고, 먹으려고, 서두르며 부지런히 몰려와.
그러면 최초의 신들 앞에 선 듯 모든 것이 우리에게 절하지.

다른 일부[438] 우리는 멀리까지 빛나는 매끄러운 이 암벽 거울에
달라붙어 아양 떨며 부드러운 파도에 흔들리자.
들어라, 모든 소리에 귀 기울여. 새들의 노래, 갈대 피리 소리,
설사 판[Pan]의 무시무시한 목소리라도. 대답은 금세 준비되지,
살랑이면 우리도 살랑여 대답해. 천둥 치면 우리도 천둥 쳐.
몽땅 흔들리도록 두 배, 세 배, 열 배 큰 소리로.

세 번째 일부[439] 자매들아, 마음이 움직이니 시냇물과 함께 서둘러 나아가자.
저 먼 곳, 풍성하게 단장한 언덕이 매혹하잖아.
계속 아래로, 더 깊이 물을 주자, 구불구불 파도치며,
지금은 들판을, 이어서 초지를, 집을 둘러싼 정원도.
저기 측백나무 날씬한 우듬지들 보이네. 풍경 너머로,
강변의 모습과 파도 거울이 에테르[대기]를 향해 올라가는 모습.

네 번째 일부[440] 다른 애들은 내키는 대로 파도쳐라. 우린 돌아갈 테다.
잘 경작된 이 언덕을 돌아 막대기에 붙어 포도가 푸르러지는 곳,

---

437 이들은 나무의 성장과 생명을 돌보는 나무 요정 드리아스가 된다

438 이들은 산악의 요정 에코(메아리)가 된다.

439 이들은 물의 흐름을 관장하는 요정 나이아스가 된다.

440 이들 중 일부는 디오니소스(바쿠스)의 추종자가 된다.

포도원 주인의 열정은 모든 나날의 시간 동안 우리에게
사랑스러운 부지런함으로, 의심스러운 성공을 보여준다.
때론 괭이로, 때론 삽으로, 때론 흙을 돋우고, 자르고, 붙이며
모든 신에게 기도를 올리지. 그 누구보다 태양신에게.
저 유약한 바쿠스는 충직한 하인을 거의 보살피지 않고
정자에 누워, 동굴에 기대어, 젊은 아낙과 헛소리 늘어놓지.
그가 허망한 망상의 도취를 위해 꼭 필요로 하는 것[포도주]은,
언제나 술 부대에, 잔과 술통에 들어 있지.
서늘한 구덩이 왼쪽과 오른쪽에서 영원한 시간 보존된다.
하지만 모든 신, 특히 헬리오스는 바람을 보내고,
바람과 습기, 온기, 열기를 주며 포도알의 풍성함 쌓아 올리니,
조용한 포도원 주인 일하는 곳이 갑자기 생동하네.
모든 정자에서 웅성웅성, 포도나무 그루마다 부스럭,
바구니들 삐걱, 양동이들 덜컹, 운반 통들 끙끙.
모든 것이 거대한 통을 향해, 압착기의 힘찬 춤을 위해.
그러면 순수하게 태어난, 즙 많은 포도의 거룩한 풍성함은
마구 짓밟힌다. 거품 내며, 튀기며, 꽉꽉 짓눌려 뒤섞인다.
심벌즈와 대야들의 쇳소리, 귓속으로 날카롭게 울리네.
이 신비의 축제[441]에 디오니소스가 모습을 드러냈으니.

441 고대 그리스의 '디오니소스 축제'를 말한다. 디오니소스는 제우스와 세멜레 사이에서 태어난 술의 신이다. 세멜레는 제우스에게 실체를 보여달라고 요청했다가 제우스가 번개로 나타나자 몸에 불이 붙어서 타 죽었다. 제우스는 세멜레의 몸속에 있던 태아를 꺼내 자기 허벅지에 꿰매어 넣고 다녔는데, 때가 되자 아기가 세상에 나왔다. 그런데 제우스의 특별한 사랑을 받는 아기를 질투한 헤라의 사주를 받아 티탄들이 그를 찢어서 요리해 먹었다. 그러다가 아테나가 그의 심장을 가져와 점토로 그의 몸을 만들어주어 그를 되살려냈다. 따라서 디오니소스는 죽었다가 부활한 신이다. 여기서는 포도가 으깨졌다가 포도주로 되살아나는 과정을 디오니소스 축제로 만들고 있다.

염소 다리 사티로스들 앞장서고, 뒤뚱거리는 사티로스 여인네들,
그 사이에서 실레노스, 귀가 큰 저 짐승도 소리 지른다.
아무것도 보호받지 못해. 갈라진 발굽은 모든 관습을 짓밟는다.
모든 감각은 어지럽게 빙빙 돌고, 귀는 먹먹하게 먹어버려.
술 취한 자들 접시를 향해 뚜벅뚜벅, 머리와 배가 차고 넘친다.
곧바로 다른 사람, 또 다른 사람, 이 소동을 더욱 키우네,
새로운 포도즙 주변으로 몰려들어, 서둘러 낡은 술 부대를 비워.

(막이 내려온다.)

(포르키아스는 무대 앞쪽에서 거인처럼 몸을 일으키고, 키를 높이려고 신은 장화에서 내려와 가면과 베일을 뒤로 젖히며 메피스토펠레스의 모습을 드러낸다. 가능하면 에필로그에서 극에 대한 주석을 말하기 위해서다.)

제4막

Vierter Akt

산꼭대기〔고산지대〕

뾰쪽뾰쪽한 암벽 꼭대기

구름이 다가와 암벽 꼭대기에 기대고 있다가 앞으로 튀어나온
너럭바위에 내려앉는다. 구름이 갈라진다.

파우스트 (앞으로 나서며)

깊은 고독이 발아래로 내려다보이는
이 산꼭대기 가장자리를 조심스레 밟으며,
맑은 날에 땅과 바다를 건너 부드럽게
나를 태워 온 이 구름 마차를 떠난다.
구름은 흩어지지 않고 조심스레 떠나가네.
한 덩어리로 뭉쳐서 동쪽을 향한다.
눈은 놀라 경탄하며 그 뒤를 쫓는다.
구름은 떠가며 나뉘고 출렁이며 변하는구나.
모습이 바뀌네—그래, 눈이 날 속인 게 아니야!—
햇빛 쏟아지는 베개 위에 장엄히 누운
거인이지만 신 같은 여인의 모습을
나는 본다! 유노 같은, 레다 같은, 헬레네 같은,
내 눈에 얼마나 당당하고 사랑스럽게 흔들리나!
아, 벌써 움직인다! 형태를 잃으며 넓고도 높아져서
저 머나먼 설산들처럼 동쪽에서 쉬며 짧은 날들의 위대한 의미를

눈부시게 반영한다.[442]

하지만 부드럽고 가벼운 안개 띠가 여전히
가슴과 이마를 감싸니 상쾌하고 시원하며 달콤하구나.
이제 그것은 가볍게 망설이듯 높이, 점점 더 높이 올라
서로 합쳐진다—매혹하는 모습이 오래전 사라진
청춘의 최고 보물이라고 내 눈을 속이나?
마음속 깊은 곳에서 가장 오래된 보물들 솟아오른다.
아우로라[새벽]의 사랑은 가볍게 떠오르며
재빨리 느낀, 제대로 이해 못 한 첫 눈길 보여준다.[443]
꽉 잡았다면, 모든 보물을 능가했을 그 눈길을.
어여쁜 그 형태가 영혼의 아름다움처럼 올라온다,
해체되지 않고, 에테르 속으로 올라가며
내 마음속 가장 좋은 것도 함께 데려간다.[444]

한 걸음에 7마일[약 11킬로미터]씩 가는 장화 한 짝이 탁 하고 나타난다. 곧바로 다른 쪽 장화도 뒤따라온다. **메피스토펠레스**가 내리고 장화 두 짝은 서둘러 가버린다.

메피스토펠레스 이런 걸 두고 드디어 진전되었다는 하는 거야!
이제 말해보게, 무슨 생각 떠오르나?
이토록 무시무시하게 입 벌린 바위에,

---

442 구름은 헬레네가 남긴 옷가지였다. 파우스트는 이것을 타고 그리스를 떠났다.

443 마르가레테를 암시한다.

444 고대의 아름다움이 아니라 괴테가 즐겨 쓰는 표현인 "영혼의 아름다움"이 나타난다. 마르가레테의 노력에 의한 구원의 과정이 시작된다.

두려움 한가운데 내린 소감이 어때?
나야 그런 공포 알지, 이 자리에선 아니지만.
이건 원래 지옥의 바닥이었으니까.[445]

파우스트 어리석은 이야기가 네겐 부족하지 않구나.
다시 그런 이야기들을 늘어놓기 시작했으니 말이다.

메피스토펠레스 (진지하게)
하느님이—나야 그 이유를 잘 알지만—
우리[악마]를 하늘에서 멀리, 가장 깊은 곳에 가뒀을 때,
사방팔방으로 작열하며
영원한 불이 활활 타오르는 한가운데,
지나치게 환한 빛 속에서 우리는
몹시 짓눌린, 불편한 자세를 하고 있었다네.
악마들은 모두 기침 콜록대며, 위에서나
아래서나 불을 불어서 끄기 시작했지.
지옥은 유황 냄새와 산[酸]으로 부풀어 올랐고,
가스 한 덩이 생겨났지! 그것이 거대해지자
곧바로 땅의 평평한 껍질이,
두텁기는 해도 갈라지며 터져 나갔어.
이제 우리에겐 또 다른 뾰쪽한 끝[정상]이 생겼지.
원래 바닥이던 것이 이젠 꼭대기야.
그것들은 이 땅에서도, 가장 밑바닥이
가장 높아진다는 올바른 가르침의 근거지.
우리는 노예 같은 뜨거운 구덩이를 벗어나
자유로운 공기가 넉넉한 곳으로 왔으니까.

---

445 지옥의 바닥이었다가 화산 폭발로 산꼭대기가 되었다.

잘 간수된 공공연한 비밀이니,
뒷날에야 사람들에게 알려지리라.
(에페소인들에게 보낸 편지 6:12)[446]

파우스트 산악 덩어리는 여전히 고귀하게 말이 없으니,
어디서부터 그리고 왜 생겨났는지는 묻지 않겠네.
자연이 저 자신 안에 자리 잡았을 때
자연은 지구를 온전히 둥글게 만들었어.
산꼭대기도, 골짜기도 기뻐하며
바위와 바위, 산과 산이 나란히 줄지어 섰지.
언덕들은 완만하고 낮게 만들어져,
부드러운 모습으로 골짜기까지 이어졌지.
거기서 초록 것이 생겨나 자라니, 즐기기 위해
자연에게 꼭 미친 소용돌이가 필요한 건 아니다.

메피스토펠레스 당신들이야 그렇게 말하지! 분명히 보이니까.
하지만 그 자리에 있던 자는 전혀 다른 걸 알아.
나는 그 자리에 있었어. 저 아래서 바닥이 끓으며
부풀어 오르고, 흐르는 불길을 실어 올 때,
몰록[몰렉][447]의 망치가 바위와 바위를 갈아대며
산맥의 잔해들을 멀리 던졌을 때 말이야.

---

446 "우리의 싸움은 인간을 적대자로 상대하는 것이 아니라, 통치자들과 권세자들과 이 어두운 세계의 지배자들과 하늘에 있는 악한 영들을 상대로 하는 것입니다"(새번역). 메피스토펠레스는 이 구절을 제시하면서, 하느님이 악마들을 가장 밑바닥으로 떨어뜨렸지만 그들은 머지않아 위로 올라와 세상의 지배자들이 되었다는 것을 암시한다.

447 고대 셈족이 섬기던 화신(火神)으로 어린아이를 불 속에 던져 제사 지냈다. 구약성서 레위기 18:21(새번역)에는 이런 구절이 있다. "너는 네 자식들을 몰렉에게 희생제물로 바치면 안 된다. 그렇게 하는 것은 네 하느님의 이름을 더럽게 하는 일이다. 나는 주다."

낯선 덩어리들의 땅[448]은 굳어졌소.
그렇게 집어던지는 힘을 누가 설명할까?
철학자는 그걸 파악할 수 없고
암벽은 저기 있으니, 그건 그대로 두어야지.
우린 결딴날 정도로 이미 생각했다네—
충직한 민중만이 그걸 이해하고
개념으로 헷갈려하지 않는다.
그들의 지혜는 이미 오래전에 여물었으니까.
경이로운 건, 사탄이 인정받았다는 거야.
나의 나그네는 믿음의 지팡이를 짚고,
악마 바위, 악마 다리를 향해 절뚝거리며 가거든.[449]

파우스트 악마가 자연을 바라보는 방식을 아는 건
확실히 주목할 만한 일이야.

메피스토펠레스 그게 나하고 무슨 상관! 자연이야 될 대로 되라지!
이건 체면 문제다! 악마가 함께했다는 거니까.
우린 위대한 일을 이루려는 자들이거든.
소동, 폭력, 무의미들을! 이 표시를 보게!—
하지만 마침내 이해할 수 있도록 말하자면,
우리의 표면에서 자네 마음에 드는 건 전혀 없나?
그대는 측량할 수 없이 너른 곳을 대충 훑어보았으니,
"세상의 모든 나라와 그 영광" 말이야.
(마태오의 복음서 4장)

---

448 주변과는 다른 암석들이 묻혀 있는 땅이다. 화산 폭발로 지하에서 올라왔다. 메피스토펠레스는 화성론자로서 당연히 혁명적 변화를 옹호한다

449 여기서 말하는 '악마 다리'는 스위스 알프스의 고트하르트 고갯길을 연결하는 교량이다. 근처에 악마 바위도 있으며 그에 얽힌 전설도 전해진다

하지만 자네는 만족할 줄 모르니,
그 어떤 욕망도 느끼지 못했단 말인가?[450]
파우스트 그렇지 않아! 위대한 것이 나를 잡아끈다.
어디 한번 맞혀봐라!
메피스토펠레스 그거야 당장이라도 하지.
나라면 우선 어떤 수도[首都]를 찾아낼 거야.
한복판엔 시민들의 식량 조바심[451]이 있고,
삐뚤삐뚤 좁은 골목길, 뾰쪽한 합각머리,
비좁은 시장엔 석탄, 순무, 양파.
고기 판매대에선 기름진 구이를 먹으려고
똥파리들이 자리 잡고 살지.
그런 곳에서라면 자넨 언제라도
악취와 온갖 활동을 찾아낼 거야.
그런 다음 넓은 광장들, 큰 도로들이
고귀한 척 겉모습을 뽐내고,
성문이 가로막지 않는 곳에선
교외 도시들이 끝도 없이 뻗어나가는데,
거기서 굴러가는 마차들을 보며 즐거워하지.
시끄럽게 미끄러져 오가는 것을,

450 신약성서 마태오의 복음서 4:8에서 악마는 예수를 시험한다. "또다시 악마는 예수를 매우 높은 산으로 데리고 가서, 세상의 모든 나라와 그 영광을 보여주고 말하였다"(새번역). 이 장면에서도 메피스토펠레스는 무엇이든 아무런 문제 없이 이루어주겠다고 파우스트에게 제안한다.

451 괴테는 10136~10141행에서 어린 시절에 살았던 프랑크푸르트 시내 한복판 비좁은 시장판의 모습을 묘사했다. 많은 시민이 그곳에서 식재료를 구매했는데, 어린 괴테는 냉장 시설도 없이 판매대에 고기를 올려놓아 파리 떼가 우글거리는 정육점을 특히 역겨워했다고 한다.

산만한 개미들처럼 우글우글
영원히 오고 가는 민중을.
마차를 끌거나 말을 타거나
항상 그들 한가운데 나타나,
수십만 명의 숭배를 받으면서.[452]

파우스트 그런 걸로 난 만족할 수 없다!
백성이 늘어나는 것을 기뻐하고,
다들 나름의 방식으로 편안하게 먹고,
심지어 자신을 양성하고, 가르치고—
그래봤자 폭도나 키우는 것 아니겠나.

메피스토펠레스 그렇다면 난 웅장하게, 내 힘을 의식하면서
즐거운 장소에다 유흥 별장을 세우겠네.
숲, 언덕, 평지, 초지, 들판 등을
화려한 공원으로 바꾸고.
초록 벽들 앞에 벨벳 초원,
좁은 산책로들, 인공적인 그늘,
인공 폭포가 암벽에서 암벽으로 쌍을 이루고,
온갖 종류의 분수가 있고.
저기선 경탄스럽게 솟구치지만 양쪽에선
수천 가지 작은 일에도 쉭쉭 소리와 소변보는 소리.
그런 다음 가장 아름다운 여인들에게
친밀하고 편안한 오두막들을 지어주지.
거기서는 시간의 구애를 받지 않으며
극히 사랑스럽고 사교적인 고독 속에서 시간을 보낼 거야.

452 규모가 제법 큰 도시의 시장(市長)이 되고 싶은지 묻고 있다.

나는 '여자들'이라고 말한다. 나야 언제나
아름다운 여자를 복수[複數]로 여기니까.[453]

파우스트 고약하고 현대적이군! 사르다나팔루스[454]로구나!

메피스토펠레스 자네가 무엇을 지향하는지 맞혀보라고?
분명 고귀하고 대담한 일이었지.
자네는 둥실 떠서 달에 가까이 다가갔는데,[455]
욕망이 그리로 이끌었나 보지?

파우스트 그렇지 않아! 이 지구는
위대한 행동을 할 공간을 제공한다.
놀라운 일을 이루어내야 해.
나는 대담한 근면을 향한 힘을 느낀다.

메피스토펠레스 그렇다면 명성을 얻으려고?
그대가 여성 영웅들 사이에서 왔다는 걸 느낄 수 있네.

파우스트 통치권과 영지를 얻으련다!
행동이 전부지. 명성은 아무것도 아니야.

메피스토펠레스 하지만 시인들이 나타날 테지.
후세에 그대의 광채를 전달해주고,
어리석음을 통해 어리석음을 부추길 사람들이.[456]

파우스트 그중 어떤 것도 네겐 주어지지 않아.

---

453 부유한 통치자이자 멋쟁이의 삶을 원하는지 묻고 있다.

454 아시리아의 마지막 지배자로 알려진 인물이다. 부하 아르바케스가 반란을 일으켜 수도 니느웨를 무너뜨렸을 때, 여장을 한 채 여자 무리에 섞여 있었다고 한다. 바이런은 〈사르다나팔루스〉라는 희곡을 괴테에게 헌정했다.

455 달에 가까이 다가간다는 말은 몽유병자를 가리키는 표현이다. 메피스토펠레스는 이렇게 빈정거린다.

456 자기 작품 〈파우스트〉가 뒷날 불러올 파장을 이야기하는 것으로, 괴테의 자기 아이러니가 포함된다.

인간이 무엇을 원하는지, 네가 어찌 알겠는가?
혹독하고 예리한, 너 역겨운 존재가
인간이 무엇을 필요로 하는지 알 턱이 있을까?

메피스토펠레스 당신의 뜻이 이루어지이다!
자네 변덕의 규모는 이미 잘 아니까.

파우스트 내 눈은 먼바다로 이끌렸다.
바다는 저 혼자 높이 솟구쳐 오르고,
그런 다음 가라앉아 파도를 쏟아부으며
평평하고 너른 해안을 공격한다.
난 그게 짜증 났어. 오만함이
정열적으로 격앙된 피를 동원해,
모든 권리를 중히 여기는 자유로운 정신을
불쾌감으로 바꾸어버리는 일이니까.
나는 그걸 우연이라 여기고 눈길을 날카롭게 했다.
파도는 멈추어 섰다가 뒤로 물러나지.
당당히 도달한 목표에서 멀어지는 거다.
시간이 되면 그 놀이를 되풀이하는 거고.

메피스토펠레스 (관객을 향해) 새로운 말을 듣는 건 아니오.
내가 벌써 10만 년 전부터 알고 있었으니.

파우스트 (정열적으로 말을 이어간다.)
파도가 살그머니 밀려와, 수천여 곳에서
아무 결실도 없이 불모지를 널리 퍼뜨린다.
부풀고, 커지고, 굴리며
역겨운 황무지를 덮어버린다.
파도에 이어 다른 파도가 힘에 열광하며 지배하다가
물러나면, 이루어진 게 아무것도 없어.

나를 압박해서 절망으로 이끌어가는 게 뭐냐,
통제되지 않은 원소[元素]들의 목적 없는 힘이다!
거기서 내 정신은 감히 스스로를 넘어 날아오르지.
여기서 난 싸우고 싶어, 이것을 이기고 싶다!

그리고 그건 가능해. 파도가 몰려들어
언덕마다 스치고 지나가도,
아무리 오만하게 움직여도,
하찮은 언덕도 그에 당당히 맞서고,
보잘것없는 구덩이도 파도를 강력하게 잡아끌지.
그래서 나는 재빨리 정신으로 거듭 계획을 세웠어.
그 소중한 즐거움을 얻어내라.
지배하는 바다를 해안에서 밀어내
습지의 경계를 줄이고,
나아가 파도를 저 자신에게로 밀어 보내자.
한 걸음 한 걸음 나는 자세히 논할 수 있었어.
그것이 내 소원이니, 신속히 이루어지게 하라.

(나팔 소리와 군악이 관객의 배후 멀리 오른쪽에서 울려온다.)

메피스토펠레스 그거야 얼마나 쉬운가! 멀리 북소리 들리지?
파우스트 다시 전쟁이구나! 지혜로운 사람은 그런 걸 듣고 싶지 않다.
메피스토펠레스 전쟁 또는 평화. 모든 상황에서
자신의 이익을 얻으려는 노력이 지혜로운 거지.
사람은 주목하면서 모든 유리한 순간을 찾아보는 법.
기회가 저기 있으니 파우스트여, 그것을 잡으시게.
파우스트 그런 수수께끼 나부랭이는 집어치워라!
어쩌라는 거냐? 그게 뭔지 간략하게 설명해.

메피스토펠레스 오는 길에 이미 내 눈에 드러나 보였다네.
저 선량한 황제가 크나큰 근심에 휩싸였지.
자네도 그를 알지. 우리가 그를 즐겁게 하고
거짓 부[富]를 그의 손에 쥐여주었을 때,
그에게는 온 세상이 돈 내고 사는 물건이었지.
아직 젊을 때 옥좌가 그의 몫이 되었으니,
그는 멋대로 잘못된 결론을 내렸어.
통치하면서 동시에 즐기는 것,
이게 실로 바람직하고도 좋은 일이니,
두 가지를 잘 결합할 수 있다고 말이야.
파우스트 큰 오류다. 명령을 내리는 사람은
명령하는 것 자체로 행복을 느껴야지.
마음은 높은 의지로 가득해야 하지만,
자기가 무엇을 바라는지 그 누구도 짐작하게 해선 안 돼.
그가 가장 충성스러운 자들의 귀에 속삭인 것,
그 일이 이루어지면 온 세상은 놀라야지.
그렇게 그는 계속해서 가장 높은 사람,
가장 가치 있는 사람이 되어야지—즐거움은 천하게 만들지.
메피스토펠레스 그는 그럴 수 없어! 스스로 즐겼는데 어찌 그러겠나?
그사이 제국은 나뉘어 무정부 상태가 되었네.
크고 작은 것들이 종으로 횡으로 얽혀 다투고,
형제끼리 서로 쫓아내고 죽이며,
성[城]이 성에, 도시가 도시에 맞서고,
상인 조합이 귀족에 맞서—반목하고
주교는 참사회나 교구와 불화했지.
눈에 보이는 것은 서로 죄다 원수라네.

교회에선 살인과 몽둥이질, 성문 앞에선
모든 상인과 나그네가 불운을 겪고.
모두가 적잖이 대담해졌으니,
삶이란 각자도생을 뜻하고—실로 그렇게 되었지.

파우스트 그렇게 되었군—절뚝거리고, 쓰러지고, 다시 일어서고,
나뒹굴고, 서툴게 무더기로 구르고.

메피스토펠레스 아무도 그런 상태를 나무랄 수 없었지.
누구나 자신을 내세울 수 있고, 또 그러길 원했으니까.
가장 하찮은 자조차도 제가 뭐라도 되는 양 여겼고.
하지만 탁월한 사람들에겐 너무나 미친 상황.
유능한 사람들이 힘으로 들고일어나 말했다네.
"지배자란 우리에게 평화를 주는 사람이다.
황제는 그럴 능력도 의지도 없으니—우리가
새 황제를 뽑자. 새 제국에 활기를 불어넣자.
새 황제가 모두를 안전히 지켜주면서
새로 만든 세계에서
평화와 공정을 하나로 엮어주리라!"

파우스트 꼭 사제의 말 같은데.

메피스토펠레스 실제로도 사제들이었다네,
그들은 잘 먹어 뚱뚱한 배를 지켰던 거지.
그들이 다른 누구보다 많이 동참했어.
봉기가 일어나고, 그 봉기는 거룩하다 축복받았지.
우리가 즐겁게 해주었던 우리 황제는
지금 이리로 오는 중이라네. 아마도 마지막 전투를 하려고.

파우스트 안됐구나. 솔직하고 마음이 열린 사람이었는데.

메피스토펠레스 자, 한번 보자고. 살아 있는 자는 희망을 지녀야지.

우리가 그를 이 좁은 골짜기에서 벗어나게 해주자고!
한 번 구원해주면 천 번의 가치가 있지.
주사위가 어찌 나올지 누가 알겠나?
운이 좋다면, 그에겐 봉신들도 생기겠지.

(둘은 산허리를 넘어가서 골짜기에 배치된 군대의 상황을 살펴본다. 나팔 소리와 군악이 아래쪽에서 들려온다.)

메피스토펠레스 보아하니 그들이 유리한 위치를 잡았네.
우리가 나서면 승리에 쐐기를 박겠는걸.

파우스트 저기서 기대할 게 뭐란 말이냐?
기만! 마법의 속임수! 공허한 허상이지!

메피스토펠레스 전투에서 이기려면 간계를 써야지!
자네의 목적을 생각하면서
큰 뜻을 단단히 붙잡게.
우리가 황제의 옥좌와 땅을 지켜주자니까.
그러면 자넨 무릎을 꿇고
끝도 없는 해안을 봉토로 받을 걸세.[457]

파우스트 벌써 많은 궁리를 해두었구나.
좋다, 그렇다면 전투도 이겨라!

메피스토펠레스 아니, 자네가 이겨야지! 이번엔
자네가 사령관이야.

파우스트 거참, 나한테 딱 맞는 자리구나.
잘 알지도 못하면서 명령을 내린다니!

메피스토펠레스 참모부에 맡겨두면
사령관은 안전하게 지낼 수 있지.

---

457 전쟁에서 공을 세우면 봉신(귀족)이 되어 땅을 받을 수 있다.

나는 오래전부터 전쟁의 불운을 느꼈기에
태곳적 산맥 출신의 인력들로
전시참모회의를 미리 구성해두었다네.
그 힘들을 그러모으는 자가 유리한 거지.

파우스트 저기서 무기를 들고 있는 저것은 무엇이냐?
너는 저 산악 종족을 깨워 일으켰느냐?

메피스토펠레스 아니! 하지만 저 페터 스크벤츠 씨[458]처럼
이건 온갖 잡동사니의 정수[精髓]라네!

세 용사 등장(사무엘하 23:8)[459]

메피스토펠레스 내 용사들이 오는구나!
보시다시피 연령대가 서로 다르고
옷차림과 무장도 제각각이지.
그들과 지내는 게 자네에겐 어렵지 않을걸세.
(관객석을 향해) 지금은 모든 아이가 죄다
갑옷과 기사의 깃을 좋아하죠.[460]
그러니 이런 룸펜들 같은 알레고리 차림으로,
이들이 더욱 마음에 들 겁니다요.

---

458 안드레아스 그리피우스(Andreas Gryphius, 1616-1664)의 조롱극 〈부조리 희극 혹은 페터 스크벤츠 씨〉에서 가져온 이름.

459 다윗의 삼용사에 견줄 만한 악마의 삼용사다. 괴테가 표기한 구절은 다음과 같다. "다윗의 부하 용사들 이름은 다음과 같다. 하그모니 사람 이스보셋, 이 사람은 삼용사의 우두머리였는데 창을 휘둘러 단번에 팔백 명이나 무찌른 일이 있었다." 이어지는 구절에 등장하는 둘째 에르아잘은 블레셋군을 치다가 손이 굳어졌다고 하며, 셋째 삼마는 밭에서 곡식을 지키며 적군을 물리쳤다고 한다.

460 괴테 시대에 인기를 끌던 기사 희곡과 소설을 가리킨다.

주먹질 (가볍게 무장한, 알록달록 옷차림의 젊은이)

어떤 놈이든 내 눈에 들어오기만 해봐라
주먹으로 곧장 놈의 면상을 갈길 테니까.
만약 겁쟁이 녀석이 도망치면,
휘날리는 머리카락을 움켜잡을 테다.

차지해 (무장을 잘 갖춘, 부유한 옷차림의 사내)

저렇게 빈손으로 나서는 건 장난질이지.
그러다간 하루를 망칠 뿐.
차지하는 건 싫증이 안 나거든.
나머지는 죄다 나중에 물어봐도 돼.

꽉지켜 (옷을 입지 않고 중무장한, 나이 든 모습)

그래봤자 많이 얻진 못해!
큰 재물도 금세 녹아버리지.
삶의 물살에 휩쓸려 가버리거든.
차지하는 게 좋다지만, 유지하는 게 더 낫지.
늙은이더러 지배하라고 해.
그럼 아무도 네게서 뭐든 빼앗지 못해.

(모두 함께 아래로 내려간다.)

구릉지대에서

나팔 소리와 군악이 아래에서 울린다.

황제의 천막이 펼쳐져 있다.

황제와 **총사령관**, **경비병들**.

총사령관 이 적당한 골짜기로
군대 전체를 퇴각시킨 것은
훌륭한 계획으로 생각됩니다.
이 선택이 성공하기를 진심으로 바랍니다.

황제 상황이 어떤지는 금세 드러나겠지.
하지만 난 이런 일종의 도주, 이런 허약함이 싫다.

총사령관 이쪽을, 우리 오른쪽 날개를 보십시오, 폐하!
전략적 사유로 보아 바람직한 지형이죠.
언덕이 가파르진 않아도 걷기에 불편하니,
우리 편에는 유리하고 적에게는 위험하죠.
우리는 물결 모양의 평지에 절반쯤 숨어 있으니
기병대가 감히 다가오지 못합니다.

황제 나로서는 칭찬할 일밖에 없구려.
여기서 팔[힘]과 용기를 시험할 수 있겠군.

총사령관 여기 중앙부 초지, 평평한 지역에서
전투 준비가 잘된 사각형 밀집대형이 보이시죠?

공중에서 창들이 햇빛을 받아
아침 안개를 뚫고 번쩍거립니다.
저 강력한 사각형이 얼마나 어둡게 물결치고 있습니까!
위대한 업적을 향해 수천 명이 불타오릅니다.
폐하는 여기서 대군의 위력을 보실 겁니다.
저는 이들이 기운을 나누어놓을 거라고 믿습니다.

황제 이런 아름다운 모습은 처음 보는군.
이런 군대라면 곱절의 위력을 발휘할 거야.

총사령관 우리 왼편에 대해선 아직 말씀드리지 않았습니다.
용감한 영웅들이 가파른 암벽을 차지했지요.
지금 무기들이 번쩍이는 저 암석 절벽은
비좁은 바위 사이의 중요한 고갯길을 보호합니다.
적군은 여기서 맥을 못 출 겁니다.
예상치도 못한 혈전을 경험하겠지요.

황제 고약한 친척들이 저기 오는구나.
나를 삼촌, 사촌, 형제라 부르면서
왕권의 힘과 옥좌에 대한 존경심을
점점 많이 훔쳐 간 자들이지.
그러다가 자기들끼리 반목해서 나라를 유린하고
이제는 힘을 합쳐 반란을 일으켰다.
대중의 마음을 불안하게 흔들어놓고,
폭풍이 부는 대로 따라가는 자들이다.

총사령관 저기 충직한 정찰병 한 사람이 서둘러
암벽을 내려옵니다. 그에게 행운이 있기를!

정찰병 1 다행스럽게도 우리가 성공했습니다.
교묘하고도 용감한 술수로,

우리는 이리저리 밀어붙였지요.
다만 별다른 이익이 없습니다.
다수의 충직한 군대와 또한 많은 이들이
폐하께 순수한 충성을 맹세하지요.
그러나 아무 행동도 하지 않고 변명을 늘어놓으며,
안에서 소동만 일으키니, 이는 민중에게 위협입니다.

황제 이기심의 가르침은 자신만 지키라는 것이지,
감사와 애착, 의무와 명예가 아니다.
너희가 충분히 계산해보면 이웃의 화재가
너희 자신을 해치리란 생각은 안 하느냐?

총사령관 두 번째 정찰병도 내려옵니다. 다만 느리네요.
너무 지쳐서 사지를 벌벌 떠는걸요.

정찰병 2 처음에 우리는 저들의 거친 계획이
꼬이는 꼴을 만족스럽게 바라보았지요.
예상치도 못했는데 곧바로
새 황제가 등장했습니다.
그리고 앞서간 길을 따라
대군이 들판으로 행진해서 오고 있습니다.
펼쳐진 저 거짓의 깃발들을 모든 사람이
따르고 있어요—양 떼처럼!

황제 대립 황제[461]가 내게 이득이 되는구나.
이제야 비로소 내가 황제라는 느낌이 드는걸!
나는 병사로서 갑옷을 입었는데,

---

461 황제가 있는데도 다른 집단에 의해 황제로 추대되어 권력을 행사하고 기존 황제와 대립하는 사람(Gegenkaiser)

그것이 더 높은 목적으로 바뀌었다.
모든 축제마다 아무리 빛나고
빠진 게 전혀 없었다 해도, 내겐 위험이 없었다!
너희야 어떻든, 너희는 내게 기마 놀이[462]나 권했지만,
나는 마상 창 시합을 보며 심장이 뛰었다.[463]
너희가 내게 전쟁을 말리지 않았더라면,
영웅적 행동으로 내 이름 벌써 빛났겠지.
저기 불의 왕국에서 거울 앞에 섰을 때,
내 가슴은 독립했다고 느꼈다.
불길이 내게 무서운 기세로 덤벼들었지.
그거야 가상일 뿐이었지만, 그 가상은 위대했다.[464]
나는 어리둥절한 채 승리와 명성을 꿈꾸었지.
그동안 뻔뻔하게 소홀히했던 것을 이제야 따라잡겠다.

(대립 황제에게 도전하기 위해 전령관들이 파견된다.)

파우스트는 갑옷 차림에 면갑[얼굴을 보호하는 장비로 투구 앞부분에 붙인다]을 절반만 닫은 기사의 모습, **세 용사**는 앞에서와 같은 무장과 의상으로 등장

파우스트 우리가 여기 나타났다고 해서 비난받지 않길 바랍니다.
곤궁하지 않다 해도 조심하는 게 좋지요.

---

462 원문은 Ringspiel로, 말을 타고 달려가서 높이 매달린 화환이나 고리를 창으로 떼어 가져오는 게임이다.

463 진짜 결투를 하고 싶었다는 뜻

464 5920행부터 이어지는 황제의 궁성에서 벌어진 사건들, 즉 화재로 마무리된 가장무도회를 가리킨다. 여기서 전황이 점점 악화되는데 황제는 대립 황제와 일대일 결투를 벌임으로써 어려움을 타개하려고 한다.

폐하께선 산악 종족[정령들]이 생각하고 궁리한다는 걸 아시지요.
그들은 자연의 글과 암벽의 글로 공부했으니까요.
평지에서 오래전에 쫓겨난 정령들은
암벽에 대해선 이전보다 호의적입니다.
그들은 미로 같은 틈바구니에서 조용히 활동하죠.
금속 냄새 물씬 풍기는 고귀한 가스로
계속해서 분류하고, 시험하고, 또 결합하면서
새로운 것을 발명하는 게 그들의 유일한 충동입니다.
정령들의 힘이 지닌 가벼운 손가락으로
그들은 투명한 형태들을 만듭니다.
그런 다음 크리스털과 그 영원한 침묵 속에서
지상의 사건을 바라봅니다.

황제 난 그 말을 들었고, 그대를 믿소.
하지만 용사여, 그게 이 일과 무슨 상관인가?

파우스트 사비네 사람, 노르차의 주술사[465]가
폐하의 충실하고 명예로운 하인입죠.
얼마나 끔찍한 운명이 그를 무섭게 위협했던가.
나뭇가지 딱딱거리며 불꽃이 벌써 날름거렸죠.
마른 장작이 사방으로 엇갈려 쌓였는데,
역청과 유황 묻힌 가지들이 뒤섞여 있었죠.
인간도, 신도, 악마조차도 구원할 수 없을 때,
폐하께서 불붙은 사슬을 쳐내셨습니다.
저기 로마에서요.[466] 그는 아직도 폐하께 의무감을

465 원문은 Negromant이며 죽은 자들을 불러내는 흑마법사다.

466 이단으로 몰린 주술사가 화형대에 서 있고, 장작더미에 막 불을 붙이려는 순간, 황제

느끼고 있으니, 염려하는 마음이 늘 폐하의 발길을 향합니다.
그 시간 이후로 그는 자신을 온전히 잊고
오직 폐하만을 위해서 별에, 또 깊은 곳에 묻고 있죠.
그가 폐하를 도와드리라는, 가장 긴급한 임무를
저희에게 맡겼습니다. 산[山]의 힘[세 용사]은 위대합니다.
산에서 자연은 강력하고 자유롭게 움직이지만
수도사들은 우직하게 그걸 마법이라 욕하죠.

황제 저 기쁨의 날에, 명랑하게 찾아와
즐기려는 손님들을 짐이 맞이한다면,
한 사람 한 사람 밀고 밀리면서 홀들을
가득 채우면, 짐은 그들을 기쁘게 여길 것이오.
하지만 이 충직한 사내는 가장 높이 환영받아야지.
미심쩍게 지배하는 이 근심의 시간에
그가 짐의 강력한 조력자로 등장한다면 말이지.
운명의 저울이 바뀌는 순간이기 때문이오.
하지만 이 긴급한 순간, 그 강력한 손길은
자발적으로 빼든 칼을 도로 거두라!
나를 위해, 또는 나에게 맞서, 수천 명이
발걸음 내딛는 이 순간을 존중하라!
남자는 자립심이 있어야지! 옥좌와 왕관을 욕망하는 자는

가 그의 편을 들어 형 집행이 중단되고 목숨을 건졌다는 내용이다. 여기서는 파우스트가 세 용사와 함께 등장해서 황제 덕분에 목숨을 건졌다는 노르차의 주술사를 소개하며 그에게 도움을 청하길 제안한다. 황제는 일단 거절하지만, 상황이 불리해지자 제안을 받아들인다. 잠시 뒤 메피스토펠레스가 노르차의 주술사로 등장한다. 이같이 내전에서 불리해진 황제는 주술사와 정령들의 도움을 받는데, 이는 기독교 세계에서 용납할 수 없는 중대 범죄다.

개인적으로 그런 명예에 걸맞은 가치를 지녀야 한다.
짐에게 맞서 일어난 저 유령[대립 황제],
스스로를 우리 제국의 황제요 지배자라 칭하며
군대의 공작이요 대공들의 봉건영주라 자처하는 자를
내 주먹으로 직접 죽음의 왕국으로 보내야겠다.

파우스트 이 위대한 사업이 어떻게 완수되든,
폐하의 머리를 그렇게 저당 잡히지는 마십시오.
그 투구는 볏과 관목으로 장식된 것 아닌가요?
우리 용기를 이끌어가는 머리를 투구가 보호합니다.
머리가 없다면, 팔다리가 대체 무엇을 할 수 있겠습니까?
머리가 잠들면 그대로 널브러지고 맙니다.
머리에 상처를 입으면, 곧바로 온몸이 부상을 입죠.
머리가 건강하면, 모든 게 금세 싱싱하게 일어서고요.
팔은 얼른 자기의 강한 권리를 이용해서,
두개골을 보호하기 위해 방패를 쳐듭니다.
칼은 곧바로 임무를 알아채고
힘차게 휘둘러 일격을 거듭하죠.
씩씩한 발은 제 몫을 다해
칼 맞은 자의 목을 거침없이 밟고요.

황제 내 분노가 그러하니, 그놈을 그렇게 다루고 싶다.
저 오만한 머리를 내 디딤돌로 만들고 싶어.

전령관들 (돌아온다.) 우리는 거기서 명예도 효력도
거의 얻지 못했나이다,
그들은 우리의 강력하고 고귀한 메시지를
공허한 장난이라 비웃었습니다.
"너희 황제는 행방불명됐어.

저 골짜기의 메아리일 뿐이지.
우리가 그를 기억하려면 동화처럼
이렇게 말해야 할 판이야—'옛날 옛적에'라고."[467]

파우스트 충직하게 폐하 곁에 확고히 서 있는
최정예 용사들의 소망대로 되었군요.
저기 적군이 다가옵니다. 폐하의 군대가 애타게 기다리니,
공격 명령을 내리십시오. 유리한 순간입니다.

황제 여기서 나는 지휘를 포기하겠다.
(총사령관에게)
이 임무는 그대 손에 달려 있소.

총사령관 그렇다면 우익군[오른쪽 부대]이 나서라!
지금 언덕을 오르는 적의 좌익군[왼쪽에 있는 부대]은
마지막 걸음을 딛기도 전에,
충성스럽고 젊은 방어군에게 길을 내줄 것이다.

파우스트 이 용감한 영웅이
즉시 대열에 합류하도록 허락해주십시오.
그 대열 깊숙이 기어들어
강력한 본성을 발휘하도록.
(오른쪽을 가리킨다.)

주먹질 (앞으로 나서며)
얼굴을 내게 보이는 놈은 아래턱과
빰이 무너져서야 고개를 돌릴 거다.
내게 등을 돌린 놈도 똑같이 목과 머리와 정수리가
덜덜 떨리며 늘어지니, 목덜미가 서늘하지.

---

467 황제의 결투 신청을 대립 황제 측에서 조롱하며 거절했다.

내가 분노한 만큼 병사들이
칼과 몽둥이를 휘두른다면,
적군은 한 놈 위에 또 한 놈이 쓰러져
자기 피에 빠져 죽을 거다. (퇴장)

총사령관 우리 중앙부 밀집대형은 살그머니 따라가라.
적을 만나면 온 힘을 다해 교묘히
조금 우측을 향하라! 거기서 벌써 아군의
전력이 그들의 계획을 뒤흔들 것이다.

파우스트 (가운데 있는 자를 가리키며)
이자도 사령관의 명을 따르게 해주시오.
그는 모든 걸 잽싸게 낚아챌 것이오.

차지해 (앞으로 나서며) 황제군의 영웅적 용기에
노획물을 향한 갈망이 짝을 이루나니,
모두에게 목표가 세워졌다.
바로 대립 황제의 부자 천막!
그는 그 자리에서 오래 뻐기지 못할 거야,
내가 밀집대형의 선두에 서겠다.

서둘러 (종군 여상인[468]인 그녀가 차지해 옆에 바싹 달라붙으며)
나야 그의 아내는 아니지만,
그의 애인이 될 거야.
우리에게 추수철이 다가왔구나!
여자는 움켜쥘 땐 무섭고,
강탈할 땐 인정사정없지.
승리할 땐 앞장서자! 모든 게 허용되니까. (둘 다 퇴장)

468 종군 상인은 중세 이후로 전쟁터를 따라다니며 물건을 파는 사람이다.

총사령관 이미 예측했듯이, 우리 좌익군을 향해
적의 우익군이 힘차게 돌진한다.
사나운 공격을 일대일로 맞서서
암벽의 좁은 고갯길 지켜내라.

파우스트 (왼쪽으로 손짓한다.)
그렇다면, 사령관님. 이 사람도 보시죠.
강한 자가 더 강해져도 해롭진 않으니까요.

꽉지켜 (앞으로 나서며) 왼쪽 날개는 걱정 마십쇼!
내가 있는 곳이라면 소유물은 안전하지.
노인네가 거기서 지키는 한,
어떤 강철 번개도 내 걸 나눌 수 없어. (퇴장)

메피스토펠레스 (위에서부터 아래로 내려오면서)
저 뒤편 삐쭉삐쭉한 바위
협곡에서 무장한 자들이
마구 몰려나오는 꼴 좀 보십시오.
좁은 길을 가득 채우네요.
투구며 갑옷, 칼과 방패가
우리 뒤에서 하나의 방벽을 이룬 채
공격 명령을 기다리고 있소.
(잘 아는 자들을 향해 방백)
그게 어디서 왔냐고는 묻지 마시오!
물론 내가 지체하지 않고
왕궁의 기사실을 탈탈 털었지.
그들이 저기 보병으로, 기병으로 서 있네,
마치 아직도 지상의 주인인 양 행세하면서,
원래는 기사, 왕, 황제였지만

지금은 텅 빈 달팽이 집에 지나지 않아.
여러 종류 유령들이 그 안을 차지하고
중세를 생생하게 뒷받침하죠.
그 안에 어떤 새끼 악마가 숨어 있든
이번엔 효과가 있을걸.
(큰 소리로) 저들이 미리 얼마나 분노하는지,
양철 부딪쳐 쩔렁대는 소리 들어봐요!
신선한 바람을 초조히 기다리는 깃발들
옆에서도 그들의 기는 힘차게 펄럭이네.[469]
생각해보시오. 옛 종족은 준비가 되었으니,
새로운 싸움에 기꺼이 끼어들 것이오.

(위에서부터 무시무시한 나팔 소리. 적군 진영에서 눈에 띄게 동요)

파우스트 지평선이 어두워진다,
예감에 찬 붉은 빛만 여기저기서
의미심장하게 번뜩인다.
무기가 핏빛으로 빛나고,
암벽, 숲, 대기,
온 하늘이 서로 뒤섞인다.

메피스토펠레스 우익군이 힘차게 버틴다.
하지만 이들 사이에서 단연
재빠른 거인, 주먹질이
제 방식으로 일하는 게 눈에 잘 보이네.

---

469 제1막 "기사들의 전당"에 전시되어 있던 장비 안에 유령들이 들어가 기사들이 실제로 살아 있는 양 전투에 나섰다. 바람이 불지 않아 다른 깃발들은 축 늘어져 있는데도, 유령부대의 깃발은 흔들리고 있다.

황제 처음에 팔 하나 올라갔나 싶더니
지금은 팔 열두 개가 날뛰네,
이런 일은 자연스럽지 않은걸.
파우스트 시칠리아 해안에 떠올랐던
안개 띠 이야기 못 들으셨나요?
거기서는 대낮인데도 아주 또렷하게
이상한 얼굴이
특별한 증기에 휩싸여 흔들리며
중천까지 떠올랐답니다.
도시들이 이리저리 흔들리고,
정원들이 오르락내리락, 이런저런
모습들이 에테르를 깨뜨렸다고요.
황제 그래도 얼마나 수상한가! 높이 쳐든
창들의 꼭대기마다 번개 치는 게 보여.
우리 밀집대형의 번쩍이는 창 위에서도
재빠른 불꽃이 춤추는 게 보이고.
이건 너무 유령 같은걸.
파우스트 용서하십시오, 폐하. 이들은
사라져 정령이 된 자들이 남긴 흔적입니다.
모든 뱃사람이 위기에서 불러내는
디오스쿠로이[카스토르와 폴룩스]의 형상이죠.
그들이 여기서 마지막 힘을 모으고 있습니다.
황제 하지만 말해보라. 자연이 우리를 위해
이렇듯 특이한 것들을 불러 모으다니,
대체 누구 덕이냐?
메피스토펠레스 폐하의 운명을 가슴에 품은

저 탁월한 마이스터[470] 말고 누구겠습니까?
적들이 폐하를 강하게 위협하니
그는 마음속 깊이 커다란 자극을 받았지요.
설령 자신이 사라진다 해도
그는 감사하는 마음으로 폐하를 구하고 싶어 합니다.

황제 저들은 내 행렬을 에워싸고 환호성을 질렀지,
나는 힘을 느꼈고, 그걸 시험해보고 싶었다.
그래서 여러 생각 안 하고 저 백발노인에게
서늘한 공기를 선물하는 게 적당하다고 본 거지.[471]
난 저 수도사의 즐거움[화형 집행]을 망쳤으니,
당연하게도 그[교황]의 은총을 얻지 못했어.
이미 그 시절부터 오랜 세월이 흘렀는데,
이제 와서 즐거운 행동의 결과를 맛보게 될까?

파우스트 자발적인 선의는 부[富]를 키우지요.
폐하 눈길을 위로 돌려보십시오!
그가 무슨 신호를 보내는 것 같은데요.
주목하십시오, 곧바로 그 뜻이 나타납니다.

황제 독수리 한 마리[황제의 문장] 중천으로 떠오르고
그라이프[대립 황제]가 사나운 발톱 세워 뒤를 좇네.

파우스트 잘 보십시오. 제 생각엔 좋은 조짐입니다.
그라이프는 전설의 동물이죠.
그런 녀석이 어찌 저렇게 제 처지를 잊고
진짜 독수리와 겨룰 수 있을까요?

---

470 앞에서 소개한 주술사

471 화형대에 선 늙은 주술사에게 뜨거운 불길 대신 서늘한 공기를 선물했다.

황제 이제는 둘이 넓게 원을 그리며
빙빙 돌다가—동시에
서로에게 덤벼들어
가슴과 목덜미를 물어뜯는다.

파우스트 이제 사악한 그라이프는
너덜너덜 찢겨 상처를 입고서
사자 꼬리를 아래로 떨군 채
우듬지의 숲으로 떨어져 사라졌습니다.

황제 나타난 그대로 이루어지기를!
이것을 경탄하는 마음으로 받아들이겠노라.

메피스토펠레스 (오른편을 향해) 치열한 전투가 거듭되었고
적들은 이제 물러나야 합니다.
지금 불확실한 싸움을 하면서
자기들의 오른쪽으로 몰려가네요.
그렇게 싸워서 자기들의 주력부대의
왼편을 교란하는군요.
우리 밀집대형의 확고한 모서리가
오른쪽으로 움직여 번개처럼
허약한 지점으로 파고듭니다—
이제 폭풍에 흔들리는 파도처럼
사방으로 튀기면서, 대등한 힘들이
두 배나 열렬히 사납게 덤벼듭니다.
이보다 훌륭한 것 생각할 수 없네요.
이 전투는 우리가 이겼습니다!

황제 (왼편의 파우스트에게) 보라! 난 저기가 수상쩍다.
우리 진영은 혼란스럽기만 하고,

돌 하나 날아가는 게 보이지 않아.
낮은 암벽들은 이미 정복당했고,
위쪽의 암벽들은 버림받았네.
이제!—적군이 한데 뭉쳐서
점점 가까이 몰려오는데,
어쩌면 벌써 고갯길을 차지한 듯하니
신앙심 없는[마법을 통한] 노력의 최종 결실이군!
너희 기술이란 게 헛것이구나.
(휴지)

메피스토펠레스 저기 제 까마귀 두 마리가 옵니다.
그들은 어떤 소식을 가져올까요?[472]
전세가 불리할까 봐 걱정입니다.

황제 이 처량한 새들은 뭐냐?
치열한 암벽 전투를 벗어나
검은 깃털을 이쪽으로 향하고 날아오네.

메피스토펠레스 (까마귀들에게) 내 귀 가까이에 앉아라!
너희가 보호하는 자는 지지 않아.
너희가 올바르게 충고할 테니까.

파우스트 (황제에게) 비둘기 이야기는 들으셨지요.
그들은 아주 먼 나라에서
무리와 음식이 있는 제 둥지로 날아옵니다.
여기엔 중요한 차이가 있습죠.
비둘기 우편은 평화로울 때 쓰이니,

472 북유럽신화에 나오는 최고신 오딘의 상징 동물이 까마귀 두 마리다. 까마귀들은 오딘에게 세상의 소식을 전하는데, 메피스토펠레스가 이를 차용했다.

전쟁엔 까마귀 우편을 쓰는 겁니다.

메피스토펠레스 심각하게 불운한 소식이 전해졌습니다.
저쪽을 보십시오! 우리 영웅들이
암벽 주변에서 곤경에 처했군요.
적군은 가까운 언덕들에 이미 다 올라갔고,
그들이 고갯길까지 차지한다면
우리 상황은 더욱 힘들어지겠어요.

황제 그러니까 결국 내가 속은 거로구나!
그대들은 나를 그물로 끌어들였어.
그 그물 날 옭아맨 뒤로, 난 두렵다.

메피스토펠레스 용기를 가지십시오! 아직 실패한 건 아닙니다.
마지막 매듭까지는 끈기와 요령이 필요하죠.
보통 마지막에 힘들어지니까요.
제겐 확실한 심부름꾼이 있으니,
저더러 명령을 내리라고 명하십시오.

총사령관 (그사이 가까이 다가와 있다가)
폐하께선 이들과 합세하셨군요.
그 점이 내내 저를 괴롭혔습니다.
속임수로는 확고한 행운을 만들지 못합니다.
저는 전투의 방향을 전혀 돌리지 못하겠는데[패배 인정],
저들이 시작했으니, 이제 저들이 끝내야겠죠.
그렇다면 제 지휘봉을 돌려드립니다.

황제 행운이 아마도 우리에게 더 나은 시간을
불러오기까지 그대로 간직하시오!
저 역겨운 작자와 그 까마귀의 행태가
내게도 소름 끼친다오.

(메피스토펠레스에게)

이 지팡이를 그대에게 줄 순 없소.
그대는 올바른 사람 같지 않아.
명령을 내리고, 우리를 구출하려 애써보시오!
할 수 있는 일은 해봐야지.

(총사령관과 함께 천막으로 퇴장)

메피스토펠레스 멍청한 지팡이가 그를 보호하길!
우리에겐 그건 별 쓸모도 없지,
거기엔 십자가 따위가 붙어 있거든.

파우스트 할 일이 뭔가?

메피스토펠레스 벌써 다 해두었지!—
검은 사촌들아, 이제 어서 일해라.
큰 산악 호수로 가라! 운디네[물의 요정]들에게
인사 올리고 물결의 허상을 달라고 청해라!
그들은 알기 힘든 여자들의 기술로,
현실과 허상을 분리할 수 있어.
누구나 그것이 진짜라고 맹세하지만.

(휴지)

파우스트 우리 까마귀들이 저 물의 요정들을
바닥에서부터 위로 불러올린 모양인데.
저기 벌써 물이 졸졸 흐르기 시작하니.
이제 메마르고 헐벗은 암벽 곳곳에서
빠르고 풍성한 물길이 생겨난다.
저들의 승리는 이제 끝장났다.

메피스토펠레스 그것참, 놀라운 인사네.
가장 대담한 등반가라도 헷갈리고야 말겠어.

파우스트 벌써 시냇물 한 줄기 다른 시냇물로 강력하게
흘러들고 협곡에서 나올 땐 두 배가 된다.
한 물살이 아치 모양 물줄기를 던지네.
갑자기 그 물살 평평한 암벽에 자리 잡고는
여기로 저기로 거품을 뿜으며,
계단을 이루어 골짜기로 흘러 떨어진다.
용감하게 영웅적으로 버틴들 무슨 소용이랴?
강력한 파도가 그들을 떼어내는데.
저런 거친 파도 앞에선 나도 떨린다.

메피스토펠레스 난 이런 물의 속임수가 하나도 안 보여.
오직 인간의 눈만 그런 것에 속아 넘어가는 거지.
저 놀라운 추락이 내겐 즐겁구나.
그들이 계속 떨어져 큰 더미가 되었네.
바보들은 물에 빠져 죽는 줄로 여기지만
실은 단단한 땅에서 멋대로 헐떡이면서,
헤엄치는 몸짓으로 허우적대니 우습구나!
이제 사방 온 데서 저런 혼란이 나타난다.

(까마귀들이 다시 돌아왔다.)

저 높으신 분께 너희를 찬양해 올리마.
너희 스스로 대가로서의 능력을 입증하겠다면 말이다.
서둘러 빛나는 대장간으로 가라.
저 난쟁이 종족이 지치는 법 없이
금속과 돌을 두들겨 불꽃 일으키는 곳으로.
거기서 그들을 설득해 불길 하나
달라고 해라. 사람들이 거룩한 뜻으로 지니는
빛나고 번쩍이며 터지는 불길을.

멀리서 번갯불이 번쩍이거나,
가장 높은 별들이 번개처럼 빨리 떨어지는 거야.
여름밤마다 일어날 수 있는 일이지.
하지만 뒤엉킨 덤불 숲의 번개와
축축한 바닥에서 바사삭거리는 별들은
그리 쉽게 볼 수 없어.
그러니 너희는 굳이 고민하지 말고
먼저 간청하고, 이어서 명령하라.

(까마귀들 퇴장. 위에서 말한 일이 일어난다.)

메피스토펠레스 적들에게 컴컴한 암흑이 내려라!
불확실한 상황 속으로 한 걸음씩 들어가라!
모든 끝에는 헷갈리는 도깨비불,
번쩍! 갑자기 눈멀게 하네.
이 모든 일 참으로 아름다워.
다만 공포의 천둥소리가 필요하겠어.

파우스트 텅 빈 방에서 나온 속 빈 무기들이
자유로운 대기에서 힘을 얻었네.
저편에서 아까부터 딸랑딸랑, 덜컥덜컥,
가짜 소리가 참으로 놀랍구나.

메피스토펠레스 딱 맞는 말씀! 그들은 이젠 통제도 안 돼.
그 멋진 옛날처럼 벌써
기사들의 싸움질 소리 울리네.
팔이며 넓적다리며 가리지 않고,
황제당이든 교황당이든
다시금 영원한 전투를 한다.
물려받은 의미 그대로 그들은

화해할 수 없음을 확고히 증명하며,
미쳐 날뛰는 소리 사방에서 울려댄다.
결국 악마의 축제마다
이런 당파의 증오가 단연 최고야.
최후의 공포에 이르기까지
죽도록 두려워 역겨운 외침 질러대니,
날카롭게 꿰뚫는 사탄 같은 소리
골짜기로 두렵게 퍼져나간다.

(오케스트라가 전쟁의 소음을 연주하다가 마지막에 명랑한 군악 곡조로 넘어간다.)

대립 황제의 천막

옥좌와 부유한 주변

차지해와 **서둘러**.

서둘러 우리가 맨 먼저 왔다!

차지해 까마귀도 우리만큼 빠르진 않아.

서둘러 오! 여기 얼마나 대단한 보물 쌓였나!
어디서 시작하지? 어디서 끝내지?

차지해 방 전체가 가득 차 있잖아!
무얼 움켜쥐어야 할지 모르겠네.

서둘러 저 벽걸이가 좋겠다.
내 처소는 형편없을 때가 많거든.

차지해 여기 철가시 달린 철퇴가 매달려 있네.
오래전부터 그런 걸 갖고 싶었어.

서둘러 금술 달린 이 빨간 외투[대립 황제의 옷가지],
난 그런 걸 꿈꾸었지.

차지해 (무기를 집으며) 이걸로 금세 끝낼 수 있어.
그를 때려죽이고 앞으로 나아가자.
넌 그렇게 많이 꾸렸으나
쓸 만한 건 못 챙겼네.

잡동사니는 그 자리에 놔둬.
이 상자 하나를 가져가라!
이건 병사들에게 줄 얼마 안 되는 봉급,
그놈 배 속엔 온통 황금.

서둘러 그것참, 죽도록 무겁네.
난 이것 못 들어. 나르지도 못해.

차지해 어서 몸을 낮춰! 몸을 구부리라고!
네 튼튼한 등에 그걸 지워주마.

서둘러 아야, 아야! 이젠 글러 먹었어!
무거워서 엉치뼈가 두 동강 날 지경이라고.

(상자가 떨어지면서 뚜껑이 열린다.)

차지해 붉은 황금이 잔뜩 쌓였네.
얼른 덤벼서 긁어모아라.

서둘러 (웅크리고 앉는다.) 서둘러서 품에 쓸어 담자!
이만하면 넉넉할 거야.

차지해 이제 됐어! 서둘러라!

(서둘러가 일어선다.)

오 저런, 앞치마에 구멍이 났네!
네가 어디로 가든, 어디에 서 있든,
보물이 줄줄 흐르는구나.

경비병들 (우리 쪽 황제의) 너희 둘, 이 거룩한 장소에서 뭘 하는 거야?
무얼 그러모으려고 황제의 보물을 뒤지는 거지?

차지해 우리는 팔다리를 팔아서 왔으니,
우리 몫을 챙기는 거야.
적군의 천막에서 이러는 건 관습이고,
우리도, 우리도 병사니까.

허둥대며 보물을 챙기는 차지해와 서둘러

경비병들 우리 관할에서 이러면 안 되지.
병사면서 동시에 도둑이라니.
우리 폐하께 가까이 오는 자는
정직한 병사여야 한다.

차지해 정직이라, 그런 건 우리도 알아.
그러니까, 기부하란 말이지?
너희 모두 같은 입장이야.
"이리 내놔!"라는 게 너희 직업의 인사.

(서둘러에게)

넌 손에 든 걸 가지고 떠나라.
여기서 우린 환영받는 손님이 아니야. (퇴장)

경비병 1 말해봐, 너는 어째서 곧바로
저 뻔뻔한 놈에게 귀싸대기를 올리지 않았지?

경비병 2 몰라, 나는 기운이 빠졌거든.
그들은 유령 같았어.

경비병 3 나는 눈앞이 흐려지더니
가물거려서 제대로 보질 못했네.

경비병 4 어떻게 말해야 할지 모르겠다.
온종일 그렇게 무덥고
몹시 두려웠어. 답답하고 끔찍했지,
한 놈은 섰고, 다른 놈은 쓰러졌어.
타박타박 걸어가면서 동시에 때렸지.
적은 맞기도 전에 쓰러지고
눈앞은 베일로 가린 듯 희뿌옇고,
귀에선 웅웅, 쏴쏴, 칙칙거렸지.
계속 그랬어. 지금 우리는 여기 있는데

뭐가 어찌 된 일인지, 우리도 모르겠단 말이야.[473]

황제가 **영주 네 명**과 함께 등장. **경비병들** 물러난다.

황제 그야 어찌 되었든! 우리는 전투에서 이겼다.
적은 뿔뿔이 흩어져 도망치다가 평원에서 궤멸했지.
여기 빈 옥좌가 있구나. 배신자들의 보물이
벽걸이에 싸여 사방에 흩어져 있네.
짐은 명예롭게도 경비병들의 보호를 받으며
황제로서 여러 민족의 사신들이 오기를 기다린다.
제국이 안정되어 기꺼이 짐에게 충성한다는
기쁜 소식이 사방에서 도착하고 있다.
물론 우리 전쟁에는 속임수도 섞였지만
마지막에는 우리 힘만으로 싸웠다.
또한 여러 우연한 일들도 싸우는 자에게 유리했지.
하늘에서 돌이 떨어지면, 적에게는 피의 비가 내렸어.
암벽 동굴들에서 강력한 기적의 울림이 나와
우리 가슴을 북돋았고, 적의 가슴은 서늘하게 만들었지.
정복당한 자는 쓰러져서 아직도 계속 조롱받는다.
승리자는 스스로 뽐내며 친절하신 신을 찬양한다.
백만의 목구멍에서 모두가 한목소리로—그야 명령할
필요가 없으니—"하느님, 우리는 당신을 찬양합니다!"[474]
그런데도 최고의 찬양을 위해 나는, 드문 일이지만,

473 황제군이 승리를 거두기는 했으나, 병사들은 제정신이 아니었음을 알 수 있다.
474 주술사와 정령의 도움을 받지 않고 신의 도움으로 이긴 척 기만한다.

경건한 눈길을 내 가슴으로 되돌린다.
젊고 밝은 영주라면 인생의 나날을 허비해도 되겠지.
하지만 세월은 영주에게 순간의 의미를 가르쳐준다.
그래서 나는 지체 없이 그대들, 네 명의 영주들과
힘을 합치려 한다. 가문과 궁정과 제국을 위해서.[475]

(첫 번째 영주에게)

질서 있고 현명하게 군대를 구축하는 것이 그대의 일이오.
중요한 순간에는 영웅적이고 대담한 방향을 취해야지.
평화로운 시절에는 시대가 요구하는 것을 행하도록 하오.
그대를 군수대신이라 칭하며, 이 칼을 하사하겠소.

군수대신 폐하의 충직한 군대는 지금껏 국내에서만 활동했는데,
국경선에서 폐하의 권위를 강화한다면,
널찍한 조상들의 성에서 홀에 연회 인파가 몰려들 때
저희가 무장하고 참석하는 것을 승낙해주십시오.
그러면 저는 칼을 번쩍이며 폐하 앞에 나서고
폐하 곁에서 존엄하신 분을 영원히 지키겠나이다.[476]

황제 (두 번째 영주에게)

부지런하고 섬세하며 친절한 그대를
궁정대신으로 명하겠소. 그 임무가 가볍진 않을 거요.
모든 궁전 일꾼의 우두머리인데, 일꾼들 사이에
다툼이 일어나면, 근무가 엉망이 되지.
그러니 그대가 명예롭게 모범을 보이도록 하오.

---

475 황제는 이번 승리가 떳떳하게 이루어진 것이 아님을 분명히 의식하고 귀족들과 연합하려 한다. 우선 그들에게 영토와 작위를 하사한다.

476 궁정 행사에 무장하고 참석할 권리를 요구한다.

어떻게 하면 주인과 궁정과 모든 이의 마음에 들 수 있는지.

궁정대신 폐하의 높은 뜻을 받드는 것이 은총을 얻는 길입니다.
뛰어난 사람들을 돕고, 그에 못 미치는 이들에게도 해롭지 않게,
간계 없이 분명하고, 기만 없이 정직해야지요!
폐하께서 저를 꿰뚫어 보신다면, 그것만으로 족합니다.
그 축제에 대해 상상력을 펼쳐봐도 될까요?
폐하가 식탁으로 가시면 저는 황금 잔을 내드리죠.
폐하께서 눈길로 제게 명하시면, 폐하의 손길이 환희의 시간에
원기를 얻도록, 제가 반지를 들고 있지요.

황제 내가 그런 잔치를 너무 진지하게 생각하는 것 같긴 하지만,
그렇게 하오! 즐겁게 시작하는 것이 좋을 테니.
(세 번째 영주에게)
그대를 요리대신으로 임명하오! 그러니 앞으로는
사냥, 가금류 농장과 농업 전초기지의 관리를 맡아주오.
달에 따라 조심스럽게 준비해서 모든 시기에
내가 가장 좋아하는 식사를 골라 차려주오.

요리대신 폐하께서 좋아하시는 음식을 올릴 때까지는
엄격하게 금식하는 의무를 즐거이 감당하겠습니다.
부엌 일꾼들과 제가 하나 되어
멀리 있는 것을 가져오고, 계절을 재촉하겠나이다.[477]
멀리서 왔다거나 일찍 왔다는 게 기쁨은 아니오니,
폐하께서 바라시는 건 단순하면서도 강한 것이지요.

황제 (네 번째 영주에게)
여기선 연회를 빼놓을 수 없으니

---

477 황제의 식탁에 이국적인 음식과 제철에 나는 진미를 올리겠다는 다짐

젊은 영웅이여, 그대는 술 관리를 맡으시오.
연회대신, 그대는 우리 술 저장고를
좋은 포도주로 풍성하게 채워주오.
그대 자신은 절도를 지켜서 과도히 즐기지 않도록 하고,
특히 기회의 유혹에 넘어가는 일이 없도록 하오.

연회대신 황제 폐하, 젊은이라도 신뢰만 얻는다면
준비되기도 전에 어른으로 일어서지요.
저도 저 위대한 연회를 위해 열심히 일하겠습니다.[478]
황제의 연회를 최고로 꾸미도록 하지요.
금은으로 만들어진 화려한 그릇들은 물론이고,
무엇보다 가장 사랑스러운 잔을 고르겠습니다.
번쩍이는 베네치아 유리잔[479] 안에서 즐거움이 기다리고,
포도주의 맛은 더 강해져도 절대로 과도하게 취하진 않죠.
사람들은 그런 기적의 보물을 지나치게 믿곤 하지만,
폐하의 절도가 폐하를 더 잘 보전할 것입니다.

황제 이 진지한 시간에 그대들에게 할당한 것을
그대들은 믿을 수 있는 입을 통해 직접 들었소.
황제의 말은 위대하고, 그 선물은 확실하지만
그것이 효력을 내려면 고귀한 문서와
서명이 필요하지. 정식으로 준비해줄
올바른 사람이 때마침 들어오는 게 보이네.

---

478 제국과 황제를 강하게 해줄 4대 대신을 임명하는데, 군수대신 한 명 빼고는 모두 먹고 마시는 쾌락 담당이다.

479 중세에 전해진 속설에 따르면 베네치아 유리잔은 독을 감지하거나 중독을 막아주는 신비한 능력이 있었다고 한다.

대주교[겸 대재상] 등장

황제 둥근 천장이 아치의 종석[宗石]에게 속마음을 털어놓는다면,
건물은 영원토록 안전하게 지어지는 거요.
그대는 네 명의 영주를 보고 있소! 짐은 방금
왕가와 궁정을 견고하게 유지하는 게 무언지 이야기했소.
하지만 제국이 그 전체 안에 품고 있는 것은
다섯이라는 수의 무게와 힘을 지녀야 하지.
차지한 영토의 면에서 이들은 다른 누구보다 빛나야 하오.
그래서 짐을 등진 자들의 상속분으로
이 사람들이 차지한 소유지의 경계를 확장했소.
그대들, 충신들에게 아름다운 나라와 동시에
기회에 따라 습득[유산상속이나 혼인을 통해], 매매, 교환으로
그 땅을 늘릴 강력한 권한도 허락하겠소.
그대들, 영주들에게 속한 특권을 아무런 방해 없이
실천에 옮길 권한을 확실히 부여받도록 하오.
그대들은 재판관으로서 최종[사형] 판결을 내릴 것이며,
그대들의 최고법원이 내린 판결에 상소란 있을 수 없소.
세금, 이자, 지대[地代], 봉토, 통행세, 관세,
광산과 소금과 동전 수익권도 그대들에게 속하오.
짐의 고마움을 온전히 증명하기 위해,
그대들을 황제와 가장 가까운 자리로 끌어올린 거요.[480]

대주교 모두의 이름으로 폐하께 한량없는 감사를 드리나이다.

---

480 배신자들의 영토를 새로운 대신들과 재상 등 다섯 명에게 나누어주고, 그 영토와 제국 안에서의 특권을 인정하며, 그것을 문서로 만들기로 했다.

우리를 강하고 굳건하게 만들면 폐하의 권한도 강해집니다.

황제 그대들 다섯 사람에게 짐은 더 높은 권위를 주려 하오.
난 아직 나의 제국에 살아 있고 또 살고 싶소.
하지만 조상들의 가계 혈통은 사려 깊은 눈길을
현재의 노력에서 위협적인 것으로 돌리게 하는구려.
짐은 물론 때가 되면 소중한 사람들과 작별하겠지.
그러면 후계자를 임명하는 것이 그대들의 의무요.
왕관을 씌워 그를 거룩한 제단에 높이 세우고
이토록 폭풍 같았던 일을 평화롭게 끝내도록 하오.[481]

대재상 깊은 가슴에는 자부심을, 몸짓에는 겸손을 품고
지상의 첫째가는 영주들이 폐하께 고개를 조아립니다.
소중한 피가 튼튼한 혈관을 흐르는 동안
우리는 폐하의 의지대로 움직이는 몸뚱이입니다.

황제 그렇다면 마지막으로, 우리가 지금까지 정한 것을
후대를 위해 문서와 서명으로 보증해야 하오.
그대들은 주인으로서 소유물을 자유롭게 지니기는 하나,
그것을 나누지 않는다는 조건이 붙어 있소.
그리고 그대들이 짐에게서 받은 것을 아무리 늘린다 해도,
똑같은 방식으로 장남에게 그것을 넘겨야 하오.

대재상 제국과 우리에게 행운이 되도록
가장 중요한 이 규약을 즉시 양피지에 적겠습니다.
정서하고 날인하는 일은 사무처가 할 것이고,

---

481 다섯 영주는 황제를 선출하고 임명할 권한을 부여받았다. 곧 선제후(Kurfürsten)가 되었다. 신성로마제국의 선제후를 확정한 문서는 금인칙서(Goldene Bulle)였는데, 이는 제국 최초의 성문법이다.

폐하의 거룩한 서명으로 효력이 생길 것입니다.[482]

황제 이로써 그대들을 놓아 보내겠소. 여기 모인 여러분이
이 위대한 날을 각자 숙고해보도록.

세속 영주들이 물러간다.

성직자[대주교] (남아서 열정적으로 말한다.)
재상은 떠났지만, 주교는 남았습니다.[483]
가장 엄중한 경고의 정신을 폐하의 귀에 불어넣으려고!
아버지의 마음으로 볼 때 폐하가 걱정되어 두렵습니다.

황제 이 즐거운 시간에 왜 두렵단 말이오? 말해보오!

대주교 폐하의 고귀한 머리가 사탄과 결탁하고 있으니,
이 시간 제가 얼마나 쓰라린 고통을 느끼는지요.
겉으로는 이 옥좌가 안전해 보이지만,
유감스럽게도! 주 하느님과 교황 성하께는 웃음거리니,
교황께서 이 일을 아신다면 형벌을 내리실 겁니다.
죄지은 이 제국을 거룩한 빛으로 파괴하시겠지요.
폐하에게 최고의 순간이던 대관식 날에
저 마법사를 풀어준 일, 그분은 잊지 않으셨소.
그대의 왕관으로부터, 기독교에 해롭게도,

482 금인칙서를 통해 제국은 분할되었고 다시는 통일된 강력한 힘을 지니지 못했다. 부패한 황제의 결정이 향후 500년간 제국의 구조에 큰 영향을 준 것이다.

483 대재상은 대주교이기도 하다. 세속적인 기능을 맡은 재상은 떠났더라도 성직자인 대주교는 남았다는 말이다. 그는 이제부터 성직자의 자격으로 말을 이어간다. 황제가 악마와 결탁한 일을 빌미로 삼아 대주교[교회]의 잔인한 협박과 약탈이 자행된다.

최초의 은사[恩赦]가 저 저주받은 머리[484]에 내렸지요.
이제 그대의 가슴을 치면서, 뻔뻔하게 얻은 행운에서
작은 성금이라도 성스러운 일에 즉시 바치십시오.
그대의 천막이 서 있던 저 너른 언덕,
나쁜 영들이 그대를 보호하기 위해 결속하고
그대가 거짓의 영주[파우스트]에게 귀를 기울였던 그 공간을,
경건한 가르침에 따라 거룩한 일을 행하는 곳으로 만드십시오.
산과 거기 펼쳐진 빽빽한 숲의 끝까지,
기름진 사냥감이 넉넉한 초록색 언덕들과,
물고기 풍부한 맑은 호수들, 구불구불 흘러
서둘러 골짜기로 떨어지는 수많은 개울들,
초지와 관구들과 토지를 포함하는 너른 골짜기까지 모조리!
이렇게 참회하는 마음을 보인다면, 은총을 얻을 것입니다.

황제 내 무거운 잘못에 나는 깊이 경악하고 있으니
그대의 재량껏 경계선을 정하시오.

대주교 첫째! 그토록 깊은 죄를 범한 신성모독의 땅은
즉시 하느님의 거룩한 일에 쓰인다고 공표해야 합니다.
강한 벽들이 재빠르게 성령으로 높이 세워져야 합니다.
떠오르는 아침 해의 눈길은 곧바로 성가대석[본 제단]을 비추고,
건축물이 점점 자라나 십자가 형태를 이루고[교회 건물],
본당은 신도들의 기쁨이 되도록 길어지고 높아지죠.
신도들은 기품 있는 정문을 통해 열렬히 모여들 것이고.
최초의 종소리가 산과 골짜기로 울려 퍼지고!
높은 종탑들에서는 하늘을 향해 종소리 울리고,

---

484 노르차의 주술사

새로운 삶을 얻은 참회자가 찾아옵니다.
건물 봉헌의 날에—그날이 어서 오기를!—
그대[황제]가 참석한다면 최고의 치장이 되겠지요.

황제 그런 위대한 작업이 주 하느님을 찬양하고,
또 나의 죄를 사한다는, 거룩한 뜻을 널리 알리겠구려.
됐소! 나는 벌써 마음이 부푸는 것을 느낀다니까.

대주교 이제 재상의 자격으로 저는 종결과 절차를 청합니다.

황제 그것이 교회 것이라는 공식 문서를
그대가 작성하면 내 기쁘게 서명하리다.

대주교 (물러났다가 출구에서 다시 돌아온다.)
그리고 물론 거기서 생겨나는 것도 바치셔야죠.
그 땅의 전체 수입, 곧 십일조, 이자, 지대 등을
항구적으로요. 품위 유지를 위해선 많은 게 필요하죠,
세심한 행정도 비용이 많이 들고요.
그토록 황량한 장소에 신속히 건축해야 하니
폐하의 노획품 금고에서 일정 분량의 금을 내시지요.
이 또한 침묵할 수는 없는 일인데, 그것 말고도
멀리 떨어진 곳의 목재와 석회, 점판암 등도 필요합니다.
수송은 민중이 맡을 겁니다. 설교단의 가르침을 받아서요.
교회는 교회 일에 봉사하는 자를 축복하니까요. (퇴장)

황제 내가 짊어진 죄, 크고 무겁구나,
저 역겨운 마법사 종족이 내게 심각한 해를 끼치네.

대주교 (다시 돌아와서 깊이 머리를 조아리며)
용서하십시오, 폐하! 저 악명 높은 자에게 제국 해변을
내리셨더군요. 하지만 그에게 파문령이 나올 것입니다.
폐하께서 참회의 마음으로 그곳의 십일조, 이자, 공물,

수익 등을 교회 고위직에 내주지 않는다면 말이지요.

황제 (넌더리를 내며)

그 땅은 아직 존재하지도 않아. 바닷속에 들어 있단 말이오.

대주교 권리와 인내심을 지닌 자에게는 때가 오는 법입니다.

폐하의 약속은 우리에게 효력이 있지요. (퇴장)

황제 (혼자서) 다음번엔 제국 전체를 내줄 판이구나.

제5막
Fünfter Akt

트인 지역

나그네 그래! 저거다, 짙은 보리수나무들.

저기, 늙었어도 튼튼한 모습.
그 오랜 방랑 끝에
이 나무들을 다시 보다니!
옛날 그 장소 맞아.
폭풍 파도에 휩쓸려
이 모래언덕으로 밀려온
나를 품어준 저 오두막!
집주인에게 복을 빌어주고 싶어.
남을 도울 준비가 된 씩씩한 노부부였지.
오늘 그들을 다시 볼 수 있으려나.
당시에도 이미 나이가 많았는데.
신앙심 깊은 분들이었지!
문을 두드릴까? 소리쳐 부를까?—안녕하시오!
손님에게 친절하게, 지금도
선행의 행복을 누리고 계신다면.

바우키스 (몹시 늙은, 작은 여인)

어서 오시우, 손님. 잠깐만! 쉿!
조용히! 우리 영감이 쉬고 있거든!
충분히 자야 노인네가

잠깐 깨어 있는 동안 서둘러 일을 보지.

나그네 어머님, 그분 맞죠?
저의 감사를 받으실 분.
언젠가 영감님과 함께
한 젊은이의 목숨을 구해주셨지요?
다 죽어가던 젊은이에게 기운을 불어넣어준
바지런한 바우키스 님이지요?

남편 등장

필레몬[485] 영감님, 영감님은 아주 힘차게
저의 귀중품을 파도에서 건져내셨죠?
빠르게 일어나는 화덕의 불꽃,
저 은은한 은빛 종소리,
두려운 모험의 마지막은
두 분께서 잘 아시지요.

이제 제가 앞으로 나가
끝없는 바다를 보게 해주세요.
제가 무릎 꿇고 기도하게 해주세요.

---

485 필레몬과 바우키스는 그리스신화에 등장하는 인물들로 오비디우스가 〈변신 이야기〉에서 상세하게 서술했다. 유피테르 신과 메르쿠리우스가 허름한 나그네의 모습으로 프리기아의 한 도시를 방문했다. 주민들은 두 나그네를 홀대했지만 변두리에 살던 노부부 필레몬과 바우키스는 가난한 오두막에 그들을 맞아들여 정성껏 대접했다. 두 신은 이 도시를 늪에 빠뜨리고 오로지 두 사람의 오두막만 남겨 신전으로 변화시켰다. 두 사람은 신전의 사제로 일하다가 같은 시간에 죽어서 한 명은 참나무, 한 명은 보리수나무가 되었다. 괴테는 신화의 내용과 관계없이 둘의 이름만 빌렸다.

제 마음이 몹시 답답하네요.
(모래언덕에서 앞으로 걸어간다.)

필레몬 (바우키스에게) 서둘러 식탁을 차려요.
정원의 꽃이 핀 자리에다가.
그가 뛰어다니고 놀라도록 내버려둡시다.
보고도 못 믿을 테니까.
(나그네 옆에 서면서)
젊은이를 잔인하게 구박하던 바다,
파도가 몰아치며 사납게 거품 튀기던,
그 바다가 정원처럼 잘 가꾸어진 걸 봐.
낙원 같은 모습이오.
난 이제 늙어서 힘이 없으니
예전처럼 도울 수도 없지.
내 힘이 사라진 만큼
파도도 이미 멀어졌다오.
똑똑한 나리들의 대담한 하인들이
구덩이를 파고 제방을 쌓았어.
바다의 권리를 줄여나가더니
바다 대신 주인이 되었지.
저 초록색 목초지들을 봐.
풀밭, 정원, 마을과 숲을!—
이제 저리로 가서 뭘 좀 먹어요.
곧 해가 질 테니!—
저 멀리서 돛들이 다가오며
밤을 보낼 안전한 항구를 찾고 있네.
하지만 새들은 제 둥지를 알지.

이젠 항구가 저기 있어.
그러니 푸른 바다의 거품은
저 멀리서만 보이고,
오른쪽 왼쪽으로 모든 곳은
사람들이 빽빽이 모여 사는 공간이지.

세 사람, 작은 정원의 식탁에 앉아서

바우키스 말이 없구먼? 바짝 마른 입속에
한 술도 안 뜨고?
필레몬 그는 이 기적이 알고 싶은 거요.
당신은 말하길 좋아하니, 그에게 알려주구려.
바우키스 좋아요! 그건 기적이었어!
내 마음 아직 편치 못해.
이 모든 일 올바르게
이루어지지 않았으니까.
필레몬 이 해안을 그에게 준
황제가 죄를 지었다고나 할까?[486]
전령관 한 사람이 지나가면서
큰 소리로 알리지 않았던가?
우리 모래언덕에서 멀지 않은 곳에서
첫발을 내디뎠소.
천막들! 오두막들!—그러더니 풀밭에

486 파우스트는 황제에게 하사받은 해안에 제방을 쌓고 간척사업을 펼쳤다. 그 결과로 광활한 토지가 생겨났다.

곧바로 궁전이 세워졌지.

바우키스 낮 동안 하인 놈들이 공연히 시끄럽게
도끼며 삽을 휘둘러댔다오.
밤이면 작은 불꽃들이 떼 지어 나타나고
다음 날이면 제방 하나가 서 있었지.[487]
인간 제물이 피를 흘려야 하니,
밤이면 비참한 고통의 외침이 울려 퍼졌소.
활활 타는 불길이 바다로 흘러가고,
아침엔 운하가 생겨나 있었지.
그는 신앙심이 없어. 그런 사람이
우리 오두막, 우리 작은 숲을 탐낸다오!
그가 이웃이 되어 뽐내면
상대는 종이 되고 말지.

필레몬 그는 새로운 땅의 아름다운 토지를
주겠노라고 우리한테 제안했소!

바우키스 물의 땅[간척지]을 믿지 말고
이 언덕에 그대로 있어요.

필레몬 예배당으로 가서
마지막 지는 해를 바라봅시다!
종을 울리고, 무릎 꿇어 기도하며
옛날의 신에게 털어놓자고!

---

487 필레몬과 바우키스는 제방 건설을 악마의 작업으로 여긴다. 간척사업은 18~19세기에 이미 상당히 발전했고 기계로 작업했다. 그러므로 괴테가 이 장면을 구상할 때 기계 사용을 염두에 두었다고 생각할 수 있다.

궁전

너른 관상용 정원, 곧게 뻗은 대운하

파우스트, 극히 나이 든 모습으로 생각에 잠겨 이리저리 거닐고

망루지기 린케우스 (확성기를 써서[488])

해가 떨어지고, 마지막 배들은
즐겁게 항구로 들어온다.
커다란 범선 한 척 운하를 따라
이리로 들어오네.
색색 깃발들 즐겁게 펄럭이고
견고한 돛대들은 준비를 갖췄다네.
뱃사람은 그대의 통치 아래 행복을 느끼고,
이 절정의 시간 행운이 그대에게 인사한다.

(모래언덕에서 종소리가 울려온다.)

파우스트 (버럭 화를 내며) 저주받을 소리! 치욕스럽구나.
심술궂은 화살처럼 화를 부추기는구나.
눈앞에 내 왕국이 끝없이 펼쳐졌는데,

---

488 영주인 파우스트를 큰 소리로 찬양한다. 한편으로는 파우스트가 너무 늙어서 귀가 어둡다는 것을 암시한다. 괴테는 이때의 파우스트를 100세쯤으로 생각했다고 한다.

등 뒤에서 불쾌함이 나를 약 올린다.
시샘하는 소리로 내 장대한 소유물이
완전하지 않다고 일러준다.
보리수나무의 땅, 저 갈색 건물,
저 작은 곰삭은 교회는 내 것이 아니다.
저기서 원기를 회복하고 싶건만,
낯선 이의 그림자에 소름 끼친다.
눈엣가시요, 신발창 안의 가시라.
차라리 여기서 멀어졌으면 싶구나!

망루지기 (앞에서와 마찬가지로)

저 오색 범선은 신선한 저녁 바람을 타고
얼마나 즐겁게 미끄러져 오는가!
날쌔게 다가오는데, 상자며
궤짝이며 자루들이 쌓였구나!

(낯선 세계의 산물을 가득 실은 거대한 범선)

메피스토펠레스와 **튼실한 젊은이 셋**.

합창 우리는 상륙한다.
벌써 도착했어!
주인님, 후원자님께
행운을!

(그들은 배에서 내려 육지에 물품을 부린다.)

메피스토펠레스 이렇듯 우리는 우리 가치를 입증했다.
후원자께서 칭찬한다면 만족하지.
겨우 배 두 척으로 출발했지만,

지금 스무 척이 항구에 들어왔어.
얼마나 대단한 일을 해냈는지.
우리 화물을 보면 알 수 있다네.
탁 트인 바다는 정신을 자유롭게 한다.
깊은 생각이란 게 무언지 누가 알겠어!
가장 좋은 건 오직 빠르게 움켜쥐는 것뿐,
물고기도 잡고, 배도 잡는 거지.
그렇게 세 척의 주인이 되고 나면,
네 번째도 나포하지.
그럼 다섯 번째도 사정은 마찬가지.
힘이 생기면 권리도 생겨.
뭘 가졌는진 물어도, 어떻게 한 건지는 묻지 않아!
항해에 대해선 내가 알 필요 없지.
전쟁, 무역, 해적질,
이들은 셋이 하나. 떼려야 뗄 수 없네.

튼실한 젊은이 셋 감사도 인사도 없어!
인사도 감사도 없어!
마치 우리가 주인께
악취라도 가져다준 양.
그는 마뜩잖은 얼굴
보이지.
왕의 재물도
그의 마음에 들지 않아.

메피스토펠레스 어떤 보상도
기대하지 마라.
그래도 너희는

너희 몫을 받았다.

젊은이들 그거야 겨우
심심함의 대가[푼돈]일 뿐
우린 모두
똑같은 몫을 요구한다.

메피스토펠레스 우선 저 위쪽의
홀마다
귀중품을 모조리
잘 정리해라.
그가 와서
풍성한 걸 보면,
모든 것을
좀 더 정밀하게 계산하겠지.
그는 분명
쩨쩨하게 굴진 않을 테니
함대를 위해서
잔치에 잔치를 베풀 거다.
내일은 온갖 새들[489]이 날아들 것이니,
내가 그들을 최고로 보살필 테다.

(화물이 다 옮겨졌다.)

메피스토펠레스 (파우스트에게) 진지한 이마, 어두운 눈길로
자네의 고귀한 행운을 받아들이나.
높은 지혜가 손상을 입었군.

---

489 항구의 창녀들을 가리킨다.

해안은 바다와 화해했고,[490]
바다는 빠른 길을 열어
해안에서 배들을 받아들이지.
그러니 말해보게, 여기 이곳 궁전에서
자네의 두 팔이 온 세계를 품었다고.
이 자리에서 시작되었지.
여기에 최초의 판잣집이 세워졌어.
작은 구덩이를 팠는데,
거기서 이젠 노[櫓]가 부지런히 움직이지.
자네의 높은 뜻, 자네의 근면은
바다와 땅의 보상을 받았소.
여기서부터—

파우스트 그놈의 저주받을 "여기"!
그게 바로 내 마음을 짓누른다.
여러모로 유능한 그대에게 말해야겠군.
내 마음엔 콕콕 찌르는 통증이 있어.
도무지 견딜 수 없다고!
어떻게 말해도 부끄럽다고.
저쪽 노인네들이 비켜나야 하거늘,
보리수나무가 내 것이길 원했는데.
몇 그루 되지도 않는, 내 것 아닌 나무들이
나의 세계 소유를 망치고 있다.
저기서 나는 널리 사방을 둘러보고

490 제방 덕분에 파도가 사납게 몰아쳐도 피해를 입지 않는다.

가지에서 가지로 비계[491]를 세워
머나먼 길에 눈길을 열어주고 싶었다.
내가 이룩한 모든 것을 보고,
인간 정신의 걸작을
한눈에 굽어보며,
여러 종족이 너른 거주지 얻은 것을
지혜로운 뜻으로 확인하고 싶었다.

그처럼 우리는 풍요 속에서
결핍을 느낄 때 가장 고통스럽지.
저 작은 종의 소리, 보리수나무 향기가
마치 교회와 무덤처럼 나를 둘러싼다.
가장 강력한 의지의 선택도
이곳 모래에서 부서지고 만다.
내 어찌 그걸 마음에서 몰아낼까!
저 종소리 울리면, 나 이렇듯 노여운데.

메피스토펠레스 그야 물론 큰 골칫거리 하나가
삶을 몽땅 불쾌하게 만들지!
누가 부정하겠나? 모든 고귀한 귀에는
저 종소리 역겹게 들리니.
저 빌어먹을 빔-밤-붐 소리
맑은 저녁 하늘을 안개로 덮으며,
하는 일마다 끼어들지.
아기 세례식부터 장례식까지,

491 높은 곳에서 공사를 할 수 있도록 임시로 설치한 가설물

마치 삶이란 빔과 밤 소리 사이에서
사라져버리는 꿈이라는 듯이.

파우스트 저항과 고집이
가장 훌륭한 이익마저 방해하니,
너무 깊고 괴로운 고통에
지쳐서 공정하기도 힘들다.

메피스토펠레스 그렇다면 뭘 그리 괴로워하시나?
이미 오래전에 식민지로 만들어야 하지 않았던가?

파우스트 그렇다면 가서 그들을 내보내라!—
내가 노인들을 위해 골라놓은
그 아름다운 땅은 자네도 알지.

메피스토펠레스 그들을 데려다가 거기 정착시키겠네.
돌아보기도 전에 그들은 다시 일어설걸?
폭력을 극복하고 나면
멋진 거처가 기다리지.
(휘파람을 날카롭게 분다.)

세 젊은이 등장

메피스토펠레스 가자! 주인님이 명령하신 대로,
내일은 함대 잔치가 있을 거다.

세 젊은이 늙은 주인이 우리를 반기지 않으면
속 편한 잔치가 우리에겐 좋지.

메피스토펠레스 (관객에게) 오래전에 있었던 일이 여기서도 일어나죠.

'나봇의 포도원'[492] 사건이 이미 있었으니까요.

(열왕기상 21장)

깊은 밤

망루지기 린케우스 (성벽 망루에서 노래한다.)

보기 위해 태어나
보라는 명을 받고
망루에 맹세했나니,
이 세상 내 마음에 들어.
나는 멀리 보고,
가까이도 보니,
달도 별도,
숲도 노루도 본다.
그렇게 모든 것에서
영원한 장식을 본다.
그 모든 것 내 마음에 드니
나도 내 마음에 들어.
행운의 두 눈아,
너희가 본 것이 무엇이든,
그것이 어찌 됐든,

---

492 구약성서 열왕기상에 나온 이야기다. 사마리아 왕 아합의 궁전 근처에 나봇이라는 사람의 포도원이 있었다. 그 포도원이 탐났던 아합은 나봇에게 다른 땅이나 돈을 줄 테니 그곳의 소유권을 넘기라고 청했지만 거절당했다. 실망한 아합이 시름시름 앓자 왕비 이세벨이 계략을 꾸며서 나봇을 죽이고 포도원을 빼앗았다.

정말 아름다웠다![493]

(휴지)

나는 오로지 즐기기만 하라고
이 높은 곳에 배치된 건 아니다.
저 어두운 세계에서
얼마나 끔찍한 공포가 위협하나!
불꽃이 튀는 게 보여.
두 배 어두운 보리수나무 사이로
강한 바람의 부추김으로
불길 점점 더 강하게 타오른다.
아, 이끼 덮여 축축한 곳에 서 있던
저 오두막 내부가 불탄다!
한시라도 빨리 도와야 하지만,
그 어떤 구원도 없어.
아, 저 선량한 노인들,
보통 땐 그토록 세심하게 불조심하더니,
이제는 연기에 먹히겠네!
이 얼마나 끔찍한 일인가!
불꽃 일고 불길 시뻘겋게 치솟는데
저 이끼 낀 검은 집이 서 있구나.
저 선량한 사람들만은
사나운 불지옥에서 벗어나면 좋으련만.
번쩍이는 불길 혀를 날름거리며
잎사귀 사이로, 나뭇가지 사이로 올라온다.

---

493 당장은 어떻든지 뒷날 기억에서는 아름답게 여겨졌다.

깜박거리며 타던 마른 가지들
재빨리 타올라 쓰러지네.
눈[眼]들아, 너희는 이 꼴을 봐야 하나!
나는 그렇듯 먼 곳 보이는 운명이니!
나뭇가지 쓰러지고, 그 무게에
작은 예배당 무너진다.
뱀처럼 휘감는 뾰쪽한 불길
이젠 우듬지로 올라붙었어.
속이 빈 나무둥치들 뿌리까지 타면서
시뻘건 불길에 휩싸였다.

(긴 침묵 끝에 노래한다.)

내 눈에 즐겁던 것,
수백 년이 함께 사라졌구나!

파우스트 (발코니에서 모래언덕을 향해)

저 위에서 흐느끼는 노랫소리, 이 무슨 일인가?
뜻은 여기 이르렀는데, 소리는 늦게야 오네.
망루지기가 신음한다. 내 마음에
저 성급한 행동 역겹구나.
하지만 보리수나무가 망가져
시커멓게 불탄 그루터기 되면,
머지않아 무한히 먼 곳 내다볼
감시탑이 세워지겠지.[494]
저 늙은 부부를 둘러쌀
새집도 벌써 보인다.

---

494 더 발전한 기술이 자연을 대신할 것이라는 믿음

그들은 너그럽게 돌보는 손길을 느끼며
노년을 즐겁게 누리리라.

메피스토펠레스와 세 젊은이 (아래에서) 우린 빠른 걸음으로 달려왔소.
용서하십시오, 좋게 끝나지 않았으니.
우리가 두드리고 또 두드렸지만
문은 끝내 열리지 않았소.
우리는 계속해서 문을 흔들고 쾅쾅 쳐댔지요.
거기 곰삭은 문이 있었소.
아무리 큰 소리로 외치고 심지어 위협까지 해봤지만
귀 기울여 듣는 이가 없었어요.
그런 경우 흔히 그렇듯,
그들은 듣지도 않고, 들으려고도 하지 않은 거죠.
하지만 우리는 지체하지 않고
잽싸게 그들을 치워버렸소.
노부부는 크게 고통스럽진 않았어요.
그저 놀라 쓰러져 죽은 겁니다.
그곳에 숨어 있던 한 이방인이
싸우려고 덤볐지만 도리어 얻어맞고 뻗었죠.
짧은 시간의 거친 싸움질에
불붙은 숯덩이 사방으로 날리고,
지푸라기에 불이 붙었소. 그러자 불길이 타올라
화형장의 장작더미처럼 세 사람을 태워버렸소.

파우스트 너희는 내가 말할 때 귀먹기라도 한 거냐!
난 바꾸려 했을 뿐, 억지로 뺏으려 한 건 아니다.
생각 없는 그 사나운 싸움질을
저주한다. 그 죄는 너희끼리 나누어 짊어져라!

합창 옛말이, 옛말이 울리네.
폭력에 자발적으로 굴복하라!
네가 대담해서 오래 견디려면,
집과 안뜰 그리고—너 자신까지 걸어라! (퇴장)

파우스트 (발코니에서) 별들이 눈길과 빛을 감춘다.
불길이 잦아들어 작아졌다.
작은 회오리바람 불길을 부추겨
연기와 증기를 내게로 보낸다.
명령은 빨리, 너무 빨리 실행되었다!—
무엇이 그림자처럼 이리로 다가오나?

자정

잿빛 여자들 넷 등장

여자 1 내 이름은 결핍.

여자 2 난 유죄.

여자 3 내 이름은 근심.

여자 4 난 곤궁이야.

셋이 함께 문이 잠겼네. 우린 못 들어가.
저 안엔 부자가 살지. 그래서 우린 못 들어간다.

결핍 거기서 난 그림자 되지.

유죄 거기서 난 없어져.[495]

---

495 부자는 곤궁과 결핍을 겪지 않으면서 유죄 판결도 거의 받지 않는다.

곤궁 사치에 젖은 얼굴 내게서 돌리지.

근심 너희 자매들아, 너희는 들어갈 수 없고, 그럴 이유도 없어.
근심만은 열쇠 구멍을 통해 안으로 스며들지.

(사라진다.)

결핍 너희 잿빛 자매들아, 여기서 사라져라.

유죄 난 네 옆에 아주 바싹 붙어 있을게.

곤궁 나 곤궁은 발꿈치에 바짝 붙어서 따라갈게.

셋이 함께 구름이 몰려오고, 별들이 사라진다!
저 뒤, 저 뒤에서! 멀리, 아주 멀리서
그가 온다, 형제가. 그가 온다, 저――――――죽음이. (퇴장)

파우스트 (궁전에서) 넷이 오는 걸 봤는데, 셋만 가네.
말의 뜻을 이해할 수 없었어.
메아리만 들렸지—'곤궁'이라 말한 것 같아.
어두운 각운의 낱말이 뒤따랐지—'죽음'이라고.[496]
유령처럼 짓눌린 소리, 공허하게 울렸다.
나는 벗어나려고 애쓰지도 않았어.
내 길에서 마법을 멀리할 수 있다면,
마법 주문을 완전히 잊어버릴 수 있다면,
자연이여! 나는 네 앞에 오직 한 인간으로 서겠지.
인간이 되고자 애쓸 만한 가치가 있다.

나는 원래 그랬다. 암흑 속에서 찾아 헤매기 전에,
모독의 언어로 나와 세상을 저주하기 전에는.
이젠 대기가 저런 유령으로 가득 차서

496 곤궁(Not)과 죽음(Tod)은 각운이 맞는 낱말이다.

어떻게 벗어날지 아무도 모르게 되었다.
낮이 우리에게 명료하고 이성적으로 웃어도
밤은 우리를 꿈의 허상으로 끌어들인다.
우리는 젊은 평원에서 즐겁게 돌아온다.
새 한 마리가 까옥거려. 무어라 까옥거리지? 불운이라고.
예전이나 지금이나 미신에 사로잡혀 있지.
눈짓하고, 조짐이 나타나며, 경고한다.
그렇게 두려워하며 우리는 홀로 서 있다.
문은 삐걱대는데, 아무도 들어오질 않네.

(충격을 받은 듯)

누가 여기 있느냐?

근심 그 질문은 "그래!"를 요구하는군.

파우스트 그럼 너는, 넌 대체 누구냐?

근심 내가 왔다.[497]

파우스트 물러가라!

근심 난 내가 있어야 할 곳에 있다.

파우스트 (격분했다가 진정하고 혼잣말로)

조심하고 마법의 말 따윈 하지 마라.

근심 귀가 내 말을 안 들으면,
마음에 울리고야 말지.
나는 모습을 바꾸어서라도
격렬한 힘을 행사하지.
육지에서, 파도에서
영원히 두려운 길동무,

---

497 제1부 파우스트의 독백 장면(644행 이하)에 이미 언급되었다.

절대 찾지 않아도 항상 함께 있지.
저주도 받고 아첨도 받으면서.
너는 여태껏 근심을 몰랐더란 말이냐?
파우스트 나는 단지 세상을 달려왔을 뿐,
모든 욕망의 머리카락을 잡았지.
내게 충분치 못한 건 그대로 떠나보냈고,
내게서 달아난 건 가도록 버려두었다.
나는 오로지 욕망했고, 오로지 실행했으며,
다시 소망하고, 그렇게 힘으로
내 삶을 헤치며 통과했다. 처음에는 위대하고 강력했지.
하지만 이젠 현명하게, 신중하게 해나간다.[498]
나는 지상 세계의 일을 충분히 알아.
저 위쪽을 향한 전망, 우리에겐 막혀 있지.
깜빡이는 눈길을 그쪽으로 향하고, 구름 위에서
자기와 같은 존재를 망상하는 자는 바보다!
그런 자는 여기 확고히 서서 주위를 둘러보아라.
이 세상은 쓸모 있는 사람에게 침묵하지 않는데
무엇 때문에 영원 속을 헤매고 다니랴?
그가 깨달은 것은 스스로 모습을 드러낸다.
지상의 날을 따라 그렇게 걸어가라.
유령들이 나타나도 그저 제 길을 가라.[499]
앞으로 나아가면서 고통과 행운을 찾아내라.

498 늙은 파우스트는 이렇게 자평하지만, 그가 필레몬과 바우키스를 죽게 한 것이 과연 현명하고 신중한 처사였는지는 의심스럽다.

499 파우스트는 유령 정도가 아니라 악마와 손을 잡았다.

설사 모든 순간에 만족 못 한다 해도!

근심 내가 한 번 소유한 사람에겐
온 세상도 아무 소용없어.
영원한 어둠이 내리덮이니,
태양은 뜨지도 지지도 않네.
겉으로 온전한 감각 드러내도
내면에는 어둠이 살고 있지.
온갖 보물에 대해 알아도
자기가 소유하진 못해.
행운도 불운도 변덕이 되지.
풍성함 속에 굶주리나니
기쁨이든 고통이든 마찬가지.
그런 걸 다음 날로 미루며
미래만을 기대하지.
그 무엇도 끝내지 못해.

파우스트 그만해라! 그렇게 해서는 내 곁에 오지 못해!
그런 헛소리 듣고 싶지 않다.
가버려! 지루하고 고약한 연도[連禱][500] 소리,
그건 가장 현명한 사람도 헷갈리게 할 거야.

근심 그는 가야 하나 와야 하나,
결단을 내리지 못하고 있네.
잘 닦인 길을 가던 중에
더듬더듬 반걸음씩 머뭇대지.

---

500 가톨릭교에서 청원 혹은 탄원의 목적을 지닌 기도로 사제나 부제, 성가대 등이 선창하고 신자들이 응답하는 형태다(편집자 주).

길을 잃고 점점 더 아래로,
모든 것을 제대로 못 봐.
자신과 다른 사람에게 부담을 주고,
숨을 쉬어도 숨이 막혀.
질식한 것도 아닌데 생명은 없으며,
절망한 것도, 굴복한 것도 아니야.
그렇게 멈추지 않고 [정처 없이] 구르며,
내려놓자니 고통스럽고, 억지로 하자니 역겨워,
때로는 해방, 때로는 압박,
절반의 잠과 나쁜 회복은
그를 제자리에 붙잡아놓고,
지옥으로 갈 준비를 시켜.

파우스트 불운한 정령들아, 너희는 인간 종족을
천 번이나 그렇게 취급했다.
무심한 나날조차 너희는 바꿔버리지,
그물에 걸린 고통의 몹쓸 혼란으로.
나도 안다, 악령들을 떼어내기란 어려워.
영적으로 엄격한 유대, 끊어낼 수 없다.
그런데도 근심아, 스며들면서 커지는 너의 힘,
나는 그것을 인정하지 않겠다.

근심 내가 저주와 더불어 잽싸게
네게 등을 돌릴 테니 근심을 경험해라!
인간은 평생 눈먼 채로 있지.
파우스트여! 넌 이제 종말에 이르렀다.

(파우스트에게 입김을 불고 퇴장)

파우스트 (눈이 멀어서) 밤이 더 깊이, 깊이 내려앉는 것 같아.

다만 내면에선 밝은 빛이 비친다.
내가 생각한 것을 얼른 이루어야지.
주인님 말씀만이 유일하게 중요한 것.
자리에서 일어나라, 너희 하인들아! 모두!
내가 대담하게 구상한 것을 행복하게 바라보자.
도구를 잡아라, 가래와 삽을 움직여!
말뚝 박아 경계 표시해둔 걸 즉시 이뤄내야 해.
엄격한 질서, 재빠른 근면에는
가장 아름다운 대가가 따르는 법!
가장 위대한 작업을 완수하기 위해선
천 개 손에 하나의 정신이면 족하다.

궁전의 너른 앞뜰

횃불이 타오른다.

메피스토펠레스 (감독관 자격으로 맨 앞에서)
이리 와! 이리 오너라! 안으로, 안으로!
너희 비틀거리는 레무레스[501]들아.
인대와 힘줄과 뼈를
연결해 붙인 반쪽짜리 존재들아.

레무레스들 (합창) 우리는 곧장 네 손아귀에 들어오지.

---

501 로마신화에 나오는 죽은 인간의 망령으로, 골격에 근육 일부가 남아 있는 일종의 좀비(zombie) 같은 모습이다.

우리가 절반쯤 들은 바로는
너른 땅이 달린 일이라고,
그걸 우리가 받을 거라고.

뾰족한 말뚝들을 가져왔어.
측량에 쓸 긴 사슬도 있지.
무엇 때문에 우리를 불렀는지,
우린 그걸 잊어버렸어.

메피스토펠레스 여기서 예술적 노력 필요 없다.
그냥 각자 깜냥대로 행동해.
가장 긴 놈은 길이로 눕고,
다른 놈들은 주변의 잔디를 들어 올리고,
우리 조상들을 위해 한 것처럼
긴 사각형 구덩이를 파라!
궁전을 좁은 집으로 바꿔.
결국 모든 일이 이렇듯 멍청하게 끝나지.

레무레스들 (장난스러운 몸짓으로 땅을 파면서)
나도 젊고, 살고, 사랑했던 때가 있었지.
내 생각에 그건 정말 달콤했어.
즐거운 소리 울리고 재미도 있었거든.
내 발들이 잘 움직였었지.

이제 심술궂은 노년이
그 목발로 날 후려쳤어.
나는 무덤 문에 걸려 비틀거렸지.
이게 어째서 열려 있었던 거냐!

파우스트 (궁전에서 나오며 문기둥을 더듬는다.)

삽들이 덜컥대는 소리, 기분 좋구나.
많은 이가 날 위해 일한다.
땅이 자기 자신과 화해하며
파도에 그 경계를 정해주고,
바다를 엄격한 띠로 에워싼다.

메피스토펠레스 (방백) 네가 우리를 위해 애쓰는 거야,
네가 쌓은 제방이며 방파제로.
넌 물의 악마 넵투누스들에게
큰 잔치를 차려주고 있지.
어떤 식으로든 너희는 졌다,
원소들[502]이 우리와 작당했으니.
절멸을 향해 나아가기로 말이야.

파우스트 감독관!

메피스토펠레스 여기 있소!

파우스트 어떻게 해서든,
일꾼들을 잔뜩 모아들여라!
즐거움과 엄격함으로 기운을 북돋워줘라.
돈을 주고, 살살 달래고, 찍어 누르기도 해라!
배수로가 얼마나 길어졌는지,
나는 날마다 보고를 받고 싶다.

메피스토펠레스 (목소리를 반쯤 죽여서) 내가 들은 소식으로는 그게
배수로가 아니라 무덤이라던데.

파우스트 늪이 산에까지 닿으면,

---

502 일반적으로 물, 불, 공기, 흙을 가리킨다.

이미 이룬 것을 모조리 오염시킨다.
썩은 웅덩이마저 없애면,
이 마지막 공사가 최고의 업적이 되리라.[503]
나는 수백만 명에게 공간을 열어주었다.
안전하진 않아도 활동하며 자유롭게 살 공간을.
들판은 초록색으로 비옥하다! 인간도 짐승 떼도
새로운 땅에서 곧바로 즐거워하며,
언덕[제방]의 힘에 기대 정착했다.
대담하고 부지런한 사람들이 쌓아 올린 언덕!
이 안쪽은 낙원 같은 땅이다.
저 밖에선 파도가 [제방] 가장자리까지 몰아쳐도,
바닷물이 힘으로 삼키려고 제아무리 갉아먹어도
공동의 열망은 서둘러 틈을 메운다.
옳다, 이 구상에 온전히 나를 바쳤으니,
지혜의 마지막 결론은 이렇다.
날마다 자유와 삶을 정복해야 하는 사람만이
그것을 누릴 자격이 있다.
그리고 여기서는 위험에 둘러싸인 채,
어린이, 어른, 노인이 튼실한 한 해를 보낸다.
나는 이렇듯 바글대는 모습 보길 원하며,
자유로운 땅에서 자유로운 사람들과 함께 서고 싶다![504]
순간을 향해서 이렇게 말해도 될 것 같아.

503 괴테가 간척과 그 뒤에 이어질 배수처리에 관해 정확한 지식을 지녔다는 걸 보여준다. 그가 쓴 『이탈리아 기행』에도 이와 유사한 관찰 기록이 적혀 있다.
504 지금도 간척을 통해 영토를 넓히고 있는 네덜란드를 생각하면 이해하기 쉽다.

"멈추어라, 너는 그토록 아름다우니!
내 지상 세월의 흔적이
영원 속에서 몰락할 수는 없다."—
이렇듯 높은 행복의 예감 속에서
나는 지금 최고의 순간을 즐기노라.

(뒤로 넘어지고 레무레스들이 그를 붙잡아 땅바닥에 눕힌다.)

메피스토펠레스 어떤 쾌락에도 만족하지 못했고, 어떤 행운도 그에겐 충분치 않았다.
그래서 계속 다른 모습을 얻고 싶어 하더니,
고약하고 텅 빈 마지막 순간을,
저 가여운 자는 그걸 붙잡아두길 원하는구나.
그는 내게 그토록 강력히 저항했지만,
시간이 주인이지. 늙은이가 이곳 모래에 누워 있구나!
시계가 멈췄다—

합창 멈췄다! 시계는 한밤중처럼 침묵한다.
시곗바늘 떨어지고.

메피스토펠레스 그는 쓰러지고, 다 이루었다.[505]

합창 다 끝났다.

메피스토펠레스 끝났다니! 멍청한 소리.
어째서 끝났다는 거냐?
끝났다는 것과 순수하게 아무것도 아닌 것은 완전 같은 말!
영원한 창조란 우리에게 대체 무언가.

---

505 "다 이루었다"(Es ist vollbracht)는 신약성서의 요한의 복음서 19:30에서 예수가 십자가에 못 박혀 죽을 때 마지막으로 한 말을 패러디한 것이다. 예수는 인류의 구원을, 메피스토펠레스는 인류의 악마화를 꾀했다.

창조된 것을 아무것도 아닌 것으로 없앤다는 것인가?
그게 끝났다고! 여기서 읽어낼 게 뭐란 말인가?
아예 있지도 않았던 것과 마찬가진데,
마치 있는 것처럼 원을 이루어 도는구나.
나는 그 말 대신 '영원한 비어 있음'이 좋아.[506]

매장

레무레스 (독창) 누가 집을 이렇게 엉망으로 지었나,
가래와 삽으로?
레무레스들 (합창) 삼베옷 입은 멍청한 손님아,
이 정도면 너한텐 감지덕지란다.
레무레스 (독창) 누가 홀을 이렇듯 형편없게 꾸몄지?
식탁과 의자들은 다 어디 있는 거야?
레무레스들 (합창) 그건 잠깐 빌린 거야.
빚쟁이가 무척 많아.
메피스토펠레스 몸뚱이 누워 있고, 혼은 도망치려 한다.
저 피로 쓴 계약서를 서둘러 보여줘야지.
하지만 유감스럽게도 요즘은 악마에게서
혼령을 빼가는 수단이 아주 많아.
옛길로 가다간 부딪치고,

---

506 끝났다는 것은 그 전에 무언가가 존재했다는 뜻이니, 아예 텅 비어 있는 것이 좋다는 말이다. '부정하는 정신'인 메피스토펠레스에게 어울리는 진술이다.

새 길로 가는 건 권할 일이 못 돼.[507]
보통 때라면 나 혼자 했을 테지만,
이번엔 조수들을 불러야겠어.

모든 면에서 우린 형편이 좋지 않아.
전해지는 관습, 케케묵은 권리,
믿을 게 아무것도 없어!
전에는 혼령이 마지막 숨을 내쉬고 떠나면,
내가 주목하고 있다가 재빠른 생쥐처럼,
훽! 발톱으로 움켜쥐곤 했는데.
요즘 혼령은 망설이면서 어두운 장소,
고약한 시신의 역겨운 집을 떠나려 하지 않아.
서로를 싫어하는 원소들이 결국에는
혼령을 수치스럽게 쫓아내지.
나는 날과 시간을 쪼개 공들여야 하는데,
“언제? 어떻게? 어디서?”라는 건 고약한 질문이야.
늙어버린 죽음은 그 빠른 힘을 잃었어.
죽었는지 아닌지조차 한참이나 의심스럽다니까.
난 굳어버린 팔다리를 자주 탐욕스레 바라보았지.
그런데 가짜였어. 그게 움직여. 다시 움직인다고.
(환상의 향도병[508]처럼 주술적인 몸짓을 하며)
어서 이리로, 발걸음을 두 배로 빨리.
곧은 뿔 신사와 굽은 뿔 신사들아,

507 ‘옛길’은 로마가톨릭교(구교)를, ‘새 길’은 개신교(신교)를 뜻한다.
508 군대에서 행진할 때 대오의 선두에서 방향과 속도를 조절하는 병사

낡은 고철 악마와 알갱이 악마들아,
지옥 아가리도 함께 가져와라.
지옥은 아가리가 많고도 많아!
신분과 품위에 맞추어 삼키지.
하지만 우린 이 마지막 게임에서도
앞으론 머뭇거리지 말아야겠어.
(왼쪽에서 무시무시한 지옥 아가리가 벌어진다.)
송곳니들아 벌어져라. 저 목구멍 천장에서
불의 폭풍이 성내며 쏟아진다.
배경의 끓는 증기에서
영원히 작열하는 불꽃 도시도 보인다.
붉은 파도야, 여기 이빨들까지 올라와라.
저주받은 자들아, 구원을 바라며 헤엄쳐 와라.
하지만 거대한 하이에나가 그들을 으스러뜨리니
그들은 두려워하며 뜨거운 길 새로 만든다.
구석마다 아직 많은 것이 숨어 있어.
그 비좁은 공간에도 끔찍한 것들이 이토록 많다니!
너희는 죄인들 겁주기를 아주 잘하지.
그들은 여전히 거짓과 기만과 꿈을 붙잡고 있거든.
(짧고 곧은 뿔이 달린 **뚱보 악마들**에게)
불꽃 뺨을 내민 배불뚝이 악당들아!
너희는 지옥 유황으로 우람하게, 제대로 타오르는구나.
움직이지 않는 짧은 나무토막 같은 목덜미가
여기 아래 숨어 인광[燐光]처럼 번뜩이네.
이건 작은 영혼, 날개 달린 프시케[나비, 영혼]로구나.
날개를 잡아 찢어라. 그럼 역겨운 벌레란다.

나는 재한테 내 낙인을 찍어주고
계속 불의 소용돌이에 남겨둘 테다.

아래쪽을 잘 살펴라,
너희 길쭉한 것들아! 그게 너희 임무다.
혼령이 거기 살기를 좋아하는지
우리도 정확히는 알지 못해.
배꼽을 집으로 삼는 건 좋아하지.
그걸 잘 살펴봐, 그게 거기서 빠져나갈라!

(길고 굽은 뿔이 달린 **말라깽이 악마들**에게)

너희 바보들, 향도병 거인들아,
공중으로 덤벼라! 쉬지 말고 너희 자신을 시험해.
팔을 펼쳐, 날카로운 발톱 드러내고,
펄럭이는 빠른 것을 잡아라.
낡은 집은 분명 불편하니,
혼령은 곧바로 위로 올라가려 하거든.

하늘의 영광 오른쪽, 위에서

하늘의 군대 따라오라, 사절[使節]들아.
하늘의 친척들아,
편안히 날아오라.
죄인들을 용서하고
먼지를 되살리도록,
모든 생명체에

친절한 흔적을 남겨라.
머무는 행렬이
떠 있는 동안.

메피스토펠레스 어깃장 소리 들린다. 역겨운 뚱땅거림
반갑잖은 낮[빛]과 더불어 위에서 내려온다.
이건 사내 같기도 계집아이 같기도 한 서툰 노래,
신앙 깊은 체하는 취향이나 좋아할 소리.
너희는 우리가 극악무도한 시간에
인간 종족을 절멸하려고 궁리한다는 걸 알지.
우리가 발명한 가장 수치스러운 것[509]은
인간의 예배와도 잘 어울려.

저것들, 위선자들이 온다. 멋 부리는 것들이!
저것들은 그렇게 우리 소유 일부를 가로챘지.
우리의 무기로 우리를 공격하는 거야.
저것들도 위장한 악마다.[510]
여기서 졌다간 너흰 영원히 수치를 당할 터.
무덤으로 다가가 가장자리를 꽉 잡아라!

천사들의 합창 (장미꽃을 뿌리며[511])
장미들아, 너희 눈부시게 빛나는
향유[香油]를 내보내는!
펄럭이고 떠돌며

---

509 카스트라토(여성 음역의 남성 가수)의 노래로 추정된다.

510 전에는 악마가 위장한 천사였지만, 이제는 천사가 악마적인 방법으로 싸우고 있다.

511 오르비에토 대성당의 벽에 그려진 루카 시뇨렐리(Luca Signorelli, 1441/1445-1523)의 작품에서 착안한 장면이다.

살그머니 소생시키는
날개 달린 작은 가지들이여.
서둘러 피어나려고
열린 봉오리들이여.

봄이여, 싹터라.
자줏빛과 초록빛으로.
쉬는[죽은] 자에게
낙원을 가져다주렴.

메피스토펠레스 (사탄들에게)

어쩌자고 몸을 굽히고 움츠리는 거냐? 그게 지옥 방식이냐?
어서 저항하고 저것들을 흩뜨려라.
이 바보들아, 제자리로!
저들이야 저런 꽃 나부랭이로
뜨거운 악마들을 눈[雪]처럼 덮을 셈이지.
그건 너희 입김에 녹아 없어진다.
불어라, 불어대는 것[512]아!—그만, 그만!
너희 입김에 날아오던 모든 것이 퇴색한다—
그렇게 힘껏 말고! 주둥이와 콧구멍을 닫아라.
정말이지, 너무 세게 불었어.
너희는 도대체 적당하다는 걸 모르지!
움츠러드는 정도가 아니라, 갈색으로 말라서 불타네!
독성 어린 맑은 불꽃이 이쪽으로 날아온다.

---

512 원문의 Püstriche(Püsterich 또는 Peuster)는 불을 뿜는 신으로 독일 니더작센주의 설화에 등장한다. 이야기 속에서는 배불뚝이에 공처럼 속이 비어 있는 모습으로 묘사된다.

거기에 맞서라. 모두 몸을 꽉 붙여!
힘이 점점 빠진다. 모든 용기 사그라든다!
악마들이 아양 떠는 낯선 불길의 냄새를 맡는구나.[513]

천사들의 합창 꽃들아, 행복한
불꽃들아, 즐거운
이들은 사랑을 퍼뜨리고,
환희를 가져온다.
마음이 흡족하게.
말[言]들아, 참된
에테르야, 투명한
영원한 무리에겐
어디서나 환한 낮이로구나.

메피스토펠레스 오, 저주를! 오, 저 멍청이들에게 수치를!
사탄들이 물구나무서네,
바보들이 공중제비를 돌아
엉덩이부터 지옥으로 고꾸라진다.
뜨거운 목욕을 벌었구나. 쌤통이다!
하지만 나는 내 자리에 남았네—[514]
(흩날리는 장미꽃들을 쳐내면서)
도깨비불아, 저리 가! 네 빛이 너무 강하잖아.
역겨운 젤리 덩어리야, 넌 그렇게 붙잡혀 남았나.
어딜 나풀거려? 꺼지라고—

---

513 작열하는 지옥의 불길 속에서 작업하던 악마들에게 천사들이 상쾌한 냄새를 풍기는 장미꽃을 뿌리자 메피스토펠레스는 갑자기 맥이 풀린다.

514 악마들은 죄다 거꾸로 떨어져 지옥에 처박히고 메피스토펠레스만 남았다.

장미꽃을 뿌리며 합창하는 천사들

내 목덜미에 마치 역청과 유황처럼 들러붙었네.[515]

천사들의 합창 너희에게 속하지 않은 것을
너희는 피해야 하고
너희 내면을 방해하는 건
참으면 안 돼.
힘껏 파고들어라.
우린 강해져야 해.
사랑이여, 오직 사랑하는 자들만을
안으로 인도하라.

메피스토펠레스 내 머리가 탄다. 심장이, 간이 타들어간다!
악마를 능가하는 원소[516]구나!
지옥 불보다 훨씬 날카롭네.
그래서 너희가 그토록 비참하게 신음했구나.
불행한 사랑에 빠진 자들아, 거부당하고도
목을 돌려 애인을 바라보던 자들아.

지금 나도 그래! 무엇이 내 머리를 저쪽으로 이끄나?
사랑과는 단호히 경쟁하는 내가 아닌가?
그 모습 난 너무나 싫었는데,
낯선 원소가 나를 철저히 꿰뚫었나.
저들이 보고 싶구나, 가장 사랑스러운 소년들.
무엇이 내가 저주를 못 하게 가로막지?

---

515 천사들이 뿌리는 사랑의 장미꽃이 얼굴과 몸에 달라붙고 있다.

516 물, 불, 흙, 공기에 이어 이 장면에 등장하는 다섯 번째 원소는 사랑이다. 악마는 거부당한 사랑의 아픔을 생생하게 느낀다.

내가 현혹당하기라도 한다면,
앞으론 누가 바보라 불릴까?
내가 미워하는 저 악동들이
지금 내 눈엔 정말 사랑스러워 보여—

너희 아름다운 아이들아, 알려다오.
너희는 루시퍼와 같은 족속 아니냐?
너횐 참 아름다워. 진심으로 입맞춤하고 싶다.
너희가 딱 맞게 온 것만 같구나.
내겐 그토록 편하고 자연스러워.
마치 내가 너희를 수천 번 봤던 것처럼,
그렇듯 편안하게, 고양이처럼 탐스럽네.
눈길마다 새로이 더 아름답고도 아름다워.
오, 가까이 오라. 오, 내게 눈길 한 번만 다오!

천사들 우리가 이미 왔는데, 너는 왜 물러나는 거냐?
우리가 다가갈 테니, 할 수 있다면 거기 머물러라.
(천사들이 빙빙 돌면서 전체 공간을 차지한다.)

메피스토펠레스 (무대 앞쪽으로 밀려난다.)
너희는 우리를 저주받은 영들이라 나무라지.
그런데 너희야말로 진짜 마녀 주인이었구나.
너희는 남자와 여자를 모두 유혹하나니—
이 얼마나 끔찍한 모험이냐!
이것이 사랑이라는 원소냐?
온몸이 불 속에 있는데,
나는 목덜미가 타는 걸 거의 못 느껴.
너희는 이리저리 흔들리네, 내려앉아라.

그 아름다운 팔다리를 좀 더 세속적으로 움직여봐.
그 근엄함, 너희에게 어울리고 아름답지만
난 너희가 한 번이라도 미소 짓는 걸 보고 싶다.
그것이 내겐 영원한 쾌감이야.
내 말은, 마치 연인들이 서로 바라보듯이
입가에 작은 미소, 그거면 돼.
너 키 큰 녀석아, 나는 네가 제일 좋아.
수도사 얼굴은 네게 전혀 맞지 않아.
그러니 나를 조금 탐욕스럽게 바라보렴!
너희는 단정히 벌거벗고 걸을 수 있을 텐데.
그 긴 주름 옷은 지나치게 도덕적이야—
얘들이 몸을 돌리네—뒤태가 보여!—
이 개구쟁이들, 정말 입맛 당기는걸![517]

천사들의 합창 밝음을 향해라,
사랑 전하는 너희 불꽃들아!
자신을 저주하는 자들을
진실이여, 치유하라.
그들이 악에서
기쁘게 구원받도록,
만유[우주에 존재하는 모든 것]의 결합 안에서
행복하도록.

메피스토펠레스 (정신을 차리고)

---

517 천사들이 뿌린 장미꽃 기운에 홀려서 사랑에 빠진 악마는 어린 소년의 모습을 한 천사들에게 강한 육욕을 느낀 나머지 다른 것을 모두 잊는다. 사랑에 빠져 쩔쩔매는 악마의 모습이 우스꽝스럽다. 그사이 천사들이 악마가 차지하려던 파우스트의 영혼을 빼내어 하늘로 데려간다.

내 사정 어떤가!—욥[518]처럼 온몸이
종기에 종기, 그 모습 자기 자신에게도 끔찍해.
그렇지만 그가 자신을 온전히 꿰뚫어 본다면,
그가 자신과 자기 종족을 믿는다면 승리한다.
악마의 고귀한 부분들은 구원받았다.
저 사랑 도깨비, 그게 피부에 흔적 남겼네![519]
저 흉악한 불꽃들은 벌써 다 타버렸구나.
원래처럼 나는 너희를 몽땅 저주한다![520]

천사들의 합창 거룩한 불길[521]이여,
그 빛에 둘러싸인 자는
선한 자들과 함께
삶에서 행복을 느껴라.
모두 하나 되어
올라가며 찬양하라.
공기는 정화되었다.
정신은 숨을 쉬어라.

(천사들이 파우스트의 불멸의 부분[522]을 이끌고 하늘로 떠오른다.)

메피스토펠레스 (주변을 둘러보며)

---

518 구약성서 욥기의 주인공으로 야훼의 허락을 받은 사탄이 내린 온갖 시련을 견뎌내야 했다.

519 몸에 장미꽃이 닿은 부분에는 죄다 종기가 났다.

520 사랑의 힘이 사라지자 악마는 도로 저주를 퍼부을 수 있게 되었다.

521 붉게 타오르며 고통을 주는 지옥 불과 달리 통증을 수반하지 않는 밝은 불

522 '영혼'을 가리킨다. 파우스트의 영혼을 차지하려고 악마들과 천사들 사이에 싸움이 벌어졌다. 말하자면 미움의 힘과 사랑의 힘이 겨룬 것인데, 악마가 사랑에 홀린 사이 천사들이 파우스트의 영혼을 하늘로 데려간다. 익살극 형태로 펼쳐지면서 독자를 다양한 사색으로 이끄는 명장면이다.

아니 어떻게 된 거야?—그들은 어디로 갔지?
저 미숙한 것들, 너희가 나를 기습했구나.
노획물을 품고 하늘로 날아가버렸어.
저것들이 이 구덩이에서 훔쳐 간 거야!
내게 하나뿐인 위대한 보물을 빼앗기고 말았다.
내게 자신을 담보로 내놓은 고귀한 영혼,
그들은 간교하게도 그걸 내게서 슬쩍 빼갔다.

{천사들 (그사이 둥실 떠가면서) 사랑이여, 자비로운,
돌보며 활동하는.
은총이여, 사랑하는,
자비를 베푸는.
우리의 앞에서 떠오르소서.
이승의 베일
끈이 떨어지면,
구름옷이
그를 들어 올리리.

메피스토펠레스}[523] 이걸 누구에게 탄식할까?
내가 손에 넣었던 권리를 누가 내게 돌려줄까?
너는 옛날에도 속았었는데,
이런 꼴 자초했으니, 네 사정 끔찍하구나.
나는 치욕스럽게 학대당했다.
그 엄청난 노력, 수치스럽게! 허사로 돌아갔다.
천박한 욕망, 허무맹랑한 애정이

523 { } 부분은 원본 인쇄 과정에서 누락되었다가 뒷날 삽입되었다. 그러므로 시행 일련 번호에서 배제된다.

약삭빠른 악마를 덮치더니.
그 어리고, 어리숙한 것한테
영리하고 노련한 자가 당했구나.
마지막에 악마를 사로잡은
그 어리석음, 실로 적지 않다.

산의 협곡에서[524]

숲, 바위, 황무지

거룩한 은자들[525] 산 위로 흩어져 틈 사이에 자리 잡았다.

합창과 메아리 넓은 숲, 흔들리며 이쪽으로.
바위들, 거기 붙박여 있고.
뿌리들, 거기 꼭 감겨 있어.
나무둥치와 둥치 서로 바싹 붙었네.
파도에 이어 파도 솟구치고,
깊디깊은 동굴이 지켜주네.
사자[동물]들이 말없이, 친밀하게
다가와 우리를 둘러싸고,
명예에 헌정된 장소는
거룩한 사랑의 피난처.

---

524 제5막을 마무리하는 이 장면은 언뜻 기독교, 특히 가톨릭교의 사유를 드러내는 듯 보인다. 하지만 깊이 읽어보면 기독교적 세계관을 넘어서고 있다. 이 장면은 괴테가 여러 회화작품들을 참고해 서술한 것이다.

525 원문의 Anachoreten은 고대 그리스어에서 유래한 표현으로, 공동체에서 자발적으로 물러난 은자[산야에 묻혀 사는 사람]를 가리킨다. 이 부분에 대한 묘사는 독일의 철학자 빌헬름 폰 훔볼트가 스페인 몬세라트 지역을 여행하고 나서 쓴 글의 영향을 받았다. 기독교가 전파되기 전 헬레니즘 시대의 이집트에는 접근하기 힘든 사막이나 늪지대에 이런 은자들이 거주했으며, 이 개념이 초기 기독교 수도사들에게 전이되어 쓰였다.

환희의 아버지[526] (위아래로 둥실둥실 떠다니며)

영원한 환희의 불,
이글이글 사랑의 유대,
마음의 끓는 고통,
거품 이는 신의 즐거움.
화살들 나를 꿰뚫고,
창들은 나를 제압해.
곤봉들 나를 짓이겨.
번개들 내게 몰아쳐.
공허한 것
모조리 증발하도록,
항구적인 별아, 빛나라.
영원한 사랑의 핵심이여.

심오한 아버지[527] (깊은 지역) 바위 절벽이 내 발치에서

깊은 심연을 누르며 쉬고,
천 개 시냇물 빛을 발하며 흘러
물거품은 끔찍하게 떨어지지.
나무둥치는 자신의 거센 충동으로
공중으로 올곧게 치솟고,

---

526 교부(고대 교회에서 교의와 교회의 발달에 큰 공헌을 한 스승과 저술가들)를 가리킨다. 교부에 대한 정의가 정밀해진 오늘날에는 그렇게 불리지 않지만, 여기 등장하는 세 아버지는 모두 스콜라철학이 성행하던 중세의 신학자들이다. 제각기 자기 시대에 여기 나오는 별칭을 얻었다. 괴테는 유머 감각이 넘치는 필리포 네리(Philippo Neri)를 환희의 아버지(Pater ecstaticus)라고 서술한 적이 있었다. "미사의 의무가 그를 황홀경으로 데려갔다." 다만 여기 나오는 아버지들을 역사상의 특정 인물과 온전히 연결할 수는 없다.

527 구약성서 시편 130:1의 "야훼여, 내가 깊은 구렁 속(de profundis)에서 당신을 부르오니"를 참고하라. 클레르보의 베르나르 등 이런 별칭으로 불렸던 신학자들이 있었다.

그렇듯 전능하신 사랑은,
모든 것을 만들고 모든 것을 품는다.

내 주변에 사나운 굉음,
마치 숲과 암벽 바닥이 파도치는 듯한데
풍성한 물은 사랑스레 솨 소리 내며
협곡으로 떨어지네,
골짜기에 물 대라는 소명에 따라서.
번개가 불타며 내리친다.
가슴에 독기와 증기를 품은
대기를 깨끗이 하려고.

이들[528]은 사랑의 심부름꾼, 무엇이
영원히 창조하며 우리를 둘러싸는지 알려준다.
그것이 내 내면도 불붙이면 좋겠네.
뒤죽박죽 차가운 정신이
둔한 감각의 한계에 날카로이 더해지는
연속된 고통으로 너무나 괴로우니.
오, 하느님! 생각들을 진정시켜 주소서.
내 곤궁한 마음에 빛을 비추소서.

천사 아버지[529] (가운데 지역) 전나무의 흔들리는 머리카락 사이로
작은 아침 구름 떠도는구나.
그 안에 무엇이 살아 있는지 나 짐작하나?

---

528 폭포와 번개, 물과 불

529 원문은 Pater seraphicus이며 치품천사(일품천사)인 세라핌과 같은 등급이다.

그건 어린 정령들의 무리야.

행복한 소년들의 합창 우리가 떠도는 곳 어딘지 말해줘요, 아버지,
선량하신 분, 우리가 누군지 말해주세요!
우린 행복해요. 모두에게, 모두에게.
삶은 그렇듯 온화하지요.

천사 아버지 소년들아! 한밤중에 태어난 아이들아.
생각과 감각이 절반만 열린,
부모에겐 잃어버린 아이들,
천사들에겐 수확이었지.[530]
사랑하는 사람이 여기 있다는 걸
너희는 느끼지. 그러니 이리 오너라.
하지만 행복한 아이들아!
가파른 지상의 길에 너희 흔적은 없단다.
세상과 땅에 어울리는 감각기관인
내 눈 속으로 내려오렴.
그 눈을 너희 것처럼 사용할 수 있지.
이 지역을 한번 바라보렴.

(아이들을 자기 속에 받아들인다.)

이건 나무, 이건 암벽,
떨어지는 폭포는
무섭게 굴러서
가파른 길을 짧게 줄인단다.

행복한 소년들 (안에서) 보기엔 대단해요,

---

530 마르가레테가 살해한 아기 같은 아이들을 예로 들 수 있다. 이들은 감각기관이 미처 깨어나기도 전에 죽었다.

하지만 귀가 너무 먹먹해.
공포와 두려움으로 우릴 뒤흔들어요.
고귀하고 선한 분, 우릴 놓아줘요.

천사 아버지 더 높은 영역으로 올라오너라.
눈에 띄지 않게 계속 자라렴.
영원히 순수한 방식에 따라
하느님이 더욱 함께하신단다.
이것은 가장 자유로운 에테르에 머무는
영[靈]들의 양분이란다.
영원한 사랑의 계시를
지복[至福]을 위해 펼치는 거야.

행복한 소년들의 합창 (가장 높은 꼭대기 주위를 돌면서)
손에 손을 잡고
기쁨의 원을 만들자.
움직이며 노래하자,
이 거룩한 감정을.
거룩한 가르침
믿어도 된단다.
너희는 존경하는 분을
보게 될 거야.

천사들 (더 높은 대기에서 파우스트의 불멸의 부분을 옮기면서)
구원받았다, 악으로부터.[531]
영의 세계에서 고귀한 지체 하나가.

---

531 제1부 마지막 장면에서 하늘의 목소리가 전한 메시지 "구원받았다"가 여기서 천사들의 입을 통해 다시 들려온다.

"언제나 추구하며 애쓰는 사람을
우리는 구할 수 있지."
위로부터 [그레트헨의] 사랑이
그에게 동참했으니,
행복한 무리야, 따뜻하게
환영하며 그를 만나거라.

젊은 천사들 사랑으로 거룩한, 참회하는 여인들의
손에서 나온 저 장미꽃.
우리가 승리를 얻도록,
우리가 드높은 일을 이루도록,
이 보물 영혼[파우스트]을 빼앗아 오도록 도왔네.
우리가 꽃을 뿌리자 악마들은 피했지.
우리를 만나자 악마들은 도망쳤어.
익숙한 지옥의 형벌 대신
그 영들은 사랑의 아픔을 느꼈지.
늙은 대장 사탄[메피스토펠레스]까지도
따끔한 아픔에 꿰뚫리고 말았어.
야호, 만세! 성공했다.

성숙한 천사들 지상의 찌꺼기가 우리에게 남았어.
들어 올리는 게 여간 수고롭지 않아.
그것이 석면[불에 타지 않는 광물]으로 되었더라도,
순수하진 않으니까.
강력한 정신의 힘이
원소들을
제게 딱 붙여놓으면,
천사라도,

하나로 합쳐진
혼합체를 나눌 순 없어.
오직 영원한 사랑만이
그들을 갈라놓을 수 있지.

젊은 천사들 암벽 언덕 주변의 안개 속에서
나 지금 느껴.
가까이서 움직이는
정령들의 생명을.
꼬맹이 구름들 걷히고
행복한 소년들의 무리가
움직이는 게 보여.
땅의 억압에서 풀려나
함께 원을 그리며
드높은 세계의
새로운 봄과 장식을
상쾌히 즐기네.
그[파우스트의 영혼]는 시작하기 위해서,
차츰 완성의 경지로 올라가도록
이 소년들과 함께하라!

행복한 소년들 번데기 상태의 이 사람을
우린 기쁨으로 맞아들이네.
그러니까 우린
천사의 담보를 얻은 거야.
그를 둘러싼

부스러기를 떼어내라.[532]
벌써 그는 거룩한 생명으로
아름답고 위대하다.

성모 박사[533] (가장 높고, 가장 순수한 방에서)

여기 전망은 트여 있어.
영은 높이 올려졌다.
저기 여인들이 지나가네.
둥실 떠서 위로 올라간다.
그 한가운데 훌륭한 여인,
별들의 화환을 쓴 분은
하늘의 여왕[534]이시다.
나는 그 영광을 본다.

(황홀해하며)

세계의 가장 높으신 여주인님,
넓게 펼쳐진 이 푸른
하늘 천막에서 제가
당신의 비밀 보게 하소서.
남자의 가슴을 진지하고
부드럽게 움직이도록 만들어
거룩한 사랑의 기쁨으로
당신께 올리는 그 마음 허락해주소서.

---

532 파우스트의 영혼에 번데기 껍질처럼 붙어 있는 지상의 요소들

533 예수의 어머니인 마리아 숭배에 헌신한 학자들을 가리킨다. 캔터베리 대주교를 지낸 안셀무스(Anselmus, 1033-1109)와 영국의 스콜라 철학자 던스 스코터스(Duns Scotus, 1266?-1308) 등이다(편집자 주).

534 단테의 서사시 〈신곡〉 중 〈천국 편〉에서 인용했다.

당신이 숭고하게 지배하시면
우리 마음 억제할 수 없나이다.
당신이 우리에게 평화를 주시면
열정은 금세 온화해집니다.
가장 아름다운 의미에서 순수하게 처녀이며,
명예를 받기에 합당하신 어머니,
우리를 위해 선별되신 여왕님,
신들과 동등하신 분.
그분을 휘감는
가벼운 구름들
이들은 참회하는 여인들,
섬세한 이들이여.
그분의 무릎 주변에서
에테르를 들이마시며
은총을 갈구하는.
건드릴 수 없는 분, 당신에게
쉽사리 유혹당하는 자들이
친밀하게 다가가나니,
그건 얼빠진 일이 아닙니다.

허약함에 빠졌으니
저들은 구원받기 어렵지요.
누군들 자기만의 힘으로
쾌락의 사슬을 끊을 수 있을까요?
저 기울어지고 매끄러운 바닥에서
발은 얼마나 빨리 미끄러질까요?

눈길과 인사, 아첨하는 호흡에
누군들 홀리지 않을까요?

영광의 어머니[성모]가 둥실 떠서 들어온다.

참회하는 여인들의 합창 당신은 영원한 왕국의
드높은 곳으로 올라가십니다.
간구를 들으소서.
그대 비할 바 없는 분,
그대 은총이 가득하신 분!

죄 많은 여자 (루가의 복음서 7장 36절) 당신의 변모된 아드님
발에다가, 바리새 사람의
비웃음에도 아랑곳없이
눈물로 향유를 바른 사랑을 보시고,
그토록 풍성하게 좋은 향기
방울져 떨어뜨린 그 옥합을 보시고,
거룩하신 두 발을 그토록
부드럽게 닦은 머리털을 보시고—

사마리아 여자 (요한의 복음서 4장) 옛날 아브라함이 양 떼를
이끌고 왔던 우물을 보시고,
주님의 입술을 서늘하게
적신 두레박을 보시고,
거기서 쏟아져 나와
온 세상 곳곳을
넘치도록 흐르는
깨끗하고 풍부한 샘물을 보시고—

이집트의 마리아[535] (『성인전』)

주님을 안치한
높고 거룩한 성소[聖所]에서,
그 문간에서 경고하며
저를 쫓아낸 그 손을 보시고,
제가 충심으로 사막에 머물며
40년 동안 행한 참회를 보시고,
제가 모래에 쓴
행복한 작별 인사를 보시고—

셋이서 우리 죄 많은 여자들이 그대에게
다가가는 것을 거부하지 않으시고,
참회의 유익을
영원으로 끌어 올리시는 분.
단 한 번 자신을 잊었고,
자기가 잘못했다는 것도 모르는
이 선량한 영혼에게도

---

535 가톨릭교의 성인과 순교자의 전기집 『성인전』에 등장하는 인물이다. 알렉산드리아의 창녀인 마리아는 예루살렘의 성묘(聖廟)로 순례 여행을 가기로 결심했다. 하지만 성묘 교회 문간에서 보이지 않는 손길이 세 번이나 그녀 앞을 가로막았다. 결국 그녀는 성모 그림 앞에서 도움을 구한 다음에야 교회로 들어갈 수 있었다. 이 사건은 그녀의 삶을 변화시켰다. 알려지지 않은 사람이 선물한 동전 세 개로 그녀는 빵 세 덩이를 사서 요르단강 건너편 사막으로 들어가 은둔 생활을 시작했다. 46년이 지난 뒤의 부활절에 수도사 조시마스는 벌거벗은 채 머리카락으로 몸을 가린 은둔자 마리아를 발견했다. 그녀의 부탁에 따라 수도사는 이듬해 다시 그녀를 찾아가 영성체를 내리고, 다시 그 이듬해 찾아갔다가 모래 위에 자신을 묻어달라는 유언을 남긴 채 숨져 있는 그녀를 발견했다. 죽은 지 1년이나 지났는데도 그녀의 시신은 썩지 않았다. 조시마스가 생각에 잠겨 있을 때 사자 한 마리가 나타나 앞발로 구덩이를 팠고, 수도사는 거기에 그녀를 묻어주었다.

당신의 용서를 베풀어주소서.

참회하는 한 여인 (전에 그레트헨이라 불리던 여인이 매달리며)

굽어보소서, 굽어보소서.
비할 바 없는 그대,
광명이 가득하신 그대!
그대 얼굴 자비롭게 저의 행복으로.
그 옛날 사랑했던 이,
이제 더는 흐려지지 않는 사람,
그가 돌아옵니다.

행복한 소년들 (원을 그리며 점점 가까워진다.)

그는 벌써 우리보다 커졌어요,
튼튼한 팔다리는
성실한 보살핌에
넉넉히 보답하네요.
우리는 일찌감치
살아 있는 합창대들과 떨어졌지요.
하지만 이 사람은 학식이 높으니
그가 우릴 가르칠 거예요.

참회하는 여인 (전에 그레트헨이라 불리던)

고귀한 영들의 합창에 둘러싸인 채,
새로 온 사람은 자신을 거의 알지 못하고,
새로운 삶을 거의 짐작도 못 하니,
그렇게 그는 벌써 거룩한 무리와 같지요.
보십시오! 그가 지상의 모든 굴레,
낡은 허물 벗어던진 것을.
에테르의 옷에서

첫 젊음의 기운 솟아납니다.
그를 가르치도록 제게 허락하소서.
새로운 날이 그에겐 아직 눈부십니다.

영광의 성모 오라! 더 높은 영역으로 올라가자.
그가 너를 알아채면, 곧 뒤따라오리라.

성모 박사 (얼굴을 대고 기도하며) 구원자의 눈길을 올려다보라,
참회하는, 모든 연약한 이들아.
축복받은 운명을
감사로 맞아들여라!
더 선한 마음이여,
그분을 섬기는 일에 나서라.
처녀요 어머니요 여왕인
여신이시여, 은총을 베푸소서![536]

신비의 합창 스러지는 모든 것은
오로지 비유일 뿐.
온전치 못한 것이
여기서 사건이 된다.
서술할 수 없는 것이
여기서 행해졌다.
영원히 여성적인 것이
우리를 위로 끌어 올린다.

끝[Finis]

---

536 단테의 〈신곡〉 중 〈천국 편〉에 있는 성 베르나르의 기도문을 인용했다.

두 영혼, 파우스트의 엔텔레케이아

안인희

Ⅰ. 작품 해설

1. 방대한 희곡

〈파우스트〉(*Fasut*)는 도이치어를 쓰는 사람들이 몹시 사랑하여 온 세상에 자랑하는 작가 요한 볼프강 폰 괴테(Johann Wolfgang von Goethe, 1749-1832)가 평생에 걸쳐 쓴, 그야말로 '생애의 작품'(Werk des Lebens)이다. 그는 전설적인 마법사 파우스트 이야기를 어린 시절 인형극으로 처음 만났고, 20대에 이 내용을 작품으로 쓰기 시작해서 82세의 나이로 죽기 얼마 전까지 계속 쓰고 고치고 다듬었다.

이것은 중세의 대학자이자 마법사인 파우스트가 악마와 계약을 맺고 온갖 모험을 계속하는 일종의 판타지 작품이다. 무척 재미있기는 하지만, 시작부터 끝까지 상상력과 함께 상당한 집중력을 요구한다. 게다가 문학작품은 (언어로 된) 예술 작품이라 당연히 아름다움을 추구한다. 한 작품을 제대로 읽고 그 아름다움을 느끼면서 속에 담긴 깊은 뜻까지 파악하려면 전체를 통짜로 볼 수 있어야 한다. 하지만 〈파우스

렘브란트 하르먼스 판레인이 파우스트 전설 혹은 크리스토퍼 말로의 『포스터스 박사의 비극』(*Doctor Faustus*) 내용을 토대로 그린 서재의 파우스트(1652년경)

트〉처럼 규모가 큰 작품을 통짜로 바라보는 것은 몹시 힘든 일이다. 한달음에 다 읽기란 아예 불가능하고, 잠깐 내려놓았다가는 그동안 읽은 것을 죄다 까먹기 일쑤인 데다, 내용이 도무지 쉽지도 않다.

특히 희곡은 열심히 읽어도 줄거리를 파악하기가 쉽지 않다. 서양에서는 고대 그리스 시대 이후로 오랜 세월 희곡과 무대 공연이 문학의 중심을 이루었지만, 우리는 그렇지 않기 때문에 힘들여 다 읽고 나도 줄거리조차 알 듯 모를 듯 머릿속을 맴도는 게 거의 정상으로 여겨질 정도다. 운문으로 쓰인 이 방대한 작품을 통독하기 위해서는 줄거리 요약이 꼭 필요하다고 생각했기에, 이를 뒤에 따로 붙인다. 특히 제1부에 비해 제2부는 문학을 공부한 사람들에게도 내용이 널리 알려지지 않아 낯선 만큼 더욱 상세한 줄거리를 달았다.

2. 전체 구조

이것은 두 개의 계약을 기반으로 진행되는 이야기다. 첫째는 주님과 메피스토펠레스 사이에 벌어지는 "내기"(331행)고, 둘째는 파우스트와 메피스토펠레스 사이의 "내기"(1698행)다. 두 번째 내기는 메피스토펠레스의 요청에 따라 파우스트가 양피지에 피로 서명을 해주면서 일종의 서면계약 형태로 발전하지만 실제로는 별 차이가 없다. 그렇다면 무엇을 놓고 벌어지는 내기인가? 인간 파우스트의 영혼이 그 대상이다. 전통적인 기독교 사유로 옮기자면 "죽은 다음 그의 영혼이 천국으로 가느냐? 지옥으로 가느냐?"의 문제다. 기독교의 눈길로 보면 질문거리도 아니다. 악마와 계약을 맺은 마법사에다가 믿음도 없는데 당연히 지옥행이지 무슨 말이나 되는 소리인가? 그러니까 성서 인용이 풍부한 이 작품은 언뜻 생각되는 것처럼 기독교 사유만으로는 모두 해결되지 않는다.

그렇지만 기독교 사유를 빼고는 전체 구조가 더욱 이해되지 않는다. 제2부 제5막, 작품 전체의 마지막 장면이 "천상의 서곡"에 대비되는 천상에서의 장면으로 마무리되기 때문이다. 작품의 시작 부분에서 주님이 메피스토펠레스와 이야기를 나누었다면, 여기서는 영광의 성모가 모두를 이끄는 가운데, 참회하는 여인들 사이에서 예전에 그레트헨이라 불리던 영혼도 몇 마디 말을 한다. 참회하는 여인들이 그레트헨을 불러올리고자 성모께 간구하고, 그레트헨의 영혼이 파우스트의 영혼을 위로 끌어 올리려 애쓴다.

주님과 대천사 셋, 메피스토펠레스 등 남성적인 존재들이 작품을 시작한다면, 영광의 성모와 참회하는 여인 셋, 그레트헨 등 여성적인 힘이 작품을 마무리한다. 앞에서는 우주를 움직이는 장엄한 힘을 웅장한 노래로 찬양했다면, 뒤에서는 참회하는 여인들의 낮고 낮음, 그들의 비천한 삶과 그들의 노래가 역시 삶에서의 짧은 사랑에 몹시 구박당한 그레트헨을 위한 노래를 부른다. 처음에는 웅장한 자연을 배경으로 경쟁하는 힘들이 등장했다면, 마지막에는 모든 차별을 덮는 조용한 화해가 나타나면서 전체적으로 대칭적 구조를 드러낸다.

시작부과 종결부에 드러나는 이렇듯 거의 완벽한 대칭구조는 물론 주제와도 연결되고, 또한 작가 괴테가 작품을 구성할 때 작동하는 그의 형식 본능과도 연결된다. 그는 대칭 형식과 분명한 끝맺음을 사랑하는 작가임이 분명하다.

대칭과 대비는 제1부와 제2부 사이에도 존재한다. 내용적인 상응도 있지만, 그보다는 작가의 정교한 형식 욕구가 장면마다 내부 구성에서 다시 일정한 통일성을 이루어낸다. 제2부의 차례를 보면 한눈에 드러나는데, 제1막, 제2막, 제5막이 각각 7개 장면으로, 제3막과 제4막이 3개 장면으로 구성되어 있다. 그리고 이런 원칙은 구성 형식이 겉으로 드러나지 않는 제1부에도 그대로 적용된다. 너무 짧아서 아예 세부 장면을 나눌 수 없는 것들을 빼고 일정한 길이를 갖춘 장면들은, 제각기 쓰인 운율의 종류와 줄거리 내용에 따라 큰 것들은 대체로 7개의 세부 장면을, 작은 것들은 3개의 세부 장면을 가진다. (운율과 함께 줄거리를 자세히 논하는 것이 지나치게 전문적인 영역이므로 이 책의 주석과 해제에서는 제외했다.)

3. 파우스트의 영혼의 길: 그의 엔텔레케이아

〈파우스트〉는 장성한 한 인간의 전체 삶을 다룬다. 특히 그가 악마와 나누는 대화를 통해(또는 자기 안의 또 다른 자기와의 대화를 통해) 그의 영혼의 길을 적나라하게 그려 보인다. 그가 겪는 삶의 외적 사건들은 지문과 무대 설명, 또는 다른 등장인물의 설명으로 대신하고, 작품의 많은 부분은 그의 내면에서 일어나는 일들을 보여준다.

악마와 계약해서 온갖 흥미진진한 경험을 하고 마지막에 권력과 부를 모조리 차지한 파우스트의 이야기를 읽으면 '지옥에 가도 좋으니 내게도 그런 일이나 일어났으면' 하고 바랄 사람이 꽤 있겠지만, 여기에는 핵심이 따로 있다. 그런 사람에게는 악마가 계약하자고 찾아오지도 않을 것이라는 사실 말이다. 이 바쁜 세상에 악마도 이미 제 것으로 정해진 인간을 찾아다닐 이유가 없기 때문이다. 적어도 매우 치열하고 정직한 영혼이라야 악마가 관심을 가질 것이다.

악마와 계약한 사람인 파우스트의 영혼의 길은, 그가 철저히 정직하게 자신을 바라보는 것을 전제로 한다. 그는 쉬지 않고 탐색하며 새로운 것을 경험해나간다. 자신의 영혼이 그것을 갈망하기 때문에 스스로 그렇게 하지 않을 수 없어서 그렇게 한다. 그는 자신의 '엔텔레케이아'(Entelecheia)를 모조리 구현하기 위해 움직인다.

엔텔레케이아는 아리스토텔레스의 『형이상학』에 담긴 핵심 개념 중 하나다. 그리스어로 "속에(ἐν)-목적을(τέλος)-지니다(ἔχεια)"라는 세 낱말의 합성어인데, 유기체에 들어 있는 자체 생명력을 가리킨다. 아리스토텔레스에 따르면 모든 유기체는 제 속에 지닌 목적, 즉 엔텔레케이아를 완전히 펼치려고 한다. 식물의 본질은 가능한 영역에서 완전히 식물이 되는 것, 곧 봉오리, 꽃, 열매 등을 완전히 구현하는 것이다. 이는 사람도 마찬가지다. 이런 저마다의 목적은 밖으로부터 주어지는 것이 아니라 유기체가 제 안에 본래 지닌 것이다. 이렇게 온 세계는 본래의 완성을 향해 나아간다. 자연의 생동성과 아름다움은 바로 여기에 있다. 세계는 완성을 향한 충동으로 가득 차 있고, 자연은 바로 이런 완성을 향한 충동이니, 자연이란 자기실현과 자기완성의 엄청난 사건이다. 이런 우주적인 목적론이 아리스토텔레스의 세계상에서 중요한 기본사상을 이룬다.[537]

비극 제1부 첫 장면에 등장하는 파우스트는 이미 중세의 7학문을 두루 통달하고, 나아가 마법까지 익혔다. 당대의 지식을 모두 익힌, 엄청난 학식과 능력의 소유자지만, 정작 삶과 세상과 자연에서는 완전히 격리된 채, 서재라는 '감옥'에 갇혀 책과 실험 도구로 연구를 계속하는 존재다. 이런 삶의 방식에 대해 그의 내면에서 심각한 반발이 일어난다. 그는 저 자연 속을 마음껏 거닐고, 삶에서 마주할 수 있는 온갖 아픔과 고통과 행복감을 모조리 맛보고 싶다. 하지만 어떻게 해야 그럴 수 있을까?

이미 상당히 나이 들었는데 삶의 경험은 하나도 없다가 이제 갑자기 세상과 삶으로 나가고 싶다고? 사색과 연구의 인간인 그가 이

537 빌헬름 바이셰델, 안인희 역, 『철학의 에스프레소』(프라하, 2004), p. 96 참조.

제 "행동"(1237행)의 인간이 되겠다고? 그는 습관적으로 마법서를 펼쳐보지만 거기 수록된 자연의 상징들은 현실로 연결되지 않는다. 그렇다면 죽음은 어떨까? 모두가 두려워하는 '죽음'이라는 특별한 관문을 통과한다면 새로운 가능성이 열리지 않을까? 다행스럽게도 자살하려는 이런 충동은 외부 상황의 개입으로 중단되었다. 그렇다고 그의 마음이 변한 것은 아니다. 부활절 축제일에 그는 교외로 산책하러 나갔다가 집에 돌아가는 게 너무 싫어서, 공중에 떠도는 정령들을 부르며 자신을 "새롭고 다채로운 삶"(1121행)으로 데려다줄 "마법 외투"(Zaubermantel)를 소망한다. 그러자 놀랍게도 그의 이런 소망에 딱 들어맞는 안성맞춤 인물 메피스토펠레스가 그의 삶으로 뛰어 들어온다. 마법 외투까지 갖춰 입고서.

이것이 파우스트 이야기의 도입부다. 그는 내면에 '두 영혼'을 지닌 사람이다. 높고 고귀한 영역과 지성을 추구하는 충동 그리고 세상과 삶을 향하는 충동. 아마도 모든 인간이 속으로는 그런 것을 느끼는 순간이 있겠지만 파우스트는 이것을 극단까지 추구한다. 이미 한 가지, 곧 지성의 영역은 많이 이루었다지만, 다른 한 가지, 곧 삶의 영역은 건드려보지도 못했다. 이제부터 그의 동반자가 되는 메피스토펠레스는 그를 삶으로, 세상으로, 행동으로 안내할 수단을 가진 존재다. 다만 그는 파우스트와는 달리 또 다른 욕구, 곧 높은 곳을 지향하는 욕구를 정확히 이해하지 못한다.

그렇다면 파우스트는 무엇을 추구하는가? 악마와 계약까지 하고서 대체 무엇을 원한단 말인가? 악마가 자극하고 또 쉽사리 이루어줄 수 있는 통상적인 삶의 욕망, 곧 육욕과 황금과 권력과 명성인가? 물론 아니다. 파우스트는 엔텔레케이아에 따라 자신의 모든 가능성을 완전히 펼치고자 한다. 즉, '두 영혼'을 모조리 펼치려 한다.

책과 실험을 통해 얻을 수 있는 학문과 지식은 평생을 바친 노력으로 이미 어지간하게 이루었다. 하지만 그런 지식을 활용하면서 작은 세계와 큰 세계에서 삶의 모든 양상을, 가장 깊은 고통부터 가장 높은 성취감까지 샅샅이 맛보고 싶은데 그쪽으로는 아예 시작조차 못 해봤다. 그가 가려는 길은 삶이 제공하는 온갖 향락을 만끽하자는 것이 아니다. 그래서 그의 자발적인 계약조건이 나타난다. 아무리 즐겁고 아름답다 한들 그 순간에 안주하려는 마음이 생긴다면 그것으로 끝이다. 정직하게 "순간이여, 멈추어라. 너는 그토록 아름다우니!"라고 말하고 싶은 생각이 든다면, 자신의 길은 거기서 끝나는 것이 옳다.

이렇게 내놓은 자신의 계약조건에 따라 그는 쉴 수 없고 안주할 수 없다. 그래서 그레트헨 곁에도 오래 머물 수 없다. 오로지 행복만을 실컷 맛보고 누리는 게 목적이 아닌 만큼, 부지런히 다음 단계로 나아가지 않으면 안 된다. 자신의 엔텔레케이아가 다 펼쳐졌다고 스스로 느낄 때까지 계속 나아가야 한다.

파우스트의 길은 선한 길이 아니다. 그는 기존의 종교적인 선악이나 내세에 대해 실질적인 관심이 없다. 그저 여기 이승에서 자기가 지닌 가능성을 좋은 것이건 나쁜 것이건 끝까지 펼치고 맛보며 앞으로 계속 나아가겠다는 소망뿐이다. 그래서 그는 이따금 뒷감당도 제대로 안 한 채 악마와 함께 도망치듯 떠난다. 어차피 그는 악마와 작당한 인간이다. 파우스트가 지향하는 엔텔레케이아의 온전한 펼침을 기독교적 사유만으로는 이해할 수가 없다. 이 작품의 해석이 궁극적으로 기독교적 사유의 영역을 벗어나는 이유다.

4. 이중 주인공: 파우스트/메피스토펠레스와 그들을 나누는 차이

파우스트가 악마와 계약을 맺은 뒤로 두 주인공, 또는 이중 주인공은 작품 내내 거의 붙어 다닌다. 제1부 "서재(2)"에서 시작해, 제2부 제2막에서 잠깐 각자의 길을 걸은 걸 빼고는 제5막의 "깊은 밤" 장면까지 이들은 거의 모든 일을 함께한다.

그렇게 해서 파우스트는 젊어짐, 그레트헨과의 사랑, 악마와 마녀들의 파티, 연인의 죽음을 경험한다. 이는 개인적 차원에서의 삶의 경험이다(작은 세계). 제2부에서는 황제의 궁정에서 먼저 경제적 파탄을 맞은 제국에 지폐 제도를 도입하고 궁정의 오락을 책임진다. 그런 다음 둘은 인류 역사상 미(美)의 전형[또는 추(醜)의 전형]을 찾아 고대 그리스 세계로 떠난다. 심지어 인조인간까지 거느리고서. 중세 마법사의 이야기는 갑자기 시간을 거슬러 올라, 고대 그리스의 서사시인 호메로스(기원전 8세기)가 서술한 기원전 13세기의 사건 현장으로 간다. 거기서 나올 때는 19세기 한 시인의 죽음(1824년)으로 이야기가 마무리되니, 이 여행은 3천 년을 오간다. 그야말로 마법의 외투 없이는 상상조차 할 수 없는 거대한 시공간이다.

그러고도 파우스트의 이야기는 아직 끝나지 않았다. 그는 이제 바닷가에서 거대한 간척사업을 일으키고 싶어 한다. 그 일에 필요한 이른바 합법적 공간을 얻기 위해서 파우스트/메피스토펠레스는 황제와 대립 황제의 전쟁에 개입한다. '금인칙서'가 발령되는 순간의 교회와 제국의 대립 및 협상의 틈바구니에서 파우스트에게 광대한 해안선에 대한 일종의 한시적인 합법적 권한이 주어졌다. 그 해안에서 파우스트/메피스토펠레스는 바다를 메워 땅을 만드는 거대한 간척사업을 일으켜 성공했다.

마지막에 그는 거대한 간척지 영토를 거느린 영주로서 거의 백 살이 다 된 모습으로 등장한다. 그사이 메피스토펠레스는 파우스트를 이용해 꾸준히 지옥의 수확을 늘려왔고, 파우스트는 제 갈 길을 간다지만 실은 점점 더 심하게 악마의 도구로 이용되는 측면이 있었다. 그의 귀는 어두워지는데 메피스토펠레스는 늘 그렇듯 파우스트의 명령을 제멋대로 수행하고, 이제 늙은 파우스트의 집에는 근심이 스며들었다. 그런데도 파우스트는 간척사업의 뒷마무리인 배수로 공사를 할 생각이다. 눈이 멀어 그 무엇도 제대로 보지 못하는 상황에서 레무레스들이 자신의 무덤을 파고 있건만, 파우스트는 인부들이 배수로 공사를 한다고 여기며 "자유로운 땅에서 자유로운 사람들과 함께"(11580행) 서 있다는 생각에 만족한 나머지 드디어 이 순간에 머물고 싶어진다. 그는 이제 외칠 수 있다. "순간이여, 멈추어라!"라고.

파우스트는 악마의 유혹에 넘어간 인물이 아니다. 작품 처음에 그는 스스로 악마를 불러들인다. 메피스토펠레스는 물론 제 속셈이 있어서 기꺼이 파우스트의 종이 되겠다고 제안하지만, 종노릇만 하는 것은 아니다. 그보다는 오히려 파우스트와 함께 길을 걷는 동지로서, 파우스트의 온갖 충동과 욕망의 실현을 도와주면서 실제로는 제 이익을 추구한다. 즉, 악마답게 항상 일을 고약하게 만들면서 동시에 지옥으로 데려갈 영혼의 수를 계속 늘려나간다. 다만 지옥에 뿌리를 둔 메피스토펠레스는 파우스트의 한쪽 영혼만 이해할 뿐 나머지 하나에 대해서는 제대로 알지 못한다.

이런 면이 가장 잘 드러나는 부분은 그레트헨 비극이다. 악마는 처음부터 순결한 어린 영혼을 파우스트가 유혹할 희생의 제물로 선택했다. 방금 청춘을 되찾은 파우스트는 처음으로 눈에 들어온 젊은 아가씨를 향한 강렬한 육욕에 이끌린다. 악마의 수단도 가리지 않고 메피스토펠레스더러 당장 오늘 밤 안으로 저 아가씨를 대령하라고 한다. 하지만 몰래 그레트헨의 방으로 숨어든 파우스트는 그 정갈하고도 작은 공간에서 소녀의 삶과 그 영혼을 느낀다. 그녀를 바라본 첫 순간 이미 마음에 깃들기 시작한 사랑은 더욱 커진다.

악마는 사랑을 모르니 메피스토펠레스의 계산에는 이 부분이 없었다. 소녀의 영혼을 느낀다 해도 파우스트의 육체적 욕망은 전혀 줄어들지 않지만, 그 욕망에 처음부터 깃들어 있던 사랑의 마음은 오히려 점점 커져만 간다. 숲속 동굴에서도 그녀와 자신의 처지에 대한 깊은 고뇌를 표현하는 파우스트는 소시민 계층의 순박한 소녀 그레트헨에게도 참된 사랑의 마음을 보여주고 또한 그것을 분명히 말한다. 그렇기에 참과 거짓, 선과 악을 예리하게 느끼는 진실한 그레트헨은 메피스토펠레스를 극도로 꺼리면서도 파우스트를 진심으로 사랑하고, 또 그가 자신을 깊이 사랑한다는 것도 느낀다. 설사 비극으로 끝날 사랑일지언정.

그레트헨 비극을 지나 큰 세계의 체험을 다루는 제2부에서 파우스트는 더는 이렇듯 섬세한 사적 감정의 영역으로 들어가지 않는다. 헬레네 장면은 사랑보다는 미와 문학의 개념을 다루는 부분이니, 현실의 여인을 향한 것이 아니다. 지폐 도입, 사육제, 전쟁, 간척사업 등에서 파우스트/메피스토펠레스는 서로 매우 협조적이다. 자세히 들여다보면 파우스트는 방향과 목적을 결정하고, 메피스토펠레스는 온갖 수단과 물질적 방책을 조달함을 알 수 있다.

프리드리히 실러는 〈환희의 송가〉(*An die Freude*)에서 이렇게 노래한다. "지구상에 단 하나의 영혼이라도/제 것이라 부를 수 있는 사람아!" 이 거대한 기쁨의 물결에 합류하라. "그리고 한 번도 그렇게 못한 자여/울면서 슬그머니 이 결합에서 빠져라!" 여기서 우리는 파우스트와 메피스토펠레스의 차이를 쉽게 알아볼 수 있다. 파우스트는 기쁨의 물결에 합류할 수 있지만, 메피스토펠레스는 울면서 빠져야 한다. 그 기쁨의 물결은 제2부 제5막 말미의 하늘 군대의 노래에 등장한다. 파우스트는 여기 합류하고 메피스토펠레스는 탄식하며 여기에서 빠진다. 실러에 따르면 기쁨(환희)이야말로 우주를 작동시키는 힘이다.

5. “영원히 여성적인 것”

괴테는 스물두 살 때 고향 프랑크푸르트에서 실제로 있었던 수산나 마르가레타 브란트(Susanna Margaretha Brandt)의 처형에 깊은 충격을 받고 〈파우스트〉 창작을 시작했다. 소시민 계층 처녀이던 수산나는 결혼하지 않고 임신했다가, 사회적인 압박과 공동체에서의 실질적인 추방이 두려운 나머지 갓난아기를 죽이고 시신을 절단한 죄로 1772년 1월 14일에 처형당했다. 괴테는 이 사건의 영향을 받아 〈파우스트〉 제1부의 마지막 세 장면을 가장 먼저 썼다. 원래 인형극에서는 파우스트가 헬레네와 사랑하는 내용이었지만, 괴테는 수산나의 이름(마르가레타)과 운명을 거의 고스란히 작품에 수용하여 마르가레테(그레트헨) 비극으로 바꾸었다.

여주인공 그레트헨은 소시민 계층의 도덕률에 대해 별다른 의식도 저항감도 없는 소박한 처녀다. 아직 어린 그녀는 거의 아무것도 모른 채, 외모는 젊어 보여도 실은 나이 든 사내의 유혹에 넘어가 결혼도 하지 않고 그를 사랑하게 된다. 그러다 우물가에서 또래 처녀의 비참한 운명 이야기를 듣고서야 비로소 소시민 계층을 지배하는 도덕률의 잔혹함을 (얼마 전까지 자신도 기꺼이 동참했던 잔인함) 깨닫는다. 어머니의 죽음에 대한 책임감으로 몹시 괴로운 그녀는 심한 사회적인 고립감에 빠져 성모상을 향해 기도하며 자신의 속마음을 털어놓는다.

하지만 곧이어 맞닥뜨리는 오빠의 죽음. 파우스트의 칼에 맞아 죽어가는 오빠가 그녀에게 내뱉는 지독한 사회적 판결문은 그녀를 진짜 공포에 빠뜨린다. 심각한 고립 가운데 한없는 고통과 슬픔에 빠졌건만, 정작 자신을 보호해주어야 할 교회에서 그녀는 오히려 기절해 쓰러진다. 임신한 몸이 겉으로 드러나면 눈앞에 닥칠 교회의 참회식은 또 얼마나 두려운 것인가? 이제 어디로 가야 하나? 갈 곳이 어딘가?

이런 절대적 고립과 공포심에서 어린 그녀는 갓 태어난 아기를 죽이고 도망쳤다가 잡혔다. 그리고 기꺼이 처형당했다. 교회의 형식논리로 보자면 메피스토펠레스의 말처럼, 그녀는 심판받았다.

〈파우스트〉 맨 마지막 장면에서 신비의 합창은 "영원히 여성적인 것이/우리를 위로 끌어 올린다"라고 노래한다. 이 위대한 문학작품이 인류에게 전하는 가장 소중한 메시지 하나가 여기 담겨 있다. 작가 괴테의 위대함 자체가, "여성적인 것"에 깊이 공감하는 특수한 공감 능력에서 비롯한 것으로 보인다.

괴테는 그의 가장 중요한 장편소설인 『빌헬름 마이스터의 수업 시대』에서도 어린 소녀 미뇽(Mignon)의 노래들에서 고통의 정서를 극히 아름답게 전달한다. 이어서 여성 인물의 회고인 "아름다운 영혼의 고백"을 통해 한 번 더 "여성적인 것"의 깊은 힘을 보여주었다. '아름다움'(Schönheit), '영혼'(Seele) 등은 모두 여성명사다.

〈파우스트〉에서 영원히 여성적인 것은 맨 먼저 그레트헨의 노래들에서 등장한다. 물레질하며 부르는 그레트헨의 노래 첫마디는 "나의 평화 사라졌네/내 가슴은 무거운데/다시는 그 평화 못 찾으리/결코 다시는"이다. 파우스트를 사랑하는 순간 그녀의 평화는 사라졌다. 그런데도 그녀는 사랑을 멈추지 않는다. 그와 맺어지고 난 뒤 돌이킬 수 없는 불안의 한복판에서, 그녀는 성벽 사이 통로에 있는 고난의 성모상 앞에서 다시 노래한다. 아들의 죽음을 슬퍼하는 고난의 성모(Mater dolorosa)는 영원히 여성적인 것의 전형이다. 성모의 크나큰 고통과 슬픔 앞에서야 비로소 그레트헨은 자신의 아픔을 털어놓을 수 있다(우리나라 현대사에 대입해보면, 광주와 세월호와 이태원 참사와 그 밖의 일로 자식을 잃은 모든 어머니들이 그렇듯이). 그리고 대성당 장면에서 그녀의 고통. 제1부 마지막 감옥에서 실성한 그녀가 드러내는 그 통증.

여성이 느끼는 고통을 이토록 아프고도 아름답게 묘사할 수 있는 작가는 드물다. 괴테는 불멸의 시편들에서 인간 영혼의 헤아리기 힘든 통증을 표현해냈다. 그래서 깊이 읽는 독자는 그런 자리에서마다 감동의 눈물을 머금는다.

파우스트는 자신의 엔텔레케이아를 온전히 펼치기 위해 오랜 시간 메피스토펠레스와 함께했다. 메피스토펠레스는 주님의 허락을 받고 파우스트의 정신의 힘을 그 원천에서 떼어내 메피스토펠레스의 길로 데리고 내려갔건만(324행 이하), 결국 그 정신을 붙잡지는 못했다. 파우스트의 정신이 완전히 쾌락에 사로잡혀 거기 안주하지 않았기 때문이다. 즉, 악마가 설교하는 물욕과 섹스에 온전히 머물지 않았다. 파우스트는 수많은 잘못과 오류를 범했으나, 근본적으로는 항상 올바른 방향을 지키려 애썼다. 자신의 엔텔레케이아를 온전히 펼치려는 노력을 눈이 멀어서도 내려놓지 않았다. 그리고 "인간은 노력하는 한 헤매기 마련"이다.

〈파우스트〉 맨 마지막 장면에서 고난의 성모는 영광의 성모(Mater gloriosa)로 바뀐다. 영광의 성모의 발치에서 전에 그레트헨이라 불리던 영혼도 함께 노래한다. 참회하는 여인들의 노래는 아직도 낮고 또 낮으며 여전히 겸손하다. 이렇듯 바닥에서 짓밟힌 여인들의 통증과 슬픔과 마지막에서야 영광이 되는 그 강력한 생명의 힘이 파우스트의 영혼을 위로 끌어 올린다. 하늘 세계에서도 여전히 악마와 결탁했던 흔적을 번데기처럼 붙이고 있는 이 오류 많은 영혼을. 제2부 제5막의 마지막 장면은 이렇듯 "천상의 서곡"에 응답하면서 〈파우스트〉의 줄거리를 둥글게 마무리한다.

낮고 낮은 곳으로 흐르는 고통의 힘이 변용하여 가장 높은 곳의 힘이 되었다. 이와 같은 사상을 우리는 『도덕경』에서도 찾아볼 수 있다. 바로 물의 힘이다. "최고선은 물과 같다." 『도덕경』 또한 "영원히 여성적인 것"을 예찬하지 않던가?

Ⅱ. 작업 과정

괴테는 어린 시절에 인형극을 통해서 파우스트 소재를 처음으로 만났다. 덕분에 그는 아이 때부터 이 이야기를 잘 알고 있었다.

① 1772~1775년경: 갓난아기를 죽이고 1772년 1월 14일에 처형당한 소시민 계층 처녀 수산나 마르가레타 브란트(Susanna Margaretha Brandt) 사건에 깊은 충격을 받은 스물두 살 괴테가 비극 제1부의 마지막 세 장면을 산문으로 쓰면서 이 작품의 창작을 시작했다. 『젊은 베르테르의 슬픔』과 같은 시기에 집필한 이 처음 원고에서 학자의 비극은 "밤"과 "아우어바흐의 술집" 등으로 얼개뿐이고 그레트헨 비극의 상당 부분이 나타난다. 다만 이 산문 원고, 〈초고 파우스트〉(*Urfaust*)는 괴테의 육필이 아니라 루이제 폰 괴히하우젠(Luise von Göchheusen)의 필사본으로 전해지는 데다가 1887년에야 발견되었기에, 원본 그대로인지는 분명치 않다.

② 1788~1790년: 괴테는 1788년 로마에서 쓴 편지에 "〈파우스트〉의 계획을 잡았다"라고 적었다. 〈초고 파우스트〉를 고치며 보충하고 "마녀의 부엌" "숲과 동굴" 부분을 새로 덧붙였다. 1790년에는 "이 희곡을 완성하지 않고 단편으로 발표할 생각"에서 〈파우스트 단편〉(*Faust. Ein Fragment*)이라는 제목으로 1790년 자신의 전집에 넣어 발간했다.

③ 1797~1803년: 1794년부터 프리드리히 실러는 괴테에게 "이 헤라클레스 토르소"를 완성하라고 끈질기게 권고했다. 괴테는 완강하게 버티다가 1797년(두 사람이 경쟁적으로 발라드를 쓰던 "발라드의 해")에 "헌사"와 "천상의 서곡"을 필두로 해서 파우스트 작업을 운문으로 재개했다. 학자의 비극 부분을 제대로 쓰고, 발렌틴의 죽음, 발푸르기스 밤 등도 덧붙였으며, 제1부 마지막 장면 "감옥"을 운문으로 고쳤다.

1803년에 작업을 마쳤으나 전쟁의 혼란 속에 출간이 미루어지다가 마침내 1808년 『파우스트. 비극』(*Faust. Eine Tragödie*)이라는 제목으로 튀빙겐의 코타(Cotta) 출판사에서 제1부가 출판되었다.

④ 1825~1831년: 제2부 작업은 1800년 무렵에 이미 시작되었다. 먼저 전체 작품의 스케치가 이루어졌고, 맨 먼저 헬레네 장면(제3막)이 일종의 사티로스극의 형식으로 작업되었다. 그런 다음 1825~1831년에 집중적으로 제2부 작업이 이루어졌다. 1825년(75세)에 맨 먼저 제5막을 썼다. 물론 완성은 1831년까지 기다려야 했다. 뒤이어 제3막을 쓰고(1827년), 다음으로 제1막, 이어서 제2막(1830년)까지 썼다. 80세가 넘은 1830년 12월부터 1831년 7월까지 맨 마지막으로 제4막과 아울러 제5막의 처음 부분인 필레몬과 바우키스 장면을 쓰고 비어 있는 부분들을 보충해서 마침내 전체를 완성했다.

특히 이 마지막 제4막과 제5막 작업에서 괴테는 자기 시대 현실의 두려운 상황을 작품에 잠깐씩 언급했다. "전쟁, 무역, 해적질"(11187행)과 "식민지로 만들"기(11274행), "세계 소유"(11242행) 등의 구절들은 당시 유럽 제국주의 세력의 세계 식민지 경영을 나타낸다. 산업화와 노동의 기계화도 제2막의 여기저기서 암시되고 있다.

1831년 8월에 괴테는 전체 작품을 완성하고 봉인했다. 그러나 이듬해인 1832년 1월에 다시 봉인을 풀어 며느리에게 낭송해주고는, 이어서 일기에다가 "주요 모티프들을 더욱 세밀히 고려해서 작품을 완성하겠다"라는 각오를 적었다. 1832년 3월 22일에 괴테가 죽고 나서 에커만(Eckermann)과 리머(Riemer)는 유고집 제1권으로 『파우스트. 비극 제2부』를 발간했다. 이어서 1834년에 전체작품을 실은 『파우스트. 비극』이 슈투트가르트와 튀빙겐의 코타(Cotta) 출판사에서 처음으로 인쇄되어 나왔다.

Ⅲ. 줄거리

1. 비극 제1부

제1부의 내용은 개략적으로 두 부분으로 이루어져 있다. 학자의 비극과 악마가 안내하는 세계 그리고 그레트헨 비극이다.

(1) 학자의 비극

밤

보름달이 떠오른 깊은 밤, 파우스트는 몹시 울적한 기분으로 홀로 서재에 앉아 있다. 중세 대학의 모든 과목을 섭렵하고 마법까지 공부했건만, 별 뾰족한 방책도 없이 여전히 서재에 갇혀 있는 게 한심하다. 저 자유로운 자연 속을 마음껏 돌아다니고 싶지만, 낡은 서류들과 오래 묵어 퀴퀴한 실험 도구들이 가득한 서재 겸 실험실이 그가 지금껏 살아온 세상, 즉 그를 가둔 감옥이다.

노스트라다무스의 예언서를 보자 답답한 마음이 조금 풀린다. 책에 담겨 있는 대우주 상징을 바라보면서 갑자기 열광과 더불어 모든 감각기관이 새롭게 충전되는 느낌을 얻는다. 무한한 자연과 소우주(인간) 사이의 연결을 보여주는 그림상징이기 때문이다. 하지만 이런 거대한 장관은 그저 구경거리일 뿐, 현실과는 거리가 멀다.

이어서 지령(地靈) 상징을 발견한다. 그 거대한 힘을 느낀 파우스트가 죽을 각오로 지령을 불러내는 주문을 읊자 마침내 지령이 눈앞에 나타난다. 하지만 막상 지령이 나타났을 때 파우스트는 벌레처럼 움츠러든다. 지령은 지상의 모든 생명 활동을 직조하는 힘, 거의 생명의 행성 자체다. 거인의 모습으로 등장한 자연이니, 지상의 일개 생명체인 파우스트가 감당하기에는 무리다.

파우스트는 자기가 "신과 같은 형상"(516행)으로서 지령과 대등한 존재라고 상상했는데, 어림도 없는 현실에 좌절한다. 잠깐 동안 조수인 바그너의 방해를 받고 난 다음에도 파우스트의 상념은 계속 이어진다. 자신의 처지를 한탄하던 그의 눈길이 독약에 가서 닿는 순간, 그는 그것을 마시기로 결심한다. 절망에 차서 비관했다기보다는 오히려 죽음을 통해 전혀 새로운 활동 무대로 새롭게 나아갈 수 있을 거라는, 엉뚱한 희망에서 나온 행동이다. 그런데 잔을 입에 대려는 순간 울려 나온 부활절 새벽의 첫 합창 소리에 그는 죽음의 잔을 도로 내려놓는다. 어린 시절의 즐거운 추억들이 떠올랐고, 파우스트는 죽음의 상념에서 벗어난다.

성문 앞에서: 악마를 불러들임

날이 밝자 부활절 축제를 즐기는 사람들 사이로 파우스트와 바그너도 산책에 나선다. 거기서 농부와 나누는 대화를 통해 소박한 시골 사람들이 파우스트 박사를 몹시 존경한다는 걸 알 수 있다. 옛날 흑사병이 돌 때 젊은 파우스트가 부친과 함께 그들을 치유했다고 한다. 실은 그의 아버지가 연금술에 몰두했고, 파우스트는 그런 아버지를 도왔던 것이지만.

돌아오는 길에 파우스트는 커다란 개 한 마리가 자기들 주변을 크게 돌면서 나선형으로 서서히 다가오는 것을 본다. 개는 정령의 징후를 보인다. 파우스트는 그 개를 자기에게로 불러들인다. 가까이서 다시 보니 정령의 흔적은 안 보인다. 어쨌든 파우스트는 개에게 함께 가자고 초대한다.

서재(1): 악마의 본질

학자 파우스트와 마법사 파우스트의 모습이 잘 드러나는 장면. 학자인 파우스트는 성서를 번역하려고 애쓴다. 점점 더 짖어대며 작업을 방해하는 개를 향해 파우스트는 마법사의 온갖 주문을 읊어대며 개의 본래 형태를 알아내려고 애쓴다. 몹시 재미있는 장면이다. 메피스토펠레스가 마침내 모습을 드러낸다.

두 사람의 대화 중에 메피스토펠레스가 스스로 자신을 정의하는 말이 나온다. 1335행 이하를 자세히 읽어보라. 대화 끝에 "혼돈이 낳은 기묘한 아들"인 메피스토펠레스는 오늘은 이만 물러가기를 청한다. 하지만 마음대로 나가지 못한다는 사실을 통해 파우스트는 지옥에도 일정한 규칙이 있음을 알게 된다. "그렇다면 너희와도 계약(Pakt)을 맺을 수 있단 말이네?"(1414~1415행). 둘 사이 계약도 파우스트가 먼저 생각해냈다. 메피스토펠레스는 정령들의 노래를 이용해 파우스트를 슬쩍 속이고 빠져나간다.

서재(2): 악마와의 계약

다시 찾아온 메피스토펠레스, 이번에는 그가 정식으로 계약을 제안한다. 이승에서는 악마가 파우스트의 종이며 동반자로, 저승에서는 반대로 파우스트가 악마의 종노릇을 하자는 것이다. 파우스트는 저승에는 관심이 없어 그런 계약쯤 문제가 되지 않으니 악마와 내기하는 것에 동의한다.

그의 계약조건은 이렇다. 자신이 순간에 만족해서 "이 순간아, 너는 너무 아름다우니 그대로 멈추어라"라고 말한다면, 즉 더는 추구하는 바가 없이 그 자리에 안주하려 한다면, 더 이상 살아갈 필요가 없다는 것이다. 메피스토펠레스가 양피지에 서명하기를 요구해서 그들은 계약서도 작성한다.

메피스토펠레스가 자초해서 행하는 최초의 임무는 파우스트 교수를 대신해 학생을 만나는 일이다. 진짜 대학교수가 할 법한 헛소리를 메피스토펠레스는 능숙한 솜씨로 해치운다. 가벼운 차림으로 다시 나타난 파우스트를 메피스토펠레스는 자기 망토로 감싸서 함께 날아간다. 이는 오늘날로 따지면 순간이동 장치에다가, 제2부에서는 타임머신의 기능까지 갖춘 망토다. 이처럼 악마는 처음부터 신기술의 장치들을 활용한다.

아우어바흐의 술집

부어라 마셔라, 유쾌한 젊은이들의 술집 장면은 대학생 시절 괴테의 경험 일부가 녹아들어 있다.

마녀의 부엌

그야말로 마법의 세계 한복판. 발푸르기스 밤과 연관성이 뚜렷하다. 여기서 메피스토펠레스가 마녀를 비롯해 마녀의 하인들과 온갖 법석을 부리는 동안 파우스트는 마법 거울 속에서 "가장 아름다운 여인의 모습"(2436행)을 보고 얼이 빠진다. 이 마법 거울 속 여인상은 제2부에서 만나는 헬레네의 모습일 것이다. 하지만 가장 아름다운 여인을 만나기에 앞서 파우스트는 바로 다음 장면에서 순진한 소녀 그레트헨에게 홀딱 반한다.

(2) 그레트헨 비극

괴테는 그레트헨 비극을 쓰는 것으로 〈파우스트〉 창작을 시작했다. 제1부 마지막의 산문 부분은 〈초고 파우스트〉의 형태를 그대로 남긴 것이다. 젊은 작가의 마음을 가장 많이 사로잡은 내용이 그레트헨 비극에 들어 있다.

길거리(1)~길거리(2): 그레트헨과의 만남

학자 파우스트는 사라지고 젊어져서 육욕에 굶주린 사내가 나타났다. 길거리를 지나가는 어여쁜 소녀를 보자마자 당장 작업질이다. 냉정하게 거절당한 다음 나타난 메피스토펠레스에게 다짜고짜 오늘 밤 안으로 그녀를 대령하라며 소녀에게 줄 선물도 준비하란다. 그야말로 섹스에 눈먼 사내의 헐떡이는 꼴을 보인다.

그는 순진한 아가씨에게 상냥한 태도를 보이긴 했지만, 차근차근 접근하는 게 아니라 성급한 욕망부터 드러냈다. 그런데도 소녀는 훌륭한 모습의 신사에게 이미 마음이 흔들렸다. 파우스트는 그녀가 집을 비운 사이 메피스토펠레스의 도움으로 그녀의 정갈한 작은 방에 들어가서 내부를 찬찬히 살피며 그녀의 삶을 짐작해본다. 저 연구실이 학자 시절의 자신을 "감옥"(398행)처럼 가두었다면, 지금 이 작은 방은 소시민적 소박함과 도덕률로 그녀를 가두는 "감옥"(2694행)인데도, 그는 여기서 소박한 행복을 짐작한다. 그 작은 행복을 깨뜨릴까 두렵기도 하지만, 욕망이 앞서는 걸 어쩌랴. 하지만 이처럼 망설이는 그의 마음에서 진짜 사랑도 자란다. 메피스토펠레스는 파우스트의 욕망을 위해서는 도움을 줄 수 있지만, 그의 사랑에 대해서는 아무런 힘도 없다.

파우스트는 메피스토펠레스가 구해 온 보석함을 마르가레테(그레트헨)의 옷궤에 넣어둔다. 그레트헨의 어머니는 수상한 낌새를 눈치채고 그 보석을 몽땅 신부(神父)에게 넘긴다. 그레트헨은 점점 더 모르는 신사 생각에 마음을 뺏긴다. 안달하는 파우스트를 위해 메피스토펠레스는 그레트헨의 이웃 여인 마르테를 이용하기로 한다. 메피스토펠레스는 지난번보다 더 큰 보석 장신구가 든 상자를 그레트헨의 옷장에 넣어두었다. 꾀가 난 그레트헨은 그것을 어머니에게 말하지 않고 마르테의 집으로 가져와서 보여준다.

두 사람이 보석을 두고 호들갑 떨고 있을 때 메피스토펠레스가 마르테의 집을 방문한다. 그는 그녀의 남편이 죽었다는 소식을 가져온 심부름꾼인 척한다. 가짜 소식을 들은 마르테는 사실 확인에는 큰 관심이 없고 그 소식이 법적인 효력을 갖는 것에만 집중한다. 당시의 관습으로는 두 사람의 증언이 있으면 법적인 효력이 발생한다. 메피스토펠레스는 친구와 함께 증언을 해주겠노라고 약속한다.

이어서 파우스트에게 함께 증언하자고, 즉 거짓 증언을 요구한다. 펄쩍 뛰는 파우스트에게 메피스토펠레스는 태연히 묻는다. 그가 거짓말을 탓할 상황인가? "당신이 머지않아 그레트헨에게 사랑과 충절을 충심에서 약속할 테지만, 그것을 지키지 못하리라는 사실은 이미 알고 있지? 순간에 머물지 않기로 스스로 맹세했으니 말이다. 아가씨에게 지키지 못할 약속을 하는 것은 거짓이 아닌가? 어째서 거짓 증언만 문제로 삼느냐?" 파우스트는 메피스토펠레스의 말에 아무 반박도 못 하고, 게다가 불타는 욕망을 누를 길도 없으니 거짓 증언에 나서기로 동의한다.

정원~대성당: 사랑과 불안한 마음

그렇게 해서 파우스트와 그레트헨은 마르테의 정원에서 만났다. 순진한 소녀 그레트헨은 그의 사랑을 확인하고 이루 말할 수 없이 순수한 태도로 그를 깊이 사랑한다. 파우스트는 한없이 기쁘면서도 앞으로 벌어질 불행에 대한 예감으로 괴로워 숲속 동굴에 처박혀 자책한다. 그뿐만이 아니라, 자기가 이제는 메피스토펠레스에게 깊이 의존하고 있다는 것도 또렷하게 인식한다. 메피스토펠레스는 파우스트 자신이 이미 상당히 악마가 되었다고 지적한다.

남자가 고민하는 사이 소녀는 깊은 사랑으로 마음이 무겁다. 마음의 평화는 무너졌는데, 사랑하는 남자가 자기와는 다른 종류의 사람이라는 것을 알면서도 이 사랑을 멈출 수가 없다.

그녀의 마음에 가장 꺼림칙한 것은 종교에 대한 남자의 태도다. 그가 도대체 신을 믿는지 불명확하다. 그에게 물어보아도 돌아오는 대답은 알쏭달쏭, 도무지 이해할 수가 없다. 특히 그가 늘 붙어 다니는 저 동반자는 이루 말할 수 없는 두려움을 불러일으키는 존재다. 모든 일에 무관심할뿐더러, 그가 곁에 있으면 그녀의 마음에서도 사랑이 사라질 지경이다.

이런 불안한 마음에도 그녀는 사랑하는 사내가 원하는 대로 그를 침실에 들이려고 그가 내미는 약병을 받아 든다. 어머니에게 수면제를 드리고 그와 함께 밤을 보내기 위해서다. 하지만 행복한 밤은 금세 지나가고 그녀의 마음은 갈수록 불안하다. 특히 우물가에서 리스헨과 이야기를 나눈 다음부터는 끔찍한 고립감을 느낀다. 결혼하지 않은 처녀가 사내와 정을 통했다 들키기라도 하는 날이면 교회에서 공개 참회식이라는 참기 힘든 형벌을 받아야 한다. 설사 그와 혼인한다 해도 사회의 모멸을 감수해야 하는 판인데, 결혼 자체마저 불확실하다면 이 일을 어찌 해야 할까?

그녀가 성벽 사이 통로에서 부르는 노래, "굽어보소서, 고통 많으신 그대(성모님)"는 눈물 없이 읽기 어려운 부분. 제2부 제5막 마지막 장면에서 그레트헨은 다시 같은 목소리로 노래한다. "굽어보소서, 비할 바 없는 그대." 이 눈물, 이 고통, 이 노래가 바로 파우스트를 하늘로 끌어 올리는 힘이다.

중간에 이야기가 비어서 정확히 알 수 없는 부분은 뒤에 대성당 장면에서야 비로소 완전히 재구성된다. 파우스트가 수면제라고 건넨 약 때문에 그레트헨의 어머니가 죽었다. 그레트헨이 약물을 과용했을 수도 있지만, 그보다는 아마도 파우스트가 건넨 것이 악마의 약이었다고 봐야 할 것이다.

그리고 시간이 얼마 지나지 않은 어느 밤, 그레트헨의 소문을 듣고 괴로워하던 군인 오빠 발렌틴이 누이를 유혹해 신세를 망쳐놓은 놈을 죽일 생각으로 그레트헨의 집 문 앞에서 기다린다. 소문에 두 놈이 붙어 다닌다더라. 파우스트는 칼을 쓸 줄도 모르면서 귀족처럼 칼을 차고 다녔는데, 발렌틴과 맞붙어 싸울 때는 그의 뒤에서 메피스토펠레스가 힘을 쓴다. 군인 발렌틴은 누이를 유혹한 놈을 죽이려다가 오히려 자기가 파우스트/메피스토펠레스의 칼에 찔려 죽는다. 그는 죽어가면서 조목조목 불길한 미래의 전망을 내놓는다. 어머니를 잃은 그레트헨은 오빠마저 잃고 끔찍한 미래를 선고받기까지 한다.

대성당에서 고통스러워하는 그레트헨의 모습. 어머니와 오빠가 죽어 장례미사를 올리고 있는데, 그녀의 배 속에서는 태아가 뛰논다.

발푸르기스 밤과 그레트헨의 처형

발렌틴을 죽인 다음 파우스트/메피스토펠레스는 악마와 마녀들의 축제인 발푸르기스 밤으로 떠났다. 여기서 악마는 육욕과 금욕(金慾)을 노골적으로 드러내고 찬양한다. 괴테가 썼지만, 당시의 검열 탓에 인쇄하지 못하고 남겨둔 원고 일부에는 "사탄의 설교"가 들어 있다. 사탄은 마녀들에게 섹스와 황금을 찬양하고, 사탄에게 예배를 올리라는 설교를 한다. 이런 물욕과 섹스 찬가가 바로 발푸르기스 밤을 지배하고 있다.

발푸르기스 밤에서 돌아오는 길에 파우스트는 메피스토펠레스의 입에서 그레트헨이 갓난아기를 죽인 죄로 감옥에 갇혀 처형을 눈앞에 두고 있다는 말을 듣는다. 파우스트가 아무리 분노를 폭발시켜도 이미 어찌할 도리가 없다. 악마는 인간사에 손수 개입하지 않으니, 파우스트가 악마의 도움을 받아 그녀를 감옥에서 구해내야 한다.

메피스토펠레스가 간수들의 감각을 흐려놓자 파우스트는 열쇠를 가지고 감옥 안으로 들어간다. 날이 밝으면 그녀는 의자에 묶여 처형될 것이다. 안타까운 마음에 서둘러 그녀를 밖으로 빼내려고 하지만, 그녀는 실성 상태다. 억지로 끌고 나가려 해보지만 버둥대며 저항한다. 그녀는 자신이 죽어 마땅하다고 느낀다. 메피스토펠레스의 모습을 본 그녀는 기도를 올리며 파우스트를 피한다.

그녀가 심판받았다는 메피스토펠레스의 말에, 구원받았다는 목소리가 하늘에서 울려온다. 파우스트는 메피스토펠레스와 함께 그 자리를 벗어난다.

괴테가 그린 무대 디자인(제2부에서 포르키아스가 등장하는 장면, 1818년)

2. 비극 제2부

전체를 세 영역으로 나눌 수 있다. 제1막과 제4막은 중세 황제의 세계, 제2막과 제3막은 고대 그리스 세계와 헬레네 이야기 그리고 제5막 전체 작품의 마무리다.

제2부는 제1부와 달리 상대적으로 엄격한 5막극 구조를 드러내지만, 일부 장면들의 나뉘고 갈라지는 부분에 불분명한 점들이 남아 있다. 우리 책은 울리히 가이어가 1999년에 내놓은 판본을 따른다.

(1) 제1막

파우스트/메피스토펠레스는 곧장 황제의 궁성으로 들어간다. 그곳에서 지하자원 또는 땅속에 파묻힌 보물 발굴하기, 이어서 사육제 행렬 행사와 지폐의 도입, 나아가 황제의 요구에 따라 인류 역사상 가장 아름다운 남녀인 파리스와 헬레네의 환영(이미지) 불러오기 등을 행한다.

① 제1부 마지막 부분 그레트헨과의 괴로운 이별 장면에서 쾌적한 자연환경으로 옮겨진 파우스트는 불안한 모습으로 잠을 이루지 못한다. 아리엘과 공기 요정들이 그를 도와 잠들게 하고, 그의 마음에 망각을 선물하고 몸에는 원기를 되돌려준다.

② 파우스트/메피스토펠레스는 황제의 궁성으로 들어간다. 황제와 대신들은 사육제의 가장행렬 준비를 마친 상태에서 긴급회의를 위해 모였다. 정사(政事)는 뒷전이고 온갖 잔치와 즐거움을 찾으며 돈을 탕진하는 황제는 이런 긴급회의가 못마땅하다. 황제를 늘 좌우에서 모시는 점성가와 어릿광대 중 광대가 보이지 않는다. 술꾼 뚱보 광대는 회의실로 들어오다가 계단에 걸려 자빠졌고 야윈 광대가 잽싸게 그의

자리를 꿰차기는 했는데, 경비병에게 걸려서 안으로 들어오지 못한단다. 황제가 새로운 광대를 불러들이자, 메피스토펠레스가 냉큼 들어온다. 그는 이처럼 한달음에 황제의 최측근 자리를 차지한다. 회의가 시작되고 대신들이 고하는 바에 따르면 제국에 돈이 말랐다. 물론 질서도 엉망이고 황제에게 복종하는 마음은 어디에도 없다. 아무도 해결 방안을 모르는데 메피스토펠레스가 나선다. 역사상 위기 때마다 부자들은 땅속에 보물을 파묻었으니, 미처 파내지 못한 일부가 땅속 여기저기 남아 있을 수밖에 없다. 제국의 땅은 황제 것이니 땅속 물건도 모두 황제 것이다. 그걸 파낼 사람도 안단다. 이렇게 갑작스러운 해결책이 나타나자 그 일을 메피스토펠레스에게 맡기고 모두 함께 사육제 행사로 달려간다.

③ 피렌체와 로마의 사육제 행사를 본딴 축제 행렬이 줄줄이 이어진다. 소년 마부가 모는 네 마리 용차(龍車)에 탄 파우스트도 등장한다. 소년은 제3막에 나오는 유포리온, 파우스트는 부(富)의 신 플루투스로 분장했다. 그의 뒤에 잘 보이지 않게 숨어 있는 탐욕이 메피스토펠레스의 분장이다. 마지막으로 위대한 판(Pan) 신을 모신 그룹이 등장하는데, 판은 황제의 분장이다. 그러다가 황제의 수염에 불이 붙어 혼란스러워진 상황을 마법사 파우스트가 물의 원소들을 동원해 불을 끄고, 축제는 소동 속에 막을 내린다.

④ 이튿날 황제는 축제가 즐겁기만 했다면서 오히려 그런 모험을 더 원한다. 대신들이 차례로 들어오면서 지난밤에 제국의 온갖 돈 문제가 해결되었다는 낭보를 올린다. 축제가 한창일 때 재상과 대신들이 황제의 서명을 받아 지불보증 서류를 만들었고, 황제의 서명이 들어간 이 서류를 밤사이 1천 장으로 만들어 꼭 필요한 자리마다 이미 사용되고 있다는 것이다. 황제가 미처 의식하지도 못한 상태에서 제국에는 일종의 지폐가 통용되기 시작했으니, 하룻밤 만에 새로운 지폐 제도가

도입된 셈이다.

⑤ 파우스트는 메피스토펠레스에게 황제의 새로운 소망을 전달한다. 황제는 헬레네와 파리스의 모습을 마치 살아 있는 것처럼 생생하게 눈앞에서 보고 싶어 한단다. 메피스토펠레스는 고대 이교도 유령에 대해서는 자신의 능력이 미치지 못한다고 고백한다. 그런데도 메피스토펠레스가 일러주는 비책, 곧 시간도 공간도 없는 그 어딘가 '어머니들'이 머무는 곳에는 과거의 모든 존재, 미래에 있게 될 모든 존재의 이미지들이 일종의 도식으로서 머물고 있다. 파우스트가 대양을 헤엄쳐 가서 끝도 없는 공간을 보고, 거기서 아래로 내려가 어머니들의 나라를 찾아내 그곳에 있는 삼발이를 가지고 올라온다면, 그 삼발이에서 나오는 안개를 가지고 마법을 사용해 헬레네와 파리스의 이미지들로 바꿀 수 있단다. 이렇게 뜬금없고 정처 없는 말을 하면서 메피스토펠레스는 대체 어디서 왔는지 출처 없는 열쇠 하나를 파우스트에게 건넨다. 이 열쇠의 안내를 받아 어머니들의 나라로 가서 열쇠로 삼발이를 건드리면, 삼발이가 따라올 것이다. 그러면 위로 올라오라.

⑥ 파우스트가 어머니들의 나라로 떠나 있는 동안 메피스토펠레스는 궁중 사람들의 온갖 소망을 이루어준다. 그가 내놓는 각종 처방은 온갖 종류의 마법들. 궁중에 마법이 그득하다.

⑦ 파우스트가 돌아오기도 전에 궁정 전체가 기사들의 전당으로 이동한다. 그곳에서 새로운 종류의 무대가 펼쳐질 예정이다. 커다란 홀의 구석과 벽감마다 옛날 기사들의 온갖 무기와 장비들이 전시되고 있다. 그곳 한 면에 벽걸이가 드리워졌는데, 그 벽걸이 뒤쪽이 무대가 된다. 황제는 이미 맨 앞에 자리를 잡고 앉아 있다. 전령관 대신 점성가가 무대 위 사건의 설명을 맡고, 메피스토펠레스가 프롬프터박스에서 점성가에게 대사를 불러준다. 사람들이 기다리는데 사제 복장에 관을 쓴 파우스트가 삼발이와 함께 무대로 올라온다. 어머니들의 세계에

서 무사히 돌아온 것이다. 메피스토펠레스의 말대로 무대에서 파우스트가 열쇠로 삼발이를 건드리자 흐릿한 안개가 공간을 덮고, 그 안개는 차츰 아름다운 젊은이의 모습으로 바뀐다. 이렇게 파리스의 모습이 등장하자 모든 여인이 파리스를 찬양하고 탐내는데, 사내들은 흠잡기에 바쁘다. 이어서 헬레네의 모습도 나타난다. 이번에는 사내들이 찬양하고 여인네들은 어떻게든 흠을 잡으려 애쓰는데, 파우스트는 헬레네의 완벽한 아름다움에 경탄과 경배를 바친다. 파우스트는 점점 더 아름다움의 전형에 깊이 빠져들면서, 헬레네를 포옹하는 파리스를 쫓아내려고 열쇠로 건드린다. 그러자 폭발이 일어나면서 파우스트는 바닥에 쓰러진다. 메피스토펠레스가 탄식한다.

(2) 제2막

파우스트/메피스토펠레스는 헬레네를 찾으러 고대 그리스 세계로 들어간다. 이동 수단은 메피스토펠레스의 망토, 또는 19세기에 본격적으로 등장하는 기구(공)다. 고전적 발푸르기스 밤에서 파우스트와 메피스토펠레스는 각기 제 갈 길로 돌아다니고, 인조인간 호문쿨루스도 아직 생겨나지 못한 육체를 얻으러 이리저리 돌아다닌다. 그들은 저마다의 목적지에 도달한다.

① 메피스토펠레스는 쓰러져 기절한 파우스트를 망토로 싸서 옛날 파우스트의 서재로 데려왔다. 헬레네를 향한 사랑으로 인해 쓰러진 파우스트는 이곳 중세의 서재에서는 아예 깨어나지도 않는데, 그가 없어진 사이 조수였던 바그너가 그의 뒤를 이어 당대의 학문을 이끌어가는 대표적인 학자가 되어 있다. 메피스토펠레스는 잠시 짬을 내서 옛날 대학 초년생이던, 이제는 건방진 학사와 이야기를 나눈다. 피히테

철학에 대한 가벼운 비판이 드러난다. 이 학사는 메피스토펠레스가 아끼는 종놈인 셈이다.

② 이어서 바그너의 연구실, 마침 이 순간 나타난 메피스토펠레스의 보이지 않는 도움으로 바그너의 프로젝트는 성공한다. 바그너가 창조해낸 인조인간 호문쿨루스는 가벼운 유리병 안에 든 빛으로서, 육체가 없이 정신의 힘만 지녔다. 대신 그는 모든 지식을 갖추었다. 잠든 파우스트를 보자마자 그가 헬레네의 탄생 장면을 꿈꾸고 있음을 알아본다. 호문쿨루스는 생겨난 이상 제 할 일을 해야 한다고 말한다. 바그너와는 작별 인사를 나누고, 메피스토펠레스, 파우스트와 함께 셋이서 고대 그리스를 향해 떠난다.

③ 그리스 땅에서는 테살리아 평원의 마녀 에리히토가 맨 먼저 등장한다. 단테의 〈신곡〉에도 등장했던 그녀는 바그너의 연구실을 출발한 호문쿨루스, 메피스토펠레스, 파우스트가 공중에서 날아오는 것을 보고 그대로 사라진다. 파우스트는 땅에 닿자마자 깨어난다. 고대의 공기가 그를 깨운 것이다. 그들 셋은 각자 저만의 일을 찾아내기로 하고 헤어진다. 파우스트는 고대 세계를 좋아하지만, 중세 기독교 악마인 메피스토펠레스는 낯선 세계에서 어리둥절해한다. 그러면서도 약삭빠르게 적응하기 시작한다. 스핑크스는 파우스트에게 (켄타우로스인) 케이론에게 물으면 헬레네를 찾도록 도와줄 거라고 일러준다. 파우스트는 고대 영웅들의 스승인 케이론을 찾으려 한다.

④ 파우스트의 길. 그는 페네이오스강에서 헬레네가 탄생하는 과정을 한 번 더 본다. 꿈에서 본 것을 다시 보는데, 이번에는 그리스 땅에서 깨어서 바라본다. 이어서 나타난 반인반마(半人半馬) 케이론의 등에 타고서 그의 안내를 받는다. 케이론은 파우스트에게 여러 이야기를 들려주며 그를 만토에게로 데려다준다. 그 옛날 오르페우스처럼 파우스트도 그녀가 안내해주는 명부의 입구에서 아래로 내려간다. 헬레네를

명부에서 데려오려고 가는 길이다.

⑤ 메피스토펠레스의 길. 앞 장면 끝에서 잠깐 만토의 처소로 옮겨갔던 장면은 다시 페네이오스강 상류로 돌아온다. 여기서 갑자기 지진이 일어난다. 스핑크스들은 묵직이 앉아 진동을 견뎌낸다. 그러자 '지진' 세이스모스가 직접 무대에 등장한다. 그는 화산 폭발로 갑작스럽게 지각 변동을 만들어내는(火成論) 자신의 능력을 자랑한다. 지진으로 산(山)이 만들어질 때 밀려난 메피스토펠레스는 고대 그리스의 여자 뱀파이어인 라미아들과 어울렸다가 놀림감이 되고, 이어서 헤어졌던 호문쿨루스를 다시 만난다. 몸을 얻기를 열망하는 호문쿨루스는 혹시나 하는 희망으로 두 자연철학자 뒤를 따라다니는 중이다. 아낙사고라스와 탈레스는 각기 화성론과 수성론(물의 힘으로 느리게 지각 변동이 이루어진다는 설)을 대변한다. 그들은 논쟁을 계속하고 호문쿨루스는 그들과 함께 간다. 메피스토펠레스는 눈 하나와 이빨 하나를 공유하는 세 자매 포르키데스를 만난다. 그 꼴이 이루 말할 수 없이 흉측한데, 메피스토펠레스는 그들과 몸을 합치자고 청한다. 메피스토펠레스의 제안에 따라 포르키데스 세 명은 둘이 되고, 메피스토펠레스가 세 번째 자매가 되어 합류한다. 그의 이빨 하나와 눈 하나를 그들의 것과 합쳐서 눈 두 개 이빨 두 개인 여자 포르키아스가 된다. 메피스토펠레스와 포르키데스의 합성체 여자로서 일찍이 본 적이 없고, 또 서술하기 힘들 만큼 흉측한 이 모습이 메피스토펠레스는 퍽 만족스럽다.

⑥ 바다 축제 준비. 네레이데스와 트리톤들이 카비리 신들을 모시러 떠나자 바다 신 네레우스가 등장한다. 아낙사고라스는 사라지고 탈레스의 안내를 받던 호문쿨루스가 자신의 길을 묻지만, 네레우스는 그런 일에는 전혀 관심이 없고, 오직 오늘 축제의 절정을 장식할 아름다운 딸 갈라테이아를 만날 생각뿐이다. 네레이데스와 트리톤들은 금방 카비리 신들을 모셔 오고, 네레우스는 호문쿨루스를 거듭 변신하는 바다

신 프로테우스에게로 보낸다. 변덕 심한 프로테우스를 겨우 인간의 모습으로 만나자, 프로테우스는 먼바다에서 작게 시작해서 점점 발전해야 한다고 일러준다. 그는 탈레스와 나란히 수성론자인 셈이다. 호문쿨루스는 그의 안내를 따르기로 한다.

⑦ 바다 축제 절정. 호문쿨루스의 길. 로도스의 텔키네스 종족이 도착하고 축제가 점차 절정에 이르자 프로테우스는 돌고래로 변신하고는 호문쿨루스를 등에 태운다. 그를 먼바다와 혼인시키려는 것이다. 이어서 아프로디테의 조개 수차(水車)를 탄 아름다운 갈라테이아가 도리데스에 둘러싸여 나타나서 아버지 네레우스를 잠깐 바라보고는 도로 이별하며 멀어진다. 갈라테이아의 수차가 등장하는 장면이 오늘 축제의 절정이다. 모든 바다 존재들이 갈라테이아를 중심으로 선회하면서 여러 종류의 신비로운 빛을 내서 바다를 화려하게 수놓는다. 멀어져가는 갈라테이아의 조개 수차에 호문쿨루스의 유리병이 부딪혀 깨지고, 호문쿨루스는 멀리서 바라보는 네레우스를 놀라게 할 만큼 반짝이는 빛을 내고는 바다로 사라졌다. 그는 처음부터 생명의 길을 다시 시작해야 한다. 세상의 처음에 에로스-파네가 지배할 때처럼 그렇게 생명의 시작부터 말이다.

(3) 제3막

파우스트와 헬레네는 짧은 목가(牧歌)의 행복을 경험한다. 막 도중에 시간이 고대에서 중세로, 장소가 스파르타에서 미스트라스로 무대의 이동 장면이 직접 등장한다. 비록 안개에 휩싸여 아무것도 보이지 않는 가운데 합창대의 노래로만 진행되지만, 5막극의 중앙부인 제3막 한복판에 이런 시공간 이동이 배치된 것은 아무리 보아도 경이롭다.

[뒷날 바그너 오페라《니벨룽겐의 반지》에 나타나는 경이로운 무대(공간) 이동은 여기서 아이디어를 얻은 것일까?]

① 파우스트가 명부에서 불러올린 헬레네는 시녀들과 함께 트로이에서 고국인 스파르타로 돌아왔다. 시녀들은 패배하여 포로로 잡힌 트로이의 여인들이다. 배를 타고 돌아오는 길에 남편 메넬라오스는 별말이 없다가 고국에 도착하자 헬레네더러 먼저 궁전으로 올라가 신들에게 제물을 바칠 준비를 하라고 이르고는 뒤처졌다. 헬레네는 아직 어지럽다. 명부에서 올라와서 어지럽지만, 항해 탓인 줄로 여긴다. 어린 시절에 살았고, 결혼해서도 살았던 익숙한 궁전으로 들어갔다가 흉측한 여인 포르키아스를 만나 놀라서 밖으로 나온다. 뒤따라 등장하는 포르키아스. 그녀는 메넬라오스가 궁전 관리를 위해 남겨둔 궁전 관리인이다. 시녀들은 세상에서 가장 아름다운 헬레네와 세상에서 가장 추한 포르키아스의 대비되는 모습에 당황한다. 포르키아스는, 제물 바칠 준비는 이미 다 되었는데 제물은 어디 있느냐고 묻는다. 헬레네는 "왕께서 그건 말씀하지 않았다"라고 답한다. 포르키아스가 당신이 바로 제물이라고 말하자 헬레네와 시녀들은 소스라치게 놀란다. 그러자 포르키아스는 저 뒤편 오랜 세월 버려져 있던 골짜기와 산에 킴메르 종족 후손(게르만 일족)이 튼튼한 성을 세웠는데, 그 영주가 사람됨이 점잖고 괜찮으니 그리로 가면 어떻겠느냐고 제안 같은 협박을 한다. 죽음의 위협에 몰린 헬레네는 그 제안에 동의하고, 이들은 곧바로 포르키아스의 안내를 받아 길을 나선다. 3000년 세월과 7킬로미터 거리를 이동하는 길은 합창대의 노래로 서술된다.

② 정신을 차리고 보니 이미 중세 성의 안마당이다. 포르키아스의 모습은 보이지 않고, 갈팡질팡하는 여인들 앞에 멋진 모습의 영주인 파우스트가 망루지기 린케우스를 데리고 등장한다. 눈 밝은 이놈이 임무를 이행하지 않은 탓에 헬레네의 도착을 제때 보고받지 못했단다.

물론 모든 혼란은 금세 진정되고, 파우스트와 헬레네는 순식간에 서로에게 매혹된다. 사라졌던 포르키아스가 갑자기 나타나 메넬라오스가 군대를 거느리고 쳐들어온다고 보고한다. 파우스트가 중세 유럽의 봉건제 방식으로 각 종족별로 봉토를 나누어주고 지휘자들의 책임 아래 영토를 지키라고 하니, 모두 힘을 합쳐 순식간에 적을 물리친다. 주변을 평화롭게 만들고 난 뒤 파우스트 헬레네와 자신의 거처를 그곳에서 멀지 않은 아르카디아로 정한다.

③ 포르키아스의 보고에 따르면 헬레네와 파우스트가 아르카디아의 동굴 안에서 사내아이를 얻었다. 태어난 지 얼마 안 된 유포리온은 빠른 속도로 자라면서 절도를 모른 채 자꾸 위로 뛰어오르는데, 잠시 뒤에는 아빠, 엄마, 소년 등 세 식구가 등장한다. 소년은 젊은 합창대원들과 즐겁게 춤추며 아가씨들을 희롱하다가 참지 못하고 다시 뛰어오른다. 자유를 위해 싸우는 자들의 편에 서기 위해 우선 사방을 제대로 살펴보려고 하늘로 뛰어올랐다가 그대로 추락해서 죽는다. 그를 애도하는 노래, 이어서 헬레네도 아들을 애도하며 페르세포네의 세계(명부)로 돌아가고 의상과 베일만 남는다. 파우스트는 헬레네의 의상에 둘러싸여 하늘로 사라지고, 포르키아스/메피스토펠레스는 유포리온의 옷과 외투와 악기를 들고 악마 방식의 애도 노래를 한다. 합창대는 옅은 공기로, 원소들로 돌아간다.

(4) 제4막

헬레네 장면은 마치 꿈결처럼 사라지고 아무렇지도 않게 다시 시공간 이동. 파우스트/메피스토펠레스는 제1막에 등장한 황제가 대립 황제와 벌이는 전쟁터 한복판으로 돌아온다. 여기서 전쟁에 개입하는데,

파우스트, 헬레네, 유포리온 그리고 포르키아스(빌헬름 폰 카울바흐, 1860년)

파우스트는 메피스토펠레스와 거의 분간이 가지 않을 정도로 비슷한 특성을 보인다.

① 파우스트는 헬레네의 의상이 변한 구름을 타고 와서 산꼭대기에 내린다. 곧이어 메피스토펠레스도 한 걸음에 일곱 마일(약 11킬로미터)씩 나아가는 장화를 신고 도착한다. 파우스트에게 이제 무엇을 더 원하는지 묻고는 온갖 추측을 해대지만, 파우스트에게는 다른 생각이 있다. 먼바다에서 해안으로 몰려와 힘을 낭비하고 사라지는 파도에 주목하면서, 이런 파도의 힘을 제어하는 간척사업을 통해 수많은 사람에게 삶의 터전을 만들어주고 싶다. 메피스토펠레스는 이리로 오는 길에, 그 옛날의 황제가 대립 황제와 맞서 싸우다가 곤경에 처해 있는 것을 보았다. 파우스트/메피스토펠레스가 전쟁에서 황제를 도와 황제가 이기면 봉토를 받을 수 있으리라. 메피스토펠레스는 곧장 산의 정령들인 세 용사를 소개한다.

② 황제는 아직도 정신을 차리지 못했다. 전황은 불리한데, 대립 황제가 나타났다는 소식을 듣자 그동안 마상 창 시합 한번 제대로 못 해봤으면서 이참에 대립 황제와 1대 1 결투로 맞붙어 전황을 결정하겠단다. 하지만 대립 황제 쪽에서 이 제안을 보기 좋게 퇴짜 놓는다. 아무 생각도 없는 황제의 눈앞에 파우스트와 노르차의 주술사라는 메피스토펠레스가 나타나 뭔지 모를 정령들의 힘으로 황제를 돕겠다고 제안한다. 황제는 악마의 술책임을 눈치채지만 뾰족한 수가 없으니 말없이 제안을 받아들인다. 세 용사의 힘만으로 모자라서 물의 요정 운디네 환각까지 동원해 결국 적을 물리치고 황제가 승리를 거둔다.

③ 쫓겨난 대립 황제의 천막으로 맨 먼저 '서둘러'와 '차지해' 등 메피스토펠레스의 용사들이 등장해 앞치마 구멍으로 보물을 줄줄 흘리며 보물 일부를 약탈해 가고, 이어서 황제가 영주들과 함께 등장한다. 황제는 제국과 황제 가문을 튼튼히 만든다는 명분으로 이들에게 대립

황제 일파가 차지했던 영토와 더불어 온갖 지위와 세습 특권을 인정하고, 마지막으로 장래의 황제 선출권도 이들과 그 후손에게 세습한다(선제후). 재상까지 합쳐 다섯 명의 대신이 이런 특권을 받는다[역사상 신성로마제국의 1356년 '금인칙서'(성문법)는 일곱 명의 선제후를 인정했다]. 대신들이 모두 물러나자 마지막으로 대재상만 대주교 자격으로 남아 이번에는 교회와 황제가 협상을 벌인다. 황제가 악의 세력과 결탁했다는 사실이 교황께 알려지면 파문령이 나올 것이라는 점을 들어, 교회 권력이 세속 권력을 압박하고 재산을 빼가는 장면이 적나라하게 드러난다. 특히 마지막에 대주교는 파우스트에게 주어진 땅에 대한 권한까지 요구한다. 현실에는 아직 없고 바닷속에 들어 있는 간척지조차도 파문 협박에 따라 미리 대주교의 손으로 넘어간다. 어쨌든 독자는 파우스트가 봉토(의 예정지)를 받은 봉신임을 알 수 있다. 땅이 생긴다면 그는 살아 있는 동안 그 땅의 영주가 되리라.

(5) 제5막

바다를 간척해 거대한 땅을 만들어 거기에 수백만 명의 백성이 들어와 살게 하고, 그렇게 자기가 받은 봉토의 주인이 된 파우스트는 이제 막대한 권력과 재산을 지닌 영주 자격으로 궁전에서 산다. 말년에 눈이 멀지만, 자신의 지나간 삶을 돌아보고 또 현재를 보며 썩 만족한 그는 마침내 옛 계약대로 주문을 읊어서 삶을 마감한다. 마지막 부분은 죽은 그의 영혼을 두고 하늘 세력과 악마의 세력이 맞붙은 일대 결전 장면인데, 두 세력의 힘은 팽팽하다. 다만 천사들이 뿌린 사랑의 장미꽃 힘으로 양측의 균형이 살짝 흔들리면서 천상의 세력은 겨우 파우스트의 영혼을 위로 끌고 간다. 악마가 허우적대는 게 우스꽝스러운 소극(笑劇) 형식이다. 그 영혼을 마지막으로 위로 끌어 올리는 것은 저 유명한 "영원히 여성적인 것"의 힘이다.

① 파우스트의 궁전 가까운 곳에 그의 신하가 아닌 노부부가 산다. 수백만 명이 거대한 간척지에 살지만, 노부부는 파우스트 궁전 바로 옆 알 박기처럼 남은 작은 땅을 지키고 있다. 예전에 바닷가가 내려다보이던 언덕에서는 운하만 보인다. 그 옛날 그곳이 아직 바닷가이던 때 그들은 난파해서 떠도는 나그네를 구해준 적이 있었는데, 오늘 그 나그네가 노부부를 찾아왔다. 나그네는 이런 크나큰 변화에 입을 다물지 못한다.

② 파우스트의 궁전에서는 망루지기 린케우스가 망을 본다. 저녁 무렵 이웃한 노부부의 언덕에서 울려오는 종소리에 파우스트는 불편한 마음을 참기가 힘들다. 이토록 가까운 곳에 내 소유 아닌 땅이 남아 있다는 사실이 참으로 언짢다. 메피스토펠레스가 세 젊은이와 함께 항해를 나섰다가 운하를 통해 돌아온다. 나갈 때는 두 척이던 배가 들어올 때는 스무 척이다. "전쟁, 무역, 해적질"을 통해 불린 것인데, 늙은 영주는 칭찬을 안 해줄 테지만 이제는 그것마저 상관없다. 어차피 파우스트는 메피스토펠레스의 도구로 전락한 지 오래이니, 무슨 상관이랴. 과연 파우스트는 메피스토펠레스 일행에게 칭찬 한마디 없이, 오로지 노부부의 땅에서 울리는 종소리에 대한 불만만 늘어놓는다. 그게 내 땅이 아니어서 나의 "세계 소유"에 하나의 오점으로 남은 게 그리도 괴롭다. 그들을 몰아내라는 파우스트의 말에 메피스토펠레스는 성서에 나오는 고사(古事)를 인용한다.

③ 망루지기의 노래로 노부부의 집과 언덕 위의 작은 교회가 불타는 광경이 서술된다. 파우스트는 그들을 새 땅으로 보내라 했지 누가 죽이라 했느냐고 화내지만, 아무런 소용이 없다.

④ 자정이 되자 여인네들 모습의 결핍, 곤궁, 유죄, 근심이 파우스트

의 궁전을 찾아온다. 앞의 셋은 부잣집 안으로 들어가지 못하고 근심만이 살그머니 스며든다. 파우스트는 근심 따위 문제없다며 자신의 살아온 나날을 회상하는데, 그의 말은 현실과 동떨어졌다. 판단력도 흐려지고, 자기반성도 거의 불가능한 상태. 근심은 어리석은 노인 파우스트의 눈을 멀게 만든다.

⑤ 궁전 앞뜰에서는 벌써 메피스토펠레스가 파우스트의 죽음이 다가왔음을 알고 레무레스들을 불러 무덤 구덩이를 파게 한다. 눈먼 파우스트가 밤인지 낮인지도 분간 못 하며 밖으로 나온다. 삽질 소리에 일꾼들이 자기를 위해서 일한다고 여긴 그는, 몹시 즐거워하며 감독관을 불러 더 많은 일꾼을 모아들이라고 지시한다. 메피스토펠레스는 흉겹게 대답한다. 파우스트는 간척지에 고이는 물을 빼내는 배수로를 만들 생각이다. 물이 계속 고이면 땅이 늪지가 되고 말 테니, 간척지를 유지하려면 반드시 배수를 잘해야 한다. 수백만 명 삶의 터전, 불안하면서도 안전한 땅, 이 간척지를 안전하게 만들려고 노력하면서 지친 파우스트는 마침내 만족감을 느낀다. "자유로운 땅에서 자유로운 사람들과 함께" 서 있으니, 그는 메피스토펠레스와 약속한 주문을 외운다. "(순간이여) 멈추어라, 너는 그토록 아름다우니"(11582행).

⑥ 마침내 메피스토펠레스가 기다리던 순간이 왔다. 하지만 기술이 좋아 죽음마저 속이는 세상이라, 계약서를 통해 확보한 파우스트의 혼을 잘 간수해 지옥으로 데려가는 일이 중요하다. 만약의 사태에 대비해 메피스토펠레스는 지옥에서 온갖 종류의 악마들과 지옥 아가리까지 불러올린다. 아니나 다를까, 저 위에서 하늘 군대가 나타난다. 사낸지 계집아인지 모를 것들이 사랑의 장미꽃을 뿌리며 노래한다. 이 장미꽃은 마지막 장면에 등장하는, 참회하는 여인들의 손에서 나온 것(11942~11943행)이다. 메피스토펠레스는 악마들을 욕설로 격려하지만, 저놈의 장미꽃이 하늘하늘 떨어지면 악마들이 도무지 쪽을 못 쓴다.

미움을 기반으로 삼는 악마들은 이 향긋한 사랑의 냄새에 꼼짝 못 하고 지옥으로 거꾸로 처박히고 만다. 홀로 남은 메피스토펠레스도 갑자기 사랑의 아픔을 느끼고 어쩔 바를 모른다. 장미 향기가 사방으로 퍼지자 메피스토펠레스는 저주를 말하기는커녕, 오히려 키 큰 소년 모습에 홀딱 반해서 그를 바라보느라 얼이 나갔다. 그사이 하늘 세력은 장미 향기와 아름다운 사랑의 노래로 죽은 혼을 감싸 위로 올라간다. 사랑에 빠진 멍청한 메피스토펠레스가 정신을 차리고 보니 파우스트의 혼령은 이미 온데간데없다.

⑦ 뾰족한 원추형 산의 모습을 한 천상의 세계를 천사들이 아래서부터 위로 차츰 올라간다. 환희의 아버지, 심오한 아버지를 거쳐 천사 아버지에 이르면 천상 세계의 중간쯤. 세라피쿠스 천사는 주님과 나란히 설 수 있는 일품 천사다. 태어나자마자 죽은 소년들의 무리가 파우스트의 혼령을 운반하는 천사들과 나란히 위로 올라가는 중이다. 그레트헨이 죽인 갓난아기 영혼도 이렇게 위로 올라갔을 것이다. 이 행복한 소년들이 파우스트의 영혼을 자기들 속에 받아들여, 그 영혼을 번데기처럼 둘러싼 지상의 요소, 즉 메피스토펠레스 요소를 떼어낸다. 파우스트의 영혼은 그들과 함께하면서 그들보다 빠르게 성장한다. 원래 어른이었으니.

마지막 거의 산꼭대기 구석에서 성모 박사가 성모를 찬양한다. 영광의 성모가 참회하는 여인들을 거느리고 위로 올라가고 있다. 참회하는 여인들 셋은 전에 그레트헨이라 불리던, 다른 참회하는 여인을 이 합창대에 받아들여 달라고 성모께 탄원한다. 예전 그레트헨의 영혼은 방금 도착한 파우스트를 안내하게 해달라고 노래하지만, 그럴 필요는 없다. 그도 곧 뒤따라올 것이기에. 온전치 못한 것이 여기서 사건이 되었고, "영원히 여성적인 것이 우리를 위로 끌어 올린다".

요한 볼프강 폰 괴테 연보

1749년 8월 28일 신성로마제국의 자유도시 프랑크푸르트암마인에서 법학 박사이자 황실 고문관(명예직)인 요한 카스파어 괴테와 고위 관료의 딸인 카타리나 엘리자베트의 맏이로 태어난다.

1750년 12월 7일 누이동생 코르넬리아가 태어난다. 이후 태어난 동생들은 모두 어렸을 때 세상을 떠난다.

1753년 할머니에게 크리스마스 선물로 인형극 상자를 받은 뒤 연극에 푹 빠져서 직접 대본을 쓰고 공연하면서 논다.

1755년 11월 1일 리스본에서 대지진이 일어나자 이를 계기로 기독교 신앙에 대한 회의가 싹트기 시작한다.

1756년 공립학교에 입학해서 1758년까지 다닌다. 어린 시절부터 개인 교사들에게 성서를 비롯 외국어(영어, 프랑스어, 그리스어, 이탈리아어, 라틴어), 대수학, 기하학, 종교, 펜싱, 미술, 춤, 승마, 피아노 연주 등을 배운다. 역사와 종교에 관한 책을 많이 읽고 그림에도 관심을 보인다. 7년 전쟁(1763년 종전)이 발발하자 프랑크푸르트의 귀족이 두 편으로 나뉘었고 괴테 가문 안에서도 갈등이 일어난다.

1757년 조부모에게 신년 기념 시를 써서 보낸다. 이는 현존하는 괴테의 시 중에서 가장 오래된 작품이다.

1759년 프랑스군이 도시를 점령하고 토랑 백작이 1761년까지 괴테의 집에 머무른다. 이때 프랑스 극단의 공연을 접하고 연극에 깊이 빠져든다.

1765년 수사학, 시학, 고전문학에 관심을 보인다. 법률가인 아버지의 뜻을 따

〈양치기 복장을 한 괴테 가족〉(요한 콘라드 제카츠, 1762년). 왼쪽부터 어머니, 아버지, 괴테, 여동생이고 오른쪽 뒤편의 아이들은 어렸을 때 세상을 떠난 괴테의 동생들을 상징한다.

라 당시 '작은 파리'라고 불리는 라이프치히로 가서 법학을 공부한다. 하지만 전공에 흥미를 잃고 '독일 문학 황금시대의 선구자'로 불리는 크리스티안 겔레르트의 강의를 즐겨 듣는다.

1766년 식당 주인의 딸인 세 살 연상 안나 카타리나 쇤코프와 사랑에 빠진다.

1767년 쇤코프를 향한 사랑에서 영감을 얻어 첫 시집 『아네테』(*Annette*)를 쓴다. 첫 희곡 〈연인의 변덕〉(*Dle Laune Verliebten*)을 집필하기 시작해서 이듬해 탈고한다.

1768년 쇤코프와 헤어진다. 폐결핵으로 학업을 중단하고 8월에 귀향한다. 요양하면서 어머니의 친구이자 경건주의자인 수산나 카타리나 폰 클레텐베르크와 교제한다. 이를 계기로 신비주의와 연금술에 관심을 가진다.

1769년 희곡 〈공범자〉(*Die mit Schuldigen*)를 집필한다.

1770년 스트라스부르에서 이듬해까지 법학을 공부한다. 대학을 다니는 동안 당대의 대표적인 사상가이자 문예비평가인 요한 고트프리트 헤르더에게 큰 영향을 받는다. 목사의 딸 프리데리케 브리옹을 만나 사랑에 빠진다.

1771년 학교를 졸업하고 프랑크푸르트로 돌아와 법률 사무소를 연다. '질풍노도'(Sturm und Drang, 18세기 후반에 독일에서 일어난 문학 운동)의 선구적인 작품으로 평가받는 희곡 〈괴츠 폰 베를리힝겐〉(*Götz von Berlichingen*)의 초고를 쓴다.

1772년 영아살해죄로 체포된 여인 수산나 마르가레타 브란트의 처형 장면을 목격한다. 이 사건은 훗날 〈파우스트〉(*faust*)의 내용을 구성하는 데 큰 영향을 준다. 〈초고 파우스트〉(*Urfaust*)를 집필하기 시작한다. 5월부터 아버지의 권유에 따라 베츨라어의 제국 대법원에서 법관 시보(관직에 정식으로 임명되기 전에 그 일에 종사하여 익히는 직책)로 일한다. 그곳에서 동료인 크리스티안 케스트너와 친해지고 그의 약혼녀 샤를로테 부프를 만나 첫눈에 반한다. 하지만 이루어질 수 없는 사랑에 절망하고 9월에 도망치듯 그곳을 떠난다. 고향으로 돌아온 뒤 대학 친구이자 베츨라어에서 동료로 지냈던 칼 빌헬름 예루살렘이 유부녀에게 실연당하고 자살했다는 소식을 듣는다. 이때의 경험을 토대로 훗날 소설 『젊은 베르테르의 슬픔』(*Die Leiden des jungen Werthers*)을 쓴다.

1773년 초고를 수정한 〈괴츠 폰 베를리힝겐〉을 발표하고 명성을 얻는다. 시 〈마호메트〉(*Mahomet*)와 〈프로메테우스〉(*Prometheus*), 오페레타(가벼운 희극에 통속적인 노래나 춤을 곁들인 음악극) 〈에르빈과 엘미레〉(*Erwin und Elmire*)를 집필한다. 질풍노도의 주역이 될 문인들과 자주 만난다.

1774년 『젊은 베르테르의 슬픔』이 출간되자마자 유럽 전역에서 인기를 끈다. 희곡 〈클라비고〉(*Clavigo*)를 쓴다. 《괴츠 폰 베를리힝엔》이 베를린에서 초연된다.

1775년 은행가 집안의 딸 릴리 쇠네만과 약혼했다가 얼마 후 집안 사이의 불화로 파혼한다. 스위스를 여행하는 동안 취리히에서 신학자이자 관상학의 대가인 요하나 카스퍼 라바터를 만난다. 카를 아우구스트 대공의 초청을 받아 바이마르로 간다. 슈타인 남작의 부인 샤를로테 폰 슈타인을 만나 친분을 쌓는다.

1776년 바이마르의 시민권을 얻고 공직을 맡아 일한다. 이후 10여 년간 추밀참사관, 추밀 고문관, 재상을 지내며 광물학, 식물학, 해부학 등을 연구한다. 시 〈나그네의 밤 노래〉(*Wanderer's Night Song*)를 쓰고 희곡 〈스텔라〉(*Stella*)를 발표한다.

1777년 6월 8일 각별한 사이였던 누이동생 코르넬리아가 사망한다. 하르츠산지로 여행을 떠나 브로켄을 등반한다. 시 〈겨울 하르츠 여행〉(*Harzreise im Winter*)을 쓴다. 《공범자》, 《에르빈과 엘미레》가 공연된다.

1779년 희곡 〈타우리스섬의 이피게니〉(*Iphigenie auf Tauris*)의 산문 초고를 쓴다. 프리드리히 폰 실러가 다니던 카를 군사학교를 방문한다.

괴테가 바이마르로 갔을 때 영주가 제공해준 가든하우스

1780년 희곡 〈타소〉(*Tasso*)를 집필하기 시작한다.

1782년 아버지가 세상을 떠난다. 황제 요제프 2세에게 귀족 칭호를 받아 이름에 폰(von)이 붙는다. 징슈필(18세기 독일에서 유행했던 민속 음악극) 〈어부의 아내〉(*Die Fischerin*)를 발표한다. 이 작품 속에 〈마왕〉(*Erlkönig*)이 수록되어 있다. 8월 9일 라바터에게 보낸 편지에서 신앙관을 드러낸다. "나는 반(反)기독교인이나 말뿐인 기독교인이 아니라 비(非)기독교인(non-christian)입니다."

1784년 태아의 두개골을 연구하다가 인간의 몸에도 앞니뼈(간악골)가 있다는 사실을 발견한다.

1785년 『빌헬름 마이스터』(*Wilhelm Meisters*)를 집필하기 시작한다.

1786년 르네상스의 유산과 고대 미술에서 영감을 얻고자 남몰래 이탈리아 여

〈로마 캄파냐의 괴테〉(요한 하인리히 빌헬름 티슈바인, 1787년)

행길에 오른다. 베네치아를 거쳐 로마에 도착한다. 〈타우리스섬의 이피게니〉를 운문으로 개작해서 발표한다.

1787년 이탈리아에서 체류하며 나폴리와 시칠리아섬을 방문한다. 희곡 〈에그몬트〉(*Egmont*)를 발표한다.

1788년 바이마르로 돌아온다. 일메나우 위원을 제외한 모든 공직에서 물러난다. 슈타인 부인과 사이가 멀어진다. 16세 연하의 크리스티아네 불피우스와 만나 동거를 시작한다. 루돌슈타트에서 실러와 처음 만난다. 연작시 〈로마 비가〉(*Römische Elegien*)를 발표하기 시작한다.

1789년 크리스티아네와의 사이에서 아들 아우구스트가 태어난다. 〈타소〉를 탈고한다.

1790년 두 번째 이탈리아 여행(베네치아)을 다녀온다. 자신의 전집에 〈단편 파우스트〉(*Faust. Ein Fragment*)를 수록해서 발표한다. 『색채론』(*Zur Farbenlehre*)을 쓰기 시작하고 비교해부학 연구에 몰두한다. 『식물변형론』(*Die Metamorphose der Pflanzen*)을 출간하고 〈로마 비가〉를 탈고한다.

1791년 바이마르 궁정극장의 감독으로 임명된다. 《에그몬트》가 초연된다.

1792년 프랑스 혁명군이 침공하자 프로이센군의 정책보좌관으로 참전한다. 9월 20일에 벌어진 '발미전투'를 목격하고 "이제 여기에서 세계사의 새 시대가 시작된다"라는 말을 남긴다.

1793년 마인츠 포위전에 참전한다. 서사시 〈여우 라이네케〉(*Reineke Fuchs*)와 희곡 〈시민 장군〉(*Der Bürgergeneral*)을 쓴다.

1794년 예나 식물원을 맡아 관리한다. 예나에서 열린 강연회에 참석했을 때 실러와 우연히 만나 '식물의 변형'을 주제로 대담한 뒤 둘의 사이가 급속도로 가까워진다. 실러가 발행하는 잡지 『호렌』(*Die Horen*)의 필진과 편집위원으로 참여해달라는 요청을 수락한다.

1795년 『호렌』 제1호를 통해 단편소설 「독일 피난민들의 대화」(*Unterhaltungen deutscher Ausgewanderten*)를 발표한다.

1796년 실러와 함께 작업한 풍자시 〈크세니엔〉(*Xenien*)을 발표한다. 『빌헬름 마이스터의 수업 시대』(*Wilhelm Meisters Lehrjahre*)를 탈고한다.

1797년 세 번째 스위스 여행을 다녀오는 도중 고향 프랑크푸르트에 들러 마지막으로 어머니를 만난다. 한 해 전부터 구상하기 시작한 서사시 〈헤르만과 도로테아〉(*Hermann und Dorothea*)를 탈고한다. 발라드(중세 유럽에서 형성된 정형시로 자유로운 형식의 짧은 서사시) 〈마법사의 제자〉(*Der Zauberlehrling*)를 발표한다. 〈파우스트〉를 다시 쓰기 시작한다.

1798년 실러의 3부작 희곡 중 제1부 〈발렌슈타인의 진영〉(*Wallensteins Lager*)이

바이마르 국립국장 앞에 있는 괴테(좌)와 실러(우)의 동상

재개관한 바이마르 궁정극장에서 초연된다. 예술과 문학의 이상을 전달하기 위한 잡지 『프로필렌』(*Propyläen*)을 창간한다.

1799년 예술 애호가들을 위한 전시회를 연다. 철학자 프리드리히 슐레겔, 문학가 루트비히 티크 등과 교류한다. 예나에 머물던 실러가 바이마르로 이주한다.

1803년 1799년부터 집필해온 희곡 〈자연의 딸〉(*Die natürliche Tochter*)을 탈고하고 바이마르 궁정극장에서 공연한다.

1804년 『빙켈만과 그의 세기』(*Winckelmann und sein Jahrhundert*)를 발표한다.

1805년 5월 9일 실러가 급성폐렴으로 숨진다. 추모시 〈실러의 종(鐘)에 대한 에필로그〉(*Epilog zu Schillers Glocke*)를 쓴다.

1806년 〈파우스트〉 제1부를 탈고한다. 예나전투에서 승리한 나폴레옹 1세의 프랑스군이 바이마르를 침공한다. 당시 조화 공장에서 일하던 크리스티아네와 정식으로 결혼한다.

1807년 소설 『빌헬름 마이스터의 편력시대』(*Wilhelm Meisters Wanderjahre*)를 집필하기 시작한다. 열여덟 살 소녀 민나 헤르츠립에게 반한다.

1808년 『파우스트』 제1부가 출간된다. 어머니가 세상을 떠난다. 프랑스 황제 나폴레옹 1세를 알현한다. 나폴레옹 1세에게 프랑스 최고 권위를 지닌 레지옹도뇌르훈장을 받는다.

1809년 민나 헤르츠립에게 깊이 빠졌던 경험이 녹아 있는 소설 『친화력』(*Die Wahlverwandtschaften*)을 발표한다.

1810년 카를스바트와 드레스덴을 여행한다. 『색채론』을 출간한다. 작곡가 루트비히 판 베토벤이 작곡한《에그몬트》가 오스트리아 빈의 부르크 극장에서 초연된다.

〈괴테를 위한 삽화〉(레오폴트 슐츠, 1842년)

1811년 자서전 『시와 진실』(*Aus meinem Leben. Dichtung und Wahrheit*) 제1부가 출간된다.

1812년 온천 휴양지 테플리체에서 베토벤을 만난다. 『시와 진실』 제2부가 출간된다.

1813년 『이탈리아 기행』(*Italienische Reise*)을 집필하기 시작한다.

1814년 라인 지방을 여행한다. 이때 비스바덴에서 만난 마리안네 빌레머에게 반한다. 페르시아 시인 하피즈의 시에서 받은 감명과 마리안네를 사랑했던 체험을 토대로 『서동시집』(*West-östlicher Divan*) 창작을 시작하고 일부 작품을 발표한다.

1815년 바이마르의 재상이 된다. 바이마르의 예술 및 과학 분야의 행정을 총괄한다.

1816년 아내 크리스티아네가 세상을 떠난다. 『이탈리아 기행』 제1부가 출간된다.

1817년 『이탈리아 기행』 제2부가 출간된다. 바이마르 궁정극장 감독에서 물러난다.

1818년 맏손자 발터가 태어난다.

1819년 『서동시집』이 출간된다.

1821년 소설 『빌헬름 마이스터의 편력시대』(*Wilhelm Meisters Wanderjahre*)가 출간된다. 온천 휴양지 마리엔바트에서 가족과 함께 온 열일곱 살 소녀 울리케 레베초프를 만난다.

1822년 『프랑스 종군기』(*Kampagne in Frankreich*)가 출간된다.

〈조수 요한에게 구술하는 괴테〉(요한 요제프 슈멜러, 1834년)

1823년 2월에 첫 번째 심장발작을 일으킨다. 여름에 마리엔바트로 가서 울리케와 재회하고 아우구스트 대공의 도움을 받아 그녀에게 청혼했다가 거절당한다. 바이마르로 돌아오는 길에 실연의 아픔을 담은 시 〈마리엔바트의 비가〉(*Marienbader Elegie*)를 쓴다. 훗날 『괴테와의 대화』(*Gespräche mit Goethe*, 1836년)를 쓴 요한 페터 에커만이 바이마르로 찾아와 조수로 일한다.

1828년 후원자였던 아우구스트 대공이 세상을 떠난다.

바이마르에 안장된 괴테(좌)와 실러(우)의 관(Fürstengruft Weimar by Z thomas, Wikimedia Commons, CC-BY-SA-4.0)

1829년 소설 『빌헬름 마이스터의 편력시대』 결정판이 출간된다.

1830년 아들 아우구스트가 로마에서 사망한다.

1831년 『시와 진실』 제4부가 출간된다. 〈파우스트〉 제2부를 완성한다.

1832년 3월 22일 바이마르에서 심장발작으로 사망한다. 시신은 아우구스트 대공 가문의 묘지, 그가 살아생전 우정을 나누었던 실러의 관 옆에 안장된다. 『파우스트』 제2부가 출간된다.

자기 작품에 둘러싸인 괴테(모리츠 다니엘 오펜하임, 1828년 이후)

옮긴이 **안인희**

인문학자이자 도이치어권 대표 번역자다. 북유럽 신화, 유럽의 문화와 역사 등 다양한 인문학 강의를 하고 있다. 한국외국어대학교 독일어과를 졸업하고 같은 대학원에서 박사학위를 받았으며, 독일 밤베르크 대학교에서 수학했다. 저서로 『안인희의 북유럽 신화 1, 2, 3』, 『한 권으로 읽는 북유럽 신화: 반지 이야기』, 『게르만 신화, 바그너, 히틀러』 등이 있고, 번역서로 『데미안』, 『돈 카를로스』, 『르네상스의 미술』, 『히틀러 평전』, 『광기와 우연의 역사』, 『니벨룽의 반지』(전4권), 『트리스탄과 이졸데』 등이 있다. 2022년 한독문학번역연구소 창립 30주년 기념 번역가상(공로상)을 받았다.

현대지성 클래식 54

파우스트

1판 1쇄 발행 2024년 2월 8일
1판 3쇄 발행 2024년 9월 12일

지은이 요한 볼프강 폰 괴테
그린이 외젠 들라크루아 외
옮긴이 안인희
발행인 박명곤 **CEO** 박지성 **CFO** 김영은
기획편집1팀 채대광, 김준원, 이승미, 김윤아, 이상지
기획편집2팀 박일귀, 이은빈, 강민형, 이지은, 박고은
디자인팀 구경표, 유채민, 임지선
마케팅팀 임우열, 김은지, 전상미, 이호, 최고은

펴낸곳 (주)현대지성
출판등록 제406-2014-000124호
전화 070-7791-2136 **팩스** 0303-3444-2136
주소 서울시 강서구 마곡중앙6로 40, 장흥빌딩 10층
홈페이지 www.hdjisung.com **이메일** support@hdjisung.com
제작처 영신사

"인류의 지혜에서 내일의 길을 찾다"

현대지성 클래식

1 그림 형제 동화전집 | 그림 형제
2 철학의 위안 | 보에티우스
3 십팔사략 | 증선지
4 명화와 함께 읽는 셰익스피어 20 | 윌리엄 셰익스피어
5 북유럽 신화 | 케빈 크로슬리-홀런드
6 플루타르코스 영웅전 전집 1 | 플루타르코스
7 플루타르코스 영웅전 전집 2 | 플루타르코스
8 아라비안 나이트(천일야화) | 작자 미상
9 사마천 사기 56 | 사마천
10 벤허 | 루 월리스
11 안데르센 동화전집 | 한스 크리스티안 안데르센
12 아이반호 | 월터 스콧
13 해밀턴의 그리스 로마 신화 | 이디스 해밀턴
14 메디치 가문 이야기 | G. F. 영
15 캔터베리 이야기(완역본) | 제프리 초서
16 있을 수 없는 일이야 | 싱클레어 루이스
17 로빈 후드의 모험 | 하워드 파일
18 명상록 | 마르쿠스 아우렐리우스
19 프로테스탄트 윤리와 자본주의 정신 | 막스 베버
20 자유론 | 존 스튜어트 밀
21 톨스토이 고백록 | 레프 톨스토이
22 황금 당나귀 | 루키우스 아풀레이우스
23 논어 | 공자
24 유한계급론 | 소스타인 베블런
25 도덕경 | 노자
26 진보와 빈곤 | 헨리 조지
27 걸리버 여행기 | 조너선 스위프트
28 소크라테스의 변명·크리톤·파이돈·향연 | 플라톤
29 올리버 트위스트 | 찰스 디킨스
30 아리스토텔레스 수사학 | 아리스토텔레스
31 공리주의 | 존 스튜어트 밀
32 이솝 우화 전집 | 이솝
33 유토피아 | 토머스 모어
34 사람은 무엇으로 사는가 | 레프 톨스토이
35 아리스토텔레스 시학 | 아리스토텔레스
36 자기 신뢰 | 랄프 왈도 에머슨
37 프랑켄슈타인 | 메리 셸리
38 군주론 | 마키아벨리
39 군중심리 | 귀스타브 르 봉
40 길가메시 서사시 | 앤드류 조지 편역
41 월든·시민 불복종 | 헨리 데이비드 소로
42 니코마코스 윤리학 | 아리스토텔레스
43 벤저민 프랭클린 자서전 | 벤저민 프랭클린
44 모비 딕 | 허먼 멜빌
45 우신예찬 | 에라스무스
46 사람을 얻는 지혜 | 발타자르 그라시안
47 에피쿠로스 쾌락 | 에피쿠로스
48 이방인 | 알베르 카뮈
49 이반 일리치의 죽음 | 레프 톨스토이
50 플라톤 국가 | 플라톤
51 키루스의 교육 | 크세노폰
52 반항인 | 알베르 카뮈
53 국부론 | 애덤 스미스
54 파우스트 | 요한 볼프강 폰 괴테
55 금오신화 | 김시습
56 지킬 박사와 하이드 씨 | 로버트 루이스 스티븐슨
57 직업으로서의 정치·직업으로서의 학문 | 막스 베버
58 아리스토텔레스 정치학 | 아리스토텔레스
59 위대한 개츠비 | F. 스콧 피츠제럴드

현대지성 클래식 살펴보기